Francis Paul Wilson

Né en 1946, Francis Paul Wilson commence à écrire de la science-fiction dès les années soixante-dix dans le célèbre magazine *Analog*. Mais c'est *La forteresse noire* (1981) qui va le révéler au grand public. Classique aujourd'hui incontournable de la littérature de Terreur, très vite adapté au cinéma par Michael Mann, ce roman racontait l'histoire d'un détachement de SS prenant possession d'une vieille forteresse de Transylvanie…

Grand amateur de romans d'aventures et de *pulps*, il écrit en 1984 *La tombe*, où un personnage qui va au fil des années devenir mythique, Repairman Jack, fait sa première apparition.

Auteur depuis d'étonnant thrillers médicaux comme *Mort Clinique* ou fantastiques comme *Liens de sang* et *Mirage* (en collaboration avec Matthew J. Costello), il a offert ces dernières années à ses fans de nouvelles aventures de Repairman Jack.

LA TOMBE

DU MÊME AUTEUR
AU FLEUVE NOIR

LA FORTERESSE NOIRE

LA TOMBE

COLLECTION THRILLER FANTASTIQUE
dirigée par Patrice Duvic

F. PAUL WILSON

LA TOMBE

Traduit de l'anglais
par Thomas Bauduret

Fleuve Noir

Titre original :
The Tomb

ISBN : 2-265-07246-X

A mes Vicky à moi : Jennifer et Meggan

REMERCIEMENTS

Le néon de la boutique d'Abe est tiré des *Armuries d'Isher* d'A.E. Van Vogt, © 1951 par A.E. Van Vogt, reproduit avec son autorisation.

Voici les personnes qui, volontairement ou non, m'ont beaucoup aidé lors de la rédaction de ce roman : Betsy Bang et Molly Garrett Bang (*Les Démons de Rajpur*), Richard Collier (*La Grande Rébellion hindoue*), Larry Collins et Dominique Lapierre (*Liberté à minuit*), Harlan Ellison (avec la dernière réplique de *Croatoan*), Ken Follett, L. Neil Smith, Steven Spruill, Al Zuckerman ; et, plus que tout autres, les anciens conteurs des revues *Weird Menace/Yellow Peril Tales*[1].

1. Anciens « pulps » (magazines bon marché) d'aventures des années 30 spécialisés dans les histoires relevant du « péril jaune » genre Fu Manchu… *(N.d.T.)*

CHAPITRE PREMIER

Jeudi 2 août

1

Jack le Réparateur s'extirpa lentement, péniblement, du sommeil. Une lumière blanche lui agaçait les paupières, un désagréable crachotis statique inondait ses tympans, et une douleur sourde lui engourdissait le dos.

Il s'était endormi sur son canapé, au beau milieu du salon où trônaient son téléviseur et son magnétoscope. Il se tourna vers l'écran géant, qui ne diffusait plus que de la neige électronique. Un peu plus loin, perché tout en haut de la fenêtre, le générateur d'air conditionné s'escrimait pour maintenir la pièce à une température acceptable.

Jack se leva avec un grognement et alla éteindre le poste, coupant net les crachotements. Il se cassa en deux pour toucher la pointe de ses pieds du bout des doigts, puis se redressa et fit pivoter son torse afin de se décoincer les hanches. Son dos lui faisait un mal de chien. C'était un canapé ; on était censé s'asseoir dessus et non y passer la nuit.

Il alla éjecter la cassette du magnétoscope. Il s'était assoupi durant le générique de fin du *Frankenstein* de

1931, qui constituait la première partie du festival James Whale dont il était l'organisateur, le projectionniste et l'unique spectateur.

Pauvre Henry Frankenstein, se dit-il en rangeant la cassette dans son boîtier. Un bel exemple d'entêtement : malgré l'avis de son entourage, et ignorant tous les signes avant-coureurs, jusqu'au bout il avait cru agir avec discernement alors qu'il était fou à lier.

Jack localisa l'emplacement de la cassette sur l'étagère, l'y glissa et sortit la seconde partie de son festival : *La Fiancée de Frankenstein*.

Il jeta un coup d'œil par la fenêtre et découvrit un panorama qui lui était familier : la plage, l'océan d'un bleu étincelant, quelques plagistes en pleine bronzette. Il finissait par s'en lasser, surtout depuis qu'on commençait à voir les briques en transparence. Voilà trois ans qu'il avait fait peindre ce tableau sur le mur nu qui faisait face aux deux fenêtres de cette pièce. Autant dire une éternité. Il avait perdu tout intérêt pour le sable fin. Peut-être devrait-il faire venir un peintre pour qu'il lui concocte une vue de la forêt vierge, avec plein d'oiseaux, de reptiles et d'animaux cachés au milieu des feuilles. Oui… Une forêt vierge. Il classa cette idée dans un compartiment de son cerveau. Il faudrait qu'il cherche quelqu'un qui puisse faire ça correctement.

Le téléphone sonna. Qui cela pouvait-il être ? Il avait changé de numéro deux mois plus tôt, et ceux qui disposaient du nouveau se comptaient sur les doigts d'une main. Il ne décrocha même pas : le répondeur se chargerait de l'importun. Un déclic, puis sa propre voix débita le message habituel :

— Pinocchio Productions… Je ne suis pas là pour l'instant, mais si vous…

Une voix de femme, vibrante d'impatience, couvrit la sienne.

— Jack, si tu es là, décroche tout de suite. Sinon, je rappellerai plus tard.

Gia ! C'était Gia !

Dans sa hâte, il faillit se prendre les pieds dans le tapis. D'une main, il éteignit le répondeur tout en décrochant le combiné de l'autre.

— Gia ? C'est bien toi ?

— Oui, répondit-elle d'une voix neutre, lourde de reproches.

— Bon sang, comme je suis content de t'entendre ! Cela fait longtemps !

Deux mois, plus précisément. Une éternité. Il était si heureux qu'il dut s'asseoir.

— Ce n'est pas ce que tu crois, Jack.

— Comment ça ?

— Ce n'est pas un appel de courtoisie. Si ça ne tenait qu'à moi, j'aurais préféré oublier ton numéro. Mais Nellie m'a demandé de te contacter.

Voilà qui doucha son enthousiasme. Même si ce nom ne lui disait rigoureusement rien.

— Nellie ? Qui est-ce ?

— Nellie Patton. Tu sais, Nellie et Grace, les deux demoiselles anglaises ?

— Ah, oui. Comment pourrais-je les oublier alors que c'est grâce à elles qu'on s'est rencontrés ?

— Ce n'est pas ce que j'ai fait de mieux.

Jack préféra ne pas relever ce commentaire.

— Que se passe-t-il ?

— Grace a disparu. Lundi soir, elle est montée se coucher tout tranquillement et, depuis, pas de nouvelles.

Il se souvenait de Grace Westphalen : une Anglaise septuagénaire pleine d'énergie. Pas du genre à disparaître sans laisser de traces.

— Et la police… ?

— Nous l'avons contactée, bien sûr. Mais Nellie voulait savoir si tu accepterais de l'aider. D'où mon coup de fil.

— Elle veut que je passe la voir ?

— Oui. Si c'est possible.

— Et toi ? Tu seras là ?

Elle eut un soupir exaspéré.

— Oui. Tu vas venir, oui ou non ?

— Sur-le-champ.

— Je ne te le conseille pas. Les policiers ont dit qu'un inspecteur passerait ce matin.

— Oh.

Ça n'était pas une bonne nouvelle.

— Je me doutais que tu y regarderais à deux fois.

Son ton satisfait l'agaça quelque peu.

— Alors je viendrai cet après-midi.

— Tu as l'adresse ?

— Un petit immeuble sur Sutton Square. Le seul qui ait des murs jaunes.

— Je lui dirai.

Et elle raccrocha.

Jack reposa l'écouteur sur le combiné et rebrancha le répondeur.

Il allait revoir Gia. Elle l'avait contacté. Tout en gardant ses distances, elle avait dit l'appeler au nom de quelqu'un d'autre, mais elle l'avait fait néanmoins. Et c'était déjà pas mal. Et tout cas, assez pour que son moral se mette au beau fixe.

Il traversa d'un pas vif la grande pièce de son appartement, qui servait à la fois de salon et de salle à manger. Il la trouvait extrêmement confortable, mais rares étaient les visiteurs à partager son enthousiasme. Dans un grand élan de générosité, son meilleur ami Abe Grossman l'avait qualifiée de « cauchemar de claustrophobe ». Lorsqu'il était moins bien disposé, il prétendait qu'à côté de cet antre, le manoir de la famille Addams semblait décoré par le Bauhaus.

Là où le mur n'était pas encombré par les étagères sur lesquelles Jack remisait les « trésors » qu'il collectait chez d'obscurs brocanteurs durant ses errances dans la ville, il était recouvert d'affiches de vieux films. Il se fraya un chemin dans sa collection de meubles en chêne de style victorien, qui ne laissait plus beaucoup d'espace habitable. Ladite collection comprenait un vaisselier de plus de deux mètres de haut aux gravures complexes, un secrétaire à porte repliable, un vieux canapé affaissé, une table massive aux pieds incurvés, deux plus petites dont chaque pied se terminait par une griffe d'oiseau enserrant une sphère de cristal, et sa pièce préférée : un grand fauteuil à oreillettes.

Il atteignit la salle de bains et commença ce rituel matinal qu'il détestait tant, celui du rasage. En passant la lame sur ses joues, il se dit – et pas pour la première fois – qu'il devrait essayer de se laisser pousser la barbe. Ses traits n'étaient pas désagréables ; des yeux bruns, des cheveux châtain sombre peut-être un peu trop longs qui lui retombaient sur le front, un nez bien proportionné. Il sourit, et le miroir lui renvoya une image plutôt flatteuse. Ses dents auraient pu être un peu plus blanches et plus droites, ses lèvres un peu plus pleines, mais l'un dans l'autre, il n'avait pas à se plaindre. Son visage respirait l'innocence. Et il était accompagné d'un corps sec et musclé d'un bon mètre quatre-vingts.

Que pouvait-on lui reprocher ?

Son sourire se fana.

Posez donc la question à Gia. Elle avait certainement une réponse toute prête.

Mais à partir d'aujourd'hui, tout allait changer.

Il prit une douche rapide, s'habilla, avala deux bols de céréales au chocolat, puis enfila un holster autour de sa cheville et y glissa le plus petit calibre 45 au monde, un Semmerling LM-4. Il savait que le holster lui tiendrait chaud, mais il ne sortait jamais sans armes. Il préférait encore supporter un léger inconfort physique, mais avoir l'esprit en paix.

Il regarda par l'œilleton de la porte, puis tourna la poignée centrale qui actionnait les quatre verrous d'un bloc. Lorsqu'il franchit le seuil, la chaleur qui régnait dans le couloir le frappa de plein fouet. Il ne portait qu'un jean et une chemisette, sans maillot de corps, heureusement. Alors qu'il se dirigeait vers la sortie, l'humidité ambiante imprégnait déjà ses vêtements et sa peau.

Jack resta un instant sur le porche. A sa droite, au bout de la rue, le soleil traversait les brumes de chaleur pour éclairer le toit du Musée d'histoire naturelle. L'air lourd et moite couvrait les trottoirs en une chape malsaine. Il pouvait en sentir le goût et l'odeur – un vrai relent de salissure. Un cocktail de suie, de poussière et de gaz d'échappement, plus un soupçon de putréfaction issu de la poubelle la plus proche.

Ah ! Rien ne vaut l'Upper West Side au mois d'août.

Il descendit sur le trottoir et partit au milieu des immeubles de brique rousse qui bordaient la rue pour atteindre la cabine téléphonique. En fait, ce n'était pas vraiment une cabine, juste un ovale de plastique ouvert à tous les vents. Mais au moins, le téléphone fonctionnait encore. A intervalles réguliers, quelqu'un venait l'arracher de son support pour ne laisser qu'un amas de fils multicolores ; ou parfois, c'était un morceau de carton replié qu'on insérait à grand mal dans la fente, ou des pointes de cure-dents qu'on fourrait dans l'étroit espace entre les boutons et la coque de métal. Les étranges passe-temps auxquels s'adonnaient ses confrères new-yorkais ne cessaient jamais de le surprendre.

Il composa le numéro de son propre bureau et actionna son répondeur. Une voix enregistrée qui n'était pas la sienne débita un message qui lui était familier :

— Ici Jack le Réparateur. Je suis absent, mais veuillez me laisser votre nom, votre numéro et la raison de votre appel après le bip sonore. Je vous rappellerai le plus tôt possible.

Une femme lui expliqua donc que la minuterie de son séchoir était en panne. Après un autre bip, un homme lui demanda comment réparer son mixeur. Jack omit de noter leurs numéros : il n'avait pas l'intention de les rappeler. Mais comment eux-mêmes avaient-ils eu son numéro à lui ? Il s'était limité aux pages blanches – avec une adresse fantaisiste, bien sûr – afin de réduire le nombre d'appels tels que ceux-ci. Et pourtant, ils finissaient toujours par le retrouver.

La troisième et dernière voix était bien différente : douce, mais avec des intonations sèches et hachées, teintée d'accent britannique, bien que son interlocuteur ne soit pas anglais. Jack avait déjà entendu un tel accent chez des Pakistanais de sa connaissance. L'homme était perturbé et s'embrouillait dans ses mots.

— Monsieur… Jack… ma mère – ma grand-mère – a été agressée la nuit dernière. Violemment. Je dois vous parler sur-le-champ. C'est très important.

Il lui laissa son nom et un numéro où il pourrait le joindre.

Ça, c'était le genre d'appel auquel Jack répondrait. Même si, en ce cas précis, il allait refuser cette affaire : il préférait se consacrer à la disparition dont Gia lui avait parlé. Et à Gia elle-même. C'était peut-être sa dernière chance de recoller les morceaux, et il ne la laisserait pas passer.

Il composa le numéro de l'inconnu. On décrocha au milieu de la seconde sonnerie.

— Monsieur Bahkti ? Ici Jack le Réparateur. Vous avez appelé mon bureau et…

— Votre voix n'est pas la même que sur le répondeur, répondit Bahkti, soudain sur ses gardes.

Bien vu, pensa Jack. C'était Abe Grossman qui avait enregistré son message. Lui-même ne laissait pas de traces de sa propre voix. La plupart des gens n'y voyaient que du feu, mais ce type n'était pas tombé de la dernière pluie.

— C'est une vieille cassette, répondit-il.

— Ahhh. Bien, monsieur Jack, il faut que nous nous parlions. Immédiatement. C'est extrêmement important. Une question de vie ou de mort.

— Franchement, monsieur Bahkti, je ne sais…

— Il le *faut* ! Vous ne pouvez pas refuser !

Apparemment, à en juger par son ton autoritaire, M. Bahkti n'avait pas l'habitude qu'on lui dise non. Or, Jack n'aimait pas trop ce genre de personnage.

— Je veux dire, je suis déjà sur d'autres affaires et…

— Monsieur Jack ! La vie d'une femme est en jeu. Vos autres occupations sont-elles aussi importantes ? Ne peut-on les retarder d'un jour ou deux ? Ma… grand-mère a été agressée violemment dans les rues de votre ville. Elle a besoin d'aide, et je ne peux la lui fournir. C'est pourquoi je vous ai contacté.

Jack savait très bien où il voulait en venir. Cet inconnu en appelait à ses sentiments. Ce qui avait le don d'irriter Jack, mais il en avait pris l'habitude. Autant écouter jusqu'au bout.

Bahkti avait déjà commencé son récit :

— La nuit dernière, sa voiture – américaine, je précise – est tombée en panne. Et lorsqu'elle…

— La suite au prochain numéro, fit Jack, heureux de pouvoir lui couper la parole. Chacun son tour.

— Nous nous retrouvons à l'hôpital ? Elle est à St. Clare…

— Non. C'est moi qui déciderai du lieu et de l'heure de notre rencontre. Mes clients potentiels doivent suivre mes directives. Tous sans exception.

— Très bien, répondit Bahkti froidement. Mais ce doit être dans un délai très bref. Il ne reste plus beaucoup de temps.

Jack lui donna l'adresse du Julio's Bar, à deux rues de chez lui, puis consulta sa montre.

— Il est presque dix heures. Soyez là à dix heures et demie précises.

— Dans une demi-heure ? Je ne sais si je pourrai y arriver à temps.

Parfait ! Jack préférait que ses clients disposent d'un minimum de temps pour se préparer avant le premier contact.

— Dix heures et demie. Avec une tolérance de dix minutes, et pas une de plus. Sinon je m'en vais.

— Dix heures et demie, répéta Bahkti.

Jack aurait bien voulu raccrocher le premier, mais l'inconnu fut plus rapide. Tant pis.

Il se dirigea le long de Columbia Avenue tout en restant du côté de l'ombre. Certaines boutiques ouvraient à peine tandis que d'autres tournaient à plein régime depuis des heures déjà.

Le Julio's Bar, lui, était grand ouvert. Mais à vrai dire, il était rarement fermé. Les premiers clients arrivaient quelques minutes après l'ouverture – à six heures du matin. Certains quittaient à peine leur travail de nuit et s'arrêtaient pour prendre une bière, un œuf dur et s'asseoir dans un bon fauteuil bien confortable ; d'autres restaient au bar et s'enfilaient un coup de raide avant de commencer leur journée. D'autres encore, une minorité, passaient l'essentiel de leur temps dans la pénombre.

— Jacko ! s'écria Julio en le voyant arriver depuis l'autre côté du bar.

On ne voyait que sa tête et le sommet de sa poitrine, et pourtant, il se tenait debout derrière son comptoir.

Ils ne se serrèrent pas la main : ils se voyaient trop souvent et se connaissaient trop bien pour cela. Cela faisait des années qu'ils se rencontraient régulièrement ; en fait, depuis le jour où Julio comprit que le mari de sa sœur, Rosa, se montrait un peu trop brutal à son goût. Un sujet pour le moins délicat, mais Jack avait tout arrangé. Depuis ce jour, c'était Julio qui se chargeait des clients potentiels de Jack. En effet, ce petit bonhomme avait un don inné pour flairer les officiels, les richards, les gens importants. Jack employait une bonne part de son énergie à éviter ces gens-là. Et, vu ses activités, Jack pouvait être conduit à s'attirer l'ire de telle ou telle personne pour mieux servir les intérêts de son client. Julio savait *aussi* s'occuper des gens en colère.

Et jusque-là, Julio ne l'avait jamais déçu.

— Tu viens boire une bière ou parler boulot ?

— Avant midi ? Qu'est-ce que tu crois ?

Remarque qui lui valut un regard noir de la part d'un vieux croûton qui sirotait un cocktail.

Julio passa de l'autre côté du comptoir et emboîta le pas à Jack tout en s'essuyant les mains sur son tablier. Comme il s'entraînait tous les jours à la musculation et à la gymnastique, ses bras et ses épaules étaient bardés de muscles noueux. Ses cheveux ondulés luisaient de gel, sa peau était basanée et il portait une mince moustache au-dessus de sa lèvre supérieure. Les deux hommes s'installèrent à une table isolée à l'arrière du bar.

— Combien et quand ?

— Un seul. A dix heures et demie. (Jack vérifia qu'il avait une vue dégagée sur la porte. La sortie de secours était toute proche.) Il s'appelle Bahkti. Il doit être pakistanais ou quelque chose comme ça.

— Un homme de couleur.

— Plus que toi, certainement.

— Touché. Tu prends un café ?

— Avec plaisir !

Jack pensa au moment où il retrouverait Gia. Bientôt, très bientôt. Une pensée bien agréable. Ils se verraient, ils se toucheraient, Gia se souviendrait de tous les bons moments qu'ils avaient passés ensemble, et qui sait… peut-être… qu'elle comprendrait qu'il n'était pas un si mauvais bougre. Il se mit à siffler entre ses dents. Julio, qui revenait avec un pot de café, une tasse et le journal du matin, lui lança un drôle de regard.

— Qu'est-ce qui te met de si bonne humeur ?

— Est-ce si étonnant ?

— Ben oui. Cela fait des mois que tu fais la gueule.

C'était donc si évident ? Jusque-là, il n'en avait pas eu conscience.

— Des problèmes personnels.

Julio haussa les épaules et lui versa une tasse de café, que Jack sirota tout en attendant. Il n'aimait pas ces premières rencontres avec un client potentiel. Celui-ci pouvait toujours être autre chose que ce qu'il prétendait. Par exemple, un individu qui avait de bonnes raisons de lui en vouloir. Il se leva et vérifia que la sortie de secours était bien déverrouillée.

Deux employés de la Poste entrèrent pour boire un café. C'était l'heure de la pause, et ils en profitèrent un maximum, buvant leur jus de chaussette dans des tasses en plastique tout en regardant la télévision du bar. Phil Donahue interviewait trois travestis, tous trois profs de sixième. Tous, y compris Donahue, arboraient des cheveux verts et un teint écarlate. Julio servit une seconde tournée aux employés, puis repassa de l'autre côté du comptoir pour s'asseoir près de la porte.

Jack jeta un coup d'œil au journal. « Où sont les clodos ? » proclamait la une. Ces derniers mois, la population de sans-abri de la ville n'avait cessé de diminuer mystérieusement, et la presse à sensation en faisait ses choux gras.

A dix heures trente-deux, M. Bahkti entra dans le bar. Jack l'identifia au premier coup d'œil. Il portait une tunique hindoue bleu marine et sa peau sombre semblait assortie à ses vêtements. Lorsque la porte se referma derrière lui, durant un instant, Jack ne vit plus que deux yeux qui flottaient dans la pénombre.

Julio réagit immédiatement et se précipita vers le nouvel arrivant. Ils échangèrent quelques mots ; lorsque Julio se pencha vers lui, l'homme eut un mouvement de recul. Il paraissait très en colère. Julio revint vers Jack en haussant les épaules.

— C'est bon, dit Julio, il n'est pas armé. Drôle de paroissien.

— Qu'est-ce que tu en dis ?

— C'est ça qui est bizarre : je n'en dis rien du tout. Ce type ne laisse rien filtrer. Il est plus fermé qu'une huître. Il me fout les jetons.

— Comment ça ?

— Comme je te dis, mon vieux. Si j'étais toi, je m'assurerais que je peux résoudre son problème avant d'accepter. Il vaut mieux ne pas s'attirer les foudres d'un type pareil.

Jack pianota contre la table. La réaction de Julio, qui était du genre grande gueule, le mettait mal à l'aise. Pour qu'il dise une chose pareille, il devait avoir perçu quelque chose de vraiment malsain chez son client potentiel.

— Qu'est-ce que tu as fait ? Il avait l'air furax.

— Oh, rien de spécial. C'est quand j'ai fait mon petit tour de passe-passe habituel pour m'assurer qu'il ne portait pas d'arme qu'il a pris ses grands airs. Apparemment, il n'aime pas qu'on le touche. Tu veux le voir ou je l'envoie au bain ?

Jack eut une hésitation ; la tentation d'en rester là était grande. Après tout, c'est ce qu'il finirait probablement par faire. Mais il avait accepté de le rencontrer, et l'Hindou avait fait l'effort d'être à l'heure.

— Amène-le-moi, qu'on en finisse.

Julio fit signe à Bahkti d'approcher, puis alla reprendre sa place derrière le comptoir.

L'Hindou se dirigea vers Jack d'un pas vif et rythmé

qui témoignait d'une belle assurance. Ce n'est que lorsqu'il aborda l'allée que Jack réalisa, non sans surprise, qu'il lui manquait son bras gauche. Mais sa manche n'était pas roulée et épinglée : son costume, fait sur mesure, n'en comportait pas du tout. Il était grand, plus d'un mètre quatre-vingts à vue de nez, mince mais solide. Quarante, cinquante ans. Le nez était long, la barbe finement taillée, la bouche mince et les lèvres fines. Le blanc de ses yeux profondément enfoncés luisait presque dans les ténèbres. Il lui rappelait John Barrymore dans *Svengali*.

Il s'arrêta face à la banquette et toisa Jack pour prendre sa mesure, tout comme Jack prenait la sienne.

2

Kusum Bahkti n'aimait pas cet endroit dénommé « Julio's Bar », qui puait le bœuf grillé et le mauvais alcool et où ne traînaient que des épaves issues des castes les plus inférieures de la société. Ce devait être l'un des pires trous qu'il ait eu le malheur de visiter dans cette ville nauséabonde. Il devait certainement polluer son karma rien qu'en y entrant.

Et cet homme d'une trentaine d'années, à l'allure des plus ordinaires, ne pouvait certainement pas être celui qu'il venait voir. Il avait l'air d'un Américain moyen, un homme de la rue que personne ne remarquerait. Bien trop normal, bien trop commun pour fournir le genre de service dont Kusum avait besoin.

Si j'étais chez moi…

Oui. S'il était chez lui, à Calcutta, il n'aurait qu'à claquer des doigts, et un millier d'hommes passeraient la ville au peigne fin pour lui amener les coupables. Ceux-ci auraient tout le temps de regretter d'être nés en attendant de passer dans une autre vie. Mais là, en Amérique, il se voyait réduit à demander l'assistance de ce parfait inconnu. Il en avait la nausée.

— Etes-vous celui que je cherche ? lui demanda-t-il.

— Tout dépend de ce que vous lui voulez.

Kusum remarqua que l'Américain avait du mal à détourner les yeux de son épaule mutilée.

— Il se fait appeler Jack le Réparateur.

— C'est bien moi, répondit l'homme en étendant les bras.

Non, cela ne pouvait être lui.

— J'ai peut-être commis une erreur.

— Peut-être, renchérit l'inconnu.

Il semblait préoccupé, bien loin de Kusum et de la mission que celui-ci voulait lui confier.

Kusum tourna les talons. Il ne pouvait se résoudre à demander l'aide d'un étranger, surtout celui-là. Puis il se ravisa. Par Kali, il n'avait pas le choix ! Il s'assit à la table, face à Jack le Réparateur.

— Je m'appelle Kusum Bahkti.

— Jack Nelson.

L'homme lui tendit sa main droite. Kusum eut un sursaut de dégoût, mais il ne voulait pas l'offenser. Il avait besoin de lui.

— Monsieur Nelson…

— Appelez-moi Jack.

— Très bien… Jack. (Il n'aimait pas trop faire usage de familiarité avec cet homme qu'il voyait pour la première fois.) Excusez-moi. Je n'aime pas qu'on me touche. Un préjugé typiquement oriental.

Jack regarda sa main comme pour s'assurer qu'elle était propre.

— Je ne veux pas vous offenser, mais…

— Laissez tomber. Qui vous a donné mon numéro ?

— Je n'ai pas beaucoup de temps… Jack, fit-il en se forçant pour employer ce prénom. Et j'insiste…

— Je tiens à savoir d'où me viennent mes clients. Alors ?

— Très bien : il s'agit de M. Burkes, attaché à la Mission anglaise des Etats-Unis.

Ce matin, Kusum avait appelé Burkes à la rescousse. Celui-ci lui apprit que, il y avait quelques années de cela, ce Jack avait réglé un problème assez délicat pour le compte de la Mission anglaise.

— Je le connais, convint Jack. Vous êtes de l'ONU ?

Kusum serra les poings. Il n'avait pas l'habitude de subir un tel interrogatoire.

— Oui.

— Et j'imagine que vous autres, délégués pakistanais, vous entendez bien avec les Anglais ?

Kusum se leva à moitié, comme si Jack l'avait giflé.

— Quelle insulte ! Me prenez-vous pour un de ces musulmans... (Il se reprit. Les Américains ne connaissaient rien à rien. Cet homme ne voulait sans doute pas l'offenser.) Je suis originaire du Bengale, membre de la délégation hindoue. Le Pakistan, jadis le Pendjab, une région de l'Inde, est aujourd'hui un Etat sous domination musulmane.

Distinction qui, apparemment, dépassait complètement Jack.

— Qu'importe ! Tout ce que je sais de l'Inde, je l'ai appris en regardant *Gunga Din* une bonne centaine de fois. Parlez-moi de votre grand-mère.

Kusum ouvrit de grands yeux. *Gunga Din* était bien un poème, non ? On peut *lire* un poème, mais comment peut-on le *regarder* ? Mais il n'en était plus à ça près...

D'un geste inconscient, il chassa une mouche qui s'était approchée d'un peu trop près et reprit :

— Sachez que si j'étais dans mon propre pays, je résoudrais cette histoire à ma façon.

— C'est ce que vous m'avez dit au téléphone. Et maintenant, où est-elle ?

— A l'hôpital St. Clare, sur West Ave…

— Je sais où c'est. Que lui est-il arrivé ?

— Très tôt ce matin, sa voiture est tombée en panne. Son chauffeur est allé chercher un taxi et, en attendant, elle a commis l'erreur de descendre pour se dégourdir les jambes. On l'a agressée avec une sauvagerie inouïe. Si une voiture de police n'était pas passée à ce moment-là, ils l'auraient tuée.

— Je crains que ce genre d'histoire ne soit désespérément banale.

Remarque digne d'un authentique citoyen des grandes cités, qui réservait sa pitié à ceux qu'il connaissait bien. Mais dans les yeux de l'inconnu, Kusum lut quelque chose qui prouvait qu'il n'était pas totalement insensible.

— Oui, et cela en dit long sur votre ville.

— Parce qu'il n'y a jamais d'agressions dans les rues de Bombay ou à Calcutta ?

Kusum haussa les épaules tout en chassant une fois de plus la même mouche.

— Peu importe ce qui se passe dans les castes inférieures. Sur la terre de mes ancêtres, pas un seul délinquant, même le plus désespéré, n'oserait porter la main sur quelqu'un de la caste de ma grand-mère.

Sa remarque parut irriter Jack.

— C'est beau, la démocratie, fit-il d'un ton plein d'amertume.

Kusum fronça les sourcils. Il faisait fausse route. Apparemment, depuis les premiers instants, un antagonisme s'était développé entre lui et ce Jack.

— J'ai dû faire erreur. M. Burkes vous a chaudement recommandé, mais je doute que vous soyez à même de remplir cette tâche. Vous ne démontrez aucun respect…

— Qu'attendiez-vous d'un type qui a été élevé aux dessins animés de Bugs Bunny ?

— … Et vous ne semblez pas avoir les ressources physiques nécessaires pour accomplir ce que j'attends de vous.

Jack eut un sourire, comme si ce genre de réaction avait cessé de l'étonner. Il avait posé les coudes sur la table, et ses mains étaient croisées devant lui. Soudain, il se mit en mouvement avec une incroyable rapidité, et ses mains jaillirent vers le visage de Kusum. Celui-ci se crispa en attendant le coup et se prépara à riposter d'une détente du pied.

Mais le coup ne vint pas. La main passa à un millimètre du visage de Kusum et s'empara de la mouche qui voletait devant son nez. Ensuite, Jack se leva et partit vers la porte de derrière, où il relâcha l'insecte dans l'air fétide d'une ruelle.

Il est rapide, se dit Kusum. Très rapide. Et, plus important encore : il n'avait pas tué cette mouche. Peut-être était-il bien celui dont il avait besoin.

3

Jack retourna s'asseoir et étudia l'Hindou de près. Kusum n'avait pas frémi, ce qui était plutôt à son avantage. Soit ses réflexes étaient très lents, soit il avait des nerfs en acier trempé. Il optait plutôt pour la seconde solution.

Un partout, se dit-il. Et comment avait-il bien pu perdre son bras ?

— Ce n'est pas évident, dit-il. Retrouver un braqueur en particulier dans cette ville est pire que de chercher une épingle dans une botte de foin. Si elle l'a assez bien vu pour pouvoir l'identifier d'après photo, il suffit d'aller trouver la police et…

— Non, pas la police ! rétorqua Kusum.

C'était exactement ce que Jack voulait entendre. Si Kusum voulait ou pouvait avoir recours aux autorités légales, il n'avait aucune raison de venir trouver quelqu'un comme Jack.

— Non pas que je doute de leur efficacité, reprit Kusum, mais ils sont beaucoup trop lents. Or cette affaire est extrêmement urgente. Ma grand-mère se meurt. C'est pour ça que je tiens à ne pas passer par les canaux officiels.

— Je n'y comprends rien.

— On lui a dérobé son collier. C'est un bijou de famille, et il n'a pas de prix. Il faut qu'il lui soit restitué.

— Mais vous dites qu'elle est à l'agonie…

— AVANT qu'elle ne meure ! Il faut qu'elle le récupère AVANT sa mort !

— C'est impossible ! Je ne peux…

Diplomate des Nations Unies ou pas, ce type était cinglé. D'abord, il faudrait trouver le nom du braqueur, ce qui était déjà herculéen en soi ; puis il faudrait lui soutirer l'identité de son fourgue et aller voir ledit fourgue dans l'espoir qu'il n'ait pas déjà retiré les pierres précieuses du collier et fondu le métal. Autant dire qu'il n'avait pas une chance sur dix millions.

— C'est impossible.

— Il le faut ! Vous devez retrouver cet homme. Elle lui a égratigné le front, il doit encore porter la cicatrice. C'est un bon moyen de le retrouver !

— C'est surtout le travail de la police.

— Ils mettront trop longtemps ! Il me faut le collier pour cette nuit !

— Je ne peux pas faire de miracles.

— Il le faut !

— Je n'ai pas une chance sur…

— Vous pouvez au moins essayer ! Je vous en *prie* !

La voix de Kusum se brisa sur ce dernier mot, comme s'il avait fait un effort surhumain pour supplier son interlocuteur. Et, se dit-il, c'était probablement le cas. Cet homme était extrêmement orgueilleux, et voilà qu'il se trouvait réduit à demander l'aide d'un inconnu.

— Bon, d'accord ! Voilà ce que nous allons faire : si vous me laissez m'entretenir avec votre grand-mère, je verrai ce que je peux en tirer.

— Je doute que ce soit vraiment nécessaire.

— Bien sûr que si ! Elle est la seule à pouvoir me dire à quoi il ressemble.

Jack s'étonna de ce refus. En tout cas, Kusum semblait mal à l'aise.

— Elle n'a pas tous ses esprits… Ses propos sont… incohérents. Je m'en voudrais de la mettre en présence d'un étranger.

Jack ne dit rien. Il se contenta de dévisager Kusum. Le temps passa. Puis l'Hindou finit par céder.

— Je vous y emmène immédiatement.

Jack le suivit et, au passage, fit un signe de la main à Julio, qui installait son fameux panneau : « Menu gratuit : 2,5 dollars », avec juste en dessous la mention : « Demain on sert gratis ! »

Une fois sur Columbus Avenue, ils trouvèrent tout de suite un taxi et partirent vers le centre-ville.

— Au fait, dit Jack lorsqu'ils furent installés à l'arrière du taxi, pour ce qui est de mes honoraires…

Les lèvres de Kusum se plissèrent en un petit sourire supérieur.

— Comment ? N'êtes-vous pas un justicier, défenseur de la veuve et de l'orphelin ?

— Ce n'est pas comme ça que je gagne ma croûte. Mon propriétaire préfère que je paie mon loyer cash. Et moi aussi.

— Ah ! Un capitaliste !

S'il voulait irriter Jack avec cette remarque, il faisait fausse route.

— Je préfère être traité de sale capitaliste ou, à la rigueur, de vendu au capital. La simple appellation de capitaliste manque de panache. J'espère que Burkes ne vous a pas fait croire que j'agissais pour l'amour de l'art ?

— Non. Il m'a parlé des honoraires que vous a versés la Mission anglaise. Une somme assez rondelette d'ailleurs. Et en liquide.

— Je ne prends pas les chèques, ni les cartes de crédit. Et je déteste la violence, surtout lorsque c'est moi qui en suis l'objet.

— En ce cas… Jack, voilà ce que je vous propose : en guise d'avance, vous recevrez la moitié de ce que vous ont remis les Anglais. Si vous réussissez à me ramener le collier de ma grand-mère avant qu'elle ne meure, je vous donnerai le reste.

Difficile de refuser. Le boulot qu'il avait effectué pour les Anglais impliquait des terroristes ; cela avait été une mission complexe, envahissante et, parfois, assez risquée. En temps normal, il n'aurait demandé qu'une fraction de cette somme, mais Kusum semblait disposé à lui verser le total. Et si Jack réussissait à lui ramener ce fichu collier, il aurait accompli un véritable miracle. Et donc, il aurait bien mérité cet argent.

— Cela me semble correct, dit-il sans sourciller. Si toutefois j'accepte ce travail, bien sûr.

4

Jack suivit Kusum le long des couloirs de l'hôpital jusqu'à ce qu'ils atteignent une chambre individuelle, où une infirmière était assise à côté du lit. Dans la chambre plongée dans la pénombre, les rideaux étaient tirés et seule une petite lampe posée dans un coin émettait une lumière diffuse. La dame allongée sur le lit était incroyablement âgée. Des cheveux blancs encadraient un visage sillonné de rides ; des mains recourbées comme des serres se refermaient sur les couvertures. Ses yeux étaient emplis de terreur. Seuls sa respiration rauque et irrégulière et le bourdonnement du ventilateur rompaient le silence qui régnait dans la pièce.

Alors qu'il se tenait devant le lit, Jack sentit monter en lui un sentiment familier de colère. Avec tout ce qu'il avait vu, tout ce qu'il avait fait, il aurait dû être blasé ; mais non. Face à un tel spectacle – une vieille dame sans défense tabassée par un imbécile –, il ne pouvait rester de glace. Cela lui donnait l'envie de casser quelque chose ou, de préférence, quelqu'un.

— Demandez-lui à quoi ressemblait son agresseur.

Kusum baragouina quelques mots de hindi à la vieillarde prostrée qui lui répondit d'une voix rauque, lente, douloureuse.

— Elle dit qu'il vous ressemblait, mais en plus jeune, et avec des cheveux plus clairs.

— Longs ou courts ?

Après un autre échange, Kusum traduisit :

— Courts. Très courts.

Donc : un jeune blanc aux cheveux ras. Un militaire en permission ou un punk attardé ?

— Quoi d'autre ?

La vieille dame répondit tout en égratignant l'air de ses doigts crispés.

— Elle l'a griffé juste au-dessus de l'œil gauche avant qu'il ne l'assomme.

Bien joué, grand-maman.

Jack décocha un sourire rassurant à la vieille dame, puis se tourna vers Kusum.

— Je vous retrouve dans le couloir.

Il ne voulait pas lui parler devant l'infirmière.

En attendant derrière la porte, Jack jeta un coup d'œil au poste des infirmières et crut reconnaître un visage familier. Il alla regarder de plus près la blonde sculpturale – un vrai fantasme d'infirmière – qui rédigeait des rapports. Il ne s'était pas trompé : c'était bien Marta. L'infirmière et lui avaient eu ce qu'on appelle généralement une liaison, mais c'était bien avant qu'il ne connaisse Gia.

Elle aussi le reconnut : elle l'embrassa amicalement et le serra contre son cœur, puis ils discutèrent du bon vieux temps. Enfin, Jack lui demanda de lui parler de Mme Bahkti.

— Elle ne cesse de décliner, répondit Marta. Depuis que j'ai pris mon service, son état a empiré. Je doute qu'elle soit encore parmi nous demain. Pourquoi, tu la connais ?

— J'effectue quelques menus travaux pour son petit-fils.

Comme la plupart des gens qui connaissaient Jack dans le simple cadre de sa vie sociale – et ils n'étaient pas nombreux –, Marta pensait que Jack était un « consultant en sécurité ». Entre-temps, Jack vit que Kusum sortait de la chambre.

— Le voilà. A plus tard.

Jack et Kusum passèrent au bout du couloir, là où personne ne pourrait les entendre.

— C'est bon, lui dit-il, je vais voir ce que je peux faire. Mais je ne promets rien.

Jack avait décidé de ne plus se laisser manipuler par ce rigolo.

Kusum relâcha son souffle en chuchotant ce qui ressemblait fortement à une prière.

— Personne ne peut vous en demander davantage. Mais si vous n'avez pas trouvé le collier d'ici à demain matin, il sera trop tard. Et ensuite, il n'aura plus qu'une importance secondaire. Mais après cette date, je veux que vous continuiez à chercher son assaillant. Et lorsque vous l'aurez retrouvé, vous n'aurez qu'à le tuer.

Jack se raidit, mais sourit à l'Hindou et secoua la tête. Ce type le prenait pour un tueur à gages ou quoi ?

— Désolé, mais ce n'est pas dans mes cordes.

Apparemment, Kusum ne s'attendait pas à cette réponse.

— Très bien. En ce cas, vous n'avez qu'à m'appeler, et je…

Jack lui coupa la parole :

— J'accepte de travailler pour vous jusqu'à demain matin, dit-il. D'ici là, je m'y consacrerai entièrement. Mais ensuite, vous devrez vous débrouiller sans moi.

Kusum parut s'offusquer de sa réponse. *Parce que en général, personne n'ose dire non à Môssieur Kusum Bahkti ?* pensa Jack.

— Quand commencerez-vous ?

— Cette nuit.

Kusum tira une enveloppe de sa poche bien rembourrée.

— Voici la moitié de la somme. Je vous attendrai ici même ce soir avec l'autre moitié, au cas où vous réussiriez à récupérer le collier.

Jack ressentit une pointe de culpabilité à l'idée de demander une telle somme à son client alors qu'il avait si peu de chances de réussir. Il prit néanmoins l'enveloppe, qu'il plia et mit dans sa poche.

— Je vous donnerai une prime de dix mille dollars si vous tuez le coupable, ajouta Kusum.

Jack éclata de rire pour détendre l'atmosphère, mais secoua à nouveau la tête.

— Laissez tomber. Par contre, il me serait peut-être plus facile de retrouver ce collier si je savais à quoi il ressemble.

— Bien sûr !

Kusum dégrafa le col de sa chemise, dévoilant une

grosse chaîne qui pendait sur sa poitrine. Ses maillons étaient en forme de croissant avec un drôle de symbole embossé dans le métal. Il y avait un pendentif au bout de la chaîne : deux pierres jaunes, des topazes peut-être, au cœur d'un noir de jais.

Jack tendit la main vers le pendentif, mais Kusum secoua la tête.

— Chaque membre de ma famille porte un collier comme celui-ci, mais il ne doit jamais le retirer. Et c'est pour cette raison que ma grand-mère doit absolument récupérer le sien.

Jack examina de près le collier. Il n'aurait pu expliquer pourquoi, mais celui-ci provoquait un drôle d'effet sur lui. En sa présence, un instinct primordial, atavique, lui hérissait le poil et lui retournait les tripes. Les deux pierres évoquaient des yeux. Elles étaient enchâssées dans un métal argenté, mais qui n'était pas de l'argent.

— De quoi est-il fait ?

— Le collier ? De vulgaire acier.

Jack y regarda de plus près. En effet, il put voir quelques traces de rouille sur le rebord des maillons.

— Qui peut bien vouloir s'emparer d'un collier en acier ?

— Un idiot qui l'a pris pour de l'argent.

Jack acquiesça. Pour la première fois depuis le début de leur conversation, il se dit qu'il avait peut-être une chance – aussi infime soit-elle – de retrouver le collier. S'il s'agissait d'un bijou en argent, le voleur l'aurait déjà vendu, et son acquéreur l'aurait fondu pour donner un joli lingot impossible à identifier. Mais un bijou de famille comme celui-ci, dépourvu de toute valeur intrinsèque...

— Je l'ai en photo, dit Kusum en lui tendant un polaroïd du collier. Des amis à moi font le tour des prêteurs sur gages de votre ville, au cas où ils tomberaient dessus.

— De combien de temps votre grand-mère dispose-t-elle ?

Kusum referma lentement son col de chemise, d'un air lugubre.

— Douze heures, d'après les docteurs. Quinze, peut-être.

Super. D'ici là, je pourrai peut-être retrouver notre bonhomme.

— Où puis-je vous joindre ?

— Ici même. Vous allez... vous y mettre à fond, n'est-ce pas ?

Les yeux bruns de l'Hindou plongèrent dans les siens comme s'ils voulaient décrypter son âme même.

— C'est ce que j'ai dit.

— Et je vous crois. Dès que vous aurez trouvé le collier, vous me l'apporterez.

— Bien sûr. Dès que je l'aurai retrouvé.

Ben voyons. En quittant les lieux, il se demanda pourquoi il avait accepté d'aider un étranger alors que la tante de Gia avait besoin de ses services. Pourquoi se laissait-il toujours embobiner ?

Merde !

5

Kusum entra dans la chambre d'hôpital et prit la première chaise venue pour s'asseoir au chevet de sa grand-mère. Il prit la main ridée qui gisait sur les couvertures et l'examina de près. On aurait dit un squelette recouvert d'une peau dont la tessiture évoquait du vieux parchemin. Où puisait-elle la force de se déplacer ?

La vision de ce spectre décharné l'emplit de tristesse.

Kusum plongea son regard dans ses yeux suppliants. Il y lut une immense frayeur, et fit de son mieux pour cacher sa propre angoisse.

Elle lui parla d'une voix frêle en bengali :

— Kusum, je suis en train de mourir.

Il le savait très bien, et à l'idée de la perdre, une main de glace se refermait sur son cœur.

— Cet Américain va te ramener ton collier. Il m'a été chaudement recommandé.

Burkes avait spécifié qu'il était « incroyablement doué ». Kusum détestait les Anglais, ne serait-ce que par principe, mais celui-ci n'était pas né de la dernière pluie. Et pourtant, même si ce Jack était aussi bon qu'il le disait, il ne pouvait faire de miracles. C'était une mission impossible ; Jack lui-même l'avait reconnu. Ce qui prouvait au moins qu'il était honnête. Et pourtant, Kusum ne pouvait pas rester là sans rien faire, même si ses efforts étaient voués à l'échec !

Il serra les poings. Pourquoi une telle catastrophe ? Et pourquoi *maintenant* ? Comme il méprisait ce pays et la vacuité de ses habitants ! Ils étaient presque aussi répugnants que les Anglais. Mais ce Jack était différent ; contrairement à ses compatriotes, il n'était pas qu'un puzzle mal assemblé. Kusum avait senti en lui une sorte d'unité, de complétude. Jack le Réparateur faisait payer ses services au prix fort, mais en fin de compte, l'argent n'avait aucune importance. Le simple fait de savoir que quelqu'un comme lui était sur la piste du collier suffisait à le réconforter.

— Il te le ramènera, fit-il en prenant sa main inerte.

Si elle l'entendit, elle n'eut aucune réaction.

— Je suis en train de mourir, répéta-t-elle.

6

Jack ne cessait de penser aux billets qu'il avait fourrés dans sa poche revolver. Alors qu'il marchait vers la Dixième Avenue pour se diriger vers le centre-ville, sa main semblait irrésistiblement attirée par l'enveloppe de l'Hindou, comme s'il devait constamment vérifier qu'elle était toujours à sa place. L'ennui, c'est qu'il ne savait pas ce qu'il allait faire de tout cet argent. Il en regrettait presque de ne pas avoir de compte en banque. Mais pour en ouvrir un, il fallait disposer d'un numéro de Sécurité sociale…

Il eut un soupir. C'était un des principaux inconvénients de son mode de vie, hors de toute structure imposée. Le fait de ne pas être inscrit à la Sécurité sociale lui fermait bien des portes. Il ne pouvait trouver un emploi régulier, disposer d'un portefeuille boursier, souscrire un emprunt, acheter une maison… La liste semblait s'allonger à l'infini.

Son pouce se logea dans la poche arrière de son jean. Il s'arrêta devant un immeuble de bureaux passablement décrépit. C'est là qu'il louait un placard de trois mètres sur quatre, le plus petit qu'il ait pu trouver. Il n'avait jamais rencontré personnellement l'agent immobilier ou les personnes de son agence, et entendait bien continuer ainsi.

Il emprunta l'ascenseur bringuebalant qui le déposa au quatrième étage. Le vestibule était désert. Son bureau était au numéro 412. Il passa deux fois devant la porte avant de tirer sa clé.

Lorsqu'il entra dans ce réduit, il le reconnut à son odeur, toujours la même : sèche et poussiéreuse. Le sol et l'appui de la fenêtre disparaissaient sous une épaisse couche de poussière, et des moutons s'accumulaient dans les coins. Au-dessus de l'unique fenêtre, il vit une toile d'araignée abandonnée. Il ne manquait plus qu'un écriteau : fermé pour cause de faillite.

La minuscule pièce ne comportait pas le moindre ameublement. Sur le sol nu gisaient une demi-douzaine d'enveloppes qu'on avait glissées à l'intérieur, une housse de machine à écrire IBM, les fils du téléphone et des autres appareils électriques.

Jack ramassa son courrier, uniquement des factures au nom de Jack Finch, locataire des lieux. Le reste n'était que des prospectus publicitaires. Il alla soulever la housse de la machine à écrire, dévoilant un combiné téléphone/répondeur qui semblait en ordre de marche. Il s'agenouilla devant l'appareil ; lorsqu'il appuya sur le bouton du répondeur, celui-ci émit un cliquetis, puis la voix d'Abe s'éleva, débitant une annonce des plus traditionnelles au nom de Jack le Réparateur. Il y avait le message d'un homme dont le séchoir électrique était en panne.

Il remit la housse en place et alla jeter un coup d'œil dans le couloir. Deux secrétaires travaillant pour la boîte d'importation de chaussures attendaient devant la porte de l'ascenseur, situé à l'autre bout du palier. Lorsqu'elles eurent disparu dans la cabine, Jack boucla la porte de son bureau, puis emprunta l'escalier. Il eut un soupir de soulagement : il n'aimait pas venir ici et le faisait le plus rarement possible, de façon aléatoire et aux heures les plus inattendues. Il ne voulait pas que quelqu'un voie son visage et fasse un quelconque rapprochement avec Jack le Réparateur. Mais quoi qu'il arrive, il y avait toujours des factures à payer, même s'il ne les recevait pas à son appartement. Et ce bureau fantôme était plus sûr qu'une boîte postale.

Bien sûr, il se donnait tout ce mal pour rien : personne ne le suivait, personne ne voulait se venger d'un mauvais tour quelconque. Lorsqu'il remplissait une mission, il s'arrangeait toujours pour garder un profil bas, et seuls ses clients voyaient à quoi il ressemblait.

Mais c'était toujours une possibilité. Et tant qu'il y avait une chance, sur cent ou sur mille, que quelqu'un puisse le retrouver, il entendait bien garder son mystère.

Le pouce collé dans sa poche, il affronta les heures de pointe. La foule qui se massait sur les trottoirs garantissait son anonymat. Il tourna sur la 42e et marcha jusqu'à la poste située à l'angle des Huitième et Neuvième Avenues. Là, il envoya trois mandats – deux sommes dérisoires pour payer son électricité et le téléphone, une troisième pour son loyer, exorbitant vu la minuscule place dont il disposait. Il les signa au nom de Jack Finch. Il allait repartir lorsqu'il se dit que, puisqu'il avait du liquide, il pouvait tout aussi bien régler le loyer de son appartement. Il fit donc un quatrième mandat adressé à son propriétaire et qu'il signa Jack Berger.

Il passa devant l'immeuble Art déco situé face à la capitainerie du port, puis traversa la Huitième Avenue pour se retrouver en plein Disneyland local. Il se souvenait encore du temps où Times Square et ses alentours étaient une vraie cour des Miracles, une foire aux monstres à faire rougir Todd Browning lui-même. Jack ne manquait jamais une occasion de passer par là. Il aimait le spectacle des rues, et on ne pouvait trouver un meilleur assortiment d'*Homo Sapiens Epavus* qu'à Times Square.

La rue qui s'étendait devant lui était jadis vouée aux cinémas décrépits offrant toutes sortes de programmes, des films triple-X aux « kung-fu » mal doublés en passant par le style « Prenons un grand couteau et massacrons quelques ados » si populaire en son temps. Entre deux sex-shops microscopiques, on y trouvait des escaliers menant à des « agences de mannequins » ou des dancings, des stands de journaux ou de produits alimentaires peu engageants et des magasins perpétuellement au bord de la faillite – du moins c'est ce que prétendaient les écriteaux annonçant des ristournes faramineuses. Des prostituées et des vagabonds des deux sexes se mêlaient aux clients de ces respectables officines, plus quelques créatures indéfinissables qui, un jour, avaient dû ressembler à des petits garçons.

Mais tout cela appartenait désormais au passé. Maintenant, on ne trouvait plus que des commerces tout à fait normaux et des cinémas pour tous publics où Donald n'aurait aucun scrupule à amener ses neveux.

Il traversa Broadway en passant derrière le bâtiment qui avait donné son nom à Times Square, puis tourna sur la Septième Avenue. Au bord du trottoir, on avait installé des tables où, pour quelques dollars, des joueurs d'échecs et de backgammon servaient d'adversaires aux plus passionnés. Plus loin, on vendait des fruits et légumes sur des tables, et des étals proposaient des kebabs, des hot-dogs, des fruits secs, des bretzels et du jus d'oranges pressées dans un mélange d'odeurs contradictoires. Tous les disquaires de la Septième promouvaient le dernier groupe du jour, du nom de Polio, et passaient des extraits de leur album jusque sur le trottoir. Pour atteindre la 46e Rue, Jack attendit le feu vert à côté d'un Portoricain avec sur son épaule un gros magnétophone diffusant de la salsa à un volume qui rendrait stériles la plupart des petits mammifères de notre écosystème. Des jeunes filles, vêtues de bustiers et de shorts de gym en satin si courts qu'ils dévoilaient une bonne portion de fesses, glissaient sur leurs rollers au milieu du trafic, écouteurs aux oreilles et baladeur à la ceinture.

Au milieu du flot, un géant noir aveugle se tenait à genoux, un écriteau sur la poitrine, un chien à ses pieds et une tasse dans la main. Au passage, Jack y jeta quelques pièces.

Jack aimait New York, pour toute sa gloire crasseuse

et cosmopolite et son architecture emphatique. Il ne pouvait imaginer vivre ailleurs.

En atteignant la 50e, il tourna vers l'est et s'arrêta devant la boutique *Municipal Coins*. Il jeta un coup d'œil aux babioles étalées en devanture, sous la pancarte rouge et blanc proclamant « Nous achetons tout objet en or », puis passa la porte.

Monte le reconnut immédiatement.

— Monsieur O'Neil ! Comment allez-vous ?

C'était un petit bonhomme maigre comme un clou, au crâne dégarni, avec un gros nez et des bras squelettiques. Il évoquait davantage un moustique qu'un être humain.

— Ça boume. Appelez-moi Jack. Je vous l'ai déjà dit, non ?

— Oui, bien sûr ! renchérit Monte en souriant. Pas de formalités entre nous. Heureux de vous revoir !

Jack n'en doutait pas : il devait être son meilleur client. Il le connaissait depuis des années, plus précisément depuis qu'Abe lui avait conseillé d'investir dans l'or. Les Krugerrands, plus particulièrement.

Il n'y a rien de plus anonyme comme transaction ! conclut Abe, qui avait gardé son meilleur argument pour la fin. *Tu ne laisses pas plus de traces qu'en achetant un morceau de pain !*

Ainsi, il achetait des pièces d'or qu'il payait en liquide et, parfois, en revendait lorsque le cours était bon. En principe, il aurait dû notifier ses bénéfices au fisc, mais comme celui-ci ne savait pas qu'il existait, il préférait leur épargner de la paperasserie inutile.

Depuis, Jack restait fidèle à l'or et, aujourd'hui, était décidé à en acheter. Comme le marché numismatique n'était plus ce qu'il était, il s'était diversifié, et investissait aussi dans les pièces de monnaie. Leur cote ne remonterait pas avant longtemps, mais de toute façon, il ne comptait pas les vendre avant sa retraite – si toutefois il vivait assez vieux pour ça.

— Je crois avoir ce qu'il vous faut, dit Monte. Une des plus belles Barber Halves que j'aie jamais vues.

— De quelle année ?

— 1901.

Suivit l'obligatoire discussion sur l'usure, la patine, etc. Lorsque Jack quitta le magasin, il emportait avec lui la Barber Halves d'un demi-dollar et un Barber Quarter de 1909, tous deux enveloppés dans un mouchoir et fourrés dans sa poche de devant, à côté d'un rouleau de Krugerrands. Dans son autre poche, il lui restait cent dollars et quelque en liquide. Il se sentait beaucoup mieux qu'avant son petit tour chez Monte.

Maintenant, il pouvait se consacrer à Gia. Comme Vicky était certainement avec elle, il avait intérêt à ne pas arriver les mains vides. Il s'arrêta devant une carterie et trouva ce qu'il cherchait : une pile de petites sphères un peu plus petites que des balles de golf, couvertes de fourrure, avec de petits pieds, de grands yeux et deux antennes. Des Wuppets. Vicky les aimait presque autant que les oranges. Et il aimait le sourire qui illuminait son visage lorsqu'elle fouillait dans sa poche pour découvrir un cadeau.

Il choisit donc un Wuppet orange et rentra chez lui.

7

En guise de déjeuner, il s'offrit un paquet cylindrique de Pringles Country Style et une Red Hook Lager dans la fraîcheur de son appartement. Il aurait dû monter sur le toit pour sa gym quotidienne, il le savait, mais il devait faire une chaleur à crever là-haut.

Plus tard, se promit-il. Jack avait horreur de ses exercices routiniers et, bien qu'il finisse toujours par s’y mettre, toutes les excuses étaient bonnes pour retarder le moment fatidique.

Il décapsula une seconde canette et se dirigea vers le placard le plus proche de la salle de bains, là où il stockait ses nouvelles acquisitions. L’intérieur du placard était tapissé de cèdre, et il y planait une forte odeur boisée. Il retira une planche de la cloison du fond, dévoilant les canalisations d’eau alimentant la salle de bains, enveloppées de mousse isolante. Et là, scotchées à la mousse comme des ornements sur un arbre de Noël, il y avait une douzaine de pièces rares. Il restait bien assez de place pour ses dernières acquisitions.

Il remit la planche à sa place et fit un pas en arrière. C’était une excellente cachette, bien plus accessible qu’un dépôt en banque et plus sûre qu’un coffre-fort mural. Aujourd’hui, les cambrioleurs étaient tous munis de détecteurs de métaux ; ils localisaient n’importe quel coffre en un rien de temps et pouvaient le forcer ou l’emporter. Mais là, un détecteur ne repérerait que les canalisations alimentant la salle de bains.

Il n’avait rien à craindre de ce côté, sinon un éventuel incendie.

Décidément, il aurait fait le bonheur d’un psychiatre, qui l’aurait certainement taxé de parano-quelque-chose. Mais Jack avait une meilleure explication : lorsqu’on habitait une ville où le taux d’agressions atteignait des records, que de par votre profession, vous vous attiriez la haine de gens peu recommandables et qu’en plus, vous ne pouviez assurer convenablement votre propriété, eh bien, une extrême prudence n’était pas un signe de déficience mentale, mais une condition essentielle à sa survie.

Il venait de terminer sa seconde bière lorsque le téléphone sonna. Gia ? Il écouta son introduction au nom de Pinocchio Productions, puis la voix de son père s’éleva. Il alla immédiatement décrocher.

— Salut, p’pa.

— Tu n'éteins jamais cet appareil du diable, Jack ?

— Le répondeur ? Je viens de rentrer. Quoi de neuf ?

— Je voulais juste te dire de ne pas oublier le match de dimanche.

Dimanche ? Qu'est-ce qui se passait dim…

— Le match de tennis ? Je ne risque pas de l'oublier.

— Ça ne serait pas la première fois.

Jack fit la grimace.

— Je te l'ai déjà dit, p'pa. Ce jour-là, j'ai été appelé d'urgence et n'ai pas pu me libérer.

— Eh bien, j'espère que cela ne se reproduira pas, dit-il d'un ton qui laissait clairement entendre qu'il ne voyait pas ce qui pouvait retenir toute une journée un simple réparateur de matériel électrique. J'attends avec impatience ce grand match intergénérations !

— Je serai là au petit matin, fidèle au poste, prêt à te flanquer la raclée de ta vie.

— Parfait. A dimanche.

— Vivement ce week-end !

Tu parles d'un menteur, pensa-t-il en raccrochant. Il redoutait chacune de ses rencontres avec son père, même pour un simple match de tennis. Et pourtant, à chaque fois, il acceptait de revenir dans le New Jersey pour supporter tout le poids de la désapprobation familiale. Ce n'était pas par masochisme, mais par sens du devoir – et par amour, un amour qu'il n'arrivait pas à exprimer. Après tout, son père avait toutes les raisons de croire que son fils gâchait le fruit de ses études. Il n'avait pas la moindre idée de ce qu'il faisait réellement dans la vie.

Jack rebrancha le répondeur et passa un pantalon brun. Il se voyait mal descendre Sutton Square en jean.

Il décida d'y aller à pied. Il traversa Columbus Avenue, puis passa devant le Moritz, sur Central Park South. Une fois sous l'auvent de fer forgé de la Plaza, il s'amusa à compter les Arabes et les riches touristes qui hantaient les hôtels chic. Il continua son chemin sur la 59e, vers le quartier le plus rupin des quartiers rupins.

Il commençait à transpirer, mais s'en apercevait à peine. Il allait bientôt revoir Gia, et c'était tout ce qui comptait.

Alors qu'il cheminait, des images du passé lui traversèrent l'esprit. Son grand sourire, ses yeux, la façon dont son visage se plissait lorsqu'elle riait, le son de sa voix, la texture de sa peau… Tout ce dont il avait été privé ces deux derniers mois.

Il se souvint des premiers sentiments qu'il avait ressentis à son égard, si différents de tout ce qu'il avait connu. Avec la plupart des autres femmes, les seules profondeurs qu'il ait eu à partager étaient celles d'un lit, et ce, pour la plus grande satisfaction des deux parties. Gia était différente. Il voulait la connaître vraiment. Il ne pensait à ses autres conquêtes que lorsqu'il n'avait rien de mieux à faire, tandis que Gia faisait irruption dans son esprit aux moments les plus inattendus. Il voulait lire avec elle, cuisiner avec elle, jouer au tennis avec elle, voir des films avec elle, écouter de la musique avec elle. Etre avec elle, tout simplement. Parfois, il avait eu envie de prendre sa voiture et de se rendre à son appartement sans autre but que de vérifier qu'elle était bien là. Il avait horreur du téléphone, mais l'appelait pour un oui ou pour un non. Il était accro et, somme toute, s'en satisfaisait fort bien.

Une année durant, il s'était réveillé chaque matin en baignant dans le simple bonheur de se dire qu'il la verrait à un moment ou à un autre de la journée. Et c'était si bon…

Mais d'autres images s'annonçaient, tels des nuages noirs dans un ciel d'été. Son expression lorsqu'elle avait découvert ce qu'il était réellement, sa douleur et, pire encore – sa frayeur. Qu'elle ait pu penser un seul instant qu'il lui fasse du mal, ou lui attire des malheurs, était plus douloureux que tout ce qu'il aurait pu imaginer. Et jusque-là, il n'avait toujours pas réussi à lui faire changer d'avis.

Mais maintenant, il avait une nouvelle chance, et il entendait bien ne pas la laisser filer.

8

— Il est en retard, pas vrai, m'man ?

Gia DiLauro et sa fille se tenaient face à la fenêtre d'où elles surveillaient la rue. Gia avait posé ses mains sur les épaules de la fillette, qui tremblait d'excitation.

— Presque. Mais pas encore.

— J'espère qu'il ne nous a pas oubliées.

— Je suis sûre que non.

Bien que parfois, je préférerais qu'il nous ait effacées pour de bon de sa mémoire.

Il y avait deux mois qu'elle l'avait plaqué. Parfois, une journée entière pouvait s'écouler sans qu'elle pense à lui. En fait, elle avait repris sa vie au point où elle l'avait laissée lorsque Jack y avait fait irruption. Elle avait même quelqu'un d'autre.

Pourquoi ne peut-on jamais se débarrasser du passé ? Elle croyait revivre ce qui s'était produit avec son ex-mari. Après le divorce, elle avait voulu couper tous ses liens avec la famille Westphalen, au point de reprendre son nom de jeune fille. Mais les tantes de Richard en avaient décidé autrement : elles étaient folles de Vicky et tous les prétextes étaient bons pour l'amener à Sutton Square. D'abord, Gia avait résisté, mais leur affection pour la fillette semblait si sincère et leurs suppliques étaient si convaincantes qu'elle se laissa fléchir. De plus, elles ne se faisaient aucune illusion sur leur neveu : après son troisième verre de xérès,

Nellie le décrivait volontiers comme un « rustre et un sot ! ». Du coup, le 8, Sutton Place était devenu leur seconde maison. Les tantes avaient même fait installer une balançoire et une cabane en bois dans leur jardin à l'usage exclusif de Vicky.

Ainsi, ce jeudi matin, lorsque Nellie l'avait appelée en catastrophe après avoir constaté la disparition de Grace, Gia était venue sur-le-champ. Et elle était restée sur place.

Grace Westphalen. Une si adorable vieille dame. Qui pouvait bien lui vouloir du mal ? Et personne n'avait demandé de rançon, du moins pas encore. Où pouvait-elle bien être ? Gia se sentait malade de peur et d'inquiétude ; quant à Nellie, bien qu'elle garde son air stoïque, elle devait souffrir énormément. C'est pour cela qu'elle avait décidé d'appeler Jack. Quoique, il ne pouvait leur être d'une grande assistance : d'après ce qu'elle avait cru comprendre, ce n'était pas son genre de mission. Mais Nellie était si désespérée qu'il fallait bien faire quelque chose pour la rassurer.

Cela faisait déjà une heure que la pauvre Vicky regardait par la fenêtre dans l'espoir d'apercevoir Jack ; Gia se devait de lui tenir compagnie – du moins était-ce l'excuse qu'elle s'était donnée, jusqu'à ce qu'elle ne puisse nier son impatience croissante. Ce n'était pas de l'amour, non. C'était impossible.

Alors pourquoi était-elle si avide de le revoir ?

Ce n'était probablement qu'un sentiment résiduel, comme une tache sur une vitre mal essuyée. Que croyait-elle donc ? Il y avait deux mois qu'ils avaient rompu, pas plus, et à l'époque, elle était profondément attachée à Jack, comme pour compenser l'échec de son propre mariage. *C'est lui*, s'était-elle dit. *Enfin, j'ai trouvé l'homme de ma vie*. Elle ne voulait pas repenser à cet horrible après-midi. Elle avait réussi à l'éviter toute la journée, mais maintenant que Jack ne tarderait plus, elle ne pouvait nier l'évidence. C'est ainsi qu'elle revit toute la scène.

***

Ce jour-là, elle était en train de faire le ménage chez lui. En effet, il refusait d'embaucher quelqu'un et s'en occupait donc lui-même. Mais pour Gia, ses notions d'hygiène laissaient à désirer : elle décida donc de lui faire une surprise en avançant la date du grand nettoyage de printemps. Ce n'était que justice : lui-même était aux petits soins pour elle, mais Jack était si secret qu'elle avait bien du mal à lui rendre la pareille. C'est ainsi qu'elle « emprunta » la clé de son appartement et s'y introduisit un après-midi où, elle le savait, il ne reviendrait pas avant le soir.

Jack était un doux excentrique aux horaires fantaisistes. Il travaillait comme consultant en sécurité – quoi que cela puisse être – et habitait un trois-pièces bourré à craquer de vieux meubles assez hideux et d'objets aussi inutiles que divers. La première fois qu'elle y était entrée, elle en avait eu le vertige. Jack était un fervent cinéphile qui s'intéressait à tous les films existants, qu'ils soient anciens ou récents, bons ou mauvais. C'était aussi le seul homme qu'elle connût qui n'ait ni compte en banque, ni carte de crédit. Il avait horreur de devoir signer un document, si bien qu'il n'avait même pas de chéquier et effectuait toutes ses transactions en liquide.

Elle s'en tirait plutôt bien jusqu'à ce qu'elle tombe sur un panneau amovible à l'arrière de son vieux secrétaire de chêne. Elle était en train de le polir avec de l'huile de citron pour en faire ressortir le grain et luire le bois. Jack adorait le chêne, et sa passion commençait à déteindre sur elle : ce bois avait tant de cachet ! Elle rangeait les dernières « trouvailles » de Jack – une tasse Ovomaltine à l'effigie de Little Orphan Annie et un badge officiel de cadet de l'espace au nom de Tom Corbett – lorsque le panneau s'ouvrit de lui-même.

Elle vit quelque chose qui luisait dans la pénombre du réduit. Par curiosité, elle tendit la main et toucha une surface de métal légèrement graisseux. Elle sortit l'objet de sa cachette, étonnée de voir qu'il pesait relativement lourd. C'était un revolver dont le métal luisait d'une vilaine lueur bleutée.

Rien de bien alarmant : dans cette ville, la plupart des gens disposaient d'une arme pour assurer leur propre protection.

Elle regarda à nouveau dans le réduit, là où d'autres surfaces métalliques reflétaient la faible lumière, et le vida de son contenu. Des revolvers, des pistolets, encore des revolvers, pensa-t-elle avec un malaise qui ne cessait de croître à chaque arme qu'elle tirait de sa cachette. En tout, elle en découvrit une douzaine. Elle tenta de se raisonner : ils étaient tous différents, Jack devait donc en faire la collection. Oui, mais comment pouvait-on expliquer les boîtes de cartouches, les poignards, les coups de poing américains et tous ces instruments qu'elle n'aurait pu identifier, mais dont l'aspect suffisait à accroître son inquiétude ? Dans le réduit, elle dénicha aussi trois passeports, trois permis de conduire et d'autres pièces d'identification, toutes à des noms différents.

Gia observa cette étrange collection, l'estomac noué par l'anxiété. Elle tenta de se convaincre qu'un consultant en sécurité avait besoin de tout cela dans l'exercice de son travail, mais elle savait qu'une bonne partie de ces objets devaient être interdits par la loi. Même s'il avait un permis pour toutes ces armes à feu, les passeports et les permis ne pouvaient être légaux.

Lorsqu'il revint d'une de ses mystérieuses excursions, il la trouva là, à contempler cet étrange étalage, et une ombre de culpabilité passa sur son visage.

Lorsqu'il s'agenouilla à ses côtés, elle eut un mouvement de recul.

— Qui es-tu vraiment ? fit-elle.

— C'est moi, Jack. Tu me connais bien.

— Vraiment ? Je ne sais même plus si tu t'appelles vraiment Jack. (Elle sentit croître en elle un sentiment de terreur, et sa voix monta d'une octave :) Qui es-tu et à quoi te sert tout cet attirail ?

Il lui raconta une fable peu convaincante comme quoi il était un réparateur universel qui « arrangeait les choses ». En échange d'une commission, il retrouvait des objets volés ou rendait justice là où la police, les tribunaux et les recours habituels avaient échoué.

— Mais tous ces pistolets, ces couteaux… Ce sont des armes dangereuses !

— En effet, convint-il. Parfois, je dois en faire usage.

En un éclair, elle le vit tirer sur quelqu'un, poignarder un homme, en tabasser un autre à coups de matraque. En d'autres circonstances, si quelqu'un lui avait dit que l'homme qu'elle aimait était capable de se livrer à de telles extrémités, elle lui aurait ri au nez. Mais les armes étaient là, sous ses yeux. Et c'est Jack lui-même qui disait qu'il lui arrivait de s'en servir !

— Alors tu n'es rien qu'un homme de main, un tueur à gages !

— Je travaille selon mes propres critères, fit-il en rougissant. Et lorsque j'use de violence sur quelqu'un, c'est qu'il a déjà fait bien pire à un autre innocent. Je comptais te dire la vérité dès que…

— Mais tu… tu tabasses des gens !

— Parfois.

Elle avait l'impression d'être engluée dans le pire cauchemar qu'elle ait jamais fait.

— Et c'est comme ça que tu gagnes ta vie ?

— C'est mon boulot.

— Tu aimes te battre ? Taper sur des gens ?

Il détourna les yeux, ce qui était assez éloquent en

soi. Elle crut qu'on venait de lui plonger dans le cœur l'un des couteaux qui gisait là, devant elle.

— Tu es recherché par la police ?

— Non, fit-il, non sans une certaine fierté. Ils ne savent même pas que j'existe. Pas plus que l'Etat de New York, le fisc ou les autres officines du gouvernement.

Gia se releva et s'entoura de ses bras. Soudain, elle se sentait glacée de partout. Il y avait une question qu'elle devait absolument lui poser, bien qu'elle redoutât sa réponse.

— Et... tu as déjà tué quelqu'un ?

— Gia...

Il se leva et s'avança vers elle, mais la jeune femme se déroba.

— Réponds-moi, Jack ! Est-ce que tu as déjà tué ?

— Cela m'est arrivé. Mais ce n'est pas le propre de mon métier, juste une conséquence. Je préfère l'éviter autant que possible.

Son estomac se révulsa. L'homme qu'elle aimait était un *meurtrier* !

— Mais... tu l'as fait !

— Uniquement lorsqu'il n'y avait pas d'autres moyens. Lorsqu'on m'y a obligé.

— Tu veux dire, en légitime défense ? Lorsqu'il fallait tuer ou être tué ?

Je t'en prie, dis-moi oui !

Il détourna à nouveau le regard.

— D'une certaine façon.

Le monde s'écroulait lentement tout autour d'elle. Au bord de l'hystérie, elle se mit à courir. Vers la porte, puis le long des escaliers, dans la rue, où elle arrêta un taxi qui l'amena chez elle. Là, elle se blottit dans un coin tandis que le téléphone sonnait sans interruption. Lorsque Vicky rentra, elle décrocha le combiné et le posa à côté de l'appareil. Depuis ce jour, ils ne s'étaient quasiment plus adressé la parole.

*
* *

— Ne reste donc pas plantée devant cette fenêtre ! Je te préviendrai lorsqu'il arrivera.

— Non, m'man ! Je veux le voir !

— Bon, d'accord, mais lorsqu'il sera là, je ne veux pas que tu en fasses tout un plat. Dis-lui bonjour gentiment et poliment, puis retourne dans ta cabane. D'accord ?

— C'est lui ? fit Vicky en bondissant sur place. C'est lui ?

Gia regarda au-dehors, puis éclata de rire en tirant sur les couettes de sa fille.

— Non. Ce type ne lui ressemble même pas.

Gia s'éloigna de la fenêtre, puis y retourna, résignée à attendre aux côtés de Vicky. Celle-ci, qui avait un jugement très sûr concernant les gens, s'était laissé embobiner par Jack. Quoiqu'elle-même ne valait pas mieux.

Apparemment, Jack s'y entendait pour tromper son monde.

9

Si Jack avait eu la possibilité de choisir le quartier de Manhattan où il voulait habiter, il aurait tout de suite opté pour Sutton Square, ce bloc de maisons ultrachic aux loyers exorbitants qui s'étendait tout au bout de la 58e Rue, juste après Sutton Place, et qui se terminait par un mur assez bas prolongé d'une terrasse offrant une vue imprenable sur l'East River. On n'y trouvait ni gratte-ciel, ni immeubles de bureaux, mais des bâtiments anciens de quatre étages aux façades de briques nues ou peintes dans des couleurs pastel. Des volets de bois flanquaient les fenêtres ainsi que les portes décalées par rapport au trottoir. Certaines disposaient même de petits jardins privatifs. C'était un quartier voué aux Bentley et aux Rolls-Royce, aux chauffeurs en livrée et aux nurses tout de blanc vêtues. Et un peu plus loin vers le nord, dominant la scène tel un gardien imposant, se dressait la forme étonnamment gracile du pont de Queensboro.

Il se souvenait fort bien de Sutton Place : il y était déjà venu lorsqu'il avait été embauché par la Mission du Royaume-Uni et, à cette occasion, il avait croisé les tantes de Gia. Celles-ci l'avaient invité à une petite fête qu'elles donnaient à leur domicile. Il n'avait aucune envie d'y aller, mais Burkes l'en avait convaincu. En fait, cette soirée devait changer sa vie, car c'était là qu'il avait rencontré Gia.

En traversant Sutton Place, il entendit une petite voix d'enfant qui pépiait :

— Jack-Jack-Jack !

Une fillette se précipita vers lui, les bras tendus, ses nattes volant au vent, les yeux bleus écarquillés, un grand sourire dévoilant une dent manquante. Elle dévala le trottoir et bondit avec toute la joie et l'abandon d'un enfant de sept ans qui sait très bien qu'un adulte la rattrapera au vol.

Et Jack ne la déçut pas. Il la fit tournoyer, puis la serra contre lui pendant qu'elle refermait ses bras autour de son cou.

— Où étais-tu, Jack ? chuchota-t-elle à son oreille. Pourquoi es-tu parti si longtemps ?

Jack ne répondit pas : une boule d'émotion obstruait sa gorge. Il se contenta de la serrer contre son cœur, frappé par l'intensité de ses propres sentiments. *Vicky !* Il était tant obsédé par Gia qu'il n'avait pas réalisé à quel point sa fille lui manquait, elle aussi. Gia et lui étaient restés ensemble une année durant et, comme il voyait alors Vicky tous les jours, il était devenu l'objet préféré de son affection – qui ne semblait connaître aucune limite. Le fait de perdre Vicky avait largement contribué au sentiment de vide qu'il ressentait depuis deux mois.

Je t'aime, petite fille.

Oui, et ce n'était que maintenant qu'il s'en rendait compte.

Par-dessus l'épaule de Vicky, il vit Gia qui se dressait dans l'embrasure de la porte, la mine sombre. Il se tourna pour lui cacher les larmes qui emperlaient ses yeux.

— Jack, tu me serres trop fort.

— Ah, oui, fit-il en la reposant. Pardon, Vicks.

Il s'éclaircit la gorge, serra les dents, puis lui prit la main et se tourna vers Gia.

Comme elle était belle dans son jean et son T-shirt bleu ! Ses cheveux courts étaient blonds comme le soleil était brillant ; ils luisaient, ils irradiaient. Des yeux bleus comme un ciel d'hiver sans nuages. Une bouche pleine au sourire envoûtant. Des épaules et des seins haut placés, une peau claire avec un peu de couleur sur ses joues. Personne n'aurait pu deviner qu'elle était d'origine italienne.

10

Gia réussit à contenir sa colère. Elle avait conseillé à Vicky de ne pas en faire tout un plat, mais à peine avait-elle aperçu Jack qu'elle était sortie pour courir à sa rencontre si vite que Gia n'avait pas eu le temps de réagir. Elle devait la punir, puisqu'elle lui avait désobéi, et pourtant, elle n'en aurait jamais le cœur. Vicky aimait tant Jack !

Il n'avait pas changé. Ses cheveux bruns étaient un peu plus longs et il avait dû perdre quelques kilos depuis leur dernière rencontre, mais c'était tout. Il irradiait toujours cette même vitalité qui semblait imprégner jusqu'à l'air tout autour de lui, et possédait la même grâce féline dans chacun de ses gestes, les mêmes yeux bruns chaleureux, le même sourire un peu de guingois – même si, en ce moment, il semblait un peu forcé. Ses joues étaient rouges, comme s'il crevait de chaud. Il finit de monter les escaliers.

— Salut, dit-il d'une voix rauque.

Il se pencha vers elle. Gia aurait bien voulu se détourner, mais préféra affecter une indifférence hautaine. Elle resterait calme, détachée. Il n'était plus rien pour elle. Elle accepta un baiser léger sur la joue.

— Entre, fit-elle du ton le plus neutre possible.

Elle fut assez convaincante, et pourtant, son baiser bien innocent avait réveillé des sentiments profondément refoulés, et elle se sentit rougir. Flûte ! Elle tourna les talons.

— Tante Nellie nous attend.

Mais il resta planté là, à la regarder.

— Tu es radieuse, dit-il.

— Merci. Tu n'es pas mal non plus.

Il tenait toujours la main de Vicky. Maintenant qu'elle savait tout des activités de Jack, ce simple fait lui donnait la chair de poule. Il fallait qu'elle détourne l'attention de la fillette.

— Chérie, tu veux bien aller jouer dans ta cabane ? Jack, tante Nellie et moi avons à parler entre adultes.

— Non ! J'veux rester avec Jack !

Gia ouvrit la bouche, mais Jack leva la main.

— Nous discuterons aussi bien à l'intérieur, dit-il en les entraînant dans le vestibule. C'est un quartier rupin, d'accord, mais ils n'ont pas encore installé l'air conditionné dans les rues. (Il referma la porte et s'agenouilla devant la fillette :) Ecoute, Vicky, ta mère a raison. On doit discuter entre nous de trucs d'adultes ennuyeux à en mourir. Mais je t'appellerai dès que nous aurons fini.

— Je peux te montrer ma cabane ?

— Bien sûr !

— Super ! Et Madame Biscuit a envie de te rencontrer. Je lui ai beaucoup parlé de toi.

— Parfait. Moi aussi, j'ai hâte de la voir. Mais tout d'abord… (il désigna la poche de sa chemise) … tiens ? Qu'est-ce qu'il y a là-dedans ?

Vicky en sortit la petite boule de fourrure.

— Oh ! Un Wuppet ! brailla-t-elle.

Elle embrassa Jack et se précipita vers la porte.

— Qui diable est Madame Biscuit ? demanda-t-il.

— Une nouvelle poupée, répondit Gia avec un maximum de brusquerie. Jack, je… ne veux pas que tu t'approches d'elle.

A son regard, elle comprit qu'elle venait de le blesser. Gravement. Mais il réussit à sourire :

— Je fais des progrès ! Cela fait une semaine que je n'ai pas molesté le moindre enfant.

— Ce n'est pas ce que…

— Tu penses que j'ai une mauvaise influence sur elle, c'est ça ?

— Nous en avons déjà discuté en long, en large et en travers, et je n'ai aucune envie de remettre ça. Vicky s'était très attachée à toi. Elle commence à peine à t'oublier, et je ne veux pas qu'elle s'imagine que tout va redevenir comme avant.

— Ce n'est pas moi qui suis parti.

— Peu importe. Le résultat était le même. Elle en a souffert.

— Moi aussi.

— Jack, soupira-t-elle, soudain très lasse, cette conversation ne nous mènera nulle part.

— Je n'en suis pas si sûr. Gia, je suis dingue de

cette gamine. Pendant un temps, j'ai même cru que j'allais devenir son père.

Elle eut un rire un peu trop dur, trop amer à son propre goût.

— Tu rêves ! Cela fait un an que je n'ai aucune nouvelle de son père biologique, et je ne crois pas qu'elle y gagnerait au change. Vicky a besoin d'un véritable père. Quelqu'un qui vive dans la réalité. Quelqu'un qui ait un nom de famille – je suis sûr que tu as oublié le tien ? Celui que tu as reçu à ta naissance ? Jack, tu… Tu n'existes même pas !

Du bout des doigts, il toucha son bras. Elle sentit ses poils se hérisser.

— Je suis aussi réel que toi.

— Tu sais bien ce que je veux dire ! (Elle se retira et, soudain, les mots se bousculèrent dans sa bouche :) Tu te vois vraiment dans le rôle d'un père ? Ou d'un mari ?

C'était cruel, elle le savait, mais il l'avait mérité. Le visage de Jack se crispa :

— Très bien, mademoiselle DiLauro. En ce cas, pouvons-nous passer à l'affaire qui nous préoccupe ? Après tout, je ne suis pas venu pour faire une visite de courtoisie.

— Et c'est bien ainsi que je l'entends. C'était l'idée de Nellie. J'ai juste servi d'intermédiaire. « Appelle ton ami, ce fameux Jack, il pourra peut-être nous aider. » Je lui ai dit que je ne te considérais plus comme un ami, mais elle n'a rien voulu savoir. Elle s'est souvenue de ce que tu avais fait pour M. Burkes.

— C'est à cette occasion que nous nous sommes rencontrés.

— Et là que les mensonges ont commencé. M. Burkes t'a qualifié de « consultant », pas d'« aventurier ».

— Mais tu as fait mieux depuis, non ? fit amèrement Jack. Pour toi, je suis pire encore : une brute, un homme de main.

A entendre son ton, elle sut qu'elle l'avait blessé encore plus profondément qu'elle ne l'aurait cru. Oui, c'étaient les termes mêmes qu'elle avait employés à leur dernière rencontre. A ce moment-là, elle *voulait* lui faire du mal. Mais maintenant, cela la peinait de voir qu'il en souffrait encore après deux mois.

Elle tourna les talons.

— Nellie nous attend.

11

En emboîtant le pas à la jeune femme, Jack bouillonnait intérieurement, un mélange de douleur et de rancune qui le minait. Des mois durant, il avait gardé l'espoir, aussi vague soit-il, qu'un jour, elle finirait par comprendre. Maintenant, il constatait qu'il s'était bercé d'illusions. C'était une femme pleine de chaleur et de passion, et elle lui avait rendu au centuple l'amour qu'il lui portait ; mais sans le vouloir, il en avait fait un bloc de glace.

Il fixa les panneaux de bois, les portraits accrochés aux murs, n'importe quoi, du moment qu'il pouvait éviter de regarder la jeune femme. Ils passèrent une porte coulissante et entrèrent dans la bibliothèque. Celle-ci arborait les mêmes panneaux de bois sombre que le hall et comprenait des meubles tout aussi sombres : des fauteuils de velours avec des appuie-tête, des tapis persans sur le sol, des tableaux impressionnistes aux murs, un Sony Trinitron dans un coin. Une pièce pleine de vie.

C'était là qu'il avait fait la connaissance de Gia.

Tante Nellie, assise sur une chaise longue, se tenait

près de la cheminée éteinte. C'était une dame potelée d'une soixantaine d'années, aux cheveux blancs, vêtue d'une longue robe noire avec une petite broche de diamants et un collier de perles ; quelqu'un qui, de toute évidence, n'avait jamais manqué de rien et s'en accommodait fort bien. Au premier coup d'œil, elle semblait très déprimée, comme si elle était en deuil ou se préparait au pire. Mais lorsqu'ils entrèrent, elle sembla reprendre de l'énergie et un minimum de contenance, et eut un sourire qui la rajeunit considérablement.

— Monsieur Jeffers, dit-elle en se levant. Comme je suis heureuse que vous soyez venu !

Son accent était indéniablement anglais, mais plutôt à la façon de Robert Morley que de Lynne Redgrave – bien qu'en plus frêle.

— C'est un plaisir de vous revoir, madame Patton. Mais je vous en prie, appelez-moi Jack.

— D'accord, mais uniquement si vous m'appelez Nellie. Vous prendrez bien un peu de thé ?

— Glacé, si c'est possible.

— Bien sûr. (Elle secoua une petite cloche posée sur la table à côté d'elle, et une bonne en uniforme fit son apparition.) Trois thés glacés, Eunice, je vous prie.

La bonne acquiesça et s'en alla. Suivit un long silence nerveux. Nellie semblait plongée dans ses pensées.

— Que puis-je faire pour vous, Nellie ?

— Pardon ? fit-elle, tirée de sa rêverie. Oh, je suis désolée. Je pensais à ma sœur, Grace. Et, comme Gia vous l'a certainement dit, cela fait trois jours qu'elle a disparu… Entre lundi soir et mardi matin, très exactement. J'ai averti les policiers, mais ils n'ont rien trouvé qui puisse suggérer un acte délictueux, et il n'y a pas eu de demande de rançon. Jusque-là, elle est juste portée disparue, mais je suis sûre qu'il lui est arrivé quelque chose. Je ne connaîtrai pas le repos tant que je ne saurai pas ce qui lui est arrivé.

Jack ne pouvait que compatir, mais…

— Par principe, je ne fais pas les personnes disparues.

— Oui, Gia m'a dit que ce n'était pas vraiment votre style, mais… (Jack se tourna vers Gia, qui évita de croiser son regard.) Je ne sais plus que faire. Les autorités refusent de lever le petit doigt. Si nous étions chez nous, je suis sûre que Scotland Yard se montrerait plus coopératif que la police de New York. Ils prennent cette disparition à la légère. Je sais que Gia et vous étiez proches, et je me suis souvenue de ce qu'a dit Eddie Burkes, comme quoi vous avez rendu des services incalculables à la Mission. Il ne m'a jamais précisé ce que vous aviez fait exactement, mais il s'est montré des plus enthousiastes.

Jack commençait à croire qu'il devrait passer un coup de fil à Eddie – difficile de croire qu'on puisse appeler « Eddie » le chef de la sécurité de la Mission du Royaume-Uni – pour lui dire de fermer son clapet. C'était agréable de savoir qu'il lui avait fait si forte impression et que le bouche-à-oreille jouait en sa faveur, mais là, Burkes devenait un peu trop bavard.

— Votre confiance m'honore, mais…

— Quel que soit votre tarif habituel, je me ferai un plaisir de vous régler.

— Ce n'est pas une question d'argent, mais plutôt d'expertise. Je ne pense pas être à même de remplir cette tâche.

— Vous êtes détective, n'est-ce pas ?

— Si l'on veut.

Pieux mensonge : il n'était pas détective, juste réparateur. Il sentait le regard de Gia posé sur lui.

— L'ennui, c'est que je n'ai pas de licence de détective privé, et ne peux donc pas avoir le moindre contact avec la police. S'ils savaient que je suis mêlé à cette histoire, ils ne seraient pas très contents.

Le visage de Nellie s'illumina :

— Alors vous allez nous aider ?

Sa voix vibrait d'un tel espoir qu'il ne put se dérober :

— Je ferai de mon mieux. Quant au règlement, tout dépendra de ma réussite. Si je n'arrive à rien, je ne vous demanderai pas un sou.

— Mais vous ne disposez pas à votre guise de votre temps, n'est-ce pas, mon cher ?

— C'est vrai, mais cette affaire n'est pas comme les autres. Après tout, il s'agit de la tante de Vicky.

— En ce cas, acquiesça Nellie, selon vos propres termes, mettons que je viens de vous embaucher.

Jack se força à sourire. Il n'avait pas beaucoup de chances de réussir, il le savait, mais il ferait tout son possible. Au moins, ainsi, il resterait en contact avec Gia. Il ne renoncerait pas si facilement.

La bonne apporta le thé glacé ; Jack en but une gorgée et eut un hochement de tête approbateur. Ce n'était pas du Lipton ou du Nestea, mais du vrai thé tout frais confectionné à partir d'un mélange anglais.

— Parlez-moi de votre sœur, dit-il après le départ de la bonne.

Nellie s'exécuta d'une voix basse qui, parfois, s'éloignait du sujet principal, mais restait proche des faits : il put donc se faire une idée assez claire de la situation. Contrairement à Nellie, la disparue ne s'était jamais mariée. L'époux de Nellie était mort lors de la Bataille d'Angleterre ; c'est ensuite que les sœurs – chacune détenait un tiers de la fortune des Westphalen – émigrèrent aux Etats-Unis. Depuis, à part quelques brefs séjours dans leur pays natal, elles n'avaient plus quitté Manhattan. Toutes deux restaient fidèles à la Couronne et n'avaient jamais seulement envisagé de demander la nationalité américaine. Tout naturellement, elles s'étaient mises à fréquenter la petite communauté anglaise de Manhattan, principalement composée de riches expatriés et de membres du consulat britannique et de la Mission du Royaume-Uni des Nations Unies – « Une colonie à l'intérieur des colonies », selon leur propre définition – et avaient une vie sociale assez active. Par contre, elles ne voyaient guère d'Américains. Elles auraient aussi bien pu vivre à Londres.

Grace Westphalen avait soixante-neuf ans – deux de plus que Nellie. Elle avait de nombreuses relations, mais peu d'amis. C'était un rôle que sa sœur remplissait fort bien. Elle n'avait pas d'excentricités particulières et certainement pas d'ennemis.

— Quand l'avez-vous vue pour la dernière fois ? demanda Jack.

— Lundi soir. Les informations venaient de toucher à leur fin et, lorsque je suis montée lui souhaiter une bonne nuit, elle lisait dans son lit. Je ne l'ai plus revue depuis. (Sa lèvre trembla un instant, puis elle se reprit :) C'est peut-être la dernière image que j'emporterai d'elle.

Jack se tourna vers Gia :

— Il n'y avait pas la moindre trace d'intrusion ?

Gia haussa les épaules.

— Je ne suis arrivée que mardi soir, mais la police se demande encore comment quelqu'un aurait pu entrer sans que l'alarme se déclenche.

— Vous avez un système de sécurité ? demanda-t-il à Nellie.

— Oui, et il était branché – du moins pour le rez-de-chaussée. Ces dernières années, nous avons eu tant de fausses alertes que nous avons désactivé l'alarme du premier.

— Des fausses alertes ? Comment ça ?

— Eh bien, parfois, nous oubliions que ce système était branché lorsque nous allions ouvrir une fenêtre. Ces engins font un bruit horrible ! Maintenant, nous ne l'activons plus que sur les portes et fenêtres du rez-de-chaussée.

— Ce qui veut dire que Grace n'aurait pu sortir par

une fenêtre ou une porte d'en bas sans sonner l'alarme… J'y suis ! Tous ces systèmes incluent un retard à l'allumage automatique qui permet de l'activer et de s'éloigner sans que la sonnerie se déclenche ! Voilà, c'est ce qui a dû se passer. Elle est partie, tout simplement.

— Mais sa clé d'activation du système est encore dans sa commode. Et ses vêtements sont tous dans son armoire.

— Puis-je examiner sa chambre ?

— Je vous en prie, fit Nellie.

Tous montèrent au premier. La petite chambre de Grace était d'un mauvais goût typiquement féminin, ou plutôt sa caricature, se dit Jack. Tout était rose ou bordé de dentelles, ou les deux.

Il se tourna tout de suite vers la double porte-fenêtre. Il ouvrit les deux battants et découvrit un tout petit balcon entouré de fer forgé qui donnait sur le jardin. Un buisson de roses s'étendait trois mètres plus bas. Dans un coin ombragé, il remarqua la cabane d'enfants dont Vicky lui avait parlé ; elle semblait bien trop lourde pour qu'on ait pu la traîner sous la fenêtre, et d'ailleurs, si un éventuel ravisseur s'en était servi comme d'un appui, les roses auraient été aplaties. Si quelqu'un s'était introduit dans cette chambre, il s'était muni d'une échelle ou était un champion olympique de saut.

— La police a-t-elle inspecté la terre en contrebas ?

— Ils pensent qu'on a pu employer une échelle, répondit Nellie, mais n'ont rien trouvé qui puisse justifier cette hypothèse. Il n'a pas plu depuis longtemps, et le sol est tout dur…

Eunice, la bonne, fit son apparition :

— Madame ? Téléphone.

Nellie s'excusa et abandonna Jack et Gia.

— Un mystère en chambre close, dit-il. J'ai l'impression d'être Sherlock Holmes.

Il se mit à genoux et examina le tapis dans l'espoir de trouver des fragments de terre, mais en vain. Sous le lit, il ne vit qu'une paire de pantoufles.

— Qu'est-ce que tu fais ?

— Je cherche des indices, comme tout détective qui se respecte.

— Une femme a disparu. D'après moi, il n'y a pas là matière à plaisanter.

Maintenant que Nellie n'était plus là pour l'entendre, Gia parlait à nouveau d'un ton glacial.

— Je ne plaisante pas et je ne prends pas cette histoire à la légère. Mais il faut avouer qu'on se croirait dans un roman à énigme. Tante Grace a fait un double de sa clé pour désactiver l'alarme et, apparemment, s'est enfuie en chemise de nuit – quelque chose me dit qu'elle doit être rose et bordée de dentelle – ou elle a sauté de ce balcon, toujours en chemise de nuit, ou bien quelqu'un a escaladé le mur, l'a assommée et l'a emmenée sans faire le moindre bruit. J'ai beau examiner toutes ces possibilités, je n'arrive pas à en trouver une qui soit plausible.

Gia semblait l'écouter avec attention. C'était toujours ça.

Il alla regarder les flacons de parfum posés sur la coiffeuse. Il y en avait une douzaine ; certains noms lui étaient familiers, d'autres pas. Il s'aventura dans la salle de bains et, là, se retrouva face à un nouvel assortiment de pots contenant des crèmes de beauté et Dieu sait quoi. L'un des flacons était posé à l'écart des autres. Jack le ramassa. Il était fait de verre et contenait un épais liquide vert. Le bouchon de métal blanc laqué se dévissait, comme sur une mignonnette de vodka. Il ne manquait plus qu'une étiquette au nom de Smirnoff.

— Tu sais ce que c'est ?

— Demande à Nellie.

Jack dévissa le couvercle et renifla le liquide. Ce

n'était pas du parfum, pour sûr. L'odeur, pas très agréable, évoquait plutôt une décoction d'herbes.

Nellie revint dans la chambre. Elle avait de plus en plus de mal à cacher son inquiétude.

— C'était la police. Il y a quelque temps, j'ai appelé l'inspecteur chargé de l'affaire, et il m'a dit qu'ils n'avaient rien de nouveau.

Jack lui tendit le flacon.

— Qu'est-ce que c'est ?

Nellie le regarda d'un air intrigué, puis son visage s'illumina :

— Ah, oui. Grace l'a ramené lundi. Je ne sais pas où elle l'a déniché, mais elle a dit que c'était un échantillon d'un produit en cours d'expérimentation.

— Et à quoi sert-il ?

— C'est un médicament. Un laxatif. Grace s'inquiétait du bon fonctionnement de ses intestins ; c'était même une obsession chez elle. Elle a toujours eu des problèmes de ce côté-là.

Jack examina le flacon. C'était le seul qui ne porte pas d'étiquette. Ce simple détail suffisait à l'intriguer.

— Puis-je le garder ?

— Je vous en prie.

Jack continua son examen, mais uniquement pour la forme. Par où devait-il commencer ? Où pouvait bien être passée Grace Westphalen ? Il n'en avait pas la moindre idée.

Avant de redescendre les escaliers, il s'adressa à Nellie :

— Je voudrais que vous gardiez à l'esprit deux points importants : d'abord, il faut que vous me teniez au courant de tout ce que la police pourra découvrir. Ensuite, ceux-ci ne doivent pas savoir que je suis sur cette affaire.

— Très bien. Par où comptez-vous commencer ?

Il eut un sourire qui se voulait rassurant.

— J'ai *déjà* commencé. Il faut que je réfléchisse un moment, puis je me mettrai en chasse.

Ses doigts se refermèrent sur le flacon glissé dans sa poche. Pourquoi l'intriguait-il à ce point ?

Ils laissèrent Nellie dans la chambre désertée de sa sœur, à fixer le vide. A peine eut-il atteint le palier que Vicky jaillit de la cuisine en lui tendant un quartier d'orange.

— Fais-moi la bouche orange ! La bouche orange !

Il éclata de rire. Le simple fait qu'elle se souvienne de ce petit tour le ravissait.

— Bien sûr !

Il fourra le quartier dans sa bouche avec la section la plus épaisse en avant pour qu'elle pointe entre ses lèvres, puis lui fit un sourire orange. Vicky battit des mains en hurlant de rire.

— M'man, c'est drôle, non ? Jack est le plus drôle de tous !

— C'est vrai, Vicky.

Jack retira le quartier de sa bouche.

— Où est cette poupée que tu voulais me présenter ?

Vicky se claqua le front avec emphase :

— Madame Biscuit ! Elle est là dehors. Je vais la…

— Jack n'a pas le temps, chérie, fit Gia derrière lui.

— La prochaine fois, d'accord ?

Vicky lui sourit. Il remarqua qu'une nouvelle incisive remplissait peu à peu le vide laissé par sa dent de lait.

— D'accord. Tu reviendras bientôt, Jack ?

— Très bientôt, Vicks.

Il la prit dans ses bras et l'emmena jusqu'à la porte, puis la reposa et l'embrassa :

— A bientôt. (Il se tourna vers Gia :) Cela vaut pour toi aussi.

Gia attira Vicky contre ses jambes.

Jack entendit claquer la porte avec une violence qu'il trouva excessive.

12

Vicky entraîna Gia jusqu'à la fenêtre pour regarder partir Jack.

— Il va retrouver la tante Grace, hein, m'man ?

— Il a dit qu'il ferait de son mieux.

— Il y arrivera.

Elle s'agenouilla devant Vicky et la prit dans ses bras :

— Ne te fais pas d'illusions, chérie. Il est possible qu'on ne la retrouve jamais.

Vicky se raidit ; aussitôt, elle regretta ses mots, et même de les avoir formulés dans son esprit. Grace était certainement en vie ; il le *fallait*.

— Jack la retrouvera. Jack sait tout faire.

— Non, Vicky. Il ne peut pas tout faire. Personne ne peut tout faire.

D'un côté, elle aurait presque souhaité qu'il échoue afin qu'il perde son ascendant sur Vicky, mais d'un autre côté, elle voulait que Grace leur revienne, ce qui aurait évité à sa fille une déception particulièrement douloureuse.

— Pourquoi tu l'aimes plus, m'man ?

Une question qui prit Gia par surprise.

— Qui t'a dit que je l'aimais ?

— Toi, m'man. (Elle se retourna et plongea son regard d'un bleu limpide dans celui de Gia :) Tu ne t'en rappelles pas ?

— Bon, peut-être que je l'ai aimé un peu, un jour. Mais c'est fini.

C'est vrai, je ne l'aime plus, je ne l'ai jamais aimé. Pas vraiment.

— Pourquoi ?

— Parfois, les choses ne marchent pas comme on l'aurait voulu.

— Comme entre toi et p'pa ?

— Hummmm…

Durant les deux années et demie qui avaient suivi son divorce avec Richard, Gia avait lu tous les articles de magazines qu'elle put trouver, tous traitant de la meilleure façon d'expliquer à un enfant les raisons d'une rupture. Ceux-ci lui avaient fourni toutes sortes de réponses standard, certes satisfaisantes lorsque le géniteur pouvait être là à l'occasion d'anniversaires, de vacances ou de week-ends. Mais que dire à une petite fille dont le père s'était expatrié avant même ses cinq ans ? Comment lui expliquer qu'il se fichait pas mal d'elle ? Mais Vicky le savait peut-être déjà. Peut-être était-ce pour cela qu'elle s'accrochait tant à Jack, qui ne manquait jamais une occasion de la prendre dans ses bras ou de lui refiler un petit cadeau, qui discutait avec elle et la traitait comme un être humain, sans la moindre condescendance.

— Est-ce que tu aimes Carl ? fit Vicky avec amertume.

Apparemment, elle avait compris qu'elle ne répondrait pas à sa précédente question et tentait un autre angle d'approche.

— Non. Cela ne fait pas assez longtemps que nous nous connaissons.

— Il est dégoûtant.

— Il est très gentil. Il faut que tu apprennes à le connaître, c'est tout.

— Il est beurk, m'man.

Gia ne put s'empêcher de rire et tira sur les nattes de Vicky. En sa présence, Carl se comportait comme tous les hommes qui n'ont pas l'habitude des enfants. Il ne se sentait pas à l'aise avec Vicky ; il était soit tranchant, soit condescendant. Il n'avait jamais pu rompre la glace, et ce n'était pas faute d'avoir essayé.

Carl était comptable dans une boîte quelconque. Il était intelligent, réfléchi, plein d'humour. Un homme civilisé. Contrairement à Jack. Non, rien à voir avec Jack. Ils s'étaient rencontrés à l'agence où elle avait livré quelques dessins. La suite des événements fut des plus traditionnelles : coups de fil, dîners, bouquets de fleurs. Et au fur et à mesure, quelque chose se mit à grandir. Ce n'était pas de l'amour, pas encore, juste une relation des plus agréables. Carl était ce qu'on pouvait qualifier de « bonne prise » ; sauf que Gia n'aimait pas considérer un homme de cette façon. Elle n'était pas un prédateur en chasse dans la jungle urbaine. En dix ans, elle n'avait connu que deux hommes : Richard et Jack, et ils l'avaient déçue tous les deux. Voilà pourquoi, jusqu'à présent, elle gardait ses distances vis-à-vis de Carl.

Et pourtant… Elle avait d'autres options. Comme Richard était absent depuis près d'un an, elle manquait constamment d'argent. Gia refusait toute pension alimentaire par principe, mais un petit soutien financier ne lui aurait pas fait de mal. Après son départ, Richard lui avait adressé quelques chèques – en livres sterling, histoire de lui compliquer les choses. Quoique, il contrôlait un tiers de la fortune des Westphalen et, donc, n'avait pas de problèmes d'argent. Pour celles qui se souciaient de ce genre de détails, oui, Richard était un « bon mariage » – mais comme elle ne devait pas tarder à le découvrir, il était aussi imprévisible et irresponsable. A la fin de l'année dernière, il avait disparu pour de bon. Personne ne savait où il se trouvait et personne ne s'en souciait. Ce n'était pas la première fois qu'il serait parti Dieu sait où sans prévenir qui que ce soit.

Ainsi, Gia faisait tout son possible pour s'en sortir. En tant qu'artiste free-lance, elle devait se battre pour trouver des contrats, mais l'un dans l'autre, elle n'avait pas à se plaindre. Carl la recommandait à ses partenaires commerciaux, et elle lui en était reconnaissante, bien qu'en même temps elle en conçoive une certaine gêne. Elle ne voulait pas que des questions financières puissent influencer le cours de leur relation.

Mais elle avait besoin de ce travail. Si elle voulait pouvoir s'occuper de Vicky, elle devait rester indépendante. Elle voulait être là lorsque Vicky revenait de l'école, qu'elle sache que, si son père les avait abandonnées, sa mère, elle, serait toujours présente, quoi qu'il arrive. Mais ce n'était pas si facile.

Le pognon. Les sous. L'oseille.

C'était la même rengaine incessante qui résonnait à ses oreilles. Elle n'avait pas de goûts de luxe, ni de problème particulier qui puisse se résoudre par l'apport d'une grosse somme d'argent. Elle voulait juste avoir assez en réserve pour ne plus devoir s'en préoccuper constamment. Si elle gagnait au loto ou si un oncle inconnu lui léguait sa fortune, sa vie quotidienne s'en verrait grandement simplifiée. Mais elle n'avait pas d'oncle richissime et, à la fin de la semaine, il ne lui restait même pas de quoi s'acheter un ticket de loterie. Elle ne pouvait donc compter que sur elle-même.

Elle n'était pas naïve au point de s'imaginer que l'argent résolvait tous les problèmes : il lui suffisait de considérer Nellie qui, malgré sa fortune, se retrouvait seule et malheureuse. Mais un coup de chance lui permettrait de mieux dormir la nuit. C'était toujours ça de pris.

Ce qui lui fit souvenir qu'elle devait payer son loyer : elle avait reçu un rappel le jour d'avant. Tenir compagnie à Nellie lui avait changé les idées : là, dans cette atmosphère calme et douillette, elle se sentait une autre. Mais la réalité se rappelait à son bon souvenir. Elle devait tenir des délais et avait besoin des chèques que lui rapporterait son travail. Une fois le loyer payé, elle serait dans le rouge, mais elle ne pouvait s'y soustraire.

Autant sortir son chéquier dès maintenant.

— Si tu allais dans ta cabane ? demanda-t-elle à Vicky.

— Mais j'ai personne pour jouer, m'man. Je m'y ennuie.

— Je sais. Mais elles l'ont achetée rien que pour toi, alors il faut que tu en profites. Je te rejoindrai dans quelques minutes. Il faut que je règle une ou deux affaires.

Le visage de Vicky s'illumina :

— Parfait ! On jouera avec Madame Biscuit. Tu seras Monsieur Gobe-Raisins.

— Entendu !

Que deviendrait Vicky sans sa poupée ?

Elle la regarda courir vers la cabane. Vicky aimait bien rendre visite à ses tantes, mais au bout d'un moment, elle se sentait seule. Normal : comme tous ses amis étaient restés là où elles habitaient, elle n'avait personne pour lui tenir compagnie.

Elle monta dans la chambre d'amis du troisième étage, là où Vicky et elle avaient passé ces deux dernières nuits. Peut-être pourrait-elle faire avancer son travail. Elle avait laissé tout son matériel à la maison, mais avait apporté un grand bloc de papier à dessin et devait s'occuper du menu pour Burger-Meister.

Ce dernier était un clone de McDonald's et un nouveau client de Carl. La compagnie s'était développée dans le Sud et, maintenant, entendait bien monter à l'assaut du pays tout entier. Ils offraient le traditionnel assortiment de hamburgers, y compris leur propre version du Big Mac, le Burger-Meister ; un nom qui, pour elle, avait de vagues connotations fascisantes. Mais c'était leur choix de desserts qui faisait toute la différence. Ils s'efforçaient de proposer le plus large assortiment de pâtisseries possible – des éclairs, des religieuses, des choux à la crème, etc.

Gia devait fournir le dessin général de la nappe en papier qu'on déposait sur les plateaux. Le département publicité avait décrété que cette nappe devait énoncer et mettre en valeur tous les services que pouvait offrir Burger-Meister. Le directeur artistique avait édicté ses contraintes : sur les bords du rectangle, elle devait montrer des enfants qui couraient, riaient et s'amusaient dans l'aire de jeux mise à leur disposition, des voitures débordant de gens heureux d'aller chez Burger-Meister, des fêtes d'anniversaire dans une salle réservée aux enfants. Au centre, tel un chef d'orchestre dirigeant toutes ces activités, se tiendrait M. Burger-Meister en personne, un officier en uniforme, mais au sourire accueillant.

Plus Gia réfléchissait à cette disposition, plus elle était persuadée qu'elle ne convenait pas. Ce schéma figé fermait la porte à bien des possibilités autrement plus intéressantes. Ce rectangle de papier devait recouvrir les plateaux, ce qui voulait dire que ceux qui le verraient avaient commandé un repas : donc, il était inutile de les aguicher de cette façon, vu qu'ils avaient déjà fait l'effort d'entrer dans le restaurant. Alors pourquoi ne pas mettre en valeur la liste des desserts, leur montrer des sundaes, des gâteaux, des éclairs et des choux à la crème ? Comme ça, les gamins réclameraient leur dessert à cor et à cri. C'était une bonne idée qui l'inspirait beaucoup.

Tu es pourrie jusqu'à l'os, Gia. Il y a dix ans, tu n'aurais jamais pu réfléchir d'une façon aussi bassement commerciale. Sinon, tu te serais terrifiée toi-même.

Mais elle n'était plus cette gamine d'Ottumwa fraîche émoulue de son école de dessin qui était descendue chercher du travail dans la grande ville. Entre-temps, elle avait épousé un minable et était tombée amoureuse d'un meurtrier.

Elle se mit à dessiner des desserts.

Au bout d'une heure, elle s'octroya une pause. Maintenant qu'elle s'était sérieusement attaquée à cette mission, elle regrettait moins l'argent du loyer. Elle prit son sac, en tira son chéquier, mais ne put retrouver la facture. Elle était sûre de l'avoir posée sur la commode le matin même, et maintenant…

Gia passa sur le palier et lança dans les escaliers :

— Eunice ! Avez-vous vu une enveloppe sur ma commode ce matin ?

— Non, m'dame, fit une voix étouffée.

Il ne restait donc plus qu'une possibilité.

13

Nellie avait entendu l'échange entre Gia et Eunice.

Nous y voilà. Elle était sûre que Gia allait exploser en apprenant qu'elle s'était emparée de la facture. Gia était adorable, mais si colérique. Et si fière ! Elle refusait toute aide financière, bien qu'elle-même ait tout fait pour la convaincre d'accepter. Une attitude fort peu pragmatique. Et pourtant… Si Gia avait accepté ses coups de pouce, la vieille dame n'aurait jamais tant insisté. La résistance acharnée de son ex-belle-fille ne faisait que renforcer sa détermination.

Nellie se planta sur le palier tout en se préparant à l'inévitable explosion.

— Moi, je l'ai vue.

— Et qu'est-elle devenue ?

— Je l'ai réglée.

— Quoi ? fit Gia, bouche bée.

Nellie se tordit les mains d'inquiétude.

— Oh, n'allez pas croire que je me mêlais de vos affaires. Je voulais juste m'assurer qu'Eunice s'occupait bien de vous deux, et j'ai vu la facture sur le bureau. Justement, ce matin, j'étais partie pour régler quelques factures, alors… Pourquoi pas celle-là ?

Gia descendit les escaliers quatre à quatre tout en martelant la rampe.

— Nellie, vous n'aviez pas le droit !

— Foutaises ! fit Nellie, prête à en découdre. Il me semble que j'ai encore le droit de dépenser mon argent comme je l'entends.

— Vous auriez au moins pu m'en parler avant !

— C'est vrai, concéda la vieille dame en s'efforçant de prendre un air contrit. Mais vous savez, à mon âge, on oublie vite.

Ce dernier commentaire eut l'effet désiré : Gia se détendit, tenta de réprimer un sourire, puis craqua et éclata de rire.

— Vous plaisantez ? Vous avez plus de mémoire qu'un ordinateur !

Nellie alla passer un bras autour de la taille de Gia.

— Ah, ma chère, je sais qu'en vous demandant de me tenir compagnie, je vous ai arrachée à votre travail et, donc, ai compromis vos finances. Mais c'est un tel plaisir de vous avoir chez moi toutes les deux !

Et j'ai besoin de vous, ajouta-t-elle mentalement. *Je ne pourrais supporter de rester seule avec Eunice. Je deviendrais folle d'inquiétude.*

— Et surtout Victoria ! J'irais jusqu'à dire que c'est la seule bonne chose qu'ait jamais réalisée mon bon à rien de neveu. J'ai du mal à croire qu'elle soit de la même espèce que Richard, et encore moins de son sang.

— Eh bien, maintenant, il ne la voit plus guère. Et si je pouvais choisir, je préférerais qu'il ne s'approche plus jamais d'elle.

A la mention de Richard, Nellie se sentit mal à l'aise. Cette espèce de brute était indigne de porter le nom des Westphalen.

— C'est mieux ainsi, en effet. Au fait, je ne vous l'ai jamais dit, mais l'an dernier, j'ai modifié mon testament. Désormais, Victoria est mon légataire universel.

— Nellie !

Celle-ci s'attendait à la réaction de Gia et s'y était préparée :

— C'est une Westphalen, la dernière de la lignée – à moins que Richard ne se remarie et n'ait un autre enfant, ce qui est peu probable – et je tiens à ce qu'elle reçoive tous les attributs associés à ce nom, la fortune comme la malédiction.

— La... malédiction ?

Nellie regretta aussitôt ses paroles. Comment avait-elle pu se laisser emporter ainsi ?

— Ce n'est qu'une plaisanterie, ma chère.

Soudain, Gia eut comme un vertige et dut s'appuyer sur l'épaule de la vieille dame.

— Nellie, je ne sais que dire, sinon que j'espère que Vicky en héritera le plus tard possible.

— Et moi donc ! Mais en attendant, laissez-moi le plaisir de vous aider de temps en temps. J'ai tant d'argent et si peu de joie dans l'existence ! Vous et Victoria en faites partie. Ainsi, si je peux alléger vos charges...

— Je ne demande pas la charité, Nellie.

— Je le sais. Mais vous êtes de la famille, ajouta-t-elle en dévisageant Gia d'un air sévère, même si vous avez repris votre nom de jeune fille. A votre mariage, je suis devenue votre tante ; j'ai donc le droit et le privilège de vous assister. Maintenant, je ne veux plus en entendre parler !

Sur ce, elle embrassa Gia sur la joue et retourna dans sa chambre. Mais dès que la porte se referma, elle n'eut plus l'énergie de faire bonne figure. Elle traversa la chambre d'un pas mal assuré et s'écroula sur le lit. Elle supportait mieux sa douleur lorsqu'elle était en bonne compagnie. Face aux autres, elle devait donner l'impression d'être calme et de contrôler la situation. Dans ces occasions, elle réussissait presque à se persuader qu'elle était réellement aussi forte qu'elle en avait l'air. Mais lorsqu'elle n'avait plus besoin de jouer ce rôle, sa résolution s'effondrait comme un château de cartes.

Oh, Grace, Grace, Grace. Où peux-tu bien être ? Et comment pourrai-je vivre sans toi ?

Depuis la guerre et leur arrivée en Amérique, Grace avait toujours été sa meilleure amie. Et Nellie la regrettait tant ; son sourire pincé, son rire en cascade, son verre de xérès avant le dîner, même son obsession si irritante pour la bonne régulation de ses intestins, tout cela lui manquait à un point…

Malgré ses grands airs, c'était une bonne âme, et Nellie aurait tout donné pour la retrouver.

Soudain, l'idée de devoir vivre sans elle alluma une flamme glacée dans son estomac, et elle se mit à pleurer en sanglots silencieux. Personne ne devait la voir dans cet état, et surtout pas sa chère Victoria.

14

Jack n'avait aucune envie de retraverser la ville à pied : il préféra héler un taxi. Le chauffeur tenta d'engager la conversation, mais les réponses laconiques de Jack, qui avait autre chose en tête que les résultats de base-ball, le découragèrent bien vite. Il ne s'était jamais senti aussi déprimé, pas même à la mort de sa mère. Il avait besoin de parler à quelqu'un, mais pas à un chauffeur de taxi.

Il descendit devant Nick's Nook, une petite épicerie toute proche de son appartement. L'endroit n'était pas très engageant, avec ses fenêtres dont le verre était couvert d'une couche de crasse estampillée New York City qu'il faudrait nettoyer avec un racloir. Un peu de cette crasse semblait être passé sous la porte pour souiller les produits disposés sur les étalages : de fausses boîtes de chips, de pain et de céréales semblaient traîner là depuis des années et ne partiraient pas de sitôt. Le magasin comme son propriétaire auraient eu besoin d'un bon ravalement. Les tarifs de Nick auraient écœuré un cadre de chez Exxon, mais le Nook était bien pratique et les produits alimentaires y étaient tout frais et livrés chaque matin – du moins Nick le proclamait-il à qui voulait l'entendre.

Jack s'empara d'un gâteau Entenmann pas trop poussiéreux, vérifia la date et s'aperçut qu'il ne serait pas périmé avant la semaine prochaine.

— Tu vas faire un tour chez Abe, hein ? fit Nick.

Celui-ci avait un triple menton : un petit soutenu par deux plus grands. Et tous les trois étaient aussi mal rasés l'un que l'autre.

— Oui. Je n'allais pas me présenter les mains vides.

— Passe-lui le bonjour.

— C'est noté.

Il descendit Amsterdam Avenue jusqu'au magasin d'articles de sport Isher Sports, là où il était sûr de trouver Abe Grossman ; l'homme qui était son ami et son confident depuis qu'il était devenu Jack le Réparateur. En fait, Abe était une des raisons qui avaient poussé Jack à s'installer dans le coin. Abe était le roi des pessimistes. Même si Jack croyait être au plus bas, il trouvait encore moyen de noircir le tableau. Il aurait pu convaincre de sa bonne fortune un homme sur son lit de mort.

Jack regarda à travers la vitre. Un type d'une cinquantaine d'années était installé derrière le comptoir et lisait un livre de poche. A part lui, il n'y avait pas un chat.

Le magasin lui-même était bien trop petit pour tout ce qu'il contenait. Il y avait des bicyclettes accrochées au plafond tandis que les murs étaient couverts de cannes à pêche, de raquettes de tennis et de cercles de basket tandis qu'on avait bien du mal à se frayer un chemin entre les bancs de musculation, les filets de hockey, les masques de plongée, les ballons de foot et toutes sortes d'objets empilés les uns sur les autres. L'inventaire annuel était un vrai cauchemar.

— Pas de clients en vue ? demanda Jack, couvrant le tintement du carillon de l'entrée.

Abe le regarda par-dessus ses verres en demi-lune.

— Pas un seul. Et je doute que ton arrivée fasse monter la moyenne.

— Au contraire ! J'ai de l'argent dans les poches et des cadeaux plein les mains.

— Vraiment ? (Abe aperçut alors la boîte blanche au lettrage bleu.) Mais c'est vrai ! Donne-moi ça.

A ce moment, un grand baraqué en maillot de corps sale passa sa tête dans l'embrasure de la porte :

— J'ai besoin d'une boîte de cartouches 7,65 pour fusil de chasse. Vous en avez ?

Abe retira ses lunettes et lui jeta un regard noir.

— Au cas où vous auriez mal lu ce qui est écrit sur la vitrine, vous êtes dans un magasin d'articles de sport. Tuer n'est pas un sport !

L'homme dévisagea Abe comme s'il venait de remarquer les antennes qui poussaient sur sa tête et tourna les talons.

Pour un homme de sa corpulence – cent kilos pour un mètre soixante-cinq –, Abe Grossman pouvait se déplacer à une vitesse surprenante. Son front s'était dégarni, et des mèches de cheveux gris tombaient sur sa nuque. Il était toujours habillé de la même façon : un pantalon noir, une chemisette blanche, une cravate noire. Ces deux derniers arboraient invariablement les traces de ses derniers repas, si bien qu'on aurait presque pu reconstituer ses menus rien qu'en les étudiant d'un peu plus près. En le regardant contourner son comptoir, Jack identifia des œufs brouillés, de la moutarde et ce qui pouvait être du ketchup ou de la sauce à spaghettis.

— Et moi qui suis au régime ! fit-il en arrachant un morceau de gâteau. Tu veux ma mort !

Des fragments de sucre glace se déposèrent sur sa cravate comme des paillettes.

— Ben voyons.

— C'est vrai ! J'ai mon propre régime. Pas d'hydrates de carbone – à l'exception des gâteaux Entenmann. Pour les autres, je me limite, mais l'Entenmann est *ad lib*. (Il avala une autre portion et continua néanmoins de parler tout en mangeant. Les gâteaux l'amenaient au bord de la frénésie.) Je t'ai dit que j'ai ajouté un codicille à mon testament ? Après la crémation, je veux qu'on enterre mes cendres dans un carton d'Entenmann. Ou à défaut, dans un cercueil blanc à couvercle de verre avec un lettrage bleu. (Il leva la boîte du gâteau.) Comme ça. Dans tous les cas, je veux qu'on me mette en terre sur une colline verdoyante dominant la fabrique Entenmann, à Bay Shore.

Jack tenta de sourire, mais n'obtint rien de très convaincant. Abe en cessa de mastiquer.

— Qu'est-ce qui te ronge le *guderim* ?

— J'ai vu Gia aujourd'hui.

— *Nu ?* demanda-t-il encore en yiddish.

— C'est fini. Et bien fini.

— Tu ne le savais pas encore ?

— Si, mais je n'arrivais pas à y croire. (Jack se força à poser une question dont il était sûr de ne pas aimer la réponse.) D'après toi, Abe, suis-je devenu fou ? Pourquoi est-ce que je m'entête à vivre ainsi ? Aurais-je pété un fusible sans m'en apercevoir ?

Sans quitter Jack des yeux, Abe reposa son morceau de gâteau et tenta d'épousseter sa chemise, mais ne réussit qu'à éparpiller les cristaux de sucre sur sa cravate, où ils laissèrent de grandes taches blanches.

— Qu'est-ce qu'elle t'a fait ?

— Elle m'a peut-être tout simplement ouvert les

yeux. Parfois, il faut le regard d'une tierce personne pour que tu te voies tel que tu es.

— Et que vois-tu donc ?

Jack inspira profondément.

— Un pauvre dément.

— C'est ce qu'*elle* a vu en toi. Mais qu'en sait-elle ? Sait-elle ce qui est arrivé à M. Canelli ? A ta mère ? Ou comment tu en es arrivé là ?

— Non. Elle n'a rien voulu entendre.

— Ah, tu vois ? Elle ne sait rien ! Elle ne *comprend* rien ! Et elle t'a chassé de son esprit. Qui voudrait d'une femme pareille ?

— Moi !

Abe passa une main sur son front, où il laissa une tache blanche.

— Que voulez-vous répondre à ça ? Ce n'est certainement pas la première fois que tu te fais plaquer, pourtant ?

— Abe… Je n'ai jamais ressenti quelque chose d'aussi fort. Et elle a peur de moi !

— L'angoisse de l'inconnu. Elle ne te connaît pas, donc, elle a peur de toi. Est-ce que j'ai peur, moi ?

— Ça ne t'est jamais arrivé ?

— Moi ? Jamais !

Il retourna derrière le comptoir et ramassa un journal, le *New York Post*. Il en feuilleta les pages :

— Regarde : une fille de cinq ans battue à mort par le petit ami de sa mère ! La nuit dernière, à Times Square, un type armé d'un rasoir a tailladé huit personnes avant de disparaître dans le métro ! Un cadavre sans tête ni mains découvert dans la chambre d'un hôtel du West Side ! Un accidenté de la route gît sur la chaussée ; les témoins font les poches et le plantent là, tout ensanglanté. Et je devrais avoir peur de toi ?

Peu convaincu, Jack haussa les épaules. Rien de tout ça ne lui ramènerait Gia ; c'était lui qui l'avait fait fuir, lui et ce qui lui servait d'existence. Autant faire ce qu'il avait à faire et rentrer chez lui.

— J'ai besoin de quelque chose.

— Quoi ?

— Une lanière de cuir. Avec un bout de plomb.

— Trente centimètres, ça ira ?

— Oui.

Abe ferma la porte et mit le panneau DE RETOUR DANS QUELQUES MINUTES. Puis il mena Jack à l'arrière du magasin. Là, ils entrèrent dans un placard, dont Abe referma la porte. Il appuya sur une manette, et le mur d'en face pivota sur lui-même. Abe alluma la lumière, et ils descendirent un escalier branlant. Un néon s'alluma dans un crachotement :

ARMURERIE
LE DROIT D'ACHETER DES ARMES
EST L'ESSENCE MÊME DE LA LIBERTÉ

Jack lui avait souvent demandé pourquoi il avait placé un tel panneau là où il était inutile de faire de la publicité ; Abe répondait invariablement que toute armurerie se devait d'avoir un néon.

— En y réfléchissant bien, Jack, continua-t-il, à longue échéance, ce que je pense de toi ou l'opinion de Gia n'a pas la moindre importance. Parce qu'il n'y aura pas de longue échéance. Tout fout le camp. Tu le sais aussi bien que moi. Dans peu de temps, la civilisation va s'écrouler pour de bon. Et cela va bientôt commencer. Les banques ne tarderont pas à sauter. Ces gens qui croient que leurs économies sont en sécurité vont tomber de haut. Et dès que les premières banques déclareront forfait, les assurances les lâcheront aussitôt ! C'est là, mon garçon, que la panique va s'emparer du monde. Le gouvernement va faire tourner sa planche à billets pour couvrir ces dépôts et, du coup, l'inflation va monter en flèche. Je te le dis…

Jack interrompit son laïus qu'il connaissait par cœur :

— Cela fait dix ans que tu me chantes le même refrain. Car cela fait dix ans que la ruine économique est pour demain. Et j'attends toujours.

— C'est pour bientôt, crois-moi. Heureusement que ma fille est adulte et n'a aucune envie de se marier et d'avoir une famille. Je n'aimerais pas que mon petit-fils ou ma petite-fille grandisse dans un tel monde.

Jack pensa à Vicky.

— Toujours aussi gai et convivial, je vois ? Tu es le seul homme que je connaisse qui puisse éclairer une pièce lorsqu'il en sort.

— Très drôle. Je veux juste t'ouvrir les yeux pour que tu prennes les précautions qui s'imposent.

— Et toi, alors ? Tu as un abri nucléaire rempli de conserves quelque part dans la cambrousse ?

— Non, répondit Abe en secouant la tête, je préfère encore tenter ma chance par ici. Je ne suis pas fait pour jouer les survivants de la fin du monde. Et je suis trop vieux pour apprendre les nouvelles règles.

Une fois au bas de l'escalier, il appuya sur un autre bouton, et le sous-sol s'illumina.

La salle était tout aussi encombrée que le magasin, mais on n'y trouvait pas d'équipements de sport. Les murs et le sol débordaient de toutes les armes individuelles imaginables : des couteaux à cran d'arrêt, des matraques, des épées, des coups de poing américains et un invraisemblable assortiment d'armes à feu, du derringer au bazooka.

Abe alla farfouiller dans une boîte en carton.

— Tu veux une simple lanière ou le genre tressée ?

— Tressée.

Abe lui jeta un sac en plastique scellé. Jack en retira l'arme et la soupesa. Ce type de matraque, qu'on appelait parfois *blackjack*, se composait de lanières de cuir tressées autour d'un tube de plomb avec un manche se terminant par une autre lanière à passer autour du poignet. Jack donna quelques coups dans le vide. L'objet était assez flexible pour qu'il puisse jouer du poignet, ce qui, au corps à corps, pouvait se révéler efficace.

C'était ce genre d'instrument qui avait fait peur à Gina, se dit-il. Il frappa à nouveau, plus fort, visant le bord d'une caisse en bois. Il y eut un craquement sonore, et des échardes jaillirent dans tous les sens.

— Ça ira. C'est combien ?

— Vingt dollars.

— Dans le temps, ils en coûtaient quinze, fit Jack en fouillant sa poche.

— C'était il y a bien longtemps. En principe, tu n'auras pas à en racheter une autre.

— J'ai tendance à perdre tout ce que j'ai.

Il lui tendit un billet de vingt dollars et empocha sa matraque.

— Tu as besoin d'autre chose, pendant qu'on y est ?

Jack fit mentalement l'inventaire de ses armes et de ses munitions.

— Non, j'ai tout ce qu'il me faut.

— Bien. Remontons et discutons un brin autour de ton gâteau. M'est d'avis que tu as besoin de parler.

— Merci, Abe, fit Jack en montant l'escalier, mais j'ai quelques petits trucs à faire avant la tombée de la nuit.

— Tu as tort de tout garder pour toi. Je te l'ai déjà dit. Nous sommes censés être amis. Tu peux tout me dire. Tu n'as plus confiance en moi ?

— Oh, que si. Trop, même. Mais…

— Oui ?

— A bientôt, Abe.

15

Jack rentra chez lui à six heures passées. Comme les rideaux étaient tirés, la pièce se trouvait plongée dans l'obscurité. Ce qui convenait parfaitement à son humeur actuelle.

Il avait déjà consulté le répondeur de son bureau, mais il n'avait pas de message urgent, et pas davantage chez lui.

Il traînait un sac de commissions à roulettes rempli de vieux vêtements féminins. Il le posa dans un coin, puis alla se tenir face à sa commode, se déshabilla et mit un T-shirt et un short. Il était temps de faire ses exercices. Il se sentait épuisé, émotionnellement et physiquement, mais il s'était promis de ne jamais abandonner son entraînement. Un jour, sa vie pouvait dépendre de sa condition physique.

Il boucla la porte de son appartement et monta les escaliers au pas de course.

Le soleil descendait lentement à l'horizon, mais laissait des traces de son passage : le toit était une vraie fournaise. Sa surface sombre conserverait la chaleur du jour jusqu'aux heures les plus noires de la nuit. Jack regarda vers l'ouest, où l'orbe sanglant teintait les brumes. Lorsqu'il faisait clair, on pouvait voir jusqu'au New Jersey. Encore fallait-il le vouloir. Un dicton disait que les âmes de ceux qui mouraient en état de péché étaient directement envoyées dans le New Jersey.

Le toit était assez encombré. Dans un coin s'étendait la plantation de tomates d'Appleton ; il avait monté le terreau sac par sac. Dans le coin opposé, Harry Bok avait installé son énorme antenne de CB. Au centre se tenait le générateur diesel qu'ils s'étaient acheté en se cotisant après la dernière panne générale d'électricité et, blottis sur son flanc comme des porcelets contre une truie, s'étendaient des bidons d'essence diesel. Et dominant tout cela, le drapeau noir de Neil l'anarchiste flottait fièrement tout en haut de son mât.

Jack se dirigea vers la petite plate-forme qu'il s'était bâtie pour faire ses exercices et commença par quelques étirements, puis fit des pompes, des abdos, sauta à la corde, effectua quelques coups de taekwondo, sans jamais s'arrêter jusqu'à ce que tout son corps soit baigné d'une sueur qui engluait jusqu'à ses cheveux, tombant en mèches pesantes sur son visage et son cou.

Il entendit des pas derrière lui et se retourna d'un bond.

— Salut, Jack !

— Oh, c'est toi, Neil ! Salut. Ce doit être l'heure.

— En effet.

Neil alla abaisser le drapeau noir avec des gestes empreints de révérence. Il le plia avec soin, le mit sous son bras et se dirigea vers les escaliers tout en faisant un signe de la main à Jack. Celui-ci s'adossa au générateur et secoua la tête. Neil l'anarchiste méprisait tout ce qui ressemblait à un règlement, et pourtant il était d'une ponctualité remarquable pour son rituel du soir. On aurait pu régler sa montre en suivant ses faits et gestes.

Une fois dans son appartement, il mit six rouleaux impériaux surgelés dans le four à micro-ondes et alla prendre une douche. Il revint dans la cuisine, les cheveux mouillés, ouvrit une boîte de sauce et une canette de cola light et s'assit à la table.

L'appartement lui semblait bien vide, bien silencieux. Ce matin, cela ne l'avait pas affecté, mais maintenant que le soir tombait, tout ce calme lui pesait. Il préféra passer au salon avec son repas et alluma la télé. Il se retrouva au beau milieu d'une scène montrant toute une famille composée du mari, de la femme, de deux enfants et d'un chien. Ce qui lui rappela ses dimanches après-midi où Gia amenait Vicky chez lui et où il branchait sa console Nintendo pour lui apprendre à tuer des ribambelles de monstres ou découvrir des trésors. Entre-temps, Gia évoluait dans son appartement de cette façon fluide et efficace qui lui plaisait énormément. On sentait qu'elle avait l'habitude d'entreprendre des choses qu'elle menait toujours à bien, ce qu'il trouvait très attirant.

Quoiqu'il ne pouvait en dire autant de ce qui se déroulait sur l'écran. Il zappa sur les chaînes classiques, puis le câble. A cette heure, on trouvait de tout : des bulletins d'actualités aux rediffusions de feuilletons et même un spectacle de danses country.

Lorsque tout fout le camp, il reste toujours le magnétoscope. C'était le moment de passer à la seconde partie du festival James Whale de Jack le Réparateur. Il sortit donc son plus grand succès : *La Fiancée de Frankenstein*.

16

« Vous me croyez fou. Peut-être est-ce vrai. Mais écoutez-moi, Henry Frankenstein. Pendant que vous profaniez des tombes et assembliez des tissus morts, moi, mon cher élève, ai choisi pour matériau la source même de la vie... »

Ernest Thesiger dans le rôle du Dr Praetorius – le plus grand de toute sa carrière – admonestait son ancien étudiant. Il n'en était qu'à la moitié du film, mais il était temps de partir. Il pourrait toujours le reprendre là où il l'avait laissé. Dommage : il adorait ce film, et surtout sa musique – la plus belle que Franz

Waxman ait jamais faite. Qui aurait cru que, plus tard, le créateur d'une partition si belle, si majestueuse, si émouvante finirait par signer les bandes originales de navets tels que *Retour à Peyton Place* ? Certains ne sont jamais reconnus à leur juste valeur.

Il prit un T-shirt à l'effigie des Byrds ; puis vint le holster et le petit Semmerling coincé sous son bras gauche, une chemisette ample, un jean coupé à hauteur des genoux, et des baskets – sans chaussettes. Lorsqu'il eut fini d'amasser son matériel sur un Caddie, la nuit était tombée pour de bon.

Il descendit Amsterdam Avenue jusqu'à l'endroit où la grand-mère de Bahkti avait été agressée. Il trouva une ruelle déserte et s'y glissa discrètement. Il ne voulait pas quitter son appartement déguisé en femme – ses voisins le regardaient déjà assez bizarrement comme ça – et, comme cabine d'habillage, cet endroit en valait un autre.

D'abord, il retira sa chemisette, puis sortit la robe du sac. Elle était de bonne qualité, mais passée de mode et avait besoin d'un bon coup de fer. Elle recouvrit son T-shirt et son holster, puis il passa une perruque grise et des chaussures noires sans talons. Il ne voulait pas ressembler à une clocharde : une telle épave n'avait rien pour attirer l'homme que cherchait Jack. Il voulait exsuder une aura de dignité défraîchie. A New York, ce genre de personnage était courant ; on voyait passer des dames entre cinquante et quatre-vingts ans, toutes les mêmes, le dos courbé, comme écrasées par le poids de la vie, leur centre de gravité projeté vers l'avant. En général, elles baissaient les yeux ou, si elles levaient la tête, prenaient soin de ne croiser le regard de personne. Pour les définir, le mot clé est : *solitaires*. Donc, la proie idéale pour les fauves à visage humain.

Et ce soir, Jack allait devenir l'une d'entre elles. Pour mieux ferrer le client, il ajouta un faux diamant monté sur un anneau à sa main gauche. Personne ne devrait le regarder de près, mais l'homme qu'il cherchait ne manquerait pas de repérer cet éclair de lumière à cent mètres. En guise de sécurité, il attacha un rouleau de billets, des petites coupures, sous l'une des lanières de son holster.

Il mit ses baskets et sa matraque dans un sac en papier brun qu'il posa sur son Caddie, à portée de main. Il s'examina dans la vitrine d'un magasin : pas de doute, comme drag-queen, il ne valait pas un clou. Puis il partit d'un pas traînant le long du trottoir.

Il était temps de se mettre en chasse.

17

Gia ne pouvait s'empêcher de penser à Jack et, du coup, de se le reprocher. Elle déjeunait avec Carl, assis en face d'elle ; c'était un homme intelligent, plein d'esprit et au physique agréable qui, à l'en croire, l'appréciait beaucoup. Ils se trouvaient dans un restaurant de luxe de l'Upper East Side, situé en sous-sol. Le décor était clair et dépouillé, le vin blanc sec et frais, la cuisine nouvelle. Elle était à des années-lumière de Jack et de son univers sordide, et pourtant, on aurait dit qu'il était là, à cette table, pour s'interposer entre eux deux.

Elle ne cessait de réentendre sa voix sur son répondeur, qu'elle avait sollicité le matin même. « Pinocchio Productions, je suis absent pour l'instant… » Ce qui évoquait d'autres souvenirs plus éloignés dans le temps…

Comme la fois où elle lui avait demandé pourquoi son message annonçait toujours « Pinocchio Productions » alors que cette compagnie n'existait pas. Mais si, avait-il répondu. Il s'était levé et avait tournoyé sur lui-même avant de conclure : Alors ? Où sont les ficelles ? A l'époque, elle n'avait pas compris ce qu'il entendait par là.

Un jour qu'il avait offert un exemplaire de *Flibbity Gibbit* à Vicky, elle avait découvert que, parmi les « trésors » qu'il ramenait de ses brocantes, se trouvait toute une collection de dessins signés Vernon Grant. Elle connaissait ce dernier par ses travaux publicitaires – il avait conçu les trois personnages qui figuraient sur les corn-flakes Kellogg's – et s'en était même inspiré à l'occasion. En découvrant que Jack était lui aussi un fan, elle avait cru rencontrer l'âme sœur. Et Vicky… Vicky adorait ce livre de Grant.

Elle se redressa sur sa chaise. *Fiche le camp, Jack ! Allez, va-t'en !* Elle fit un effort pour répondre à Carl autrement que par monosyllabes.

Elle lui parla de son idée pour les nappes de Burger-Meister, de remplacer les services par une présentation des desserts. Il ne tarit pas d'éloges en affirmant qu'elle devrait être directrice en plus de dessinatrice. Ce qui amena la conversation sur le sujet de la nouvelle campagne qu'il devait lancer pour son plus gros client, les vêtements pour enfants Wee Folk. Il la confierait certainement à Gia, et Vicky pourrait peut-être servir de modèle.

Pauvre Carl… Il en faisait un peu trop pour plaire à Vicky et, comme d'habitude, échouait lamentablement. Il y a des gens qui ne savent pas parler aux enfants : ils poussent le volume à fond et détachent leurs syllabes comme s'ils s'adressaient à un immigrant à moitié sourd. On dirait qu'ils lisent les dialogues qu'on leur a écrits au bénéfice des autres adultes, et non de leur jeune interlocuteur. Une fois que les enfants ont senti cela, il est trop tard : le courant ne passe plus.

Mais cet après-midi, Jack avait démontré, une fois

de plus, qu'il savait s'adresser à Vicky. Ces deux-là étaient sur la même longueur d'onde. Peut-être parce qu'il y avait quelque chose d'enfantin en Jack, un petit garçon qui n'aurait jamais grandi. Mais un petit garçon des plus dangereux. Il…

Pourquoi s'infiltrait-il toujours dans ses pensées ? Jack était son passé et Carl représentait l'avenir. Et Carl était là, avec elle !

Elle finit son vin et regarda ce bon vieux Carl, assis en face d'elle, et lui tendit son verre. Ce soir, elle allait boire *beaucoup* de vin.

18

Il se tenait dans l'embrasure d'une porte et surveillait la rue, ignorant la douleur qui poignardait son œil. S'il ne se passait pas quelque chose très bientôt, il devrait sans doute passer la nuit sous ce porche.

C'était encore ça le pire : cette terrible attente. Les keufs devaient certainement s'être donné le mot : ils cherchaient déjà un type avec une écorchure sur l'œil. Ce qui voulait dire qu'il ne pouvait même pas s'aventurer dans les rues. De plus, il n'y avait pas longtemps qu'il était en ville et ne connaissait personne qui soit susceptible de l'héberger. Il n'avait donc rien à faire, sinon rester là et prendre ce qui se présenterait.

Et tout ça à cause de cette sale pouffe.

Il caressa le pansement qui recouvrait son œil gauche et grimaça : le moindre effleurement était douloureux. *La salope !* Elle avait bien failli le lui faire sauter de son orbite. Mais il le lui avait fait payer cher, ça oui. Il l'avait fait danser. Et un peu plus tard, c'est dans cette même entrée qu'il avait fouillé son portefeuille pour y trouver la somme astronomique de dix-sept dollars et avait constaté que son collier ne valait pas un clou. A ce moment-là, il serait bien retourné la voir pour faire un numéro de claquettes sur sa tête, mais quelqu'un l'avait déjà trouvée.

Le pire, c'est que pour faire soigner son œil, il avait dépensé presque tout le pognon. Et maintenant, il était encore plus mal barré qu'avant l'agression.

Il espérait qu'elle en bavait sérieux… Mais après la tripotée qu'il lui avait mise, pas de doute là-dessus.

Il n'aurait jamais dû descendre dans l'Est. Bien sûr, après qu'il s'était énervé contre ce fumier qui changeait sa roue sur l'autoroute et lui avait expliqué sa façon de penser à coups de démonte-pneu, il avait dû quitter Detroit en catastrophe. Dans une ville comme New York, il était plus facile de se fondre dans la foule, mais il n'y connaissait personne.

Il s'adossa au mur et scruta la rue de son œil valide. Une drôle de bonne femme sautillait dans des chaussures trop petites pour elle et trimbalait un Caddie. Pas grand-chose à en tirer. Il se détourna, écœuré.

19

A quoi tu joues, là ? se demanda Jack. Cela faisait des heures qu'il parcourait les rues du quartier, une par une. A force de marcher courbé en avant, il avait le dos en compote. Si l'agresseur traînait encore dans le coin, il aurait dû tomber dessus.

Fichue chaleur, fichue robe et, surtout, fichue perruque. Je ne retrouverai jamais cet enfoiré.

Mais ce n'était pas seulement la futilité de sa quête qui le travaillait. Cet après-midi, il avait drôlement encaissé.

Jack se vantait d'être un homme sans illusions. Il

croyait que tout finissait par s'équilibrer selon le Principe de la Dynamique Sociale de Jack : chaque action engendrait une réaction de puissance équivalente. Celle-ci n'était ni automatique ni inévitable : la vie n'obéissait pas aux principes de la thermodynamique. Parfois, il fallait la provoquer un brin, et c'est là qu'intervenait Jack le Réparateur. Il provoquait des réactions ; c'était son travail. Il aimait se considérer comme une sorte de catalyseur.

Jack était un violent, il le savait et n'avait pas à s'en excuser. Il l'avait admis et s'en arrangeait fort bien. Et il espérait que Gia finirait par en faire autant.

Lorsqu'elle l'avait quitté, il s'était convaincu que tout cela n'était qu'un malentendu, qu'il suffirait d'une bonne explication pour tout arranger, que seule sa tête de mule d'Italienne la faisait agir ainsi. Eh bien, cet après-midi, il avait eu sa chance et avait vite déchanté. Il n'y avait plus le moindre espoir. Elle ne voulait plus le voir.

Il lui faisait peur.

C'était encore le plus dur à avaler. C'est lui qui l'avait fait fuir. Il ne l'avait pas trompée, ni trahie : il s'était contenté de lui dire la vérité... Il lui avait dit ce que faisait réellement Jack le Réparateur, en quoi consistait son travail et les outils dont il se servait pour cela.

L'un des deux avait tort. Jusqu'à cet après-midi, il pensait que c'était Gia. Ce soir, il n'en était pas si sûr. Il croyait en elle, en sa sensibilité, sa perception. Et il la répugnait.

Une sorte de léthargie s'emparait de son esprit.

Et si c'était elle qui avait raison ? S'il n'était qu'un homme de main surpayé qui s'était lui-même persuadé qu'il était du bon côté de la barrière ?

Jack se secoua. Douter de lui-même n'était pas dans ses habitudes. Il ne savait trop comment lutter. Et pourtant, il le fallait. Même s'il le voulait, il ne pourrait changer sa façon de vivre. Il avait passé trop de temps en marge de la société pour y revenir…

Ce type assis dans l'entrée devant laquelle il venait de passer… Ce visage dans l'ombre… Son inconscient venait de tirer une sonnette d'alarme là où son esprit n'y voyait que du feu, et pourtant…

Jack lâcha la poignée du sac de commissions, qui s'écrasa sur le trottoir. En se penchant pour le ramasser, il jeta un coup d'œil vers l'entrée.

C'était un jeune type avec des cheveux blonds et courts – et un pansement sur l'œil gauche. Jack sentit son cœur qui s'emballait. C'était presque trop beau pour être vrai. Et pourtant, il était bien là, dans l'ombre, probablement conscient du caractère révélateur de ce bandage. C'était lui ; c'était *obligé*. Sinon, eh bien, c'eût été une sacrée coïncidence. Il fallait qu'il s'en assure.

Il posa ses mains sur la poignée du Caddie et resta un instant immobile. N'a-qu'un-œil l'avait remarqué, mais ne lui témoignait que de l'indifférence. Ce qui ne durerait pas.

Jack eut un petit cri de joie et se pencha pour faire semblant de ramasser quelque chose par terre. En se redressant, il tourna le dos à la rue – mais dans l'angle de vision de N'a-qu'un-œil, qu'il n'avait pas vu, en apparence du moins – et fouilla le devant de sa robe. Il en tira le rouleau de billets en s'assurant que le jeune blondinet remarque son épaisseur, puis fit semblant d'y ajouter un nouveau qu'il venait de trouver. Enfin, il fourra le tout dans son soutien-gorge rembourré et reprit son chemin.

Il parcourut une trentaine de mètres, puis se pencha pour rajuster sa chaussure et en profita pour jeter un coup d'œil derrière lui : N'a-qu'un-œil avait quitté son porche et se dirigeait droit sur lui.

Parfait. Maintenant, il lui fallait aménager un rendez-vous.

Il retira la matraque de son sac de papier et glissa la lanière autour de son poignet, puis vira de bord et s'engagea dans une ruelle ténébreuse, comme quelqu'un qui n'a pas la moindre inquiétude.

A peine avait-il fait quelques mètres qu'il entendit le bruit qu'il attendait : des pas furtifs et pressés juste derrière lui. Lorsque le jeune homme fut presque sur lui, Jack fit un bond de côté et s'aplatit contre le mur. Une silhouette sombre heurta le Caddie et s'étala de tout son long.

L'homme se releva dans un bruit métallique en émettant un chapelet de jurons à mi-voix, puis se tourna vers Jack. Maintenant, celui-ci se sentait bien éveillé et sentait avec délices l'énergie qui crépitait comme un courant électrique dans son système nerveux. C'était l'un des avantages collatéraux de son travail : rendre la monnaie de leur pièce à des sales brutes comme ce type.

N'a-qu'un-œil n'était plus si sûr de lui. S'il n'était pas complètement idiot, il avait certainement remarqué que sa proie bougeait un peu trop vite pour une vieille dame. Pour ne pas l'effrayer, Jack agit comme l'aurait fait son personnage : il s'accroupit contre le mur en émettant un petit cri aigu.

N'a-qu'un-œil regarda des deux côtés de la ruelle.

— La ferme !

Jack cria à nouveau.

— Ferme ta gueule !

Jack se recroquevilla sur lui-même tout en enserrant le manche de la matraque et couina une fois de plus.

— C'est bon, vieille peau ! siffla N'a-qu'un-œil entre ses dents, tu l'auras voulu.

Sa voix vibrait d'excitation. Apparemment, il aimait bien cogner sur ceux qui ne pouvaient pas rendre les coups. Alors qu'il se dressait devant lui en serrant les poings, Jack se releva de toute sa taille en levant la main gauche. Il décocha au jeune homme une claque cinglante qui le fit tituber.

Jack savait ce qu'il allait faire et anticipa son geste en se déplaçant immédiatement sur la droite. N'a-qu'un-œil ne le déçut pas : il tenta aussitôt de regagner la rue. Il avait commis une grave erreur et il le savait. Il devait sans doute se dire qu'il était tombé sur un flic en civil. Alors qu'il tournait les talons, Jack abattit sa matraque, pas trop fort – mais elle fit un bruit sourd très satisfaisant en s'écrasant sur sa nuque. L'homme tituba, mais en un dernier réflexe, s'éloigna de Jack ; emporté par son propre élan, il se précipita tête la première contre le mur opposé. Avec un grand soupir, il s'affala par terre.

Jack arracha sa perruque et sa robe, remit ses baskets, puis donna un petit coup de pied dans les côtes de N'a-qu'un-œil. Celui-ci eut un grognement et roula sur lui-même d'un air tout étourdi. Jack le secoua sans ménagements. Soudain, le bras du jeune homme se détendit pour le taillader avec la lame qu'il venait de tirer. D'une main, Jack saisit son poignet tandis que, de l'autre, il frappait un point situé derrière son oreille gauche, juste en dessous du mastoïde. N'a-qu'un-œil poussa un grognement de douleur et, alors que Jack appuyait de plus en plus fort, se tortilla comme un poisson au bout d'une ligne. Enfin, il abandonna son couteau. Lorsque Jack relâcha sa prise, il tenta à nouveau de s'en emparer, mais Jack s'y attendait. La matraque était toujours accrochée à son poignet par sa lanière. Il la prit dans sa main et frappa N'a-qu'un-œil de toutes ses forces, ou presque. Lorsqu'elle s'abattit sur ses phalanges, il y eut un bruit d'os fracassés suivi d'un hurlement de douleur. Le blondinet roula sur son ventre, puis se remit sur le dos en criant :

— Salaud, tu l'as cassée ! Tu me le paieras, sale flic !

Et il se mit à cracher et à gémir des mots incohérents en berçant sa main blessée.

— Un… flic ? fit Jack d'une voix doucereuse. Tu me prends pour un flic ? Tu rêves ! C'est une affaire personnelle !

N'a-qu'un-œil en cessa de geindre et le regarda de son œil valide d'un air soucieux. Alors qu'il posait sa bonne main sur le mur pour s'en servir d'appui, Jack lui décocha un coup sec de sa matraque. Il retira bien vite ses doigts :

— C'est pas réglo, mec ! C'est pas réglo !

— Réglo ? (Jack eut un rire le plus vicelard possible.) Tu comptais être réglo avec cette vieille dame que tu suivais ? Dans cette allée, mon ami, les règles n'ont plus cours. Il n'y a que toi et moi. Et je suis là pour t'empêcher de nuire.

N'a-qu'un-œil prit un air effaré et le ton de sa voix refléta sa frayeur :

— Ecoute, mec, je ne sais pas à quoi tu joues, mais tu te trompes sur la personne. Je viens d'arriver du Michigan. Je ne suis là que depuis une semaine et…

— Je m'en fiche, mon pote. Tout ce qui m'intéresse, c'est ce qui s'est passé la nuit dernière… Et cette vieille dame que tu as tabassée.

— Hé, j'ai tabassé personne ! Que dalle !

Jack leva sa matraque d'un air menaçant. N'a-qu'un-œil tendit les mains en geignant :

— J'te le jure, mec ! C'est vrai !

Ce type était un comédien-né, se dit Jack. S'il ne savait pas pertinemment qu'il mentait, il se serait peut-être laissé prendre.

— Tu as perdu la mémoire ? Je vais t'aider : sa voiture est tombée en panne. Elle portait un lourd collier en un métal qui ressemblait à de l'argent avec deux pierres jaunes au milieu ; et elle savait se servir de ses ongles.

Vu l'expression du jeune homme, il se dit qu'il avait

visé juste. Il se laissa donc emporter par sa colère tout en gardant le contrôle de lui-même :

— Hier, elle n'était pas à l'hôpital, mais elle y est aujourd'hui. Et c'est toi qui l'y as envoyée. Elle peut mourir d'un instant à l'autre. Et dans ce cas, tu seras un meurtrier.

— Non ! Attends, mec, écoute-moi…

Il prit N'a-qu'un-œil par les cheveux et lui cogna le crâne contre le mur.

— Toi, tu vas m'écouter ! Je veux ce collier. Ou l'as-tu fourgué ?

— Cette saloperie ? Je l'ai jeté !

— Où ?

— Je ne sais plus !

— Tu as intérêt à t'en souvenir ! fit Jack en lui frappant la tête contre le mur pour plus d'emphase.

Il était hanté par la vision de cette vieille dame flétrie dans son lit d'hôpital. Elle avait à peine la force de parler, et tout ça à cause de ce minable. Quelque chose de sombre se répandit en lui comme un nuage toxique. *Attention ! Maîtrise-toi !* S'il assommait le jeune homme, celui-ci ne lui servirait plus à rien.

— C'est bon, c'est bon ! Un instant, que j'y réfléchisse !

Jack inspira lentement et profondément. Une fois. Deux fois.

— Je te donne trente secondes.

Le blondinet fut beaucoup plus rapide :

— Je croyais que c'était de l'argent, mais lorsque j'ai pu l'examiner à la lumière, j'ai vu que c'était du toc.

— Tu n'as même pas essayé d'en tirer un ou deux dollars ? Tu penses que je vais croire ça ?

— Je… Il ne me plaisait pas. Pas du tout.

Jack eut une hésitation. Comment devait-il l'interpréter ?

— Qu'est-ce que tu veux dire ?

— J'aimais pas ce truc. Il avait… quelque chose de bizarre. J'l'ai jeté dans les buissons.

— Il n'y en a pas par ici.

— Si ! A deux rues de là !

Jack le releva de force.

— Alors montre-moi le bon endroit.

N'a-qu'un-œil disait la vérité. Entre West End et la Douzième Avenue, là où la 85e Rue descend vers l'Hudson, ils trouvèrent quelques haies privées, comme celle que Jack taillait le samedi devant la maison de ses parents, dans le New Jersey. N'a-qu'un-œil était affalé sur le trottoir ; Jack tendit la main pour fouiller les buissons. Après avoir farfouillé au milieu des emballages de chewing-gum, des kleenex usagés, des feuilles pourries et d'autres produits non identifiables, il finit par trouver le collier.

Jack regarda le bijou d'un œil atone. La lumière du réverbère fit luire son métal sans valeur. *Je le tiens ! Bon sang, j'y suis arrivé !*

Il le soupesa. Lourd. Probablement dur à porter. Pourquoi Kusum y tenait-il tant ? C'est alors qu'il comprit ce que N'a-qu'un-œil voulait dire. En effet, cet objet ne lui plaisait pas *du tout*. Il n'aurait pas pu décrire cette sensation dans le détail, mais rien qu'en le tenant, il se sentait mal à l'aise.

C'est dingue, se dit-il. *Ce n'est jamais qu'un peu de fer forgé et deux topazes ou quelque chose d'approchant.*

Et pourtant, il n'avait qu'une seule envie : le jeter le plus loin possible et s'en aller de toute la vitesse de ses jambes.

— Tu vas me laisser partir, maintenant ? demanda N'a-qu'un-œil en se relevant.

Sa main gauche avait pris une vilaine couleur violacée et avait doublé de volume. Il la berçait contre sa poitrine. Jack lui montra le collier :

— Alors c'est pour ça que tu as tabassé une vieille

dame ? fit-il d'une voix basse, mais laissant transparaître la colère qui bouillonnait en lui. Maintenant, elle est aux portes de la mort parce que tu voulais ce collier, et tu l'as jeté ?

N'a-qu'un-œil lui tendit sa main valide :

— Ecoute, mec, tu te trompes…

Jack vit cette main qui s'agitait et donna libre cours à sa fureur. Sans crier gare, il la frappa de sa matraque. Comme pour l'autre, il y eut un bruit d'os broyés et un hurlement de douleur.

N'a-qu'un-œil tomba à genoux en gémissant. Jack le dépassa pour s'engager sur West End Avenue.

— M'est avis que tu n'agresseras pas de vieille dame ce soir, dur de dur.

Les ténèbres refluèrent au plus profond de lui. Sans un regard en arrière, il remonta vers des quartiers plus peuplés. Le collier battait contre sa paume, le rendant mal à l'aise.

Il n'était pas très loin de l'hôpital ; il se mit à courir. Il fallait s'en débarrasser. Le plus tôt serait le mieux.

20

Bientôt la fin.

Kusum avait renvoyé l'infirmière dans le vestibule et se tenait assis au pied du lit, enserrant la main flétrie de sa grand-mère. La colère l'avait quitté, et avec elle l'amertume et la frustration, mais elles étaient toujours là, quelque part, prêtes à l'assaillir à nouveau. Il ne ressentait plus qu'un immense vide.

Quelle absurdité ! Des années d'existence oblitérées en un seul moment de violence.

Il n'avait plus le moindre espoir de récupérer le collier à temps. Personne, pas même Jack le Réparateur, ne pourrait le retrouver si vite. Si son karma exigeait qu'elle meure sans son collier, Kusum devrait l'accepter. Au moins, il pourrait se dire qu'il avait fait l'impossible pour lui épargner une telle issue.

On frappa à la porte. L'infirmière passa la tête à l'intérieur de la chambre :

— Monsieur Bahkti ?

Il eut envie de se défouler sur elle, de lui crier de le laisser en paix, mais n'en fit rien :

— Je vous ai dit que je désirais rester seul.

— Je sais. Mais un homme m'a demandé de vous donner ceci, fit-elle en tendant la main. Il a insisté en disant que vous l'attendiez.

Kusum s'avança vers la porte. Non, cela ne pouvait… Et pourtant… Cet objet qui pendait entre ses doigts…

Il lui arracha le collier d'un geste sec.

C'est vrai ! C'est bien lui ! Il l'a retrouvé ! Kusum avait envie de hurler sa joie et d'entraîner l'infirmière dans un pas de danse. Mais il la repoussa et courut au chevet de l'agonisante. L'agrafe était cassée ; il enroula donc le collier autour de son cou frêle.

— Tout va bien, lui dit-il dans leur langue natale. Maintenant, tu es sauvée !

Il passa dans le couloir et s'adressa à l'infirmière :

— Où est-il ?

Elle tendit un doigt vers l'autre bout du couloir.

— Au poste des infirmières. Il n'a même pas le droit d'être là, mais il s'est montré très persuasif.

Je n'en doute pas. Kusum lui montra la chambre.

— Occupez-vous d'elle, fit-il avant de partir vers l'endroit qu'elle lui avait désigné.

C'est là qu'il trouva Jack, vêtu d'un short et d'une chemisette mal assortis – il avait rencontré des marchands mieux habillés dans les bazars de Calcutta –, accoudé au comptoir du poste, en train de discuter avec l'infirmière en chef. Celle-ci se tourna vers Kusum.

— Monsieur Bahkti, vous avez l'autorisation d'accéder à cet étage en considération de l'état critique de votre grand-mère, mais cela ne signifie pas que vous et vos amis puissiez aller et venir à votre guise à toute heure du jour et de la nuit !

Kusum daigna à peine la regarder :

— Nous n'en aurons que pour une minute. Veuillez vaquer à vos occupations.

Il se tourna vers Jack, qui avait l'air crevé et dégoulinait de sueur. Néanmoins, Kusum l'aurait volontiers embrassé, malgré son odeur, sans doute semblable à celle des autres mangeurs de bœuf de ce pays. Néanmoins, c'était un individu hors du commun, Kali en soit louée. Le monde avait besoin d'hommes comme lui, quelles que soient leur race ou leurs habitudes alimentaires.

— Je présume que je suis arrivé à temps ? demanda Jack.

— En effet. Juste à temps. Elle va s'en sortir.

L'Américain fronça les sourcils :

— Comment ? Ce bout de métal a le pouvoir de la guérir ?

— Pas du tout. Mais savoir qu'il lui est revenu lui sera d'un grand secours psychologique. (Il tapota son index contre son front.) Car c'est là que se tient la clé de toute guérison.

— Puisque vous le dites, convint Jack sans chercher à dissimuler son scepticisme.

— J'imagine que vous voulez le reste de votre règlement.

— Ça ne serait pas de refus, convint Jack.

Il tira l'épaisse enveloppe de sa tunique et la tendit à Jack. Bien qu'il doutât que Jack puisse lui ramener le collier à temps, il avait gardé l'enveloppe sur lui en tant que symbole d'espérance et de foi en la déesse qu'il implorait.

— J'aimerais vous offrir davantage. Je ne pourrai

jamais vous remercier comme il se doit. Les mots me manquent pour exprimer…

— N'en parlons plus, s'empressa de dire Jack.

Apparemment, cet assaut de gratitude le gênait.

L'Hindou lui-même s'étonnait de l'intensité de ses propres sentiments. Il avait perdu tout espoir. Il avait demandé à cet homme, cet étranger, d'accomplir une tâche en apparence impossible, et il y était parvenu ! Il n'aimait pas les effusions, mais en plaçant le collier dans sa main, l'infirmière avait subitement abattu toutes ses barrières morales.

— Où l'avez-vous trouvé ?

— J'ai déniché le gars qui l'avait fauché et l'ai convaincu de me mener à lui.

Kusum serra involontairement les poings et sa nuque se crispa.

— L'avez-vous tué, comme je vous l'avais demandé ?

— Non, fit Jack en secouant la tête. Je vous l'avais dit. Mais il n'ira pas agresser des vieilles dames avant un bon bout de temps. Ne vous en faites pas : je lui ai rendu la monnaie de sa pièce. Tout est arrangé.

Kusum opina sans laisser affleurer la rage qui bouillonnait en lui. Quoi qu'ait pu faire Jack, cela n'était pas suffisant. Cet homme devait payer son forfait de sa vie.

— Très bien, monsieur Jack. Ma… famille et moi vous devons une gratitude éternelle. Si vous désirez quoi que ce soit, dans les limites de ce que je peux vous procurer, un but que je peux vous aider à atteindre, vous n'avez qu'à demander. Tout ce qui est humainement possible, et – il eut un sourire – peut-être même au-delà, je le ferai.

— Merci, fit Jack avec une légère courbette, mais j'espère pouvoir m'en passer. Pour l'instant, tout ce que je veux, c'est rentrer chez moi.

— Oui. Vous avez l'air fatigué.

Mais en l'examinant, Kusum perçut bien plus que

de la lassitude physique. Il sentait une profonde douleur qui n'était pas là le matin même... Comme un épuisement spirituel. Cet homme souffrait-il d'un tourment quelconque ? Il espérait que non. C'eût été tragique. Il aurait bien voulu lui poser la question, mais c'eût été une marque d'indiscrétion.

— Reposez-vous.

Il le suivit des yeux jusqu'à ce que les portes de l'ascenseur se referment sur l'Américain, puis retourna dans la chambre. L'infirmière l'aborda dans l'embrasure de la porte :

— On dirait que son état s'améliore très rapidement, monsieur Bahkti ! Sa respiration s'est stabilisée et sa tension remonte !

— Excellent !

Soudain, les angoisses et la lassitude accumulées durant ces dernières vingt-quatre heures l'écrasèrent de tout leur poids. Elle allait vivre ; maintenant, il en était sûr.

— Auriez-vous une épingle à nourrice ?

L'infirmière lui jeta un regard surpris, mais alla chercher son sac posé sur l'appui de la fenêtre et lui en tendit une. Kusum s'en servit pour remplacer l'attache cassée du collier, puis se tourna vers la jeune femme :

— Quoi qu'il arrive, personne ne doit lui retirer ce collier. Est-ce clair ?

— Oui, monsieur, fit l'infirmière en acquiesçant d'un air soumis. C'est clair.

— Je vais m'absenter pendant un temps, mais je serai toujours dans l'hôpital. Si vous avez besoin de moi, appelez-moi sur mon pager.

Kusum prit l'ascenseur jusqu'au rez-de-chaussée et suivit les flèches jusqu'aux urgences. On lui avait assuré que cet hôpital était le seul de tout l'Ouest de Manhattan à disposer d'un tel service. D'après ce que Jack lui avait laissé entendre, il avait abîmé d'une façon ou d'une autre les mains de l'agresseur. Si celui-ci devait chercher des soins médicaux, ce serait forcément ici.

Il prit un siège dans la salle d'attente bondée. Des humains de toutes tailles et de toutes couleurs de peau le frôlèrent en entrant ou en sortant, tel un flux constant qui se dirigeait vers la réception ou les salles de soins. Cette compagnie et l'odeur de la populace ne lui plaisaient guère, mais il entendait néanmoins rester là aussi longtemps qu'il le faudrait. Il sentait, vaguement, des regards curieux qui se posaient sur lui, mais il y était habitué. Un manchot habillé comme lui, mis au contact d'Occidentaux, était vite blasé. Il les ignora ; ils n'en valaient pas la peine.

Kusum attendait depuis une demi-heure tout au plus lorsqu'un nouvel arrivant attira son attention. Il portait un pansement sur l'œil gauche et ses deux mains étaient enflées jusqu'à doubler de volume.

C'était lui ! Pas de doute possible. Kusum se retint de bondir sur l'homme et de l'étrangler séance tenante. Il resta assis, à bouillonner de rage en silence, et le regarda alors qu'une secrétaire à la réception l'aidait à remplir les formulaires standard car il ne pouvait même plus tenir un crayon. Un homme qui brisait les mains des gens s'était vu briser les siennes. Voilà une forme de justice poétique qui lui plaisait fort.

Il alla se tenir à côté de l'agresseur et se pencha sur le guichet comme s'il attendait pour poser une question à la secrétaire. En fait, il en profita pour jeter un œil au formulaire. « Daniels, Ronald, W. 53e Rue ». Kusum regarda alors Ronald Daniels, trop affairé à remplir les paperasses pour le remarquer. Entre deux réponses aux questions de la secrétaire, il se plaignait de ses mains douloureuses. Lorsqu'elle lui demanda les circonstances de l'accident, il lui dit qu'il changeait un pneu lorsque le cric avait cédé et que sa voiture lui était tombée dessus.

Kusum regagna son siège, un sourire aux lèvres, et

reprit son attente. On mena Ronald Daniels dans une salle d'auscultation, puis il le vit sortir sur une chaise roulante pour passer en radiographie, puis retour à la salle d'auscultation. Au bout d'un long moment, il finit par en ressortir avec ses deux mains plâtrées du milieu des doigts jusqu'aux coudes. Et durant tout ce temps, il ne cessa de geindre.

Kusum refit un saut jusqu'à la réception, où on l'informa indirectement que M. Daniels passerait la nuit en observation. Kusum dissimula son irritation. Voilà qui compliquait les choses. Il espérait l'aborder une fois qu'il serait sorti de l'hôpital et traiter l'affaire personnellement. Mais il y avait un autre moyen de régler ses comptes avec Ronald Daniels.

Il retourna dans sa chambre. L'infirmière stupéfaite lui dit que sa grand-mère continuait sa guérison miraculeuse.

— C'est formidable – il y a quelques instants, elle m'a même parlé ! Quel courage !

— Merci de votre assistance, mademoiselle Wilkes, dit Kusum. Je crois qu'à partir de maintenant, nous n'aurons plus besoin de vos services.

— Mais…

— N'ayez crainte : je vous réglerai vos huit heures complètes. (Il se dirigea vers la fenêtre, prit son sac à main et le lui tendit :) Vous avez fait un excellent travail. Je vous remercie.

Ignorant ses dénégations confuses, il l'escorta jusqu'au couloir. Apparemment, la jeune femme disposait d'une conscience professionnelle certes louable, mais dont il se serait bien passé. Lorsqu'il fut sûr qu'elle ne reviendrait pas, il alla à la table de chevet, décrocha le téléphone et appela la réception de l'hôpital.

— Je voudrais connaître le numéro de chambre d'un patient, dit-il à l'opératrice. Il s'appelle Ronald Daniels et vient d'être admis après un passage aux urgences.

Il y eut un silence, puis :

— Ronald Daniels… Chambre 547C, aile nord.

Kusum raccrocha à s'adossa au fauteuil. Comment allait-il procéder ? Il avait repéré la salle des médecins : peut-être pourrait-il y piquer une blouse blanche. Ainsi, il évoluerait à sa guise dans l'hôpital.

Alors qu'il examinait ces différentes possibilités, il tira un petit flacon de verre de sa poche et retira le bouchon. Il respira l'odeur familière d'herbes qui s'en dégageait, puis remit le bouchon. M. Ronald Daniels souffrait énormément, disait-il. Il avait commencé à payer son forfait. Mais cela ne suffisait pas.

21

— Au secours !

Ron était sur le point de s'endormir lorsque le cri l'avait réveillé. *Merde, y en a marre de ce vieux con !* A chaque fois, c'était la même chose !

C'était bien sa chance de devoir partager une chambre avec trois autres types. Du coude, il appuya sur le bouton d'appel. Où était passée cette connasse d'infirmière ? Il lui fallait une injection.

La douleur était comme une bête sauvage qui lui broyait la main entre ses crocs et malaxait son bras jusqu'à l'épaule. Tout ce qu'il voulait, c'était dormir, mais elle l'en empêchait. Et lorsque ce n'était pas la douleur, c'était le plus vieux de ses trois compagnons de chambre, celui près de la fenêtre, celui que l'infirmière appelait Tommy. Parfois, entre deux ronflements dignes d'une corne de brume, il poussait une gueulante à faire trembler les vitres.

Ron appuya à nouveau sur le bouton d'appel. Comme ses deux bras plâtrés étaient suspendus à une barre transversale, on avait accroché le dispositif à l'une des rambardes, à sa portée. Il avait réclamé à cor et à cri une autre injection d'analgésique, mais l'infirmière lui répétait toujours la même chose : « Désolé, monsieur Daniels, mais j'ai reçu pour consigne de vous faire une piqûre toutes les quatre heures. Ce sont les ordres du docteur. »

Monsieur Daniels. Ça, c'était le panard. Son vrai nom était Ronald Daniels Symes. Ron pour les amis. A la réception, il avait donné un faux nom, une fausse adresse et prétendu avoir laissé sa carte de Sécu chez lui. Et lorsqu'ils avaient parlé de le renvoyer à son domicile, il leur avait raconté qu'il vivait seul et n'avait personne pour l'aider ou même lui ouvrir la porte de son appart. Ils avaient tout gobé. Et maintenant, il avait un lit, trois repas par jour, l'air conditionné. Dès qu'il irait mieux, il trouverait un moyen de filer à l'anglaise. Quant à leur facture, eh bien, ils pourraient toujours s'asseoir dessus.

Tout irait pour le mieux si seulement il n'avait pas si mal.

— Au secours !

Il avait mal *et* il y avait Tommy.

Il appuya une fois de plus sur le bouton. Cela faisait certainement quatre heures ! Il lui fallait une injection !

La porte s'ouvrit et quelqu'un entra, quelqu'un qui n'était pas une infirmière. C'était un homme. Mais il portait une blouse blanche ! C'était peut-être *un* infirmier. Super ! Il ne lui manquait plus que devoir se fader une tarlouze au beau milieu de la nuit.

Mais le type se contenta de se pencher sur son lit et de lui tendre un de ces petits gobelets en plastique dans lesquels on donnait les médicaments. Il y avait quelques gouttes de liquide coloré tout au fond.

— C'est quoi ?

— Un produit contre la douleur.

Ce type avait la peau sombre et un drôle d'accent.

— J'veux une piqûre, hé, rigolo !

— Ce n'est pas encore le moment. Cela vous aidera à tenir en attendant.

— Y a intérêt !

Ron le laissa porter la coupe à ses lèvres. Ce truc avait un drôle de goût. En l'avalant, il remarqua que l'infirmier avait un bras en moins.

— Ecoute, Toto, dit-il, profitant de son statut privilégié – après tout, c'était lui le patient. Dis-leur que je ne veux plus avoir affaire à des estropiés.

Dans l'obscurité, Ron crut voir un sourire étirer les traits de l'infirmier.

— Certainement, monsieur Daniels. Je m'assurerai que votre prochain assistant ait tous ses membres.

— Parfait. Maintenant, casse-toi, Dugland.

— Très bien.

Ron aimait bien être un patient. Comme ça, il pouvait donner des ordres et tout le monde était obligé de l'écouter. Et pourquoi pas ? Il était…

— Au secours !

Si seulement il trouvait un moyen de faire taire ce Tommy !

Ce truc que l'autre basané lui avait donné ne semblait pas faire d'effet. Il ne lui restait plus qu'à essayer de dormir. Il pensa à ce sale flic qui lui avait niqué les mains. Il lui avait dit qu'il bossait pour son compte, mais Ron savait reconnaître un keuf quand il en voyait un. Il retrouverait ce fils de pute, même s'il devait traîner autour de tous les commissariats de New York. Et lorsqu'il l'aurait repéré, il le suivrait jusque chez lui. Il ne l'affronterait pas directement : ce type ne l'inspirait pas et il préférait ne pas le mettre *vraiment* en rogne. Mais s'il avait une femme et des gosses…

Ron resta là pendant trois quarts d'heure, à demi assoupi, à passer en revue les moyens de se venger de ce keuf. Il était au bord du sommeil, du noir absolu, puis se laissa glisser… Enfin…

— Au secours !

Ron eut un soubresaut si violent que son bras droit sortit de sa lanière et heurta l'armature de métal. Un raz de marée de douleur incandescente monta jusqu'à son épaule. Il siffla entre ses dents alors que des larmes lui montaient aux yeux.

Lorsque la douleur reflua pour atteindre un niveau acceptable, il sut ce qu'il devait faire.

Il devait se débarrasser de ce vieux chnoque de Tommy.

Ron retira son bras gauche de sa lanière, puis se laissa glisser par-dessus la rambarde. Le sol était glacial. Il coinça son oreiller entre les deux plâtres emprisonnant ses mains et se dirigea vers le lit de Tommy. Il n'avait qu'à le poser sur le visage du vieux chnoque et pousser un peu. Et voilà : dans quelques minutes, il n'y aurait plus de ronflements, plus de hurlements, plus de Tommy.

En passant devant la fenêtre, il vit bouger quelque chose de l'autre côté du verre. Il s'arrêta pour regarder. Une ombre évoquant la tête et les épaules d'un type. Un type *énorme*.

Sauf qu'ils étaient au cinquième étage.

C'était une hallucination, pas de doute. Ce truc qu'on lui avait donné devait être plus fort qu'il ne l'aurait cru. Il se pencha pour mieux voir. Ce qu'il distingua le paralysa le temps d'un interminable battement de cœur. Une face surgie d'un cauchemar. Pire que la somme de toutes ses terreurs nocturnes. Et ces yeux d'un jaune luisant…

Il eut un mouvement de recul involontaire pendant qu'un cri s'enflait dans sa gorge. Mais avant qu'il n'ait pu monter à ses lèvres, une main crochue, à trois doigts et un ergot, fracassa le double vitrage et se referma violemment sur sa gorge. Ron ressentit une insoutenable pression sur sa trachée-artère, qui céda avec un bruit écœurant. La poigne de la créature était rugueuse et humide, presque gluante, et il s'en échappait un relent de pourriture. Il entrevit une peau sombre et lisse recouvrant un bras mince et musculeux qui traversait le verre… Mais à quoi était-il rattaché ? Il arqua son dos et griffa les doigts qui l'emprisonnaient, mais ceux-ci étaient durs comme un étau. Alors qu'il luttait pour respirer, sa vision se brouilla. Puis, d'un geste fluide, sans effort apparent, il se sentit entraîné de l'autre côté de la fenêtre, fracassant ce qui restait de la vitre, les échardes déchirant sa peau. Il eut une brève et terrifiante vision de son assaillant souligné par la clarté lunaire avant que son cerveau privé d'oxygène ne le plonge dans le noir.

Et, après tout ce fracas, le calme retomba dans la chambre. Deux des patients plongés dans leurs rêves chimiquement assistés remuèrent dans leur sommeil et se retournèrent. Tommy, le plus proche de la fenêtre, poussa un « Au secours ! » vibrant et se remit à ronfler.

CHAPITRE DEUX

Bharangpur, Bengale-Occidental, Inde
Mercredi 24 juin 1857

Tout est allé de travers. Tout a échoué, lamentablement échoué !

Le capitaine Sir Albert Westphalen, de la compagnie des fusiliers européens du Bengale, se tenait à l'ombre d'un dais tendu entre deux étals de marché et buvait à même une jarre remplie d'eau fraîche qu'on venait de tirer d'un puits. Il était heureux de pouvoir se protéger des ardeurs du soleil, qui tapait particulièrement dur, mais il ne pouvait échapper à sa luminosité. Celle-ci se reflétait sur le sable, illuminait les murs blancs des bâtiments et même la fourrure des taureaux bossus qui circulaient librement dans le marché. Cette radiance insoutenable semblait forer un trou dans son cerveau. Il aurait voulu vider le contenu de cette jarre sur sa tête pour que l'eau inonde son corps et le rafraîchisse enfin.

Mais il ne pouvait se le permettre. Il était un gentleman investi de l'autorité des armées de Sa Majesté, et il n'était pas question de commettre un acte aussi trivial alors qu'il se trouvait entouré de païens. Il resta donc là, à l'ombre, coiffé de son casque colonial, dans son uniforme poisseux de sueur boutonné jusqu'au col, et fit comme si la chaleur ne l'incommodait pas. Il ignora la transpiration qui plaquait ses cheveux, s'accrochait aux poils de sa moustache et à son menton, pour tomber sur sa tunique.

Que n'aurait-il pas donné pour un peu d'air frais ou, mieux encore, une bonne pluie ! Mais la météo ne prévoyait ni l'un ni l'autre, du moins pas ce mois-ci. Il avait entendu dire qu'en juillet, lorsque la mousson d'été arrivait de l'ouest, il tomberait des pluies torrentielles. En attendant, lui et ses hommes continueraient de cuire à petit feu.

Néanmoins, cela pourrait être pire.

Il aurait pu être envoyé à Dehli et à Meerout pour les reprendre aux mains des rebelles, comme tant d'autres. Il aurait pu rejoindre ceux qui effectuaient des marches forcées le long du Gange, en uniforme complet, pour affronter des hordes de *sepoys* fous qui agitaient leurs talwars ensanglantés en hurlant : « *Din ! Din ! Din !* »

Il frissonna malgré lui. Non, merci. Il s'en passait fort bien.

Heureusement, la rébellion n'était pas encore arrivée jusqu'à lui, du moins pas dans des proportions telles qu'il faille prendre des mesures. Westphalen n'y voyait pas d'inconvénient. Dans la mesure du possible, il préférait éviter le combat. D'après les rapports militaires, il savait que les forces anglaises sur le sous-continent s'élevaient à vingt mille hommes. L'ennui, c'est que les Hindous étaient des millions. S'ils décidaient de se soulever tous ensemble pour mettre fin au *raj*, que pourraient-ils faire ? C'était son cauchemar récurrent préféré.

Alors ce serait la fin de la Compagnie des Indes – la vraie raison d'une telle présence militaire. Westphalen savait qu'ils n'étaient guère plus que des mercenaires chargés de défendre les intérêts de la compagnie. Il avait choisi d'entrer au service de la Couronne et était toujours disposé à se battre pour l'Angleterre – jusqu'à un certain point –, mais il refusait de mourir pour une bande de marchands de thé. Après tout, il était un gentleman et, s'il avait accepté de venir ici, c'était pour contrer la catastrophe financière qui menaçait son domaine et, peut-être, pour prendre quelques contacts au passage. Il s'était réservé un poste purement administratif : il ne courait pas le moindre danger. Son engagement n'était qu'une partie d'un plan assez simple visant à se refaire après ses pertes au jeu – plus que considérables pour un homme de quarante ans à peine. Il entendait effectuer son service, puis rentrer chez lui et payer ses dettes. Il grimaça en pensant à la masse d'argent qu'il avait gaspillée depuis la mort de son père, qui lui avait légué sa baronnie.

Mais il ne lui suffisait pas de traverser un océan pour échapper à la malchance : celle-ci avait fini par le rattraper. Avant son arrivée, l'Inde avait connu de nombreuses années de paix, à peine ponctuées par un petit soulèvement de-ci, de-là, mais rien de grave. Le *raj* semblait assuré. Mais maintenant, il savait que le ressentiment des masses n'avait cessé de fermenter et de bouillonner sous la surface et, apparemment, ils n'attendaient plus que lui pour se manifester. Il était là depuis moins d'un an, et voilà qu'il touchait le jackpot ! Les sepoys s'étaient révoltés.

Ce n'était pas juste.

Mais ce pourrait être pire, mon vieil Albert, se dit-il pour la millième fois. *Bien, bien pire.*

Mais il pouvait aussi rêver mieux. Il aurait pu retourner à Fort Williams, à Calcutta. Le temps n'y était pas plus clément, mais au moins, la capitale était en bord de mer. Si l'Inde se soulevait pour de bon, il pourrait sauter dans des bateaux qui sillonnaient la rivière Hooghly et gagner la baie du Bengale, où il serait en sécurité.

Il but une autre gorgée d'eau et s'adossa au mur. Ce n'était pas une posture digne d'un officier, mais à ce stade, il s'en fichait. Son bureau était une véritable fournaise. Il valait mieux rester ici, sous cet auvent, avec sa cruche d'eau fraîche jusqu'à ce que le soleil décline. Trois heures de l'après-midi. La température ne tarderait pas à baisser.

Il agita sa main en éventail. S'il se sortait vivant de ce pays, il se souviendrait certes de la chaleur et de l'humidité, mais surtout des mouches. Celles-ci étaient partout dans le marché et recouvraient tout : les ananas, les oranges, les citrons, les amas de riz – tout disparaissait sous une masse grouillante et noire qui, parfois, s'élevait pour fondre à nouveau sur sa cible. Ces insectes étaient audacieux, arrogants même ; ils se posaient sur votre visage et s'enfuyaient avant qu'on ait pu les écraser.

Ce bourdonnement constant, était-ce celui des pourparlers entre marchands ou celui des mouches ?

Une odeur de pain chaud lui monta aux narines. Dans l'échoppe juste en face de lui, un couple vendait des *chapatis*, ces petits pains ronds qui composaient l'essentiel de l'alimentation des Hindous, qu'ils soient riches ou pauvres. Lui trouvait qu'ils n'avaient aucun goût. Cela faisait une heure que la femme s'occupait de cuire des chapatis, fournée après fournée, sur des poêles de métal posés sur un petit feu. Il n'osait imaginer la température de l'air autour de ce foyer.

Comment pouvaient-ils le supporter ?

Il ferma les yeux et rêva d'un monde sans chaleurs excessives, sans inondations, sans créanciers, sans officiers supérieurs, sans sepoys sur le sentier de la guerre. Il resta là, plongé dans la pénombre. Ce serait bien de passer le reste de la journée comme ça, adossé au mur…

Ce n'est pas un bruit en particulier qui le tira de sa rêverie ; plutôt une *absence* de bruit. Un silence de mort venait de s'abattre sur la rue. En se redressant, il vit que les clients qui inspectaient les étals et marchandaient avec entrain disparaissaient à la hâte dans les porches et les ruelles, sans précipitation ni panique, mais rapidement, comme s'ils venaient de se rappeler un rendez-vous urgent – ailleurs, le plus loin possible.

Il ne resta bientôt plus que les marchands… et les mouches.

Soudain inquiet, Westphalen enserra la poignée du sabre qui battait à son flanc. Il savait s'en servir, mais n'avait jamais eu besoin de se défendre, et espérait bien ne pas avoir à le faire. Pas aujourd'hui.

Il perçut un mouvement sur sa gauche et se retourna.

Un petit bonhomme évoquant un crapaud, revêtu du *dhoti* orange des saints hommes, tirait derrière lui six mules. Tout l'attelage avançait tranquillement, sans se presser.

Westphalen se détendit. Ce n'était qu'un *svamin* ou un religieux quelconque. Quel que soit l'endroit où on se trouve, il y en avait toujours au moins un dans les parages.

Sous ses yeux, le prêtre se dirigea vers le coin le plus éloigné du marché et s'arrêta devant un étal de fromages. Il ne changea pas de position ; il resta planté là, à l'avant de l'attelage, regardant droit devant lui, comme s'il attendait quelque chose. Les marchands s'empressèrent de rassembler leurs plus grosses meules et les portèrent au petit homme, qui les examina rapidement, puis baissa la tête pour accepter l'offrande. Le marchand mit le tout dans un sac qu'il attacha sur le dos de l'une des mules, puis battit en retraite à l'arrière de l'étal.

Pas une seule roupie n'avait changé de mains.

Westphalen regarda la scène, de plus en plus étonné.

Le prochain arrêt fut pour le marchand de chapatis d'à côté. Le mari apporta une corbeille de pains. Le prêtre les examina, acquiesça, et le tout finit à l'arrière d'une mule.

A nouveau, il n'y eut pas de transfert d'argent.

Depuis son arrivée en Inde, Westphalen n'avait jamais rien vu de tel. Ces marchands auraient arnaqué leur propre mère.

Il ne connaissait qu'une seule raison qui puisse les pousser à collaborer ainsi : la peur.

Le prêtre continua son chemin, passant devant le puits sans même s'arrêter.

— Votre eau n'est pas assez bonne pour lui ? demanda Westphalen au vendeur assis par terre à côté de lui.

Il s'adressa à lui en anglais. Il n'avait jamais essayé d'apprendre l'une des nombreuses langues hindoues. Sur ce maudit sous-continent, on comptait quatorze langues et près de deux cent cinquante dialectes. Absurde. S'il avait grappillé quelques mots, c'était par imprégnation plus que par un effort conscient. Après tout, c'était à eux d'apprendre sa langue. D'ailleurs, la plupart des Hindous parlaient anglais, et surtout les marchands.

— Le temple a sa propre source, dit le vendeur sans lever les yeux.

— Quel temple ?

Westphalen aurait bien voulu savoir ce qui poussait les autres marchands à se montrer si coopératifs. C'était une information qui pouvait toujours lui servir ultérieurement.

— Le Temple-dans-les-collines.

— Je ne savais pas qu'il y avait un temple là-haut.

Cette fois-ci, le vendeur leva les yeux et le regarda d'un air incrédule, comme pour dire : *Comment peut-on être aussi ignorant* ?

— Et auquel de vos dieux païens est voué ce temple ?

Ses mots semblèrent éveiller mille échos dans le silence ambiant.

— Kali, la Déesse noire, chuchota le vendeur.

Ah, oui. Il avait déjà entendu ce nom. On disait cette déité très populaire dans la région du Bengale. Ces

Hindous avaient plus de dieux qu'un chien de puces. Drôle de religion que l'hindouisme. D'après ce qu'on lui avait dit, elle n'avait ni fondateur ni chef, et son dogme était des plus minimalistes. Franchement, comment pouvait-on la prendre au sérieux ?

— Je croyais que son principal temple se trouvait à Dakchisnevar, près de Calcutta.

— Nombreux sont les lieux consacrés à Kali, répondit le vendeur, mais aucun ne peut se comparer au Temple-dans-les-collines.

— Vraiment ? Et qu'a-t-il de si particulier ?

— Les Rakoshi.

— Qu'est-ce que c'est ?

Mais le vendeur baissa la tête et refusa de continuer, comme s'il craignait d'en avoir déjà trop dit.

Six semaines plus tôt, Westphalen n'eût jamais toléré une telle insolence. Mais six semaines plus tôt, si quelqu'un lui avait dit que les sepoys allaient se révolter, il ne l'aurait pas cru.

Il but une ultime gorgée d'eau, jeta une pièce sur les genoux du vendeur silencieux et sortit de l'ombre pour affronter le soleil dévastateur. Il eut l'impression de s'approcher d'une maison en flammes. Il sentit la poussière en suspension dans l'air se mêler aux gouttes de sueur qui dégoulinaient sur son visage pour former une sorte de boue salée.

Il suivit le svamin à travers le marché et put constater que tous les marchands qu'abordait le saint homme lui donnaient leurs meilleures marchandises sans l'ombre d'une protestation ; au contraire, ils semblaient même s'en réjouir. Westphalen le suivit tout le long de Bharangpur, des plus grandes avenues jusqu'aux ruelles les plus étroites. Et partout où il allait, les gens s'esquivaient sur son passage pour réapparaître par la suite.

Enfin, alors que le soleil descendait lentement sur l'horizon, le prêtre atteignit la porte nord.

Maintenant, je le tiens, se dit Westphalen.

Tout animal domestiqué devait subir un examen avant de quitter Bharangpur ou toute autre ville de garnison, afin de vérifier qu'il ne transportait pas de produits de contrebande. Il n'y avait pas de rebelles au Bengale, mais cela n'avait aucune importance : c'était un ordre universel, et il devait être respecté.

Westphalen resta à bonne distance de l'équipage. Il attendrait que la sentinelle britannique ait commencé son inspection, puis s'approcherait sans se presser, comme s'il se contentait de patrouiller dans le secteur, et tenterait d'en apprendre davantage sur ce svamin et son temple dans les collines.

Il le vit s'arrêter devant la grille et parler avec une sentinelle débonnaire qui portait son fusil Enfield dans son dos. A les voir, on aurait dit deux vieux amis. Au bout d'un moment, le prêtre passa la grille sans que la sentinelle fasse mine d'inspecter sa cargaison – mais Westphalen vit le svamin déposer quelque chose dans la paume du soldat. Son geste avait été rapide comme l'éclair ; qu'il cligne des yeux et il l'aurait raté.

Le prêtre et ses mules étaient déjà loin et se dirigeaient vers les collines du nord-ouest lorsque Westphalen atteignit la grille.

— Donne-moi ton fusil, soldat !

La sentinelle le salua, puis retira l'Enfield passé à son épaule et le lui tendit sans poser de questions. Westphalen connaissait cet homme : un engagé du nom de MacDougal – jeune, rougeaud, bon combattant et gros buveur, comme la plupart des autres fusiliers du Bengale. Cela ne faisait que trois semaines qu'il était capitaine de la garnison de Bharangpur, mais Westphalen savait reconnaître un bon soldat.

— Je te mets aux arrêts pour non-exécution des ordres !

MacDougal devint blanc comme un linge.

— Mais, mon cap…

— Et pour avoir accepté un pot-de-vin !

— Mais il n'a pas voulu que je le lui rende, mon capitaine !

Westphalen éclata de rire. Ce soldat devait le croire aveugle, ou idiot, ou les deux !

— Bien sûr ! Et ensuite, tu vas me dire que tu as consciencieusement inspecté ses mules ?

— Le vieux Jaggernath se charge de ravitailler le temple, Sir. Cela fait deux ans que je suis là, et il descend en ville tous les mois, à chaque nouvelle lune. Il est réglé comme du papier à musique. Il n'emporte que des provisions, m'sieur. Il est inoffensif.

— Il faut néanmoins examiner sa cargaison, comme les autres.

MacDougal regarda l'attelage de mules qui s'éloignait de la ville.

— Jaggernath dit que les gens du temple n'aiment pas qu'on touche à leur nourriture, m'sieur. Surtout des étrangers.

Westphalen commençait à s'irriter de l'insolence du jeune homme.

— Voyez-vous ça ! Et j'imagine que c'est ton bon cœur qui te conseille de le laisser passer, n'est-ce pas ? Vide tes poches, que nous voyions combien de pièces d'argent te rapporte ta trahison.

Soudain, le visage exsangue du soldat reprit ses couleurs :

— Je ne trahirai jamais mes camarades !

Dieu sait pourquoi, Westphalen le crut sur parole. Mais il ne pouvait reculer maintenant.

— Vide tes poches !

MacDougal n'en retourna qu'une seule : il en tira une petite pierre mal dégrossie d'un rouge terne.

Westphalen étouffa un hoquet de surprise.

— Donne-moi ça !

Il l'examina à la lumière du soleil couchant. Lorsqu'il avait dû vendre les biens de sa famille pour apaiser les plus tenaces de ses créanciers, il avait vu plus d'une pierre précieuse brute. Et celle-ci était un rubis. Pas très gros, mais une fois poli, il devait valoir une centaine de livres au bas mot. Ses mains se mirent à trembler. Voilà ce que le prêtre avait donné à la sentinelle qui avait eu la bonté de ne pas toucher ses provisions...

— Où est ce temple ?

— Je ne sais pas, Sir. (Le soldat le regardait intensément, sans doute dans l'espoir d'éviter de finir aux arrêts.) Je n'ai jamais pu le découvrir. Les indigènes n'en savent rien et, apparemment, s'en trouvent fort aise. On dit que le Temple-dans-les-collines est rempli de pierres précieuses gardées par des démons.

Westphalen eut un grognement de dérision. Ces païens et leurs superstitions ! Mais la pierre qu'il tenait en main était bien réelle. Et vu la façon dont le prêtre l'avait donnée à MacDougal, il en avait beaucoup, beaucoup d'autres à sa disposition. A contrecœur, il rendit le rubis à MacDougal. Il ne se contenterait pas d'une si petite prise ; mais pour partir d'un bon pied, il devait feindre l'indifférence.

— Bien, soldat. Apparemment, tu n'as pas commis de véritable infraction au règlement. Vends cette pierre et partage le butin avec tes camarades. Et à parts égales, tu m'entends ?

MacDougal faillit s'évanouir de surprise et de soulagement, mais il réussit à saluer d'un vibrant :

— *Yes, Sir !*

Westphalen lui jeta son Enfield et s'en alla en sachant qu'aux yeux de MacDougal il était désormais l'officier le plus juste, le plus généreux qu'il ait connu. Et c'est ce qu'il voulait qu'il pense de lui. Cet homme allait servir ses intérêts, lui et les autres soldats qui étaient en garnison à Bharangpur depuis quelques années déjà.

Il allait trouver ce Temple-dans-les-collines. Ainsi, il résoudrait d'un seul coup tous ses problèmes financiers.

CHAPITRE TROIS

Manhattan
Vendredi 3 août

1

Jack se réveilla peu après dix heures. Il se sentait toujours aussi crevé.

Après sa réussite de la nuit dernière, il était rentré chez lui de fort bonne humeur, mais son euphorie n'avait pas duré. Cet appartement lui semblait bien vide. Pire : *lui-même* se sentait vide. Il avait descendu deux bières en assez peu de temps, avait caché ce qui restait de son pécule sous la planche qui lui servait de coffre-fort et était allé se coucher. Deux heures plus tard, il s'était réveillé brutalement, sans raison. Se tournant et se retournant alors vainement dans son lit pendant une heure, en désespoir de cause, il était allé regarder la fin de *La Fiancée de Frankenstein*. Au moment où le petit avion métallique de l'Universal terminait son tour du monde pour dire « The End », il s'était à nouveau profondément assoupi et avait dormi deux heures.

Il s'extirpa des profondeurs du lit et alla prendre une douche réparatrice. En guise de petit déjeuner, il termina son paquet de céréales Chocoa Puffs et en entama un de Sugar Pops. En se rasant, il vit que le thermomètre accroché à l'extérieur de sa fenêtre affichait 36° – à l'ombre. Il s'habilla donc légèrement, d'un pantalon de coton et d'une chemisette, et alla s'asseoir à côté du téléphone. Il avait deux coups de fil à passer : à Gia et à l'hôpital. Il décida de garder Gia pour la fin.

La réception de l'hôpital lui dit que le numéro de chambre qu'il leur avait donné n'était plus en service et qu'il n'y avait plus de patiente du nom de Mme Bahkti. Ce qui doucha ses espoirs. *Merde !* Il n'avait passé que quelques minutes en compagnie de la vieille dame, mais sa mort l'attristait quand même. C'était si absurde. Au moins, il avait pu lui rendre le collier avant qu'elle ne succombe à ses blessures. Il demanda à l'opératrice de lui passer le poste des infirmières à son étage. Ce fut Marta qui décrocha.

— Quand Mme Bahkti est-elle morte ?

— Pour autant que je sache, elle est toujours en vie.

— On l'a transférée à un autre étage ? fit-il, plein d'espoir.

— Non. C'est arrivé durant la relève. Son petit-fils et sa petite-fille…

— Sa petite-fille ?

— Elle ne te plairait pas, Jack – elle n'est pas blonde. Quoi qu'il en soit, ce matin, lors de la relève, ils sont venus nous remercier des bons soins que nous avons prodigués à leur grand-mère. Ils ont ajouté qu'à partir de maintenant, ils se chargeraient d'elle. Puis ils sont partis. Lorsque nous sommes allés voir dans sa chambre, elle n'y était plus.

Jack fit la grimace et répondit :

— Comment ont-ils pu l'emmener ? Elle n'était pas en état de marcher.

Il put presque sentir son haussement d'épaules.

— Sais pas. Mais je vais te dire : ce type, ce manchot s'est comporté d'une drôle de façon. Il a empêché qui que ce soit d'entrer dans sa chambre pendant des heures.

Jack ne savait pas pourquoi, mais il se vit réagir comme un parent en colère, comme s'il se sentait responsable.

— Cette vieille dame nécessite une assistance médicale constante. Vous ne pouvez laisser quelqu'un de non qualifié prendre une telle décision, même s'il s'agit de son petit-fils. Vous auriez dû appeler la sécurité et…

— Du calme, Jack, fit Marta d'un ton sec qui n'admettait aucune réplique. Je n'étais même pas là.

— Oui, c'est vrai. Pardon, je…

— De plus, d'après ce qu'on m'a dit, l'hôpital était sens dessus dessous. Un patient du cinquième a sauté par la fenêtre. Les types de la sécurité étaient sur les dents. Drôle d'histoire. Un type avec les deux mains dans le plâtre fracasse la fenêtre de sa chambre, fait une chute de cinq étages et s'en va comme si de rien n'était.

Jack se raidit soudain.

— Des… plâtres ? Aux deux mains ?

— Oui. Il est arrivé hier soir aux urgences avec des fractures partout. Personne n'est fichu de comprendre comment il a pu descendre le mur, surtout qu'il a dû se couper en brisant la vitre. Mais il a dû y arriver, sinon, on l'aurait retrouvé tartiné sur le trottoir.

— Pourquoi est-il passé par la fenêtre ? Il était en état d'arrestation ?

— C'est ça le plus bizarre. Il aurait pu passer par la grande porte s'il l'avait voulu. Mais pour ce qui est de la grand-mère, on présume que le fiston a dû l'emmener en douce pendant le changement de personnel.

— A quoi ressemblait ce type qui est passé par la fenêtre ? Est-ce qu'il avait un pansement sur l'œil, par hasard ?

Jack attendit la réponse en retenant son souffle.

— Je n'en ai pas la moindre idée. Pourquoi, tu le connaissais ? Je peux regarder son nom, si tu veux ?

— Oh, je te remercie, Marta, mais ne te donne pas cette peine. Ce n'est rien.

Il la salua, puis baissa la tête et scruta le sol. Il pouvait fort bien s'imaginer Kusum en train de s'introduire dans une chambre d'hôpital pour s'emparer d'un jeune homme avec deux mains dans le plâtre et un pansement sur l'œil gauche et le jeter par la fenêtre sans prendre la peine de l'ouvrir. Mais Jack n'arrivait pas à y croire. Kusum en était bien capable, mais un manchot n'avait pas la force nécessaire. Surtout alors qu'il était occupé à faire sortir sa grand-mère de l'hôpital.

Irrité, il chassa ces pensées inopportunes et se concentra sur son autre problème : la disparition de Grace Westphalen. Il n'avait pas le moindre élément, sinon un flacon d'un médicament quelconque à base d'herbes, et il ne savait même pas si celui-ci avait un rapport avec cette affaire. Ce n'était qu'une intuition, et il n'aimait pas se fier à quelque chose d'aussi peu substantiel ; mais faute de mieux…

Il prit le flacon où il l'avait laissé, sur son vaisselier de chêne, et le déboucha. L'odeur ne correspondait à rien qu'il connût, mais évoquait une décoction d'herbes. Il en déposa une goutte sur son doigt et la goûta du bout de la langue. Pas mauvais. Il n'avait plus qu'à le faire analyser pour savoir de quoi il s'agissait. Peut-être que, par Dieu sait quel miracle, il trouverait un lien avec ce qui était arrivé à Grace.

Il décrocha à nouveau son téléphone pour appeler Gia, puis le reposa. Il ne voulait pas entendre une fois de plus cette voix de glace aux accents tranchants. Pas maintenant. Pas encore. D'abord, il devait appeler cet Hindou manchot et à moitié fou pour lui demander ce qu'il avait fait de sa grand-mère après sa guérison miraculeuse. Il composa donc le numéro que Kusum avait laissé sur son répondeur pas plus tard qu'hier.

C'est une femme qui lui répondit, d'une voix douce, presque liquide, et dépourvue d'accent. Elle lui dit que Kusum était absent.

— Quand rentrera-t-il ?

— Ce soir. Heu… Est-ce… Vous êtes Jack ?

— Ben, oui, fit-il, intrigué. Comment le savez-vous ?

Elle émit un petit rire mélodieux.

— Kusum m'a dit que vous risquiez de lui téléphoner à ce numéro. Je suis sa sœur, Kolabati. En fait, j'étais sur le point d'appeler votre bureau. Je voudrais vous rencontrer, Jack le Réparateur.

— Et moi, je veux savoir où est votre grand-mère !

— En partance pour l'Inde, répondit-elle sans se démonter. Une fois à destination, nos propres docteurs s'occuperont d'elle.

Jack se sentit soulagé, mais sa colère ne retomba pas pour autant.

— Je pense qu'on aurait pu s'arranger pour la rapatrier sans que vous vous donniez la peine de la faire sortir par l'entrée de service.

— Je n'en doute pas. Mais vous ne connaissez pas mon frère. Il faut toujours qu'il fasse les choses à *sa* façon. Et d'après ce qu'il m'a dit, vous êtes plutôt du même bois. C'est pour ça qu'il vous aime bien. Quand pouvons-nous nous rencontrer ?

Quelque chose dans sa voix lui causait un surcroît d'inquiétude. Il n'aimait pas voir disparaître ainsi la grand-mère sous un prétexte quelconque. Après tout, elle avait besoin de soins médicaux…

— Comptez-vous rester longtemps aux Etats-Unis ? fit-il pour gagner du temps.

Selon ses propres règles, une fois qu'il avait terminé une mission, il coupait tous les ponts. Mais il voulait vraiment voir le visage assorti à cette incroyable voix. Et, en y réfléchissant bien, cette femme n'était pas une cliente à proprement parler. C'était son frère qui l'avait embauché…

Jack, tu aurais dû te faire avocat.

— J'habite Washington D.C. Dès que j'ai eu vent de ce qui était arrivé à ma grand-mère, je suis venue en catastrophe. Savez-vous où se trouve l'hôtel Waldorf ?

— J'en ai entendu parler.

— Pourquoi ne pas nous y retrouver ? Mettons, à six heures sur Peacock Alley ?

Ainsi, si je comprends bien, on me donne rendez-vous. Pourquoi pas ?

— D'accord. Mais comment vous reconnaîtrai-je ?

— Je serai vêtue de blanc.

— Alors à tout à l'heure.

Et il raccrocha en se demandant pourquoi il avait accepté. Cela ne lui ressemblait pas.

Et maintenant, il fallait bien se résoudre à appeler Gia. Après deux sonneries, Eunice décrocha et dit : « Résidence Patton, j'écoute ? » Jack lui demanda d'appeler Gia et attendit qu'elle décroche avec un mélange d'anticipation et de crainte.

— Allô ? fit-elle d'une voix neutre.

— Comment cela s'est-il passé hier soir ?

— Cela ne te regarde pas, Jack ! fit-elle avec colère. Comment oses-tu t'immiscer dans…

— Hé ! fit-il pour l'arrêter. Je veux juste savoir si vous avez reçu une demande de rançon, un appel ou un message de Grace ! Qu'est-ce qui te prend ?

— Oh… Pardon. Non, rien. Ni message ni coup de fil. Nellie est vraiment déprimée. Et toi, tu as du nouveau ?

— J'ai bien peur que non.

— Tu es sur une piste ?

— Oui.

— Quoi ?

— Des trucs de détective. Tu sais, chercher des indices, suivre des pistes, tout ça.

Gia ne répondit pas. Son silence était assez éloquent. Et elle avait raison : ce n'était pas le moment de faire le malin.

— Je n'ai pas beaucoup d'éléments, Gia, mais je fais de mon mieux avec le peu que j'ai.

— Je présume qu'on ne peut en demander davantage, répondit-elle froidement.

— Et si on déjeunait ensemble pour en parler ?

— Non.

— Dîner, alors ?

— Jack… (elle marqua un long silence qui se conclut par un soupir) … restons professionnels, d'accord ? Nos rapports sont exclusivement professionnels. Rien n'a changé. Si tu veux un déjeuner d'affaires, demande à Nellie. Je viendrai peut-être, mais n'y compte pas trop. *Capisce ?*

— Ouais.

Il avait envie d'arracher le téléphone du mur et de le jeter par la fenêtre. Mais il la salua poliment, puis remit le combiné à sa place.

Il se força à penser à autre chose. Il avait tant à faire.

2

Gia reposa le combiné et s'adossa au mur. Lorsque Jack lui avait demandé comment s'était passée sa soirée, elle avait bien failli se rendre ridicule. Soudain, elle s'était imaginé que Jack les avait suivis au restaurant, puis filé jusque chez Carl.

Cette nuit-là, ils avaient fait l'amour pour la première fois. Gia ne voulait pourtant pas s'aventurer si loin, pas si vite. Elle préférait y aller doucement, sans se presser et sans s'engager. Après tout, l'exemple de Jack l'avait échaudée. Mais la nuit dernière, elle avait changé d'avis. Depuis qu'elle avait revu Jack, la tension n'avait cessé de monter en elle, jusqu'à l'étouffer. Elle avait besoin de quelqu'un. Et Carl était là. Et il avait très, très envie d'elle.

Jusque-là, elle avait toujours gentiment décliné ses invitations à monter chez lui. Mais hier soir, elle avait accepté. Tout s'était si bien passé ! Depuis son appartement, on avait une vue imprenable sur la ville, son brandy était excellent et avait allumé une douce chaleur sur son palais, et l'éclairage de sa chambre agréablement tamisé soulignait sa peau légèrement hâlée. Il l'avait déshabillée lentement, tendrement, et elle s'était sentie si belle !

Carl était indéniablement un bon amant, doux, expérimenté et attentif.

Mais rien n'y fit. Elle avait feint un orgasme en même temps qu'il atteignait le sien. Elle n'en était pas fière, mais sur le coup, cela lui avait semblé de circonstance. Carl avait fait tout son possible : si elle n'y était pas arrivée, ce n'était pas sa faute à lui.

C'était Jack le responsable.

Leur brève réunion lui avait mis les nerfs en pelote. Même si Carl était le meilleur amant du monde, il n'aurait rien pu y changer. Et sur ce point, il était certainement meilleur que Jack.

Non… Ce n'était pas vrai. Jack était doué. Très doué. Parfois, ils avaient passé des nuits entières à…

On sonna à la porte, et Gia alla répondre. C'était un coursier envoyé par Carl pour prendre les travaux dont elle lui avait parlé la nuit dernière. Et il lui apportait quelque chose en échange : un bouquet de roses. Elle donna le carton au messager et, à peine la porte refermée, ouvrit la carte qui accompagnait le bouquet.

« Je t'appelle ce soir », disait-elle.

Quelle délicatesse ! Décidément, Carl faisait tout dans les règles. Dommage que…

— Oh, les belles fleurs !

La voix de Nellie la tira de sa rêverie.

— N'est-ce pas ? C'est un cadeau de Carl. Au fait, c'est Jack qui était au téléphone. Il voulait savoir s'il y avait du nouveau.

— Et de son côté ?

Gia secoua la tête, émue par l'avidité presque enfantine de la vieille dame.

— Non, mais il nous préviendra s'il a vent de quoi que ce soit.

— Il s'est passé quelque chose d'horrible. Je le sens.

Gia passa son bras autour de son épaule :

— Non, vous n'en savez rien. Ce n'est probablement qu'un gigantesque malentendu.

— Je l'espère. De tout mon cœur. (Elle leva les yeux vers Gia.) Voulez-vous bien me rendre un service ? Appelez la Mission et dites-leur qu'à mon grand regret, je ne pourrai me rendre à la réception de demain soir.

— Vous devriez y aller tout de même.

— Non. Cela ne serait pas convenable.

— Voyons ! Grace vous dirait certainement la même chose. De plus, vous avez besoin de vous changer les idées. Cela fait une semaine que vous n'avez pas mis le nez dehors.

— Mais… si elle passe un coup de fil ?

— Eunice est là. Elle fera le nécessaire.

— Mais… Sortir, prendre du bon temps dans de telles circonstances…

— Je croyais que ces raouts étaient des plus ennuyeux ? N'est-ce pas ce que vous m'avez toujours dit ?

Nellie sourit, ce qui était déjà une victoire en soi.

— C'est vrai… Eh bien, je… Vous devez avoir raison. Peut-être ferais-je mieux d'y aller. Mais à une condition.

— Laquelle ?

— Que vous veniez avec moi.

Pour une surprise, c'était une surprise. Elle n'avait aucune envie de passer sa soirée du samedi au milieu de diplomates des Nations Unies.

— Non. Vraiment, je ne peux…

— Bien sûr que si !

— Mais, et Vicky…

— Eunice s'en occupera.

Gia chercha désespérément une bonne excuse. Comment pouvait-elle s'en sortir ?

— Je n'ai rien à me mettre.

— Nous irons acheter ce qu'il faut.

— C'est hors de question !

Nellie tira un mouchoir de ses poches et s'essuya les lèvres.

— En ce cas, je n'irai pas non plus.

Gia tenta de lui jeter un regard noir, mais ne tint que quelques secondes avant de sourire :

— Bon, d'accord ! Mais c'est du chantage pur et dur !

— Puisque vous le dites…

— Par contre, je me chargerai moi-même de trouver une robe.

— Vous viendrez faire les magasins avec moi demain après-midi, répliqua la vieille dame d'un ton plein d'autorité, et nous la mettrons sur mon compte. Si vous voulez m'accompagner, il faut que vous soyez vêtue correctement. Maintenant, je ne veux plus en entendre parler. Nous descendrons en ville après le déjeuner.

Sur ce, elle tourna les talons et se dirigea vers la bibliothèque. Gia ressentait un drôle de mélange d'affection et d'irritation. Une fois de plus, cette vieille Anglaise l'avait roulée dans la farine.

3

A six heures précises, Jack passa la porte de l'hôtel Waldorf et monta les escaliers menant au hall. Sa journée avait été assez chaotique, mais au moins, il était arrivé à temps.

Il avait confié à un laboratoire le flacon qui se trouvait dans la chambre de Grace, puis était descendu dans les rues pour interroger tous les personnages louches qu'il connaissait – ce qui faisait pas mal de monde. Personne n'avait entendu parler d'une opération visant à sortir une vieille dame de l'hôpital. Vers la fin de l'après-midi, il dégoulinait de sueur et se sentait sale. Il avait pris une douche, s'était rasé et avait hélé un taxi pour Park Avenue.

Jusque-là, Jack n'avait jamais eu l'occasion de descendre au Waldorf et, en gagnant le lieu du rendez-vous, il ne savait pas trop à quoi s'attendre. Par prudence, il s'était offert un costume crème en toile légère, une chemise rose et une cravate assortie – du moins c'est ce que lui avait dit le marchand. Tout d'abord, il pensa qu'il en faisait peut-être trop, puis se raisonna : après tout, c'était au Waldorf qu'il se rendait, et au Waldorf, on ne pouvait être que bien habillé. De plus, après sa brève conversation avec Kolabati, il sentait qu'elle-même viendrait tirée à quatre épingles.

En traversant le hall, Jack en absorba l'atmosphère, regardant de tous ses yeux et écoutant de toutes ses oreilles. Tout s'y mélangeait : races, nationalités, âges, toutes les apparences, toutes les tailles possibles et imaginables. A sa gauche, derrière une rambarde et une arche, il y avait un bar où les clients s'asseyaient devant de petites tables de bistrot. En s'approchant, il vit un panneau ovale qui proclamait : Peacock Alley.

Il regarda autour de lui. Si le hall du Waldorf était un vrai trottoir, Peacock Alley était un café en terrasse – sans mouches et vapeurs d'essence qui sont le lot de ce genre d'établissement, mais avec l'air conditionné. Parmi les gens attablés, il ne vit personne qui puisse correspondre à l'image qu'il s'était faite de Kolabati. Il étudia la clientèle d'un peu plus près. Tout le monde semblait plein aux as. Jack n'était pas vraiment dans son élément. Il avait l'impression que tout le monde le regardait. Peut-être avait-il commis une erreur…

— Voulez-vous une table, monsieur ?

Un maître d'hôtel entre deux âges se tenait à côté de lui, attendant son bon vouloir. Son accent français avait un relent de Brooklyn.

— Je pense… Je n'en suis pas sûr. Je suis attendu, enfin, en principe. Une dame en robe blanche et…

Le maître d'hôtel haussa les sourcils.

— Elle vous attend, en effet ! Veuillez me suivre.

Jack lui emboîta le pas à l'arrière en se demandant comment son mentor pouvait être si sûr de lui. Ils passèrent devant une série d'alcôves pourvues chacune d'un canapé et de fauteuils réunis autour d'une table, comme une série de petits salons particuliers. Des tableaux accrochés au mur concouraient à donner une atmosphère confortable, chaleureuse. Ils tournèrent dans un passage parallèle et arrivaient presque à son extrémité lorsqu'il la vit.

C'est alors qu'il comprit pourquoi le maître d'hôtel n'avait pas eu l'ombre d'une hésitation. C'était bien la Femme-en-robe-blanche. Elle aurait aussi bien pu être la seule cliente dans tout le café.

Elle était assise sur un divan tout au bout du passage. Elle avait retiré ses chaussures et replié ses jambes sous elle, comme si elle se trouvait confortablement installée à son domicile, à écouter de la musique – classique, ou peut-être du reggae. Elle faisait tourner doucement un verre à vin rempli d'un liquide ambré. Pas de doute, elle était bien de la même famille que Kusum : la ressemblance était indéniable. Mais Kolabati était plus jeune, certainement moins de trente ans. Ses yeux en amande, sombres, presque noirs, pétillaient d'intelligence au-dessus de joues pleines et d'un nez fin qui comportait une petite marque sur la narine gauche, qu'on avait peut-être percée pour y déposer un bijou. Sa peau lisse et impeccable était d'une légère couleur café. Ses cheveux très sombres, presque noirs, se séparaient en leur milieu et bouclaient autour de ses oreilles et sur sa nuque. Une coupe démodée, mais qui lui allait à ravir. Ses lèvres pleines étaient d'un rouge vif. Sa robe d'un blanc immaculé soulignait ses traits sombres.

S'il lui était resté quelques doutes quant à son identité, le collier qu'elle portait autour du cou les aurait instantanément dissipés. Il était bien identique à celui de sa grand-mère, avec ses deux pierres d'un jaune brillant.

Elle tendit la main sans se lever.

— Heureuse de vous rencontrer, Jack.

Sa voix lui ressemblait : grave et exotique. Et son sourire éblouissant lui coupa presque le souffle. Lorsqu'elle se pencha en avant, sa poitrine tendit le tissu de sa robe, soulignant les deux petits bourgeons couronnant ses seins. Apparemment, elle était tout aussi sûre de son identité qu'il l'était de la sienne.

— Mademoiselle Bahkti, fit-il en prenant la main offerte.

Ses ongles étaient d'un rouge assorti à ses lèvres, sa peau douce et lisse comme de l'ivoire poli. Jack ne trouva rien d'autre à dire : son esprit était comme engourdi. Et pourtant, il ne pouvait rester planté là…

— Heureux de voir que vous n'avez pas égaré votre collier.

Bien joué. Quel tact !

— Oh, non ! Le mien ne me quittera pas. (Elle retira sa main et tapota le coussin à côté d'elle.) Venez, asseyez-vous. Nous avons tant de choses à nous dire !

Vus de près, ses yeux semblaient empreints de sagesse, comme si elle avait absorbé les connaissances de sa race et de sa culture immémoriale.

Le maître d'hôtel ne fit pas mine d'appeler un serveur ; il resta là, impassible, pendant que Jack prenait place aux côtés de Kolabati. De par sa profession, il devait être très patient, mais au passage, Jack remarqua qu'il ne quittait pas la jeune femme des yeux.

— Que puis-je vous servir, monsieur ? demanda-t-il lorsqu'il fut installé.

Jack jeta un coup d'œil au verre de Kolabati.

— Qu'est-ce que c'est ?

— Un kir.

Il eût préféré une bière, mais après tout, on était au Waldorf.

— Je prendrai la même chose.

La jeune femme éclata de rire.

— Voyons, ne faites pas l'idiot ! Apportez-lui une bière. Ici, on sert de la Bass Ale.

— Je n'aime pas trop les brunes, mais si vous avez une Beck blonde, ce sera parfait.

Au moins, c'était une bière d'importation. En fait, il avait plutôt envie d'une Rolling Rock.

— Très bien, fit le maître d'hôtel.

Alors qu'il s'éloignait enfin, Jack se tourna vers la jeune femme :

— Comment savez-vous que je suis un buveur de bière ?

C'était surtout l'assurance avec laquelle Kolabati l'avait affirmé qui le dérangeait.

— Simple intuition. J'étais sûre que vous n'aimeriez pas le kir. (Elle l'étudia un bref instant.) C'est donc vous ! L'homme qui a récupéré le collier. Cette tâche en apparence impossible, et que vous avez menée à bien. Je vous en serai éternellement reconnaissante.

— Ce n'était qu'un collier.

— Oh, c'était bien plus que ça. Ce bijou était très, très important pour ma famille.

— Oui, mais bon, ce n'est pas comme si j'avais sauvé la vie de votre grand-mère…

— Peut-être que si. Peut-être qu'en récupérant son bien, elle a retrouvé assez d'espoir et de force pour continuer à vivre. Pour elle, c'était quelque chose d'essentiel. Chaque membre de notre famille porte un collier comme celui-ci. Nous ne le quittons jamais.

— Jamais ?

— Jamais.

Plutôt excentriques, ces Bahkti.

Le maître d'hôtel lui apporta sa bière en personne. Il la lui versa, resta un moment près de la table, puis s'en alla à contrecœur.

Pendant que Jack avalait une bonne rasade, Kolabati reprit :

— J'espère que vous réalisez qu'en vingt-quatre heures, vous vous êtes fait deux amis fidèles et dévoués : mon frère et moi.

— Et votre grand-mère, alors ?

— Elle aussi, bien sûr, reprit-elle après une demi-seconde de silence. Ne sous-estimez pas notre gratitude, Jack. Surtout celle de mon frère. Kusum n'oublie jamais ceux qui lui ont fait une faveur – ou une vilenie.

— D'ailleurs, renchérit Jack, que fait-il exactement aux Nations Unies ?

En fait, il s'en moquait. C'était Kolabati qui l'intéressait, mais il ne voulait pas que ce soit trop évident.

— Je ne sais pas vraiment. Un poste mineur. (Elle dut remarquer son froncement de sourcils.) Oui, je sais. Il n'est pas homme à se contenter d'une tâche subalterne. Et en effet, ce n'est pas son genre. Chez nous, son nom est connu dans toutes les provinces.

— Pourquoi ?

— Il est le chef d'un nouveau mouvement de fondamentalistes hindouistes. Lui et ses adeptes pensent que l'Inde et l'hindouisme se sont beaucoup trop occidentalisés et veulent revenir à notre ancien mode de vie traditionnel. Ces dernières années, il a rallié à sa cause un nombre surprenant de sympathisants et a développé une influence politique considérable.

— On dirait les réactionnaires de chez nous. Il est le Jerry Falwell hindou ?

Le visage de Kolabati s'assombrit.

— Plus que ça, je pense. Parfois, sa vision des choses est si étroite qu'elle en devient effrayante. Certains redoutent qu'il ne devienne l'équivalent hindou de l'ayatollah Khomeyni. Voilà pourquoi, l'an dernier, tout le monde est resté sans voix lorsque, soudain, il a demandé à joindre une mission diplomatique à notre ambassade de Londres. On lui a immédiatement accordé le poste qu'il demandait – je présume que le gouvernement était trop heureux de s'en débarrasser en l'envoyant à l'étranger. Récemment, il a été transféré aux Nations Unies – sur sa demande, une fois de plus. J'ai l'impression que, chez nous, ses partisans comme ses adversaires ne savent plus que penser, mais je connais mon frère mieux que personne. J'imagine qu'il est en train d'accumuler de l'expérience au niveau international afin qu'à son retour, il puisse être un candidat valable pour un poste à responsabilités. Mais assez parlé de Kusum…

Sa main se posa sur sa poitrine et le repoussa sur les coussins.

— Installez-vous confortablement, fit-elle en le scrutant de ses yeux sombres, et parlez-moi de vous. Je veux tout savoir, et surtout, la façon dont vous êtes devenu Jack le Réparateur.

Jack but une autre gorgée de bière, le temps de réfléchir. Il avait envie de tout lui raconter, de lui dévoiler son passé dans les moindres détails. C'en devenait effrayant : à l'exception d'Abe, il ne s'était jamais confié à personne. Alors pourquoi Kolabati ? Peut-être parce qu'elle savait déjà quelques petites choses ; peut-être parce qu'elle lui exprimait une infinie gratitude, à lui qui avait accompli l'impossible et rendu son collier à sa grand-mère. Il n'allait certainement pas tout lui raconter, mais il pouvait toujours lâcher quelques bribes de vérité. Restait à faire le tri entre ce qu'il pouvait lui confier et ce qu'il devait censurer.

— C'est arrivé… par hasard, comme ça.

— Il y a toujours une première fois. Commencez donc par le commencement.

Il se lova contre les coussins, prit une position visant à cacher la bosse que formaient son holster et le Mauser .380 qu'il contenait, et lui parla de M. Canelli, son premier client.

4

L'été touchait à sa fin. Il avait alors dix-sept ans et vivait toujours à Johnson, New Jersey, une petite ville semi-rurale de Burlington Country. Son père y était professeur et, à l'époque, sa mère était encore en vie. Sa sœur étudiait au collège de médecine du New Jersey et son frère préparait sa fac de droit.

Au coin de sa rue habitait M. Vito Canelli, un veuf à la retraite. Pour passer le temps, il ne cessait de cultiver son jardin, sauf au plus fort de l'hiver, lorsque le sol gelait ; mais à peine la témpérature redevenait-elle clémente qu'il se remettait à l'ouvrage. Il portait une attention toute particulière à sa pelouse : il l'arrosait tous les jours, plantait régulièrement et y étendait de l'engrais une fois par semaine. En conséquence, M. Canelli avait la plus belle pelouse du quartier. En général, rien ne venait rompre sa verte harmonie. Les seules fois où elle présentait un défaut, c'était lorsqu'un olibrius ratait son virage en tournant dans la rue de Jack et finissait dans le jardin. Cela se produisit quelques fois, de façon accidentelle, mais certains gamins du voisinage, qui s'adonnaient au vandalisme, en prirent l'habitude. Traverser la pelouse du « vieux rital » devint le rituel du vendredi et du samedi soir. Finalement, M. Canelli installa une clôture d'un mètre autour de son jardin. Il croyait en avoir fini avec ces profanateurs, mais malheureusement, il se trompait.

Jack se souvenait de ce matin, très tôt, où il marchait vers l'autoroute en tirant derrière lui la tondeuse à gazon familiale. Cet été comme les précédents, il s'était fait un peu d'argent de poche en effectuant de menus travaux de jardinage ou en tondant des pelouses. C'était un travail qui lui plaisait et, surtout, qui lui permettait de moduler ses horaires comme il l'entendait.

Lorsqu'il parvint à la hauteur de chez M. Canelli, il s'arrêta net et ouvrit de grands yeux. La clôture était abattue, ses piquets blancs réduits en miettes, éparpillés sur la pelouse. Les petits arbres ornementaux qui, chaque été, se paraient de couleurs différentes avaient été coupés net, les ifs et les genévriers sauvagement piétinés. Les flamants roses en plâtre dont tout le monde se moquait étaient littéralement pulvérisés. Et la pelouse... Ce n'étaient plus des marques de pneus qui la sillonnaient, mais de vraies cicatrices de six centimètres de profondeur. Ceux qui avaient fait ça ne s'étaient pas contentés de traverser le jardin ; ils avaient sciemment fait déraper leurs voitures jusqu'à ce qu'il n'en reste qu'un terrain vague ravagé.

En s'approchant, Jack remarqua une silhouette figée au coin de la maison, qui contemplait tristement le carnage. C'était M. Canelli. Ses épaules affaissées étaient secouées de sanglots, et le soleil faisait luire ses larmes. Jack ne savait pas grand-chose de lui. C'était un homme tranquille qui ne dérangeait personne. Il n'avait ni femme, ni enfants, ni petits-enfants ; il n'avait que son jardin, sa fierté, son œuvre d'art, son bâton de vieillesse. Après avoir fait du jardinage dans toute la ville, Jack savait évaluer mieux que quiconque ce qu'il fallait investir en temps et en efforts pour obtenir quelque chose d'aussi beau. Et personne n'avait le droit de fouler du pied son rêve de façon aussi gratuite. Personne n'avait le droit de réduire un homme de son âge à pleurer son rêve saccagé.

La détresse du vieil homme parut ouvrir une trappe tout au fond de Jack, et ce qui en sortit avait le goût brûlant de la haine. Il lui était déjà arrivé de se mettre en colère, mais ce matin-là, la rage qui bouillonnait en lui l'amenait aux portes de la folie. Il serrait les mâchoires avec une telle violence qu'il en avait mal aux dents, et il tremblait de tout son corps. Il savait, plus ou moins, qui était responsable de ce désastre, et il n'aurait aucun mal à confirmer ses soupçons. Il dut combattre son envie d'aller les trouver séance tenante et de leur passer sa tondeuse sur le visage.

Finalement, la raison finit par l'emporter. Inutile de finir en prison pendant que les vandales devenaient des victimes.

Il y avait une autre solution, qui s'imposa immédiatement dans l'esprit de Jack.

Il se dirigea vers M. Canelli et lui dit :

— Je peux tout arranger.

Le vieil homme s'essuya le visage avec un mouchoir et le dévisagea d'un air furibond.

— Tout arranger ? Pourquoi ? Pour que tes amis et toi puissiez saccager mon jardin une fois de plus ?

— Non. Je peux faire en sorte que cela ne se reproduise plus.

M. Canelli le regarda longuement sans rien dire, puis :

— Viens, rentrons. Tu vas m'expliquer ce que tu comptes faire.

Jack ne lui donna pas plus de précisions, juste la liste de ce dont il aurait besoin. Plus cinquante dollars de commission. M. Canelli accepta sans problème, mais précisa qu'il ne sortirait les cinquante dollars qu'après avoir constaté le résultat. Ils se serrèrent la main et burent un petit verre de Barolo pour conclure le marché.

Le lendemain, Jack se mit à l'œuvre. Il apporta trois douzaines de pousses d'ifs et les planta à un mètre d'intervalle tout autour du jardin pendant que M. Canelli tentait de faire revivre sa pelouse. Tout en travaillant, ils purent discuter tranquillement. Jack apprit ainsi que les responsables du carnage conduisaient une petite voiture basse, de couleur claire, et une camionnette noire. M. Canelli n'avait pas pu noter les numéros des plaques minéralogiques. Il avait appelé la police, mais le temps qu'ils arrivent, les vandales étaient loin. Le commissariat avait envoyé un seul agent : il y avait déjà eu des plaintes, mais les incidents étaient si éloignés l'un de l'autre et si superficiels, du moins jusqu'à présent, que les autorités ne les avaient pas pris au sérieux.

Le stade suivant consistait à se procurer trois douzaines de tuyaux d'un mètre trente chacun et de les déposer dans le garage de M. Canelli. Ils se servirent d'une petite pelleteuse pour creuser un trou juste derrière chaque pousse d'if. Une nuit, très tard, Jack et M. Canelli mélangèrent deux sacs de ciment et en remplirent chacun des tuyaux. Trois jours plus tard, toujours sous couvert des ténèbres, ils placèrent les tuyaux remplis de ciment dans chacun des trous forés derrière les pousses et les recouvrirent de terre. Désormais, chaque buisson comprenait quinze à vingt centimètres de protection cachée sous ses branches.

Ils rebâtirent la clôture aux piquets blancs et M. Canelli continua de travailler sa pelouse. Quant à Jack, il n'avait plus qu'une seule chose à faire : attendre.

Et il attendit un bon bout de temps. Août tira à sa fin, puis les enfants reprirent la route de l'école. Lorsque vint la troisième semaine de septembre, M. Canelli avait entièrement refait sa pelouse. Les nouvelles pousses avaient germé.

Et de toute évidence, il n'était pas le seul à attendre ce moment.

Un dimanche matin, à une heure et demie, Jack se réveilla au son des sirènes. Des gyrophares illuminaient l'angle de la maison de M. Canelli. Jack passa un jean et courut sur les lieux.

En s'approchant, il vit d'abord deux ambulances qui s'éloignaient à toute allure. Droit devant, au bord du trottoir, une camionnette noire gisait sur le flanc. L'air était imprégné d'un relent âcre d'essence. A la lumière crue d'un réverbère, il vit que les entrailles du véhicule étaient en miettes. L'essieu avant était tordu et le plancher déchiré, dévoilant une colonne de direction tire-bouchonnée. La boîte de vitesses était fracassée et le réservoir fuyait. Un camion de pompiers était là, prêt à entrer en action au cas où un incendie se déclarerait.

Il se dirigea vers la façade, là où une Camaro jaune s'était arrêtée avant de s'engager sur la pelouse. Son pare-brise était étoilé au point d'en devenir opaque et des jets de vapeur jaillissaient du radiateur. Visiblement, celui-ci était fendu ; en y regardant de plus près, il vit que la colonne de direction était tordue et le bloc moteur fracassé.

M. Canelli se tenait sur son porche. Il lui fit un signe de la main et lui donna un billet de cinquante dollars.

Jack resta là, à regarder la scène jusqu'à ce que les dépanneuses aient emporté les deux épaves, jusqu'à ce qu'on ait arrosé la rue, jusqu'à ce que les voitures de police et de pompiers soient toutes parties. Son cœur était au bord de l'explosion. Il avait l'impression de pouvoir s'envoler s'il le désirait. Jamais il ne s'était senti aussi bien. Quoi qu'il puisse fumer, ingérer ou s'injecter, jamais il ne ressentirait un tel rush.

Il était accro. Et pour de bon.

5

Une heure, trois bières et deux kirs plus tard, Jack réalisa qu'il lui en avait dit plus qu'il n'aurait dû. Après l'histoire de M. Canelli, il avait embrayé sur d'autres entreprises plus intéressantes. Kolabati semblait apprécier ses récits, surtout lorsqu'il décrivait le mal qu'il se donnait pour que la punition corresponde au crime.

Plusieurs facteurs avaient contribué à lui délier la langue. D'abord, il y avait un fort sentiment d'intimité. Ils semblaient être les seuls à occuper cette partie du bar. Une douzaine d'autres conversations se mêlaient à la leur pour créer un bruit de fond, un bourdonnement constant qui camouflait leur propre discussion. Et surtout, il y avait Kolabati elle-même. La jeune femme semblait boire ses paroles alors qu'il parlait, encore et encore, plus qu'il ne l'aurait dû, afin de préserver cette lueur de fascination qu'il voyait briller dans ses yeux. Il ne s'était jamais confié ainsi à personne, sauf peut-être à Abe – mais celui-ci avait appris la vérité bribe par bribe au fil des années, et l'avait même vu en action, tandis qu'avec Kolabati, il dévoilait tout d'un bloc.

Durant son récit, il guetta ses réactions, de peur qu'elle ne s'enfuie comme l'avait fait Gia. Mais Kolabati était d'une autre trempe. Ses yeux brillaient d'une lueur d'enthousiasme et… d'admiration.

Néanmoins, il était temps pour lui de se taire. Il en avait bien assez dit. Ils restèrent donc là, en silence, à jouer avec leurs verres vides. Jack allait lui demander si elle voulait un autre kir lorsqu'elle se tourna vers lui :

— Vous ne payez pas d'impôts, n'est-ce pas ?

Ce qui le prit par surprise. Il se demanda comment elle pouvait le savoir.

— Pourquoi dites-vous ça ?

— J'ai l'impression que vous êtes une sorte de hors-la-loi autoproclamé. Je me trompe ?

— « Hors-la-loi autoproclamé ». Ça me plaît bien.

— Ce qui ne répond pas à ma question.

— Je me considère plutôt comme un Etat souverain. Je ne reconnais pas d'autre gouvernement au-delà de mes propres frontières.

— Mais vous vivez comme un exilé, au ban non seulement du gouvernement, mais de la société tout entière. Pourquoi ?

— Je ne suis pas un intellectuel ; ne comptez pas sur moi pour vous dévoiler un manifeste politique. Mais c'est la façon dont je souhaite vivre.

Ses yeux perçants semblaient voir à travers lui.

— Je ne vous crois pas. Il s'est passé quelque chose qui vous a poussé à vous retrancher ainsi du monde. Qu'est-ce donc ?

Cette femme était incroyable. On aurait dit qu'elle lisait dans son esprit. En effet : il y avait bien eu un incident à la suite duquel il avait décidé de se retirer du reste de la « civilisation ». Mais il n'allait pas tout lui raconter. Il se sentait bien en sa compagnie, mais n'allait pas pour autant confesser un meurtre.

— Je préfère garder ça pour moi.

— Vous avez toujours vos parents ? fit-elle sans cesser de l'étudier.

Son estomac se serra.

— Mon père seulement.

— Je vois. Votre mère est-elle morte de cause naturelle ?

C'est un médium ! Elle lit dans mes pensées ! C'est la seule explication possible !

— Non. Et je n'en dirai pas plus.

— Très bien. Mais quel que soit le motif qui vous ait poussé à devenir ce que vous êtes, je suis sûr qu'il est honorable.

Sa confiance le rassura et le gêna à la fois. Il était temps de changer de sujet.

— Vous n'avez pas faim ?

— Je *meurs* de faim !

— Avez-vous un endroit préféré ? Je connais plusieurs restaurants indiens…

Elle haussa les sourcils :

— Si j'étais chinoise, vous me proposeriez des nems ? Est-ce que je porte un sari ?

Non. Cette robe blanche moulante semblait venir tout droit d'un grand couturier parisien.

— Français, alors ?

— J'ai vécu quelque temps en France. Maintenant, j'habite les Etats-Unis. Je veux manger américain.

— Eh bien, j'aime les restaurants où l'on peut se détendre.

— Je veux aller chez Southern Ribs.

Jack éclata de rire :

— Il y en a un juste à côté de chez moi ! J'y vais tout le temps. Surtout parce que en matière de nourriture, j'avoue être plus facilement impressionné par la quantité que par la qualité.

— Très bien. Vous connaissez le chemin ?

Il partit pour se lever, puis se figea :

— Un instant. Les Hindous ne mangent pas de porc, non ?

— Vous confondez avec les Pakistanais. Ils sont musulmans, et donc, ne mangent pas de porc. Moi, je suis hindoue. C'est le bœuf que nous évitons.

— Oh.

— Et j'ai entendu dire qu'ils avaient un bon salad-bar avec toutes sortes de crevettes et un écriteau annonçant : « Bière et vin à volonté ».

— Alors allons-y.

Il lui proposa galamment son bras. Elle enfila ses chaussures et, en un geste fluide, presque liquide, se retrouva à ses côtés. Jack posa quelques billets sur la table et partit vers la porte.

— Vous ne demandez pas de reçu ? demanda Kolabati avec un sourire rusé. Je suis sûre que vous pourriez le déduire de vos impôts.

— J'opte pour la déclaration simplifiée.

Elle éclata de rire. Un son délicieux.

En chemin, Jack sentit avec une acuité étonnante la pression de la main de Kolabati sur son bras, tout comme il perçut les regards en coin qu'on leur décochait.

De Peacock Alley, au cœur du Waldorf, au Southern Ribs : vous parlez d'un choc culturel. Mais Kolabati évoluait d'un milieu à l'autre avec la même aisance qu'elle passait d'un buffet à l'autre au salad-bar, où elle attira des regards admiratifs beaucoup moins discrets qu'au Waldorf. Elle semblait extrêmement adaptable, ce qui fascinait Jack. En fait, tout en elle le fascinait.

Dans le taxi qui les amenait à destination, il avait commencé à fouiller son passé à elle et avait appris que Kolabati et son frère étaient originaires d'une riche famille de la région du Bengale, que Kusum avait perdu son bras alors qu'il était enfant, dans un accident de train qui avait coûté la vie à leurs parents, après quoi il avait été élevé par sa grand-mère. Ce qui expliquait pourquoi il lui était si dévoué. Actuellement, Kolabati enseignait à l'Université de linguistique de Georgetown et, à l'occasion, était consultante pour l'école du contingent étranger.

Jack la regarda dévorer ses crevettes en salade. Ses doigts étaient agiles et ses mouvements délicats, mais pleins d'assurance alors qu'elle décortiquait les carapaces, trempait la chair rose dans sa sauce cocktail ou cette autre sauce russe qu'elle avait sélectionnée, avant de les mettre dans sa bouche. Elle mangeait avec un entrain qui lui plaisait bien. De nos jours, il était rare de tomber sur une femme capable d'apprécier un bon repas. Il en avait par-dessus la tête de tous ces discours sur les kilos en trop et les tailles de pantalons. Compter les calories, c'était bon pour les jours de la semaine. Lorsqu'il emmenait une femme au restaurant, il aimait la voir apprécier son repas autant que lui-même. Ainsi, ils pouvaient communier dans le péché de gourmandise et tout ce qui allait avec – goûter, mâcher, avaler, boire pour faire descendre et, ensuite, apprécier la douce sensation que donne un ventre plein. Ils devenaient complices du même crime contre la diététique. Si ce vice partagé n'était pas le sommet de l'érotisme, il n'y connaissait rien.

Puis leur repas se termina.

Kolabati se pencha en avant et le regarda. Ils étaient séparés par les restes de plusieurs salades, deux plats de côtes aux os raclés, un broc de bière vide et les carapaces vides d'une bonne centaine de crevettes.

— Nous avons identifié l'ennemi, dit Jack, et il est en nous. En fait, c'est une chance que vous n'aimiez pas le steak. Ici, la viande est un peu dure.

— Oh, j'aime le bœuf. Mais c'est censé être mauvais pour le karma.

Tout en parlant, elle tendit la main et la posa sur la sienne. Il sentit une secousse dans son bras, comme si elle l'avait électrisé – au sens propre du terme. Jack avala sa salive et tenta de reprendre la conversation. Il ne voulait pas lui montrer à quel point elle lui faisait de l'effet.

— Le karma. Voilà un mot qui ne cesse de revenir. Mais qu'est-ce que c'est exactement ? Le destin, quelque chose comme ça ?

Kolabati fronça les sourcils.

— Pas exactement. C'est assez difficile à expliquer. Il faut partir de l'idée de la transmigration de l'âme – ce que nous appelons l'*atman* – et ses différentes incarnations successives.

— La réincarnation. Oui, j'en ai entendu parler. Paco Rabanne et tout ça.

Kolabati fit tourner sa main à lui et passa doucement ses ongles sur sa paume. Sa peau se hérissa de chair de poule.

— Exact, dit-elle. Le karma est le poids en bien ou en mal que votre atman emporte d'une incarnation à l'autre. Ce n'est pas tout à fait le destin, car on est toujours libre de décider entre faire le bien ou le mal, mais une fois de plus, le poids de bien ou de mal qui pèse sur votre karma décide de votre prochaine incarnation – et du niveau de la forme de vie dont vous disposerez dans cette nouvelle incarnation.

— Et il en est ainsi pour l'éternité ?

En tout cas, il aurait voulu qu'elle continue de lui caresser la main à jamais.

— Non. Votre atman peut être libéré de la roue karmique si vous parvenez à la perfection de votre vivant. C'est ce qu'on appelle le *moksha*. C'est le but ultime de tout atman.

— Et manger du bœuf vous empêcherait d'atteindre le moksha ?

Voilà qui lui paraissait assez simpliste. Mais Kolabati, une fois de plus, parut lire dans ses pensées.

— Ce n'est pas si étrange que ça. Les juifs et les musulmans ont toujours prohibé le porc pour des raisons équivalentes. Pour nous, la viande de bœuf pollue le karma.

— « Pollue ».

— C'est le terme consacré.

— Vous vous souciez tant de votre karma ?

— Pas autant que je le devrais. En tout cas, beaucoup moins que Kusum. (Des nuages noirs obscurcirent ses yeux.) Chez lui, le karma est devenu une obsession… Le karma et Kali.

Voilà qui alarma Jack.

— Kali ? N'était-ce pas la déesse d'une bande d'étrangleurs ?

A nouveau, il n'avait que *Gunga Din* pour toute référence historique.

Les yeux de Kolabati jetèrent des éclairs ; elle plongea ses ongles dans sa peau, transformant le plaisir en douleur.

— Ce n'était pas Kali, mais un de ses avatars inférieurs du nom de Bhazvani, qu'adoraient les Thugs – des criminels de caste inférieure ! Kali est la déesse suprême !

— Oups ! Excusez-moi.

Elle lui sourit.

— Où habitez-vous ?

— A deux pas d'ici.

— Je voudrais voir votre appartement.

Jack hésita : il avait pour règle de ne jamais montrer l'endroit où il vivait à quelqu'un dont il n'était pas parfaitement sûr. Mais elle s'était remise à caresser sa paume.

— Maintenant ?

— Oui.

— Très bien.

6

Car la mort est certaine pour celui qui est né,
Tout comme la naissance l'est pour qui meurt.
Ainsi, nul ne doit se lamenter
Sur ce qui est inévitable.

Kusum s'arracha à l'étude du *Bhagavad-Gita*. Il venait d'entendre à nouveau ce bruit provenant des tréfonds du navire, couvrant le grondement de la ville qui s'étendait au-delà du quai – la cité qui ne dort jamais – et les bruits du port, tout comme les grincements et les craquements du bateau caressé par la marée et tirant sur ses amarres. Kusum ferma son livre et partit vers la porte de sa cabine. C'était beaucoup trop tôt. La Mère ne pouvait pas encore avoir flairé la Trace.

Il alla se tenir sur le petit pont qui contournait les superstructures de la proue. Les quartiers des officiers et de l'équipage, le poste de commandement, la cuisine et la cheminée étaient relégués à la poupe. Il regarda le pont, interminable et désespérément plat, si ce n'étaient les deux écoutilles donnant sur les cales et les quatre grues servant à les charger. C'était *son* bateau ; vieux, mais encore bon pour le service. Pour un cargo, il était plutôt petit – deux mille cinq cents tonnes, soixante-dix mètres d'un bout à l'autre et dix de large. Aussi rouillé et cabossé qu'il soit, le navire était néanmoins prêt à affronter vaillamment toutes les mers du globe. Il battait pavillon libérien.

Kusum l'avait fait venir à New York il y avait six mois de cela. Le bateau était parti directement de Londres et avait traversé l'Atlantique en traînant une barge à cent mètres derrière lui. La nuit où il était entré dans le port de New York, le câble s'était décroché. Et, le lendemain, on retrouva la barge qui dérivait paisiblement à trois kilomètres de là. Kusum l'avait vendue à une compagnie de transport d'ordures. Les douanes examinèrent les cales du cargo avant de donner l'autorisation de larguer les amarres. Kusum avait trouvé un emplacement ici, à l'ouest du port, vers le quai 97, un secteur où l'activité était assez réduite. Il l'avait collé contre le quai de ciment, le nez en avant, tandis qu'une passerelle pourrie flanquait son côté bâbord. Il avait payé et renvoyé l'équipage et, depuis, Kusum était le seul maître à bord.

Le raclement résonna à nouveau, plus impérieux cette fois-ci. Kusum descendit à l'entrepont. Le fracas s'accrut encore davantage au fur et à mesure qu'il s'aventurait dans les profondeurs du bateau. Tout au fond de la salle des machines, il s'arrêta devant une trappe hermétiquement scellée.

La Mère en avait assez de sa réclusion. Elle s'était mise à gratter la trappe de ses griffes et ne s'arrêterait pas tant qu'il ne l'aurait pas libérée. Kusum resta là, à écouter ces longs raclements à vous faire grincer des dents qui résonnaient selon un rythme constant et régulier. Oh, il ne les connaissait que trop bien. Apparemment, la Mère avait flairé la Trace et était prête à se mettre en chasse.

Comment était-ce possible ? Il était beaucoup trop tôt. Les chocolats ne pouvaient pas déjà être arrivés. Il connaissait avec précision le moment où ils avaient été postés à Londres – un télégramme l'avait confirmé – et savait qu'ils seraient livrés le lendemain au plus tôt.

Serait-ce l'une de ces bouteilles de piquette soigneusement préparées qu'il avait distribuées aux clochards du coin ces six derniers mois ? Ces pauvres hères avaient servi de nourriture et d'entraînement en attendant que le nid arrive à maturité. Il doutait qu'il circulât encore de ces bouteilles : en général, ces intouchables les liquidaient en quelques heures grand maximum.

Mais on ne pouvait tromper la Mère. Elle avait flairé la Trace et voulait se mettre en chasse. Bien qu'il envisageât de continuer d'enseigner aux plus malins les ficelles de la navigation – cela faisait six mois qu'il s'y employait, depuis leur arrivée à New York, et ils seraient bientôt capables de prendre la place de l'équipage –, la Chasse passait en premier. Kusum fit tourner la roue permettant d'ouvrir la trappe, puis se retira. La

Mère sortit de l'espace réduit : sa forme de presque trois mètres de haut, humanoïde mais massive et souple, se découpa dans la pénombre. L'un des jeunes, plus petit d'une tête mais presque aussi carré, la suivit immédiatement. Puis un autre s'encadra dans l'ouverture. Soudain, elle se mit à s'agiter en sifflant et agita ses griffes à quelques millimètres de l'œil du second jeune, qui regagna sa tanière. Kusum referma la trappe et fit tourner la roue. Il sentit les yeux jaunes de la Mère qui le regardaient sans le voir. Elle tourna les talons et, d'un pas rapide et silencieux, entraîna son rejeton en haut des escaliers. Tous deux disparurent dans la nuit.

Tout se passait selon les règles. Le rakoshi avait appris à flairer la Trace, à trouver la victime désignée par son odeur et à le ramener au nid afin que tous puissent s'en repaître. La Mère les avait pris un par un pour leur enseigner cette façon de chasser. Car il en avait toujours été ainsi, et il en serait toujours ainsi.

La Trace devait provenir des chocolats. Il n'y avait pas d'autre explication possible. A cette idée, un frisson le parcourut. Ce soir, il effectuerait un nouveau pas en avant. Bientôt, il aurait accompli sa mission et pourrait enfin retourner chez lui, en Inde.

Lorsqu'il ressortit sur le pont, Kusum regarda à nouveau toute la longueur du bateau, mais cette fois-ci, il leva légèrement les yeux pour contempler le paysage urbain qui le dominait. La nuit donnait un éclat particulier à cette ville située en bordure de ce pays bruyant, puant, d'une vulgarité tapageuse typique des nouveaux riches. L'obscurité cachait la décrépitude et la pourriture qui régnaient sur ces quais, la crasse qui s'amassait sous les autoroutes fendillées du West Side, les ordures qui tourbillonnaient dans l'Hudson, les entrepôts aveugles et les épaves humaines qui les hantaient. Et les hauts immeubles de Manhattan s'élevaient avec arrogance au-dessus de ce paysage infernal. Là, alors que leurs lumières brillaient comme des pierres sur du velours noir, on aurait même dit qu'ils faisaient de leur mieux pour l'ignorer.

Il ne manquait jamais une occasion de contempler ce spectacle si différent de ce que proposait son Inde natale. Son pays aurait fait bon usage des richesses que dispensait ce continent. Son peuple en aurait volontiers bénéficié, et en profiterait certainement bien mieux que ces pitoyables Américains si riches matériellement et si pauvres en termes de spiritualité, de ressources intérieures. Leurs chromes, leurs paillettes, leurs néons, leur incessante poursuite de « distractions », d'« expériences » et de « recherche de soi ». Seule une culture comme la leur pouvait bâtir une merveille architecturale telle que cette ville et la comparer à un vulgaire fruit. Ils ne méritaient pas leurs terres. Ils n'étaient qu'une horde d'enfants à qui on aurait donné quartier libre dans les bazars de Calcutta.

Il avait le mal du pays.

Cette nuit, et encore une autre.

Encore deux morts, et il serait libéré de sa promesse.

Kusum retourna lire le *Gita* dans sa cabine.

7

— Je viens d'être kama-sutratisé.

— Je doute que ce verbe soit dans le dictionnaire.

— C'est normal, je viens de l'inventer.

Jack, allongé sur le dos, avait l'impression que son corps tout entier venait de déclarer son indépendance. Il était engourdi de la pointe des ongles jusqu'à la racine des cheveux. Chaque fibre ou nerf avait juste la force nécessaire pour assurer ses fonctions vitales, mais il ne devait pas leur en demander davantage.

— Je ne sais si je vais y survivre.

A ses côtés, Kolabati s'étira. Pour tout vêtement, elle ne portait plus que son collier de fer.

— Tu es déjà mort. Je t'ai ramené à la vie.

— Vous appelez ça comme ça en Inde ?

Ils étaient arrivés chez lui après une bonne marche digestive depuis le restaurant. En entrant chez Jack, Kolabati avait ouvert de grands yeux, mais cette réaction n'avait rien d'inhabituel. Pour certains, c'étaient les affiches de films recouvrant les murs, pour d'autres le bric-à-brac romantique qui encombrait l'appartement, pour d'autres encore les meubles victoriens avec toutes ces gravures et le grain du chêne doré.

— Quel décor ! fit-elle en se pressant contre lui. C'est si… intéressant !

— Je collectionne des… trucs. Toutes sortes de trucs. Quant aux objets, eh bien, certains les trouvent affreux, et je ne peux pas leur donner tort. Toutes ces gravures sont terriblement démodées. Mais j'aime les meubles qui donnent l'impression qu'à un moment ou à un autre de leur construction, ils ont été touchés par des êtres humains, même si ceux-ci avaient un goût douteux.

Jack sentait de plus en plus la pression du corps de Kolabati contre son flanc. Son odeur ne ressemblait à rien qu'il connût. Il n'était même pas sûr qu'il s'agisse d'un parfum, plutôt d'huiles odorantes. Elle leva les yeux. Il avait envie d'elle et, dans son regard, il lut le même désir.

Kolabati se détourna et entreprit de retirer sa robe.

De par le passé, lorsqu'il faisait l'amour à une femme, Jack aimait contrôler la situation. Ce n'était pas conscient, mais il avait toujours décidé du rythme ou des positions à adopter. Mais ce soir, avec Kolabati, tout était différent. La transition fut très subtile, mais au bout de quelques instants, les rôles furent clairement déterminés. C'était elle la plus avide des deux, et de loin, et aussi la plus persistante. Et bien qu'elle soit plus jeune, elle semblait avoir plus d'expérience. Il devint un simple acteur dans une pièce dont elle était le metteur en scène.

Et en effet, c'était bien une dramatique, mêlant la passion et la comédie ! Elle était incroyablement douée, mais sans rien de mécanique. Elle semblait tirer son parti des situations et, parfois, éclatait même d'un rire extatique. Un vrai plaisir. Elle savait où poser ses mains, le toucher, générer en lui des sensations telles qu'il n'en avait jamais connues, l'élevant à des niveaux insoupçonnés. Et bien qu'il sache l'avoir amenée plus d'une fois aux cimes de l'extase, elle en redemandait encore.

Maintenant, il la regardait à la lumière de la petite lampe de verre posée dans un coin de la chambre, qui mettait en valeur sa peau toute en clair-obscur. Ses seins étaient parfaits, avec des aréoles du brun le plus foncé qu'il ait jamais vu. Sans ouvrir les yeux, elle sourit et s'étira en un mouvement lent, langoureux qui amena son pubis sombre contre sa cuisse. Sa main rampa sur sa poitrine, puis caressa ses abdominaux pour descendre encore plus bas. Les muscles de son ventre se crispèrent.

— Comment oses-tu faire ça à un mourant ?

— Tant qu'il y a de la vie, il y a de l'espoir.

— Est-ce ta façon de me remercier d'avoir retrouvé le collier ?

Il espérait que ce n'était pas le cas. Il avait déjà été payé pour ça.

Elle rouvrit les yeux.

— Oui… et non. Tu es quelqu'un d'unique, Jack le Réparateur. Je doute qu'il y ait deux hommes comme toi en ce monde. J'ai beaucoup voyagé et ai rencontré bien des gens. Il y eut un temps où mon frère était comme toi, mais il a changé. Maintenant, te voilà tout seul.

— Pas en ce moment.

Elle secoua la tête.

— Quiconque choisit la voie de l'honneur se retrouve forcément solitaire.

L'honneur. C'était la seconde fois qu'elle prononçait ce mot. Une fois à Peacock Alley, et maintenant, dans son lit. Rares étaient les femmes qui raisonnaient en termes d'honneur. C'était censé représenter le territoire réservé des hommes, bien que maintenant, plus personne n'emploie ce mot, homme ou femme.

— Quelqu'un qui ment, triche, vole et, parfois, use de violence envers ses semblables peut-il être considéré comme un homme d'honneur ?

Kolabati le regarda droit dans les yeux.

— Oui, s'il ment aux menteurs, triche aux dépens des tricheurs, vole les voleurs et limite l'usage de la violence envers ceux qui y ont déjà recours.

— Tu le crois vraiment ?

— J'en suis sûre.

Un homme d'honneur. Voilà qui sonnait bien. Et il aimait ce que cela signifiait. En devenant Jack le Réparateur, il avait suivi la voie de l'honneur sans même s'en rendre compte. Jusque-là, sa principale motivation était de conserver son autonomie – limiter au minimum tout ce qui pouvait restreindre sa liberté. Mais l'honneur… C'était une contrainte purement interne. Il n'avait encore jamais reconnu le rôle que cette notion avait joué dans sa vie.

Les mains de Kolabati caressèrent à nouveau son corps, et ses conceptions sur l'honneur disparurent au milieu des vagues de plaisir qui le parcoururent. Il se sentait excité, une fois de plus. C'était une sensation fort agréable.

Depuis que Gia l'avait quitté, il avait mené une existence quasi monacale. Il n'avait pas fait d'effort particulier pour éviter tout contact avec le sexe opposé, il avait juste cessé d'y penser. Plusieurs semaines s'étaient écoulées avant qu'il ne réfléchisse sérieusement à ce qui lui était arrivé. D'après ce qu'il avait lu de-ci, de-là, c'était un des symptômes de la dépression. Peut-être. Quoi qu'il en soit, ce soir, il avait rattrapé cette période d'abstinence, quelle qu'en fût la durée.

Sa main s'activait, l'amenant à puiser des forces nouvelles à une source qu'il croyait tarie. Il se tournait vers elle lorsque l'odeur lui parvint pour la première fois.

Bon sang, qu'est-ce que c'est que ça ?

On aurait dit qu'un pigeon s'était introduit dans le système d'air conditionné pour y pondre un œuf pourri. Ou bien pour y mourir.

A ses côtés, Kolabati se raidit. Il ne savait si elle avait flairé ce relent de mort, elle aussi, ou si quelque chose d'autre l'avait effrayée. Il crut l'entendre murmurer d'une voix tendue quelque chose qui ressemblait à « Rakosh ! ». Elle roula sur lui et se cramponna à son corps comme un naufragé à une bouée.

Jack sentit une aura de peur informe qui se refermait sur lui, tel un cocon d'angoisse. Il n'aurait su dire ce qui n'allait pas, mais son instinct n'était pas dupe. Il tendit l'oreille, cherchant le moindre bruit incongru, mais n'entendit que le bourdonnement de l'air conditionné. Il voulut prendre le Glock 9 mm caché sous le matelas, mais Kolabati se serra contre lui plus étroitement encore.

— Ne bouge pas, murmura-t-elle si bas qu'il put à peine l'entendre. Reste là, sous moi, et surtout ne dis rien.

Jack ouvrit la bouche, mais elle oblitéra ses mots en plaquant ses lèvres sur les siennes. La pression de ses seins contre sa poitrine, ses hanches contre ses hanches, le collier qui pendait pour caresser sa gorge, ses mains… Tout concourait à lui faire oublier cette odeur incongrue.

Et pourtant, sa voix contenait une note d'urgence et de désespoir qui l'empêcha de s'abandonner totalement à ses sensations. Ses yeux ne cessaient de se rouvrir pour scruter la fenêtre, la porte, le vestibule donnant sur l'avant de l'appartement, puis revenir à la fenêtre. D'une certaine façon, et bien qu'il n'ait aucune véritable raison pour cela, il s'attendait à voir quelqu'un ou quelque chose – une personne, un animal – passer la porte. C'était impossible, il le savait – la porte était fermée à double tour et ils étaient au troisième étage. C'était dingue. Et pourtant, il gardait ce même sentiment.

Pas moyen de s'en débarrasser.

Il n'aurait pu dire combien de temps il resta là, sous le corps nu de Kolabati, tendu comme une corde de violon, ne souhaitant rien d'autre que la douce et rassurante sensation d'une crosse de revolver dans sa paume. La moitié de la nuit, peut-être.

Et pourtant, il ne se passa rien d'extraordinaire. Finalement, même l'odeur se dissipa. Et avec la sensation d'une présence humaine, Jack finit par se détendre et répondre à Kolabati, qui s'activait toujours.

Mais tout d'un coup, celle-ci sembla se raviser. Elle sauta du lit et passa dans le salon pour chercher ses vêtements.

Jack la suivit et la vit enfiler sa culotte avec des gestes rapides, presque frénétiques.

— Qu'y a-t-il ?

— Il faut que je m'en aille.

— A Washington ?

Son estomac se crispa. Non, pas déjà, alors qu'il avait encore tant de choses à découvrir !

— Non, chez mon frère. C'est là que je suis descendue.

— Je ne comprends pas. Aurais-je fait quelque chose que…

Kolabati se pencha vers lui et l'embrassa.

— Non. C'est *lui* qui a fait quelque chose.

— Pourquoi un tel empressement ?

— Je dois lui parler sur-le-champ.

Elle passa sa robe par-dessus sa tête et enfila ses chaussures. Elle allait partir, mais la porte l'arrêta.

— Comment fonctionne ce truc ?

Jack tourna la commande centrale, celle qui ouvrait les quatre verrous d'un bloc.

— Attends un instant, je m'habille et je t'appelle un taxi.

— Je n'ai pas le temps. Et je suis très douée pour lever le bras.

— On se reverra ?

A cet instant précis, sa réponse était capitale. Il ne savait pas pourquoi. Après tout, il la connaissait à peine.

— Oui, si possible. (Ses yeux se voilèrent et, un instant, il crut y lire une étincelle de frayeur.) En tout cas, je l'espère. Sincèrement.

Elle l'embrassa à nouveau, puis passa la porte et descendit les escaliers.

Jack referma, verrouilla la porte et s'y adossa. S'il n'était pas si épuisé par suite du manque de sommeil et des exigences de Kolabati, il aurait cherché un semblant de logique dans ce qui s'était passé ce soir.

Il préféra se mettre au lit. Il avait besoin de dormir.

Et pourtant, il se tourna et se retourna dans son lit, en proie aux affres de l'insomnie. Le souvenir de cette odeur putride, l'étrange conduite de Kolabati… Que de mystères ! Mais ce qui le dérangeait n'était pas ce qui était arrivé ce soir ; plutôt ce qui, il le sentait, avait *failli* arriver.

8

Kusum se réveilla et retrouva instantanément ses esprits. Il se leva, faisant tomber le *Gita* posé sur ses genoux. C'était probablement la Mère et le jeune qui revenaient, mais il préférait s'en assurer. Qui sait quel genre de tarés pouvaient traîner sur les docks. Peu lui importait si quelqu'un s'aventurait à bord en son absence…

Mais lorsqu'il était à bord – et maintenant que Kolabati était là, il comptait y passer plus de temps –, il prenait toutes les précautions possibles. Il avait horreur des surprises désagréables.

L'arrivée de Kolabati l'avait pris de court. Il croyait qu'elle resterait à Washington, en sécurité. Elle lui avait déjà causé pas mal d'ennuis cette semaine, et ce n'était certainement qu'un début. Il ne la connaissait que trop. Il devait l'éviter autant que possible. Et elle ne devait jamais connaître l'existence de ce navire et de sa cargaison.

Il entendit à nouveau ce même bruit et vit deux silhouettes sombres, mais nettement identifiables, qui arpentaient le pont. Il chercha la proie qu'elles auraient dû porter entre leurs griffes, mais, à sa grande inquiétude, constata qu'elles rentraient les mains vides. Il se mit à courir le long du pont pour mieux voir passer les rakoshi – mais non sans vérifier machinalement qu'il portait bien son collier.

Le jeune arriva en premier, immédiatement suivi de la Mère. Tous deux semblaient nerveux, agités. Si seulement ils pouvaient lui parler ! Il avait réussi à apprendre quelques mots aux jeunes, mais ce n'était qu'une imitation et non un véritable langage. Jamais il n'avait autant regretté de ne pouvoir communiquer avec les rakoshi. Et pourtant, c'était impossible, et il le savait très bien. Ce n'étaient pas des brutes sans cervelle : ils pouvaient assimiler des tâches simples et obéir à des ordres basiques – n'étaient-ils pas désormais capables de remplacer l'équipage du vaisseau ? –, mais leurs esprits fonctionnaient à un niveau interdisant tout dialogue.

Que s'était-il passé ? Jusque-là, la Mère ne l'avait jamais déçu. Lorsqu'elle avait flairé la Trace, elle ramenait toujours la victime désirée. Mais ce soir, elle rentrait bredouille. Pourquoi ?

Y avait-il eu erreur ? Les chocolats n'étaient peut-être pas arrivés. Mais en ce cas, comment la Mère aurait-elle pu flairer la Trace ? Kusum seul en contrôlait l'origine. Il n'y comprenait rien.

Il se dirigea vers l'entrepont. Les deux rakoshi l'y attendaient déjà. La Mère semblait consciente de son échec et semblait anéantie tandis que le jeune arpentait la pièce à grandes enjambées nerveuses. Kusum fit tourner la roue et ouvrit la trappe. Le jeune fit alors mine de se retirer. Il n'aimait pas se retrouver enfermé dans cette coque de métal et présentait des signes de rébellion. Kusum le regarda et attendit patiemment. Ils réagissaient tous ainsi après leur première promenade en ville. Ils voulaient tous être libres, libres de courir dans la nuit et de choisir leurs proies parmi tout ce gibier humain. Bien sûr, ils n'étaient pas très chauds à l'idée de regagner leur tanière faite de ce métal qui sapait leurs forces.

Mais la Mère ne se laissa pas fléchir. Elle bouscula sans douceur le jeune qui s'abattit dans les bras de ses frères qui attendaient à l'intérieur. Puis elle suivit le même chemin.

Kusum referma et boucla la trappe, puis donna un coup de poing contre le métal. Tout cela n'en finirait donc jamais ? Ce soir, il avait vraiment cru qu'il pourrait se rapprocher de son but. Mais quelque chose n'avait pas fonctionné comme prévu. Voilà un nouveau sujet d'inquiétude. Avait-on rajouté une nouvelle variable à l'équation, ou les rakoshi avaient-ils commis une erreur ?

Pourquoi n'avaient-ils pas ramené la moindre victime ?

En tout cas, une chose était sûre : tout échec devait être sanctionné. Il en avait toujours été ainsi, et il n'en serait pas autrement cette nuit.

9

Oh, Kusum, qu'as-tu fait ?

Blottie à l'arrière de son taxi, Kolabati frissonnait de terreur. Heureusement, le trajet fut court – tout droit le long de Central Park jusqu'à un bel immeuble de pierre blanche sur la Cinquième Avenue.

Le portier ne connaissait pas Kolabati et l'arrêta donc dans le hall. C'était un sexagénaire au visage ridé comme une vieille pomme. Kolabati détestait les vieillards. L'idée même de subir dans sa chair les ravages du temps la révulsait. Le portier la questionna jusqu'à ce qu'elle lui montre sa clé et son permis de conduire du Maryland, lequel confirmait qu'elle portait bien le même nom que Kusum. Elle traversa le hall de marbre au pas de course, sans un regard pour les canapés et les fauteuils de style moderne et les tableaux abstraits peu inspirés accrochés au mur, et s'engouffra dans l'ascenseur. Elle appuya sur le bouton du neuvième étage et attendit impatiemment que les portes se referment et que la cabine se mette en branle.

Elle s'adossa à la cloison et ferma les yeux.

Cette odeur ! Lorsqu'elle l'avait reconnue dans

l'appartement de Jack, elle avait cru que son cœur allait s'arrêter. Elle pensait ne plus jamais la sentir à nouveau ; elle appartenait à ce passé qu'elle croyait révolu.

Un rakosh !

Une de ces créatures était là, devant l'appartement de Jack, il n'y avait pas une heure de cela. C'était incroyable, mais il n'y avait pas de doute possible. Aussi sûr que la nuit était noire, aussi impitoyable que le nombre d'années qu'elle avait vécu. Un rakosh ! A cette idée, ses forces l'abandonnaient et son estomac se révulsait. Et le plus terrifiant était de penser qu'un seul homme dans le monde entier pouvait en être responsable : son frère.

Mais pourquoi chez Jack ?

Et comment ? Par la Déesse noire, *comment* ?

L'élévateur s'arrêta en douceur, les portes coulissèrent et Kolabati se dirigea vers l'appartement numéro 98. Elle eut une brève hésitation avant d'insérer sa clé. Cela ne serait pas facile. Elle aimait Kusum, pas de doute, mais il lui faisait peur. Non pas physiquement, car jamais il ne lèverait la main sur sa sœur, mais moralement. Il n'en avait pas toujours été ainsi, mais ces derniers temps, ses principes étaient devenus impénétrables.

Mais pas cette fois, se dit-elle. *Cette fois-ci, il se trompe*.

Elle déverrouilla la porte et entra dans l'appartement.

Celui-ci était plongé dans le silence et l'obscurité. Elle appuya sur l'interrupteur, illuminant un grand salon bas de plafond où un décorateur professionnel avait fait merveille. Elle l'avait compris dès qu'elle était entrée : il n'y avait pas la moindre trace de Kusum dans ce décor. Il n'avait pas pris la peine d'y mettre la moindre touche personnelle, ce qui voulait dire qu'il ne comptait pas y rester bien longtemps.

— Kusum ?

Elle descendit les petites marches qui séparaient les deux niveaux du salon et se dirigea vers la chambre de son frère. Celle-ci était inoccupée.

Elle retourna dans le salon et appela, plus fort cette fois-ci :

— Kusum !

Pas de réponse.

Il était forcément là ! Il fallait qu'elle le retrouve ! Elle était la seule qui puisse l'arrêter !

Elle passa devant la porte de la chambre qu'il avait mise à sa disposition et alla se tenir devant la grande verrière qui dominait Central Park. Le parc lui-même était plongé dans la nuit, sillonné par quelques sentiers éclairés, tels des serpents luminescents qui sinuaient de la Cinquième Avenue à Central Park Ouest.

Où es-tu, mon frère, et que fais-tu ? Quelles horreurs as-tu ramenées à la vie ?

10

Les deux torches au propane disposées de chaque côté de lui dégageaient une flamme d'un bleu incandescent. Kusum régla une dernière fois leur débit d'oxygène – il voulait qu'elles ronflent, mais pas qu'elles s'engorgent. Ensuite, il défit la fermeture de son collier et l'installa sur le bidon de propane installé à l'arrière de la plate-forme carrée. Il avait enfilé son dhoti de cérémonie, une robe d'une seule pièce, d'un rouge sanglant, qu'il avait arrangée selon le style traditionnel *Maharatta*, le pan gauche ramené entre ses jambes et le gros du tissu ramassé sur sa hanche droite, découvrant ses jambes nues. Il prit son fouet, puis appuya sur le bouton de descente.

L'ascenseur – ou plutôt un monte-charge au sol fait de planches rugueuses – s'ébranla, puis descendit lentement dans la cale principale du bateau. Il y faisait noir, mais pas entièrement, car il laissait allumées les loupiotes de sécurité ; or celles-ci étaient si faibles et si éloignées l'une de l'autre que la différence était négligeable.

Lorsque le monte-charge fut à mi-chemin, il y eut un bruit sourd, celui d'une lourde masse en déplacement. Il put sentir les rakoshi qui s'agitaient en dessous de lui : ils avaient repéré la plate-forme et les flammes qu'elle transportait. Alors qu'il continuait de descendre dans la tanière, la lumière éclaira peu à peu ses habitants ; des petits points jaunes s'allumèrent les uns après les autres jusqu'à ce que, finalement, une bonne centaine d'yeux se détachent sur fond de ténèbres.

Un murmure s'éleva, devenant peu à peu une incantation rauque, gutturale, alors qu'ils répétaient à l'infini le seul mot qu'ils connaissaient :

— *Kaka-jiiiii ! Kaka-jiiiii !*

Kusum déplia son fouet et le fit claquer contre le plancher. Le bruit sec résonna comme un coup de feu dans l'espace confiné. Le murmure cessa aussitôt. Ils avaient compris, maintenant ; ils savaient qu'il était en colère et qu'ils avaient tout intérêt à garder le silence. Alors que la plate-forme et les flammes s'approchaient du sol, ils se reculèrent jusqu'à la cloison opposée de la cale. Il n'y avait qu'une seule chose sur la terre comme au ciel qui puisse les effrayer : le feu. Le feu et leur *Kaka-ji*.

Lorsqu'il fut à un mètre environ du sol, il fit stopper la plate-forme afin de s'adresser aux rakoshi qui formaient un demi-cercle en bordure du halo des torches. Il pouvait à peine les voir ; on ne distinguait qu'un bout de crâne lisse ou une épaule massive. Et leurs yeux étaient braqués sur Kusum.

Il se mit à leur parler en dialecte bengali, bien qu'il sache qu'ils n'y comprendraient pas grand-chose. Ils finiraient bien par voir où il voulait en venir. Il n'avait rien à leur reprocher, mais sa voix s'emplit de fureur, car c'était une condition obligatoire à la suite de son programme. Il ne comprenait pas ce qui avait pu se passer ce soir et, vu l'état de confusion de la Mère à son retour, elle-même n'en savait pas plus. Elle avait perdu la Trace, ce qui était déjà extraordinaire en soi. C'était une chasseuse expérimentée, et ce qui s'était produit était certainement dû à des circonstances indépendantes de sa volonté. Mais cela ne comptait pas. Il fallait respecter un certain rituel, tel que l'exigeait la tradition.

Aux rakoshi assemblés, il annonça que ce soir, il n'y aurait pas de cérémonie, pas de partage de la chair, car leurs semblables, ceux en qui ils avaient remis leur confiance, ceux qui devaient fournir un être à sacrifier, avaient échoué. Il n'y aurait pas de cérémonie, mais ils pourraient assister à leur châtiment.

Il se tourna vers les torches et diminua l'arrivée de propane, réduisant leur halo afin que les ténèbres – et les rakoshi – se massent plus près de lui.

Alors il fit venir la Mère. Elle savait ce qu'elle avait à faire.

Dans un concert de raclements et de pas sourds, elle s'approcha de la plate-forme en traînant derrière elle le jeune qui l'avait accompagnée cette nuit. Celui-ci la suivit à contrecœur et en traînant les pattes, mais il la suivit. Car tel était son devoir, il le savait. Ainsi le voulait la tradition.

Kusum se baissa et diminua encore le taux de propane. Les plus jeunes en particulier avaient horreur des flammes, et il ne voulait pas paniquer celui-ci. Il fallait maintenir la discipline. S'il perdait ne serait-ce qu'un instant l'ascendant qu'il exerçait sur eux, ils pouvaient toujours se retourner contre lui et le mettre en pièces. Il ne fallait pas laisser passer la moindre désobéissance – et même plus, toute infraction devait rester du domaine de l'inconcevable. Mais afin de les assujettir, il ne devait pas non plus aller à l'encontre de leurs instincts.

Il pouvait à peine distinguer la créature courbée en une posture de soumission. Kusum fit un geste de la pointe du fouet ; la Mère fit pivoter le jeune afin qu'il lui tourne le dos. Kusum leva son fouet et en frappa le jeune, une fois, deux fois, trois fois, et plus encore. A chaque coup, il y mettait toute sa force, et chaque fois s'éleva un bruit sec, celui de la lanière qui entrait en contact avec une chair froide et dure.

Il savait que le jeune rakosh ne ressentait pas la moindre douleur, mais ce n'était pas important. Le but de cette correction était surtout d'affirmer sa position de dominant. C'était un acte purement symbolique, tout comme la sujétion du rakosh, qui servait à démontrer sa loyauté et sa dévotion envers Kusum, le *Kakaji*. Le fouet les liait de façon intime, et tous deux y puisaient un surcroît de force. A chaque coup porté, Kusum sentait s'enfler en lui la puissance de Kali. Il avait presque l'impression d'avoir à nouveau deux bras.

Il s'arrêta au dixième coup. Les rakoshi regardèrent autour d'eux, virent qu'il en avait terminé, puis battirent en retraite. Il ne resta plus que la Mère. Kusum fit claquer le fouet dans le vide, comme pour dire, *oui, toi aussi*.

La Mère s'avança, le regarda longuement, puis se retourna pour lui présenter son dos. Les yeux des jeunes rakoshi brillèrent encore plus fort. Ils s'agitèrent en traînant les pieds et en faisant cliqueter leurs griffes.

Kusum hésita. Les jeunes étaient totalement dévoués à la Mère. Ils passaient tout leur temps en sa présence. C'est elle qui les guidait, elle qui donnait un certain ordre à leurs existences. Tous donneraient volontiers leur vie pour elle. S'il la frappait, il risquait gros. Mais une hiérarchie s'était établie, et il fallait la préserver. La Mère était fidèle à Kusum tout comme les rakoshi étaient fidèles à la Mère. Afin de raffermir leur sens de la hiérarchie, elle devait se soumettre au fouet ; car elle était son émissaire parmi les jeunes et, finalement, lorsque quelqu'un échouait à réaliser la volonté du *Kaka-ji*, c'est elle qui en portait la responsabilité.

Et pourtant, malgré sa dévotion, bien qu'il sache qu'elle se ferait une joie de mourir pour lui, malgré le lien indescriptible qui les liait – il avait fondé le nid avec la Mère, s'était occupé d'elle, l'avait aidée à élever des jeunes guère plus indépendants que des chatons –, Kusum se méfiait de la Mère. Après tout, c'était une rakosh, l'incarnation même de la violence et de la force brutale. Tenter de la soumettre équivalait à jongler avec des fioles remplies d'explosifs. Une seule erreur, un seul geste mal calculé…

Raffermissant sa volonté, Kusum abattit le fouet. Sa pointe frappa le plancher, loin de la Mère. Et la pointe de son fouet resta pointée vers le sol. Après ce premier coup, un silence total était retombé sur le nid. Et le silence se prolongea. La Mère resta là, à attendre ; mais comme elle ne voyait rien venir, elle se tourna vers le monte-charge. Kusum avait à nouveau enroulé son fouet, ce qui n'était pas facile pour un manchot, mais il y avait longtemps qu'il avait décidé qu'on pouvait tout faire d'une seule main. Il tendit le fouet droit devant lui, puis ouvrit grands ses doigts, le laissant tomber sur le plancher du monte-charge.

La Mère le regarda de ses yeux luisants. Ses pupilles rétrécies témoignaient de son adoration. Il lui avait épargné une correction, ce qui témoignait de la plus officielle des façons du respect que le *Kaka-ji* lui portait. Kusum savait que, pour elle, c'était un moment dont elle pouvait s'enorgueillir, et qui la glorifiait aux yeux des jeunes. Et c'était bien ce qu'il avait prévu.

Il appuya sur le bouton commandant la montée et, alors que la plate-forme s'élevait, ouvrit à fond le robinet qui alimentait les torches. Il se sentait satisfait.

Une fois de plus, il avait réaffirmé sa position de maître absolu du nid. De plus, il dirigeait désormais la Mère de façon encore plus étroite. Et ainsi, il contrôlait aussi les jeunes.

Cette constellation d'yeux brillants le suivit jusqu'à ce qu'il atteigne le sommet de la cale. Au moment même où ils furent avalés par l'obscurité, Kusum prit le collier et le passa autour de son cou.

CHAPITRE QUATRE

Bengale-Occidental
Vendredi 24 juillet 1857

Jaggernath le svamin et son attelage de mules ne tarderaient plus à apparaître.

Le capitaine Sir Albert Westphalen était tendu comme une corde de violon. Si cette petite sortie ne lui rapportait pas au minimum cinquante mille livres sterling, il pouvait abandonner tout espoir de retourner en Angleterre. Seuls l'y attendraient le déshonneur et la pauvreté.

Ses hommes et lui s'étaient postés derrière une butte couverte d'herbes à environ trois kilomètres de Bharangpur, dans la direction du nord-ouest. Vers midi, la pluie avait cessé, mais ce n'était qu'un court répit. La mousson d'été s'était abattue sur le Bengale : toute une année de précipitations concentrée sur quelques mois. Westphalen regarda la prairie verdoyante qui, le mois dernier, n'était encore qu'un désert calciné. L'Inde était un pays des plus imprévisibles.

Alors qu'il attendait à côté de son cheval, Westphalen passa en revue les événements de ce dernier mois. Il n'avait pas chômé. Loin de là. Il avait consacré ses journées à interroger les Anglais de Bharangpur pour savoir ce qu'ils connaissaient des religions hindoues en général et du Temple-dans-les-collines en particulier. Et lorsqu'il en eut terminé avec ses compatriotes, il se tourna vers les Hindous, du moins ceux qui parlaient assez bien sa langue. Ceux-ci lui en dirent plus qu'il ne le désirait sur l'hindouisme, mais rien à propos du Temple.

Néanmoins, il en apprit beaucoup sur Kali. Elle était extrêmement populaire au Bengale – même le nom de la plus grande ville de la région, Calcutta, était une anglicisation de Kalighata, l'immense temple qui lui était consacré. La Déesse noire. Ce n'était pas une déité qui apportait le réconfort à ses adorateurs. On l'appelait la Mère-de-la-nuit, et elle tuait et dévorait tout ce qui se mettait en travers de son chemin, y compris Shiva : c'était son cadavre qu'elle foulait aux pieds sur la majeure partie de ses représentations. Dans ses nombreux temples, on lui offrait régulièrement des sacrifices de sang, en général des boucs ou des oiseaux, mais on murmurait qu'il y existait d'autres cérémonies secrètes où se pratiquaient des sacrifices… humains.

A Bharangpur, nul n'avait personnellement vu le Temple-dans-les-collines et personne ne connaissait quelqu'un qui soit arrivé jusque-là. Mais il apprit que, parfois, il arrivait qu'un pèlerin ou un curieux parte à sa recherche. Certains suivaient Jaggernath à bonne distance, d'autres préféraient s'y aventurer seuls. Peu d'entre eux étaient revenus, et les rescapés racontaient qu'ils n'avaient pas trouvé le temps, mais qu'ils avaient vu d'étranges créatures qui arpentaient les collines la nuit et se tenaient dans l'ombre, toujours au-delà du halo de leurs feux, mais qui étaient bien là, à les surveiller. Quant à ceux qu'on ne revoyait jamais, eh bien, on présumait que les véritables croyants étaient admis dans l'Ordre du Temple et que les aventuriers ou les simples curieux finissaient dans l'estomac des rakoshi qui gardaient l'endroit et son trésor. Un colonel qui entamait sa troisième décennie en Inde lui expliqua ce qu'était un rakosh : une sorte de démon cannibale, l'équivalent bengali du croque-mitaine, et qui avait pour principal but d'effrayer les petits enfants.

Le temple était certainement gardé, Westphalen n'en doutait pas, mais par des sentinelles bien humaines. Et celles-ci ne l'effrayaient pas. Il n'était pas un aventurier solitaire qui errait au hasard dans les collines : il était un officier anglais commandant six lanciers armés de fusils légers Enfield du tout dernier cri.

Debout contre le flanc de sa monture, Westphalen passa un doigt le long de la crosse de son propre Enfield. Ce simple assemblage de bois et d'acier avait précipité à lui tout seul la rébellion des sepoys.

Et tout ça à cause d'une cartouche.

C'était absurde, et pourtant, c'était la stricte vérité. Comme toutes les autres, la cartouche Enfield était livrée dans un emballage de papier qu'il fallait déchirer avec les dents pour pouvoir s'en servir. Mais contrairement aux « Black Bess » que les sepoys utilisaient depuis quarante ans, celle-ci devait être graissée au préalable pour pouvoir passer dans le canon. Les ennuis commencèrent lorsqu'on fit circuler une rumeur selon laquelle cette graisse était faite à partir de gras de porc et de bœuf. Les soldats musulmans refusaient de mordre tout ce qui pouvait contenir du porc et les Hindous de se polluer le karma avec du gras de vache. Du coup, la tension n'avait cessé de monter entre les sepoys et leurs officiers anglais pour finalement exploser le 10 mai, il n'y avait pas onze semaines, lorsque les sepoys de Meerut s'étaient révoltés et avaient perpétré toutes sortes d'atrocités sur la population blanche. La mutinerie s'était propagée comme une traînée de poudre dans le Nord de l'Inde et, depuis, le *raj* n'était plus le même.

D'habitude, Westphalen détestait cet Enfield qui semait la perturbation au beau milieu d'un service qui aurait dû se dérouler dans le calme et la tranquillité.

Maintenant, il caressait presque amoureusement son arme. Sans la rébellion, il se trouverait actuellement à Fort Williams et n'aurait jamais entendu parler de ce Temple-dans-les-collines qui recelait de quoi redorer le blason des Westphalen.

— Je le vois, Sir, dit un engagé du nom de Watts, allongé au sommet de la butte.

Westphalen le rejoignit et lui prit ses jumelles. Il les régla conformément à sa myopie, puis vit le petit homme et ses mules qui marchaient d'un pas vif.

— Attendons qu'il se soit enfoncé dans les collines ; ensuite, nous le suivrons. Jusque-là, ne nous faisons pas repérer !

Le sol était ramolli par la mousson : ils n'auraient aucun mal à suivre l'équipage. Westphalen voulait garder l'avantage de la surprise jusqu'au moment où il entrerait dans le temple, mais ce n'était pas une absolue nécessité. D'une façon ou d'une autre, il allait trouver le Temple-dans-les-collines. D'après certaines légendes, il était lui-même bâti en or massif, mais Westphalen n'y croyait pas : l'or n'était pas un bon matériau de construction. D'autres voulaient que le temple soit rempli d'urnes débordantes de joyaux. Westphalen n'y aurait pas cru non plus s'il n'avait pas vu de ses yeux le rubis que Jaggernath avait donné à MacDouglas le mois dernier pour qu'il accepte de ne pas fouiller ses mules.

S'il y avait vraiment un trésor dans ce temple, Westphalen entendait bien le découvrir… Et s'en emparer, en totalité ou en partie.

Il regarda les hommes qu'il avait choisis pour l'accompagner : Tooke, Watts, Russell, Hunter, Lang et Malleson. Il avait soigneusement étudié les archives du fort afin de sélectionner ceux qui présentaient les qualités requises pour cette tâche. C'étaient les plus durs de tous, la lie de la garnison, les plus gros buveurs et les moins scrupuleux. Il n'aimait pas se mélanger à ces gens ; ils étaient pires que la plèbe.

Il y a deux semaines, il avait commencé à parler à son lieutenant de rumeurs qu'il aurait entendues, et qui faisaient état d'un campement rebelle dans les collines. Ces derniers jours, il s'était référé à de vagues rapports émanant de leurs espions – mais sans donner d'autres détails – qui spécifiaient que les révoltés recevaient l'assistance d'un ordre religieux installé dans ces mêmes collines. Et hier, il avait sélectionné une petite troupe pour l'accompagner en « mission de reconnaissance ». Le lieutenant voulait diriger en personne la patrouille, mais Westphalen l'en avait dissuadé.

Et durant tout ce temps, Westphalen n'avait cessé de se plaindre d'être loin du front, de laisser les autres récolter toute la gloire alors que lui était coincé au nord du Bengale et n'avait que des tâches administratives à effectuer. Son petit numéro avait porté ses fruits : maintenant, les officiers de la garnison de Bharangpur étaient persuadés que le capitaine Sir Albert Westphalen comptait bien récolter une ou deux décorations, et qu'il n'allait pas se laisser décourager sous prétexte qu'il était bien loin des lignes ; peut-être même briguait-il la prestigieuse Victoria Cross, qu'on venait de créer.

De plus, il avait bien spécifié qu'il ne demandait pas de renforts. Ce serait une mission de reconnaissance simplifiée, sans mules, ni *bhistis* – chaque homme porterait lui-même sa réserve d'eau et de provisions.

Westphalen retourna à son cheval. Il pria pour que son plan réussisse et jura que, si tout se passait comme il l'espérait, il ne toucherait plus jamais une carte ou un dé.

Il *fallait* que son plan réussisse. Sinon, le château qui servait de résidence à sa famille depuis le XIe siècle serait vendu pour payer ses dettes. Tout le monde saurait alors qu'il avait dilapidé son héritage et, parmi ses pairs, il serait déshonoré, et le nom des Westphalen serait traîné dans la boue… Des manants s'empareraient de leur demeure ancestrale… Non : il valait encore mieux rester ici, à l'autre bout du monde, que de connaître une telle disgrâce.

Il escalada à nouveau la butte et prit les jumelles des mains de Watts. Jaggernath avait presque atteint les collines. Westphalen décida de lui donner une demi-heure d'avance. Il était quatre heures et quart. Malgré l'heure tardive et le ciel lourd de nuages, il y avait encore bien assez de lumière.

Westphalen attendit encore vingt minutes, qui s'étirèrent avec une lenteur exaspérante, puis n'y tint plus. Il donna à ses hommes l'ordre de monter à cheval, et ils se lancèrent sur les traces de Jaggernath.

Comme prévu, la filature ne présentait aucune difficulté. Il n'y avait personne dans les collines, et le sol détrempé témoignait du passage des six mules. La piste formait un chemin qui sinuait autour des amas de roches d'un brun jaunâtre typique de cette région. Westphalen avait bien du mal à se contrôler. Il brûlait d'envie d'éperonner sa monture et de partir au grand galop. *Patience*… Voilà le mot clé de sa réussite. Lorsqu'il craignait qu'ils ne s'approchent un peu trop près de l'Hindou, il faisait descendre ses hommes de cheval pour continuer à pied.

La piste se prolongeait, toujours vers le haut. Les herbes se clairsemèrent peu à peu pour ne laisser qu'un paysage de roches dénudées ; il ne vit pas d'autres voyageurs, pas d'habitations, pas de huttes, rien. Westphalen se demanda combien de temps le vieil Hindou pourrait tenir une telle cadence. Maintenant, il comprenait pourquoi personne n'avait pu repérer le temple : le chemin n'était plus qu'une crevasse rocailleuse qui sinuait entre deux parois rocheuses, si étroites qu'ils durent continuer en file indienne. Le défilé était si tortueux et si obscur, avec des branches qui poussaient dans toutes les directions, qu'il n'aurait certainement pas pu continuer, même avec une carte.

La lumière déclinait peu à peu lorsqu'il tomba sur le mur. Il guidait son cheval pour passer l'un des nombreux tournants particulièrement abrupts en se demandant comment ils pourraient continuer après la tombée de la nuit lorsque, en levant les yeux, il vit que la gorge s'ouvrait brutalement sur un petit canyon. Il sauta immédiatement de cheval et donna à ses hommes l'ordre de mettre pied à terre. Il passa ses rênes à Watts et regarda par-dessus une avancée rocheuse.

Le mur s'étendait là, à une centaine de mètres, sur toute la largeur du canyon. Il semblait faire trois mètres de hauteur ; une surface lisse de pierre noire avec une seule ouverture située en son centre – béante et s'ouvrant sur des ténèbres impénétrables.

— Ils nous ont ouvert la porte, Sir, fit Tooke à ses côtés.

L'homme s'était approché pour jeter un œil. Westphalen lui décocha un regard furieux.

— Retourne avec les autres !

— On ne va pas voir ce qu'il y a là derrière ?

— Lorsque j'en donnerai l'ordre et pas avant.

Westphalen regarda les soldats qui regagnaient leur place d'un air renfrogné. Il y avait quelques heures à peine qu'ils avaient quitté la garnison, et déjà la discipline se relâchait. Mais avec des cocos comme ceux-ci, c'était à prévoir. Ils avaient tous entendu parler du Temple-dans-les-collines ; il suffisait de passer une semaine à Bharangpur et quelqu'un finissait forcément par vous raconter sa légende. Westphalen était sûr que chacun d'entre eux espérait mettre la main sur un des trésors du temple ; c'était pour ça qu'ils l'avaient suivi jusqu'ici. Et maintenant qu'ils avaient atteint leur but, ils voulaient savoir si ces récits contenaient une part de vérité. Le vernis du soldat s'écaillait pour laisser apparaître le pillard en puissance. Il pouvait presque sentir l'odeur nauséabonde de leur rapacité.

Et moi ? pensa-t-il. *Suis-je vraiment si différent ?*

Il regarda en direction du canyon. Derrière le mur, au-delà de son sommet, on pouvait voir la silhouette du temple lui-même. Impossible d'en distinguer les détails : il faisait trop noir pour ça. Il aperçut juste une forme vaguement ronde couronnée par une pointe.

C'est alors que la porte se referma avec un bruit de tonnerre qui se répercuta entre les parois rocheuses, effrayant les chevaux et le faisant sursauter.

La nuit tomba d'un bloc, telle une masse de ténèbres. Pourquoi n'y avait-il pas de crépuscule en Inde ? Ici, il faisait nuit en quelques secondes.

Et qu'allait-il faire maintenant ? Il ne pensait pas qu'ils mettraient si longtemps à atteindre le temple, ni qu'ils se retrouveraient dans un canyon en pleine nuit. Et pourtant, pourquoi aurait-il des scrupules ? Il n'y avait pas de rebelles dans le temple : il avait tout inventé. Ils ne tomberaient probablement que sur quelques prêtres hindouistes. Pourquoi ne pas abattre les murs et en finir ?

Non… Ce n'était pas une bonne idée. Il n'avait aucune motivation rationnelle de penser ainsi, mais son instinct lui conseillait d'attendre qu'il fasse jour.

— Nous allons camper en attendant le matin.

Les hommes se regardèrent et murmurèrent entre eux. Westphalen chercha un moyen de rétablir l'ordre. Il ne pouvait tirer, ni manier une lance aussi bien qu'eux, et il n'était là que depuis deux mois : il n'avait pas eu le temps de gagner leur confiance. Sa seule solution était de se montrer supérieur en termes de jugement. Ce qui ne devrait pas causer de problèmes particuliers. Après tout, ce n'étaient que des manants.

Il décida d'isoler le plus démonstratif des râleurs.

— Ma décision ne vous convient pas, monsieur Tooke ? Si c'est le cas, je vous en prie, exprimez-vous.

Nous sommes trop loin du camp pour respecter les formes.

— Je vous demande pardon, Sir, dit l'engagé avec une courtoisie exagérée, mais nous pensions passer tout de suite aux choses sérieuses. Le matin est encore loin, et nous sommes avides de combattre. N'est-ce pas, les gars ?

Il y eut quelques murmures d'approbation.

Westphalen prit le temps de s'asseoir sur une pierre avant de répondre. *J'espère que cela va marcher.*

— Très bien, monsieur Tooke, fit-il d'une voix qui ne trahissait rien de son anxiété. Vous avez permission de partir immédiatement à l'assaut du temple.

Les hommes tendirent la main vers leurs fusils, mais Westphalen ajouta :

— Bien sûr, vous êtes conscient du fait que les révoltés qui se cachent là-dedans y résident depuis des semaines et connaissent le temple comme leur poche. Ceux d'entre vous qui ne sont jamais passés de l'autre côté de ce mur se retrouveront perdus dans le noir.

Les hommes s'arrêtèrent net et se regardèrent. Westphalen eut un soupir de soulagement. Maintenant, il n'avait plus qu'à porter le coup de grâce, et il serait à nouveau leur chef.

— Vous comptez toujours passer à l'assaut, Tooke ?

Après un long silence, celui-ci répondit :

— Je crois qu'il vaut mieux attendre le matin, Sir.

Westphalen claqua ses paumes sur ses cuisses et se leva :

— Ainsi, nous sommes d'accord ! Grâce à la lumière du jour et à l'effet de surprise, nous pourrons défaire ces pouilleux sans trop de difficultés. Si tout se passe bien, à cette même heure demain, vous serez de retour au fort.

Si tout se passe bien, se dit-il, *demain soir, vous aurez quitté ce bas monde.*

CHAPITRE CINQ

Manhattan
Samedi 4 août

1

Gia alla se tenir devant la porte de derrière pour que l'air conditionné fasse sécher la fine couche de transpiration qui nimbait sa peau. Ses boucles blondes gluantes de sueur étaient collées à sa nuque. Elle ne portait qu'un T-shirt et un short de jogging, mais c'était plus que suffisant. Il n'était que neuf heures et demie, et la température dépassait déjà les quarante degrés.

Elle était à l'arrière du jardin et aidait Vicky à mettre des rideaux à sa nouvelle cabane. Même avec les volets fermés et les fenêtres ouvertes pour laisser passer la brise en provenance de l'East River, cette petite maison était un vrai four. Vicky ne semblait pas s'en formaliser, mais Gia n'aurait pas pu y rester une minute de plus sans tomber dans les pommes.

Neuf heures trente. Pourquoi n'était-il pas midi ? Ici, à Sutton Place, elle se sentait devenir folle, lentement mais sûrement. C'était bien d'avoir une gouvernante qui pourvoyait à vos moindres besoins, d'avoir quelqu'un pour vous préparer vos repas, vous faire votre lit, de bénéficier de l'air conditionné… Mais elle s'y ennuyait à en mourir ! Loin de ses marques, elle n'arrivait pas à travailler. Et pourtant, c'était la seule façon un peu constructive de passer le temps.

Il fallait qu'elle sorte d'ici.

La sonnerie de l'entrée résonna.

— J'y vais, Eunice ! s'écria-t-elle en courant vers la porte.

Un visiteur ! Enfin, quelque chose d'inattendu ! Mais une pointe d'appréhension vint tempérer sa joie : cela pouvait fort bien être un policier porteur de mauvaises nouvelles concernant Grace. Avant d'ouvrir le verrou, elle regarda par l'œilleton.

C'était le facteur. Gia ouvrit la porte. Il lui tendit une boîte plate de quinze centimètres sur vingt environ et qui pesait une livre.

— Livraison spéciale, dit-il tout en l'examinant de la tête aux pieds d'un air approbateur avant de regagner son camion.

Cette boîte… Etait-elle envoyée par Grace ? En regardant le cachet de la poste, Gia vit que le paquet provenait de Londres, d'un endroit dénommé « Divine Obsession ».

— Nellie ! Un paquet pour vous !

Celle-ci descendait déjà les escaliers.

— A-t-on des nouvelles de Grace ?

— Je ne crois pas. A moins qu'elle ne soit retournée en Angleterre.

Nellie fronça les sourcils et regarda l'adresse de l'expéditeur, puis déchira le papier brun. Elle eut un hoquet de surprise.

— Oh ! Des *Black Magic* !

Gia jeta un coup d'œil par-dessus son épaule et vit une boîte de carton rectangulaire noire aux rebords dorés et une rose rouge peinte sur le couvercle. C'était un assortiment de chocolats noirs.

— Ce sont mes préférés ! Qui a bien pu…

— Il y a une carte scotchée au coin.

Nellie l'arracha et ouvrit l'enveloppe.

— « Ne t'en fais pas, lut-elle, je ne t'ai pas oubliée ! » C'est signé : « Ton neveu préféré, Richard. »

Gia en resta bouche bée.

— Richard ?

— Oui ! Comme c'est gentil d'avoir pensé à moi ! Il sait que j'ai toujours adoré les *Black Magic*. Quelle délicate attention !

— Puis-je voir cette carte ?

Nellie la lui tendit sans discuter. Elle était trop occupée à défaire le reste du papier pour soulever le couvercle. Une forte odeur de chocolat s'éleva dans le hall. Nellie inspira avec délices. Gia étudiait la carte avec un sentiment croissant de danger.

Le mot avait été rédigé par une main féminine, avec des cercles au-dessus du i et des entrelacs un peu partout. En tout cas, ce n'était certainement pas l'écriture de son ex-mari. Il avait sans doute appelé le magasin pour leur donner l'adresse et leur avait dicté ce qu'il fallait mettre sur la carte, quitte à venir payer ultérieurement. Ou, plus probablement, il avait envoyé sa dernière conquête les régler. C'était plus dans son genre.

Gia tenta de contenir la colère qui montait en elle. Son ex-mari, détenteur d'un tiers de la fortune des Westphalen, avait tout le temps de parcourir le monde et d'envoyer à sa tante des chocolats de luxe depuis Londres, mais n'avait pas un sou à consacrer à sa fille et encore moins quelques minutes de libre pour lui envoyer une carte d'anniversaire.

Tu as vraiment un don pour les repérer, Gia.

Elle ramassa le papier d'emballage. « Divine Obsession ». Au moins, elle savait où habitait désormais Richard. Et sans doute à peu de distance de ce magasin – il n'était pas du genre à faire des efforts pour qui que ce soit, même pour ses tantes. Elles-mêmes n'avaient pas une très haute opinion de lui et ne le cachaient pas, y compris en sa présence. Alors pourquoi ce cadeau ?

Quel noir dessein se cachait derrière cet envoi des plus inattendus ?

— Vous vous rendez compte ! fit Nellie. Un cadeau de Richard ! Comme c'est gentil ! Qui aurait cru…

Soudain, toutes deux s'aperçurent de la présence d'une troisième personne dans la pièce. Gia leva les yeux. Vicky se tenait là, dans son chemisier blanc et son short jaune d'où dépassaient ses jambes osseuses, ses pieds fourrés dans ses baskets, sans chaussettes. Elle les regardait de ses grands yeux bleus.

— C'est un cadeau de mon p'pa ?

— Oui, ma chérie, répondit Nellie.

— Est-ce qu'il m'en a envoyé un aussi ?

Gia sentit son cœur se briser. Pauvre Vicky…

Nellie la regarda d'un air gêné, puis se tourna à nouveau vers Vicky.

— Pas encore, Victoria, mais je suis sûre qu'il ne tardera pas. Entre-temps, il a dit que nous devions nous partager ces chocolats jusqu'à…

Nellie réalisa alors ce qu'elle venait de dire et posa une main sur sa bouche.

— Oh, non, fit tranquillement Vicky, mon p'pa m'enverrait pas des chocolats. Il sait que je peux pas en manger.

Elle se retourna, le dos droit et le menton ferme, et traversa le hall pour regagner le jardin.

Nellie se tourna vers Gia. Son visage semblait plus ridé que jamais.

— J'ai oublié son allergie. Je vais aller la voir…

Gia posa une main sur son épaule.

— Laissez-moi faire. Nous sommes déjà passées par là et, apparemment, ce n'est pas fini.

Elle laissa Nellie, qui avait l'air plus vieille que jamais, dans le hall, ignorant la boîte de chocolats qu'elle serrait dans ses mains frêles. Gia ne savait de qui elle devait avoir le plus pitié : Nellie ou Vicky.

2

Vicky ne voulait pas fondre en larmes devant tante Nellie, qui disait toujours qu'elle était une grande fille. M'man disait qu'on avait le droit de pleurer, que ce n'était pas grave, mais elle-même ne le faisait jamais. Enfin, presque jamais.

Pour l'instant, Vicky se moquait de savoir si c'était grave ou pas, parce qu'elle était incapable de retenir ses larmes. On aurait dit un gros ballon dans sa poitrine qui ne cessait de s'enfler, comme pour l'étouffer. Elle réussit à se contenir jusqu'à ce qu'elle atteigne sa cabane. Celle-ci comprenait une porte, deux fenêtres avec des rideaux tout neufs et assez de place à l'intérieur pour qu'elle puisse tourner sur elle-même en tendant les bras sans toucher les cloisons. Elle ramassa Madame Biscuit et la serra contre sa poitrine, puis se laissa aller.

D'abord vinrent les sanglots, de grands hoquets précédant les larmes. Comme elle n'avait pas de mouchoir, elle tenta de les essuyer avec ses manches, mais ne réussit qu'à se maculer le visage.

P'pa se moque pas mal de moi. Il ne m'aime pas. En pensant cela, elle avait mal, mal jusqu'au plus profond de son estomac, mais c'était la vérité, elle le savait. Et pourquoi avait-il tant d'importance à ses yeux ? Elle se rappelait à peine ses traits. Depuis longtemps m'man avait jeté toutes ses photos et, au fil du temps, elle avait de plus en plus de mal à s'en souvenir. Cela faisait deux ans qu'il était parti pour de bon, mais même avant, elle ne le voyait pas souvent. Alors pourquoi est-ce qu'elle se souciait tant de savoir s'il l'avait oubliée ? M'man était la seule qui comptait, la seule qui était là, près d'elle, toujours.

M'man l'aimait, elle. Et Jack, aussi. Mais Jack ne venait plus la voir, lui non plus. Sauf hier. En pensant à Jack, elle s'arrêta de pleurer. Elle s'était sentie si bien lorsqu'il l'avait prise dans ses bras ! Durant le peu de temps qu'il avait été là, dans la maison, elle avait cessé d'avoir peur. Vicky ne savait pas pourquoi elle ressentait une telle frayeur, mais ces temps-ci, ce sentiment diffus ne la lâchait plus. Surtout la nuit.

Elle entendit la porte qui s'ouvrait derrière elle. C'était m'man, bien sûr. Ce n'était pas grave : elle avait fini de pleurer. Tout irait bien. Mais lorsqu'elle se tourna et vit l'expression de m'man, triste et pleine de compassion, elle fondit à nouveau en larmes. M'man s'encastra dans le petit fauteuil à bascule, la fit asseoir sur ses genoux et la serra contre elle jusqu'à ce que ses sanglots s'apaisent. Pour de bon, cette fois-ci.

3

— … Pourquoi est-ce que p'pa nous aime plus ?

Sa question prit Gia par surprise. Vicky lui avait demandé un nombre incalculable de fois pourquoi p'pa n'habitait plus avec elles, mais c'était la première fois qu'elle employait ces termes.

Toujours répondre par une autre question :

— Pourquoi dis-tu ça ?

Mais Vicky ne se laissa pas avoir :

— Il ne nous aime plus, hein, m'man.

Ce n'était pas une question.

Non, en effet. Je ne crois même pas qu'il nous ait aimées un jour.

C'était la vérité. Richard ne s'était jamais comporté en père. De son point de vue, Vicky n'était qu'un accident, un terrible désagrément. Il ne lui avait jamais témoigné la moindre affection, n'avait jamais été là alors qu'ils étaient censés vivre ensemble. Il aurait aussi bien pu remplir son devoir de père par téléphone.

Gia soupira et étreignit Vicky. Son mariage avec Richard était indiscutablement la période la plus dure de toute sa vie. Gia avait reçu une stricte éducation catholique et, bien qu'elle ait eu l'impression de devoir affronter le monde entier et que leurs nuits – du moins celles où Richard daignait rentrer – n'aient été qu'un conflit incessant avec son prétendu mari, elle n'avait jamais pensé à divorcer. Du moins jusqu'à cette nuit où Richard, d'humeur particulièrement agressive, lui avait dit pourquoi il l'avait épousée. Pour tirer un coup, elle était aussi bonne qu'une autre, lui dit-il, mais la véritable raison était purement fiscale. Juste après la mort de son père, Richard avait fait sortir ses biens d'Angleterre pour les transférer sur des holdings américains ou internationaux. En même temps, il s'était mis en quête d'une Américaine à épouser. C'est ainsi qu'il était tombé sur Gia, qui débarquait de sa campagne et cherchait à placer ses talents de dessinatrice sur Madison Avenue. Avec ses manières raffinées et son accent anglais, Richard Westphalen l'avait subjuguée. Ils se marièrent ; il devint citoyen américain. Il aurait pu parvenir à ses fins par d'autres moyens, mais plus lents et moins conformes au personnage. A partir de ce moment, les profits qu'il tirait de sa part de la fortune des Westphalen seraient taxés au taux US, bien plus bas que les plus-de-90 % réclamés par le gouvernement britannique. Gia avait rempli son office, et il se désintéressa complètement de son épouse.

— On aurait encore pu s'amuser un brin, dit-il, si tu ne t'étais pas mis dans la tête de devenir une mère.

Ces mots s'étaient gravés en lettres de feu dans son esprit. Le lendemain, elle demanda le divorce, au grand désespoir de son avocat qui la suppliait d'opter pour un arrangement beaucoup plus juteux.

Peut-être aurait-elle dû l'écouter. Par la suite, elle se posa souvent cette question. Mais à l'époque, elle ne pensait qu'à reprendre sa liberté. Elle ne voulait rien qui provienne de sa précieuse fortune familiale. Elle autorisa son avocat à demander une pension pour Vicky, mais uniquement parce qu'elle savait qu'elle en aurait besoin en attendant que sa carrière redémarre.

Et Richard exprimait-il le moindre repentir ? Est-ce que la moindre touche de culpabilité effleura sa conscience ? Non. Leva-t-il le petit doigt pour assurer l'avenir de l'enfant qu'il avait engendré ? Non. En fait, il ordonna à son avocat d'obtenir une réduction de la pension que demandait Gia.

— Non, Vicky, dit Gia, je ne pense pas.

Elle s'attendait à un surcroît de larmes, mais à sa grande surprise, Vicky lui sourit.

— Jack nous aime, lui.

Oh, non. Ça ne va pas recommencer.

— Je sais, chérie, mais…

— Alors pourquoi il peut pas être mon p'pa ?

Comment pouvait-elle lui expliquer ?

— Parce que… Parfois, s'aimer ne suffit pas. Il y a d'autres facteurs. Il faut avoir confiance l'un en l'autre, partager les mêmes valeurs…

— C'est quoi, des valeurs ?

— Ohhh… Il faut croire les mêmes choses, vouloir vivre de la même façon.

— Moi, j'aime bien Jack.

— Je sais, chérie. Mais cela ne veut pas dire qu'il soit fait pour devenir ton nouveau père.

La dévotion aveugle que Vicky vouait à Jack poussait Gia à douter de son jugement. Pourtant, en général, Vicky savait estimer les gens à leur juste valeur.

Elle la fit descendre de ses genoux et se leva du

siège pour s'accroupir devant sa fille. Il faisait une chaleur étouffante dans la cabane.

— Allez, rentrons boire une bonne limonade.

— Pas tout de suite, répondit Vicky. Il faut que je joue avec Madame Biscuit. Elle doit se cacher avant que Monsieur Gobe-raisins ne la trouve.

— D'accord, mais ne traîne pas trop longtemps. Il fait si chaud.

Vicky ne répondit pas : elle était déjà plongée dans son univers imaginaire. Gia se demanda si Vicky ne passait pas trop de temps seule dans sa cabane. A Sutton Square, elle n'avait pas d'autres enfants avec qui jouer, juste sa mère, sa tante âgée, ses livres et ses poupées. Il fallait qu'elles rentrent à la maison le plus vite possible pour reprendre une vie normale.

Eunice l'appela depuis la porte de derrière :

— Mademoiselle Gia ? Mme Patton m'a envoyée vous dire que, comme vous devez aller chercher une robe, nous déjeunerons tôt aujourd'hui.

Gia se mordit l'index droit, un tic trahissant son énervement qu'elle avait piqué à sa grand-mère il y avait bien des années de cela.

Le magasin de vêtements… La réception de ce soir… Elle se serait volontiers passée de l'un comme de l'autre, mais elle avait promis.

Il fallait qu'elle quitte cette maison, et vite.

4

Joey Diaz posa le flacon de liquide vert sur la table qui les séparait.

— Où as-tu déniché ce machin-là, Jack ?

Jack l'avait invité à un déjeuner tardif au Burger King du centre. Ils s'étaient trouvé une alcôve, tout au fond, et chacun d'entre eux avait pris un Whopper. Joey, un Philippin souffrant d'acné postadolescente, était un des contacts préférés de Jack. Il travaillait au laboratoire du Département de la Santé local. De par le passé, Jack lui avait surtout demandé des informations et des suggestions lorsqu'il voulait que la colère du Département en question s'abatte sur certaines cibles précises. C'était la première fois qu'il lui demandait d'analyser quelque chose pour lui.

— Pourquoi ? Qu'est-ce qu'il a de bizarre ?

Jack avait du mal à se concentrer, tant sur Joey que sur son repas. Il revenait sans cesse sur Kolabati et les événements de la nuit dernière. De là, il en venait à l'étrange odeur qui avait envahi son appartement et à la réaction incompréhensible de la jeune femme. Du coup, il avait du mal à s'intéresser à cette analyse, qu'il avait demandée hier, avant son rendez-vous. Avec Joey, il préférait y aller en douceur. Ce n'était probablement pas grand-chose : il voulait juste voir s'il pouvait en tirer un élément intéressant.

— Rien, en fait.

Joey avait la sale habitude de parler la bouche pleine. La plupart auraient avalé leur bouchée avant de répondre, puis de mordre à nouveau leur sandwich. Entre deux bouchées, lui préférait s'envoyer une rasade de Coca, puis il mordait d'abord et parlait ensuite. Il se pencha en avant, et Jack se recula.

— Mais ce truc ne risque pas de te filer la courante.

— Ce n'est pas un laxatif ? Alors qu'est-ce que c'est ? Un somnifère ?

Le jeune homme secoua la tête et enfourna une poignée de frites.

— Que dalle.

Jack tambourina des doigts sur le Formica graisseux. *Merde*. Il s'était dit que ce produit pouvait être un sédatif introduit là afin que Grace soit plongée dans un profond sommeil pour que ses ravisseurs – si, bien sûr, on l'avait enlevée – puissent l'évacuer en douceur. Mais c'était râpé. Il attendit dans l'espoir que Joey finisse son Whopper avant de se remettre à parler. Mais il n'eut pas cette chance.

— Je n'ai pas l'impression que ce truc ait un usage particulier. Ce n'est qu'une décoction de trucs et de machins mélangés sans rime ni raison.

— En d'autres termes, quelqu'un a foutu diverses saletés dans un alambic et a vendu le résultat en le faisant passer pour un remède universel. Comme les bons vieux Docteur Miracle du siècle dernier.

Joey haussa les épaules.

— Peut-être. Mais si c'était le cas, ils auraient pu faire la même chose pour moins cher. Personnellement, je crois que celui qui a préparé cette mixture y croyait dur comme fer. On y trouve des arômes crus et douze pour cent d'alcool. Rien de bien sorcier : je t'ai décortiqué le machin en un rien de temps. Mais il y avait un drôle d'alcaloïde qui me…

— C'est quoi, un alcaloïde ? On dirait du poison.

— Certains *sont* des poisons, comme la strychnine, d'autres sont utilisés tous les jours, comme la caféine. Ils sont presque tous extraits de plantes. Celui-là vient de nulle part. Il n'était même pas enregistré sur l'ordinateur. Ça m'a pris toute la matinée, mais j'ai fini par l'identifier. (Il secoua la tête.) Tu parles d'une façon de passer son samedi matin.

Jack sourit malgré lui. Joey allait lui demander une rallonge. Pas de problème. Cela en valait la peine, ne serait-ce que pour rester dans ses petits papiers.

A son grand soulagement, le jeune homme termina son repas et sa boisson.

— Alors ? D'où vient-il, ton alcaloïde fantôme ?

— D'une forme d'herbe.

— De la came ?

— Non. De l'herbe de durba. Cela ne se fume pas. Et cet alcaloïde particulier n'est pas naturel. On l'a cuit afin d'y ajouter un groupe aminé supplémentaire. C'est pour ça que cela m'a pris si longtemps.

— Donc, ce n'est pas un laxatif, ni un sédatif ni un poison. Alors qu'est-ce que c'est ?

— J'en sais fichtrement rien.

— Cela ne m'avance guère, Joey.

Il passa une main dans ses cheveux filasse et gratta un bouton sur son menton.

— Que veux-tu que je te dise ? Tu m'as demandé de quoi c'était fait, et je te l'ai dit ; des arômes crus, un vecteur alcoolisé et un alcaloïde tiré d'une herbe indienne.

L'estomac de Jack fit un soubresaut. Des souvenirs de la veille au soir explosèrent dans sa tête.

— Indien ? Tu parles des Indiens d'Amérique ? fit-il tout en sachant que ce n'était pas le cas.

— Non, bien sûr. Ce serait de l'herbe nord-américaine. Non, ce truc vient d'Inde, du sous-continent. Dur à retrouver. Je n'aurais jamais pu l'identifier si l'ordinateur du Département ne m'avait pas désigné le bon bouquin.

L'Inde. On y revenait. Après avoir passé des heures de folie en compagnie de Kolabati, il découvrait que le flacon de liquide découvert dans la chambre d'une femme disparue avait probablement été concocté par un Hindou. Bizarre autant qu'étrange.

Ou peut-être pas. Grace et Nellie étaient très proches de la Mission du Royaume-Uni et, donc, de la communauté de diplomates qui gravitait autour des Nations Unies. Peut-être un membre du consulat hindou avait-il donné le flacon à Grace – ou peut-être était-ce un cadeau de Kusum lui-même. Après tout, l'Inde était jadis une colonie anglaise.

— Cette mixture m'a l'air bien innocente, Jack. Tu veux vraiment lancer le Département de Santé aux trousses de ceux qui la vendent comme laxatif ? Tu devrais plutôt aller trouver une société de consommateurs.

Et lui qui espérait y trouver un indice sans faille qui le mènerait tout droit à tante Grace et ferait de lui un héros aux yeux de Gia !

Au temps pour ses intuitions.

Il demanda à Joey le prix d'une analyse non officielle, lui donna cent cinquante dollars, mit le flacon dans la poche de son jean et repartit vers son appartement. Dans le bus, il se demanda comment procéder. Il avait passé la matinée dans les rues, à chercher et interroger ses contacts, mais personne n'avait pu lui fournir le moindre indice susceptible de le mener à Grace Westphalen. Personne n'avait entendu la moindre rumeur. Il devait forcément y avoir un autre angle d'approche, mais pour l'instant, il n'en voyait aucun. Il était trop préoccupé pour pouvoir réfléchir sainement.

Kolabati. Elle monopolisait ses pensées. Pourquoi ? A la réflexion, la façon dont elle l'avait subjugué hier soir n'expliquait pas tout. Plus important encore, elle savait qui il était et ce qu'il faisait, et l'avait accepté sans problème. Non… Accepter n'était pas le bon terme. On aurait dit que, pour elle, ce mode de vie n'avait rien de choquant, qu'il était tout ce qu'il y a de plus normal. Et qu'elle-même l'aurait volontiers adopté.

Jack savait qu'il était encore en convalescence de sa rupture avec Gia, qu'il était vulnérable, surtout pour quelqu'un d'aussi chaleureux que Kolabati. Il lui avait tout déballé, presque à contrecœur, et elle l'avait trouvé… honorable.

Elle n'avait pas peur de lui.

Il fallait qu'il lui passe un coup de fil.

Mais d'abord, il devait appeler Gia pour la mettre au courant de la progression de l'enquête, même si elle était au point mort. A peine arrivé chez lui, il composa son numéro.

— Grace a donné signe de vie ? lui demanda-t-il lorsqu'elle décrocha.

— Non.

Sa voix semblait moins glaciale qu'elle ne l'était hier. Ou était-ce son imagination ?

— J'espère que tu apportes de bonnes nouvelles. On en a sacrément besoin.

Jack fit la grimace. Il aurait bien voulu se montrer encourageant. Il eut presque envie d'inventer quelque chose, mais ne put s'y résoudre.

— Ce médicament, tu sais, celui qu'on croyait être un laxatif ? Eh bien, ce n'en est pas un.

— Alors qu'est-ce que c'est ?

— Rien. Une impasse.

Il y eut un silence, puis :

— Et que comptes-tu faire maintenant ?

— Attendre.

— Nellie s'en charge fort bien. Elle n'a pas besoin de ton aide.

Son ton sarcastique le blessa.

— Ecoute, Gia, je ne suis pas détective privé…

— Je le savais déjà.

— Et je ne t'ai jamais promis de résoudre l'affaire en deux temps trois mouvements, tel le Sherlock Holmes moyen. Si on vous envoie une demande de rançon ou quelque chose comme ça, je pourrai passer à la vitesse supérieure. Mes informateurs sont à l'affût, mais tant que je n'aurai pas le moindre élément…

Il y eut un nouveau silence dévastateur.

— Désolé, Gia. Pour l'instant, je ne peux pas t'en dire plus.

— Je transmettrai à Nellie. Au revoir, Jack.

Lorsqu'elle eut raccroché, il inspira profondément pour calmer ses nerfs, puis composa le numéro de

Kusum. Il entendit une voix féminine qui, maintenant, lui était familière.

— Kolabati ?

— Oui ?

— C'est Jack.

Elle eut un hoquet de surprise.

— Jack ! Je ne peux pas te parler pour l'instant. Kusum ne va pas tarder. Je te rappelle plus tard !

Elle nota son numéro, puis raccrocha.

Jack s'assit et regarda le mur sans trop savoir que penser. Pour s'occuper les doigts, il appuya sur le bouton « repeat ». La voix de son père s'éleva.

— Je voulais te rappeler notre partie de tennis de demain. N'oublie pas : il faut que tu sois là à dix heures. Le tournoi commence à midi.

Décidément, le week-end s'annonçait plutôt mal…

5

Kolabati débrancha la prise du téléphone de ses doigts tremblants. Si Jack avait appelé une ou deux minutes plus tard, il aurait tout gâché. Elle ne voulait pas être dérangée pendant qu'elle affrontait Kusum. Elle avait rassemblé son courage et, maintenant, était bien décidée à lui arracher la vérité. Et pour cela, elle avait besoin de temps… De temps et de concentration. C'était un maître de la rhétorique et, si elle voulait le prendre à son propre piège, il faudrait qu'elle se montre aussi retorse et circonspecte que lui-même.

Même sa tenue avait été soigneusement sélectionnée pour faire le maximum d'effet. Elle jouait rarement au tennis, et plutôt mal, mais aimait le confort que procuraient les vêtements attribués à ce sport. Elle portait un chemisier blanc sans manches et un short de chez Boast. Et son collier, bien sûr, largement exposé par son décolleté, qui dévoilait aussi une bonne surface de peau : une autre arme contre Kusum.

Lorsqu'elle entendit s'ouvrir les portes de l'ascenseur, la tension qui s'était accumulée depuis qu'elle l'avait vu descendre du taxi lui noua l'estomac. Elle avait fait le guet derrière la fenêtre tout en se préparant à ce moment.

Oh, Kusum. Pourquoi faut-il en arriver là ? Pourquoi refuses-tu d'abandonner la partie ?

La clé tourna dans la serrure. Elle se força au calme.

Il ouvrit la porte, la vit et lui sourit.

— Bati !

Il marcha vers elle pour l'embrasser, puis parut se raviser et se contenta de passer un doigt le long de sa joue. Bien que son contact la révulse, Kolabati ne se retira pas. Il lui parla en bengali :

— Tu es plus belle de jour en jour.

— Où étais-tu cette nuit, Kusum ?

Il se raidit.

— Loin d'ici. J'étais en prière. J'ai réappris à prier. Pourquoi ?

— Après ce qui s'est passé, je me suis fait du souci.

— Ne t'inquiète pas pour moi, dit-il avec un sourire rusé. Plains plutôt celui qui tenterait de me voler *mon* collier.

— Je me fais du souci quand même.

— Il ne faut pas, fit-il avec un début d'irritation. Comme je te l'ai dit à ton arrivée, j'ai trouvé un endroit tranquille où je peux lire le *Gita* en paix. Ce n'est pas parce que tu es là que je vais modifier mes habitudes.

— Je ne te le demande pas. Tu vis ta vie et moi la mienne. (Elle l'effleura en se dirigeant vers la porte.) Je vais aller faire un tour.

— Dans cette tenue ? fit-il en la toisant. Les jambes nues, ton chemisier déboutonné ?

— Nous sommes en Amérique.

— Mais tu n'es pas américaine ! Tu es une Hindoue ! Une *brahmine* ! Je te l'interdis.

Il était en colère. Parfait.

— Tu ne peux plus rien m'interdire, Kusum, fit-elle avec un sourire. Tu ne peux plus me dire ce que je dois porter, ce que je dois manger, ce que je dois penser. Je suis libre, maintenant. Et ce soir, je déciderai moi-même de la conduite à suivre, tout comme je l'ai fait hier soir.

— Quoi ? Qu'as-tu fait hier soir ?

— J'ai dîné avec Jack.

Elle l'étudia soigneusement, attendant sa réaction. Un instant, il eut l'air de ne pas comprendre ce qu'elle lui disait. Ce n'était pas ce qu'elle avait prévu.

— Jack qui ? fit-il, puis il haussa les sourcils : Non, tu ne veux pas dire…

— Si. Jack le Réparateur. Je lui devais bien ça, non ?

— Un Américain !

— Tu t'inquiètes pour mon karma ? Eh bien, mon cher frère, sache qu'il est tout aussi pollué que le tien – *surtout* le tien – et ce, pour des raisons que nous connaissons tous les deux. (Elle préféra ne pas s'attarder sur ce point :) De plus, qu'est-ce que le karma lorsqu'on porte ceci ? ajouta-t-elle en désignant son collier.

— Il est possible de purifier son karma, dit Kusum d'une voix douce, et je m'efforce de purifier le mien.

Sa sincérité la toucha profondément. De toute évidence, il ne désirait rien d'autre que de remettre de l'ordre dans sa vie. C'était un but honorable, mais par quels moyens comptait-il y parvenir ? Il n'était pas homme à reculer devant les solutions extrêmes.

Kolabati réalisa soudain que c'était peut-être le moment qu'elle attendait, celui où il aurait abaissé ses défenses, mais elle le laissa passer. De plus, il était en colère, et c'était très bien comme ça. Ainsi, elle apprendrait où il comptait passer la soirée. Elle ne voulait pas le quitter d'une semelle.

— Et quels sont tes plans pour ce soir, mon cher frère ? Entends-tu prier toute la nuit ?

— Bien sûr. Mais tardivement. D'abord, je dois me rendre à une réception donnée par la Mission du Royaume-Uni, et elle commence à huit heures.

— Voilà qui est intéressant. Et si je venais avec toi ? Cela poserait-il un problème ?

Le visage de Kusum s'illumina.

— Tu veux vraiment m'accompagner ? Ce serait merveilleux. Ils seraient certainement heureux de faire ta connaissance.

— Parfait.

Voilà une bonne occasion de garder un œil sur lui. Et maintenant… Il fallait attiser sa colère.

— Mais je n'ai rien à me mettre.

— Il faut que tu sois vêtue décemment, comme une vraie Hindoue.

— En sari ? (Elle lui rit au nez.) Voyons, tu plaisantes ?

— J'insiste ! Ou je refuse de m'afficher en ta compagnie.

— Très bien. En ce cas, j'emmènerai mon propre cavalier. Jack ne demandera pas mieux.

Le visage de Kusum s'assombrit de rage.

— Je te l'interdis !

Kolabati se rapprocha de lui. Le moment était venu. Elle plongea son regard dans le sien.

— Et comment comptes-tu l'en empêcher ? En lui envoyant un rakosh, comme tu l'as fait hier soir ?

— Un rakosh ? Après Jack ?

Ses yeux, son visage, les veines saillant sur son cou, tout en lui indiquait la surprise la plus totale. Kusum pouvait mentir de la plus convaincante des façons, mais là, Kolabati savait qu'elle l'avait désarçonné, et tout indiquait qu'il n'était pas au courant. *Il ne savait rien !*

— Il y en avait un devant son appartement la nuit dernière.

— C'est impossible ! fit-il, les yeux écarquillés. Je suis le seul qui…

— Qui quoi ?

— Qui ait un œuf en ma possession.

Kolabati haussa les sourcils.

— Tu l'as ici, avec toi ?

— Bien sûr. Où pourrait-il être davantage en sécurité ?

— Au Bengale !

Kusum secoua la tête. Apparemment, il avait retrouvé son sang-froid.

— Non. Je me sens mieux lorsque je sais où il se trouve à chaque instant.

— Et lorsque tu étais en poste à l'ambassade d'Angleterre ? Tu l'as emporté avec toi ?

— Bien sûr.

— Et si on te l'avait volé ?

Il eut un sourire de dérision.

— Qui irait voler un objet sans savoir seulement de quoi il s'agit ?

Kolabati fit un effort pour se contenir :

— Je veux le voir. Tout de suite.

— Si tu y tiens.

Il la mena dans sa chambre et, de son placard, tira une petite caisse de bois. Il en souleva le couvercle, puis le lourd tissu qui le recouvrait, et Kolabati reconnut immédiatement l'œuf. Elle le connaissait par cœur, jusqu'à la moindre moucheture bleutée de sa surface grise, et sa texture fraîche et luisante lui était aussi familière que sa propre peau. Elle passa la pointe de ses doigts sur la coquille. Oui, c'était bien un œuf de femelle rakosh.

Elle eut un accès de faiblesse et dut s'asseoir sur le lit.

— Kusum, comprends-tu ce que cela signifie ? Ici, à New York, quelqu'un a installé un nid de rakoshi !

— C'est absurde ! Tu as devant toi le dernier œuf de rakosh au monde. On peut le faire éclore, mais sans mâle pour féconder la femelle, on ne peut fonder un nid.

— Kusum, il y avait un rakosh devant chez Jack. Je le sais !

— L'as-tu vu de tes yeux ? Etait-il mâle ou femelle ?

— En fait, je ne l'ai pas distingué…

— Alors comment oses-tu dire qu'il y a des rakoshi à New York ?

Kolabati sentait monter sa propre colère.

— A son odeur ! Tu crois que je suis incapable de la reconnaître ?

Le visage de Kusum avait retrouvé son impassibilité habituelle.

— Tu le devrais, en effet. Mais tu peux l'avoir oubliée, comme la majeure partie de ton héritage.

— Ne détourne pas la conversation.

— En ce qui me concerne, cette conversation est terminée.

Kolabati se leva pour tenir tête à son frère.

— Kusum, je veux que tu me jures que tu n'as rien à voir avec le rakosh de la nuit dernière.

Il la regarda droit dans les yeux :

— Je te jure sur la tombe de nos parents que je n'ai jamais envoyé de rakosh après notre ami Jack. Il y a en ce monde bien des gens que je souhaiterais voir morts, mais il n'en fait pas partie.

Kolabati était bien obligée de le croire. Il irradiait la sincérité, et il venait de jurer de la façon la plus solennelle qui soit.

Et l'œuf était là, sous ses yeux. Kusum s'agenouilla pour le remballer dans son tissu.

— De plus, dit-il, si un rakosh était vraiment aux trousses de Jack, sa vie ne vaudrait pas un clou. Je présume qu'il est toujours de ce monde ?

— Oui, en effet. Je l'ai mis sous ma protection.

Kusum tourna brutalement la tête dans sa direction. Ses traits trahirent sa colère et sa douleur. Il savait très bien ce qu'elle voulait dire par là. Il baissa la tête.

— Va-t'en, je t'en prie, dit-il d'une voix douce. Tu me dégoûtes.

Kolabati se détourna et quitta la chambre, claquant la porte derrière elle. Pourrait-elle un jour se débarrasser de cet homme ? Elle en avait soupé de Kusum, de son inflexibilité, de sa certitude inébranlable d'avoir raison. Même si elle avait le moral au beau fixe – et Jack lui avait donné des raisons de se sentir bien –, il trouvait toujours un moyen de doucher son enthousiasme. De plus, elle se sentait sale. Tous deux avaient largement de quoi se sentir coupables, mais Kusum ne pensait plus qu'à faire pénitence pour ses transgressions passées et à purifier son karma. Et de plus, il voulait l'entraîner à sa suite. Elle pensait qu'en quittant l'Inde – d'abord pour l'Europe, puis l'Amérique – elle serait débarrassée de son frère. Et pourtant non. Après des années de séparation, il l'avait rejointe dans son pays d'adoption.

Il fallait bien l'admettre : elle n'en verrait jamais le bout. Car ce qui les unissait l'un à l'autre dépassait largement leur simple lien de parenté – les colliers qu'ils portaient tous les deux formaient un lien au-delà du temps, de la raison et même du karma.

Mais il devait bien exister un moyen d'échapper aux efforts que Kusum déployait pour la dominer.

Kolabati alla à la fenêtre et regarda au-delà des arbres de Central Park. Jack était là, de l'autre côté de ce rectangle de verdure. Peut-être était-il la réponse qu'elle cherchait. Peut-être pouvait-il la libérer, enfin.

Elle décrocha le téléphone.

6

« Même la lune me craint ! Le monde entier a peur de moi ! »

Jack avait entamé la troisième partie de son festival James Whale : Claude Rains, l'homme invisible du film du même nom, se préparait à semer la terreur.

Le téléphone se mit à sonner. Jack coupa le son et décrocha avant que le répondeur ne débite son laïus habituel.

— Où es-tu ? fit la voix de Kolabati.

— Chez moi.

— Mais ce n'est pas le numéro qui est écrit sur ton téléphone.

— Alors tu as fait ta petite enquête ?

— Je l'ai noté. Je savais que je devrais t'appeler, tôt ou tard.

Voilà qui était bien agréable à entendre.

— J'ai fait changer le numéro, mais n'ai jamais pris la peine de modifier l'étiquette.

En fait, il l'avait volontairement laissée en place.

— J'ai un service à te demander, dit-elle.

— Tout ce que tu voudras.

Enfin, presque.

— Ce soir, il y a une réception à la Mission du Royaume-Uni. Voudrais-tu m'y accompagner ?

Jack y réfléchit quelques secondes. Tout d'abord, il

eut fortement envie de refuser. Il avait horreur des réceptions. Et des rassemblements de tout poil. Surtout lorsqu'il s'agissait uniquement de diplomates des Nations Unies… Les gens les plus inutiles qui puissent exister. Pas très enthousiasmant.

— Je ne sais pas…

— S'il te plaît ! C'est un service que tu me rendrais. Sinon, je serai obligée d'y aller avec Kusum.

Donc, s'il voulait voir Kolabati, il n'avait pas vraiment le choix.

— D'accord.

Ce serait drôle de voir la tête que ferait Burkes en le regardant débarquer. Peut-être irait-il jusqu'à louer un smoking. Ils convinrent d'une heure et d'un lieu de rendez-vous – Dieu sait pourquoi, elle ne voulait pas qu'il vienne la prendre chez Kusum – puis, alors qu'il allait raccrocher, une idée surgit dans la tête de Jack.

— Au fait, à quoi sert l'herbe de durba ?

Il l'entendit inspirer profondément, comme si sa question la prenait par surprise.

— Où en as-tu trouvé ?

— Nulle part. Pour autant que je sache, elle ne pousse qu'en Inde. Je voulais juste savoir si elle a un usage quelconque.

— Dans la médecine traditionnelle hindoue, cette herbe entre dans la composition de nombreux remèdes, fit-elle en détachant les syllabes. Où en as-tu entendu parler ?

— Oh, dans une conversation, ce matin.

Pourquoi s'en souciait-elle ainsi ?

— Ne t'en mêle pas, Jack. Je ne sais pas ce que tu as découvert, mais ne t'en mêle pas. Du moins pas avant notre rencontre de ce soir !

Et elle raccrocha. Jack se retrouva face à son grand écran télévisé, où un pantalon vide pourchassait une femme terrifiée le long d'un chemin de campagne anglais. La voix de Kolabati avait pris une drôle d'intonation. On aurait dit qu'elle avait peur pour lui.

7

— Magnifique ! s'exclama la vendeuse.

Vicky leva les yeux de son livre.

— T'es jolie comme tout, m'man.

— Ravissant ! renchérit Nellie. Tout à fait ravissant !

Elle avait amené Gia à La Chanson[1]. Nellie avait toujours aimé cette boutique parce qu'elle ne ressemblait pas à un magasin de vêtements. De l'extérieur, avec sa devanture et son dais, on aurait plutôt pensé à un petit restaurant chic. Mais les minuscules vitrines qui flanquaient la porte ne laissaient planer aucun doute sur la véritable nature de l'établissement.

Elle regarda Gia qui s'examinait dans le miroir, vêtue d'une robe de cocktail en crêpe noir, sans bretelles. Des quatre que Gia avait essayées, c'était celle que Nellie préférait. Néanmoins, Gia n'aimait pas l'idée de se faire acheter une robe et ne cherchait pas à le cacher. Mais cela faisait partie du marché, et Gia en remplirait sa part.

Quelle entêtée ! Nellie l'avait surprise à examiner les robes sous toutes les coutures pour chercher une étiquette de prix. Elle devait vouloir prendre la moins chère. Mais elle n'avait rien trouvé.

Nellie sourit toute seule. *Tu peux chercher, ma*

1. En français dans le texte. *(N.d.T.)*

chère. Ici, on ne s'abaisse pas à mettre des étiquettes sur les vêtements.

Après tout, ce n'était que de l'argent. Autant dire rien du tout.

Nellie eut un soupir. Elle se souvint de ce que son père lui avait dit à ce sujet alors qu'elle n'était encore qu'une enfant. Ceux qui n'ont pas assez d'argent ne voient que ce qu'il permet de se procurer. Mais lorsqu'on en a suffisamment, on prend vite conscience de tout ce qu'on *ne peut* pas acheter... Autant dire tout ce qui compte vraiment. La jeunesse, la santé, l'amour, la paix intérieure.

Ses lèvres se mirent à trembler, et elle les serra fermement. Toute la fortune des Westphalen ne lui rendrait pas son cher John et ne lui ramènerait pas Grace, où qu'elle puisse être en ce moment.

Nellie regarda Victoria, assise à sa droite sur le canapé, qui lisait un recueil de Garfield. Depuis l'arrivée des chocolats ce matin, elle s'était montrée silencieuse, presque renfermée, ce qui n'était pas dans ses habitudes. Pourvu qu'elle n'en souffre pas trop ! Elle passa son bras autour de son épaule et serra contre elle la petite fille, qui la récompensa d'un sourire.

Chère, chère Victoria. Comment Richard a-t-il pu engendrer un ange comme toi ?

En pensant à son neveu, un goût métallique lui emplit la bouche. Richard Westphalen était la preuve vivante que, parfois, la fortune peut vous changer à tout jamais – en mal. Il suffisait de voir ce qu'il était devenu après avoir hérité de la fortune de son père à son plus jeune âge ! Si son frère Teddy avait survécu, il aurait pu devenir quelqu'un d'autre – quelqu'un de bien.

Ah, l'argent ! Parfois, elle aurait presque souhaité...

La vendeuse s'adressait à Gia :

— Aimeriez-vous essayer une autre robe parmi celles que nous avons ?

— Pas plus d'une centaine, répondit Gia en riant,

mais celle-ci conviendra parfaitement. (Elle se tourna vers Nellie :) Qu'en dites-vous ?

La vieille dame était très heureuse de son choix. Cette robe lui allait à ravir : la coupe était très simple, le crêpe noir accentuait la blondeur de ses cheveux et elle la moulait aux endroits désirés.

— Vous allez faire craquer tous les diplomates.

— C'est un grand classique, ma chère, renchérit la vendeuse.

En effet. Si Gia gardait sa taille de guêpe, elle pourrait encore la mettre dans dix ans. Ce qui lui conviendrait parfaitement. D'après Nellie, ses goûts en matière d'habillement laissaient à désirer. Elle aurait bien aimé qu'elle fasse davantage d'efforts pour mettre en valeur une silhouette ravissante, avec une poitrine ferme, une taille fine et des jambes interminables dont rêvaient les couturiers. Elle aurait dû s'habiller sur mesure.

— Oui, fit Gia en se regardant dans le miroir, c'est la bonne.

Comme il n'y avait pas besoin de retouches, on lui emballa sa robe et Gia put l'emporter sans plus attendre. Une fois sur la Troisième Avenue, elle arrêta un taxi.

Sur le chemin de Sutton Square, Gia se pencha vers Nellie et lui demanda à voix basse :

— Je voulais vous demander… Cela fait deux jours que cela me travaille. A propos de cet… héritage dont vous avez parlé mardi, comme quoi vous comptez tout laisser à Vicky…

Un instant, Nellie en resta sans voix. Lui avait-elle vraiment confié les termes de son testament ? Oui… oui, en effet. Ces derniers temps, elle n'avait plus toute sa tête.

— Quelque chose vous dérange ?

Cela ne ressemblait pas à Gia d'aborder ainsi des considérations financières.

— Eh bien, fit-elle avec un sourire gêné, vous allez

vous moquer de moi, mais… N'avez-vous pas mentionné une malédiction attachée à la fortune des Westphalen ?

— Oh, ma chère ! répondit Nellie, soulagée – ce n'était donc que ça ! –, ce sont des racontars, rien de plus.

— Vous voulez dire que vous avez tout inventé ?

— Pas moi. En fait, c'était Sir Albert qui marmonnait cette histoire de malédiction chaque fois qu'il avait trop taquiné la bouteille. A l'époque, il était déjà un peu gâteux…

— Sir Albert ?

— Mon arrière-grand-père. C'est lui qui a amassé la fortune familiale. En fait, c'est une histoire assez intéressante. Elle remonte au milieu du siècle dernier, lorsque notre famille connut de graves problèmes financiers – je n'ai jamais su lesquels et je présume que cela n'a pas vraiment d'importance. Toujours est-il que peu de temps après son retour d'Inde, Sir Albert a découvert un antique plan représentant le sous-sol de Westphalen Hall, et il lui a donné l'emplacement d'une cache secrète remplie de bijoux qui dormaient là depuis les invasions normandes. C'est ainsi que nous pûmes garder Westphalen Hall. La plupart des bijoux furent vendus, l'argent investi avec discernement, et depuis, notre pécule n'a cessé d'augmenter.

— Mais… et cette histoire de malédiction ?

— Oh, n'y prêtez aucune attention ! Je n'aurais même pas dû en faire mention. Ce sont de vagues bribes prétendant que la lignée des Westphalen finirait dans « le sang et la souffrance » et que des « créatures des ténèbres » viendraient nous chercher. Mais il n'y a rien à craindre, ma chère. Jusque-là, nous avons tous vécu longtemps avant de mourir de notre belle mort.

Gia se détendit.

— Heureuse de l'apprendre.

— N'y pensez plus.

Mais Nellie ne suivit pas son propre conseil. La malédiction des Westphalen… Grace, Teddy et elle en avaient fait un sujet de plaisanteries. Mais s'il fallait en croire ces récits, Sir Albert était mort dans la terreur, et il avait une peur bleue de l'obscurité. On disait qu'il passa les dernières années de sa vie en reclus, entouré de chiens de garde, et qu'il laissait toujours brûler un feu dans sa chambre, même par les nuits d'été les plus étouffantes.

Nellie frissonna. Lorsqu'ils étaient jeunes et pleins de santé, tous les trois, il était facile d'en rire. Mais il y avait longtemps que Teddy était mort de leucémie – au moins, il n'avait pas quitté ce monde « dans le sang et la souffrance » ; il s'était plutôt flétri progressivement – et Grace était Dieu sait où. Des « créatures des ténèbres » étaient-elles venues la chercher ? Pouvait-il y avoir un fond de vérité dans…

Foutaises ! Comment puis-je avoir peur des délires d'un vieux fou mort depuis un siècle ?

Et pourtant… Grace avait disparu, et personne ne pouvait l'expliquer. Du moins pour l'instant.

A l'approche de Sutton Square, Nellie sentit croître son impatience. Grace avait certainement donné de ses nouvelles pendant qu'ils étaient sortis ; elle en était sûre ! Depuis mardi, elle n'avait pas osé bouger, de peur de rater un éventuel message. Mais n'était-ce pas comme lorsqu'on surveille une casserole : le plat ne brûlera que si vous cessez de le regarder. Si on suivait cette même logique, Grace devait avoir appelé à la minute même où elle quittait Sutton Square.

Nellie courut vers la porte et sonna pendant que Gia payait le conducteur. Elle serra involontairement les poings en attendant qu'on lui ouvre.

Grace est revenue ! Je le sais !

Mais ses espoirs furent déçus lorsque la porte s'ouvrit enfin pour dévoiler le visage lugubre d'Eunice.

— Y a-t-il du nouveau ?

La question était superflue. En secouant lentement la tête, Eunice ne fit que confirmer ses pires certitudes. Soudain, elle se sentit épuisée, comme vidée de son énergie.

Elle se tourna vers Gia, qui entrait avec Victoria.

— Je ne peux pas assister à la réception de ce soir.

Gia passa un bras autour de ses épaules :

— Il le faut ! Qu'est-il arrivé à votre flegme d'Anglaise pur jus ? Que dirait Sir Albert s'il vous voyait ainsi ?

Nellie appréciait les efforts de Gia, mais elle se fichait complètement de l'opinion de feu Sir Albert.

— Et que vais-je faire de ma robe toute neuve ? continua Gia.

— Elle est à vous, répondit Nellie d'un ton morose.

Elle n'avait pas le courage de faire bonne figure.

— Non, pas si nous restons ici. Si vous ne me promettez pas immédiatement de m'accompagner, je la ramène à La Chanson.

— Ce n'est pas juste ! Je n'ai pas la force d'y aller. Vous ne pouvez comprendre ça ?

— Non. Je ne vois rien du tout. Qu'en penserait Grace ? Elle voudrait que vous y alliez, vous le savez comme moi.

Vraiment ? Nellie y réfléchit un instant. Mais telle qu'elle connaissait Grace, c'était sans doute vrai. Grace avait toujours été à cheval sur les apparences. Peu importaient vos sentiments, il fallait assurer ses obligations sociales. Et il ne fallait jamais, *jamais* se donner en spectacle.

— Faites-le pour Grace, insista Gia.

Nellie eut un mince sourire.

— C'est bon, nous irons, bien que je ne sache pas si je saurai conserver mon flegme légendaire.

— Vous vous en sortirez très bien.

Gia l'étreignit, puis la relâcha : Victoria l'appelait depuis la cuisine et lui demandait de lui éplucher une orange. Gia s'empressa de la rejoindre, laissant Nellie seule dans le hall.

Comment vais-je faire ? Cela a toujours été Nellie-et-Grace, Grace-et-Nellie, toujours ensemble, comme deux doigts d'une main. Comment vais-je faire maintenant que je suis seule ?

Nellie monta les escaliers menant à sa chambre d'un pas lourd. Soudain, elle se sentait très, très vieille.

8

Nellie n'avait pas jugé bon de lui dire si la réception avait un thème ou un prétexte, et Gia ne devait jamais le découvrir. Elle eut l'impression qu'il s'agissait d'accueillir un nouveau membre haut placé de la Mission.

Le tout n'avait rien de bien passionnant, mais s'avéra tout de même moins ennuyeux qu'elle ne le redoutait. Harley House, la demeure où se tenait la réception, était assez proche du bâtiment des Nations Unies et à quelques minutes de Sutton Square. Au bout d'un moment, Nellie elle-même se détendit et prit du bon temps. Le premier quart d'heure fut assez pénible : à peine était-elle arrivée qu'une masse de gens l'entourèrent pour lui demander des nouvelles de Grace et l'assurer de leur compassion. Tous faisaient partie de ce club non officiel des citoyens anglais habitant New York, « une colonie au cœur des colonies ».

Les encouragements et les marques de sympathie de ses compatriotes redonnèrent du courage à la vieille dame qui but un peu de champagne et alla même jusqu'à rire. Gia se congratula mentalement de l'avoir poussée à venir. C'était sa bonne action de la journée. De l'année, même !

Après tout, décida-t-elle au bout d'une heure, elle

n'était pas en si mauvaise compagnie. Il y avait des ressortissants de diverses nationalités, tous élégants, amicaux, polis et aux accents tous plus exotiques les uns que les autres. Dans sa nouvelle robe, qui lui allait à ravir, elle se sentait très féminine. Elle sentit plus d'un regard d'admiration posé sur elle, ce qui était loin de lui déplaire. Elle en était à sa troisième coupe de champagne – elle n'y connaissait rien en vins, mais celui-ci lui parut délicieux –, lorsque Nellie lui prit le bras et l'entraîna vers les deux hommes qui l'escortaient. Gia reconnut le moins grand : c'était Edward Burkes, le chef de la sécurité attaché à la Mission. Le plus grand avait la peau sombre et était vêtu de blanc. Lorsqu'il se retourna, elle constata avec étonnement qu'il lui manquait un bras.

— Comment allez-vous, Eddie ? dit Nellie en lui tendant la main.

— Nellie ! Heureux de vous voir !

Burkes lui embrassa la main. C'était un homme trapu d'une cinquantaine d'années, avec une moustache et des cheveux grisonnants. Il regarda Gia et lui sourit.

— Et mademoiselle DiLauro ! Quelle bonne surprise ! Permettez-moi de vous présenter M. Kusum Bahkti, de la délégation hindoue.

Celui-ci se courba pour la saluer, mais ne lui tendit pas la main.

— Très heureux de vous connaître, toutes les deux.

Gia le prit tout de suite en grippe. Son visage anguleux était un véritable masque et ses yeux insondables. Il semblait cacher quelque chose. Son regard passa sur elle comme si elle n'était qu'un objet décoratif, mais se posa sur Nellie avec une avidité surprenante.

Un serveur passa avec un plateau de coupes de champagne. Burkes en donna une à Nellie et à Gia, puis en proposa une à M. Bahkti, qui secoua la tête.

— Excusez-moi, Kusum, fit Burkes, j'oubliais que

vous ne buvez pas d'alcool. Puis-je vous offrir quelque chose d'autre ? Un cocktail de fruits ?

M. Bahkti secoua à nouveau la tête.

— Ne prenez pas cette peine. Plus tard, j'irai jeter un œil au buffet pour voir s'il reste de ces délicieux chocolats anglais.

— Vous aussi êtes amateur de chocolats ? demanda Nellie. Moi, j'adore ça.

— En effet. J'y ai pris goût lorsque j'étais à l'ambassade d'Angleterre. J'en ai emporté une réserve personnelle en venant ici, mais c'était il y a six mois, et il y a longtemps que je l'ai épuisée.

— Aujourd'hui même, j'ai reçu une boîte de *Black Magic* en provenance de Londres. Y avez-vous déjà goûté ?

Bahkti eut un sourire empreint d'un sincère plaisir.

— Oui. Ce sont les meilleurs.

— Vous devriez venir me voir, nous pourrions nous les partager.

Son sourire s'élargit.

— Je risque de vous prendre au mot.

Gia commençait à réviser son opinion. Ce M. Bahkti, qui se montrait d'une froideur de glace lorsque Burkes l'avait présenté, faisait désormais preuve d'une amabilité charmante. Ou était-ce cette quatrième coupe de champagne qui la poussait à l'indulgence ? Tout son corps la picotait et elle se sentait presque pompette.

— On m'a dit ce qui est arrivé à Grace, dit Burkes à Nellie. S'il y a quoi que ce soit que je puisse faire…

Nellie eut un sourire courageux.

— Nous faisons déjà tout notre possible, mais en fait, nous en sommes réduits à attendre.

— Monsieur Bahkti et moi discutions justement d'une connaissance commune : Jack Jeffers.

— Il me semble que son nom de famille est Nelson, dit l'Hindou.

— Non, je suis sûr que c'est Jeffers, n'est-ce pas,

mademoiselle DiLauro ? Je crois que vous le connaissez plutôt bien ?

Gia eut envie de leur rire au nez. Comment pouvait-elle leur donner le nom de famille de Jack alors qu'elle-même était loin d'en être sûre ?

— Jack, c'est Jack, fit-elle avec le plus de tact possible.

— Indéniablement ! fit Burkes en riant de bon cœur. Il y a peu, il a aidé M. Bahkti à résoudre une affaire assez délicate.

— Oh ? fit Gia d'un ton détaché. Une affaire de sécurité ?

N'est-ce pas ainsi que Jack s'était présenté à leur première rencontre : « consultant en sécurité ».

— C'était une question personnelle, fit l'Hindou sans plus de précisions.

Voilà matière à réflexion. En quoi la Mission du Royaume-Uni pouvait-elle avoir besoin de quelqu'un comme Jack ? Et pourquoi un diplomate des Nations Unies tel que M. Bahkti irait-il l'employer ? Ce genre de personnes – de respectables membres de la communauté diplomatique – n'avaient pas l'usage d'un homme tel que lui. Que pouvait-il donc « réparer » en leur nom ? Elle s'étonna de les voir parler de lui avec un immense respect dans la voix. Elle n'y comprenait goutte.

— En tout cas, reprit Burkes, je me suis dit qu'il pourrait peut-être vous aider à retrouver votre sœur.

Gia scrutait alors Bahkti, et elle aurait juré l'avoir vu frémir. Elle n'eut pas le temps de confirmer cette impression, car elle se tourna pour jeter à Nellie un regard d'avertissement : ils avaient promis à Jack de ne jamais révéler qu'il travaillait pour eux.

Nellie surprit son regard et ne broncha pas :

— Excellente idée, Eddie, mais je suis sûre que la police fait de son mieux. Néanmoins, si…

— Eh bien ! Quand on parle du loup ! interrompit Burkes en indiquant l'entrée.

Avant que Gia ne suive le mouvement, elle regarda à nouveau Bahkti, qui se tournait dans la direction indiquée. Son visage sombre reflétait une fureur si intense qu'elle se recula de peur qu'il ne laisse exploser sa colère. Elle jeta un coup d'œil de l'autre côté pour voir ce qui pouvait provoquer une telle réaction. C'est alors qu'elle le vit... Lui et sa cavalière.

C'était Jack, vêtu d'un smoking à l'ancienne, avec une queue-de-pie et un revers blanc. Il était magnifique. Son cœur fit un bond – *mais c'est de trouver enfin un compatriote au milieu de tous ces étrangers, et rien de plus* –, puis retomba en vrille. Car à son bras, il y avait la plus belle femme que Gia ait jamais vue.

9

Vicky aurait dû être profondément endormie : l'heure du coucher était largement dépassée. Et pourtant, elle n'avait pu trouver le sommeil : il faisait trop chaud pour ça. Elle avait repoussé ses draps pour chercher un peu de fraîcheur. Là-haut, au troisième étage, l'air conditionné ne fonctionnait pas aussi bien qu'au rez-de-chaussée. Elle portait son pyjama rose préféré, et malgré la présence rassurante de ses poupées et de son nouveau Wuppet, elle n'arrivait toujours pas à dormir. Eunice avait fait de son mieux pour lui plaire : elle lui avait offert des quartiers d'orange – Vicky *adorait* les oranges – et lui avait lu un conte. Tout cela en vain. Finalement, Vicky avait fait semblant de s'assoupir pour qu'Eunice ne soit pas triste.

En général, lorsqu'elle n'arrivait pas à s'endormir, c'est qu'elle se faisait du souci pour sa mère. A chaque fois qu'elle sortait le soir, Vicky avait toujours un mauvais pressentiment, comme si m'man n'allait jamais revenir, qu'elle se retrouverait prise dans un tremblement de terre ou une tornade ou un carambolage. Ces soirs-là, Vicky priait et promettait d'être toujours, toujours gentille, mais je vous en supplie, faites qu'il n'arrive rien à m'man. Et jusque-là, ses vœux avaient toujours été exaucés.

Mais ce soir, Vicky ne s'inquiétait pas pour sa mère. Celle-ci était avec tante Nellie, et tante Nellie prendrait soin d'elle. Non, ce n'était pas le souci qui l'empêchait de dormir.

C'étaient les chocolats.

Elle ne cessait d'y revenir. Elle n'avait jamais vu une si belle boîte – noire avec des rebords dorés et une rose rouge au sommet. Ils venaient d'Angleterre, du bout du monde. Et ce nom : « *Black Magic* » ! Magie noire ! Voilà qui suffisait à la garder éveillée.

Il fallait qu'elle les voie. C'était aussi simple que ça. Il fallait qu'elle descende pour contempler la boîte et son couvercle portant la mention : « Assortiment noir ».

Elle fourra Madame Biscuit sous son bras, quitta son lit et traversa le couloir sur la pointe des pieds pour gagner les escaliers, qu'elle descendit sans faire de bruit. Les dalles du vestibule lui rafraîchirent la plante des pieds. Eunice regardait la télévision dans la bibliothèque, à en juger par les bruits et la musique qui en provenaient. Elle continua sa progression silencieuse jusqu'au boudoir, là où tante Nellie avait rangé la boîte de chocolats.

Celle-ci trônait sur une petite table. On avait déjà retiré l'emballage de cellophane. Vicky déposa Madame Biscuit sur le petit canapé, s'assit à ses côtés, puis cala la boîte sur ses genoux. Elle posa ses doigts sur le couvercle, mais arrêta son geste avant de le soulever.

Si m'man entrait maintenant et la trouvait là, elle en ferait une jaunisse. Non seulement Vicky n'était pas couchée, mais en plus, elle piquait les chocolats de tante Nellie !

Pourtant, Vicky ne se sentait pas coupable de quoi que ce soit. D'une certaine façon, c'était *elle* qui aurait dû les recevoir, même si elle y était allergique. C'était *son* père qui les avait envoyés, non ? Elle espérait fort que, lorsque m'man était passée chez eux, elle aurait trouvé un autre paquet destiné à Vicky, mais non. P'pa ne lui avait rien envoyé.

Vicky caressa du bout des doigts la jolie rose embossée sur le couvercle. Pourquoi n'y avait-elle pas droit ? Peut-être que, lorsqu'elle aurait fini les chocolats, tante Nellie lui donnerait la boîte.

Combien en restait-il ?

Elle souleva le couvercle. L'odeur lourde et doucereuse du chocolat noir l'enveloppa, tempérée par les arômes plus subtils des différentes garnitures. Plus un autre relent plus sournois, qui se cachait derrière les autres, et qui ne lui disait rien qui vaille. Mais ce n'était pas grave, car le chocolat dominait tout le reste, lui mettant l'eau à la bouche. Oh, comme elle aurait aimé en manger un, rien qu'un !

Elle pencha la boîte pour mieux voir l'intérieur à la lumière du vestibule. Les chocolats étaient tous bien alignés ! Il n'en manquait pas un seul ! A ce régime, elle aurait des cheveux blancs avant de pouvoir récupérer la boîte ! Mais maintenant, celle-ci était secondaire. C'étaient les chocolats qu'elle convoitait.

Elle en prit un et se demanda à quoi il était fourré. Il était frais au toucher, mais en quelques secondes, le chocolat commença à se ramollir. Jack lui avait montré comment il fallait piquer le fond avec l'ongle du pouce pour voir la couleur de l'intérieur. Mais s'il était fourré à la liqueur ? Une fois, elle avait fait de même avec une griotte et tout ce liquide gluant était tombé sur ses genoux. Non, mieux valait ne pas courir ce risque.

Elle renifla la friandise, qui ne sentait pas si bon que

ça. Peut-être y avait-il quelque chose de beurk dedans, de la gelée de groseille ou un autre truc gluant. Mais une bouchée ne la tuerait pas. Ou elle pouvait prendre un fragment de la couche supérieure. Comme ça, elle n'aurait pas à s'inquiéter de ce qu'il y avait à l'intérieur. Et peut-être que personne ne remarquerait rien.

Non.

Vicky remit le chocolat en place. Elle venait de se rappeler la dernière fois où elle avait grappillé une miette de chocolat – son visage avait enflé comme un gros ballon et ses paupières étaient si bouffies que ses camarades d'école disaient qu'elle ressemblait à une Chinoise. Si elle faisait de même, personne ne verrait rien, mais m'man remarquerait certainement son visage tout gonflé. Elle jeta un dernier coup d'œil aux rangées si appétissantes, puis remit le couvercle et reposa la boîte sur la table.

Elle reprit Madame Biscuit, retourna au pied de l'escalier et regarda tout en haut des marches. Il y faisait bien noir. Et elle avait déjà peur. Mais elle ne pouvait passer la nuit sur ce palier. La fillette se mit à gravir lentement les degrés tout en surveillant les poches de ténèbres. Lorsqu'elle atteignit le premier, elle se cramponna à la rambarde et regarda tout autour d'elle. Tout était calme et paisible. Le cœur battant, elle partit en courant, escalada l'escalier du second quatre à quatre, sauta dans son lit et se cacha sous les couvertures.

10

— Je constate que tu travailles dur.

En entendant sa voix, Jack se retourna d'un bond,

manquant de renverser les deux coupes de champagne qu'il venait d'attraper au passage.

— Gia !

C'était bien la dernière personne qu'il s'attendait à trouver ici. Et la dernière qu'il ait envie de voir. Un sentiment de culpabilité monta en lui. Ne devait-il pas rechercher Grace au lieu de faire la nouba chez les diplomates ? Mais il ravala sa gêne, lui sourit et chercha une réplique brillante :

— C'est drôle de se retrouver ainsi !

— Je suis avec Nellie.

— Oh. Ça explique tout.

Il resta là, planté devant elle. Il aurait voulu lui tendre la main pour qu'elle la prenne, comme dans le temps, mais il savait que c'était hors de question. Il remarqua la coupe de champagne à moitié vide dans sa main et la lueur qui brillait dans ses yeux, et se demanda combien elle en avait ingurgité. Elle n'était pas une grosse buveuse.

— Alors, qu'est-ce que tu deviens ? fit-elle pour rompre le silence pesant qui s'était instauré.

Sa voix était légèrement pâteuse. C'était bien ça : elle avait trop bu.

— Qui as-tu tué dernièrement ?

Oh, chouette. C'est reparti pour un tour.

Jack n'avait pas envie de se disputer. Il lui répondit d'une voix calme, rassurante.

— J'ai pas mal bouquiné…

— Toute la série de « L'Exécuteur » pour la quatorzième fois ?

— … et regardé des films.

— Les « Inspecteur Harry » en boucle, je présume.

Il ne voulait pas répondre à ses provocations.

— Tu es magnifique, fit-il pour détourner la conversation.

C'était la stricte vérité : sa robe noire soulignait son

corps parfait. Elle donnait une radiance particulière à ses cheveux blonds et à ses yeux bleus.

— Tu ne t'en sors pas mal non plus.

— C'est mon costume de Fred Astaire. J'en ai toujours eu envie. Il te plaît ?

Gia acquiesça.

— Est-il aussi inconfortable qu'il en a l'air ?

— Non : encore plus. Je ne sais pas comment ils pouvaient danser dans un tel carcan. Le col est un vrai collier étrangleur.

— De toute façon, ce n'est pas ton style.

Certes, mais au moins, il se fondait dans la masse.

— C'est vrai. Je ne sais pas quelle mouche m'a piqué. Quoique, au moins, j'aurai été Fred Astaire pour un soir.

— Tu ne sais pas danser et ta compagne ne ressemble certainement pas à Ginger Rogers.

— On peut toujours rêver, non ?

— Qui est-ce ?

Jack regarda attentivement Gia. Croyait-il détecter une pointe de jalousie ? Etait-ce possible ?

— C'est… (il parcourut la salle des yeux jusqu'à ce qu'il tombe sur Kusum) … la sœur de ce type.

— Est-ce l'affaire « personnelle » dont il a parlé ?

— Oh ? fit-il en souriant. Alors tu lui as parlé de moi ?

Gia détourna son regard.

— C'est Burkes qui a commencé, pas moi.

Jack ne put résister :

— Tu sais, Gia, tu es belle quand tu es jalouse.

Ses yeux lancèrent des éclairs et ses joues s'empourprèrent.

— Ne dis pas de bêtises !

Sur ce, elle tourna les talons et s'en alla.

Classique, se dit Jack. Elle ne voulait plus de lui, mais s'offusquait de le voir accompagné par une autre.

Il chercha des yeux Kolabati – qui était tout, sauf

une femme classique – et la repéra : elle se tenait aux côtés de son frère, qui faisait de son mieux pour l'ignorer.

En se dirigeant vers le duo silencieux, Jack s'émerveilla de la façon dont la robe de Kolabati moulait son corps. Le tissu d'un blanc éblouissant passait au-dessus de son épaule droite pour s'enrouler autour de ses seins, comme un bandage. Son épaule gauche était dénudée, exposant sa peau sombre et délicate. Et il n'était pas le seul à l'admirer, loin de là.

— Bonjour, monsieur Bahkti, dit-il en tendant sa coupe à la jeune femme.

Kusum regarda le champagne, sa sœur, puis décocha à Jack un sourire glacial.

— Souffrez que j'admire votre tenue d'une décadence admirable.

— Merci. Ce n'est pas très stylé, je le sais, mais je me contenterai de « décadent ». Comment va votre grand-mère ?

— Physiquement, elle se porte bien, mais je crains que son esprit ne batte la campagne.

Kolabati regarda son frère d'un œil lourd de désapprobation.

— Elle se porte à ravir, dit-elle. Je viens d'avoir de ses nouvelles, et elle est entièrement remise. (Elle eut un sourire désarmant.) Oh, au fait, mon cher Kusum, Jack m'a demandé à quoi servait l'herbe de durba. Peux-tu le renseigner ?

A la mention de cette herbe, Kusum se raidit. Kolabati, elle, avait paru choquée lorsqu'il lui en avait parlé au téléphone. Qu'avait-elle donc de si particulier ? Et que signifiait-elle aux yeux de ces deux excentriques ?

Kolabati, toujours souriante, s'éclipsa alors que Kusum se tournait vers Jack.

— Que voudriez-vous savoir ?

— Oh, rien de bien spécifique. Sauf… S'en sert-on parfois comme laxatif ?

Kusum ne frémit même pas.

— Elle a bien des usages, mais je ne crois pas qu'elle puisse guérir la constipation. Pourquoi cette question ?

— Simple curiosité. Une vieille dame de mes connaissances m'a dit qu'elle se servait d'une décoction comprenant de l'herbe de durba.

— Voilà qui est étonnant. Je ne pensais pas qu'on en trouvait ici. Pourquoi en a-t-elle acheté ?

Jack dévisageait ouvertement Kusum. Il y avait quelque chose dans son regard, quelque chose d'insaisissable…

— Je ne sais pas. Elle est partie en voyage. Je lui demanderai à son retour.

— Si vous en avez sous la main, je vous conseille de la jeter, dit gravement Kusum. Certaines préparations à base d'herbe de durba ont des effets secondaires indésirables. (Avant que Jack n'ait pu réagir, il fit une de ses drôles de petites courbettes.) Veuillez m'excuser. J'ai d'autres personnes à voir avant la fin de la soirée.

Des effets secondaires indésirables ? Que diable voulait-il dire par là ?

Jack erra dans la pièce et croisa Gia, mais elle détourna les yeux. Finalement, ce qui devait arriver arriva : il tomba sur Nellie Patton. Le sourire de la vieille dame cachait mal sa douleur. Soudain, il se sentit ridicule dans son smoking démodé. Cette femme lui avait demandé de retrouver sa sœur disparue, et le voilà qui paradait dans les salons, vêtu comme un gigolo.

Après quelques formules de politesse, elle dit à voix basse :

— Gia me dit que vous n'avancez guère.

— Je fais de mon mieux. Si seulement j'avais davantage d'indices ! Je sais ce que…

— Je n'en doute pas, mon cher, fit Nellie en lui tapotant la main. Vous avez été franc avec moi : vous ne m'avez pas fait de promesses inconsidérées et m'avez avertie que vous ne pourriez pas forcément en faire davantage que la police. Mais je veux juste être sûre que quelqu'un est toujours à sa recherche.

— C'est le cas. (Il étendit les bras.) On ne le dirait pas, mais je suis sur les dents.

— Oh, je vous en prie ! fit-elle en souriant. Tout le monde a droit à quelques vacances. Et vous êtes certainement bien accompagné pour cela.

Jack se tourna dans la direction qu'indiquait Nellie et remarqua Kolabati qui s'approchait de lui. Il présenta les deux femmes l'une à l'autre.

— Oh, j'ai déjà rencontré votre frère, dit Nellie. Un charmant jeune homme.

— Lorsqu'il le veut bien, oui. Au fait, l'un d'entre vous l'a-t-il croisé récemment ?

— Je l'ai vu sortir il n'y a pas plus de quelques minutes, répondit Nellie.

Kolabati chuchota un mot sec. Jack ne parlait pas hindou, mais savait reconnaître un juron, quel que soit le langage dans lequel il était proféré.

— Il y a un problème ?

Elle lui sourit, mais d'un geste mécanique.

— Pas du tout. J'avais juste une question à lui poser avant qu'il ne s'en aille.

— En parlant de s'en aller, renchérit Nellie, c'est une bonne idée. Je vais chercher Gia.

Et la vieille dame… s'en alla.

— En effet, fit Jack. As-tu eu ta dose de diplomatie pour la soirée ?

— Pour plus d'une soirée.

— Où allons-nous ?

— Chez toi ? A moins que tu n'aies une meilleure idée ?

Non, Jack n'avait rien de mieux à lui proposer.

11

Kolabati s'était creusé la tête toute la soirée pour chercher un moyen d'aborder le sujet avec Jack. Il fallait qu'elle découvre pourquoi il l'avait questionnée sur cette herbe de durba ! Où en avait-il entendu parler ? En avait-il à sa disposition ? Il fallait qu'elle sache !

Elle décida de lui poser carrément la question. A peine étaient-ils entrés dans son appartement qu'elle lui demanda :

— Où est cette herbe de durba ?

— J'en ai pas, répondit Jack, qui accrochait sa veste à queue-de-pie sur un cintre.

Kolabati examina le salon. Il n'y avait pas le moindre pot où il aurait pu la cultiver.

— Tu dois bien en avoir ?

— Non, je t'assure.

— Alors pourquoi est-ce que tu m'en as parlé au téléphone ?

— Je t'ai dit…

Elle commençait à comprendre qu'elle aurait du mal à lui arracher une vraie réponse. Mais il fallait qu'elle sache.

— Dis-moi la vérité, Jack. C'est très important pour moi.

Il la fit attendre le temps de retirer sa cravate et déboutonner son col. Il semblait heureux d'en être débarrassé. Il la regarda dans les yeux. Un instant, elle crut qu'il allait enfin lui dire la vérité. Mais il répondit à sa question par une autre question :

— Pourquoi tiens-tu tant à le savoir ?

— Réponds-moi, Jack.

— Pourquoi est-ce si important ?

Elle se mordit la lèvre. Il fallait bien qu'elle lui dise quelque chose.

— Si on la prépare d'une certaine manière, elle peut être… dangereuse.

— Comment ça ?

— Je t'en prie, Jack. Dis-moi ce que tu as et je verrai s'il y a matière à s'inquiéter.

— Ton frère m'a conseillé de faire attention, lui aussi.

— Vraiment ? Qu'a-t-il dit ?

Elle avait du mal à croire que Kusum puisse être impliqué dans tout cela. Et pourtant, il fallait bien se rendre à l'évidence.

— Il a mentionné des effets secondaires « indésirables », mais n'a pas donné plus de précisions. J'espérais que tu…

— *Jack !* A quoi joues-tu ?

Elle s'inquiétait vraiment, sincèrement pour lui. Elle avait *peur* pour lui. Peut-être finirait-il par le comprendre. Il la regarda, puis haussa les épaules.

— Bon, bon.

Il se dirigea vers une immense armoire victorienne, ouvrit un tiroir caché au milieu des gravures ornementales et en tira un petit flacon, qu'il apporta à Kolabati. Instinctivement, elle tendit la main. Jack la repoussa en secouant la tête et déboucha le flacon.

— Sens-moi ça, d'abord.

Il le tint sous son nez. A peine eut-elle inspiré que Kolabati crut qu'elle allait se trouver mal. *L'élixir des rakoshi !* Elle tenta de s'emparer du flacon, mais Jack la prit de vitesse et le tint hors de portée. Il fallait qu'elle le lui prenne !

— Donne-le-moi, Jack, dit-elle d'une voix tremblante de terreur.

— Pourquoi ?

Kolabati inspira profondément et se mit à faire les cent pas dans le salon. *Vite ! Trouve quelque chose !*

— Qui te l'a donné ? Et je t'en prie, ne me demande pas pourquoi. Réponds-moi.

— Très bien. La réponse est : personne.

Elle le dévisagea d'un regard furibond.

— Bon, je pose la question différemment : où l'as-tu trouvé ?

— Dans le tiroir de la coiffeuse d'une vieille dame qui a disparu entre lundi soir et mardi matin et, depuis, n'a pas donné signe de vie.

Ainsi, cet élixir ne visait pas Jack ! S'il était entré en sa possession, c'était par pur hasard. Elle se détendit quelque peu.

— Tu en as bu ?

— Non.

Cela ne rimait à rien. Un rakosh était là hier soir, elle en était sûre et certaine, et c'était forcément l'élixir qui l'avait attiré. Elle frissonna en pensant à ce qui aurait pu se passer si Jack était resté seul.

— Si. C'est obligé.

Jack fronça les sourcils.

— Oh, oui… Je l'ai goûté du bout de la langue. Rien de plus.

Elle se rapprocha de lui. Un étau enserrait son cœur.

— Quand ?

— Hier.

— Et aujourd'hui ?

— Non. Ce n'est pas un jus de fruits.

Oh, quel soulagement !

— Tu ne dois pas en boire ne serait-ce qu'une goutte. Ni toi ni quelqu'un d'autre.

— Pourquoi ?

— Jette-le dans les toilettes ! Dans un égout ! Fais-en ce que tu veux, mais il ne doit plus pénétrer dans ton système !

— Mais qu'est-ce que c'est que ce truc ?

Jack commençait à s'énerver. Kolabati savait néanmoins qu'elle ne pouvait pas lui dire la vérité. Il l'aurait prise pour une folle.

— C'est un poison mortel, fit-elle sans réfléchir. Heureusement que tu n'en as pris qu'une toute petite quantité, sinon…

Il brandit le flacon d'un poing rageur.

— C'est faux ! Je l'ai fait analyser pas plus tard qu'hier. Il ne contient pas la moindre toxine.

Kolabati se maudit intérieurement : elle aurait dû s'en douter. Sinon, comment pouvait-il savoir qu'il contenait de l'herbe de durba ?

— Il est bien toxique, mais d'une autre façon, improvisa-t-elle tout en sachant qu'elle ne faisait que s'enferrer davantage, qu'il ne la croirait jamais.

Si seulement elle avait les dons de Kusum pour mentir avec une aisance déconcertante ! Des larmes de frustration lui montèrent aux yeux.

— Oh, Jack, je t'en prie, écoute-moi ! Je ne veux pas qu'il t'arrive quoi que ce soit ! Fais-moi confiance !

— Je te ferai confiance si tu m'expliques ce qui se passe. J'ai trouvé ce flacon parmi les affaires d'une femme mystérieusement disparue ; maintenant, tu me dis que le produit qu'il contient est dangereux, mais tu refuses de préciser en quoi. Que suis-je censé en déduire ?

— Je ne sais pas ! Tout ce que je peux te dire, c'est qu'un sort terrible attend celui qui boira cette mixture !

— Vraiment ?

Jack regarda le flacon, puis Kolabati.

Crois-moi ! Je t'en prie, crois-moi !

Soudain, il porta le flacon à ses lèvres.

— *Non !* s'écria Kolabati en se précipitant vers lui.

Trop tard. Elle vit descendre sa pomme d'Adam. Il avait tout avalé.

— *Espèce d'idiot !*

Elle était furieuse contre elle-même. C'était elle l'idiote. Si elle avait eu un peu plus de jugeote, elle aurait compris que Jack réagirait forcément de cette façon. C'était l'homme le plus têtu qu'elle ait jamais rencontré, elle le savait. S'imaginait-elle vraiment qu'il lui rendrait l'élixir bien gentiment sans poser de questions ? Pourtant, elle commençait à le connaître. C'était cette qualité même qui lui plaisait tant qui allait causer sa perte.

Car il lui plaisait, pas de doute. En le voyant avaler le liquide, elle avait réalisé – à sa grande surprise – l'intensité de ce qu'elle ressentait pour lui. Elle avait eu de nombreux amants, tant en Europe qu'au Bengale ou à Washington. Mais Jack était différent. Avec lui, elle se sentait… complète. Il y avait en lui une sorte de… pureté – était-ce vraiment le bon terme ? – qui le distinguait de tous les autres. Et elle voulait se l'approprier. Elle voulait qu'il reste avec elle, qu'il lui appartienne.

Mais pour cela, il fallait qu'il survive à cette nuit.

12

J'ai prêté serment... Je dois tenir parole... J'ai prêté serment…

Kusum se répétait mentalement ces mots en une litanie sans fin.

Il se tenait assis dans sa cabine, le *Gita* ouvert sur ses genoux, mais il avait cessé de lire. Le vaisseau tanguait doucement au bout de ses amarres. Tout était silencieux, sinon les bruissements et craquements habituels propres à tous les navires. Mais il ne les entendait plus. Ses pensées déferlaient dans son esprit comme un torrent furieux. Cette femme qu'il avait rencontrée ce soir, cette Nellie Patton. Il connaissait son nom de jeune fille : Westphalen. C'était une vieille dame gentille et inoffensive qui adorait le chocolat et qui s'inquiétait pour sa sœur disparue, ignorant qu'elle ne pouvait plus rien faire pour elle et que la descendante des Westphalen qu'elle était devrait plutôt se soucier de son propre destin. Car ses jours étaient comptés. Ses *heures*, même.

Et cette femme blonde qui n'était pas une Westphalen, mais en avait engendré une. La mère d'une petite fille qui, bientôt, serait la dernière de la lignée. Un enfant innocent qui devrait périr à son tour.

Aurais-je perdu la raison ?

Il frissonna en pensant au chemin sur lequel il s'était embarqué et aux ravages qu'il avait déjà provoqués. Et il était encore loin de la conclusion.

Richard Westphalen avait été le premier. Il l'avait livré aux rakoshi durant son séjour à Londres. Il se souvenait de ce cher Richard, de ses yeux écarquillés par la terreur, de ses pleurs, de ses gémissements et de ses suppliques alors qu'il se traînait devant les rakoshi. Il avait répondu à toutes ses questions, lui disant où Kusum pourrait trouver ses tantes et sa fille. Richard Westphalen s'était abaissé jusqu'à proposer de tout lui donner, y compris celui qui occupait actuellement son rang, si Kusum épargnait sa misérable existence.

La mort de Richard Westphalen n'eut rien d'honorable, et son karma porterait cette souillure durant bien des réincarnations.

Kusum s'était étonné du plaisir avec lequel il avait livré Richard Westphalen aux rakoshi. Il faisait ce qu'il avait à faire et n'était pas censé en retirer de satisfactions particulières. Mais à l'époque, il s'était dit que si tous les descendants des Westphalen étaient aussi abominables que Richard, il rendrait un service à l'humanité en la débarrassant de cette pitoyable engeance.

Mais comme il avait pu le constater, ce n'était pas le cas. Grace Westphalen, aussi âgée fût-elle, était d'une autre trempe. Elle avait fait preuve de bravoure avant de s'évanouir. C'est ainsi que Kusum la livra aux rakoshi : avant qu'elle n'ait repris conscience.

Mais pour Kusum, Richard et Grace étaient des étrangers. Avant le sacrifice, il ne les avait vus que de loin. Il avait enquêté sur leurs habitudes et étudié leur vie quotidienne, mais il ne s'en était jamais approché et ne leur avait même pas adressé la parole.

Ce soir, il s'était tenu en face de Nellie Patton, et ils avaient discuté les mérites des chocolats anglais. Il l'avait trouvée douce, agréable et ingénue. Et pourtant, il devait orchestrer sa mort.

Kusum frotta son poing sur ses yeux et se força à penser aux perles qu'il avait vues autour de son cou, aux bijoux passés à ses doigts, à sa demeure luxueuse, à sa fortune, à tout ce qu'elle avait acquis aux dépens de sa famille à lui. Peu importe qu'elle ignore la véritable origine de sa richesse.

Il avait prêté serment…

Et pour purifier son karma, il devait tenir parole. Malgré ses défaillances, il pouvait tout arranger en restant fidèle à son premier vœu, son *vrata*. Ce soir-là, la Déesse avait chuchoté à son oreille. Kali lui avait montré le chemin à suivre.

Kusum se demanda à quel prix les autres – et bientôt lui-même – avaient purifié leur karma. Si le sien avait été souillé, il ne pouvait s'en prendre qu'à lui-même. C'était de son propre chef qu'il avait fait le vœu de *brahmacharya* et, durant des années, il l'avait respecté, vivant dans la chasteté et l'abstinence. Jusqu'à ce que…

Son esprit rechignait à évoquer ce jour où il avait renoncé à son existence de *brahmachari*. Toute vie était forcément entachée de péchés – des *patakas*. Mais il avait commis un *mahapataka* et, ce faisant, avait gravement souillé son karma. C'était un terrible accroc dans sa quête du moksha, sa libération de la roue karmique. Cela signifiait qu'il connaîtrait bien des souffrances avant de renaître sous les traits d'un homme maléfique d'une caste inférieure. Car il avait trahi son vœu de brahmacharya de la plus abominable des façons.

Mais il n'oublierait pas le vrata de son père : bien que le crime se soit déroulé un siècle plus tôt, les descendants d'Albert Westphalen devraient le payer de leur vie. Et désormais, il n'en restait plus que deux.

Un nouveau bruit s'ajouta aux autres : la Mère grattait la trappe. Elle avait flairé la Trace et voulait se mettre en chasse.

Il se leva, mais s'arrêta devant la porte de sa cabine. Que devait-il faire ? Il savait que Nellie Patton avait reçu les chocolats. Avant de quitter Londres, il avait injecté quelques gouttes d'élixir de rakoshi dans chacun d'entre eux, puis les avait laissés dans leur emballage et les avait confiés à une des secrétaires de l'ambassade. Celle-ci avait pour consigne d'attendre son feu vert ; elle n'aurait alors plus qu'à les mettre à la poste. Et maintenant, ils étaient arrivés à destination. Tout se passait à merveille.

Mais il y avait le cas de Jack.

De toute évidence, celui-ci connaissait les Westphalen. C'était une coïncidence étonnante, mais qui l'était moins si on considérait que tous deux, Kusum comme les Westphalen, avaient fait la connaissance de Jack par l'intermédiaire de Burkes. Et Jack était entré en possession d'un peu de cet élixir qu'il avait adressé à Grace Westphalen la semaine dernière. Etait-ce par hasard que Jack avait pris ce flacon en particulier comme cible de son enquête ? Connaissant Jack, il en doutait fort.

Jack le Réparateur représentait un grand risque pour Kusum : son intuition étonnante et ses capacités à infliger des violences physiques faisaient de lui un homme excessivement dangereux. Mais malgré cela, Kusum ne voulait pas qu'il lui arrive quelque chose.

Jack lui avait ramené le collier à temps : il restait son débiteur. De plus, Jack était un spécimen trop rare dans cet Occident corrompu, et Kusum refusait de précipiter leur extinction. Finalement, il ressentait une certaine affinité avec cet homme. Il sentait que Jack le Réparateur était probablement un étranger dans son propre pays, tout comme Kusum lui-même. Certes, le cercle de ses partisans ne cessait de s'agrandir et, maintenant, s'étendait aux sphères les plus élevées du corps diplomatique hindou, mais dans son cœur, il restait un exilé. Car il ne serait jamais un membre de cette « nouvelle » Inde.

Une « nouvelle » Inde ! Une fois qu'il aurait tenu son serment, il rentrerait chez lui avec ses rakoshi. Et là, il entamerait sa nouvelle tâche : détruire cette « nouvelle » Inde et ramener le pays à son héritage.

Il avait tout le temps du monde.

Et il avait les rakoshi.

Les grattements se firent plus insistants. Il faudrait bien qu'il lâche la Mère. Il pouvait juste prier pour que Nellie Patton ait mangé un des chocolats et que ce soit bien elle la cible de la Mère et de son jeune. Jack détenait le flacon d'élixir, et Kusum était sûr qu'il y avait goûté – or une simple goutte, aussi infime soit-elle, suffisait à attirer un rakosh. Jack n'avait aucune raison de reprendre une seconde fois de l'élixir. Ce devait donc être Mme Patton qui était vouée à la Traque.

C'est avec une impatience croissante qu'il descendit libérer la Mère et son jeune.

13

Jack était assis sur le canapé et Kolabati allongée sur ses genoux, drapée dans ses cheveux noirs. Un remake de la nuit précédente, sauf que cette fois-ci, ils n'étaient pas arrivés jusqu'à la chambre.

Après la terreur qu'avait ressentie Kolabati en le voyant avaler le liquide, Jack avait attendu sa réaction. C'était une mesure quelque peu extrême, mais cela faisait trop longtemps qu'ils tournaient autour du pot. Maintenant, peut-être daignerait-elle lui répondre.

Mais elle n'avait rien dit. A la place, elle avait entrepris de le déshabiller. Lorsqu'il voulut protester, elle effectua quelques manipulations avec ses ongles qui lui firent totalement oublier ses questions concernant un mystérieux liquide.

Plus tard. Et au bout d'un instant, plus rien n'eut d'importance.

Maintenant, Jack se laissait flotter sur un fleuve de sensations sans savoir où le flux l'emportait et sans trop s'en soucier. Il avait d'abord tenté de prendre la barre, mais les courants et les obstacles étaient si nombreux et si variés qu'il y avait vite renoncé : apparemment, Kolabati connaissait le chemin bien mieux que lui et pouvait l'emmener là où elle le désirait. La nuit dernière, ils s'étaient aventurés sur des territoires inconnus et, ce soir, ils étaient repartis pour de nouvelles aventures. Mais il ne demandait qu'à découvrir de nouvelles frontières et même à les repousser. Pourvu qu'il puisse rester à flot jusqu'au bout de l'excursion.

Kolabati venait de l'entraîner sur un nouveau chemin lorsqu'il perçut à nouveau cette drôle d'odeur. Ce n'était qu'une bouffée, mais assez pugnace pour qu'il reconnaisse le relent de la veille au soir.

Si Kolabati l'avait remarquée, elle aussi, elle n'en laissa rien paraître. Mais elle se mit à genoux et s'installa sur lui avec un petit soupir. Tout en le chevauchant, elle pressa ses lèvres sur les siennes. C'était la position la plus conventionnelle qu'ils aient prise de toute la nuit. Jack synchronisa son rythme avec celui de la jeune femme, mais il sentit en elle une tension nouvelle, tout comme hier soir, lorsque cette odeur étrange avait envahi son appartement. Ce qui tempéra quelque peu ses ardeurs.

Et ce relent… Il devenait de plus en plus fort, jusqu'à imprégner l'air comme un nuage toxique. Il semblait provenir du salon. Jack leva les yeux du cou de Kolabati, qu'il ne cessait d'embrasser au-dessus de son collier. Il put alors regarder par-dessus son épaule vers la pièce plongée dans l'obscurité, mais ne vit rien, rien de…

Il entendit un bruit.

Ce n'était qu'un déclic, comme celui que faisait parfois l'air conditionné. Mais différent. Plus fort. Un peu plus consistant. Assez pour l'alarmer. Qu'est-ce qui…

C'est alors qu'apparurent deux paires d'yeux jaunes brillant dans l'obscurité. Juste derrière la fenêtre du salon.

Certainement un effet de lumière. Il plissa les yeux pour mieux voir, mais les quatre points jaunes restèrent là où ils se trouvaient. Ou plutôt, ils étaient en mouvement, comme s'ils cherchaient quelque chose. Un instant, l'une des deux paires se posa sur Jack. Un doigt glacial caressa la paroi interne de son cœur. Ces orbes jaunes luisants… il avait l'impression de regarder l'essence même du mal. Il sentit qu'il se recroquevillait en Kolabati. Son instinct lui hurlait de la repousser, de se précipiter sur son vieux secrétaire, de se munir de toutes les armes qui dormaient derrière le panneau de bois et d'ouvrir le feu jusqu'à transformer la fenêtre en puzzle chinois.

Mais il ne pouvait pas bouger. Il était paralysé de terreur, une terreur telle qu'il n'en avait jamais ressenti, qui l'étreignait dans un poing de glace et le clouait au lit. Ces yeux ne ressemblaient à rien de connu, et irradiaient une malveillance inimaginable.

Kolabati ne s'était aperçue de rien – elle ne pouvait pas les avoir repérés. Elle le regarda.

— Que vois-tu ?

Ses yeux à elle étaient grands ouverts et sa voix à peine audible.

— Des yeux, souffla Jack. Des yeux jaunes. Deux paires.

Elle eut un hoquet de surprise.

— Dans le salon ?

— Derrière la fenêtre.

— Ne bouge pas. Ne parle pas.

— Mais…

— Je t'en prie, Jack ! Nos vies en dépendent !

Il obtempéra donc. Il scruta le visage de Kolabati en cherchant à décrypter ses émotions. Il lut la peur qu'elle aussi devait ressentir, mais tout le reste était hors d'atteinte. Pourquoi n'avait-elle pas témoigné la moindre surprise lorsqu'il lui avait dit que des yeux les fixaient de l'autre côté d'une fenêtre située au troisième étage et dépourvue d'échelle de secours ?

Il regarda à nouveau par-dessus son épaule. Les yeux jaunes étaient toujours là, et ils cherchaient toujours quelque chose… Mais quoi ? Ils paraissaient troublés et ne semblaient pas le voir. Leurs regards glissaient sur lui, ou autour de lui.

C'est dingue ! Qu'est-ce que je fous là ?

Il se reprochait amèrement de céder si vite à la peur de l'inconnu. Ce n'était qu'un animal qui se trouvait là dehors, ou plutôt deux animaux. Rien qu'il ne puisse maîtriser.

Alors qu'il soulevait Kolabati, elle eut un petit cri. Elle passa ses bras autour de son cou et l'enserra comme dans un étau en plongeant ses genoux contre ses hanches.

— Ne bouge pas ! murmura-t-elle avec l'énergie du désespoir.

— Laisse-moi.

Il tenta d'échapper à son étreinte, mais elle se tordit et roula sur elle-même pour qu'il la chevauche à son tour. Sans la terreur qui déformait ses traits, la situation eût été presque comique.

— Ne me laisse pas !

— Je veux voir ce qu'il y a là dehors.

— Non ! Si tu tiens à la vie, reste où tu es !

Tout cela finissait par ressembler à une scène d'un mauvais film.

— Oh, arrête ! Que veux-tu que ce soit ?

— Il vaut mieux que tu ne le saches jamais.

Là, c'était la goutte qui faisait déborder le vase. Il entreprit de se dépêtrer doucement, mais fermement de Kolabati. Celle-ci ne cessa de protester et refusa de lâcher son cou. Etait-elle devenue folle ou quoi ?

Il réussit enfin à poser ses pieds sur le sol, mais la jeune femme refusait de le lâcher, et il dut l'entraîner avec lui au salon.

Les yeux avaient disparu.

Jack se dirigea vers la vitre. Rien. Et rien dans la ruelle en contrebas. Il se tourna vers Kolabati.

— Qu'est-ce qu'il y avait là dehors ?

Elle eut une expression d'innocence absolument adorable.

— Tu l'as vu par toi-même : rien.

Elle le relâcha et se dirigea vers l'avant du vestibule sans remarquer sa nudité. Jack admira la courbe de ses reins soulignée par la pénombre. Il s'était passé quelque chose, et Kolabati savait de quoi il s'agissait. Mais comment pouvait-il la forcer à parler ? Il n'avait rien pu en tirer à propos du flacon de Grace, et maintenant, un mystère plus vaste encore se présentait à lui.

— Pourquoi avais-tu si peur ? demanda-t-il en lui emboîtant le pas.

— Je n'avais pas peur.

Elle trouva sa culotte et l'enfila.

— « Si tu tiens à la vie », fit Jack, répétant ses mots à elle. Tu étais terrifiée ! Mais pourquoi ?

— Jack, dit-elle d'une voix qu'elle aurait souhaitée

désinvolte, je t'aime beaucoup, mais parfois, tu es vraiment obtus. Ce n'était qu'un jeu !

Jack comprit qu'il était inutile d'insister : elle ne lui dirait rien. Il la regarda alors qu'elle finissait de s'habiller – ce qui fut rapide : elle ne portait pas grand-chose – avec un sentiment de déjà-vu. N'était-ce pas une réédition de la scène d'hier soir ?

— Tu t'en vas ?

— Oui. Il le faut.

— Chez ton frère ?

Elle se tourna vers lui.

— Comment le sais-tu ?

— Oh, j'ai dit ça comme ça.

Kolabati vint passer ses bras autour de son cou.

— Désolée de m'enfuir comme ça, dit-elle avant de l'embrasser. Peut-on se revoir demain ?

— Je dois m'absenter.

— Alors lundi ?

Il se retint d'acquiescer.

— Je ne sais pas. Cela commence à devenir une routine : on vient ici, on fait l'amour, une drôle d'odeur rentre dans la pièce, tu te cramponnes à moi comme si ta vie en dépendait, l'odeur se dissipe, tu t'en vas.

Kolabati l'embrassa à nouveau, et Jack se sentit répondre à son étreinte. Cette Hindoue savait mettre les hommes dans sa poche.

— Cela ne se reproduira pas. Je te le promets.

— Comment peux-tu en être si certaine ?

— Crois-moi sur parole, déclara-t-elle avec un sourire énigmatique.

Jack la fit sortir, puis boucla la porte derrière elle. Sans prendre la peine de se rhabiller, il alla se tenir devant la fenêtre du salon et scruta les ténèbres. Il arrivait à peine à distinguer la plage sur le mur d'en face. Pas un mouvement, pas d'yeux luisant dans la nuit. Il n'était pas fou et ne se droguait pas. Quelque chose –

une paire de quelque chose – s'était tenu de l'autre côté de cette même vitre. Quatre yeux jaunes avaient examiné la pièce. Ils avaient quelque chose de familier, mais il n'arrivait pas à établir une connexion. Il se sentait intrigué, mal à l'aise, et très en colère. Mais que pouvait-il bien faire ? Elle était partie.

Il passa dans la cuisine pour se servir une bière. En cours de route, il jeta un coup d'œil à l'étagère où il avait reposé le flacon de Grace.

Il avait disparu.

14

Kolabati partit au pas de course vers Central Park West. C'était un district résidentiel, avec des arbres sur les trottoirs et des voitures garées de chaque côté des rues. Dans la journée, ce secteur était très agréable, mais de nuit, il y avait beaucoup trop de poches d'ombre, trop de cachettes possibles. Elle ne redoutait pas les rakoshi – du moins pas tant qu'elle portait son collier –, mais des prédateurs bien humains. Et elle avait de bonnes raisons pour cela : il suffisait de voir ce qui s'était passé mercredi soir, après qu'un truand de bas étage avait pris un collier de fer et de topaze pour un bijou précieux.

En atteignant Central Park West, elle se détendit quelque peu. Malgré l'heure tardive, il y avait encore pas mal de trafic, et les réverbères qui dominaient la rue semblaient faire luire l'air lui-même. Elle vit défiler les taxis libres, mais ne chercha pas à les arrêter. Elle avait quelque chose à faire avant.

Elle arpenta le trottoir jusqu'à ce qu'elle trouve une bouche d'égout. Elle tira alors de son sac le flacon d'élixir de rakoshi. Elle regrettait d'avoir dû le voler à

Jack, et il faudrait qu'elle concocte une explication plausible pour plus tard. Mais seule importait sa sécurité, et pour s'en assurer, elle le dépouillerait de sa chemise s'il le fallait.

Elle dévissa le bouchon et vida la mixture verte dans les égouts, jusqu'à la dernière goutte.

Elle eut un soupir de soulagement. Jack était sauvé. Il ne serait plus la cible des rakoshi.

Elle sentit une présence derrière elle et se retourna. Une dame entre deux âges se tenait là, à quelques mètres, et la regardait se pencher sur la bouche d'égout. De quoi se mêlait cette vieille peau ? Ses rides et sa posture courbée la répugnaient. Jamais elle ne deviendrait aussi âgée.

En se redressant, elle referma le flacon et le remit dans son sac. Elle le gardait pour Kusum.

Oui, mon frère adoré, pensa-t-elle avec détermination, *je sais que tu es impliqué là-dedans, même si j'ignore de quelle façon. Et bientôt, très bientôt, j'aurai la réponse à toutes mes questions.*

15

Kusum se tenait dans la salle des machines, à la proue du navire, et chaque fibre de son corps vibrait au rythme des énormes diesels. La pulsation sourde des deux moteurs capables de développer trois mille chevaux martelait ses tympans. Il aurait pu torturer un homme là, dans les entrailles du navire, et personne ne l'aurait entendu, même si un groupe de policiers se trouvait sur le pont, juste au-dessus ; et d'ailleurs, si ces machines tournaient à fond, lui-même n'aurait rien entendu.

Les entrailles du navire… C'était bien le mot. Les

tuyaux qui sillonnaient la salle évoquaient des tubes organiques ; ils couraient sur le plafond, les cloisons, sous les passerelles, à la verticale, à l'horizontale, en diagonale.

Les moteurs étaient chauds. Il était temps d'appeler l'équipage.

La douzaine de rakoshi qu'il avait sélectionnés pour cette tâche s'étaient montrés bons élèves, mais ils devaient être fin prêts, au cas où il faille prendre la mer au débotté. Avec un peu de chance, cela ne serait pas nécessaire, mais les événements de ces derniers jours lui avaient ouvert les yeux : tout était encore possible. Et cette nuit, son malaise s'était renforcé.

Lorsqu'il quitta la salle des machines, il était d'humeur morose. Une fois de plus, la Mère et son jeune étaient revenus les mains vides. Il n'y avait qu'une seule explication possible : Jack avait à nouveau pris de l'élixir et, une fois de plus, Kolabati était là pour le protéger… De son corps.

Cette idée l'emplissait de désespoir. Kolabati était en train de se détruire elle-même. Elle avait passé trop de temps en compagnie d'Occidentaux. Elle avait adopté leur mode vestimentaire, mais quelles autres sales habitudes avait-elle encore ramassées ? Il fallait qu'il trouve un moyen de la sauver d'elle-même.

Mais pas ce soir. Il avait d'autres préoccupations. Il avait dit ses prières et effectué une offrande d'eau et de sésame, comme il le faisait trois fois par jour… Mais pour cette nuit, il préparait un autre sacrifice voué à la Déesse, un qui serait certainement plus à son goût. Maintenant, il était prêt à se mettre sérieusement au travail. Ce soir, les rakoshi passeraient à l'action.

Kusum prit son fouet, qu'il avait laissé sur le pont, et frappa de la poignée sur la trappe s'ouvrant sur la première cale. La Mère et les jeunes qui constitueraient l'équipage l'attendaient de l'autre côté. Le bruit du moteur était un signal : ils devaient se tenir prêts. Il relâcha donc les rakoshi. Alors que leurs silhouettes sombres et trapues montaient les marches menant au pont, il referma la trappe et se dirigea vers la cabine de pilotage.

Kusum regarda ses instruments de bord. Les multiples témoins montrant des graphiques scintillants et des batteries lumineuses évoquaient plus un vaisseau spatial qu'un bateau, surtout un vieux rafiot comme celui-ci. Mais Kusum s'y était habitué. Durant son séjour à Londres, il avait fait informatiser la plupart des fonctions du navire, y compris la navigation et la barre. Une fois en mer, il n'avait qu'à choisir une destination et programmer l'ordinateur, puis il n'aurait plus à s'en occuper. L'engin sélectionnerait le meilleur trajet selon les voies de navigation en vigueur et mènerait le navire jusqu'à une distance de cent kilomètres de sa destination finale. Jusque-là, il ne dérangerait pas Kusum, sinon dans l'éventualité où d'autres bateaux s'approcheraient un peu trop près.

Et tout cela fonctionnait à merveille. Il avait testé le système durant le voyage d'arrivée – avec tout un équipage pour le seconder en cas de défaillance et les rakoshi rassemblés dans une remorque – et il n'y avait pas eu la moindre anicroche.

Mais ce système ne fonctionnait qu'une fois en pleine mer. Ce n'était pas l'ordinateur qui allait le faire sortir du port de New York ; Kusum devrait faire l'essentiel du travail lui-même – et sans remorqueur ni pilote. C'était illégal, bien sûr, mais il ne pouvait courir le risque de faire monter qui que ce soit à bord, même un des pilotes du port. Il était sûr que, s'il calculait bien son affaire, il pouvait atteindre les eaux internationales avant qu'on ait pu l'arrêter. Mais si les gardes-côtes ou les contrôleurs du port tentaient d'aborder le bateau, eh bien, le comité d'accueil était tout prêt à les recevoir.

Ces exercices étaient très importants ; ils le rassuraient. Si quelque chose tournait mal, si quelqu'un découvrait sa cargaison, il voulait se savoir capable de fuir séance tenante. C'est pourquoi il pratiquait des répétitions générales : pour être sûr que les rakoshi n'avaient rien oublié.

La rivière était sombre et paisible, le quai désert. Tout était au point pour la répétition de ce soir. A son signal, les rakoshi se jetèrent sur les câbles d'amarrage pour les dénouer. Ils étaient agiles et infatigables. Ils pouvaient sauter sur le quai sans déployer la passerelle, retirer les cordes des bittes d'amarrage, puis les ramener sur le pont. Et si l'un d'entre eux tombait à la mer par accident, ce n'était pas bien grave : ils étaient aussi à l'aise dans l'eau que sur la terre ferme. Après tout, lorsqu'on avait détaché leur barge au large de Staten Island, ils avaient suivi le bateau à la nage et n'étaient montés à bord qu'après le passage des douaniers.

La Mère vint se tenir au milieu de la trappe principale. C'était le signe convenu pour montrer que toutes les amarres étaient larguées. Kusum mit les machines en marche arrière, et la force des deux hélices arracha la proue au quai. L'ordinateur assistait Kusum en lui désignant des corrections mineures, mais il était seul maître du navire. Avec un cargo plus grand, une telle manœuvre eût été impossible ; mais celui-ci, pareillement équipé et piloté par Kusum, en était capable. Ces derniers mois, Kusum avait fait de nombreuses tentatives et s'était plus d'une fois heurté au quai, sans compter un ou deux moments d'épouvante où il crut avoir totalement perdu le contrôle du navire ; mais maintenant, à force d'entraînement, il aurait effectué cette manœuvre les yeux fermés.

Le bateau partit dans la direction générale du New Jersey, s'éloignant peu à peu du quai. Kusum coupa les gaz de l'un des moteurs pour faire pivoter le navire, pointant sa proue vers le sud. Kusum avait eu bien du mal à trouver le bateau qui lui convenait : rares étaient les cargos de ce gabarit disposant d'hélices jumelles. Mais sa patience avait été récompensée : celui-ci pouvait tourner sur lui-même selon un angle de trois cent soixante degrés.

Lorsque la proue fut pointée vers Battery, Kusum mit les moteurs au point mort. S'il voulait quitter enfin ce pays, il n'aurait qu'à mettre les gaz à fond pour se diriger vers la passe et, au-delà, l'océan Atlantique. Oh, comme il aurait aimé s'en aller ainsi ! Mais il devait rester jusqu'à ce que sa tâche soit accomplie. A contrecœur, il fit culbuter les gaz sur le moteur de tribord et celui de bâbord en sens inverse. La proue du navire pointa à nouveau vers le quai, puis, en jouant des deux moteurs, il inséra le bateau dans son emplacement. Il fit clignoter deux fois les feux de position, signalant aux rakoshi de remettre les amarres en place.

Kusum se permit un sourire de satisfaction. Ils étaient prêts, pas de doute. Ils ne tarderaient pas à quitter ce pays de perdition. Demain soir, Kusum ferait en sorte que les rakoshi ne rentrent pas les mains vides.

CHAPITRE SIX

Bengale-Occidental, Samedi 25 juillet 1857

Aujourd'hui, bien des hommes trouveraient la mort. Sir Westphalen n'en doutait pas un seul instant.

Et lui-même n'était pas sûr de compter parmi les survivants.

Perché sur sa corniche dominant le légendaire Temple-dans-les-collines et sa cour cachée derrière le mur qui en protégeait l'accès, il se demanda s'il avait une chance de réussir. Ce plan qui lui semblait si simple, si direct lorsqu'il l'avait conçu dans son bureau, lui paraissait bien aléatoire maintenant que les premières lueurs de l'aube éclairaient ces collines peu engageantes.

Alors qu'il regardait le temple dans ses jumelles, allongé sur le ventre, il sentait tambouriner son cœur contre sa cage thoracique. Comment pouvait-il espérer parvenir à ses fins ? Quel insondable désespoir pouvait bien avoir obscurci son jugement ? Voulait-il vraiment risquer sa vie pour préserver le nom de sa famille ?

Westphalen regarda ses hommes, qui vérifiaient leur équipement et leurs montures. Ce matin, avec leurs visages mal rasés, leurs uniformes froissés et maculés de boue, de sueur et de pluie, ils ne donnaient pas une bonne image des armées de Sa Majesté. Eux-mêmes ne semblaient pas s'en formaliser, ce qui n'avait rien pour le surprendre : il connaissait l'existence qui était la leur – parqués comme des bêtes dans des baraquements exigus, dormant sur des draps de toile qu'on ne changeait qu'une fois par mois, mangeant et se lavant dans les mêmes bassines de métal. La vie de soldat faisait d'eux des brutes et, lorsqu'il n'y avait pas d'ennemis à affronter, ils en étaient réduits à se battre entre eux. Et s'il y avait une chose qu'ils aimaient plus que la bagarre, c'était l'alcool ; et ce matin même, alors qu'ils auraient dû déjeuner solidement pour prendre des forces, ils préféraient se passer une bouteille de gnôle frelatée. Leurs visages ne reflétaient rien de sa propre inquiétude ; au contraire, ils semblaient attendre avec impatience le combat et le pillage qui s'ensuivrait.

Malgré la chaleur croissante du soleil, Westphalen ne put réprimer un frisson – conséquence d'une nuit blanche passée sous une avancée rocheuse pour se protéger de la pluie, ou tout simplement de peur ? Il avait eu son comptant d'angoisses tout le long de cette interminable nuit. Pendant que ses hommes dormaient à poings fermés, il était resté éveillé. Il pouvait presque sentir les créatures sauvages qui rôdaient dans les ténèbres au-delà du halo de leur feu. Parfois, il avait cru entrevoir des lueurs jaunes qui traversaient l'obscurité, comme des lucioles jumelles. Les chevaux devaient avoir flairé quelque chose, eux aussi, car ils étaient restés nerveux et agités toute la nuit.

Et maintenant, le jour se levait. Que devait-il faire ?

Il se tourna vers le temple et l'étudia à nouveau à travers ses jumelles. L'édifice était là, adossé à une falaise rocheuse, vaste et massif. Il trônait au cœur de cette cour qui s'étendait par-delà le mur, sans autres bâtiments mitoyens, si ce n'était une sorte de baraquement sur sa gauche. Le trait le plus étonnant du temple était encore sa noirceur – non pas la terne grisaille des murs obscurcis par le temps, mais un noir profond, fier et luisant comme si le bâtiment tout entier était fait d'onyx. Sa forme apparaissait tout aussi étrange, ramassée et compacte avec des angles arrondis. On aurait dit qu'on l'avait construit par couches successives, chaque strate semblant dégouliner sur celles qui l'avaient précédée. Les murs s'ornaient de frises et de silhouettes évoquant des gargouilles, mais de là où il se trouvait, Westphalen ne pouvait en apercevoir les détails. Couronnant le tout, un vaste obélisque tout aussi noir que le reste du bâtiment se dressait fièrement vers le ciel.

Westphalen se demanda comment il pourrait jamais rendre justice au Temple-dans-les-collines – à moins d'utiliser un daguerréotype ? Car aucune description écrite ou orale ne pourrait en retranscrire la terrifiante majesté. On aurait dit l'entrée d'un autre monde… Comme si quelqu'un avait planté un pieu dans un gigantesque bloc de réglisse et l'avait laissé fondre au soleil.

Sous ses yeux, la porte du mur s'ouvrit, laissant passer un homme plus petit que Jaggernath, mais vêtu d'un dhoti similaire. Il portait une grosse urne sur son épaule. Il se dirigea vers l'angle le plus éloigné du mur, vida l'urne de son contenu liquide, puis retourna dans le baraquement.

La porte resta grande ouverte.

Ce n'était plus le moment de tergiverser, et il n'allait certainement pas ordonner à ses hommes de rebrousser chemin. Westphalen avait l'impression d'avoir délogé un gigantesque rocher accroché au flanc d'une montagne ; s'il avait pu le guider au début, il avait désormais atteint une vitesse telle qu'il ne pouvait plus le contrôler.

Il descendit de son perchoir pour haranguer ses troupes :

— Nous allons avancer au galop, lances en batterie, en une double colonne. Tooke prendra la tête de la première et, après être entré dans la cour, contournera le temple par la gauche ; Russell commandera l'autre colonne qui attaquera sur la droite. Si vous ne rencontrez aucune résistance, vous descendrez de cheval, armerez vos fusils et vous tiendrez prêts à toute éventualité. Ensuite, vous fouillerez les lieux au cas où des ennemis s'y seraient cachés. Des questions ?

Les hommes secouèrent la tête. Ils étaient plus que prêts – en fait, ils espéraient bien en découdre. Il n'avait plus qu'à lâcher les chiens.

— A cheval ! lança Westphalen.

Ils approchèrent du temple en bon ordre. Les six lanciers ouvrirent la voie pendant qu'il assurait leurs arrières – position qui lui convenait fort bien. Ils s'en allèrent au petit trot jusqu'à ce qu'ils soient en vue du temple et partirent alors au galop, comme prévu.

Mais, tandis qu'ils se dirigeaient vers le mur, les hommes se mirent à pousser des grands cris et à s'échauffer les uns les autres. Ils baissèrent leurs lances, qu'ils bloquèrent sous leur bras en position de combat et se penchèrent sur l'encolure de leurs chevaux, les éperonnant jusqu'à les faire saigner.

On leur avait dit qu'une bande de sepoys rebelles s'étaient retranchés derrière ce mur ; les lanciers devaient se tenir prêts à en découdre dès qu'ils auraient franchi la porte. Seul Westphalen savait que, pour toute résistance, ils ne rencontreraient qu'une poignée de prêtres hindous surpris et inoffensifs.

C'était cette idée qui le poussait à avancer. *Tu n'as pas de raisons de t'inquiéter*, dit-il alors qu'ils s'approchaient du mur. *Il n'y a rien là-dedans, que des prêtres désarmés. Rien qui puisse présenter le moindre danger*.

En chemin, il entrevit les bas-reliefs qui décoraient le mur, mais il s'inquiétait trop de ce qu'ils pourraient découvrir au-delà pour enregistrer ce qu'ils représentaient. Il tira son sabre et chargea en compagnie des lanciers.

De l'autre côté de la porte, Westphalen vit trois prêtres qui se tenaient devant le temple. Apparemment, ils ne portaient pas d'armes. Ils coururent vers la troupe en agitant les mains, comme s'ils espéraient chasser les soldats comme des mouches inopportunes.

Les lanciers n'eurent pas une hésitation. Trois d'entre eux foncèrent vers les prêtres et les embrochèrent sur leurs lances. Puis ils firent le tour du temple pour venir s'arrêter devant son entrée, où ils mirent pied à terre. Ils jetèrent leurs lances et tirèrent les Enfield de leurs étuis de selle.

Westphalen, lui, resta sur son cheval. Cela faisait de lui une cible facile, il le savait et n'appréciait guère cet état de fait, mais il se sentait plus en sécurité en selle, où il pourrait s'enfuir au triple galop s'il apercevait une menace quelconque.

Le silence retomba alors que Westphalen guidait ses hommes vers l'entrée du temple. Ils étaient au bas des marches lorsque les svamin contre-attaquèrent, déferlant de deux directions différentes. Avec des cris de rage, une demi-douzaine d'Hindous sortirent du temple et le double, voire plus, chargèrent depuis les baraquements. Les premiers étaient armés de pieux et de fouets, les autres d'épées incurvées ressemblant aux talwars des sepoys.

Ce qui s'ensuivit fut moins un combat qu'un massacre. Westphalen en eut presque pitié des prêtres. Les soldats visèrent d'abord les plus proches, ceux qui sortaient du temple. Après la première salve, il ne resta plus qu'un seul homme debout ; celui-ci courut pour rejoindre l'autre groupe, qui avait ralenti son avance après avoir vu les ravages causés par les Enfield. Depuis sa position élevée, Westphalen ordonna à ses hommes de battre en retraite pour gagner les marches du temple, là où la légèreté et la facilité de rechargement de l'Enfield leur permirent de balancer une deuxième, puis une troisième rafale qui abattirent les rangs des prêtres jusqu'à ce qu'il n'en reste plus que deux. Hunter et Malleson ramassèrent leurs lances, montèrent à cheval et foncèrent sur les survivants.

Et tout fut terminé.

Du haut de sa monture, Westphalen parcourut la cour d'un œil morne. Si facile. Si définitif. Ils étaient tous morts, si vite ! Une armada de cadavres gisait sous le soleil du matin tandis que leur sang détrempait le sol et attirait les mouches, ces éternelles opportunistes. Certains étaient ramassés sur eux-mêmes comme pour parodier le sommeil, d'autres, transpercés par les lances, évoquaient davantage des insectes cloués sur une planche.

Il regarda sa lame immaculée. Il n'avait pas eu à la souiller de sang. D'une certaine façon, le fait de ne pas avoir participé à cette boucherie l'innocentait à ses propres yeux.

Tooke fit rouler un cadavre de la pointe du pied pour le mettre sur le dos.

— Des rebelles, ça ? Mon œil !

Westphalen entreprit de descendre de cheval.

— Peu importe. Fouillez le secteur et vérifiez s'il n'y en a pas d'autres qui se terrent dans leur coin !

Il mourait d'envie d'aller explorer le temple, mais pas avant que ses hommes n'aient vérifié que tout danger était écarté. Il regarda Tooke et Russell qui disparaissaient dans les ténèbres puis rengaina son sabre et prit le temps d'examiner plus attentivement le temple. Contrairement à ce qu'il croyait, il n'était pas fait de pierre, mais d'ébène ouvragée et polie avec soin pour lui donner cet aspect luisant. Apparemment, il n'y avait pas un centimètre de sa surface qui ne soit couvert de gravures.

Les frises étaient particulièrement impressionnantes : chacune mesurait plus d'un mètre de haut et s'étendait jusqu'au sommet, couche après couche. Il tenta de suivre celle qui se déroulait à droite de la porte du temple. Les gravures étaient grossièrement stylisées, et il était impossible de suivre l'histoire qu'elles racontaient, si toutefois il y en avait une. Mais on ne pouvait ignorer les actes de violence qu'elles représentaient. Partout, des hommes s'entre-tuaient, partout, la chair était arrachée ou dépecée. Et des créatures démoniaques s'en repaissaient avec voracité.

Malgré la chaleur croissante, un frisson descendit le long de son échine. Dans quelle aventure s'était-il engagé ?

Soudain, un cri retentit à l'intérieur du temple, coupant le flot de ses pensées. C'était la voix de Tooke, qui annonçait à la cantonade qu'il avait trouvé quelque chose.

Westphalen et ses hommes entrèrent alors dans le bâtiment. Il y faisait frais et très, très noir. Des lampes à huile accrochées aux murs d'ébène avaient bien du mal à dissiper les ténèbres. A leur lueur chancelante, il crut entrevoir des sculptures cyclopéennes qui s'élevaient tout autour d'eux, mais il ne put distinguer le moindre détail, juste un reflet occasionnel sur une surface polie. Après ce qu'il avait vu sur les frises, il préférait encore que ces statues restent dans l'ombre.

Il choisit de se concentrer sur des considérations plus immédiates : Russell et Tooke avaient-ils découvert les joyaux ? Son esprit passa en revue les différentes stratégies qu'il devrait adopter afin de se ménager la part du lion. Ou, si possible, l'ensemble du butin. Peut-être pourrait-il alors couvrir ses dettes.

Mais ils n'avaient pas trouvé de richesses, uniquement un homme, assis dans l'un des deux fauteuils juchés sur une estrade qui se trouvait au centre même du temple. Quatre lampes à huile placées aux quatre coins de l'estrade éclairaient la scène.

Derrière le prêtre se dressait une gigantesque statue faite du même bois d'un noir de jais que le reste du temple. C'était une femme à quatre bras, nue, sinon une couronne sur sa tête et un collier fait de crânes humains. Elle souriait en laissant pointer sa langue entre ses dents aiguisées. Une de ses mains tenait un sabre, une autre une tête humaine coupée ; les deux autres étaient vides.

Westphalen reconnaissait cette déité ; il l'avait déjà vue, mais dans un livre. Il connaissait même son nom.

Kali.

Il eut bien du mal à détourner son regard de la statue pour le poser sur le prêtre. Celui-ci arborait une couleur de peau typique des Hindous, mais était un peu plus épais que la majorité de ses compatriotes. Son front était dégarni. Avec sa robe blanche, il ressemblait à un bouddha. Et il ne démontrait pas la moindre frayeur.

— J'ai essayé de lui parler, capitaine, dit Tooke, mais il ne…

— J'attendais juste quelqu'un qui en vaille la peine, dit soudain le prêtre d'une voix grave qui résonna entre les parois du temple. A qui ai-je l'honneur ?

— Capitaine Sir Albert Westphalen.

— Bienvenue au temple de Kali, capitaine Westphalen.

Son ton n'avait rien d'accueillant.

Westphalen posa les yeux sur le collier que portait le prêtre – un complexe assemblage d'argent couvert d'inscriptions étranges avec sur le devant deux pierres jaunes avec une tache noire en leur centre.

— Ainsi, vous parlez anglais ? dit-il, faute de mieux.

Avec son calme imperturbable et son regard pénétrant, cet homme – probablement le grand prêtre du temple – le mettait mal à l'aise.

— Oui. Lorsqu'il est devenu évident que les Anglais comptaient ajouter l'Inde à la liste de leurs colonies, je me suis dit que cette langue pouvait toujours me servir.

L'arrogance hautaine de ce païen commençait à l'énerver, mais Westphalen préféra cacher sa colère pour aborder le sujet qui lui tenait à cœur. Il ne désirait qu'une seule chose : trouver les joyaux et quitter cet endroit.

— Nous savons que vous donnez refuge à des sepoys. Où sont-ils ?

— Ici, il n'y a pas le moindre rebelle. Uniquement des adorateurs de Kali.

— Et ça, alors ? fit la voix de Tooke.

Le soldat avait découvert une rangée d'urnes de la taille approximative d'un homme. Il venait de taillader la toile qui scellait le goulot de la plus proche et brandissait son couteau dégoulinant.

— De l'huile ! De quoi tenir un an. Et là, il y a des sacs de riz. Bien plus qu'il n'en faut pour nourrir une vingtaine de « fidèles » !

Le prêtre n'eût pas un regard pour Tooke. On eût dit que, pour lui, le soldat n'existait même pas.

— Eh bien ? fit Westphalen. Comment expliquez-vous cela ?

— Nous nous contentons de stocker des provisions pour nous prémunir en ces temps troublés, capitaine, dit le prêtre. On ne sait jamais quand les fournitures viendront à manquer.

— Si vous refusez de dire où se terrent les rebelles, mes hommes et moi nous verrons obligés de fouiller le temple de fond en comble. Il vaut mieux éviter cela, et les dégradations qui peuvent s'ensuivre.

— Cela ne sera pas nécessaire, capitaine, fit alors une voix de femme.

Westphalen et ses hommes sursautèrent en entendant cette voix désincarnée. La femme parut surgir des ténèbres pour s'avancer, venant de derrière la statue de Kali. Elle était moins grande que le prêtre, mais bien proportionnée. Elle aussi portait une robe d'un blanc immaculé.

Le prêtre grinça quelque chose dans son langage de

païen ; la femme le rejoignit sur le piédestal et lui répondit du même ton.

— Qu'est-ce qu'ils disent ? demanda Westphalen à la cantonade.

— Il lui a demandé où étaient les enfants, répondit Tooke, et elle lui a dit qu'ils étaient en sécurité.

Pour la première fois, le prêtre admit l'existence de Tooke en le regardant, mais rien de plus.

— Ce que vous cherchez, capitaine Westphalen, reprit la femme, repose sous nos pieds. Et la seule façon d'y accéder est de passer par cette grille.

Elle désigna un endroit situé derrière les rangées d'urnes et les sacs de riz. Tooke partit dans cette direction et se mit à genoux.

— La voilà ! Mais… (Il se releva d'un bond.) Pouah ! Qu'est-ce que ça pue !

Westphalen désigna le soldat le plus proche.

— Hunter ! Surveillez ces deux-là. S'ils tentent de s'échapper, abattez-les.

Hunter acquiesça et braqua son Enfield sur les deux Hindous. Westphalen rejoignit ses hommes devant la grille.

Celle-ci était carrée et faisait trois mètres de large. De grosses barres d'acier se croisaient tous les dix centimètres. Quoi qui puisse se trouver en dessous, il s'en dégageait une odeur moite de putréfaction. Il était impossible de percer les ténèbres impénétrables.

Westphalen envoya Malleson chercher l'une des lampes posées sur l'estrade. Il la fit passer entre deux barreaux et la laissa tomber. Celle-ci s'abattit au sol cinq mètres plus bas, rebondit et s'immobilisa sur le côté. La flamme chancela et faillit s'éteindre, mais se remit à briller haut et clair, se reflétant sur les parois lisses du puits. Sur le mur d'en face s'ouvrait une porte en arc de cercle servant d'entrée à un passage souterrain.

Et là, flanquant la bouche d'ombre, il y avait de petites urnes remplies de pierres colorées – certaines vertes, d'autres rouges, d'autres encore limpides comme du cristal.

Westphalen se sentit pris de vertige et dut se cramponner à la grille pour ne pas s'effondrer.

Sauvé !

Il regarda brièvement ses hommes. Eux aussi avaient vu les urnes. Il faudrait prendre des mesures. S'il s'agissait vraiment de pierres précieuses, il y en avait assez pour tout le monde. Mais d'abord, ils devaient les sortir de ce trou.

Il aboya quelques ordres brefs : Malleson devait aller aux chevaux et ramener une corde, tandis que les cinq autres allaient se placer de chaque côté de la grille pour la retirer. Les soldats se penchèrent et tirèrent jusqu'à devenir rouges comme des écrevisses, mais la grille ne bougea pas d'un millimètre. Westphalen envisageait de retourner sur l'estrade et d'obliger le prêtre à l'ouvrir, quitte à employer la menace, lorsqu'il remarqua que la grille était fixée au sol par de simples loquets posés sur deux de ses côtés ; sur un autre, il entrevit une rangée de charnières. Westphalen fit coulisser les deux loquets. Soudain, il se dit qu'il était assez étrange d'utiliser des moyens si grossiers pour protéger un trésor pareil. Mais il était trop avide de s'emparer des joyaux pour y consacrer plus d'une pensée fugitive.

Ils firent pivoter la grille et se servirent d'un Enfield pour la caler en position entrouverte. C'est alors que Malleson arriva avec la corde. Suivant les directives de Westphalen, il l'attacha à l'une des colonnes intérieures et la jeta dans la trappe. Westphalen allait demander s'il y avait un volontaire lorsque Tooke s'accroupit devant l'ouverture.

— Mon père était assistant joaillier, annonça-t-il. Je vous dirai si ces trucs-là ont de la valeur.

Il s'empara de la corde et entama sa descente. Westphalen le vit sauter à terre et se précipiter vers la première urne. Il s'empara d'une poignée de bijoux et les ramena vers la lampe, puis la releva et fit glisser les pierres étincelantes d'une main à l'autre.

— Ce sont des vraies ! s'écria-t-il. Bon sang, ce sont des vraies !

Westphalen en resta sans voix. Maintenant, il était tiré d'affaire. Il pourrait rentrer en Angleterre, payer ses dettes et il ne toucherait plus jamais une carte de sa vie. Il tapa successivement sur les épaules de Watts, Russell et Lang, puis désigna le réduit.

— Donnez-lui un coup de main.

Les trois hommes descendirent tour à tour. Chacun examina les bijoux. Westphalen regarda danser leurs ombres sur les parois. Il devait se retenir pour ne pas leur crier d'apporter les pierres, et vite. Mais il ne fallait pas montrer son avidité ; cela ne servirait à rien. Il devait garder son calme. Finalement, ils firent rouler l'une des urnes et nouèrent la corde autour de son goulot. Westphalen et Malleson la hissèrent par l'ouverture et la déposèrent sur le sol.

Malleson plongea ses doigts dans la masse de bijoux et en ramena deux poignées. Westphalen se retint d'en faire autant. Il se contenta de ramasser une seule émeraude et l'étudia d'un air volontairement nonchalant, alors qu'en réalité, il aurait voulu l'embrasser à pleine bouche en hurlant sa joie.

— Hé, là-haut ! s'éleva la voix de Tooke. Envoyez-nous la corde ! On en a encore pas mal à remonter et ça pue la mort dans ce trou ! Allez, qu'on en finisse.

Westphalen fit un signe à Malleson, qui détacha la corde de l'urne et la balança par l'ouverture. Il continua d'étudier l'émeraude. C'était la plus belle chose qu'il ait jamais vue. C'est alors que l'un des hommes s'exclama :

— Hé ! C'était quoi, ça ?

— Quoi ?

— T'as pas entendu un bruit ? Ça venait de là, dans le tunnel.

— T'es sourd, mon pote. Y a rien là-d'dans. Rien que cette saleté de puanteur.

— J'te dis que j'ai entendu quelque chose.

Westphalen regarda les quatre hommes dans la salle. Il allait leur dire d'arrêter de jacasser et de se remettre au travail lorsque le prêtre et la femme se mirent à chanter. En entendant ce son incongru, Westphalen tourna les talons. Cet air ne correspondait à rien qu'il connût. La voix de la femme était un gémissement aigu qui se heurtait au baryton du prêtre. Il n'y avait pas de paroles, uniquement des notes disparates qui semblaient s'enchaîner sans rime ni raison ; pas d'harmonies, uniquement des discordances. De quoi grincer des dents.

Et ils se turent aussi subitement qu'ils avaient commencé.

Puis vint un autre genre de son. Celui-ci s'élevait d'en bas, passant par la bouche du tunnel qui s'engageait dans les entrailles du temple. C'était plutôt un assemblage de sons : une cacophonie de gémissements, de grognements et de feulements qui lui hérissa les poils un par un.

Puis ces bruits s'interrompirent, immédiatement remplacés par le chant dissonant du prêtre et de la prêtresse. Ils se turent, et les sons inhumains firent à nouveau vibrer le tunnel, comme pour leur répondre – en plus fort cette fois-ci.

Soudain, un cri de terreur et de souffrance s'éleva au-dessus de cette litanie infernale. Westphalen regarda dans la salle en contrebas et vit qu'un des hommes – Watts, probablement – se voyait entraîné dans la gueule béante du tunnel. Quelque chose d'invisible le traînait par les jambes, et il ne cessait de hurler :

— *Il m'a eu ! Il m'a eu !*

Oui, mais *quoi* ? Quel homme, quelle *créature*

s'était emparée de lui ? L'embouchure du tunnel n'était qu'un puits de ténèbres.

Tooke et Russell avaient pris ses bras et tentaient de le retenir, mais la force qui l'entraînait semblait tout aussi inexorable que la marée. Le malheureux était ainsi écartelé, et au moment où ses bras allaient céder, une forme sombre surgit du tunnel et empoigna Tooke par le cou. La chose était mince et dominait le soldat d'une bonne tête. La lumière était insuffisante pour qu'il puisse distinguer les détails de la silhouette qui se confondait avec les ombres qui dansaient dans ce pandémonium dantesque, mais le peu qu'il en vit suffit à lui donner la chair de poule et fit battre son cœur comme un métronome en folie.

Le prêtre et la femme se remirent à chanter. Il aurait dû les faire taire, il le savait, mais il ne pouvait pas parler, ni même bouger.

Russell lâcha Watts, qui disparut aussitôt dans le tunnel, et courut assister Tooke. Mais à peine avait-il esquissé un geste qu'une autre silhouette sombre surgit à son tour des ténèbres pour l'entraîner dans le tunnel. Tooke fit un ultime effort pour se libérer, mais disparut à son tour.

Westphalen n'avait jamais entendu de tels cris de terreur sortir de la bouche d'hommes adultes. Ils lui soulevaient l'estomac. Et pourtant, il ne pouvait rien faire.

Maintenant, le prêtre et la femme continuaient leur mélopée absurde sans même attendre une réponse des créatures du tunnel.

Sur les quatre hommes qui étaient descendus, il ne restait plus que Lang. Il avait empoigné la corde et se hissait, blême de terreur, lorsque deux formes sombres vinrent s'accrocher à ses jambes. Westphalen vit ses yeux fous et sa bouche béante sur un cri d'épouvante alors que les créatures, ignorant ses coups de poing et de pied, l'entraînaient dans le puits de ténèbres. C'est alors que Westphalen réussit à se tirer de la paralysie qui l'avait saisi depuis qu'il avait aperçu les choses qui peuplaient les entrailles du temple. Il tira son pistolet de l'étui accroché à sa ceinture. Derrière lui, Malleson avait déjà réagi : il braquait son Enfield et tira sur l'une des créatures. Westphalen vit la balle frapper sa cible, il l'aurait juré, mais celle-ci parut ne même pas le remarquer. Il tira trois autres fois sur les deux silhouettes avant qu'elles ne disparaissent dans le tunnel, emportant Lang avec elles. Ses cris résonnèrent longuement entre les cloisons étroites.

Derrière eux, le chant s'enflait toujours comme en contrepoint aux hurlements de douleur qui s'élevaient du tunnel, et l'odeur était toujours là, plus pestilentielle que jamais… Westphalen se sentit prêt à basculer dans la démence. Il se précipita vers l'estrade.

— *Arrêtez !* tonna-t-il. Arrêtez, ou je vous fais abattre tous les deux !

Ils se contentèrent de sourire sans interrompre leur chant infernal.

Westphalen fit un signe à Hunter, qui les surveillait toujours. Celui-ci n'hésita pas un instant : il leva son Enfield et ouvrit le feu.

Le coup éveilla mille échos dans l'immense temple. Une pluie rouge jaillit sur la poitrine du prêtre, qui fut repoussé sur son fauteuil par la force de l'impact. Il glissa lentement au sol. Ses lèvres formèrent des mots incompréhensibles, il cligna deux fois des yeux, les pupilles déjà vitreuses, puis il retomba, inerte. La femme poussa un cri et s'agenouilla à ses côtés.

Le chant s'était arrêté. Et les hurlements s'étaient tus.

Le silence retomba sur le temple. Westphalen inspira profondément. Si seulement on lui laissait un instant, le temps de reprendre ses esprits, il pourrait…

— Capitaine ! Ils remontent ! Ils remontent !

La voix de Malleson était au bord de l'hystérie, et il reculait sans quitter des yeux la trappe.

C'en était trop : Westphalen céda à la panique et courut vers l'ouverture. La salle souterraine s'emplissait de silhouettes sombres. Celles-ci ne poussaient ni grognements, ni sifflements ; le seul bruit qui s'élevait de la fosse était le bruissement des peaux humides frottant d'autres peaux et le raclement des griffes. La lampe s'était éteinte, et il ne voyait plus qu'une masse grouillante qui se serrait contre les parois…

… et grimpait à la corde !

Deux yeux jaunes montaient vers lui. L'une de ces choses avait presque atteint le sommet !

Westphalen baissa son revolver et tira son sabre de ses mains tremblantes. Il le leva au-dessus de sa tête, puis l'abattit de toutes ses forces, tranchant proprement la corde. L'autre bout disparut dans la trappe, comme avalé par les ténèbres.

Satisfait de son coup d'éclat, il scruta à nouveau l'obscurité pour voir la réaction des créatures. Mais, sous ses yeux incrédules, celles-ci entreprenaient déjà d'escalader le mur. Mais c'était impossible ! Les cloisons étaient lisses comme…

Non, il se méprenait. Maintenant, il comprenait ce qu'elles faisaient : elles montaient les unes sur les autres, de plus en plus haut, comme une marée noire et pestilentielle remplissant un puits. Il lâcha son épée et tourna les talons, puis se força à conserver sa position. Si ces créatures réussissaient à sortir de leur trou, il n'aurait pas une chance. Et il n'avait pas l'intention de mourir dans ce temple. Pas maintenant qu'il avait une fortune à ses pieds.

Il rassembla son courage et marcha vers l'Enfield de Tooke, qui bloquait toujours la grille. Les dents serrées, le front baigné de sueur, il le fit sauter d'un coup de pied. La grille retomba avec un « clang » sonore.

Westphalen s'adossa à un pilier, soulagé, mais à bout de forces. Il était sauvé.

La grille grinça, tressauta, puis se leva lentement.

Avec un gémissement de terreur et de frustration, Westphalen se précipita vers l'ouverture. Il avait oublié de mettre les loquets !

En s'approchant, il put assister à une scène d'une férocité incroyable. Il vit des corps noirs qui se massaient en dessous de la grille, vit des griffes qui éraflaient les barreaux, des crocs blancs et pointus claquer dans le vide et, par éclairs fugitifs, des yeux jaunes maléfiques et farouches, dépourvus de frayeur, de pitié, brûlant d'une avidité au-delà de toute raison. Et cette terrible odeur… Elle en devenait suffocante.

Maintenant, il comprit pourquoi on avait installé de puissants loquets pour sceller la grille.

Westphalen tomba à genoux, puis à plat ventre. Chaque fibre de son être lui hurlait de s'enfuir, mais il résistait avec l'énergie du désespoir. Il était allé trop loin ! Il refusait d'abandonner la clé de sa rédemption ! Il pouvait ordonner à ses deux derniers hommes de refermer la grille, mais il savait que Malleson et Hunter se rebelleraient et perdraient un temps précieux. Non : il fallait qu'il s'en charge lui-même !

Il se mit à ramper sans quitter des yeux le premier loquet, retenu par une chaîne accrochée à un cercle cloué dans le sol. Il faudrait qu'il attende que l'autre cercle, celui qui était accroché à la grille, s'aligne avec celui fixé au sol pour pouvoir y glisser le pêne. Alors seulement, il pourrait s'enfuir à toutes jambes sans craindre que ces monstres ne le rattrapent en deux bonds.

En tendant son bras au maximum, il s'empara du pêne et attendit. Les coups portés contre la grille étaient de plus en plus fréquents et de plus en plus forts. L'anneau touchait rarement le sol : deux fois, Westphalen réussit à glisser le pêne dans le premier cercle, mais rata le second. De désespoir, il se leva, posa sa main gauche sur la grille et poussa de tout son poids. Il devait *absolument* la refermer !

Et il y parvint. La grille claqua contre le sol et Westphalen put glisser le pêne dans son logement. Mais alors qu'il se penchait pour faire de même avec le second loquet, quelque chose passa entre les barres pour se refermer sur son poignet. C'était une sorte de main à trois doigts, chacun prolongé d'une griffe recourbée d'un jaune ivoirin ; la peau était d'un bleu très sombre, sa texture froide et humide. Et elle enserrait son poignet comme dans un étau.

Westphalen poussa un hurlement de terreur en sentant son bras irrésistiblement entraîné vers la masse de corps qui grouillaient en contrebas. Il planta fermement ses deux bottes de chaque côté de la grille et tira de toutes ses forces pour se libérer. Mais la main se contenta de raffermir sa prise. Du coin de l'œil, il aperçut son sabre qui gisait là où il l'avait laissé tomber, à une cinquantaine de centimètres de lui. Il tendit au maximum son autre bras, réussit à s'en emparer et entreprit de taillader le bras de la créature. Il en jaillit un sang aussi sombre que cette peau. Au dixième coup, Westphalen trancha pour de bon la main au niveau du poignet, et il tomba assis par terre. Il était libre ! Il…

Et pourtant, la main tranchée enserrait toujours son poignet à lui, comme mue par une volonté indépendante !

Westphalen laissa une fois de plus tomber son sabre et tenta de décrocher ces trois doigts diaboliques. Malleson vint s'agenouiller à ses côtés pour l'aider. Ensemble, ils réussirent à desserrer les doigts et lui arracher cette main dépourvue de corps. Malleson la jeta vers la grille où elle resta accrochée jusqu'à ce que l'un des démons s'en empare.

Alors que Westphalen gisait là, haletant comme un

asthmatique tout en massant son poignet meurtri, la voix de la femme s'éleva au-dessus du fracas de la grille.

— Priez bien votre Dieu, capitaine Westphalen. Les rakoshi ne vous laisseront jamais quitter le temple !

Elle avait raison. Ces choses – comment avait-elle dit ? les rakoshi ? – ne tarderaient pas à arracher les loquets qui retenaient la grille. Il fallait qu'il trouve un moyen de la bloquer. Il fouilla des yeux la grande salle. Il devait bien y avoir une solution ! Enfin, son regard se posa sur les jarres remplies d'huile. Elles semblaient plutôt lourdes. Si Malleson et lui réussissaient à en mettre quelques-unes sur la grille… Non… Un instant… Il y avait une solution encore meilleure !

C'était de l'huile hautement inflammable ! Et aucune créature vivante ne pouvait résister au feu. Il se leva d'un bond et courut vers la jarre que Tooke avait ouverte avec son couteau.

— Malleson ! Venez ! Nous allons la vider à travers la grille ! (Il se tourna vers Hunter et désigna l'une des lampes sur l'estrade.) Amenez-moi ça !

Dans un concert de grognements, Westphalen et Malleson traînèrent péniblement l'urne et déversèrent son contenu sur la grille et les choses massées en dessous. Hunter arriva avec la lampe allumée. Il savait ce qu'il devait en faire et n'attendit pas l'injonction de son capitaine pour la jeter sur la grille.

L'huile qui imprégnait les barres se mit à brûler, formant un quadrillage de flammes grasses, puis une pluie de gouttelettes embrasées s'abattit sur les créatures massées en contrebas. Les corps éclaboussés d'huile prirent feu immédiatement, et un terrible gémissement s'éleva du puits. Les monstres s'agitèrent avec un surcroît de violence. Et les flammes continuaient de se répandre. Une fumée âcre et noire s'éleva vers le plafond du temple.

— Encore ! cria Westphalen pour couvrir le fracas.

De la pointe du sabre, il taillada les cachets d'autres jarres, et vit Malleson et Hunter qui répandaient le contenu d'une deuxième urne, puis d'une troisième dans la fosse. Les flammes ne cessaient de s'élever et les hurlements des créatures de décroître.

Il se mit lui-même au travail, vidant une urne après l'autre dans le trou, alors qu'une rivière embrasée s'écoulait dans le tunnel, créant un enfer en réduction qui eût fait reculer même Shadrach et ses deux compagnons.

— Soyez maudit, capitaine Westphalen !

C'était la femme. Elle s'était levée, dominant le cadavre du prêtre, et pointait son doigt aux ongles rouges sur le front de Westphalen.

— Soyez maudit, vous et tous vos descendants !

Westphalen fit un pas en avant et brandit son sabre.

— Taisez-vous !

— Votre lignée s'éteindra dans le sang et la douleur, et ils vous maudiront à leur tour en regrettant amèrement le jour où vous êtes entré dans ce temple !

Pas de doute : elle était très sérieuse. Elle croyait vraiment pouvoir imposer sa malédiction sur le capitaine et sa progéniture. Il eut un frisson et fit un geste à Hunter.

— Faites-la taire !

Hunter prit son Enfield passé autour de son épaule et le braqua sur la femme.

— Z'avez entendu ?

Mais la femme ignora l'arme de mort pointée sur elle et continua :

— Tu as tué mon mari et profané le temple de Kali ! Jamais plus tu ne connaîtras le repos, capitaine Albert Westphalen. Pas plus que toi (elle désigna Hunter) ou toi (puis Malleson) ! Les rakoshi vous retrouveront, où que vous puissiez vous cacher !

Hunter regarda Westphalen qui acquiesça. Pour la seconde fois en ce jour, un coup de feu résonna dans l'enceinte du Temple-dans-les-collines. La balle déchira le visage de la femme, qui s'abattit au sol à côté de son mari.

Westphalen regarda un instant la forme inerte, puis se détourna et contempla l'urne remplie de pierres précieuses. Il commençait déjà à concocter un partage à trois qui lui laisserait la plus grosse part lorsqu'un cri de rage aigu et un grognement de douleur le poussèrent à se retourner une fois de plus.

Hunter était là, en bordure de l'estrade, le visage blafard, les épaules rejetées en arrière, les yeux écarquillés, les lèvres remuant dans le vide. Son fusil tomba au sol, et un filet de sang apparut au coin de sa bouche. Il parut perdre toute substance et s'affaissa lentement comme une montgolfière qui se dégonfle ; ses genoux cédèrent et il s'effondra sur le ventre.

Ce n'est pas sans un certain soulagement que Westphalen vit la plaie sanguinolente dans le dos du soldat : il était mort d'une cause bien physique, et non par suite de la malédiction d'une païenne. Il se réjouit presque de voir un garçon aux yeux sombres, aux pieds nus, qui se tenait derrière Hunter. Il ne devait pas avoir plus de douze ans et regardait le cadavre d'un œil atone. Dans sa main, il tenait un sabre à la pointe souillée de sang.

En levant les yeux, le garçon vit Westphalen. Il poussa un cri aigu, leva son sabre et se précipita vers son ennemi. Westphalen n'eut pas le temps de tirer son pistolet : il se contenterait de son épée à la lame poisseuse d'huile.

L'enfant n'avait que sa férocité pour toute stratégie : il attaquait de façon incessante, mû par une colère aveugle. Westphalen recula devant ce barrage d'acier, mais aussi devant la lueur de démence homicide qu'il lisait dans l'œil de l'enfant : son regard brûlait de rage, des larmes striaient ses joues, des postillons tombaient sur son menton alors qu'il grognait en abattant sa lame de toutes ses forces. Westphalen vit Malleson qui se tenait à peu de distance, son fusil en main.

— Pour l'amour de Dieu, tirez !

— J'attends de pouvoir viser !

Westphalen battit frénétiquement en retraite, accroissant la distance qui le séparait du garçon. Finalement, au bout d'une éternité, Malleson ouvrit le feu.

Et rata sa cible !

Mais, si la balle ne l'avait pas atteint, la détonation surprit le jeune garçon. Il baissa sa garde pour regarder dans toutes les directions. C'est alors que Westphalen frappa, un coup de sabre assené avec force, et qui visait son cou. Le garçon le vit arriver et tenta de parer, mais trop tard. Westphalen sentit la lame qui tailladait la chair et l'os, vit le jeune Hindou s'abattre dans un brouillard de sang. C'était fini. Du même mouvement, il retira sa lame du corps de l'enfant et se retourna. Il se sentait mal. Il aurait préféré ne pas devoir se salir les mains et laisser les soldats tuer qui devait l'être.

Malleson avait jeté son fusil et prenait les joyaux à pleines poignées pour les fourrer dans ses poches. Il regarda son capitaine :

— On peut se servir, non ? dit-il. En tout cas, eux, ils n'en ont plus besoin, ajouta-t-il en désignant le prêtre et sa femme.

A partir de maintenant, Westphalen devrait agir avec un maximum de précautions. Malleson et lui étaient les seuls survivants, des complices dans ce qui, si le monde entier l'apprenait, serait sans doute considéré comme un acte criminel. Si aucun d'entre eux n'en parlait, s'ils se montraient très prudents lorsqu'il s'agirait de vendre les bijoux un par un en l'espace de plusieurs années, si aucun des deux, dans un accès d'ivresse, ne racontait toute l'histoire – mû par la vantardise ou le remords –, ils pourraient vivre en paix, riches et libres jusqu'à la fin de leurs jours. Westphalen savait que lui-même ne commettrait pas d'impair, mais aussi qu'accorder sa confiance à Malleson serait la pire erreur qu'il puisse commettre.

Il eut un sourire qui se voulait rusé.

— Ne perdez pas votre temps. Prenez les sacoches, elles sont plus solides que vos poches.

Malleson éclata de rire et se releva d'un bond.

— Bien, Sir !

Et il courut vers l'entrée. Westphalen l'attendit, mal à l'aise. Il n'aimait pas se retrouver seul dans ce temple – du moins il espérait qu'il était seul. Pourvu que ces choses, ces monstres aient tous péri dans les flammes. Oui, ils devaient être réduits en cendres. Rien n'aurait pu survivre à un tel enfer. Il regarda les cadavres du prêtre et de la prêtresse, se souvint de sa malédiction… Mais ce n'étaient que des mots creux dans la bouche d'une païenne à moitié folle. Rien de plus. Et pourtant, ces créatures des ténèbres…

Malleson revint enfin avec deux paires de sacoches de selle. Westphalen l'aida à les remplir, puis chacun en prit une sur son épaule.

— On dirait qu'on est des hommes riches, fit Malleson avec un sourire qui se fana lorsqu'il vit le pistolet que l'officier braquait sur lui.

Westphalen ne lui laissa pas le temps de supplier, ce qui ne ferait que retarder l'inévitable. Il n'allait pas laisser un simple roturier, un soudard sans foi ni loi compromettre l'avenir de son nom et de sa lignée. Nul doute qu'à peine revenu à Bharangpur, Malleson irait s'enivrer dans une taverne et se vanterait de sa bonne fortune à qui voudrait l'entendre ! Il visa à l'emplacement présumé du cœur et tira. Malleson battit des bras, recula sous l'impact de la balle et s'effondra sur le dos. Il eut un ou deux hoquets alors qu'une fleur rouge se développait sur sa poitrine, puis s'immobilisa.

Westphalen remit son pistolet dans son étui, puis alla prendre les sacs de Malleson. Il regarda autour de lui, mais il n'y avait rien de vivant dans ce temple. Une fumée grasse, huileuse, s'élevait toujours du puits ; un rayon de soleil s'infiltra par une bouche d'aération creusée dans le toit et perça le nuage noir. Les flammes des autres lampes, toujours juchées sur l'estrade, chancelèrent. Il se dirigea vers les deux urnes les plus proches, déchira leur sceau et les renversa. Leur contenu se répandit sur le sol et éclaboussa le mur. Enfin, il prit l'une des lampes et la jeta sur la flaque. Les flammes escaladèrent le mur et le bois d'ébène s'embrasa peu à peu.

Il tournait les talons pour repartir lorsqu'un mouvement attira son attention. Il laissa tomber l'un des sacs et chercha frénétiquement son pistolet.

C'était le garçon. Il avait réussi à escalader l'estrade pour se tenir au chevet du prêtre. Il tendait la main vers le collier que le prêtre portait au cou. Sous les yeux de Westphalen, ses doigts se refermèrent sur les deux pierres jaunes, puis il se figea. Tout le haut de son dos était détrempé de sang, et il avait laissé un sillage écarlate qui s'étendait de l'endroit où il était tombé jusqu'à celui où il gisait désormais. Westphalen remit une fois de plus son pistolet dans son étui et ramassa la sacoche. Plus rien ni personne ne pouvait lui faire le moindre mal. La femme avait parlé d'« enfants », mais il n'y voyait pas de menace particulière, surtout maintenant que l'ébène avait pris et brûlait avec férocité. Le temple ne serait bientôt plus qu'un souvenir.

Il sortit du bâtiment empli de fumée dans la lumière du matin. Il réfléchissait déjà au meilleur endroit où enterrer les sacoches et à l'histoire qu'il raconterait à son retour, comme quoi ils s'étaient perdus dans les collines et étaient tombés sur une troupe de rebelles en embuscade. Lui seul avait réussi à s'en sortir vivant.

Ensuite, il faudrait qu'il s'arrange pour être renvoyé en Angleterre le plus vite possible. Une fois à la maison, il ne tarderait pas à découvrir par le plus grand des hasards une cache remplie de bijoux derrière le mur des caves de Westphalen Hall.

Il effaçait déjà de sa mémoire les événements de ce matin. Inutile de s'y attarder. Autant laisser se dissiper la malédiction, les démons et les massacres comme la fumée qui s'élevait de ce temple qui, désormais, n'était plus que le bûcher funéraire et la tombe d'une secte sans nom. Il avait fait ce qu'il devait faire, et c'était tout. En cravachant son cheval, il se sentait plutôt de bonne humeur. Et pas une fois il ne regarda en arrière.

CHAPITRE SEPT

Manhattan,
Dimanche 5 août

1

Le match ! C'était le jour du match de tennis !

Jack s'extirpa des profondeurs de son lit en poussant un grognement. Il avait failli oublier. Il gisait là, sur son lit, à rêver d'un mégabrunch chez Perkins Pancake, sur la Septième Avenue, lorsqu'il s'était souvenu du match transgénérations – ou quelque chose comme ça – qu'il avait promis de disputer avec son père.

Et il n'avait même pas de raquette. Il avait prêté la sienne en avril, mais du diable s'il se rappelait à qui. Il ne lui restait plus qu'une chose à faire : appeler Abe et lui dire qu'il y avait urgence.

Abe lui donna rendez-vous à la boutique. Jack prit une douche, se rasa, passa un short de tennis blanc, un pull d'été bleu, des chaussettes et des baskets, et descendit dans la rue. Le ciel du matin était lavé des brumes humides qu'il charriait depuis une semaine. La journée s'annonçait belle.

En s'approchant du magasin d'articles de sport Isher Sports, il vit Abe qui venait dans la direction opposée. Ils se retrouvèrent devant le rideau de protection, et Abe le regarda de bas en haut.

— Des balles de tennis, c'est ça ? Tu vas me demander des balles de tennis ?

Jack secoua la tête.

— Non. Je ne te ferais pas ouvrir un dimanche matin pour si peu.

— Heureux de l'apprendre. (Il déverrouilla le rideau et le souleva juste assez haut pour pouvoir ouvrir la porte.) Tu as vu la section financière du *Times* de ce matin ? Tous ces bobards sur la reprise économique ? J'espère que tu ne vas pas avaler ça. Nous sommes à bord du *Titanic*, avec un iceberg droit devant.

— Il fait trop beau pour parler d'un holocauste économique, Abe.

— C'est bon, c'est bon, fit-il en déverrouillant la porte. Voile-toi la face si tu veux. Mais le soleil n'y changera rien.

Après avoir déconnecté les systèmes d'alarme, Abe se dirigea vers l'arrière de la boutique. Jack ne prit pas la peine de le suivre : il se dirigea tout droit vers les raquettes de tennis et se planta devant une série de Prince beaucoup trop grandes pour lui. Il y réfléchit un instant, puis y renonça. Aujourd'hui, il avait bien besoin d'aide, mais il gardait un minimum de fierté. Il jouerait avec une raquette de taille standard. Il empoigna une Wilson Hammer. Il aimait la façon dont la poignée se lovait dans sa main, et elle était déjà tramée.

Il allait crier qu'il prenait celle-là lorsqu'il vit Abe qui lui jetait un regard noir de l'autre bout de la rangée.

— Comment, c'est pour ça que tu m'as fait rater mon petit déjeuner ? Pour une raquette de tennis ?

— Et des balles. Il me faut des balles.

— Comment oses-tu ? Tu m'as dit que c'était un cas d'urgence !

Jack s'attendait à une telle réaction. Dimanche était le seul jour où Abe s'accordait des plats interdits, tels que des bagels et des œufs, *verboten* pour cause de cholestérol.

— *C'est* un cas d'urgence. Je suis censé jouer contre mon père dans deux heures.

Abe leva les sourcils si haut que tout son front se couvrit de rides jusqu'à l'endroit où, jadis, poussaient ses cheveux.

— Ton père ? D'abord Gia, maintenant ton père. Est-ce qu'on a lancé la Grande Semaine du Masochisme sans me prévenir ?

— Hé ! J'aime mon père !

— Alors pourquoi est-ce que tu es toujours d'une humeur de dogue à chaque fois que tu reviens d'une de tes excursions dans le New Jersey ?

— Parce que c'est un brave type, mais aussi un casse-pieds de première.

Ils savaient tous les deux qu'il y avait bien plus que ça, mais par agrément tacite, ils n'en dirent pas plus. Jack paya sa raquette et ses deux balles.

— Je te ramènerai des tomates, dit-il alors qu'Abe baissait à nouveau le rideau.

— Exact, fit Abe avec un sourire qui illumina son visage. Les Jersey Beefsteaks sont de saison. Apporte-m'en quelques-unes.

Prochain arrêt : Julio's Bar, où il récupéra Ralph, la voiture qu'il laissait à la garde de Julio. C'était un coupé Corvair de 63, blanche avec une capote noire et un moteur entièrement refait. Une voiture des plus ordinaires et qui passait inaperçue. Ce n'était pas le style de Julio, mais ce n'était pas lui qui l'avait achetée. Jack l'avait vue dans la vitrine d'un marchand de voitures d'occasion : il avait donné de l'argent à Julio avec pour consigne de la prendre au meilleur prix, et la carte grise était à son nom. Ainsi, sur un plan légal, elle appartenait à Julio, mais c'était Jack qui payait l'assurance et la note de parking, et donc pouvait s'en servir à sa guise les rares fois où il en avait besoin.

Comme aujourd'hui. Julio avait fait le plein et n'attendait plus que lui. Il l'avait aussi quelque peu décorée depuis la dernière fois que Jack l'avait conduite. Une main montée sur ressort s'agitait à la vitre arrière gauche, il y avait des dés accrochés au rétroviseur et, devant le pare-brise arrière, un petit chien qui hochait la tête et dont les yeux s'allumaient en même temps que les feux stop.

— Tu veux vraiment que je roule là-dedans ? demanda-t-il à Julio en lui décochant un regard noir.

Celui-ci haussa délibérément les épaules.

— Que veux-tu que je te dise, Jack ? J'ai ça dans le sang.

Il n'avait pas le temps de retirer tous ces témoignages culturels : il prit donc la voiture telle qu'elle était. Muni du plus beau permis de conduire de l'Etat de New York qu'il ait pu acheter – au nom de Jack Howard –, il glissa le Semmerling et son holster dans une cache sous le siège avant et partit sans se presser.

Au cœur de Manhattan, le dimanche matin est un moment tout à fait unique. Les rues sont désertes. Pas de bus, pas de taxis, pas de camions en cours de déchargement, pas de terrassiers en plein travail, à peine un piéton ou deux. La paix, quoi. Cela ne durerait pas, surtout à l'approche de midi, mais à ce moment précis, Jack trouvait ce calme presque inquiétant.

Il suivit la 58e rue et se gara devant le 8, Sutton Square.

2

En entendant la sonnerie, Gia alla ouvrir la porte. Eunice avait pris son jour de congé et Nellie dormait encore : elle n'avait donc pas le choix. Elle se drapa dans sa robe de chambre et quitta la cuisine pour marcher à pas circonspects vers la grande porte. Sa boîte crânienne semblait avoir rétréci, sa langue était pâteuse et son estomac quelque peu révulsé. Ah, le champagne… Comment quelque chose d'aussi bon à déguster et qui vous donnait une telle pêche pouvait-il vous rendre si malade le lendemain ?

A travers l'œilleton, elle vit Jack qui se tenait là, en short blanc et pull bleu.

— Y a des partants pour un tennis ? fit-il en souriant lorsqu'elle lui ouvrit.

Il était éblouissant. Gia avait toujours aimé les hommes minces mais athlétiques. Elle aimait le tracé sinueux des muscles sur son avant-bras et les poils bouclés sur ses jambes. Pourquoi avait-il l'air tellement sain lorsqu'elle-même était si malade ?

— Alors ? Je peux rentrer ?

Gia réalisa qu'elle le dévisageait depuis un certain temps déjà. C'était la troisième fois qu'elle le voyait en quatre jours. Elle en prenait à nouveau l'habitude. Ce n'était pas une bonne chose. Mais elle ne pouvait pas faire autrement, pas tant que Grace ne serait pas revenue – d'une façon ou d'une autre.

— Bien sûr.

Lorsque la porte se referma derrière lui, elle reprit :

— Contre qui vas-tu jouer ? Ton Hindoue ?

Elle regretta immédiatement ces paroles. Ne l'avait-il pas accusée de jalousie hier soir ? Elle n'était pas jalouse, non… juste curieuse.

— Non. Avec mon père.

— Oh.

Elle savait par expérience à quel point Jack détestait voir son père. Oh, il l'aimait, pas de doute là-dessus, mais leurs rapports restaient douloureux.

— Mais si je suis là, c'est… (il hésita et passa une main sur son visage) … Je ne sais comment le formuler, mais j'ai un conseil à te donner : ne bois rien qui te paraisse étrange.

— Comment ça ?

— Ne touche pas aux toniques ou aux laxatifs que tu pourrais trouver dans cette maison.

Gia n'était pas d'humeur à jouer aux devinettes.

— J'ai peut-être abusé du champagne hier soir, mais je ne vide pas toutes les bouteilles que je trouve !

— Je ne plaisante pas, Gia.

C'était vrai, et son air sincère la mettait mal à l'aise. Son regard était fixe et soucieux.

— Je ne comprends pas.

— Moi non plus. Mais ce laxatif que j'ai trouvé chez Grace avait quelque chose de bizarre. Fais bien attention. Si tu en trouves un autre flacon, mets-le de côté, que je puisse le récupérer.

— Est-ce qu'il a quelque chose à voir avec… ?

— Je ne sais pas. Mais je ne veux pas prendre de risques.

Jack se montrait un peu trop évasif à son goût. Il ne lui disait pas tout. Ce qui accroissait son malaise.

— Tu sais quelque chose de nouveau ?

— C'est ça le problème : je ne sais rien du tout. Ce n'est qu'une intuition. Donc, par prudence, méfies-toi de tout ce qui te semble bizarre. (Il lui tendit un morceau de papier sur lequel il avait noté un numéro.) Voilà le téléphone de mon père. Si tu as besoin de moi ou si tu as des nouvelles de Grace, n'hésite pas à m'appeler. (Il regarda en haut des escaliers, puis vers l'arrière de la maison.) Où est Vicky ?

— Encore couchée. D'après Eunice, elle a eu du mal à s'endormir hier soir. (Gia ouvrit grande la porte.) Bonne partie.

— Oui, fit Jack, soudain amer.

Elle le regarda tourner le coin de la rue pour partir vers le centre-ville. Que pouvait-il bien se passer dans sa tête ? Pourquoi cet étrange avertissement ? Par précaution, Gia passa au premier et examina les pots alignés sur l'armoire de toilette de Grace et dans le placard de la salle de bains. Tous portaient une étiquette industrielle. Rien à voir avec le flacon anonyme que Jack avait trouvé jeudi.

Elle prit deux capsules de Tylenol Extra-fort et une longue douche bien chaude. Cette combinaison vint presque à bout de son mal de crâne. Une fois séchée et vêtue d'un short à carreaux et d'un chemisier, elle alla trouver Vicky, qui venait de se lever et cherchait son petit déjeuner.

— Qu'est-ce qui te plairait ? demanda-t-elle en passant dans le parloir pour accéder à la cuisine.

Avec sa chemise de nuit et ses pantoufles, toutes roses, Vicky était à croquer.

— Du chocolat !

— Vicky !

— Mais ils ont l'air si bons !

La fillette désigna du doigt le plat où Eunice avait disposé les *Black Magic* avant de prendre sa journée de congé.

— Tu sais l'effet qu'ils ont sur toi ?

— Mais ils doivent être *délicieux* !

— C'est bon, convint Gia, prends-en un. Si tu veux être malade toute la journée, enfler comme un ballon et te gratter sans arrêt, tout ça pour deux bouchées et deux minutes de plaisir, vas-y.

Vicky regarda sa mère, puis les chocolats. Gia retint son souffle dans l'espoir qu'elle fasse le bon choix. Si elle s'entêtait à prendre un chocolat, elle serait bien obligée d'intervenir, mais il y avait toujours une chance que Vicky se rende à la raison. Ces chocolats resteraient des jours entiers à portée de sa main, et la fillette aurait toute latitude d'en prendre un dans son dos. Mais si elle pouvait résister à la tentation dès maintenant, Gia était sûre qu'elle n'y toucherait plus.

— Je vais plutôt prendre une orange, m'man.

Gia la prit dans ses bras et la fit tournoyer.

— Vicky ! Comme je suis fière de toi ! Tu es vraiment une grande fille !

— En fait, ce que je voudrais vraiment, c'est une orange couverte de chocolat.

Gia éclata de rire, prit la main de Vicky et l'emmena à la cuisine. Elle était vraiment contente de sa fille et d'elle-même. Peut-être n'était-elle pas une si mauvaise mère, après tout.

3

En traversant le Lincoln Tunnel, Jack avait quasiment la route pour lui tout seul. Il passa la ligne blanche indiquant qu'il quittait l'Etat de New York pour entrer dans le New Jersey et se souvint des cris de joie qu'ils poussaient, lui et sa sœur, à chaque fois qu'ils passaient cette même ligne en revenant d'une incursion dans la grande ville avec leurs parents. En ce temps-là, c'était toujours agréable de revenir dans ce bon vieux New Jersey. Bien sûr, c'était avant qu'on n'installe un péage. Maintenant, il fallait payer double tarif pour regagner Manhattan alors qu'on vous laissait quitter l'Etat gratuitement. Et il n'était plus d'humeur à acclamer le passage de la ligne.

Il sortit du tunnel, plissant les yeux pour se protéger du soleil. La rampe faisait un virage presque à quatre-vingt-dix degrés, passant à travers Union City, puis descendait vers les prairies et le fameux croisement, le New Jersey Turnpike. Jack accéléra jusqu'à quatre-vingts et se logea sur la voie de droite. Il était déjà en retard et ne voulait pas se faire arrêter par un policier.

C'est là que commençait la grande aventure olfactive, alors que le Turnpike traversait des terres marécageuses, puis dépassait Port Newark et toutes ses raffineries et ses usines de produits chimiques. D'innombrables cheminées crachaient des nuages de fumée et des torchères brûlaient d'une flamme éternelle. Entre les sorties 16 et 12, il rencontra tout un bouquet de relents plus désagréables les uns que les autres. Même un dimanche matin.

Mais alors que la route s'enfonçait dans les terres, le décor se fit de plus en plus champêtre, et les odeurs devinrent nettement plus accueillantes. Au fur et à mesure qu'il progressait vers le sud, il avait l'impression de remonter le temps. Des images engendrées par les marqueurs kilométriques : M. Canelli et sa pelouse... Ses premières « réparations » aux quatre coins de Burlington County alors qu'il était encore adolescent, souvent à la suite d'actes de vandalisme et toujours contractés *sub rosa*... Aller à l'école de Rutgers tout en conservant son entreprise informelle de réparations... Ses premiers voyages à New York afin d'honorer quelques contrats pour des parents d'anciens clients...

Lorsqu'il passa devant la sortie 7, il se sentit de plus en plus nerveux. Il savait pourquoi : il s'approchait de l'endroit où sa mère avait été tuée.

C'était aussi là qu'il avait – comment avait dit Kolabati ? « Qu'il s'était mis au ban de la société tout entière. »

Cet événement essentiel s'était produit durant sa troisième année à Rutgers. Un dimanche soir, très exactement, vers la fin de janvier. Jack était en vacances entre deux semestres. Ses parents et lui revenaient de chez leur tante Doris, à Highstown, et abordaient le Turnpike ; Jack était assis sur la banquette arrière, ses parents étaient à l'avant, son père tenait le volant. Jack avait proposé de prendre le relais, mais sa mère répondit que la façon qu'il avait de zigzaguer entre tous ces camions la rendait nerveuse. Dans ses souvenirs, son père et lui discutaient du Super Bowl tout proche pendant que sa mère surveillait le compteur pour s'assurer qu'il ne dépassait pas la vitesse limite. Ils profitaient de ce sentiment de paix que l'on éprouve lorsqu'on a fait un bon repas et passé un après-midi tranquille avec ses parents ; mais, alors qu'ils passaient sous un pont, se produisit l'événement qui devait changer le cours de son existence. Soudain, la partie droite du pare-brise explosa avec un bruit de tonnerre en un impact si fort que toute la voiture en fut secouée. Alors que des milliers d'échardes de verre volaient dans tous les sens, il entendit son père qui poussait un cri de surprise, sa mère de frayeur, et une bourrasque d'air glacé s'engouffra dans l'habitacle. Sa mère gémit et se mit à vomir.

Alors que son père virait pour garer la voiture au bord de la route, Jack sauta à l'avant et comprit tout de suite ce qui était arrivé. Un bloc de béton avait fracassé le pare-brise et avait atterri sur les genoux de sa mère, lui écrasant les côtes et le bas du ventre. Jack ne savait que faire ; il resta là, interdit, pendant que sa mère perdait conscience et s'affaissait sur le tableau de bord. Il hurla à son père de foncer vers l'hôpital le plus proche. Celui-ci mit alors pied au plancher, roulant à un train d'enfer en klaxonnant incessamment et faisant des appels de phares à ceux qui se mettaient en travers de la route pendant que Jack radossait sa mère à son siège et tentait d'enlever le bloc de béton. Puis il retira son manteau et l'en drapa pour la protéger du vent glacial qui sifflait à travers le pare-brise en miettes. Sa mère se remit à vomir – un jet de sang, cette fois-ci, qui éclaboussa le tableau de bord. Alors qu'il la serrait contre lui, Jack pouvait sentir le froid qui s'infiltrait en elle, et il eut l'impression de voir s'écouler sa vie elle-même. Il savait qu'elle souffrait d'hémorragie interne, mais ne pouvait rien y faire. Il hurla à son père d'aller plus vite, mais celui-ci était déjà à la vitesse maximale et risquait de perdre le contrôle de son véhicule.

Lorsqu'ils atteignirent les urgences, elle était déjà en état de choc. Elle mourut sur la table d'opération, de lacérations du pancréas et d'une rate explosée. Elle avait perdu beaucoup de sang, qui s'était écoulé dans sa cavité abdominale. La douleur et le deuil. La veillée interminable précédant les funérailles. Puis la litanie des questions : *Qui ? Pourquoi ?* La police n'en avait pas la moindre idée et ne leur laissa pas grand espoir de découvrir un jour les coupables. Il n'était pas rare que des gamins viennent la nuit sur ces ponts surplombant l'autoroute et s'amusent à jeter des objets sur les voitures qui passaient en contrebas. Mais lorsqu'on prévenait la police après un tel accident, les responsables étaient déjà loin. Face aux suppliques de Jack et de son père, les policiers d'Etat ne répondirent que par un haussement d'épaules négligent.

A partir de là, son père devint silencieux, introverti ; l'absurdité de cette catastrophe l'avait plongé dans une sorte de catatonie émotionnelle. En apparence, il menait une vie tout à fait normale, mais il ne ressentait plus rien. Jack, lui, réagit de tout autre façon : par une rage froide et dévorante. Il se retrouvait face à une mission d'un tout autre genre et, une nouvelle fois, c'était lui qui allait devoir tout arranger. Il savait où le drame s'était produit et il savait comment. Il n'avait plus qu'à découvrir qui.

Il ne ferait rien d'autre, ne *penserait* à rien d'autre tant qu'il n'en aurait pas terminé.

Et finalement, il eut sa chance.

Tout cela s'était produit il y avait bien longtemps ; maintenant, ce n'était plus que du passé. Et pourtant, à chaque fois qu'il s'approchait du pont, sa gorge se serrait. Il pouvait presque voir tomber le bloc… le voir s'abattre dans un déluge de fragments de verre… et lui écraser les entrailles. Puis il plongeait dans l'ombre un bref instant et, de l'autre côté du pont, il distinguait un corps inerte et sanguinolent suspendu à une corde attachée à son pied. Il ne cessait de tournoyer follement, une jambe en l'air, l'autre à l'équerre de son corps comme un pantin macabre. Puis… la vision disparut, et il se retrouva à nouveau sous le soleil d'août.

Un frisson le secoua. Il avait horreur du New Jersey.

4

Jack emprunta la sortie 5, puis prit la nationale 541, traversant Mount Holly pour continuer sur la deux voies menant vers le sud, traversant des villes qui n'étaient rien d'autre que quelques bâtiments blottis frileusement le long de la route comme des badauds autour d'un accident. Entre deux bourgs s'étendaient des kilomètres de champs et de cultures et, en bordure de route, de petits étals proposaient à grand renfort de panneaux des tomates de type Jersey Beefsteak. Il fallait qu'il se souvienne d'en ramener un panier pour Abe. Il le prendrait au retour.

Il traversa Lumberton, un nom qui évoquait toujours en lui des images de gens d'une obésité morbide entrant et sortant de boutiques surdimensionnées. Puis vint Fostertown, qui aurait dû être peuplé de gamins sans-abri dépenaillés, mais ne l'était pas.

Puis il arriva chez lui. En tournant le coin, il passa devant l'ancienne maison de M. Canelli ; celui-ci était mort entre-temps et les nouveaux propriétaires devaient vouloir faire des économies en eau, parce que la pelouse n'était plus qu'une étendue brune et calcinée. Il s'engagea dans l'allée d'un petit ranch qu'il connaissait par cœur, puisque c'était là qu'ils avaient tous passé leur enfance, lui, son frère et sa sœur. Il coupa le moteur et resta là un instant en souhaitant ardemment être ailleurs, n'importe où, mais ailleurs.

Mais il était inutile de retarder l'inévitable ; il descendit de voiture et se dirigea vers la porte. A peine l'avait-il atteinte que son père lui ouvrit :

— Jack ! fit-il en lui tendant la main. Je me suis fait du souci ! Un instant, j'ai cru que tu avais oublié.

Son père était un grand homme mince au cheveu rare, très bronzé à force de s'entraîner sur les courts de tennis locaux. Son nez crochu était tout pelé, dévoilant des taches roses, et les taches de vieillesse piquetant son front s'étaient multipliées depuis sa dernière visite. Mais sa poigne restait ferme et ses yeux bleus pétillaient derrière ses lunettes cerclées de métal.

— Je n'ai que quelques minutes de retard.

Papa se pencha pour prendre sa raquette de tennis posée contre les moulures de la porte.

— Oui, mais j'ai réservé un court pour qu'on puisse s'échauffer un peu avant le match. (Il referma la porte derrière lui.) Prenons ta voiture. Tu sais encore où sont les courts ?

— Bien sûr.

En se glissant sur le siège, papa examina l'intérieur de la Corvette. Il toucha les dés, comme pour vérifier s'ils étaient vrais.

— Tu te balades vraiment là-dedans ?

— Ben, oui. Pourquoi ?

— C'est…

— « Non conforme aux normes de sécurité », même à l'arrêt ?

— Il y a de ça.

— C'est la meilleure bagnole que j'aie jamais eue.

Jack poussa le petit levier actionnant la boîte automatique et sortit de l'allée en marche arrière.

Durant quelques centaines de mètres, ils parlèrent de la pluie et du beau temps, commentant la façon dont cette vieille bagnole tournait comme une horloge et le trafic sur le Turnpike. Jack tentait de rester en terrain neutre. De toute façon, depuis qu'il avait quitté la fac, il y avait quinze ans de cela, ils n'avaient jamais eu grand-chose à se dire.

— Et les affaires, ça tourne ?

— Super, fit papa. Tu as acheté de ces actions que je t'ai conseillées ?

— J'ai pris des Pétroles de l'Arizona pour deux mille dollars, à un virgule huit. La dernière fois que j'ai regardé, elles étaient à quatre.

— Vendredi, à la fermeture, on en était à quatre un quart. Ne les lâche pas.

Ce n'était qu'un pieux mensonge. Jack ne pouvait pas se faire un portefeuille d'actions. Impossible d'ouvrir un compte sans numéro de Sécurité sociale. Donc, il prétendait suivre à la lettre les conseils de son père et regardait les cours de temps en temps pour vérifier la santé de ses investissements imaginaires.

Et tous se portaient on ne peut mieux. Son père avait le don de dénicher de vieilles valeurs oubliées qu'il achetait au plus bas prix par tranche de quelques milliers à la fois. Ensuite, il n'avait plus qu'à les regarder doubler, tripler, quadrupler de valeur, puis il les vendait et en trouvait d'autres. Au fil des années, il avait amassé un tel magot qu'il avait pu démissionner de son emploi de comptable pour vivre exclusivement de ses talents boursiers. Il disposait d'un ordinateur branché directement sur Wall Street et passait toutes ses journées à faire des affaires. Et il était parfaitement heureux ainsi. Il gagnait autant que lorsqu'il était comptable, il travaillait à son rythme et personne ne l'obligerait à démissionner une fois passée la barre des soixante-cinq ans. Il menait son existence à sa guise et ne dépendait que de lui-même. De toute évidence, il adorait cela : Jack ne l'avait jamais vu aussi détendu.

— Si je trouve mieux, je te préviendrai. Ensuite, tu pourras faire un transfert de capitaux, histoire de sécuriser tout ça.

Jack voyait très bien où son père voulait en venir. Pour papa, en tant que simple réparateur d'appareils électriques, Jack dépendrait de la Sécurité sociale pour sa retraite, et personne ne pouvait se contenter du peu qu'ils proposaient. Il voulait juste aider son fils prodigue à amasser un pécule pour ses vieux jours.

Ils s'arrêtèrent dans un parking ouvert entre deux courts municipaux. Tous deux étaient occupés.

— Je crois qu'on nous a pris de vitesse.

Papa agita un morceau de papier.

— Ne t'en fais pas. D'après ce papelard, le court numéro deux nous est réservé de dix à onze.

Pendant que Jack ouvrait le coffre pour en tirer sa nouvelle raquette et ses balles, son père alla trouver le couple qui occupait le court numéro deux. Lorsque Jack arriva avec son matériel, l'homme ramassait ses affaires d'un air boudeur. La fille, qui ne devait pas avoir plus de dix-neuf ans, lui jeta un regard noir tout en buvant à même un carré de lait chocolaté.

— J'imagine que c'est plus une question de relations que de savoir qui est arrivé le premier.

Jack lui décocha un sourire qui se voulait amical.

— Non, c'est plutôt priorité à celui qui a préparé son coup et réservé le court.

La fille haussa les épaules.

— De toute façon, le tennis est un sport de riches. On aurait dû se douter qu'on se ferait éjecter.

— Hé, on ne va pas en faire une nouvelle lutte des classes ?

— Qui, moi ? fit-elle avec un sourire innocent. Je n'oserais jamais.

Sur ce, elle vida son berlingot de chocolat sur le court, juste derrière la ligne de base.

Jack serra les dents et lui tourna le dos. En fait, il aurait bien voulu lui faire avaler sa raquette de tennis, cordes comprises. Lorsque le couple s'en alla et qu'il put échanger quelques balles avec son père, il se détendit quelque peu. Son jeu stagnait à un certain niveau de médiocrité dont, somme toute, il se contentait fort bien.

Aujourd'hui, il se sentait plutôt en forme ; il aimait l'équilibre de sa raquette et la façon dont la balle rebondissait sur les cordes, mais le fait de savoir qu'il y avait une flaque de lait chocolaté juste derrière lui nuisait à sa concentration.

— Tu ne regardes pas la balle ! lui lança son père de l'autre côté du court après son troisième lancer mal ajusté.

Je sais !

Il n'avait vraiment aucune envie de prendre une leçon de tennis. Il se concentra à fond sur la balle suivante, accompagnant le mouvement tout en la surveillant entre les cordes de sa raquette. Il mit tout son cœur dans son revers, donnant juste assez de force pour qu'elle frôle le filet et rebondisse au sol. Et soudain, son pied droit glissa sur la flaque, et il s'étala par terre.

De l'autre côté, son père renvoya la balle d'un coup droit qui l'envoya à une cinquantaine de mètres de la ligne de service. Il regarda Jack et éclata de rire.

La journée s'annonçait très, très longue.

5

Kolabati faisait les cent pas dans l'appartement tout en enserrant dans ses doigts le flacon vide qui avait contenu de l'élixir de rakoshi. Elle attendait le retour de Kusum. Son esprit ne cessait de passer en revue les événements de la nuit dernière : d'abord la disparition de son frère qui s'était éclipsé de la réception ; puis l'odeur des rakoshi chez Jack et les yeux qu'il avait cru voir derrière la fenêtre. Il y avait forcément un lien entre Kusum et les rakoshi, et elle entendait bien le découvrir. Mais d'abord, elle devait savoir où Kusum se rendait toutes les nuits et ce qu'il pouvait bien y faire.

L'aube se leva, puis ce fut le matin. A midi, alors qu'elle commençait à craindre qu'il ne rentre pas du tout, elle entendit le cliquetis de sa clé dans la serrure.

Kusum entra dans l'appartement, l'air las et préoccupé. Il leva les yeux et la vit plantée là.

— Bati. Je te croyais chez ton amant américain.

— Je t'ai attendu jusqu'au matin.

— Pourquoi ? As-tu inventé un nouveau moyen de me tourmenter depuis la nuit dernière ?

Ce n'était pas le tour que Kolabati voulait donner à la conversation. Voilà pourquoi elle avait revêtu un chemisier blanc au col haut et un pantalon ample de la même couleur.

— Personne ne veut te tourmenter, dit-elle avec un petit sourire, mais d'une voix sans réplique. Du moins pas intentionnellement.

Il émit un son guttural.

— Permets-moi d'en douter.

— Le monde ne cesse de changer. J'ai appris à suivre le mouvement. Tu devrais en faire autant.

— Certaines choses ne changent jamais.

Il partit dans la direction de sa chambre. Kolabati devait l'intercepter avant qu'il ne s'y enferme.

— C'est vrai. J'ai même en main une de ces choses.

Kusum s'arrêta net et la regarda d'un air interrogateur. Elle tendit le flacon tout en étudiant soigneusement son visage. Elle n'y lut que de l'étonnement, et rien d'autre. S'il reconnaissait le flacon, il le cachait bien.

— Je ne suis pas d'humeur à jouer aux devinettes, Bati.

— Je te l'assure, mon cher frère, ce n'est pas un jeu. (Elle retira le bouchon et tint le flacon sous son nez.) Dis-moi si tu reconnais cette odeur.

Kusum posa son long nez sur le goulot. Il inhala et écarquilla les yeux.

— C'est impossible ! Comment…

— Tu ne peux nier ce que te disent tes sens.

Il lui jeta un regard furieux.

— Cela ne te suffit pas de m'humilier en public, il faut aussi que tu essaies de me duper !

— J'étais chez Jack hier soir !

Kusum flaira à nouveau le flacon, puis il secoua la tête et se laissa tomber sur un fauteuil bien trop rembourré.

— Je ne comprends pas, fit-il d'une voix lasse.

Kolabati alla s'asseoir en face de lui.

— Mais si, tu comprends très bien.

Il leva la tête, et ses yeux la défièrent.

— Oserais-tu me traiter de menteur ?

Kolabati détourna le regard. Il y avait des rakoshi à New York. Kusum était à New York. Elle ne voyait pas comment ces deux faits pouvaient exister indépendamment l'un de l'autre. Et pourtant, elle le sentait, ce n'était pas le moment de dire à Kusum qu'elle était certaine de sa culpabilité. Il était déjà sur ses gardes. Si elle montrait des signes de suspicion, il se refermerait comme une huître.

— Que dois-je en penser ? lui dit-elle. Ne sommes-nous pas les Gardiens ? Les seuls Gardiens ?

— Mais tu as vu l'œuf que je détiens ? Comment peux-tu douter de moi ?

Il avait pris le ton suppliant de celui qui voudrait tant qu'on le croie. Et il savait être convaincant. Kolabati fut tentée de le prendre au mot.

— Alors comment expliques-tu cette odeur ?

Il haussa les épaules.

— Ce n'est qu'une contrefaçon un peu plus élaborée que la moyenne.

— Kusum, ils étaient là ! La nuit dernière et la précédente !

Il se leva et la domina de toute sa taille.

— Ecoute-moi. En ces occasions, as-tu vu un rakosh en face ?

— Non, mais l'odeur, elle, était indéniablement là. Impossible de s'y tromper.

— Je n'en doute pas, mais on peut toujours dupliquer une odeur…

— Il y avait bien *quelque chose* là-bas, derrière cette vitre !

— Mais nous n'avons pas la moindre preuve, rien de tangible, uniquement tes impressions.

— Ce flacon n'est pas assez tangible à ton goût ?

Kusum le lui rendit.

— Une imitation assez fidèle. Je m'y suis presque laissé prendre, mais je ne suis pas sûr qu'il soit authentique. Au fait, qu'est-il arrivé à son contenu ?

— Il a fini dans un égout.

Il ne frémit même pas.

— Dommage. J'aurais pu faire analyser le liquide pour découvrir qui a bien pu vouloir nous duper. J'aimerais le savoir avant de poursuivre mon entreprise.

— Pourquoi prendrait-on cette peine ?

Son regard semblait plonger au plus profond de son âme.

— Un ennemi politique, peut-être. Quelqu'un qui a découvert notre secret.

Sa gorge se noua sous l'effet de la peur. Mais elle se reprit. C'était absurde ! Kusum était derrière tout cela, elle en était sûre. Même si, un instant, elle avait failli le croire.

— Ce n'est pas possible !

Il désigna le flacon dans sa main.

— Il y a quelques instants, j'aurais dit la même chose.

Kolabati préféra jouer le jeu :

— Qu'allons-nous faire ?

— Trouver qui est derrière tout cela. Et je vais m'y mettre immédiatement, ajouta-t-il en se levant et en se dirigeant vers la porte.

— Je viens avec toi.

— Non. Il vaut mieux que tu restes ici. J'attends un coup de fil très important pour une affaire concernant le consulat. C'est pour cela que je suis rentré. Je voudrais que tu répondes à ma place et prennes le message.

— Très bien. Mais es-tu sûr de ne pas avoir besoin de moi ?

— Si c'est le cas, je t'appellerai. Et ne t'avise pas de me suivre – tu te souviens de ce qui s'est passé la dernière fois ?

Kolabati le laissa partir. Elle le suivit par l'œilleton de la porte et le vit entrer dans la cage d'ascenseur. A peine les portes s'étaient-elles refermées sur lui qu'elle se précipita vers le second ascenseur et appuya sur le bouton d'appel. Celui-ci arriva un peu plus tard et l'emmena dans le vestibule, juste à temps pour qu'elle voie Kusum qui passait l'entrée du bâtiment.

Cela ne devrait pas être bien compliqué, se dit-elle. Suivre un grand Hindou manchot à travers les rues de Manhattan est à la portée de tout le monde.

L'adrénaline la poussait en avant. Au moins, cette

fois-ci, elle saurait où Kusum passait ses nuits. Et là, elle trouverait certainement des preuves. Cela semblait impossible, et pourtant, tout indiquait qu'il y avait des rakoshi à New York. Et bien qu'il prétende le contraire, Kusum était dans le coup. Elle en était sûre.

Elle prit soin de conserver une distance d'une bonne cinquantaine de mètres alors qu'elle le suivait sans peine le long de la Cinquième Avenue jusqu'à Central Park Sud. Ensuite, la filature devint plus complexe. Toute une foule entrait et sortait des magasins restés ouverts, et les trottoirs devinrent vite bondés. Et pourtant, elle réussit à le suivre des yeux jusqu'à ce qu'il passe la porte du Rockfeller Plaza. Elle y était déjà venue une fois, en hiver, lorsque la zone débordait de patineurs et de badauds faisant leurs courses de Noël et tournant autour de l'immense sapin du Rockfeller Center. Aujourd'hui, c'était un autre genre de promeneurs, mais il était tout aussi difficile de circuler. Un groupe de jazz jouait une imitation de Coltrane et, tous les dix centimètres, des marchands proposaient des fruits, des sucreries ou des ballons sur des étals qui n'étaient souvent guère plus qu'une carriole. Au lieu de patiner, les gens flânaient ou prenaient le soleil.

Pas trace de Kusum.

Kolabati se fraya un chemin à travers la foule, puis fit le tour de la patinoire, désormais sèche. Kusum avait disparu. Il devait l'avoir repérée et avoir pris un taxi, ou le métro.

Elle resta là, au milieu de cette foule joyeuse et insouciante, à se mordre la lèvre pendant que des larmes de frustration se massaient sous ses paupières.

6

Gia décrocha à la troisième sonnerie. Une voix douce, au fort accent, demanda Mme Patton.

— Qui dois-je annoncer ?

— Kusum Bahkti.

Elle pensait bien avoir déjà entendu cette voix.

— Oh, monsieur Bahkti. Ici Gia DiLauro. Nous nous sommes rencontrés hier soir.

— Miss DiLauro ! Quelle joie de vous entendre. Permettez-moi de vous dire que vous étiez très en beauté hier soir.

— Oui, je vous le permets. Tant que vous voudrez. (Il eut un petit rire poli.) Un instant, je vais chercher Nellie.

Gia se trouvait dans le vestibule du troisième étage. Nellie, elle, était assise dans la bibliothèque et regardait un de ces talk-shows qui semblent constituer l'essentiel des programmes de l'après-midi. Elle rechignait à lui hurler de venir prendre le téléphone : à Sutton Square, cela ne se faisait pas ; ce n'était pas convenable. Gia préféra donc descendre l'escalier.

En chemin, elle se dit que ce M. Bahkti était la preuve vivante qu'il ne fallait pas se fier à sa première impression. Elle l'avait détesté dès le départ, et pourtant, il s'était avéré plutôt charmant. Quoique, elle n'était pas bon juge en matière de caractère. Elle s'était laissé embobiner par Richard Westphalen au point d'accepter de l'épouser, et voilà où cela l'avait menée. Ensuite, ç'avait été au tour de Jack. Non, elle avait le don pour tomber sur le mauvais numéro.

Nellie resta assise alors que Gia lui donnait le téléphone sans fil. Pendant qu'elle répondait à M. Bahkti,

Gia regarda l'écran, où le secrétaire d'Etat répondait aux questions d'une assemblée de journalistes.

— Quel garçon délicieux, dit Nellie en raccrochant.

Elle était en train de mâcher quelque chose.

— On dirait. Qu'est-ce qu'il voulait ?

— Il désirait commander une boîte de *Black Magic* pour sa consommation personnelle et voulait savoir comment je m'étais procuré ceux-ci. La boutique s'appelait Divine Obsession, c'est bien ça ?

Gia avait noté l'adresse dans un coin de son esprit.

— Oui. A Londres.

— C'est bien ce que je lui ai dit. (Nellie eut un petit rire.) Comme c'est mignon ! Il m'a demandé d'en manger un et de lui dire s'ils étaient aussi bons que dans ses souvenirs. Alors je l'ai fait. Quel délice ! Je vais en prendre un autre. (Elle lui tendit la boîte.) Sers-toi !

Gia secoua la tête.

— Non, merci. Etant donné l'allergie de Vicky, il y a si longtemps que je n'en ai pas mangé que j'en ai perdu le goût.

— Quel dommage ! fit Nellie.

Elle en prit un entre le pouce et l'index en levant le petit doigt :

— Je t'assure, un vrai délice.

7

Le point du match du siècle, en direct du club de tennis de Mount Holly Law : Jack dégoulinait de sueur. Son père et lui avaient passé les premières éliminatoires, mais sur un jeu serré : 6-4, 3-6, 7-6. Après quelques petites heures de repos, ils attaquèrent le second round. L'équipe qu'ils devaient affronter était beaucoup plus jeune : le père avait quelques années de plus que Jack et le fils guère plus de douze ans. Mais ils savaient jouer, pas de doute là-dessus. Jack et son père gagnèrent péniblement une partie dans le premier set, mais cette victoire facile dut les rendre trop confiants, car ils firent de nombreuses erreurs grossières au cours du second set et le perdirent sur un score de 4-6.

Donc, ils étaient désormais à égalité, et Jack perdait le service. L'épaule droite de Jack lui faisait un mal de chien. Il s'était donné à fond, mais ses adversaires lui avaient renvoyé toutes ses balles. S'il perdait ce point, ils seraient éliminés du tournoi. Ce qui ne lui briserait pas le cœur, au fond : s'ils l'emportaient, il devrait revenir dimanche prochain, et il n'en avait aucune envie. Mais il n'allait pas jeter l'éponge pour autant, ne serait-ce que pour faire plaisir à son père.

Il fit face au garçon. Cela faisait trois sets qu'il tentait de discerner une faille dans son jeu. Ce gamin avait un revers à tout casser, un smash impeccable, une excellente prise sur sa raquette et un service d'enfer. Son seul espoir : le fait qu'il avait des jambes plus courtes que lui et était donc plus lent dans ses déplacements. Jusque-là, il avait joué si serré que Jack n'avait pas pu profiter de cet avantage.

Jack renvoya son revers et courut vers le filet dans l'espoir d'obtenir un faible retour et de pouvoir lancer un smash ; mais le fils renvoya la balle avec force. Jack la fit donc passer au père qui décocha un vrai boulet de canon dans l'allée à gauche de Jack. Sans réfléchir, celui-ci fit passer sa raquette dans sa main gauche et, d'un bond, réussit à la renvoyer ; mais le gamin passa à son père qui l'expédia dans l'autre allée.

Le père monta au filet pour serrer la main de Jack.

— Bravo. Si votre père était aussi rapide que vous, il nous enterrerait tous. (Il se tourna vers le père en question.) Regarde, Tom, il n'est même pas hors d'haleine ! Et tu as vu ce tir ? Et ce service de la main gauche ?

— Oui, Jack, je ne savais pas que tu étais ambidextre.

Ils se serrèrent à nouveau la main et, alors que les autres s'éloignaient, son père se tourna vers Jack et le dévisagea avec une intensité nouvelle :

— Je t'ai regardé toute la matinée. Tu tiens la forme, dis donc.

— J'essaie de prendre de l'exercice.

Son père n'était pas né de la dernière pluie. Ses yeux brillants d'intelligence le mettaient mal à l'aise.

— Et tu es rapide. Bigrement rapide. Je n'ai jamais vu de réparateur en électroménager capable de bouger comme ça.

Jack toussa :

— Et si on se payait une ou deux bières ? C'est moi qui rince.

— Laisse tomber : ici, il faut être membre pour boire un coup. C'est ma tournée.

Ils repartirent vers le vestiaire. Son père secoua la tête.

— Jack, je dois dire qu'aujourd'hui, tu m'as vraiment étonné.

L'interpellé revit le visage de Gia, tendu par la douleur et la colère.

— C'est tout moi. Il faut toujours que je surprenne mon monde.

8

Kusum ne pouvait plus attendre davantage. Il avait vu descendre le soleil sur l'horizon, jetant des reflets d'incendie sur les fenêtres des immeubles d'affaires.

La nuit s'était emparée de la ville avec une lenteur exaspérante. Et maintenant que la lune s'élevait au-dessus des gratte-ciel, les ténèbres avaient pris possession du monde.

Il était temps pour la Mère d'emmener ses jeunes à la Chasse.

Il n'était pas encore minuit, mais Kusum sentait qu'il pouvait les laisser partir sans risques. A Manhattan, le dimanche était une journée de trêve. Les magasins fermaient tôt, les théâtres faisaient relâche pour la soirée, et la plupart des habitants restaient chez eux, à prendre du repos en préparation d'une longue semaine.

Ce soir, les rakoshi s'empareraient de Nellie Patton, il en était certain. En emportant le flacon de Jack et en vidant l'élixir de rakoshi dans l'égout, elle leur avait ouvert la voie sans même le savoir. Et n'était-il pas sûr que cette femme avait mangé un des chocolats ce matin ? Ne l'avait-elle pas fait en direct, pendant qu'ils étaient au téléphone ?

Ce soir, il ferait un nouveau pas en avant. Lorsque cette Nellie Patton serait entre ses mains, il suivrait la même procédure qu'avec son neveu et sa sœur. Il lui révélerait l'origine de la fortune des Westphalen et lui laisserait vingt-quatre heures pour réfléchir aux atrocités commises par son ancêtre.

Demain soir, elle serait sacrifiée à Kali, et il la livrerait aux rakoshi.

9

Il y avait quelque chose de pourri dans la maison.

Nellie n'aurait jamais cru qu'une odeur puisse vous réveiller, mais là...

Elle leva la tête de l'oreiller pour respirer l'air de la

pièce plongée dans l'obscurité... Et un relent de charogne agressa ses narines. En même temps, une bouffée d'air frais lui caressa le visage. Les portes-fenêtres étaient ouvertes. Elle aurait juré les avoir laissées fermées, pour mieux profiter de l'air conditionné. Mais c'était sans doute de là que provenait cette odeur. On aurait dit qu'un chien avait déposé un animal mort dans le jardin, juste sous le balcon.

Nellie perçut un mouvement près des portes. Certainement la brise qui agitait les rideaux. Et pourtant...

Elle se redressa et tendit la main vers la table de nuit pour prendre ses lunettes. Elle les ramena et les posa devant ses yeux sans prendre la peine de passer les branches derrière ses oreilles. Mais même ainsi, elle ne put définir ce qu'elle voyait.

C'était une forme sombre, aussi rapide et silencieuse qu'une bouffée de fumée emportée par le vent, qui s'avançait vers elle. C'était impossible ; ce devait être un cauchemar, une hallucination, une illusion d'optique... Rien au monde ne pouvait se déplacer dans un silence aussi absolu.

Mais l'odeur, elle, était bien réelle, et devenait de plus en plus forte alors que la chose s'approchait.

Soudain, Nellie se sentit glacée de terreur. Ce n'était pas un rêve ! Elle ouvrit la bouche pour hurler, mais avant qu'un seul son ait pu franchir ses lèvres, une main froide et humide se referma sur le bas de son visage.

Cette main était énorme, dégageait une odeur insoutenable et n'était certainement pas humaine.

Révulsée par l'épouvante, elle se débattit contre la créature qui s'était emparée d'elle. Autant vouloir lutter contre la marée. Alors qu'elle tentait de respirer, des taches de couleur brillantes explosèrent devant ses yeux. Elles ne tardèrent pas à envahir tout son univers. Puis elle ne vit plus rien.

10

Vicky était bien éveillée, elle aussi. Elle frissonna sous ses draps, non pas de froid, mais à cause du rêve qu'elle venait de faire, où Monsieur Gobe-Raisins avait enlevé Madame Biscuit pour la mettre dans un grand four. Le cœur battant, elle regarda sa table de nuit. La clarté lunaire qui passait à travers les rideaux de la fenêtre éclairait suffisamment la pièce pour qu'elle puisse voir Monsieur Gobe-Raisins et Madame Biscuit qui reposaient paisiblement là où elle les avait laissés. Pas d'inquiétude : ce n'était qu'un rêve. D'ailleurs, sur le paquet, n'y avait-il pas écrit que la rivalité qui opposait Monsieur Gobe-Raisins et Madame Biscuit était « féroce, mais teintée d'affection » ? Et ce n'est pas Madame Biscuit qu'il voulait transformer en confiture, mais ses raisins.

Mais Vicky tremblait toujours. Elle roula sur le lit pour se blottir contre sa mère. C'était ce qu'il y avait de bien lorsqu'on restait chez tante Nellie et tante Grace : elle pouvait dormir avec m'man. A l'appartement, elle disposait de sa propre chambre où elle couchait seule. Lorsqu'un cauchemar ou la tempête lui faisaient peur, elle pouvait toujours courir voir m'man, mais la plupart du temps, elle devait rester dans son lit.

Vicky tenta de se rendormir, mais ne put y parvenir. Elle ne cessait de voir la longue silhouette dégingandée de Monsieur Gobe-Raisins fourrant Madame Biscuit dans une casserole au milieu de ses précieux raisins. Finalement, elle se détourna de sa mère pour regarder par la fenêtre.

La lune s'était levée. Elle se demanda si elle était pleine. Elle aimait bien voir ce gros globe blafard suspendu dans un ciel d'encre. Elle descendit du lit, se dirigea vers la fenêtre et tira les rideaux. La lune était presque pleine et à son zénith. A la lumière de son visage souriant, la ville semblait tout illuminée, comme en plein jour.

L'air conditionné était branché et les fenêtres fermées à double tour, bloquant tous les bruits en provenance de l'extérieur. Tout était calme et tranquille, comme sur une photo.

Elle regarda le toit de sa cabane que la clarté rendait blanc comme neige. De là-haut, au troisième étage, il semblait si petit !

Et en contrebas, au cœur de l'obscurité, quelque chose bougea. Quelque chose de grand, de sombre et d'anguleux, de forme humaine et, pourtant, totalement *in*humaine. Cela traversa le jardin en un seul geste fluide, ombre parmi les ombres, et cela semblait porter un sac sur son épaule. Et apparemment, un autre être semblable l'attendait près du mur. Le second leva la tête, et ses yeux d'un jaune brillant semblèrent se poser sur la petite fille. Dans ses deux globes brûlants, elle lut une immense faim… une faim dévorante… de chair humaine.

Son sang se figea dans ses veines. Elle voulut sauter dans le lit, à côté de sa mère, mais la terreur la clouait sur place. Tout ce qu'elle pouvait faire, c'était rester plantée là en hurlant de toute la force de ses poumons.

11

Gia finit de s'éveiller après un instant de complète désorientation où elle n'aurait même pas pu dire où elle se trouvait et ce qu'elle faisait. Elle s'était levée d'un bond, la pièce était plongée dans l'obscurité, une enfant hurlait et elle pouvait entendre sa propre voix, rauque jusqu'à l'inintelligible, qui criait le nom de Vicky.

Des pensées décousues traversèrent frénétiquement son esprit embrumé par le sommeil :

Où est Vicky... Le lit est vide... Où est Vicky ? Elle pouvait l'entendre, mais ne la voyait pas. *Bon sang, où est-elle ?*

Elle se précipita vers l'interrupteur d'un pas mal assuré et alluma le plafonnier. Un instant, le flot de lumière l'éblouit, puis elle put distinguer Vicky qui se tenait devant la fenêtre, hurlant tout ce qu'elle savait. Elle alla la prendre dans ses bras.

— Ce n'est rien, Vicky ! Ce n'est rien !

La fillette cessa de crier, mais pas de trembler. Gia la serra encore plus fort, comme pour absorber les spasmes qui secouaient le petit corps. Finalement, l'enfant se calma, son visage enfoui contre l'épaule de sa mère.

Un cauchemar. Le retour des terreurs nocturnes. Vicky en avait beaucoup souffert durant sa cinquième année, mais elle croyait que cette phase était terminée. Gia avait appris la meilleure façon de procéder lorsque Vicky se mettait à hurler au beau milieu de la nuit : elle attendait que la fillette soit tout à fait réveillée, puis lui parlait calmement jusqu'à ce qu'elle soit rassurée.

— Ce n'était qu'un rêve, chérie. C'est tout. Un simple rêve.

Vicky leva sur elle des yeux pleins de larmes :

— Non ! C'était pas un rêve, m'man ! C'était Monsieur Gobe-Raisins ! Je l'ai vu !

— Tu dormais, Vicky.

— Il voulait emmener Madame Biscuit !

— Non. Ils sont là tous les deux. Regarde. (Elle fit pivoter Vicky pour qu'elle se retrouve face à la table de nuit.) Tu les vois ?

— Mais il était là, devant ma cabane ! Je l'ai vu !

Gia n'aimait pas l'entendre parler ainsi. Personne n'était censé s'introduire dans le jardin.

— Allons jeter un coup d'œil. Je vais éteindre la lumière pour qu'on puisse mieux voir.

Vicky parut prise de panique :

— Non ! N'éteins pas les lumières ! Je t'en prie, m'man !

— C'est bon, je les laisse. Mais tu n'as pas à t'inquiéter. Je suis là, avec toi.

Toutes deux pressèrent leurs visages contre le verre et mirent leurs mains en œillères pour se protéger de la lumière crue du plafonnier. Gia scruta le jardin dans l'espoir de ne rien voir du tout.

Tout était tel qu'ils l'avaient laissé. Pas un mouvement, pas un soupir : le désert. Gia eut un soupir de soulagement et passa son bras autour de l'épaule de Vicky.

— Tu vois ? Tout va bien. Ce n'était qu'un rêve. Tu as juste cru voir Monsieur Gobe-Raisins.

— Mais c'était vrai !

— Parfois, chérie, les rêves peuvent sembler très proches de la réalité. Mais Monsieur Gobe-Raisins n'est qu'une poupée. Il ne peut rien faire tout seul, uniquement ce que tu lui demandes.

Vicky ne répondit pas, mais Gia sentit qu'elle n'était pas convaincue.

Cette fois-ci, c'est clair et net, se dit-elle. *Vicky est restée trop longtemps dans cette maison.*

Elle avait besoin de voir ses amis en chair et en os. Faute de mieux, elle s'était tournée vers ses poupées au point de perdre tout contact avec la réalité. Maintenant, celles-ci faisaient même intrusion dans ses rêves.

— Et si on rentrait chez nous demain ? Je pense qu'on est restées bien assez longtemps chez tante Nellie.

— Mais j'me plais bien ici ! Et tante Nellie va se retrouver toute seule !

— Demain, Eunice sera rentrée. De plus, il faut que je me remette au travail.

— On peut pas rester encore un peu ?

— On verra bien.

Vicky fit la moue.

— A chaque fois que tu dis « On verra bien », c'est toujours non.

Gia éclata de rire. Vicky avait raison, bien sûr. Cette gamine devenait trop maligne à son goût.

— Pas toujours. Mais on en reparlera demain. D'accord ?

— D'accord, fit-elle à contrecœur.

Elle recoucha Vicky. Alors qu'elle allait éteindre la lumière, elle pensa subitement à Nellie qui dormait dans sa chambre, à l'étage du dessous. Vu les hurlements qu'avait poussés Vicky, elle devait s'être réveillée, et pourtant, la vieille dame n'était pas venue voir ce qui se passait. Gia alluma la lumière du palier et se pencha par-dessus la rambarde. La porte de la chambre était ouverte et la pièce plongée dans l'obscurité. Elle ne pouvait pas continuer de dormir comme si de rien n'était !

De plus en plus inquiète, Gia descendit les escaliers.

— Où tu vas, m'man ? fit Vicky d'une petite voix terrifiée.

— Je vais dans la chambre de tante Nellie. Je n'en ai que pour un instant. Je reviens tout de suite.

Pauvre Vicky, pensa-t-elle. *Elle s'est vraiment fait une grosse frousse.*

Gia se tint dans l'embrasure de la porte de Nellie. La chambre était plongée dans l'obscurité. A première vue, il n'y avait rien de changé… Sinon l'odeur. Un faible relent de putréfaction. Il n'y avait rien à craindre, et pourtant, elle avait peur. Elle tapota sur la porte d'un index hésitant.

— Nellie ?

Pas de réponse.

— Nellie, tout va bien ?

Silence. Elle tendit donc le bras vers l'interrupteur, mais eut une hésitation, redoutant ce qu'elle allait découvrir. Nellie n'était plus toute jeune. Et si elle était morte dans son sommeil ? Elle avait l'air en pleine santé, mais on ne sait jamais. Et cette odeur évoquait la mort. Finalement, elle en eut assez d'attendre et alluma la lumière.

Le lit était désert. De toute évidence, on l'avait défait – les couvertures étaient froissées et il y avait la marque d'une tête sur l'oreiller – mais Nellie n'était plus là. Gia s'avança dans la chambre à petits pas circonspects, comme si elle s'attendait à ce que quelque chose surgisse du tapis pour se jeter sur elle. Mais non… Nellie ne gisait pas là, par terre, inerte. Elle passa à la salle de bains, qui était tout aussi déserte.

Maintenant, elle avait vraiment peur. Elle courut au bas des escaliers et cria le nom de Nellie à tous les échos. Elle remonta ensuite jusqu'au second étage, alla voir dans la chambre de Grace, puis l'autre chambre d'amis, au troisième.

Vide. Toutes vides.

Nellie avait disparu – comme Grace !

Gia resta plantée dans le vestibule, luttant contre la panique qui montait en elle. Elle tremblait de tous ses membres. Qu'allait-elle faire maintenant ? Vicky et elle se retrouvaient seules dans une immense demeure où les gens avaient la fâcheuse habitude de disparaître sans laisser de traces…

Vicky !

Elle courut vers leur chambre. La lumière était encore allumée. Vicky, blottie sous les couvertures, s'était profondément endormie. Dieu merci ! Elle se laissa aller contre l'embrasure de la porte, ivre de soulagement, mais toujours aussi effrayée. Et maintenant ? Elle alla décrocher le téléphone posé sur la table du hall. Jack lui avait donné son numéro pour qu'elle l'appelle si elle avait besoin de lui. Mais il était dans le New Jersey et mettrait des heures à en revenir, alors qu'il fallait que quelqu'un vole à son secours *tout de suite*. Elle voulait quitter cette maison au plus vite.

De ses doigts tremblants, elle composa le numéro de police secours.

12

— Tu loues toujours cet appart en ville ?

— Ouaip.

Son père fit la grimace et secoua la tête.

— Autant jeter ton argent par les fenêtres.

Jack s'était changé pour enfiler la chemise et le pantalon qu'il avait apportés avec lui, et maintenant, après un dîner fort agréable au restaurant de poissons de Mount Holly, ils étaient de retour à la maison. Ils s'étaient installés dans le salon et buvaient du Jack Daniels dans la pénombre, à peine éclairés par la lumière en provenance de la pièce d'à côté.

— Tu as raison, p'pa. Je ne vais pas dire le contraire.

— Je sais qu'aujourd'hui, les maisons coûtent un prix fou et qu'un type dans ta situation n'en a pas forcément besoin, mais pourquoi n'achètes-tu pas un appartement à toi ? Quelque chose qui soit dans tes prix et te permette de bénéficier d'une aide au logement ?

C'était une discussion déjà ancienne, et qu'ils reprenaient à chaque fois qu'ils étaient réunis. Papa ne cesserait de lui marteler les bénéfices fiscaux accordés aux propriétaires pendant que Jack était forcé de lui mentir encore plus, puisqu'il ne pouvait lui dire que les bénéfices fiscaux n'avaient aucune importance pour lui qui ne payait pas d'impôts.

— Je ne comprends pas pourquoi tu t'obstines à rester dans cette ville. Non seulement tu dois payer les taxes fédérales et nationales, mais en plus, l'administration locale vient te piquer le peu qui te reste.

— C'est là que j'ai mon bureau et ma clientèle.

Son père se leva et emporta les verres dans le salon pour leur resservir une dose. Lorsqu'ils étaient revenus après le dîner, il n'avait même pas eu à demander à Jack ce qu'il voulait : il s'était contenté de verser deux doigts de Jack Daniels avec des glaçons et de lui tendre le verre. Jack ne commandait pas souvent du bourbon, mais après avoir fini son second, il se dit qu'il y prenait goût. Ensuite, il avait perdu le compte du nombre de verres.

Jack ferma les yeux et absorba toute l'atmosphère de cette maison. C'était là qu'il avait grandi, et il en connaissait la moindre fissure dans le mur, la moindre marche grinçante, le moindre recoin. A l'époque, le salon lui paraissait gigantesque, mais maintenant, il semblait bien petit. Il se souvenait encore des moments où l'homme âgé qui se tenait dans la pièce d'à côté le prenait sur ses épaules pour le promener à travers la maison. Il devait alors avoir cinq ans. Et lorsqu'il était un peu plus grand, ils jouaient à cache-cache dans le jardin. De ses trois enfants, Jack était le plus jeune. Il y avait toujours eu un lien très fort entre eux deux. Ils partaient souvent ensemble en week-end et, lorsqu'il en avait l'occasion, son père ne manquait jamais de lui faire la leçon. Il ne se lançait pas dans de grandes tirades, mais mettait toujours l'accent sur l'importance d'avoir un bon métier. Il faisait de même avec tous ses enfants : il leur répétait qu'il était toujours plus agréable d'être son propre patron plutôt que de travailler pour quelqu'un d'autre, comme lui-même. En ce temps-là, ils étaient très, très proches. Maintenant, ils étaient comme des connaissances… presque des amis… des parents éloignés.

Son père lui tendit son verre avant de reprendre son siège.

— Et si tu t'installais par ici ?

— P'pa…

— Attends, écoute-moi ! Je gagne plus d'argent que je n'en aurais rêvé. Je pourrais te prendre sous mon aile pour t'apprendre les ficelles. Tu pourrais suivre des cours d'économie pour parfaire ton éducation. Et pendant que tu vas à l'école, je pourrais gérer à ta place un portefeuille pour tes frais. Rien à perdre et tout à gagner, comme on dit.

Jack ne répondit pas. Son corps semblait fait de plomb et son esprit ramait. Avait-il abusé du Jack Daniels ? Ou supportait-il le poids de toutes ces années de mensonge ? Il connaissait très bien la finalité de ces beaux discours : qu'il termine ses études et se fasse une niche dans un champ d'activités respectables. Le frère de Jack était juge, sa sœur pédiatre. Et Jack ? Aux yeux de son père, il n'était qu'un type qui avait quitté la fac et, désormais, n'avait ni femme ni enfants, pas d'ambitions, pas d'avenir, pas de but dans la vie ; quelqu'un qui traverserait l'existence sans faire de vagues et ne laisserait pas la moindre trace de son passage. En deux mots : un raté.

Et il en souffrait. Il aurait tant voulu que son père puisse être fier de lui ! Or sa déception le rongeait comme un cancer et pourrissait leur relation. Désormais, Jack devait éviter un homme qu'il aimait et respectait.

Il en avait soupé des mensonges. Il fut tenté un instant de lui dire une bonne fois pour toutes la vérité sur ce qu'il faisait réellement dans la vie.

Alarmé par le tour que prenaient ses propres pensées, Jack se redressa sur sa chaise et se reprit. Décidément, le Jack Daniels avait une mauvaise influence sur lui. S'il mettait les choses au clair avec son père, il n'en retirerait rien. D'abord, il ne le croirait probablement pas ; ensuite, s'il le croyait, il ne comprendrait pas ; et s'il comprenait, il en resterait horrifié... comme Gia avant lui.

— Tu aimes ce que tu fais, pas vrai, p'pa ? finit-il par demander.

— Oui. Beaucoup. Et toi aussi tu aimerais ce travail si tu voulais bien...

— Je ne crois pas.

Son père gagnait de l'argent, c'est vrai, mais à part ça ? Il achetait et vendait des titres, mais ne produisait rien de lui-même. Mais Jack ne le dit pas à voix haute : il n'avait pas l'intention de provoquer une dispute. Son père était heureux, et il serait en paix avec lui-même s'il n'avait pas à se soucier de son fils cadet. Si Jack avait pu faire quelque chose pour qu'il change de point de vue, c'eût été avec plaisir. Mais c'était impossible. Il se contenta donc de dire :

— Mais j'aime déjà ce que je fais en ce moment. On ne peut pas en rester là ?

P'pa ne répondit pas.

Le téléphone se mit à sonner. Il alla dans la cuisine pour décrocher. Il revint un instant plus tard :

— C'est pour toi. Une femme. Elle a l'air dans tous ses états.

Jack sortit instantanément de sa léthargie. Gia était la seule à disposer de ce numéro. Il bondit de son fauteuil et se précipita vers le combiné.

— Jack, Nellie est partie !

— Où ça ?

— Je veux dire qu'elle a... disparu ! Comme Grace ! Tu te souviens d'elle ? C'était la dame que tu étais censé retrouver au lieu d'assister à des réceptions de diplomates avec ton amie l'Hindoue !

— Calme-toi, tu veux bien ? As-tu appelé la police ?

— Ils ne vont pas tarder.

— Je te verrai lorsqu'ils seront partis.

— Ne prends pas cette peine. Je voulais juste te féliciter pour ton efficacité !

Et elle raccrocha.

— Quelque chose ne va pas ? lui demanda son père.

— Ouais. Une amie à moi a eu un accident.

Encore un mensonge. Mais vu la masse qu'il avait accumulée au fil des années, il n'en était pas à ça près !

— Il faut que je retourne en ville. Merci, ajouta-t-il en lui serrant la main. C'était super. Il faudra qu'on remette ça un de ces jours.

Il récupéra sa raquette et regagna sa voiture avant que son père ne puisse lui recommander d'être prudent, avec tout ce qu'ils avaient bu. Mais il avait l'esprit parfaitement clair. Le coup de fil de Gia avait dissipé les brumes de l'alcool.

Mais maintenant, il était d'une humeur massacrante. Il avait vraiment tout fait foirer. Pourquoi n'avait-il pas réalisé que, si l'une des sœurs disparaissait sans crier gare, l'autre pouvait parfaitement faire de même ? Il avait envie de mettre le pied au plancher, mais la raison l'emporta.

Au moins, la circulation était légère. Pas un camion en vue. La nuit était claire. La lune presque ronde suspendue dans le ciel était aplatie d'un côté, comme un raisin qu'on aurait laissé trop longtemps au sol.

En passant la sortie 6, alors qu'il s'approchait de l'endroit où sa mère avait été tuée, il se mit à remonter le temps. Il se le permettait rarement : il préférait se concentrer sur le présent et l'avenir. Le passé était mort et enterré. Mais, dans son état d'esprit actuel, il suivit le flot de ses pensées, qui l'emmenèrent bien loin, par une nuit d'hiver, un mois après la mort de sa mère…

13

Chaque nuit, il venait monter la garde à cet endroit fatal. Parfois, il se tenait à découvert ; à d'autres moments, il se cachait dans les buissons. Le vent glacial de janvier avait gelé son visage, fendillé ses lèvres, engourdi ses doigts de pieds et de mains. Et pourtant, il était toujours là. Il attendait. Les voitures défilaient, les gens passaient et le temps s'écoulait, mais rien n'aurait pu le décourager.

Janvier céda la place à février. Et il se mit à neiger. Il y avait déjà un bon centimètre sur le sol et la météo en annonçait au moins six autres dans les prochains jours. Jack était là, sur le pont, fidèle au poste, et regardait le trafic de moins en moins dense qui s'écoulait en contrebas. Il avait froid, il était crevé et était sur le point de jeter l'éponge.

Alors qu'il se tournait pour partir, il vit une silhouette qui s'approchait dans la tourmente de neige, mais d'un air hésitant. Jack se courba, ramassa une poignée de neige, en fit une boule et la jeta au-delà de la grille de protection pour qu'elle s'abatte sur les voitures en contrebas. Il en lança encore deux tout en surveillant la silhouette qui, maintenant, s'approchait d'un pas beaucoup plus assuré. Jack jeta encore deux boules de neige et scruta le trafic comme s'il attendait que le nouveau venu traverse le pont sans s'arrêter. Mais non : il s'arrêta juste à côté de Jack.

— Qu'est-ce que tu mets dedans ?

Jack le regarda, interdit.

— Dans quoi ?

— Dans les boules de neige.

— Que dalle !

L'inconnu éclata de rire :

— Hé, pas de problème ! Sers-toi !

Il lui tendit une poignée de cailloux de la taille d'une noix. Jack eut un sourire de dérision.

— Si je voulais leur jeter des pierres, je pourrais trouver mieux.

— Ce n'est qu'un début.

Le nouveau, qui dit s'appeler Ed, posa ses pierres sur la rambarde et, ensemble, ils formèrent de nouvelles boules au centre beaucoup plus dur. Puis il lui désigna un espace entre deux grilles qui permettait de mieux viser… Un espace assez grand pour y faire passer un bloc de béton. Jack réussit à atteindre le toit des camions, mais le plus souvent, il ratait lamentablement ses cibles. Mais Ed jetait ses boules droit sur les pare-brise avec une précision remarquable, et beaucoup d'entre elles atteignaient leur but.

Alors qu'il visait, Jack regarda l'expression de son visage. Bien sûr, on ne voyait pas grand-chose sous le bonnet rabattu jusqu'aux yeux et le col de son parka bleu marine remonté sur ses joues creuses, mais il put voir la lueur farouche qui brillait dans ses yeux lorsqu'il jetait les boules et son sourire lorsqu'elles s'écrasaient contre les voitures. Pas de doute, il y prenait une joie malsaine.

Mais ce n'était pas forcément Ed qui avait jeté le bloc qui avait tué sa mère. Peut-être n'était-il qu'un de ces millions de microterroristes qui n'aiment rien tant que détruire ou défigurer la propriété d'autrui. Mais ce qu'il faisait était dangereux. La route était glissante. L'impact d'une de ces boules fourrées serait insuffisant pour fracasser un pare-brise, mais pouvait amener un chauffeur à freiner ou louvoyer sur l'autre voie. Et, par un temps pareil, un tel geste pourrait avoir des conséquences fatales.

Mais Ed n'y pensait peut-être pas. Ou alors, il était venu précisément pour cette raison.

Et si c'était lui ?

Jack se força au calme. Si c'était bien ça, il fallait qu'il en soit sûr, sans l'ombre d'un doute. Il eut un reniflement de dégoût.

— On perd notre temps, merde ! Je suis sûr qu'on n'a même pas réussi à en fendre un. (Il se tourna et fit celui qui s'en va.) A plus.

— Hé ! fit Ed en lui prenant le bras. Je t'ai dit, ce n'est qu'un début.

— C'est des conneries, oui.

— Suis-moi. Tu es tombé sur un vrai pro.

Ed le mena jusqu'à l'endroit où était garée une 280. Il ouvrit le coffre et désigna un bloc de béton coincé contre la roue de secours.

— Et ça, c'est des conneries ?

Jack se retint de lui sauter dessus pour lui déchirer la gorge avec ses dents. Mais il fallait qu'il en soit sûr et certain. Etant donné ce qu'il avait prévu, il ne pouvait se permettre la moindre erreur. S'il s'était trompé, il ne pourrait revenir en arrière pour demander pardon.

— Oui, ben, c'est plutôt des emmerdements en pagaille. C'est un coup à avoir les flics aux trousses.

— Non ! J'ai balancé une de ces bombes le mois dernier. T'aurais dû voir ça : en plein dans le mille ! Elle a carrément fini sur les genoux de quelqu'un.

Jack se sentit trembler comme une feuille.

— Ça a fait des dégâts ?

Ed haussa les épaules.

— Va savoir. J'suis pas resté là pour prendre des nouvelles. (Il eut un rire rauque.) J'aurais bien voulu voir leurs tronches lorsque ce truc a traversé leur pare-brise ! Blam ! Tu piges ?

— Ouais. Allons-y.

Alors qu'Ed se penchait pour prendre le bloc, Jack referma violemment le coffre sur son crâne. Ed poussa un glapissement et tenta de se relever, mais Jack frappa à nouveau. Et encore. Et encore, jusqu'à ce qu'Ed cesse de gigoter. Puis il courut vers les buissons où, un mois plus tôt, il avait caché six mètres de câble métallique.

***

— Allez ! Debout là-dedans !

Jack avait attaché les mains d'Ed derrière son dos. Il avait découpé une large ouverture dans la grille de protection et, maintenant, le maintenait en équilibre précaire sur la rambarde. Une corde passée entre les supports entravait ses deux chevilles. Ils se tenaient sur le pont, du côté sud, et les jambes d'Ed penchaient au-dessus du vide.

Jack lui frotta de la neige sur le visage.

— Réveille-toi !

Ed cracha, toussa et secoua la tête avant d'ouvrir les yeux. Il jeta un regard terne à Jack, puis tout autour de lui. Lorsqu'il vit où il se trouvait, il se raidit. Il eut un accès de panique.

— Hé ! Qu'est-ce que…

— Tu es mort, Ed. Ed est décédé. Ça sonne bien. Ce doit être un signe.

Jack se maîtrisait à peine. Des années plus tard, avec le recul, il se dit qu'il s'était comporté comme un dément. A tout moment, une voiture pouvait passer sur la route et traverser le pont, ou quelqu'un qui roulait sur l'autoroute aurait pu lever les yeux et les distinguer à travers les bourrasques de neige. Mais il avait perdu toute notion de bon sens, ainsi que quelques accessoires tels que la compassion, la pitié et le pardon.

Cet homme devait mourir. C'était ce que Jack avait décidé après la mort de sa mère, lorsqu'il s'était entretenu avec la police d'Etat. Ils lui avaient clairement fait comprendre que, même s'ils apprenaient l'identité de celui qui avait jeté le bloc de ciment, ils n'auraient aucun moyen de l'inculper, à moins de tomber sur un témoin irréfutable ou que le coupable ne signe de son plein gré une confession intégrale en présence de son avocat.

Jack refusait d'accepter cette idée. L'assassin devait payer – et pas n'importe comment : à la façon de Jack. Il devait savoir qu'il allait mourir. Et pourquoi.

A ses propres oreilles, sa voix semblait tout aussi glaciale que la neige qui tombait d'un ciel uniforme.

— Tu sais sur quels genoux a atterri ta « bombe » du mois dernier, Ed ? Ceux de ma mère. Et tu sais, elle en est morte. Une dame qui n'a jamais fait de mal à personne durant toute son existence rentrait chez elle, et tu l'as tuée. Maintenant, Ed, elle est morte et tu es en vie. Ce n'est pas juste.

Il vit l'expression horrifiée d'Ed et en conçut une certaine satisfaction macabre.

— Hé ! Attends ! C'était pas moi ! C'était un autre !

— Trop tard, Ed. Tu m'as déjà tout avoué.

Ed poussa un cri en se sentant glisser, mais Jack le retint par un pan de son manteau jusqu'à ce que ses pieds entravés retrouvent leur équilibre sur la corniche.

— Non ! Ne fais pas ça ! Je suis désolé ! C'était un accident ! Je ne voulais faire de mal à personne ! Je ferai tout ce que je peux pour me racheter ! Je ferais n'importe quoi !

— N'importe quoi, tu dis ? Parfait. Alors ne bouge pas.

Et ils restèrent là, au-dessus de la voie menant vers le sud, Jack du bon côté de la rambarde, Ed de l'autre. Tous deux regardaient passer les véhicules qui défilaient en dessous du pont. Jack maintenait toujours un pan du parka d'Ed tout en surveillant la circulation qui arrivait dans leur direction.

Alors que la neige s'accumulait, le trafic s'était raréfié. Sur la voie de gauche s'étendait une couche de gadoue grisâtre et personne ne s'y aventurait, bien que les voitures et les camions continuent de circuler sur les voies de droite et du milieu. La plupart roulaient à une vitesse raisonnable, aux alentours de quatre-vingts. Jack repéra les phares et les feux d'un camion qui s'approchait, un semi-remorque roulant sur la voie de droite. Alors que l'énorme engin s'approchait du pont, il posa ses mains sur le dos d'Ed et poussa légèrement.

Ed plongea en décrivant un arc assez gracieux, et son couinement de terreur réussit à couvrir les bruits du trafic. Jack avait soigneusement mesuré la corde : sa victime tomba les pieds en avant jusqu'à ce que celle-ci, qui entravait ses chevilles, se tende et le retourne violemment. Il resta ainsi suspendu un bref instant, puis sa tête et le haut de son torse allèrent s'écraser contre le haut de la remorque avec un bruit mat ; son corps flasque rebondit comme un pantin sur le toit et, lorsque le camion fut passé, retomba et oscilla comme un pendule tout en tournoyant follement au bout de sa corde.

Le camion ne ralentit même pas : le chauffeur avait bien dû entendre le choc sourd, mais l'avait probablement attribué à un bloc de neige qui se serait détaché du pont. Un autre camion s'annonçait dans le lointain, mais Jack n'attendit pas le second impact. Il marcha vers la voiture d'Ed et retira le bloc de béton du coffre. Il le jeta dans un champ alors qu'il regagnait son propre véhicule. Personne ne pourrait jamais établir de lien avec la mort de sa mère, ni ne pourrait remonter jusqu'à lui.

C'était terminé.

Il rentra se coucher en paix, avec la certitude sereine que, lorsque le soleil se lèverait, il pourrait reprendre le cours de sa vie là où il l'avait laissé.

C'est en cela qu'il se trompait.

Le lendemain, il se réveilla dans l'après-midi. C'est alors seulement qu'il réalisa l'énormité de ce qu'il avait fait. Il avait tué. Pire : il avait exécuté un autre homme.

Il pensa se dénoncer et plaider l'accès de folie, quitte à prétendre que ce n'était pas lui qui avait commis ce meurtre, mais un démon qui l'avait possédé. Quelqu'un d'autre avait pris le contrôle de son corps.

Cela ne prendrait jamais. C'était faux : c'était bien lui, Jack, qui était resté là, en embuscade sur ce pont. Et il n'était pas dans le brouillard, il n'avait pas ressenti un accès de rage délirante, il n'avait pas regardé la scène de loin. Il se souvenait de chaque détail, chaque mot, chaque geste.

Il ne ressentait ni remords, ni regrets. Et c'était ça le plus effrayant : s'il pouvait revenir en arrière, il referait exactement la même chose.

Et cet après-midi-là, alors qu'il se tenait assis au bord de son lit, les bras sur les genoux, il sut que sa vie ne serait plus jamais la même. Le jeune homme qui le regardait dans le miroir n'était pas celui qui s'y reflétait pas plus tard qu'hier. Tout semblait subtilement différent. Les angles et les courbes de son entourage n'avaient pas changé ; les visages, les architectures étaient les mêmes. Mais quelqu'un avait modifié l'éclairage, créant des zones d'ombre là où, naguère, la lumière brillait.

Jack reprit ses études à Rutgers, mais tout d'un coup, la fac ne lui semblait plus si importante. Il pouvait s'asseoir pour boire un verre et rigoler avec ses condisciples, mais il n'avait plus l'impression d'être des leurs. Il était sur une autre longueur d'onde. Il les voyait et les entendait, mais ne pouvait plus les toucher, comme si un mur de verre s'était élevé, une cloison qui le séparait de ceux qu'il croyait connaître.

Il chercha un moyen de comprendre ce qui lui arrivait. Il s'attaqua aux classiques de l'existentialisme, dévora Camus, Sartre et Kierkegaard. Camus semblait poser les mêmes questions que Jack, mais il n'avait pas de réponses à proposer.

Jack rata tous ses examens de second semestre. Il s'isola, négligea ses amis. Lorsque vint l'été, il prit toutes ses économies et s'installa à New York où il continua son travail de réparateur, mais avec une escalade progressive dans la violence qui le mit dans des situations de plus en plus périlleuses. Il apprit à crocheter une serrure, à choisir le bon revolver et les munitions appropriées à chaque cas de figure, comment s'introduire dans une maison, comment casser un bras. Et depuis, eh bien, cela n'avait guère changé.

Tout le monde, y compris son père, était persuadé que c'était la mort de sa mère qui avait initialisé son changement. Et, d'une façon très détournée, ils avaient raison.

14

Le pont s'éloigna dans son rétroviseur, et ses souvenirs avec lui. Jack essuya ses mains moites contre la toile de son pantalon. Un bref instant, il se demanda ce que serait sa vie aujourd'hui si Ed avait jeté son bloc une demi-seconde plus tôt ou plus tard et s'il avait atteint le capot ou le coffre de la voiture. Pour sa mère, cette demi-seconde eût fait toute la différence entre la vie et la mort – ainsi que pour Ed lui-même. Maintenant, Jack aurait sans doute terminé ses études, aurait un véritable emploi avec des horaires réguliers, une épouse, des enfants, une vie stable, une identité, un minimum de sécurité. Et il pourrait passer sous ce pont sans revivre deux meurtres.

Jack arriva à Manhattan par le tunnel Lincoln et se dirigea droit vers le centre-ville. En passant devant

Sutton Square, il vit une voiture de police devant chez Nellie. Il fit demi-tour sous le pont et alla se garer sur Sutton Place South, près d'une borne à incendie. Il ne lui restait plus qu'à attendre. Bientôt, il vit la voiture de police qui s'éloignait de Sutton Square et se dirigeait vers le centre. Il trouva une cabine téléphonique et composa le numéro de chez Nellie.

— Allô ?

C'était la voix de Gia, tendue et avide.

— Ici Jack. Tout va bien ?

— Non.

Elle parut se détendre. Maintenant, sa voix laissait surtout transparaître sa lassitude.

— Les policiers sont partis ?

— A l'instant.

— J'arrive. Enfin, si tu veux bien.

Jack s'attendait à des insultes, voire une dispute. Mais Gia se contenta de dire :

— Oui, tu peux venir.

Il remonta dans sa voiture, tira le Semmerling de dessous le siège et l'accrocha à sa hanche. Pour que Gia se montre aussi coopérative, il fallait vraiment qu'elle soit morte de peur.

15

Gia n'aurait jamais cru qu'elle serait un jour contente de revoir Jack. Mais lorsqu'elle ouvrit la porte et le vit là, assis sur les marches, elle dut se retenir pour ne pas lui sauter dans les bras. La police n'avait servi à rien. En fait, les deux agents qui avaient répondu à son coup de fil s'étaient comportés comme si elle leur faisait perdre leur temps. Ils avaient examiné la maison à la va-vite, n'avaient pas constaté la moindre trace d'effraction, avaient posé quelques questions, puis étaient repartis, la laissant seule avec Vicky dans cette immense maison déserte.

Jack s'avança dans le vestibule. Un instant, elle crut qu'il allait lui tendre les bras, mais il se retourna et referma la porte. Lui aussi avait l'air crevé.

— Ça va ? demanda-t-il.

— Oui, je m'en sortirai.

— Et Vicky ?

— Elle dort.

Ils étaient aussi mal à l'aise l'un que l'autre.

— Que s'est-il passé ?

Elle lui raconta le cauchemar de Vicky, puis la façon dont elle avait découvert la disparition de Nellie.

— La police n'a rien trouvé ?

— Non. « Pas de traces d'effraction », comme ils l'ont souligné. Je pense que, pour eux, Nellie est allée rejoindre Grace quelque part. Une sorte de caprice de vieilles dames.

— Est-ce possible ?

Un instant, Gia faillit se mettre en colère. Comment pouvait-il seulement envisager une telle éventualité ? Mais elle réalisa alors que quelqu'un qui ne connaissait pas Nellie et Grace aussi bien qu'elle-même pouvait y voir une explication plausible.

— Non ! C'est absolument impossible.

— C'est bon, je te crois sur parole. Et le système d'alarme ?

— Le rez-de-chaussée était branché. Comme tu le sais, elles ne le mettent pas aux étages.

— Ainsi, c'est l'affaire Grace qui se répète : « Une femme disparaît ».

— Est-ce vraiment le moment de faire de jolies petites références de cinéphile, Jack ?

— Pas vraiment, non. Excuse-moi. Allons jeter un œil dans sa chambre.

Alors que Gia le menait au second étage, elle réalisa

que, pour la première fois depuis qu'elle était entrée dans la chambre de Nellie et avait constaté qu'elle n'y était pas, elle commençait à se détendre. Jack exsudait la compétence. Il lui donnait l'impression que quelqu'un contrôlait la situation et qu'il ne lui arriverait rien sans son autorisation.

Il arpenta la chambre de Nellie d'un air nonchalant, du moins en apparence, mais elle remarqua que ses yeux étaient sans cesse en mouvement et qu'il ne touchait rien avec ses doigts, uniquement du plat ou du dos de la main, ou du bout d'un ongle, mais jamais d'une façon susceptible de laisser une empreinte. Ce qui lui rappelait d'une façon peu agréable l'état d'esprit de Jack et ses rapports avec la loi.

Il poussa la porte-fenêtre de la pointe d'un pied. Une bouffée d'air humide surgit dans la pièce.

— Ce sont les flics qui l'ont déverrouillée ?

— Non. Elle n'était même pas fermée à clé, juste tirée.

Jack passa sur le petit balcon et regarda en bas.

— Tout comme Grace. Ils ont regardé en dessous ?

— Ils s'y sont baladés avec leurs torches. D'après eux, il n'y avait pas de traces telles qu'aurait pu en laisser une échelle.

— Tout comme Grace. (Il ferma les battants du coude.) Je n'y comprends rien. Et le plus étonnant, c'est que si Vicky n'avait pas fait un cauchemar, tu ne l'aurais découvert qu'au matin. (Il la regarda :) Et d'ailleurs, tu es bien sûre que c'était un cauchemar ? Elle peut avoir entendu un bruit qui l'a réveillée et, ensuite, vu quelque chose qui lui a fait peur, et tu as cru que c'était un cauchemar.

— Oh, c'en était bien un. Elle s'imaginait que Monsieur Gobe-Raisins emportait Madame Biscuit. (En se remémorant le hurlement de Vicky, son estomac se serra.) Elle a même cru le voir dans le jardin.

Jack se crispa.

— Elle a vu quelqu'un ?

— Ce n'était pas « quelqu'un ». C'était Monsieur Gobe-Raisins. Sa poupée.

— Raconte-moi tout, point par point, du moment où tu t'es réveillée jusqu'à celui où tu as appelé la police.

— J'ai déjà tout dit à ces deux agents.

— Alors recommence. Je t'en prie. C'est peut-être important.

Gia lui dit qu'elle s'était réveillée en entendant hurler Vicky, avoir regardé par la fenêtre sans rien distinguer, être descendue dans la chambre de Nellie…

— Il y a une chose dont j'ai omis de parler à la police : l'odeur qui planait dans la pièce.

— Du parfum ? De l'après-rasage ?

Ce simple souvenir la mettait mal à l'aise.

— Non. Comme un relent… de pourriture.

Les traits de Jack se crispèrent.

— Evoquant un animal mort ?

— Oui. Exactement. Comment le sais-tu ?

— Simple coup de bol.

Soudain, il paraissait bien tendu. Il passa dans la salle de bains et vérifia tous les flacons un par un, mais apparemment, il ne trouva pas ce qu'il cherchait.

— L'as-tu sentie à un autre endroit de la maison ?

— Non. Qu'est-ce qu'une odeur peut avoir de si important ?

Il se tourna vers elle :

— Je ne sais pas. Mais tu te souviens de ce que je t'ai dit ce matin ?

— De ne pas boire de liquide bizarre, comme le laxatif de Grace ?

— Exact. Nellie a-t-elle acheté un produit de ce style ? Ou est-ce qu'on a introduit quelque chose d'étranger dans la maison ?

Gia y réfléchit un instant.

— Non… Tout ce que nous avons reçu, c'était une boîte de chocolats envoyée par mon ex-mari.

— Pour toi ?

— Ça ne risque pas ! Pour Nellie. Ce sont ses préférés. Apparemment, c'est une marque très populaire. Nellie en a discuté avec le frère de ton Hindoue, hier soir. (*Etait-ce vraiment hier soir ? Cela lui semblait une éternité.*) Il l'a appelée pour lui demander s'il pouvait en commander.

Jack haussa les sourcils.

— Kusum ?

— Cela semble t'étonner.

— Il n'a pas l'air d'un amateur de chocolats. C'est plutôt le style « eau et riz complet ».

Gia le comprenait parfaitement. Kusum avait tout de l'ascète.

Alors qu'ils retournaient dans le hall, Jack lui demanda :

— A quoi ressemble ce Monsieur Gobe-Raisins ?

— Oh, c'est un drôle de bonhomme, genre Sidney Whiplash – en violet. Attends, je vais te montrer.

Elle le fit monter au troisième et le laissa sur le palier pendant qu'elle marchait sur la pointe des pieds jusqu'à la table pour prendre la poupée.

— M'man ?

Gia fit un saut de carpe. Pourtant, ce n'était pas la première fois que Vicky lui faisait le coup. Tard dans la nuit, alors que la fillette aurait dû dormir profondément, elle la laissait se pencher pour l'embrasser et, au dernier moment, ouvrait les yeux et disait « Salut ». Parfois, c'en devenait angoissant.

— Oui, chérie ?

— Je t'ai entendue parler. Est-ce que Jack est là ?

Gia eut une hésitation, mais comment pouvait-elle lui cacher la vérité ?

— Oui. Mais je veux que tu te…

Trop tard : Vicky avait bondi de son lit et se précipitait vers le palier.

— Jack-Jack-Jack !

Lorsque Gia les rejoignit, il l'avait déjà prise dans ses bras et elle se serrait contre lui.

— Salut, Vicks !

— Oh, Jack, je suis si contente que tu sois là ! J'avais tellement peur !

— C'est ce que j'ai entendu. Ta maman m'a dit que tu faisais de mauvais rêves.

Vicky se lança dans un compte rendu détaillé des sombres complots que Monsieur Gobe-Raisins tramait contre Madame Biscuit et, une fois de plus, Gia ne put que s'émerveiller de l'excellent rapport qu'entretenaient Jack et sa fille. On aurait dit de vieux amis. C'est dans des moments comme celui-ci qu'elle regrettait amèrement que Jack soit ce qu'il était.

— C'est vrai qu'il ressemble à Sidney Whiplash. Si tu poses un corbeau sur son épaule, il deviendra plutôt le M. Carrion de Will Eisner. (Il le montra à Vicky.) C'est bien lui que tu as cru voir là dehors ?

— Oui, opina Vicky. Sauf qu'il avait oublié son chapeau.

— Ah ? Que portait-il alors ?

— Je n'ai pas pu bien le voir. Juste ses yeux. Ils étaient jaunes.

Jack eut un sursaut si violent qu'il faillit lâcher Vicky. Gia tendit instinctivement la main pour rattraper sa fille au cas où elle tomberait.

— Qu'y a-t-il, Jack ?

Il eut un sourire qui lui sembla bien pâle.

— Ce n'est rien. Juste un spasme musculaire. J'ai dû trop forcer au tennis. C'est fini. (Il regarda Vicky :) Mais… tu as dû voir un chat errant, tu ne crois pas ? Monsieur Gobe-Raisins n'a pas les yeux jaunes.

Vicky hocha vigoureusement la tête.

— Ce soir, ils étaient jaunes. Et l'autre aussi.

Gia, qui regardait Jack de près, crut voir passer sur son visage une expression de dégoût. Ce qui l'inquiéta : ce n'était pas le genre de réaction qu'elle attendait de lui.

— L'autre ?

— Oui. Monsieur Gobe-Raisins a dû faire venir un de ses copains pour qu'il l'aide.

Jack garda le silence un moment, puis prit Vicky dans ses bras et l'emporta dans la chambre.

— Il est temps de dormir, Vicks. On se reverra demain matin.

Lorsqu'il quitta la chambre, Vicky émit quelques vagues protestations, puis roula sur le côté et ne dit plus rien pendant que Gia la bordait. Lorsque celle-ci revint sur le palier, Jack n'était plus là. Elle le retrouva au premier, dans la bibliothèque aux murs tapissés de chêne. Il titillait le système d'alarme avec un petit tournevis.

— Que fais-tu ?

— Je rebranche les étages supérieurs. C'est ce qu'il aurait fallu faire juste après la disparition de Grace. Voilà ! Maintenant, plus personne ne peut entrer ou sortir sans déclencher un boucan d'enfer.

Gia voyait très bien qu'il lui cachait quelque chose.

— Qu'est-ce que tu sais de plus ?

— Rien, fit-il sans détourner les yeux du boîtier sillonné de fils. Rien qui puisse éclairer la situation, en tout cas.

Ce n'était pas ce qu'elle voulait entendre. Elle voulait que quelqu'un – n'importe qui – lui explique les événements qui s'étaient déroulés ici la semaine dernière. Vicky avait dit quelque chose qui avait perturbé Jack, et Gia voulait savoir de quoi il s'agissait.

— Peut-être que moi, je pourrai y voir plus clair ?

— J'en doute.

Gia sentit éclater sa colère :

— Permets-moi d'en être seule juge ! Vicky et moi

avons séjourné là une bonne partie de la semaine, et nous devrons probablement rester encore quelques jours au cas où il y avait de nouveaux développements. Si tu as des informations sur ce qui se passe ici, je veux les entendre !

— Bon, tu l'auras voulu. En vrac : ces deux dernières nuits, j'ai senti une mystérieuse odeur de pourriture dans mon appartement, et elle est repartie comme elle était venue. Et la nuit dernière, j'ai vu deux paires d'yeux jaunes qui me regardaient par la fenêtre de mon salon.

— Jack, tu es au troisième étage !

— Je sais, mais cela n'y change rien.

Gia sentit se nouer son estomac. Elle s'assit sur le canapé-lit en tremblant.

— Mon Dieu ! Tu me donnes le frisson !

— Ce devait être des chats.

Au premier coup d'œil, Gia sut qu'il n'en croyait pas un mot. Elle referma les pans de sa robe de chambre. Pourquoi avait-elle tenu à l'interroger ? Elle aurait encore préféré ne pas savoir.

— C'est ça, fit-elle. Des chats. Oui. Certainement.

Jack s'étira et bâilla.

— Il est tard et je suis crevé. Je peux passer la nuit ici ? Ça ne te dérange pas ?

Gia fit de son mieux pour masquer son soulagement.

— Non, je ne pense pas.

— Parfait. (Il s'assit sur la chaise longue de Nellie et fit descendre le dossier.) Je vais rester ici pendant que tu dormiras à l'étage, avec Vicky.

Il alluma la lampe juste à côté de la chaise et tendit la main vers la pile de revues posées sur la table, juste à côté du carton de *Black Magic*. Gia revit la joie enfantine de Nellie lorsqu'elle avait déballé les chocolats et une boule se forma dans sa gorge.

— Tu veux une couverture ?

— Non, ça ira. Je vais juste lire un peu. Bonne nuit.

Gia se leva et partit vers la porte.

— Bonne nuit.

Elle éteignit le plafonnier, laissant Jack au centre d'une flaque de lumière dans la pièce plongée dans la pénombre. Elle s'empressa de rejoindre Vicky et se blottit contre la fillette. Mais malgré la tranquillité de la maison et la présence rassurante de Jack, elle ne put trouver le sommeil.

Jack… Il était venu lorsqu'elle avait eu besoin de lui et avait obtenu ce que tout le Département de police de New York n'avait pu réussir : lui donner une impression de sécurité. Sans lui, elle aurait passé la nuit dans un état de panique constante. Elle lutta contre son envie croissante de le rejoindre – et perdit la bataille. A ses côtés, Vicky avait la respiration lente et paisible du sommeil. Maintenant que le système d'alarme était remis, ils ne risquaient plus rien : impossible de s'introduire par une fenêtre ou une porte sans le déclencher.

Gia se glissa hors du lit et descendit les escaliers sur la pointe des pieds en emportant une couverture légère. Une fois devant la porte de la bibliothèque, elle eut une hésitation. Et s'il la repoussait ? Elle s'était montrée si froide à son égard… Et s'il… ?

Il n'y avait qu'une seule façon d'en être sûre.

Elle entra et vit que Jack la regardait. Il avait dû l'entendre venir.

— Tu es sûr de ne pas vouloir une couverture ? demanda-t-elle.

— Je préférerais la partager avec quelqu'un, répondit-il, très sérieux.

La bouche sèche, Gia alla s'allonger aux côtés de Jack sur la chaise longue, puis il étendit la couverture. Ils restèrent silencieux. Il n'y avait rien à dire, du moins de sa part à elle. Elle pouvait juste rester là, à ses côtés, à combattre l'avidité qui la dévorait.

Au bout d'une éternité, Jack souleva son menton et

l'embrassa. Ce geste avait dû lui coûter autant de courage qu'il lui en avait fallu à elle pour le rejoindre dans le boudoir. Gia donna libre cours au désir qui s'était accumulé en elle. Elle tira sur ses vêtements, il souleva sa robe de chambre, et il n'y eut plus rien pour les séparer. Elle s'accrocha à lui comme si elle craignait qu'on ne le lui arrache. Voilà, c'était ce qu'il lui fallait, ce dont elle avait été privée, la pièce manquante dans sa vie.

C'était bien lui. L'homme avec qui elle voulait partager son existence.

16

Jack s'allongea sur la chaise longue et tenta de se rendormir, mais en vain. Cette nuit, Gia l'avait pris totalement par surprise. Ils avaient fait l'amour deux fois – d'abord avec rage, puis de façon plus détendue – et maintenant, il se retrouvait seul avec un sentiment de satisfaction et de plénitude tel qu'il n'en avait jamais connu. Malgré toute sa science, son inventivité et son entrain apparemment inépuisable, Kolabati ne lui avait pas laissé une impression aussi durable. Non, c'était autre chose : il avait toujours pensé que Gia et lui étaient faits l'un pour l'autre, et maintenant il en avait la preuve. Il devait bien exister un moyen pour qu'ils se remettent ensemble, pour de bon cette fois-ci.

Ils étaient restés enlacés un instant, rassasiés et un peu étourdis, puis Gia était remontée en disant qu'elle ne voulait pas que Vicky les retrouve ensemble au matin. Elle s'était montrée affectueuse, passionnée, chaleureuse… Tout ce qu'elle n'était certainement pas ces derniers mois. Il n'y comprenait rien, mais n'allait pas s'en plaindre. Il avait dû faire quelque chose de bien sans le savoir. Et il fallait qu'il continue.

Mais ce n'était pas ce changement subit dans l'attitude de Gia qui l'empêchait de dormir, du moins pas uniquement. Les événements de cette nuit avaient déclenché dans son esprit un tourbillon de faits, de théories, d'impressions et de frayeurs qui ne cessaient de tournoyer entre ses neurones.

Lorsque Vicky avait parlé de ces yeux jaunes qu'elle avait vus dans son jardin, il en était resté sans voix. Jusque-là, il avait presque réussi à se convaincre que ceux qu'il avait aperçus derrière sa fenêtre n'étaient qu'une illusion d'optique. Mais d'abord, Gia avait mentionné une odeur putride dans la chambre de Nellie – la même qui avait envahi son appartement vendredi et samedi soir. Puis Vicky avait parlé des yeux. Ces deux phénomènes répétés deux nuits différentes à deux endroits distincts ne pouvaient être une simple coïncidence.

Il y avait forcément un lien entre ce qui était arrivé la nuit dernière à son appartement et la disparition de Nellie. Mais du diable s'il savait lequel. Ce soir, il avait cherché cette décoction d'herbes qu'il avait trouvée dans la chambre de Grace la semaine dernière et, à sa grande déception, était revenu bredouille. Il ne savait ni comment, ni pourquoi, mais il était sûr qu'il y avait un lien entre l'odeur, les yeux, le liquide et la disparition de ces deux vieilles dames.

D'un geste négligent, il prit un chocolat dans la boîte posée sur le guéridon. Il n'avait pas vraiment faim, mais pouvait bien s'offrir une petite douceur. L'ennui, c'est qu'on ne savait jamais à quoi ils étaient fourrés. On pouvait toujours y faire une encoche de l'ongle du pouce, selon une technique éprouvée, mais après tout, ces chocolats appartenaient à une personne disparue. Il le remit dans la boîte et reprit ses ruminations.

S'il avait découvert un autre flacon de liquide vert

au milieu des affaires de Nellie, une autre pièce du puzzle se serait emboîtée. Il n'aurait pas été plus proche de la solution, mais aurait eu une base de travail plus solide. Jack tendit la main pour vérifier que le Semmerling était toujours là où il l'avait mis, à portée de la main entre le coussin et le bras de la chaise longue, et toucha son métal lisse et froid. Il ferma les paupières et pensa à d'autres yeux… jaunes, luisants…

C'est alors qu'une idée le frappa – celle qui lui avait échappé le soir d'avant. Ces yeux… jaunes avec des pupilles noires… Ils lui avaient rappelé quelque chose, mais ce n'est que maintenant qu'il réalisait quoi : les deux topazes jaunes au cœur noir qui ornaient les colliers de Kolabati et de Kusum et celui qu'on avait dérobé à leur grand-mère !

Comment n'avait-il pas remarqué tout de suite la jonction ! Cela faisait des jours et des jours qu'il ne voyait que ces deux pierres. Son moral remonta d'un cran. Il ne savait pas ce que signifiait cette ressemblance, mais maintenant, il pouvait établir un lien entre les Bahkti et les yeux à sa fenêtre et, peut-être, avec les disparitions successives de Nellie et de Grace. Peut-être ne s'agissait-il que d'une coïncidence, mais au moins, il disposait d'une piste à suivre.

Maintenant, il savait ce qu'il ferait le lendemain matin.

CHAPITRE HUIT

Lundi 6 août

1

Gia regardait Jack et Vicky qui jouaient avec leurs bols de céréales respectifs. Vicky s'était levée à l'aube et avait été enchantée de trouver Jack endormi dans le boudoir. Peu de temps après, elle s'était arrangée pour réveiller sa mère, qui avait entrepris de préparer le petit déjeuner.

A peine étaient-ils installés devant la table de la cuisine que Vicky s'était mise à psalmodier : « On veut M'sieur Lune ! On veut M'sieur Lune ! » Jack avait donc consciencieusement emprunté le rouge à lèvres de Gia, un stylo-feutre, et avait dessiné un visage stylisé sur sa paume gauche. Sa main devint ainsi une entité grossière et vantarde du nom de M'sieur Lune. Jack était alors en train de brailler des insanités d'une voix de falsetto pendant que Vicky fourrait des Cheerio's dans la bouche de M'sieur Lune en s'esclaffant si fort qu'elle pouvait à peine respirer. Son rire était si agréable à entendre, si insouciant, venant du plus profond de son être. Gia aimait l'entendre et ne pouvait qu'y joindre le sien.

A quand remontait la dernière fois où Vicky et elle avaient fait preuve d'une telle innocence ?

— Bien, ça suffit pour l'instant, finit par dire Jack. M'sieur Lune est fatigué et je dois manger mes céréales.

Il alla se laver la main, et M'sieur Lune disparut dans l'évier.

— Jack est marrant, hein, m'man ? fit Vicky, les yeux brillants. Hein qu'il est marrant comme tout ?

Gia allait répondre lorsque Jack se tourna et dit en même temps qu'elle et avec une synchronisation parfaite :

— A se tordre, Vicky.

Gia lui jeta une serviette à la figure.

— Va donc finir ton déjeuner !

Gia le regarda avaler les œufs au plat qu'elle lui avait préparés. C'était une assemblée bien joyeuse, malgré le cauchemar de Vicky et la disparition de Nellie – elle n'avait pas encore mis la fillette au courant. Gia sentait monter en elle une chaleur qu'elle croyait disparue. La nuit dernière, ç'avait été si bon ! Elle ne savait pas quel démon l'avait possédée, mais était contente de lui avoir succombé. Elle ne savait pas ce que cela signifiait… Un nouveau départ… Ou peut-être rien du tout. Si seulement ce sentiment de plénitude pouvait se prolonger. Si seulement…

— Jack, commença-t-elle sans trop savoir comment formuler sa phrase, tu n'as jamais pensé à changer de travail ?

— Tout le temps. Et je finirai bien par y arriver – ou du moins à en finir avec celui-ci.

Une petite flamme d'espoir s'alluma en elle.

— Quand ?

— Je ne sais pas, répondit-il en haussant les épaules. Je sais que je ne pourrai pas continuer indéfiniment, mais…

Il haussa à nouveau les épaules, visiblement mal à l'aise.

— Mais quoi ?

— C'est mon boulot. Je ne sais comment l'exprimer autrement, mais… C'est mon travail, c'est ce que je fais, et je m'en sors pas mal. Et je tiens à continuer.

— Tu aimes ton job.

— Ouais, fit-il en regardant fixement sa dernière bouchée d'œuf. J'aime mon job.

La petite flamme s'éteignit d'un coup, soufflée par une bourrasque de colère. Elle entreprit de débarrasser la table, histoire de s'occuper les mains. *Pourquoi tentes-tu de le raisonner ? C'est sans espoir. Son cas est désespéré.*

Ainsi, le petit déjeuner idyllique se termina sur une pointe d'amertume.

Par la suite, Jack retrouva Gia dans le vestibule.

— Je crois que tu devrais retourner chez toi.

Gia ne demandait pas mieux, mais…

— Je ne peux pas. Et Nellie ? Je ne veux pas qu'elle revienne pour tomber sur une maison vide.

— Eunice sera là.

— Je n'en suis pas si sûre, et toi non plus. Maintenant que Nellie et Grace ont disparu, elle est officiellement au chômage. Peut-être refusera-t-elle de rester dans cette grande baraque, et ce n'est pas moi qui l'en blâmerai.

Jack se gratta la tête.

— Tu dois avoir raison. Mais je n'aime pas non plus vous savoir seules ici, Vicks et toi.

— Nous pourrons nous débrouiller, fit-elle en traitant son inquiétude par la dérision. Fais ce que tu as à faire, et ne te soucie pas d'autre chose.

Jack pinça les lèvres.

— Très bien. Parfait. Alors pour toi, ce qui s'est passé hier soir ne veut rien dire ? C'était juste un p'tit coup comme ça en passant ?

— Peut-être. Cet épisode aurait pu avoir une véritable signification, mais j'imagine que rien n'a changé, ni toi ni moi. Tu es le même que celui que j'ai quitté, et je ne peux toujours pas accepter ce que tu fais dans la vie. Et ce que tu fais conditionne ta personnalité.

Il s'en alla, et elle se retrouva seule. Soudain, la maison lui parut bien grande et bien menaçante. Pourvu qu'Eunice ne tarde pas trop !

2

Un jour dans la vie de Kusum Bahkti...

Son ultime échange avec Gia avait profondément blessé Jack, mais il refoula la douleur pour attaquer son devoir de la journée : en apprendre un maximum sur la façon dont Kusum passait ses journées. Il avait dû choisir entre Kusum et Kolabati, mais comme celle-ci habitait à Washington et ne faisait que passer, son frère l'emportait haut la main.

Après avoir quitté Sutton Square, il fit un premier arrêt à son appartement et appela chez Kusum. C'est Kolabati qui lui répondit et, durant la brève conversation qui s'ensuivit, il apprit qu'il pourrait trouver son frère soit au consulat, soit aux Nations Unies. Jack parvint aussi à lui arracher l'adresse de ce même appartement qu'ils occupaient tous les deux. Voilà qui pouvait toujours lui être utile. Il appela le consulat hindou, où on l'informa que M. Bahkti était au bâtiment des Nations Unies, où il resterait probablement toute la journée.

C'est ainsi qu'il se retrouva à faire la queue dans le bâtiment de l'assemblée générale des Nations Unies, au milieu des touristes qui attendaient que commence la visite. Les coups de soleil sur le nez et les avant-bras qu'il avait récoltés durant la partie de tennis d'hier commençaient à le cuire. Il ignorait tout de la topographie de ce bâtiment. La plupart des habitants de Manhattan qu'il connaissait n'y étaient jamais allés, sinon pour accompagner un ami ou un parent en vacances à New York.

Il portait des lunettes noires, une chemise bleu marine boutonnée jusqu'au cou, un badge « I love NY » sur la poche, un bermuda bleu clair, des chaussettes noires et des sandales. Un Kodak portable et des jumelles autour du cou mettaient la touche finale. Il s'était dit que c'était en ressemblant à un touriste qu'il avait le plus de chances de passer inaperçu. Et c'était le cas : il se fondait parfaitement dans la foule.

Le bâtiment du secrétariat général, en forme de pierre tombale, n'était pas accessible au public. Il était entouré d'une clôture de métal et surveillé par des gardes qui vérifiaient les identités aux contrôles. Dans le bâtiment de l'assemblée générale, on avait installé des détecteurs de métaux comme on en trouvait dans les aéroports. A contrecœur, Jack s'était résigné à ne pas prendre d'arme.

La visite finit par commencer. Alors qu'ils traversaient les grandes salles, le guide leur donnait un résumé succinct et particulièrement enthousiaste des nombreux succès obtenus par les Nations Unies et des buts qu'elles comptaient atteindre dans un futur proche. Jack ne l'écouta que d'une oreille. Il se souvint d'une remarque qu'il avait entendue un jour disant que si on virait tous les diplomates à grands coups de pied dans le train, les Nations Unies pourraient devenir le plus grand bordel au monde, et qu'on ne perdrait pas vraiment au change. Qui sait, peut-être ferait-on plus pour la paix dans le monde en procédant de cette façon.

Il put se faire une bonne idée de la disposition du bâtiment. Celui-ci était divisé en zones libres d'accès et d'autres interdites au public. Jack décida qu'il avait intérêt à s'installer dans la galerie de l'assemblée. Celle-ci serait en conférence toute la journée, à la suite d'une crise internationale quelconque. Peu après, Jack apprit que les Hindous étaient directement impliqués dans cette affaire, en l'occurrence une série d'incidents sur la frontière sino-indienne. L'Inde accusait la Chine d'agression caractérisée.

Il dut subir des discussions interminables qu'il avait déjà entendues des milliers de fois. N'importe quel pays, même le plus minuscule, avait son mot à dire et, en général, tenait le même discours que le minuscule pays qui l'avait précédé. Jack finit par couper son casque, mais garda ses jumelles braquées sur la zone où se trouvait la délégation hindoue. Jusque-là, il n'avait pas vu Kusum.

Il allait laisser tomber lorsque celui-ci finit par faire son apparition, marchant d'un pas digne et conquérant. Il tendit une liasse de papiers au délégué en chef, puis alla s'asseoir sur une chaise à l'arrière.

Jack reprit immédiatement ses esprits et le suivit de près via ses jumelles. Kusum échangea quelques mots avec les autres diplomates installés à côté de lui, mais resta silencieux la plupart du temps. Il semblait distant, préoccupé, comme si un poids énorme pesait sur ses épaules ; il se tortillait sur son siège, croisait et décroisait les jambes, tapait du pied et ne cessait de regarder l'horloge. L'image même d'un homme qui pensait à autre chose et aurait bien voulu se trouver ailleurs.

Et Jack entendait découvrir où se situait cet ailleurs.

Il abandonna Kusum à son triste sort et passa sur la grande place des Nations Unies. Après une brève reconnaissance, il trouva le parking réservé aux diplomates, en face du secrétariat. Jack fixa dans son esprit l'image du drapeau hindou, puis dénicha un coin à l'ombre qui lui permettait de surveiller la rampe de sortie.

3

Jack resta là une bonne partie de l'après-midi. Il était quatre heures moins le quart et, après avoir scruté durant des heures le parking des diplomates, Jack commençait à avoir mal aux yeux. Si, par hasard, il n'avait pas jeté un coup d'œil de l'autre côté de la place à ce moment précis, il aurait pu y passer la nuit. Car c'est alors qu'il vit Kusum, marchant dans les brumes de chaleur qui s'élevaient du béton recuit par le soleil, tel un mirage en plein désert. Pour une raison ou pour une autre – peut-être parce qu'il était parti avant la fin de la conférence –, Kusum avait négligé de prendre une voiture officielle et était parti à pied. Au passage, il arrêta un taxi.

De peur de le perdre, Jack courut vers la rue et stoppa un autre taxi. En sautant sur le siège arrière, il dit au chauffeur :

— Je sais que ça fait mélodramatique, mais… vous allez suivre cette voiture.

Le taxi ne jeta même pas un coup d'œil en arrière.

— Laquelle ?

— Celle qui vient de partir – avec une pub pour le *Times* à l'arrière.

— C'est parti.

Alors qu'ils abordaient le flot du trafic sur la Première Avenue, Jack s'adossa à la banquette et regarda la carte d'identité du chauffeur scotchée de l'autre côté de la vitre de plastique qui le séparait des sièges arrière. La photo représentait un Noir au visage bouffi posé sur un cou de taureau. En dessous, Jack lut son nom : Arnold Green. Un placard rédigé à la main et collé au tableau de bord précisait : « The Green Machine ».

— Est-ce que cela vous arrive souvent ? demanda Jack. Je veux dire, qu'on vous fasse le coup de « suivez ce taxi » ?

— Jamais. Enfin, presque jamais.

— Pourtant, vous n'aviez pas l'air surpris.

— Tant que vous avez de quoi payer ma course, je suivrai tout ce que vous voudrez. Si vous me le demandez, je peux tourner autour du même bâtiment jusqu'à ce que je tombe en panne d'essence. Tant que le compteur marche.

Le taxi qui emportait Kusum tourna sur la 66e, une des rares qui fasse exception à la règle de « toujours-vers-l'est » qui avait conditionné le tracé des rues. Ils continuèrent ainsi jusqu'à la Cinquième Avenue – à peu de distance de l'appartement de Kusum. Celui-ci rentrait chez lui. Mais son taxi vira de bord et se dirigea vers le centre. Kusum en sortit au coin de la 64e et se dirigea vers l'est, mais à pied. Jack le suivit dans son taxi. Il le vit passer une porte flanquée d'une plaque indiquant : « New India House ». Il vérifia l'adresse du consulat hindou qu'il avait notée ce matin même et vit qu'elle correspondait à l'endroit où il se trouvait. Il se serait plutôt attendu à un temple hindou, ou quelque chose qui y ressemblait. En fait, il s'agissait d'un bâtiment des plus ordinaires, aux murs blancs et aux fenêtres grillagées, avec un grand drapeau hindou – orange, blanc et vert avec un mandala rond au centre – dominant une double porte de chêne.

— Garez-vous, dit-il au taxi. On est partis pour attendre un bout de temps.

La « Green Machine » s'inséra dans une zone de chargement juste en face du bâtiment.

— Combien de temps ?

— Aussi longtemps qu'il faudra.

— Cela pourrait vous coûter cher.

— Peu importe. Je vous réglerai tous les quarts

d'heure, histoire que le compteur ne pète pas un fusible. D'accord ?

En guise de réponse, le chauffeur passa une grosse main brune dans la fente creusée dans la cloison de plastique.

— Et si vous me versiez un acompte ?

Jack lui refila un billet de dix dollars. Arnold coupa le moteur et se laissa aller sur son siège.

— Vous êtes du coin ? fit-il sans se retourner.

— Si l'on veut.

— A vous voir, on dirait que vous venez de Cleveland.

— Je suis déguisé.

— Z'êtes un détective ?

Voilà une explication tout à fait raisonnable pour expliquer sa conduite. Un détective privé était le genre de personne susceptible d'envoyer un taxi à la poursuite d'un autre en plein Manhattan.

— Si l'on veut.

— Vous avez des notes de frais ?

— Si l'on veut.

Faux : il était là de lui-même et, donc, à ses propres dépens, mais il préféra acquiescer.

— Eh bien, si-l'on-veut, vous pourrez me faire signe lorsqu'il faudra repartir.

Jack éclata de rire et s'installa confortablement. Il n'avait qu'un seul souci : que ce bâtiment dispose d'une autre porte de sortie.

Lorsque sonnèrent 17 heures, toute une foule s'écoula du bâtiment. Jack attendit encore une heure sans trouver trace de Kusum. Arnold dormait à poings fermés devant son volant et Jack commençait à craindre que l'Hindou n'ait trouvé un moyen de filer à l'anglaise. Il décida de lui consacrer encore une demi-heure. Si Kusum ne s'était pas montré d'ici là, Jack essaierait d'entrer, ou il chercherait une cabine pour appeler le consulat.

Il était presque 19 heures lorsque deux Hindous en costard strict franchirent la porte. Jack donna un coup de coude à Arnold.

— Vas-y, démarre ta caisse. On risque de devoir partir en vitesse.

Arnold grogna et tourna la clé de contact. La « Green Machine » émit un grondement sourd.

Un autre duo d'Hindous passa à son tour la porte. Toujours pas de Kusum. Jack se sentait de plus en plus nerveux. Il faisait grand jour, Kusum ne pouvait pas s'être éclipsé sans qu'il le voie, et pourtant, il sentait que, s'il le désirait, cet Hindou pouvait être une vraie savonnette. Pourvu qu'il ne lui glisse pas entre les doigts !

Allez, montre-toi, où que tu sois.

Il regarda les deux Hindous qui se dirigeaient vers la Cinquième Avenue. Dans un éclair de lucidité, Jack réalisa – à son grand désespoir – qu'il s'était garé dans une rue à sens unique. Si Kusum prenait le même chemin que ces deux-là, Jack devrait abandonner son taxi et en arrêter un autre sur la Cinquième. Et le nouveau chauffeur ne serait pas forcément aussi complaisant qu'Arnold.

— Il faut qu'on aille se garer sur la Cinquième, dit-il à Arnold.

— D'ac.

Celui-ci s'engagea dans le flot du trafic.

— Non, attends ! Faire le tour du bloc nous prendra trop de temps. Je risque de le louper.

A travers la vitre, Arnold lui jeta un regard noir.

— Vous ne me demandez tout de même pas d'emprunter une voie à sens unique dans la mauvaise direction, tout de même ?

Quelque chose dans sa voix incita Jack à rentrer dans son jeu :

— Bien sûr que non. Ce serait contraire à la loi.

— Je voulais juste m'en assurer, fit Arnold avec un grand sourire.

Et, sans crier gare, il passa la marche arrière et mit le pied au plancher. Les pneus crissèrent, des passants terrifiés sautèrent sur le trottoir, des voitures qui sortaient de la voie transversale menant à Central Park virèrent et klaxonnèrent rageusement pendant que Jack se cramponnait à la poignée de maintien. La voiture remonta ainsi les trente mètres qui la séparaient de l'angle de la rue, s'arrêta un instant à son embouchure, puis se gara contre le trottoir de la Cinquième Avenue.

— C'est bon ? fit alors Arnold.

Jack regarda par la vitre de la portière. Il avait une vue imprenable sur la porte cochère qu'il devait surveiller.

— Ça ira. Merci.

— Pas de quoi.

Et soudain, Kusum fit son apparition ; il poussa la porte et partit en direction de la Cinquième Avenue, traversant la 64e Rue pour se diriger droit vers Jack. Celui-ci se tassa sur un coin de la banquette afin de voir sans être vu. Kusum se rapprochait de plus en plus. A sa grande surprise, Jack réalisa qu'il allait tout droit vers la « Green Machine ».

Il donna un coup sur la vitre intérieure.

— Démarre ! Il croit que tu es libre !

Le taxi s'ébranla au moment même où Kusum tendait la main vers la poignée de la portière. L'Hindou ne parut pas s'en formaliser : il se contenta de lever la main pour appeler un autre taxi. Il semblait tellement absorbé qu'il en oubliait ce qui se passait tout autour de lui.

Jack n'eut même pas besoin de donner ses instructions à Arnold : celui-ci ralentit une rue plus loin et attendit que Kusum trouve un véhicule. Lorsque le taxi s'éloigna, il se lança à sa poursuite.

— Et c'est reparti, dit-il.

Jack se pencha en avant et ne quitta plus des yeux le taxi de Kusum. Il osait à peine cligner des paupières de peur de le perdre de vue. L'appartement de l'Hindou n'était qu'à quelques centaines de mètres du consulat – une distance qu'il aurait aussi bien pu parcourir à pied ; mais Kusum avait pris un taxi qui, en ce moment, descendait vers le centre. Peut-être était-ce là l'occasion que Jack attendait. Ils le suivirent le long de la 57e, où le taxi tourna à droite pour aborder la rue qui, jadis, était presque entièrement consacrée aux galeries d'art.

Et ils continuèrent leur chemin, passant devant des restaurants branchés pour se diriger vers les quais donnant sur la rivière Hudson. Jack réalisa, à sa grande surprise, qu'ils s'approchaient de l'endroit où sa grand-mère s'était fait agresser. Le taxi s'avança le plus loin possible et finit par s'arrêter au croisement entre la Douzième Avenue et la 57e Rue. Kusum en descendit et partit à pied.

Jack demanda à Arnold de se garer. Il passa sa tête par la vitre, plissant les yeux pour se protéger du soleil déclinant, et vit Kusum qui traversait la Douzième et disparaissait dans les ombres sous la grande rocade de West Side Highway.

— Je reviens tout de suite, dit-il à Arnold.

Il se dirigea vers l'angle des deux rues. Kusum était bien là, et marchait à grandes enjambées sur le trottoir décrépit. Il se dirigea vers une jetée pourrissante à laquelle était amarré un cargo rouillé. Sous les yeux de Jack, une planche apparut comme par magie. Kusum monta à bord et disparut. La planche se releva sur son passage.

Un bateau. Que pouvait bien faire Kusum sur un vieux rafiot tel que celui-ci ? Cette journée avait été longue et ennuyeuse, mais maintenant, il commençait à croire qu'il n'avait pas patienté pour rien.

Jack retourna à la « Green Machine ».

— Apparemment, je suis arrivé, dit-il.

Il regarda le compteur, retira du total ce qu'il lui avait déjà donné, ajouta vingt dollars en guise de remerciement et donna le tout à Arnold.

— Merci. Tu m'as rendu un fier service.

Le taxi regarda tout autour de lui.

— Vous savez, même de jour, ce coin n'est pas très fréquentable. Et lorsque la nuit tombe, ça devient carrément dangereux, surtout pour quelqu'un qui est habillé comme vous l'êtes.

Ce témoignage de sollicitude émanant d'un homme qu'il ne connaissait que depuis quelques heures lui fit chaud au cœur.

— Tout ira bien. (Il donna un coup de la paume sur le toit du taxi.) Merci encore.

Jack le regarda disparaître au coin de la rue avant d'étudier le décor qui l'entourait. Il y avait un terrain vague de l'autre côté de la chaussée et, à côté, un vieil entrepôt aux portes et fenêtres obstruées par des planches.

Il se sentait vulnérable, ainsi planté au beau milieu de la rue, dans une tenue qui ne pouvait qu'attirer les criminels en maraude. Et comme il n'avait pas osé emporter une arme pour se rendre dans le bâtiment des Nations Unies, il n'avait rien pour se défendre, en apparence du moins. Jack connaissait une demi-douzaine de façons de tuer quelqu'un avec un trousseau de clés et un éventuel agresseur risquait fort de finir sur une chaise roulante pour le restant de ses jours, mais il n'aimait pas se servir de ses poings. Il se serait senti nettement mieux avec le Semmerling accroché à sa cuisse.

Il devait trouver une cachette et opta pour la rampe donnant sur l'autoroute. Il y courut et se percha sur l'espace creux et légèrement surélevé entre deux piliers de soutènement. De là, il avait une vue imprenable sur la jetée et le bateau qui y était amarré.

La nuit descendit peu à peu. Les réverbères s'allumèrent. De sa position, il voyait s'amenuiser le trafic qui s'écoulait vers l'ouest et le sud. Au-dessus de lui, les voitures grondaient toujours sur l'autoroute et ralentissaient pour aborder une sortie qui débouchait à deux rues de là. Le bateau garda son silence. Pas un mouvement sur le pont, pas une lumière éclairant ses superstructures. On aurait dit une épave abandonnée. Qu'est-ce que Kusum pouvait bien y faire ?

Il était neuf heures environ lorsque les ténèbres eurent fini d'envelopper la ville. C'est alors que Jack sortit de sa cachette. Sous couvert de l'obscurité, il pourrait farfouiller tant qu'il voulait sans que personne puisse le repérer.

Il descendit de son perchoir et se dirigea vers la jetée. La lune se levait à l'est ; grosse et basse, un peu plus ronde que la nuit dernière et luisant d'une lueur blafarde. Il voulait explorer le bateau et repartir avant qu'elle ne monte davantage et n'éclaire le front de mer.

Une fois face au bateau, Jack s'accroupit contre un gros pilier, dans l'ombre de l'épave, et tendit l'oreille. L'air était imprégné d'une odeur âcre, un mélange de sel marin, de mildiou, de bois pourri et d'ordures. Un mouvement sur sa gauche attira son attention ; un rat solitaire arpentait la rambarde en quête de son dîner. Il n'y avait rien ni personne d'autre.

Un « plouf » sonore le fit sursauter. Une pompe automatique dégorgeait un jet d'eau sale qui s'écoulait d'un petit hublot proche de la ligne de flottaison.

Il n'aurait su dire pourquoi il était si nerveux. Il avait déjà effectué des fouilles dans des conditions autrement plus précaires et n'avait pas ressenti une telle appréhension. En effet, plus il s'approchait du bateau, moins il avait envie de monter à bord. Au fil des années, Jack avait appris à faire confiance à son instinct ; il lui avait sauvé plus d'une fois la vie. Et maintenant, ce même instinct lui hurlait de ne pas s'aventurer sur ce rafiot.

Jack refoula ce sentiment de désastre imminent, prit

les jumelles et l'appareil-photo passés autour de son cou et les déposa à la base du pilier. La corde qui amarrait le bateau faisait au moins trois centimètres d'épaisseur. Il risquait de se faire mal aux mains, mais pourrait monter à bord en quelques instants.

Il se pencha, enserra fermement la corde, laissa pendre ses jambes au-dessus de l'eau, puis les ramena pour les enrouler autour de l'amarre. Enfin, il entama sa montée, accroché comme un orang-outang à sa branche, le visage vers le ciel et le dos face à la mer.

Le trajet devint de plus en plus difficile au fur et à mesure que la corde remontait vers le sabord. Le chanvre était raide et rugueux. Ses paumes le brûlaient ; il avait l'impression d'empoigner des orties, ce qui rendaient plus douloureuses encore les ampoules qu'il s'était faites en jouant au tennis. C'est avec soulagement qu'il agrippa le rebord de métal lisse et doux du sabord. Il jeta un coup d'œil sur le pont. Celui-ci était désert.

Il se hissa par-dessus le sabord, puis courut se cacher derrière le treuil servant à ramener l'ancre.

A nouveau, sa chair se hérissa – un danger le menaçait. Mais de quoi s'agissait-il ? Il regarda par-dessus le treuil. Apparemment, il ne s'était pas fait repérer. En fait, le navire semblait désert. Et pourtant, cette désagréable impression refusait de le quitter. L'impression que quelqu'un le regardait.

Il la refoula une fois de plus et réfléchit au meilleur moyen d'atteindre la cabine. Entre lui et la superstructure de la proue, il y avait bien une trentaine de mètres à parcourir à découvert. Et c'était là qu'il voulait se rendre. Il ne se passait probablement pas grand-chose au rayon des marchandises.

Jack contourna au pas de course les écoutilles donnant sur les cales jusqu'à la grue qui se trouvait entre les deux. Il attendit. Toujours pas une réaction. Personne ne l'avait vu... Ou peut-être n'y avait-il personne pour le voir ? Un autre sprint l'amena contre la cloison de la cabine.

Il se laissa glisser le long du mur jusqu'au côté bâbord, où il trouva une volée de marches permettant d'accéder au pont. La cabine de commandement était fermée à clé, mais à travers la vitre, il vit toutes sortes d'équipements de navigation dernier cri.

Ce rafiot était peut-être moins décrépit qu'il n'en avait l'air.

Il retourna sur le pont et passa d'une porte à l'autre. Sur le second pont, à tribord, il en trouva une encore ouverte. Elle donnait sur un couloir faiblement éclairé par une seule veilleuse qui brillait à l'autre bout du corridor. Il vérifia une par une les trois cabines situées sur ce pont. Celles-ci, probablement destinées aux officiers du bord, étaient plutôt confortables. L'une d'entre elles était occupée, ou l'avait été récemment : le lit était défait et un livre rédigé dans un langage exotique était ouvert sur la table. Voilà au moins un détail qui confirmait que Kusum était bien venu sur ce bateau.

Ensuite, il passa aux quartiers de l'équipage, situés à l'étage du dessous. Ils étaient déserts et devaient l'être depuis un certain temps déjà.

Quoi d'autre ? Cette atmosphère d'abandon, ce silence, ce relent de moisi qui imprégnait l'air rance lui tapaient sur les nerfs. Il voulait retourner sur la terre ferme et à l'air pur. Mais Kusum était à bord, et il n'abandonnerait pas la partie tant qu'il ne l'aurait pas retrouvé.

Il descendit encore un étage et trouva une porte avec un écriteau indiquant : Salle des machines. Il tendait la main vers la poignée lorsqu'il entendit le bruit.

Lointain… A peine audible… Comme un chœur de barytons chantant dans une vallée éloignée. Et il ne provenait pas de la salle des machines, mais de derrière celle-ci.

Jack se retourna et se dirigea vers l'autre extrémité

du couloir. Il y trouva une écoutille étanche fermée par une roue. Jack tenta de la faire tourner dans le sens inverse des aiguilles d'une montre en priant pour que quelqu'un ait pensé à graisser les gonds. Mais le grincement d'outre-tombe qu'il attendait, et qui aurait dévoilé sa présence à tout le quartier, ne vint pas : il n'y eut qu'un tout petit raclement et un léger couinement. Il fit tourner la roue à son maximum, puis ouvrit la porte.

L'odeur le frappa comme un coup de poing, le faisant chanceler. C'était bien ce relent de putréfaction qui avait envahi son appartement deux soirs de suite, mais cent, mille fois plus puissant, et qui l'enveloppait comme le gant d'un détrousseur de cadavres.

Jack faillit suffoquer et lutta contre l'irrésistible besoin de s'enfuir à toutes jambes. Voilà ! C'était bien la source de cette puanteur. C'est là qu'il découvrirait une bonne fois pour toutes si les yeux qu'il avait vus devant sa fenêtre samedi soir étaient bien réels. Il n'allait pas renoncer à cause d'une odeur, aussi nauséabonde soit-elle.

Il se força à franchir l'écoutille pour entrer dans un corridor étroit et plongé dans l'obscurité. L'air rance semblait s'accrocher à ses vêtements. Les murs s'étiraient dans les ténèbres, à l'infini semblait-il. Et à chaque pas, la puanteur s'intensifiait. Il pouvait sentir son goût sur sa langue, presque la toucher. Il entrevit une faible lumière à six ou sept mètres devant lui. Jack s'en approcha, passant des petites salles de rangement de chaque côté du couloir, apparemment vides – du moins il l'espérait.

Le chant qu'il avait entendu précédemment avait cessé, mais il percevait comme des bruissements devant lui et, alors qu'il s'approchait, une voix s'éleva, s'exprimant dans une langue étrangère.

Je parie que c'est de l'hindi.

Il ralentit en atteignant l'extrémité du couloir.

Devant lui s'étendait une salle beaucoup plus grande et brillamment éclairée. Il avait pris la direction de la proue et il estima qu'il devait se trouver face à la cale principale.

En face, de l'autre côté de la salle, s'ouvrait une autre écoutille, sans doute un passage similaire donnant sur la cale suivante. Jack jeta un œil prudent de l'autre côté de l'ouverture. Ce qu'il vit lui coupa le souffle et le glaça de terreur.

Les grandes cloisons métalliques de la cale s'élevaient de chaque côté pour se perdre dans l'obscurité. Des traces luisantes d'humidité maculaient ces mêmes parois huileuses, reflétant la lumière des deux lampes torches déposées sur une plate-forme surélevée à l'autre bout de la cale. De ce côté-là, le mur était d'une autre couleur, d'un rouge sanglant sur lequel on avait peint en noir l'immense silhouette d'une déesse aux nombreux bras. Et entre les deux torches se tenait Kusum, uniquement vêtu d'une sorte de pagne enroulé autour de son torse. Il avait même retiré son collier. Son épaule gauche arborait d'horribles cicatrices à l'endroit où il avait perdu son bras. Il haranguait dans sa langue natale la petite troupe assemblée devant lui.

Mais ce n'était pas la vue de Kusum qui provoquait la réaction plutôt extrême de Jack, qui le faisait serrer les mâchoires pour retenir un cri d'horreur, qui le poussait à s'agripper aux cloisons pour suppléer ses jambes soudain transformées en coton.

C'était son public. Ils étaient cinq ou six douzaines, tous blottis en demi-cercle devant l'Hindou. Un mètre quatre-vingts, quatre-vingt-dix, et une peau d'un bleu cobalt. Chacun d'entre eux avait une tête, un corps, deux bras et deux jambes – mais ils n'étaient pas humains. Humanoïdes, tout au plus. Leurs proportions, leur façon de se déplacer, rien ne correspondait vraiment à l'espèce humaine. Ils démontraient une sauvagerie purement animale mêlée à une sorte de grâce reptilienne. En effet, c'étaient des reptiles, mais plus encore, humains avec quelque chose en moins… Un abâtardissement diabolique de chaque espèce avec un troisième trait que nul, même dans ses cauchemars les plus délirants, ne pouvait rattacher à cette terre. Jack vit luire des crocs dans ces gueules béantes dépourvues de lèvres, sous leurs mufles émoussés de requin. Il entrevit des griffes aux extrémités de leurs mains à trois doigts et leurs yeux brillaient d'une lumière jaune alors qu'ils fixaient la silhouette vociférante de Kusum.

Par-delà le choc et la révulsion qui embrumaient son esprit et affaiblissaient son corps, Jack éprouva une haine intense et instinctive envers ces choses. C'était une réaction purement irrationnelle, ce qu'une mangouste devait ressentir envers un serpent. Une inimitié instantanée. Tout au fond de son être, là où gisent les pulsions les plus primitives de l'espèce humaine, il reconnut ces créatures pour ce qu'elles étaient et sut que leurs races étaient antinomiques par définition ; il ne pouvait y avoir ni coexistence ni trêve, uniquement la guerre et la destruction d'une espèce par l'autre.

Et pourtant, cette réaction instinctive était amoindrie par la fascination macabre que ce spectacle exerçait sur lui. Kusum leva alors les bras et cria quelque chose. Peut-être était-ce un effet de lumière, mais l'Hindou lui parut soudain beaucoup plus vieux. Les créatures lui répondirent en entonnant le même chant que Jack avait entendu un peu plus tôt. Sauf que maintenant, il pouvait différencier les sons. Des voix rauques et rocailleuses, d'abord chaotiques, puis gagnant une certaine unité, répétaient à l'infini le même mot :

Kaka-jiiiiii ! Kaka-jiiiiii ! Kaka-jiiiiii ! Kaka-jiiiiii !

Puis ils levèrent leurs mains griffues. Chacun d'entre eux tenait un morceau de chair fraîche et sanglante qui luisait à la lumière vacillante des torches.

Jack ne savait pas comment il pouvait en arriver à

cette conclusion, mais il était sûr et certain de contempler le peu qui restait de Nellie Patton.

Il avait atteint sa limite ; son esprit n'aurait pu en supporter davantage. Pour Jack, la terreur était une sensation si inhabituelle qu'il faillit ne pas la reconnaître. Tout ce qu'il savait, c'est qu'il devait fuir ce bateau maudit avant de perdre définitivement la raison. Il tourna les talons et repartit en sens inverse, traversant le couloir sans se soucier du bruit qu'il pouvait faire – bien qu'il sache qu'avec le vacarme qui s'élevait de la cale, on ne risquait pas d'entendre grand-chose. Il referma l'écoutille derrière lui, tourna la roue pour la verrouiller, puis monta quatre à quatre les escaliers qui menaient au pont et courut jusqu'à la poupe baignée de clarté lunaire. Là, il se précipita sur le sabord, empoigna la corde servant d'amarre et se laissa glisser sur le quai, quitte à se brûler les paumes.

Il saisit au passage ses jumelles et son appareil-photo et s'enfuit en direction de la rue. Il savait très bien où il allait : trouver la seule personne qui, à part Kusum, pouvait lui donner une explication à ce qu'il venait de voir.

4

Kolabati décrocha à la seconde sonnerie. D'abord, elle crut qu'il s'agissait de Kusum, puis réalisa qu'il n'avait pas besoin d'utiliser l'intercom, qui n'était relié qu'au vestibule. Après avoir perdu la trace de son frère au Rockfeller Plaza, elle n'avait pas eu de nouvelles de lui et n'avait pas bougé de l'appartement dans l'espoir de l'attraper au vol si jamais il repassait par ici. Mais il n'avait pas donné signe de vie.

— Madame Bahkti ? fit la voix du portier de nuit.

— Oui ? fit-elle sans se donner la peine de le reprendre pour le « madame ».

— Je m'excuse de vous déranger, mais j'ai là quelqu'un qui prétend qu'il doit absolument vous voir. (Il baissa le ton pour plus de confidentialité :) Il a l'air d'un touriste, mais quelque chose en lui me dit qu'il n'est pas si net que…

— Comment s'appelle-t-il ?

— Jack. C'est tout ce qu'il a bien voulu me confier.

Lorsque le gardien prononça ce nom, elle sentit monter en elle une vague de chaleur. Mais était-il vraiment raisonnable de lui dire de monter ? Si Kusum revenait et les trouvait tous les deux chez lui…

Mais pour que Jack débarque ainsi, à l'improviste, il devait avoir une bonne raison.

— Laissez-le monter.

Elle l'attendit avec impatience. Enfin, les portes de l'ascenseur coulissèrent et elle se précipita pour lui ouvrir. Lorsqu'elle vit l'accoutrement de Jack, son short et ses sandales, elle éclata de rire. Maintenant, elle comprenait pourquoi le portier n'avait pas voulu le laisser entrer !

Puis elle vit l'expression de son visage.

— Jack ! Qu'est-ce qu'il y a ?

Il entra et referma la porte derrière lui. Sous ses coups de soleil, son visage était blême, ses lèvres pincées et ses yeux brûlaient d'une lueur fiévreuse.

— J'ai filé Kusum toute la journée…

Il s'arrêta, comme pour attendre sa réaction. Il avait certainement eu la confirmation de ce qu'elle avait toujours soupçonné, mais elle voulait l'entendre de sa bouche. Elle dissimula son angoisse du mieux qu'elle put, fermant son visage pour qu'il forme un masque impassible, et dit :

— Et alors ?

— Tu ne sais vraiment rien de ce qui se trame, n'est-ce pas ?

— Que suis-je censée savoir ? (Il passa une main dans ses cheveux ; elle constata alors que ses paumes étaient sales et ensanglantées.) Jack, tes mains ! Que t'est-il arrivé ?

Il ne répondit pas. Il la précéda pour entrer dans le salon, puis s'assit sur le canapé. Sans la regarder, il se mit à parler d'une voix monocorde :

— J'ai suivi Kusum du bâtiment des Nations Unies jusqu'à son bateau amarré aux docks du West Side – ce n'est pas un navire de plaisance, plutôt un gros cargo. Et là, dans la cale, je l'ai vu. Il effectuait une sorte de cérémonie rituelle devant une assemblée de… (A ce souvenir, il fit la grimace.) De monstres. Ces choses brandissaient des morceaux de chair fraîche. Humaine, je crois. Et je pense connaître son origine.

Kolabati sentit ses forces l'abandonner comme de l'eau qui s'écoulerait d'un évier et dut s'adosser au mur pour ne pas tomber. C'était donc vrai ! Il y avait des rakoshi aux Etats-Unis ! Et Kusum était derrière tout ça – ressuscitant d'anciens rites qui auraient dû rester morts et enterrés. Mais comment avait-il pu fonder un nid alors que l'œuf était là, dans la pièce d'à côté ?

— Je croyais que Kusum t'aurait parlé de ses plans, continua Jack. C'est ton frère, après tout, alors je me suis dit…

Mais elle ne l'écoutait pas.

L'œuf…

Elle s'arracha au mur et se dirigea vers la chambre de Kusum. Jack leva enfin les yeux.

— Qu'y a-t-il ? Où vas-tu ?

Kolabati ne répondit pas. Il fallait qu'elle vérifie que l'œuf était bien à sa place. Sinon, comment Kusum pouvait-il élever des rakoshi ? C'était le dernier au monde. Et encore, l'œuf lui-même ne suffisait pas à fonder un nid : il fallait aussi un rakosh mâle.

C'était impossible !

Elle ouvrit le placard de la chambre et en tira la caisse. Celle-ci lui parut bien légère. L'œuf était-il toujours à l'intérieur ? Elle souleva le couvercle. Il était toujours là, intact. Mais dans ses souvenirs, il pesait au moins cinq kilos…

Elle posa une main de chaque côté de l'œuf et le souleva délicatement. Il ne pesait presque rien ! Et sous ses doigts, elle sentit quelque chose d'ébréché.

Kolabati retourna l'œuf, dévoilant une ouverture béante. Des traces luisantes montraient qu'on avait tenté de le réparer avec de la colle.

La chambre se mit à tournoyer autour d'elle.

L'œuf de rakosh était vide ! Il avait déjà éclos !

5

Jack entendit le cri de Kolabati – moins une exclamation de douleur ou de peur qu'un long gémissement désespéré. Il la trouva agenouillée sur le plancher de la chambre, oscillant d'avant en arrière en berçant dans ses bras un drôle d'objet moucheté de la taille d'un ballon de football. Ses yeux dégoulinaient de larmes.

— Qu'est-ce qu'il y a ?

— Il est vide ! fit-elle en un sanglot.

— Qu'y avait-il là-dedans ?

Un jour, Jack avait vu un œuf d'autruche. Celui-ci était à peu près de la même taille, mais sa coquille était striée de gris et pas blanc.

— Une femelle rakosh.

Rakosh. C'était la seconde fois qu'elle prononçait ce mot en sa présence. La première fois samedi soir, lorsque cette odeur de pourriture avait envahi l'appartement. Elle n'avait pas besoin de lui expliquer ce qui était sorti de cette coquille. Il savait désormais ce qu'était un rakosh. Une créature à la peau sombre, au corps mince avec de longs bras et de grandes jambes, une gueule pleine de crocs, des mains griffues et des yeux d'un jaune brillant.

Emu par la détresse de la jeune femme, il alla s'agenouiller au côté de Kolabati, lui retira doucement la coquille vide et prit ses deux mains dans les siennes.

— Raconte-moi tout.

— Je ne peux pas.

— Il le faut.

— Tu ne me croirais…

— Je les ai vus. Je sais qu'ils existent. Maintenant, je dois aller jusqu'au bout. Que sont-ils exactement ?

— Des rakoshi.

— J'avais compris. Mais ce nom ne me dit rien.

— Ce sont des démons. On les retrouve dans tous les contes populaires de l'Inde : on les invoque pour effrayer les enfants ou les inciter à bien se conduire. « Les rakoshi vont venir te chercher ! » A travers les âges, seuls quelques élus savaient qu'ils n'étaient pas que des créatures de légendes.

— Et Kusum et toi faites partie de ces heureux élus, je présume.

— Nous sommes les derniers. Nous descendons d'une longue lignée de prêtres et de princesses. Nous sommes les derniers Gardiens des rakoshi. A toutes les époques, les membres de notre famille ont été chargés de s'occuper de ces démons – les élever, les contrôler et les utiliser conformément aux lois établies il y a des millénaires. Et nous nous en sommes acquittés avec diligence jusqu'à la moitié du siècle dernier.

Elle se tut, plongée dans ses pensées. Jack, impatient, la poussa :

— Et que s'est-il passé à ce moment ?

— Des soldats anglais ont saccagé le temple de Kali qui était à la garde de nos ancêtres. Ils ont tué tous ceux qu'ils trouvaient, volé tout ce qu'ils pouvaient emporter, versé de l'huile embrasée dans la cave où vivaient les rakoshi et mis le feu au temple. Il n'y eut qu'un seul survivant, le fils du grand prêtre et de la grande prêtresse. (Elle regarda la coquille vide.) Et dans les caves dévastées, on ne retrouva qu'un seul œuf intact. Un œuf femelle. Cela signifiait la fin des rakoshi. Faute d'œuf mâle, leur espèce était effectivement éteinte.

Jack toucha la coquille mouchetée. Ainsi, c'était de là qu'étaient sorties toutes ces horreurs. C'était difficile à avaler. Il souleva l'œuf et le tint de façon à ce que la lumière du plafonnier éclaire l'intérieur par le trou mal recollé. Quoi qui ait pu se trouver là-dedans, il y avait longtemps que cela en était sorti.

— Kolabati, je peux t'assurer qu'ils n'ont pas totalement disparu. Ce soir, il y en avait bien une cinquantaine dans ce bateau.

Une cinquantaine… Il tenta de refouler ce souvenir désagréable. *Pauvre Nellie !*

— Kusum doit avoir trouvé un œuf mâle. Il les a fait éclore tous les deux pour fonder un nid.

Jack se méfiait encore un peu. Comment la jeune femme pouvait-elle ignorer les manigances de son frère ? Mais il préférait la croire sincère. Il n'aimait pas l'idée qu'elle puisse l'avoir ainsi roulé dans la farine.

— C'est très bien, tout ça, mais je ne sais toujours pas ce qu'ils sont. Ou plutôt : ce qu'ils font.

— Ce sont des démons.

— Mon œil ! Les démons sont des êtres surnaturels ! Et ces créatures étaient faites de chair et de sang.

— Mais tu n'as jamais vu une chair comme la leur, Jack. Et leur sang est presque noir.

— Peu importe sa couleur. Le sang reste du sang.

Elle se leva et agrippa ses épaules avec une douloureuse intensité.

— Non, Jack ! Ne va pas les sous-estimer ! Jamais !

Ils peuvent paraître lents et balourds, mais ils sont rusés. Et il est presque impossible de les tuer.

— Apparemment, les Anglais y sont bien parvenus.

Elle fit la grimace.

— Ils ont eu beaucoup de chance ! Par le plus pur des hasards, ils ont employé le seul élément qui puisse les tuer : le feu ! Le fer les affaiblit, mais seules les flammes peuvent les détruire.

Le feu et l'acier…

Maintenant, Jack comprenait l'utilité des deux torchères dont Kusum s'était entouré, et pourquoi il avait enfermé ces monstres dans un bateau à la coque métallique. Le feu et l'acier : les deux amis de l'homme qui l'ont toujours protégé de la nuit et de ses périls.

— Mais d'où viennent-ils ?

— Ils ont toujours été là.

Jack se leva et l'attira. Doucement. A ce moment, elle semblait très, très fragile.

— Je n'arrive pas à le croire. Ils ont une morphologie humanoïde, mais je ne peux admettre que nous ayons des ancêtres communs. Ils sont trop…

Il se souvint de l'animosité qu'il avait ressentie alors qu'il les regardait.

— … différents.

— Selon la tradition, avant les dieux des Veda et avant même ceux qui les ont précédés, il existait d'autres dieux, les Grands Anciens, qui détestaient l'humanité et voulaient usurper notre place sur cette terre. C'est pourquoi ils ont créé ces parodies blasphématoires de l'homme qui représentaient tout ce qu'il y avait de négatif en nous, et leur ont donné le nom de rakoshi. Ils sont nos semblables, mais ne démontrent que les côtés les plus négatifs de l'homme. Ils sont l'incarnation même de la haine, de l'avidité, du désir et de la violence. Les Grands Anciens les ont rendus beaucoup plus forts que les hommes et ont implanté en eux une faim insatiable de chair humaine. Leur but était de les voir supplanter l'homme.

— Et tu y crois vraiment ?

Il s'étonnait de la voir parler comme une gamine qui croyait au Père Noël.

Elle haussa les épaules.

— Je pense, oui. Du moins je m'en contenterai, faute d'une meilleure explication. Mais toujours d'après la légende, les humains se sont révélés plus malins que les rakoshi et ont appris à les contrôler. Finalement, ils furent bannis dans le Royaume des Morts.

— Mais pas tous.

— Non, en effet. Mes ancêtres ont fondé le dernier nid dans une série de cavernes du nord du Bengale, puis ont bâti leur temple au-dessus. Ils ont réussi à dominer les rakoshi et à les soumettre à leur volonté, et ce savoir s'est transmis de génération en génération. A la mort de nos parents, notre grand-mère nous a confié l'œuf et les colliers.

— Je me doutais bien que ces fameux colliers avaient un rôle à jouer dans tout ça.

Kolabati posa une main sur sa propre gorge et dit d'un ton sec :

— Que sais-tu à ce propos ?

— Que ces deux pierres là, sur le devant, ressemblent sacrément à des yeux de rakoshi. Je me suis dit qu'ils devaient représenter une sorte de carte de membre.

— Ils sont bien plus que ça, reprit-elle d'une voix très calme. Je dirais qu'ils sont magiques, faute de terme plus approprié.

Jack, qui repartait vers le salon, eut un petit rire.

— Et tu trouves ça drôle ? dit Kolabati derrière lui.

— Non.

Il se laissa tomber sur un fauteuil et, à nouveau, eut un petit rire bref et déplaisant, du moins pour lui : on aurait dit qu'il était incapable de le contrôler.

— C'est juste que… J'ai écouté avec attention tout ce que tu viens de me dire, et pas une fois je n'ai eu envie de te dire d'arrêter de me raconter des bobards. C'est plutôt marrant, non ? C'est l'histoire la plus invraisemblable, la plus ridicule, la plus improbable, la plus délirante que j'aie jamais entendue, et le pire, c'est que j'y crois dur comme fer !

— Tu as raison, car tout est vrai.

— Y compris cette histoire de colliers magiques ? (Alors qu'elle ouvrait la bouche pour s'expliquer, Jack leva la main.) Ne prends pas cette peine. Vu tout ce que j'ai dû avaler, ce n'est pas un miracle de plus qui va me donner une indigestion.

— Mais c'est la *vérité* !

— Pour l'instant, ce qui m'intéresse, c'est surtout de définir ton rôle dans tout cela. Tu devais bien savoir ce qu'il mijotait ?

Elle s'assit en face de lui.

— Vendredi soir, lorsque nous étions chez toi, je savais qu'il y avait un rakosh derrière la vitre. Samedi soir aussi.

Jack l'avait déjà deviné tout seul, mais il avait d'autres questions plus pressantes :

— Pourquoi moi ?

— Parce que tu avais bu un peu de cet élixir qui désigne sa future proie au rakosh.

Le soi-disant laxatif de Grace ! Un rakosh devait avoir enlevé la vieille dame à un moment ou à un autre durant la nuit du lundi au mardi. Et la nuit dernière, ç'avait été au tour de Nellie. Mais… ces morceaux de chair à la flamme des torchères…

Il avala la bile qui lui brûlait soudain le gosier. Nellie était morte. Lui était en vie.

— Alors pourquoi suis-je encore là ?

— Mon collier t'a protégé.

— Je vois que c'est reparti pour un tour ? Bon, d'accord. Raconte.

En parlant, elle souleva le pendentif en prenant chaque côté de la chaîne qui le retenait.

— Cela fait des siècles que ma famille se les transmet. Le secret de leur fabrication s'est perdu il y a bien longtemps. Ils ont… des pouvoirs. Ils sont faits d'un acier bien particulier qui agit sur les rakoshi : celui qui le porte devient invisible à leurs yeux.

— Franchement, Kolabati, tu crois que je vais avaler ça ?

Cela devenait un peu trop gros à son goût.

— C'est vrai ! Si tu es encore là, c'est parce que les deux fois où les rakoshi sont venus te chercher je t'ai fait un rempart de mon corps ! Je t'ai fait disparaître ! Pour les rakoshi, ton appartement était désert. Si je n'avais pas fait ça, tu serais mort, comme les autres !

Les autres… Grace et Nellie. Deux vieilles dames innocentes.

— Mais pourquoi les ont-ils tuées ? Pourquoi…

— Pour nourrir le nid ! Les rakoshi doivent se nourrir régulièrement de chair humaine. Dans une ville telle que New York, rassasier un nid d'une cinquantaine de créatures comme celles-ci doit être assez facile. Ici, vous avez votre propre caste d'intouchables – les poivrots, les clochards, les fugueurs, tous ces gens dont personne ne remarquera l'absence.

Ce qui expliquait toutes ces disparitions de sans-abri dont les journaux faisaient leurs choux gras. Jack se releva d'un bond :

— Je ne parle pas des clodos, mais de ces deux dames riches que ces monstres ont massacrées !

— Tu dois te tromper.

— Non.

— En ce cas, c'était certainement un accident. Kusum ne veut certainement pas que quelqu'un signale une disparition à la police. Il se contente de personnes anonymes. Ces femmes dont tu parles ont dû entrer en possession de l'élixir par accident.

— C'est une éventualité, en effet.

Jack avait du mal à se satisfaire d'une explication aussi simpliste, mais elle avait raison : ce n'était pas impossible. Il se mit à arpenter la pièce à grandes enjambées nerveuses.

— Qui était-ce ? demanda Kolabati.

— Deux sœurs. Nellie Patton la nuit dernière et Grace Westphalen la semaine précédente.

Jack crut entendre un hoquet de surprise, comme si la jeune femme connaissait ces deux noms, mais lorsqu'il se tourna vers Kolabati, elle semblait parfaitement maîtresse d'elle-même.

— Je vois, se contenta-t-elle de dire.

— Il faut faire quelque chose !

— Je sais, répondit Kolabati en croisant les mains, mais on ne peut prévenir la police.

Jack n'y avait même pas pensé. Quel que soit le problème, prévenir la police ne faisait pas partie des solutions envisageables. Mais il ne le dit pas à haute voix. Il préférait connaître ses raisons à *elle* de les éviter. Cherchait-elle à protéger son frère ?

— Pourquoi pas ? On prévient la police et les autorités du port pour qu'ils prennent d'assaut ce rafiot, arrêtent Kusum et nous débarrassent des rakoshi.

— Mais cela ne servira à rien ! Kusum bénéficie de l'immunité diplomatique : ils ne peuvent l'arrêter. Et s'ils s'en prennent aux rakoshi sans avoir la moindre idée de ce qu'ils sont vraiment, il y aura beaucoup de morts. Ils ne pourront les tuer, mais les rakoshi se retrouveront éparpillés dans la ville et libres de dévorer qui bon leur semble. Et en plus, ils devront libérer Kusum !

Elle avait raison. De toute évidence, elle avait réfléchi à la question. Peut-être avait-elle même déjà pensé à dénoncer Kusum. La pauvre ! C'était une sacrée responsabilité qui pesait sur elle. Peut-être pourrait-il alléger ce poids.

— Laisse-moi m'en occuper.

Kolabati se leva et alla se tenir devant Jack. Elle passa ses bras autour de sa taille et posa sa tête sur son épaule.

— Non. Laisse-moi lui parler. Je sais qu'il m'écoutera. Je peux l'empêcher de nuire davantage.

J'en doute fort, se dit Jack. *Il est complètement cinglé, et il ira jusqu'au bout de sa folie. Il faudrait le tuer pour l'en empêcher.*

— Tu crois ? dit-il innocemment.

— Nous nous comprenons. Nous avons vécu tant de moments ensemble ! Maintenant que je sais qu'il dispose d'un nid de rakoshi, il faudra bien qu'il m'écoute. Je l'obligerai à les détruire.

— Je vais l'attendre avec toi.

Elle se recula et le regarda. Ses grands yeux étaient remplis de terreur.

— Non ! Il ne doit pas te trouver ici ! Sinon, il se mettra dans une telle colère qu'il ne voudra jamais m'écouter !

— Je ne…

— C'est vrai, Jack ! S'il te découvre ici, avec moi, et apprend que tu as vu les rakoshi, Dieu sait ce dont il serait capable ! Il ne doit même pas s'en douter. S'il te plaît, va-t'en. Je dois l'affronter seule.

Cette idée ne lui plaisait guère. Tous ses instincts le lui déconseillaient. Et pourtant, à la réflexion, cela semblait plus que raisonnable. Si Kolabati réussissait à convaincre son frère d'éradiquer le nid de rakoshi, le problème serait en grande partie résolu. Mais si elle échouait – ce qui était plus que probable –, au moins pourrait-elle déstabiliser Kusum le temps que Jack trouve une faille dans son système et passe à l'assaut. Nellie Patton avait été une femme de tête. L'homme qui l'avait tuée ne s'en sortirait pas si facilement.

— D'accord, fit-il, mais fais bien attention. Qui sait, il pourrait se retourner contre toi.

Elle esquissa un sourire et lui caressa le visage.

— Tu t'inquiètes pour moi. Voilà qui me fait bien plaisir. Mais ne t'en fais pas : Kusum et moi sommes trop proches pour qu'il cherche à me faire du mal.

En quittant l'appartement, Jack se demanda s'il choisissait la bonne solution. Kolabati pouvait-elle vraiment manipuler son frère ? Etait-il encore possible de le contrôler ? Il prit l'ascenseur, puis sortit dans la rue.

De l'autre côté de la Cinquième Avenue s'étendait le parc, sombre et silencieux. Jack savait qu'après cette nuit, il ne verrait jamais plus les ténèbres de la même façon. Et pourtant, des voitures à cheval promenaient toujours les amoureux, les voitures, les camions et les taxis défilaient toujours dans les rues, les fêtards, les célibataires en maraude et les employés de nuit arpentaient les trottoirs, et tous ignoraient que, sur un bateau amarré aux quais du West Side, des monstres dévoreurs de chair humaine hantaient l'obscurité.

Les horreurs auxquelles il avait assisté ce soir se teintaient déjà d'irréalité. Avait-il vraiment vu ce qu'il avait cru voir ?

Oui, bien sûr. Il avait du mal à les faire cadrer dans le décor anodin de la Cinquième Avenue. C'était peut-être une bonne chose. Peut-être que cette impression d'irréalité l'aiderait à dormir la nuit, du moins jusqu'à ce qu'il ait réglé leur compte à Kusum et ses monstres.

Il prit un taxi et demanda au chauffeur de contourner le parc au lieu de le traverser.

6

Kolabati le surveilla par l'œilleton jusqu'à ce que les portes de l'ascenseur se referment sur lui. Puis elle s'adossa à la porte.

Lui en avait-elle trop dit ? Mais qu'avait-elle dit exactement ? Elle avait reçu un tel choc en découvrant l'œuf de rakosh vide qu'elle ne se souvenait même pas de ce qu'elle lui avait raconté. Rien de trop grave, probablement : elle savait garder ses secrets et avait même une telle expérience en la matière que c'était devenu une seconde nature. Néanmoins, elle aurait bien voulu en être sûre.

Kolabati se releva et tenta d'oublier ces soucis. Ce qui était fait était fait. Ce soir, Kusum reviendrait chez lui. Après ce que Jack lui avait dit, elle en était certaine.

Tout était clair désormais. Ce nom de *Westphalen* était une explication en soi. Elle se demandait juste où Kusum avait pu trouver un œuf mâle. Et ce qu'il comptait faire par la suite.

Westphalen... Elle aurait cru que, après tout ce temps, Kusum aurait oublié ce nom. Mais pourquoi l'aurait-il fait ? Son frère n'oubliait jamais rien, ni les services, ni les coups de poignard dans le dos. Le nom des Westphalen devait être gravé au fer rouge dans son esprit. Et il n'avait certainement pas oublié le serment qui y était attaché.

Kolabati passa ses mains le long de ses bras. Le capitaine Sir Albert Westphalen avait commis un terrible crime et méritait une mort tout aussi abominable. Mais fallait-il aussi se venger sur ses descendants ? Livrer des innocents aux rakoshi au nom d'un crime commis bien avant leur naissance ?

Mais ce n'était pas le moment de s'en soucier. Il fallait qu'elle décide de la façon dont elle aborderait le sujet avec Kusum. Si elle voulait protéger Jack, elle devait en apprendre davantage. Elle tenta de se rappeler le nom de la vieille dame qui, d'après Jack, avait disparu hier soir. N'était-ce pas Patton ? Nellie Patton ? Et elle devait trouver un moyen de mettre Kusum sur la défensive.

Elle passa dans la chambre à coucher et ramena l'œuf

vide dans le petit vestibule, puis le laissa tomber juste devant la porte. La coquille se brisa en mille morceaux.

Elle s'installa dans un fauteuil et tenta d'oublier son anxiété et la tension qui s'était emparée d'elle.

7

Kusum s'arrêta devant la porte de son appartement le temps de reprendre contenance. Kolabati devait certainement l'attendre, prête à l'interroger sur ce qu'il avait fait le soir d'avant. Il devait surtout cacher l'allégresse qui illuminait ses traits. Il s'était débarrassé de l'avant-dernière descendante des Westphalen – encore un sacrifice et il serait libéré de son serment. Demain, il mettrait en branle le processus visant à s'emparer du dernier de la lignée d'Albert Westphalen. Ensuite, il pourrait enfin rentrer en Inde.

Il déverrouilla la porte et entra dans son appartement. Kolabati se tenait assise en face de lui dans l'un des fauteuils du salon, les bras et les jambes croisés, le visage impassible. Alors qu'il s'avançait vers elle en souriant, il marcha sur quelque chose. Il baissa les yeux et vit la coquille brisée de l'œuf rakosh. Mille pensées disparates s'entrechoquèrent dans son cerveau, mais l'une s'imposa aussitôt : *Que sait-elle exactement* ?

— Donc, tu es au courant, dit-il après avoir refermé la porte derrière lui.

— Oui, mon frère. Je suis au courant.

— Comment…

— C'est ce que *je* veux savoir ! fit-elle d'un ton sans réplique.

Pourquoi était-elle si vague ? L'œuf avait éclos ; il ne pouvait le nier. Mais que connaissait-elle de ses plans ? Il ne voulait pas se trahir. Il préféra présumer qu'elle ne savait rien de plus.

— Je ne voulais pas t'en parler, finit-il par dire. J'avais trop honte. Après tout, lorsqu'il s'est brisé, il était sous ma garde, et…

— Kusum ! (Livide, Kolabati sauta sur ses pieds.) Ne me raconte pas de mensonges ! Je sais tout sur ce bateau qui leur sert de nid et sur les descendantes des Westphalen !

Kusum resta là, sonné, comme s'il venait d'être frappé par la foudre. Ainsi, elle avait tout découvert !

— Comment… ? réussit-il à prononcer.

— Je t'ai suivi hier soir.

— Tu m'as suivi ? répéta-t-il.

Elle bluffait. Il était sûr de l'avoir semée.

— Tu n'as pas compris la dernière fois ?

— Qu'importe ! Hier soir, je t'ai suivi jusqu'à ton bateau.

— C'est impossible !

— C'est ce que tu croyais. Mais je t'ai regardé et ai attendu toute la nuit. J'étais là pour voir partir les rakoshi et lorsqu'ils sont revenus avec leur prisonnière. Et Jack m'a dit qu'une Westphalen du nom de Nellie Patton avait disparu hier soir. C'était tout ce qu'il me fallait. (Elle le dévisagea d'un air furieux.) J'en ai assez de tes mensonges, Kusum. Maintenant, c'est à mon tour de te demander : comment ?

Eberlué, Kusum passa dans le salon et se laissa tomber sur un fauteuil. Il n'avait pas le choix : maintenant, il devrait tout lui dire… Enfin, *presque* tout. Car il y avait une partie de l'histoire qu'il ne pouvait lui confier – lui-même osait à peine y penser. Mais il pouvait lui raconter tout le reste. Qui sait, peut-être se rangerait-elle de son côté.

Il commença donc son récit.

8

Tandis que son frère racontait son histoire, Kolabati examinait de près son visage, cherchant la moindre faille, le moindre signe prouvant qu'il lui mentait. Sa voix était calme et nette et son visage paisible montrait une pointe de culpabilité, comme un mari confessant à sa femme une infidélité passagère.

— Lorsque tu as quitté l'Inde, je me suis senti perdu. J'avais l'impression d'avoir perdu mon autre bras. Bien qu'entouré de mes partisans, je restais souvent seul – trop souvent, pourrait-on dire. J'ai passé en revue ma vie pour déterminer ce que j'en avais fait et ce qu'il me restait à faire. Bien que mon influence ne cesse de croître, je me sentais indigne de la confiance de tous ces gens. Qu'avais-je donc accompli, sinon polluer mon karma pour me rabaisser au niveau d'une des castes les moins élevées ? J'avoue que, pendant un temps, j'eus tendance à m'apitoyer sur moi-même. Finalement, je décidai de retourner à Bharangpur et ses collines, jusqu'à ces ruines qui sont désormais la tombe de nos parents et de notre héritage.

Il se tut alors et la regarda droit dans les yeux avant de reprendre :

— Tu sais, il est toujours là. La pluie a amalgamé ses cendres à la terre ou le vent les a emportées, mais les fondations étaient faites de pierre et la caverne des rakoshi était intacte. Les collines demeurent désertes. Malgré les problèmes de surpeuplement, les gens du coin évitent encore de s'y aventurer. Je suis resté là des jours et des jours dans l'espoir de me purifier. J'ai prié, j'ai jeûné, j'ai erré dans les cavernes… Et pourtant, il ne se passait toujours rien. Je me sentais toujours aussi vide et inutile. Et c'est alors que je l'ai trouvé !

Kolabati vit briller une lueur dans les yeux de son frère, comme si quelqu'un venait d'allumer une flamme à l'intérieur de son cerveau. Une flamme qui ne cessait de croître.

— C'était un œuf mâle ! Il se trouvait dans une petite alcôve à l'écart des cavernes, à peine recouvert par une fine couche de sable ! Tout d'abord, je n'ai pas su que penser, ni ce que je devais en faire. Puis la vérité m'a éclairé : on m'accordait une seconde chance ! J'avais là un moyen de redonner un sens à ma vie, de purifier mon karma et de redevenir digne de ma caste. J'ai alors compris quel était mon destin. Je devais créer un nid de rakoshi et les utiliser pour venger nos ancêtres.

Un œuf mâle. Kusum continua de lui raconter la façon dont il avait manipulé le service des Affaires étrangères afin de se faire attribuer un poste à l'ambassade de Londres, mais Kolabati l'entendait à peine. *Un œuf mâle*... Lorsqu'elle était enfant, elle avait hanté les ruines du temple et les cavernes qui s'étendaient en dessous. Dans leur jeunesse, tous deux considéraient de leur devoir de fonder un nouveau nid. Comme ils rêvaient de tomber sur un tel œuf !

— Après mon installation à l'ambassade, continua Kusum, je me suis mis à la recherche des descendants du capitaine Westphalen et ai appris que sa lignée se limitait désormais à quatre membres. Ce n'était pas une famille très prolifique et la majorité d'entre eux ont été tués durant les deux guerres mondiales. A mon grand désespoir, j'ai appris que seul Richard Westphalen résidait encore en Angleterre. Les trois autres vivaient aux Etats-Unis. Mais je ne me suis pas laissé décourager pour autant. J'ai fait éclore les œufs, fait s'accoupler les rakoshi et ai fondé le nid. Depuis, je me suis débarrassé de trois descendants des Westphalen sur quatre. Il n'en reste donc plus qu'un.

Kolabati fut soulagée de l'apprendre. Ainsi, peut-être pourrait-elle convaincre Kusum d'en rester là.

— Trois vies ne te suffisent pas, Kusum ? Des vies *innocentes* ?

— Tu oublies notre serment, Bati, répondit-il avec la même révérence que s'il invoquait le nom d'une déité. Le *vrata*. Dans leurs veines coulait le sang de ce meurtrier, ce profanateur, ce voleur. Et ce sang doit disparaître de la surface de la terre.

— Je ne peux pas te laisser faire, Kusum. Ce n'est pas juste.

— Comment ! (Il se leva d'un bond.) Rien n'a jamais été plus juste !

— Non !

— Si ! (Il marcha vers elle, les yeux brillants.) Tu devrais les voir, Bati ! Ils sont si beaux ! Si dévoués ! S'il te plaît, viens avec moi, je vais te les montrer. Et tu sauras alors que je ne fais qu'accomplir la volonté de Kali !

Kolabati eut pour première impulsion de refuser, et pourtant, elle ne dit rien. L'idée de voir un nid de rakoshi, là, aux Etats-Unis, exerçait sur elle un mélange de fascination et de répulsion. Kusum dut percevoir son incertitude, car il insista :

— Ils sont notre héritage ! Celui de notre sang ! Tu ne peux pas les renier, pas plus que ton passé !

Kolabati hésita. Après tout, elle portait son collier. Et ils étaient des Gardiens tous les deux. Les derniers de la lignée. D'une certaine façon, elle devait aller les voir, au nom de sa famille et d'elle-même.

— D'accord, dit-elle, je viendrai les voir avec toi. Mais une fois seulement.

— Formidable ! fit Kusum, soudain plein d'allégresse. Tu verras ! Tu auras l'impression de remonter le temps.

— Mais je ne vais pas changer d'avis pour autant. Je ne peux te laisser massacrer des innocents. Tu dois me promettre d'arrêter.

— Nous en discuterons plus tard, dit-il en se dirigeant vers la porte. Je voudrais aussi t'exposer ce que j'ai prévu de faire avec les rakoshi – un plan qui épargnera tes soi-disant « innocents ».

— Quoi ? fit-elle.

Voilà qui ne lui disait rien qui vaille.

— Je t'en parlerai lorsque tu les auras vus.

Dans le taxi qui les menait aux quais, Kusum resta silencieux pendant que Kolabati feignait de savoir parfaitement où ils se rendaient. Une fois descendus, ils marchèrent le long des quais plongés dans la nuit jusqu'à un petit cargo. Kusum la mena du côté tribord.

— S'il faisait jour, tu pourrais voir le nom que je lui ai donné : *Ajit-Rupobati*. Et en védique !

Il avait passé sa main dans la poche de sa veste. Elle entendit alors un déclic et, dans un bourdonnement discret, la passerelle se mit à descendre vers eux. En montant sur le pont, Kolabati sentit surgir en elle un mélange d'angoisse et d'anticipation. La lune, plantée haut dans le ciel, illuminait la surface du pont de sa clarté pâle qui soulignait les nombreuses flaques d'ombre.

Il s'arrêta devant la seconde cale et s'agenouilla près d'une écoutille qui donnait sur l'entrepont.

— Ils sont là en bas, dit-il en ouvrant cette même écoutille.

La puanteur typique des rakoshi s'éleva de l'ouverture. Kolabati détourna la tête. Comment Kusum pouvait-il la supporter ? Pourtant, il glissa ses pieds dans le cercle d'ombre et ne parut même pas remarquer cette odeur.

— Viens, dit-il.

Elle le suivit donc. Une courte échelle menait à une plate-forme carrée qui dominait la cale déserte. Kusum appuya sur un bouton ; la plate-forme eut un soubresaut et se mit à descendre. Surprise, Kolabati s'agrippa au bras de son frère.

— Où allons-nous ?

— Un peu plus bas. (Il désigna la cale d'un coup de menton.) Regarde !

Kolabati scruta la pénombre, mais en vain. Puis elle aperçut leurs yeux. Un murmure rauque s'éleva des profondeurs de la cale. Kolabati réalisa alors que, malgré tout ce qu'elle avait vu, malgré les preuves qu'on lui avait données, elle n'arrivait toujours pas à croire qu'il y ait vraiment des rakoshi à New York. Et pourtant, ils étaient là.

Elle mourait de peur, bien qu'elle n'ait rien à redouter de ces créatures terrifiantes : elle était de la race des Gardiens. Pourtant, au fur et à mesure que la plateforme s'approchait du fond, elle sentait son estomac qui se nouait. Sa bouche se dessécha et son cœur se mit à marteler ses côtes.

— Arrête, Kusum !

— Ne t'en fais pas. Ils ne peuvent pas nous voir.

Kolabati le savait déjà, mais cela ne changeait rien.

— Arrête ! Fais-moi remonter ! Tout de suite !

Kusum appuya sur un autre bouton, et la plateforme s'immobilisa. Il lui jeta un drôle de regard, puis actionna un autre bouton. Le monte-charge repartit en sens inverse. Kolabati se laissa aller contre son flanc. Elle était soulagée de s'éloigner des rakoshi, mais savait qu'elle avait profondément déçu son frère.

Mais elle n'y pouvait rien. Elle avait changé. Elle n'était plus la petite orpheline qui considérait son frère comme un dieu vivant, qui avait comploté avec lui pour faire revenir les rakoshi et redonner au temple sa gloire passée. Cette petite fille avait cessé d'exister. Elle s'était aventurée dans le vaste monde et avait découvert qu'on pouvait très bien vivre ailleurs qu'en Inde. Elle voulait rester ici.

Mais pas Kusum. Son cœur et son esprit n'avaient jamais quitté ces ruines noircies perdues au fin fond des collines de Bharangpur. Et même dans son pays natal, ses principes de fondamentaliste hindou faisaient de lui un étranger. Il vénérait l'Inde du passé ; c'était là qu'il désirait vivre, et il ne pouvait s'adapter à ce nouveau monde qu'elle tentait de rejoindre.

Une fois sur le pont, Kolabati put se détendre et inspira profondément l'air frais. Qui aurait pu croire que l'atmosphère moite de bouillon de culture qui était celle de New York puisse être si agréable ? Kusum la guida vers une écoutille d'acier enchâssée dans la cloison de la superstructure, puis ouvrit le cadenas qui la fermait, dévoilant un petit couloir et une seule cabine meublée.

Kolabati s'assit sur la couchette ; Kusum resta près d'elle, à la regarder. Elle baissa la tête pour éviter de croiser son regard. Depuis qu'ils avaient quitté la cale, ils n'avaient pas échangé un mot. La désapprobation manifeste de Kusum la dérangeait profondément ; elle avait l'impression de redevenir une enfant des rues. Et pourtant, elle n'y pouvait rien. Il avait parfaitement le droit de la mépriser.

— Je t'ai fait venir ici dans l'espoir de te faire partager mes desseins, dit-il finalement, mais je vois que c'était une erreur de ma part. Tu as renié tes racines, ton héritage. Tu es devenue comme les millions d'êtres dépourvus d'âme qui hantent ce pays.

Elle pouvait sentir la douleur qui faisait vibrer sa voix.

— Dis-moi quels sont tes plans, Kusum. Je veux les entendre.

— Oh, tu les entendras. Mais es-tu capable de m'écouter ? (Il n'attendit pas pour répondre à sa propre question :) Je ne crois pas. J'allais te dire que, lorsque je serai de retour chez nous, les rakoshi me seront très utiles. Ils peuvent m'aider à éliminer ceux qui sont déterminés à imposer des changements en Inde, à la dénaturer, ceux qui veulent détourner notre peuple des vraies valeurs de notre culture pour transformer le pays en une autre Amérique.

— Toi et tes ambitions politiques !

— C'est une mission, pas une simple ambition !

Kolabati avait déjà vu briller cette lueur fiévreuse dans les yeux de son frère, et elle l'effrayait presque autant que les rakoshi. Mais elle fit un effort pour s'exprimer avec calme :

— Tu veux utiliser les rakoshi à des fins politiques.

— C'est faux ! Mais qui veut remettre l'Inde sur le droit chemin doit passer par la voie politique. J'ai fini par comprendre que, si j'ai fondé ce nid de rakoshi, ce n'était pas uniquement pour réaliser mon serment. Une volonté supérieure est à l'œuvre, et je ne suis que son instrument.

Kolabati comprit alors où il voulait en venir et son sang se glaça dans ses veines. Toute l'histoire tenait en un seul mot :

— *Hindutvu*.

— Oui, l'Hindutvu ! Une Inde réunifiée et à nouveau dirigée par les Hindous. Nous devons revenir aux frontières d'avant 1947, lorsque les Anglais ont fait du Pendjab le Pakistan et ont disséqué le Bengale. Si seulement j'avais pu disposer des rakoshi en ce temps-là ! Lord Mountbatten n'aurait jamais quitté l'Inde de son vivant. Mais comme il était hors de ma portée, j'ai dû me contenter de prendre la vie de son collaborateur, ce fameux traître qui a légitimé le découpage de notre pays en persuadant le peuple d'accepter ce massacre sans se révolter.

Kolabati ouvrit de grands yeux.

— Gandhi ? Ce n'est tout de même pas toi qui…

Son air choqué lui arracha un sourire malicieux.

— Pauvre Bati, fit-il. Tu me déçois. Cette idée ne t'a vraiment jamais effleurée ? Tu croyais vraiment que je resterais là sans réagir après le rôle qu'il a joué dans le découpage du pays ?

— Mais c'est Savarkar qui a…

— Oui. Savarkar était derrière Godse et Apte, les

assassins dont l'histoire a retenu le nom. Ils ont été condamnés et exécutés. Mais d'après toi, *qui* était derrière Savarkar ?

Non, c'était impossible ! Son frère ne pouvait avoir fomenté ce que certains considéraient comme le crime du siècle !

Mais il continuait son récit. Elle se força à l'écouter :

— Le Bengale de l'Est retrouvera sa place naturelle. Lorsque nous aurons réunifié le Bengale de l'Ouest et de l'Est, le pays sera enfin complet !

— Mais l'Est du Bengale est désormais le Bangladesh ! Tu ne peux…

— Je trouverai un moyen. J'ai tout le temps du monde et j'ai les rakoshi. Crois-moi, j'y arriverai.

La chambre se mit à tournoyer tout autour d'elle. Kusum, son frère, celui qui avait été un père pour elle durant toutes ces années, celui qui avait été l'élément le plus stable de son existence, s'écartait de plus en plus de la réalité et s'adonnait à des fantasmes de pouvoir et de vengeance dignes d'un adolescent déséquilibré.

Kusum était fou, fou à lier. Cette simple idée, aussi incontournable soit-elle, la rendait malade. Elle avait nié l'évidence durant une bonne partie de la soirée, mais maintenant, elle ne pouvait plus se laisser abuser. Il fallait qu'elle quitte ce bateau maudit.

— S'il y a un moyen, dit-elle, je suis sûre que tu le trouveras. (Elle se leva et se tourna vers la porte :) Et je t'aiderai du mieux que je le peux. Mais pour l'instant, je suis fatiguée, et je voudrais…

Mais Kusum se mit devant la porte, lui bloquant le passage.

— Oh, non, ma chère sœur. Tu restes là. Ainsi, nous prendrons la mer ensemble.

— Nous… (Sa gorge se serra sous l'effet de la panique. Il fallait qu'elle descende de ce bateau !) Je ne veux pas aller en mer !

— Je le sais bien. C'est pour cela que j'ai fait sceller cette pièce, la cabine du pilote.

Il n'y avait pas la moindre malice dans sa voix ou son expression. On aurait dit un parent qui parlait à son enfant en bas âge.

— Je te ramène en Inde avec moi.

— C'est hors de question !

— C'est pour ton bien. Durant notre voyage de retour, je suis sûr que tu comprendras qu'adopter ce mode de vie était une erreur. Nous avons une chance de rendre service à l'Inde et de purifier nos karmas. Si j'agis ainsi, c'est autant pour toi que pour moi. (Il lui jeta un regard lourd de conséquences.) Car ton karma est tout aussi pollué que le mien.

— Tu n'as pas le droit !

— J'ai plus que le droit. J'en ai le devoir.

D'un bond, il sortit de la pièce et referma la porte derrière lui. Kolabati se précipita, mais entendit le cliquetis du cadenas avant qu'elle ait pu poser la main sur la poignée. Elle se mit à tambouriner sur l'épais panneau de chêne :

— Laisse-moi sortir, Kusum ! Je t'en prie !

— Lorsque nous serons en mer, répondit-il de l'autre côté.

Elle l'entendit descendre le couloir jusqu'à l'écoutille de métal donnant sur le pont et se sentit dans la peau d'une condamnée à mort. Elle avait perdu le contrôle de sa vie et se retrouvait piégée sur ce bateau… Et elle ne voulait pas subir une interminable traversée en compagnie d'un fou furieux, même si ce fou était son frère. Il fallait qu'elle sorte de là ! Elle tambourina à la porte avec une énergie renouvelée.

— Jack va venir me chercher !

Elle regretta aussitôt ces mots. Elle ne voulait pas mêler Jack à cette affaire.

— Et pourquoi agirait-il ainsi ? demanda lentement Kusum d'une voix faible.

Elle ne pouvait lui dire que Jack avait découvert le bateau et savait ce qu'il contenait.

— Parce que nous nous sommes vus tous les jours. Dès demain, il voudra savoir où je suis passée.

— Je vois. (Il y eut un long silence, puis :) Je crois que je ferais mieux d'avoir un entretien avec ce fameux Jack.

— Ne lui fais pas de mal, Kusum !

Elle ne pouvait supporter l'idée que Jack subisse le courroux de son frère. Jack pouvait certainement se défendre, mais il n'avait jamais été confronté à quelqu'un comme Kusum… Ou à un rakosh.

Elle entendit le claquement de la porte de métal.

— Kusum ?

Pas de réponse. Il l'avait laissée seule sur ce bateau.

Non… Elle n'était pas seule à bord.

Il y avait toujours les rakoshi.

9

Droit d'asile ! Droit d'asile !

Jack avait épuisé la filmographie de James Whale et avait opté pour la version 1939 du *Bossu de Notre-Dame*. Charles Laughton, qui interprétait le sonneur de cloches ignorant et déformé, venait de sauver Maureen O'Hara et, du haut des murs de l'église, s'égosillait avec un accent british des plus snobs. Ridicule. Néanmoins, Jack adorait ce film, qu'il avait vu une bonne centaine de fois. C'était devenu un vieil ami, et il avait besoin de sa compagnie. Ce soir, son appartement lui semblait bien vide.

Et c'est ainsi, face à son grand écran de TV, qu'il réfléchissait à ce qu'il devait faire. Pour l'instant, Gia et Vicky ne risquaient rien : il n'avait pas de souci à se faire sur ce point. A peine était-il rentré qu'il avait appelé la maison de Sutton Square. Il était tard et, de toute évidence, il avait réveillé Gia. D'un ton grognon, elle lui avait affirmé qu'elles n'avaient pas reçu la moindre nouvelle de Grace ou de Nellie, que tout allait bien et que tout le monde dormait comme un loir – du moins jusqu'à son coup de fil.

Il préféra donc la laisser se recoucher. Il aurait bien voulu en faire autant. Il était crevé, et pourtant, il savait qu'il ne pourrait trouver le sommeil. *Ces monstres !* Leur image revenait sans cesse dans son esprit. Et il ne pouvait s'empêcher de croire que, si Kusum apprenait qu'il était monté à bord de son bateau et avait vu ce qu'il contenait, il pourrait les lancer à ses trousses.

C'est avec cette idée en tête qu'il se leva et se dirigea vers le vieux secrétaire de chêne. Il retira le faux panneau et prit son Glock 9 mm, qu'il chargea de balles à fragmentation qui, après l'impact, s'éparpillaient pour provoquer un maximum de dégâts ; un petit trou à l'entrée, un grand trou à la sortie. D'après Kolabati, seules les flammes pouvaient arrêter les rakoshi, mais après deux balles comme celles-ci dans la poitrine, ils ne devraient plus être très fringants. De plus, ces munitions si dangereuses lorsqu'elles pénétraient dans un corps étaient relativement sûres à utiliser en intérieur – car elles perdaient tout leur impact lorsqu'elles frappaient un mur ou même une fenêtre.

En guise de précaution supplémentaire, Jack vissa un silencieux au canon du Glock. C'était à lui de s'occuper de Kusum et des rakoshi ; il ne voulait pas y mêler ses voisins. Sinon, certains d'entre eux pouvaient être blessés, voire tués.

Il s'installait à nouveau devant sa TV lorsqu'on frappa à la porte. Surpris et étonné, Jack éteignit le magnétoscope et se dirigea vers l'entrée, pistolet en main. Il ne pouvait imaginer un rakosh s'annoncer de cette manière, mais ce visiteur nocturne le dérangeait.

— Qui est-ce ?

— Kusum Bahkti, fit une voix de l'autre côté.

Kusum ! Jack se raidit. L'assassin de Nellie venait lui rendre visite. Il se reprit et déverrouilla la porte. Kusum était là, seul sur le palier. Il semblait détendu et très naturel, malgré l'heure tardive. Jack sentit son doigt qui se crispait sur la détente du pistolet fixé derrière sa jambe droite. Une balle dans la tête de Kusum résoudrait l'essentiel de ses problèmes – mais il aurait du mal à expliquer son geste aux autorités.

— Que puis-je pour vous ?

— Je voudrais que nous parlions de ma sœur.

10

Kusum examinait avec attention le visage de Jack. Lorsqu'il avait prononcé cette dernière phrase, il avait écarquillé les yeux. Il y avait bien quelque chose entre ces deux-là, et cette idée le peinait au plus haut point. Kolabati n'était pas pour Jack ou tout autre Occidental décasté. Elle méritait un prince.

Jack fit un pas en arrière et ouvrit la porte en grand tout en appuyant son épaule contre l'embrasure. Kusum se demanda s'il dissimulait une arme.

En entrant dans la pièce, il fut frappé par le désordre qui y régnait. C'était un véritable capharnaüm où se mêlaient les styles, les couleurs, tout un bric-à-brac emplissant le moindre espace disponible. Ce décor lui parut à la fois écœurant et amusant. S'il pouvait étudier de près le contenu de cette pièce, il connaîtrait bien mieux l'homme qui l'habitait.

— Asseyez-vous.

Il l'avait à peine vu bouger, et pourtant, la porte était fermée et Jack assis dans un grand fauteuil, les mains croisées derrière la tête. Kusum aurait pu lui décocher dès maintenant un coup de pied mortel, et Kolabati serait délivrée de la tentation. Ce serait beaucoup plus rapide et plus facile que de lui envoyer un rakosh. Mais Jack semblait sur ses gardes, prêt à réagir au quart de tour. Kusum ne devait surtout pas sous-estimer cet homme. Il s'assit en face de lui, sur un canapé étrangement court.

— Vous vivez bien chichement, dit-il en continuant d'inspecter la pièce. Etant donné vos revenus, du moins tels que je les imagine, j'aurais cru que vos quartiers seraient un peu plus luxueux.

— Ce mode de vie me convient, répondit Jack. De plus, à quoi bon se livrer à des délires consuméristes ? Ce serait contraire à mes intérêts.

— Peut-être. Ou peut-être pas. Mais au moins, vous avez résisté à l'envie de rejoindre le clan des gens huppés qui exhibent leurs grosses voitures, leurs yachts et leurs cartes de country club. Un mode de vie qui semble irrésistible à la majorité de vos compatriotes. (Il eut un soupir.) Tout comme beaucoup des miens, au grand détriment de l'Inde elle-même.

Jack haussa les épaules.

— Cela n'a rien à voir avec Kolabati.

— En effet, Jack.

Il étudia avec soin cet Américain. En ce pays, il était rare de rencontrer un homme discret. Celui-ci n'avait nul besoin de l'adulation de ses pairs pour se croire quelqu'un. Il vivait à sa façon, selon ses propres règles. C'était assez admirable. Kusum réalisa qu'il se donnait lui-même des raisons de ne pas transformer Jack en repas pour les rakoshi.

— Comment avez-vous eu mon adresse ?

— C'est Kolabati qui me l'a donnée.

En un certain sens, c'était la vérité. Il l'avait trouvée

l'autre jour sur son bureau, griffonnée sur un morceau de papier.

— Revenons donc au sujet qui nous préoccupe, voulez-vous ?

Kusum sentit une vague trace d'hostilité en Jack. Peut-être lui en voulait-il de le déranger à une heure aussi tardive. Non… Ses raisons étaient forcément plus profondes. Kolabati lui avait-elle confié quelque chose qu'elle n'aurait pas dû divulguer ? Cette idée le dérangeait. Il devrait peser ses mots avec soin.

— Certainement. Ce soir, j'ai eu une longue discussion avec ma sœur et ai fini par la convaincre que vous n'étiez pas l'homme qui lui convient.

— Intéressante perspective, répondit Jack, un fin sourire aux lèvres. (Savait-il quelque chose ?) Quels arguments avez-vous employés ?

— Ceux de la tradition. Comme vous le savez, ou peut-être pas, Kolabati et moi sommes des brahmines. Savez-vous ce que cela signifie ?

— Non.

— C'est la caste la plus élevée de toutes. Pour quelqu'un comme elle, il n'est pas convenable de fréquenter un membre d'une classe inférieure.

— C'est un peu démodé comme argument, non ?

— Rien de ce qui concerne le karma ne peut être considéré comme « démodé ».

— Peu m'importe le karma.

Kusum se permit un sourire. Ces Américains n'étaient vraiment que des enfants ignorants.

— Le fait que vous croyiez ou non au karma n'affecte nullement son existence, ni l'influence qu'il exerce sur vous. Ce serait comme de prétendre que le fait de ne pas croire en l'existence de l'océan peut vous empêcher de vous noyer.

— Et donc, avec vos arguments de caste et de karma, vous avez convaincu Kolabati, qui a décidé que je n'étais pas assez bien pour elle ?

— C'est une façon un peu brutale de présenter les choses. Mettons qu'elle ne souhaite plus vous voir, ni vous parler. (Une douce chaleur monta peu à peu en lui.) Elle appartient à l'Inde, tout comme l'Inde lui appartient. Elle est éternelle, comme ce pays où elle a vu le jour. De bien des façons, elle *est* l'Inde elle-même.

Jack tendit la main et posa le téléphone sur ses genoux.

— Ouais, c'est une brave fille.

Il tint le répondeur contre son oreille tout en composant un numéro de sa main gauche. Sa main droite restait posée sur sa cuisse. Pourquoi ne s'en servait-il pas ?

— On va bien voir ce qu'elle va dire de tout cela.

— Oh, elle n'est plus là, fit rapidement Kusum. Elle a fait ses bagages et est retournée à Washington.

Jack resta longuement ainsi, le combiné posé contre son oreille. Le temps d'une vingtaine de sonneries. Finalement, il raccrocha de sa main gauche…

… et soudain, un pistolet apparut dans sa main droite, et le long tube d'un silencieux se braqua droit sur Kusum.

— Où est-elle ? fit-il d'une voix qui n'était qu'un murmure.

Dans les yeux qui le regardaient par-dessus le canon, Kusum vit sa propre mort. Cet homme était prêt à appuyer sur la détente. Il ne demandait même que ça.

Le cœur de Kusum bondit dans sa gorge. Non ! Je ne peux succomber maintenant, alors que j'ai encore tant à faire !

11

Jack vit la peur s'inscrire sur le visage de Kusum. Parfait. Autant laisser ce salopard cuire dans son jus. Qu'il ait une petite idée de ce que Grace et Nellie avaient ressenti avant de mourir.

Jack avait bien envie d'appuyer sur la détente, et seules des considérations pratiques l'en empêchèrent. Avec le silencieux, personne n'entendrait le coup de feu, et il y avait bien peu de chances que quelqu'un sache que Kusum était venu chez lui. Par contre, il aurait bien du mal à se débarrasser du cadavre.

Il restait la question de Kolabati. Que lui était-il arrivé ? Apparemment, l'Hindou tenait trop à sa sœur pour lui faire le moindre mal, mais il fallait s'attendre à tout de la part d'un homme capable de conduire une cérémonie comme celle qu'il avait vue sur ce rafiot du diable.

— Où est-elle ? répéta-t-il.

— Là où elle sera en sécurité, je vous l'assure, fit Kusum d'une voix mesurée. Là où vous ne pourrez l'atteindre.

Un muscle de sa joue était agité de spasmes, comme si quelqu'un tapotait avec insistance l'intérieur de sa bouche.

— Où ?

— En sécurité... Tant qu'il ne m'arrive rien et que je peux l'y retrouver, bien sûr.

Jack ne savait s'il pouvait le croire, mais n'osait pas prendre de risques inconsidérés.

Kusum se leva. Jack garda le pistolet braqué sur son front.

— Ne bougez pas !

— Il faut que je m'en aille.

Kusum lui tourna le dos et se dirigea vers la porte. Jack fut bien obligé de le reconnaître : ce salopard ne manquait pas de sang-froid. Il s'arrêta à l'entrée et se tourna vers Jack.

— Mais je tiens à vous dire une dernière chose : cette nuit, je vous ai épargné une mort certaine.

Jack se leva, incrédule.

— Comment ça ?

Il fut tenté de parler des rakoshi, mais se souvint à temps que Kolabati l'avait supplié de ne pas mentionner ce nom. Apparemment, elle n'avait pas dit à son frère que Jack se trouvait ce soir sur son bateau.

— J'ai été clair, il me semble. Si vous êtes actuellement en vie, c'est à cause du service que vous avez rendu à ma famille. Désormais, nous sommes quittes.

— Quittes ? Vous ne me devez rien. Vous m'avez embauché pour remplir une mission, et c'est ce que j'ai fait. Vous m'avez réglé la somme convenue. Et voilà.

— Je préfère considérer les choses d'une autre façon. Néanmoins, je vous informe que toutes nos dettes sont annulées. Et j'espère que vous ne comptez pas me suivre. Quelqu'un pourrait en souffrir.

Jack leva son pistolet.

— Où est-elle ? Si vous ne répondez pas, je vais vous loger une balle dans le genou droit, et si vous refusez toujours de collaborer, je passerai au gauche.

Jack était prêt à joindre le geste à la parole, mais Kusum resta planté là, très calme, sans faire le moindre mouvement pour s'échapper.

— Vous pouvez commencer, dit-il. J'ai déjà surmonté bien pire.

Jack regarda sa manche gauche vide, puis plongea dans ses yeux et y lut la volonté inflexible du véritable fanatique. Cet homme mourrait sans rien lui dire.

Au bout d'un interminable silence, Kusum eut un mince sourire, passa la porte et la referma derrière lui.

Luttant contre l'envie qu'il avait de jeter le pistolet à travers la pièce, Jack alla la verrouiller, mais non sans donner un bon coup de pied au panneau.

Kolabati était-elle vraiment en danger, ou Kusum bluffait-il ? Il avait l'impression d'avoir été joué, mais ne voyait pas comment il aurait pu s'en sortir.

Mais la grande question restait la même : *où était Kolabati* ? Il faudrait qu'il retrouve sa trace. Etait-elle vraiment repartie à Washington ? Il aurait bien voulu pouvoir en être sûr.

Il donna un autre coup de pied à la porte, plus fort cette fois-ci.

CHAPITRE NEUF

« Car je suis devenu la mort, le destructeur d'univers. »
Extrait du *Bhagavad-Gita*

Jeudi 7 août

1

Jack reposa violemment le combiné sur le téléphone en ressentant un mélange de colère et d'inquiétude. Pour la dixième fois ce matin, il avait appelé l'appartement de Kusum, mais en vain. Il avait aussi passé plusieurs coups de fil à Washington D.C., mais il n'y avait personne au nom de Kolabati, ni dans le district de la ville, ni dans toute la Virginie du Nord. Par contre, les renseignements du Maryland lui avaient appris l'existence d'un ou une K. Bahkti à Chevy Chase et donné son numéro.

Il n'avait cessé de le composer toute la matinée et, là aussi, avait fait chou blanc : personne ne répondait. Chevy Chase n'était qu'à quatre heures de voiture de la capitale : elle avait largement eu le temps de rentrer – si toutefois elle avait vraiment quitté New York. Or, Jack n'arrivait pas à le croire. Kolabati semblait bien trop indépendante pour se laisser mener au doigt et à l'œil par son frère.

Il ne pouvait s'empêcher de l'imaginer enfermée dans un placard, pieds et poings liés, un bâillon étouffant ses cris. Elle devait se trouver dans une position plus confortable, mais il était sûr que Kusum la retenait prisonnière. Il se sentait responsable. Après tout, si son frère avait pris de telles mesures, c'était à cause de lui, de leur liaison.

Kolabati… A ce stade, il ne savait plus vraiment ce qu'il éprouvait pour cette jeune femme. Il tenait à elle, mais il n'était pas amoureux d'elle. C'était plutôt une sorte d'âme sœur, quelqu'un qui le comprenait et l'acceptait tel qu'il était – et semblait même l'admirer pour cela. Ajoutez-y une attirance physique très forte et vous obteniez un lien unique et parfois très exaltant. Mais ce n'était pas de l'amour pour autant.

Il devait la libérer des griffes de son frère. Alors pourquoi avait-il passé sa matinée pendu au téléphone ? Pourquoi n'avait-il pas plutôt filé à l'appartement pour la chercher ?

Parce qu'il devait se rendre à Sutton Square, voilà pourquoi. C'était une intuition qui l'avait taraudé toute la matinée, et il n'allait pas la repousser : il avait appris par expérience qu'il ne devait pas négliger ces coups de pouce de son instinct. Ce n'était pas un pressentiment : Jack n'avait aucun don de télépathie ou de clairvoyance, et d'ailleurs, il n'y croyait pas. Mais ces coups de pouce signifiaient que son subconscient avait effectué un travail de corrélations dont son esprit n'avait pas encore conscience et voulait lui faire partager ses découvertes.

Et dans les profondeurs de son subconscient, deux plus deux égalait Sutton Place. Il fallait qu'il y passe. Ce matin. *Tout de suite*.

Il s'habilla à la diable et glissa le Semmerling dans le holster accroché à sa cheville. Comme il en aurait probablement besoin plus tard dans la journée, il fourra sa trousse de cambrioleur – quelques crochets et une mince règle de plastique – dans sa poche de derrière et partit vers la porte.

C'était bon de faire enfin quelque chose.

2

— Kusum ?

Kolabati venait d'entendre une sorte de grincement dans le couloir. Elle posa une oreille contre le panneau de la porte de sa cabine. Le bruit venait bien de l'écoutille qui menait au pont. Quelqu'un la déverrouillait. Cela ne pouvait être que Kusum.

Pourvu qu'il soit venu la libérer !

Ç'avait été une très, très longue nuit, tranquille si ce n'étaient les bruissements qui montaient des profondeurs du rafiot. Elle se savait en sécurité, hors d'atteinte des rakoshi ; et même si l'un d'entre eux parvenait à se libérer, elle était sous la protection de son collier. Pourtant, elle avait eu bien du mal à trouver le sommeil. Elle s'inquiétait pour Jack. Dieu sait ce dont Kusum était capable, maintenant qu'il donnait libre cours à sa démence ! Mais même si elle avait eu la conscience tranquille, cela n'aurait pas pour autant été une partie de plaisir. Au cours de la nuit, l'atmosphère s'était alourdie. La cabine était très mal ventilée et, lorsque le soleil avait fait son apparition, elle s'était peu à peu transformée en sauna. Elle mourait de soif. Il y avait un évier dans la petite salle de bains, mais l'eau qui s'écoulait du robinet était brunâtre et sentait mauvais.

Pour la millième fois depuis que Kusum l'avait enfermée dans cette cabine, elle alla s'escrimer sur la poignée de la porte. Celle-ci tournait sans problème, mais, même en poussant de toutes ses forces, le battant refusait de s'ouvrir. En l'examinant d'un peu plus près, elle constata que Kusum avait tout simplement inversé le système de fermeture – le verrou se trouvait désormais à l'extérieur et non à l'intérieur.

Au bout du couloir, il y eut un claquement métallique. Kolabati se recula tandis que la porte de sa cabine s'ouvrait en grand. Kusum entra, muni d'une boîte plate et d'un grand sac de papier brun glissé sous son bras. Il la regarda avec des yeux emplis de compassion.

— Qu'as-tu fait à Jack ? bafouilla-t-elle en le voyant.

Le visage de Kusum s'assombrit.

— Est-ce là ta seule inquiétude ? demanda-t-il. Il était tout disposé à m'abattre comme un chien, mais je présume que tu t'en moques ?

— Je veux que vous viviez tous les deux ! fit-elle avec conviction.

Sa sincérité parut apaiser Kusum.

— Nous sommes bien vivants, tous deux. Et Jack le restera tant que tu ne perturberas pas mes plans.

Kolabati ressentit un soulagement si intense qu'elle se sentit vidée de ses forces. Maintenant qu'elle savait que Jack ne risquait rien, elle pouvait se concentrer sur sa propre situation. Elle fit un pas vers son frère.

— Je t'en prie, Kusum, laisse-moi sortir d'ici.

Elle avait horreur de devoir le supplier ainsi, mais redoutait davantage de rester enfermée dans cette cabine.

— Je sais que tu as passé une mauvaise nuit, et je m'en excuse. Mais cela ne durera plus très longtemps. Ce soir, ta porte restera ouverte.

— Ce soir ? Pourquoi pas maintenant ?

Il eut un sourire.

— Parce que nous ne sommes pas encore en mer.

— Nous partons ce soir ? fit-elle, découragée.

— Après minuit, la marée va tourner. J'ai tout

prévu pour m'emparer de la dernière des Westphalen. Dès qu'elle sera entre mes mains, nous pourrons partir.

— C'est encore une vieille dame ?

Kolabati vit passer comme une ombre sur le visage de son frère.

— L'âge n'entre pas en compte. Elle est la dernière des Westphalen, et c'est tout ce qui importe.

Kusum posa le sac sur la table repliable et entreprit de le vider. Il en tira deux carrés de jus de fruits, un Tupperware rectangulaire contenant une salade, des ustensiles de cuisine et des gobelets de carton. Tout au fond du sac, il y avait une liasse de revues et de journaux, tous en hindi. Il ouvrit le container, et une odeur de légumes et de riz au curry emplit la pièce.

— Je t'ai apporté à manger.

Malgré sa déprime, Kolabati en eut l'eau à la bouche. Mais elle oublia son appétit pour regarder vers la porte de la cabine, que Kusum avait laissée ouverte. Si elle prenait un peu d'avance, peut-être pourrait-elle l'enfermer là-dedans et s'enfuir ?

— Je meurs de faim ! fit-elle en approchant de la table selon un angle qui lui permettait de se tenir entre Kusum et la porte. Ça sent bon ! Qui a préparé tout ça ?

— J'ai acheté ce plat dans un petit restaurant hindou de la Cinquième Avenue. Il est tenu par un couple de Bengalais. De braves gens.

— Je n'en doute pas.

Son cœur se mit à battre la chamade. Elle s'approchait peu à peu de la porte. Et si elle échouait ? Irait-il jusqu'à la battre ? Elle jeta un coup d'œil sur sa gauche. La sortie n'était plus qu'à deux pas, mais elle n'osait pas se lancer.

C'était maintenant ou jamais !

Kolabati courut vers la porte en laissant échapper un petit cri de terreur, s'empara de la poignée et la referma derrière elle. Kusum bondit à son tour, mais trop tard. Kolabati tritura le verrou et poussa une exclamation de joie en entendant son déclic.

— Bati, je t'ordonne d'ouvrir immédiatement cette porte ! cria Kusum d'une voix vibrante de colère.

La jeune femme courut vers l'écoutille qui donnait sur le pont. Elle savait qu'elle ne se sentirait pas libre tant qu'elle n'aurait pas mis une bonne couche d'acier entre son frère et elle. Soudain, un fracas infernal la poussa à regarder en arrière. La porte de bois était en train de céder ! Elle entrevit, en un éclair, le pied de Kusum alors que le battant explosait en une pluie d'échardes. Son frère se glissa dans le couloir et se lança à sa poursuite.

L'épouvante la fit courir de plus belle. Derrière l'écoutille de métal, le soleil brillait, l'air était frais, et elle serait libre. Elle parvint à franchir le seuil et à refermer la lourde porte, mais avant qu'elle n'ait pu la boucler, Kusum se lança dessus de tout son poids, épaule en avant, comme pour l'enfoncer. Le choc la projeta en arrière, et elle atterrit sur le dos.

Sans un mot, Kusum s'avança sur le pont et la releva de force. Sa main se referma comme un étau sur son poignet, et il l'entraîna dans la cabine. Une fois de retour dans ce qui lui servait de prison, il la fit virevolter et empoigna le devant de son chemisier.

— Ne refais jamais une chose pareille ! fit-il, les yeux brûlants de rage. Cette tentative d'évasion était absurde ! Même si tu avais réussi à m'enfermer, tu n'aurais jamais pu atteindre le quai – à moins que tu ne saches te laisser glisser le long d'une corde.

Il la poussa en avant, déchirant le devant de son chemisier. Des boutons volèrent dans toutes les directions.

— Kusum !

On eût dit un animal enragé. Sa respiration était rauque et ses yeux brillaient d'une lueur de démence.

— *Et veux-tu bien…*

Il passa la main entre les pans de son chemisier

déchiré, empoigna son soutien-gorge entre les bonnets et cassa les attaches, dévoilant ses seins.

— *... retirer...*

Il la poussa sur le lit et prit la ceinture de sa jupe, qu'il arracha à son tour.

— *... ces...*

Ce fut au tour de sa culotte...

— *... vêtements...*

Enfin, il s'en prit aux lambeaux de son chemisier et son soutien-gorge.

— *... obscènes !*

Il jeta les haillons au sol et les piétina rageusement.

Kolabati resta là, figée par la terreur, jusqu'à ce qu'il se calme enfin. Alors que sa respiration redevenait normale et que ses joues retrouvaient leur pâleur naturelle, il se tourna vers sa sœur qui gisait devant lui, un bras replié devant ses seins et une main sur son pubis, les cuisses serrées.

Kusum l'avait déjà vue toute nue un nombre incalculable de fois ; souvent, elle s'était amusée à parader devant lui dans le plus simple appareil pour rire de sa réaction ; mais à ce moment précis, elle se sentait exposée, dégradée, et ne voulait pas qu'il la voie.

Soudain, il eut un sourire sardonique :

— Tu n'es pas très convaincante dans le rôle de la vierge effarouchée, ma chère sœur. (Il prit le carton qu'il avait apporté et le lui jeta.) Couvre-toi.

Kolabati avait peur de bouger, mais plus encore de lui désobéir. Elle posa la boîte sur ses genoux et l'ouvrit avec des gestes maladroits. Elle contenait un sari bleu avec des broderies dorées. Ravalant des larmes d'humiliation et de rage impuissante, elle passa la chemise étroite par-dessus sa tête, puis enroula le tissu autour de son corps selon la méthode traditionnelle. Elle lutta contre le désespoir qui menaçait de l'envahir. Il devait bien y avoir un moyen de lui échapper !

Lorsqu'elle fut sûre de pouvoir maîtriser sa voix, elle lui dit :

— Laisse-moi partir ! Tu n'as pas le droit de me retenir ici !

— Tu n'as pas à en discuter. Je fais mon *devoir*. C'est pour cette même raison que je m'évertue à tenir mon serment. Alors seulement, je pourrai rentrer et me tenir devant ceux qui croient en moi, qui sont prêts à tout abandonner pour me suivre afin de ramener l'Inde, notre mère, sur le droit chemin. Et tant que je n'aurai pas purifié mon karma, je ne serai pas digne de leur confiance et encore moins de les mener à l'Hindutvu.

— Mais c'est *ta* vie ! cria-t-elle. C'est *ton* karma !

Kusum secoua la tête, lentement, tristement.

— Nos karmas sont étroitement liés, Bati. De façon inextricable. Et *mon* devoir est aussi le tien. (Il passa la porte fracassée et se retourna vers elle :) Entre-temps, je dois assister à une réunion d'urgence du Conseil de sécurité. Je reviendrai ce soir, et je t'apporterai ton dîner.

Il tourna les talons et s'en alla. Kolabati ne prit pas la peine de le rappeler ou de courir derrière lui. La porte extérieure se referma avec un *clang* sonore.

Plus que de la peur, plus que du désespoir de se voir à nouveau prisonnière, elle ressentait surtout de la tristesse en voyant son frère dans cet état. Il était devenu la proie de cette obsession démentielle. Elle alla s'asseoir devant la table, mais n'arriva pas à desserrer les dents.

Finalement, les larmes vinrent lui brûler les yeux. Elle enfouit sa tête entre ses mains et se mit à pleurer.

3

Pour la première fois depuis que Gia le connaissait, Jack paraissait son âge. Il arborait des cernes noirs sous les yeux et avait l'air d'avoir vu un fantôme. Ses cheveux bruns avaient besoin d'un coup de peigne et il était mal rasé.

— Je ne m'attendais pas à te revoir si vite, dit-elle alors qu'il entrait dans le foyer.

Cela l'ennuyait de le voir débarquer ainsi, à l'improviste. D'un autre côté, elle était heureuse qu'il soit là. La nuit avait été longue et pleine de terreurs. Et très, très solitaire. Elle commençait à se demander si elle pourrait enfin analyser clairement ce qu'elle ressentait pour lui.

Eunice ferma la porte et lui jeta un regard inquisiteur.

— Je suis sur le point de préparer le déjeuner, m'dame. Dois-je rajouter un couvert ?

La voix de la bonne était atone, exsangue. Ses maîtresses lui manquaient. Eunice avait fait de son mieux pour s'occuper les mains et l'esprit, et parlait constamment du moment où Nellie et Grace finiraient par revenir. Mais maintenant, elle semblait à court d'espoir.

Gia se tourna vers Jack :

— Tu restes déjeuner ?

— Ouais, fit-il en haussant les épaules.

Pendant qu'Eunice s'en allait, Gia ajouta :

— Tu ne devrais pas être en train de chercher Nellie ?

— Il fallait que je vienne te voir, fit-il tout naturellement.

— Ce n'est pas comme ça que tu vas la retrouver.

— Je doute de pouvoir en être capable. En fait, je crains fort qu'il ne soit trop tard pour cela.

Son ton contenait une touche d'inexorabilité qui alarma Gia :

— Que… qu'est-ce que tu sais de nouveau ?

— Ce n'est qu'une intuition, fit-il en détournant les yeux, comme s'il avait honte de devoir dépendre de quelque chose d'aussi peu substantiel. Tout comme celle que j'ai eue ce matin et qui m'a amené ici.

— C'est tout ce qui te motive ? Des intuitions ?

— Crois-moi sur parole, d'accord ?

Sa voix avait quelque chose de tranchant. Elle ne l'avait encore jamais entendu s'exprimer ainsi.

Gia allait insister lorsque Vicky arriva en courant. Ses deux tantes lui manquaient toujours, mais Gia lui avait remonté le moral en affirmant que Nellie était allée chercher Grace. Jack la souleva et l'assit sur ses genoux, mais à son babillage constant, il ne répondit que par des grognements. Gia ne l'avait jamais vu si préoccupé. Il semblait même avoir perdu sa belle assurance. C'était ce qui l'inquiétait le plus : sur ce point, Jack avait toujours été un roc. Quelque chose n'allait pas, quelque chose de grave, et il refusait de lui en parler.

Tous trois se dirigèrent vers la cuisine où Eunice préparait le déjeuner. Jack se laissa tomber sur une chaise en bout de table et se mit à scruter le vide d'un regard morose. Vicky dut remarquer qu'il n'était pas aussi communicatif que d'habitude et alla jouer dans sa cabane. Gia, assise en face de lui, aurait donné n'importe quoi pour savoir ce qu'il ruminait, mais n'osait pas l'interroger en présence d'Eunice.

Vicky revint par la porte de derrière, une orange à la main. Gia se demanda où elle avait pu la trouver. Elle croyait qu'ils n'en avaient plus.

— Fais la bouche orange ! La bouche orange !

Jack se redressa et lui décocha un sourire qui n'aurait pas trompé un aveugle.

— C'est bon, Vicks. La bouche orange. Rien que pour toi.

Il fit signe à Gia d'aller lui chercher un couteau. Lorsqu'elle retourna à la table, elle vit que Jack secouait la main.

— Qu'est-ce qu'il y a ?

— Elle doit être particulièrement juteuse, parce qu'il y a des fuites.

Il coupa l'orange en deux. Avant de trancher les deux moitiés pour en faire des quarts, il frotta sa paume contre sa joue. Soudain, il se leva d'un bond, renversant sa chaise derrière lui. Livide, il porta ses doigts à son nez et inspira profondément.

— *Non !* hurla-t-il alors que Vicky tendait la main vers l'une des moitiés. *N'y touche pas !*

Il lui prit la main et la repoussa sans douceur.

— Jack ! Qu'est-ce qui te prend ! s'exclama Gia.

Elle était outrée. Comment osait-il traiter Vicky ainsi ? Et la pauvre fillette resta là, à le regarder, au bord des larmes.

Mais Jack semblait avoir oublié jusqu'à leur présence. Il prit les moitiés d'orange, les renifla comme l'aurait fait un chien et les examina de près. Son visage devint blanc comme un linge.

— Oh, mon Dieu ! fit-il d'un air écœuré. Oh, mon *Dieu* !

Alors qu'il faisait le tour de la table, Gia écarta Vicky de son chemin et la serra contre elle. Les yeux de Jack brillaient d'une lueur farouche. En trois enjambées, il se retrouva devant la poubelle. Il y jeta l'orange, puis en tira le sac-poubelle, le referma avec la lanière en plastique prévue à cet effet et le jeta à terre. Enfin, il alla s'agenouiller devant Vicky et posa gentiment ses mains sur ses épaules.

— Où as-tu trouvé cette orange, Vicky ?

Gia remarqua immédiatement ce « Vicky ». Jack n'utilisait jamais ce diminutif ; pour lui, elle était et restait « Vicks ».

— Dans… ma cabane.

Jack se releva d'un bond et se mit à faire les cent pas dans la cuisine en passant frénétiquement ses doigts dans ses cheveux. Finalement, il parut prendre une décision.

— Bon, on s'en va tous d'ici.

Gia se leva à son tour.

— Qu'est-ce que…

— Allez, dehors ! Tout le monde ! Et surtout, ne *mangez* rien en chemin ! Et c'est aussi valable pour vous, Eunice !

Celle-ci se rengorgea :

— Excusez-moi ?

Jack la guida doucement mais fermement vers la sortie. De toute évidence, il ne plaisantait pas. Il alla trouver Gia et lui arracha Vicky :

— Rassemble tes jouets. Toi et ta maman, vous allez partir en voyage.

Son empressement était contagieux. Sans un regard à sa mère, Vicky courut dans le jardin.

— Jack, à quoi joues-tu ? s'exclama Gia. Tu ne peux pas venir ici et mener tout le monde à la baguette ! Tu n'as pas le droit !

Il enserra son biceps gauche dans une étreinte presque douloureuse.

— Ecoute-moi, fit-il à voix basse. Veux-tu vraiment que Vicky finisse comme Nellie et Grace ? Qu'elle disparaisse sans laisser de traces ?

Gia ne put lui répondre. Elle crut que son cœur allait s'arrêter. *Vicky ? Disparaître ? NON…*

— Maintenant, c'est peu probable, continua Jack. Mais si vous restez là ce soir, cela peut arriver.

Gia n'arrivait toujours pas à dire un mot. L'horreur lui serrait la gorge comme une main spectrale.

— Va-t'en ! dit-il en la poussant vers l'avant de la maison. Fais tes bagages et filons d'ici.

Gia s'éloigna d'un pas mal assuré. Le plus inquiétant n'était pas ce que disait Jack, mais ce qu'elle avait lu dans ses yeux… Une émotion qu'elle n'aurait jamais cru qu'il puisse éprouver.

De la peur.

Jack, effrayé ? C'était à peine concevable, et pourtant, elle l'aurait juré. Et si Jack avait peur, que devait-elle ressentir ?

Terrifiée, elle monta au premier faire ses valises.

4

Une fois seul dans la cuisine, Jack renifla à nouveau ses doigts. D'abord, il crut qu'il avait des hallucinations, mais lorsqu'il vit le minuscule trou, tel qu'aurait pu laisser une seringue, foré dans la peau de l'orange, il n'eut plus le moindre doute. C'était bien de l'élixir de rakoshi. Cette simple idée lui donnait envie de vomir. Quelqu'un – qui ne pouvait être que Kusum ! – avait déposé ce fruit empoisonné pour que Vicky le mange.

Kusum voulait livrer Vicky à ses monstres.

Il avait eu bien du mal à réaliser que Grace et Nellie n'étaient pas de simples victimes innocentes. Leurs morts faisaient partie d'un plan beaucoup plus vaste, et dont les deux vieilles dames étaient la cible. Et Vicky était la suivante sur la liste.

Mais, pour l'amour de Dieu, pourquoi tout cela ? *Pourquoi ?* Kusum voulait-il la mort de tous ceux qui vivaient sous ce toit ? Il s'était déjà débarrassé de Nellie et de Grace, et maintenant Vicky ? Et ensuite, s'en prendrait-il à Eunice et à Gia ? Jack n'y comprenait rien. Ou peut-être était-il encore trop choqué pour distinguer son grand dessein.

Vicky entra par la porte de derrière et courut dans la cuisine. Elle portait ce qui ressemblait à un énorme raisin de plastique. Elle passa devant Jack, le nez en l'air, en feignant de ne pas le voir.

Elle m'en veut.

Et de son point de vue, elle avait de bonnes raisons pour cela. Après tout, il lui avait fait peur, à elle comme à tous les habitants de la maison. Mais il n'y pouvait rien. Il n'avait jamais ressenti un choc aussi intense que celui qu'il avait éprouvé en reconnaissant l'odeur qui imprégnait sa main. C'était bien du jus d'orange, mais il s'y ajoutait le relent d'herbes typique de l'élixir de rakoshi.

La peur dégoulina le long de sa poitrine jusqu'à son abdomen.

Non, pas Vicky. Ma Vicky. *Jamais !*

Il se dirigea vers l'évier et se lava les mains tout en regardant au-dehors. Ce décor familier, la maison, le terrain de jeux, la cabane, le quartier tout entier lui apparaissaient désormais sous un jour funeste.

Mais où iraient-ils ? Il ne pouvait laisser Gia et Vicky retourner chez elles. Si Kusum était capable de savoir que Vicky adorait les oranges, il devait certainement avoir leur adresse. Et l'appartement de Jack était hors de question. Sur un coup de tête, il appela Isher Sports.

— Abe ? J'ai besoin de ton aide !

— Allez savoir pourquoi, je m'en doutais un peu.

— C'est sérieux, Abe. Il s'agit de Gia et de sa fille. Il leur faut un endroit sûr, et qui n'ait aucun rapport avec moi.

Abe perdit son ton enjoué :

— Elles ne peuvent pas descendre à l'hôtel ?

— Oui, en dernier ressort, mais je préférerais un appartement privé.

— Celui de ma fille est libre jusqu'à la fin du mois. Elle est en Europe pour l'été.

— Où se trouve-t-il ?

— A Queens. A la frontière entre Astoria et Long Island City.

Jack se tourna vers la fenêtre et regarda l'amas de bâtiments qui s'étendait juste de l'autre côté de l'East River. Pour la première fois depuis qu'il avait découpé l'orange trafiquée, il commençait à croire qu'il avait une chance de contrôler la situation. Ce qui soulagea un peu le poids qui pesait sur ses épaules.

— Parfait ! Où est la clé ?

— Dans ma poche.

— Je viens la chercher !

— Je t'attends.

Eunice s'annonça au moment où il raccrochait :

— Vous n'avez aucun droit de nous renvoyer ainsi, fit-elle sévèrement. Mais si je dois absolument m'en aller, laissez-moi au moins nettoyer la cuisine avant de partir.

— Je m'en charge, fit-il en lui bloquant le passage.

Elle tourna les talons et ramassa le sac-poubelle contenant l'orange empoisonnée. Jack le lui retira avec des gestes doux.

— Je m'en occuperai aussi.

— Vous me le promettez ? fit-elle avec un air circonspect qu'elle ne chercha même pas à dissimuler. Je ne voudrais pas que mes deux maîtresses reviennent pour trouver la maison en désordre.

Jack ressentit une pointe de tristesse. Cette femme si loyale envers ses patronnes ignorait qu'elles étaient mortes toutes les deux.

— Elles n'auront rien à vous reprocher, je vous en fais la promesse.

Gia descendit l'escalier au moment où Jack faisait sortir Eunice par la porte de devant. Apparemment, elle avait repris contenance.

— Je veux savoir ce que signifie tout ce mic-mac, dit-elle après le départ de la bonne. Vicky est là-haut, en train de se préparer. Avant qu'elle ne redescende, tu vas me dire ce qu'il en est.

Jack en resta sans voix. Il ne pouvait lui déballer toute la vérité ; sinon, elle en conclurait qu'il était devenu fou. Elle pourrait même appeler les hommes en blanc pour qu'ils le collent dans une chambre capitonnée à Bellevue. Il préféra improviser, mélangeant la vérité et la fiction dans l'espoir d'être à peu près convaincant.

— Je pense qu'on a enlevé Grace et Nellie.

— C'est ridicule ! fit-elle d'une voix qui manquait de conviction.

— J'aimerais pouvoir en dire autant.

— Mais il n'y avait pas de traces d'effraction ni de lutte…

— Je ne sais pas comment ils ont fait, mais je suis sûr qu'il y a un rapport avec le liquide que nous avons trouvé dans la salle de bains de Grace. (Il fit une pause pour donner plus d'emphase à ses mots.) Il y avait un peu de ce même liquide dans l'orange de Vicky.

Gia enserra son bras :

— Celle que tu as jetée ?

Jack acquiesça.

— Et je suis sûr que Nellie en a avalé, elle aussi. Nous n'avons pas le temps de fouiller la maison, mais ce liquide se trouvait forcément dans quelque chose qu'elle a bu ou mangé.

— Je ne vois pas… (Elle se tut, puis ajouta avec conviction :) Pourquoi pas les chocolats ?

Elle lui prit le bras et l'entraîna dans le boudoir.

— Ils sont là. Ils sont arrivés la semaine dernière.

Jack se dirigea vers le saladier posé sur un guéridon près de la chaise longue où ils s'étaient retrouvés dimanche soir. Il prit l'un des chocolats et l'examina sans repérer le moindre trou d'aiguille. En apparence, tout était normal. Il défit l'emballage et le passa sous son nez... Et reconnut immédiatement ce relent typique de l'élixir de rakoshi.

— Tiens, sens-moi ça, fit-il en le tendant vers Gia. Je ne sais si tu te souviens de l'odeur que dégageait le laxatif de Grace, mais c'est le même produit.

Il l'emmena à la cuisine où il ouvrit le sac-poubelle et en tira l'orange de Vicky.

— Tiens, tu peux comparer.

Gia renifla l'un et l'autre, puis se tourna vers Jack. La peur voilait ses yeux.

— Qu'est-ce que c'est ?

— Je ne sais pas, mentit Jack.

Il prit le chocolat et l'orange et les jeta tous les deux dans le sac-poubelle. Puis il alla chercher le saladier et fit prendre le même chemin à son contenu.

— Comment ce drôle de liquide peut-il faire disparaître quelqu'un ! insista Gia, toujours aussi têtue.

Jack se concentra sur la ficelle qui liait l'ouverture du sac afin qu'elle ne puisse voir ses yeux.

— Peut-être a-t-il des propriétés soporifiques qui permettent d'enlever les gens sans qu'ils puissent réagir.

Gia le regarda d'un air éperdu.

— C'est de la folie ! Qui pourrait vouloir...

— Tu anticipes ma question suivante : d'où viennent ces chocolats ?

— Ils sont arrivés d'Angleterre. (Soudain, elle devint pâle comme la mort.) Oh, mon Dieu ! C'était un cadeau de Richard !

— Ton ex ?

— Oui. Il les lui a envoyés depuis Londres.

Jack prit le sac et le jeta dans la poubelle la plus proche. Pendant qu'il s'affairait, son esprit tournait à plein régime.

Richard Westphalen ? Que venait-il faire dans cette histoire ? Mais Kusum n'avait-il pas précisé qu'il se trouvait à Londres l'année dernière ? Et maintenant, Gia disait que son ex-mari avait envoyé ces chocolats empoisonnés depuis la capitale anglaise. Toutes les pièces du puzzle s'emboîtaient, mais sans donner une image cohérente. Richard pouvait-il être lié à Kusum d'une façon ou d'une autre ? Pas financièrement, en tout cas. Kusum ne semblait pas faire grand cas des biens matériels.

Bon sang, il n'y comprenait rien.

En revenant dans la cuisine, il demanda à Gia :

— Crois-tu que ton ex puisse être derrière tout cela ? Si Grace et Nellie venaient à disparaître, aurait-il quelque chose à y gagner ?

— D'après moi, Richard est capable de tout, mais j'ai du mal à croire qu'il puisse être mêlé à un crime aussi grave. De plus, je sais de source sûre que Nellie ne lui a pas laissé un sou.

— Oui, mais est-ce qu'il est au courant, *lui* ?

— Je ne sais pas. (Elle regarda autour d'elle et frissonna.) Sortons d'ici, si tu veux bien.

— Dès que tu seras prête.

Gia monta les escaliers pour chercher Vicky. Peu après, la mère et la fille redescendirent dans le boudoir. Vicky avait une petite valise dans une main et son grain de raisin surdimensionné dans l'autre. Jack désigna du doigt ce dernier :

— Qu'est-ce qu'il y a là-dedans ?

Vicky le cacha derrière son dos, hors de sa portée.

— Juste ma poupée, Madame Biscuit.

— J'aurais dû m'en douter.

Au moins, elle m'adresse à nouveau la parole !

— On peut y aller maintenant ? demanda Gia.

L'expulsée de force avait changé d'attitude. Maintenant, elle semblait n'avoir qu'une seule idée en tête : s'en aller le plus vite et le plus loin possible de cette maison.

Jack prit la plus grosse des valises et les accompagna à Sutton Place, où il arrêta un taxi et lui donna l'adresse de Isher Sports.

— Je veux rentrer chez moi, dit Gia, qui se tenait au milieu de la banquette, encadrée par Jack et Vicky.

— Tu ne peux pas retourner à ton appartement. (Comme elle ouvrait la bouche pour protester, il ajouta :) ET le mien aussi est hors de question.

— Alors ? Où allons-nous ?

— Je t'ai trouvé un abri dans le Queens.

— Le Queens ? Je ne…

— Personne n'ira jamais te chercher là-bas. Tu peux bien y rester deux ou trois jours, le temps que je trouve un moyen de mettre fin à cette histoire.

— J'ai l'impression d'être une criminelle en cavale.

Elle passa un bras autour de Vicky et la serra contre son cœur.

Jack avait aussi envie de les prendre dans ses bras toutes les deux, de les rassurer, de leur dire que tout irait bien, que personne ne viendrait leur faire de mal, qu'il s'en assurerait personnellement. Mais après son éclat de ce matin, il ne savait pas comment elles réagiraient.

Le taxi s'arrêta devant le magasin d'Abe. Jack y entra et trouva son vieil ami fidèle au poste, en train de lire un de ses éternels romans de science-fiction. Il y avait de la moutarde sur sa cravate et des graines de sésame constellaient sa chemise.

— Les clés et l'adresse sont sur le comptoir, lança-t-il en jetant un œil par-dessus ses lunettes, mais sans se lever pour autant. J'espère qu'elles ne vont pas mettre le souk dans son appartement. Je m'entends déjà assez mal avec Sarah, je n'ai pas besoin de lui donner des raisons supplémentaires de me faire la tête.

Jack empocha les clés, mais garda l'adresse dans sa main.

— Tu ne connais pas Gia. Elle laissera l'endroit propre comme un sou neuf.

— Oui, ben, je connais ma fille. Elle n'a qu'à laisser l'appartement dans l'état où elle l'aura trouvé. (Il regarda fixement Jack :) Je présume que, ce soir, tu seras en vadrouille ?

— Il y a des chances, acquiesça Jack.

— Et je présume que tu veux que j'aille jouer les baby-sitters auprès de ces deux dames pendant que tu cours les rues ? C'est bon, fit-il en levant la main, tu n'as pas à me poser la question. C'est d'accord.

— Je te dois une fière chandelle.

— Je mettrai tout ça sur ta note, répondit Abe avec un geste négligent de la main.

— Bonne idée.

De retour dans le taxi, Jack donna au chauffeur l'adresse de l'appartement.

— Prenez le tunnel de Midtown, ajouta-t-il.

— Vu votre destination, mieux vaut passer par le pont, répondit le chauffeur.

— Prenez le tunnel en traversant le parc.

— On irait plus vite en le contournant.

— Faites comme je vous dis. Entrez par la 72e et dirigez-vous vers le centre.

Le chauffeur haussa les épaules.

— C'est vous le chef.

Ils se dirigèrent vers Central Park West, puis tournèrent pour entrer dans le parc même. Jack ne cessait de regarder derrière eux, cherchant une éventuelle voiture ou un taxi susceptible de les suivre. S'il avait insisté pour traverser le parc, c'était parce que la route était étroite et sinueuse, passant entre les bosquets d'arbres et sous les ponts. Si quelqu'un les filait, il devrait rester très près d'eux sous peine de les perdre.

Mais lorsqu'ils atteignirent Columbus Circle, Jack était certain que personne ne les suivait. Néanmoins, il continua de regarder en arrière jusqu'à ce qu'ils atteignent le tunnel menant au Queens.

A ce stade, Jack se retourna et se détendit enfin.

L'East River s'étendait droit devant eux, et Manhattan disparaissait dans le lointain. Bientôt, Gia et Vicky se perdraient dans cette immense ruche d'appartements qu'était le Queens. Toute l'île de Manhattan séparerait Kusum de ses victimes : il ne pourrait jamais les retrouver. Un souci en moins. Jack pouvait donc consacrer tous ses efforts à trouver un moyen de mettre cet Hindou dément hors d'état de nuire.

Mais dans l'immédiat, il devait se rabibocher avec Vicky, qui était assise à côté de sa mère, son raisin de plastique sur les genoux. Il se pencha par-dessus les genoux de Gia et lui fit des grimaces, du genre de celles que les parents déconseillent à leurs enfants de peur que leurs visages ne se figent dans cette expression.

Vicky tenta de l'ignorer, mais finit par éclater de rire et se mit, à son tour, à loucher et à faire des grimaces.

— Arrête, Vicky ! lui dit Gia. Ton visage pourrait garder cette expression !

5

Vicky était contente de voir que Jack était redevenu comme avant. Ce matin, lorsqu'il lui avait arraché son orange en criant contre elle, il lui avait fait peur comme jamais auparavant. Non seulement il avait fait le méchant, mais elle avait eu mal. La peur s'était dissipée, mais elle était toujours en colère contre lui. Et maintenant, Jack la faisait rire, comme d'habitude. Tout allait bien. Ce matin, il devait être de mauvais poil.

Vicky enserra sa valise contenant Madame Biscuit, toujours posée sur ses genoux. Elle était assez spacieuse pour y ranger la poupée et quelques autres petites choses, comme ses vêtements de poupée.

Mais Vicky y avait aussi mis quelque chose de spécial. Elle ne l'avait dit à personne, mais elle avait trouvé *deux* oranges dans sa cabane. Jack avait jeté la première, mais la seconde se trouvait là, bien cachée sous les vêtements de sa poupée. Elle la gardait pour plus tard et ne dirait rien à personne. C'était normal : c'était *son* orange. C'était elle qui l'avait trouvée, et personne ne la lui enlèverait.

6

L'appartement 1203 était chaud et sentait le renfermé. L'odeur rance de fumée de cigarette avait fini par imprégner les meubles, les tapis et le papier peint. Depuis la porte, on pouvait voir les moutons qui s'accumulaient sous la table basse.

Ainsi, c'était donc ça leur cachette. L'appartement de la fille d'Abe.

Gia n'avait rencontré Abe qu'une fois, et très brièvement. Lui-même n'était pas très soigneux : il était constellé de reliefs de repas. Apparemment, le vieux dicton : tel père, telle fille était toujours d'actualité.

Jack se dirigea vers le gros générateur d'air conditionné, près de la fenêtre.

— Ça ne sera pas du luxe !

— Contente-toi d'ouvrir les fenêtres, dit Gia, que l'air circule un peu.

Vicky arpentait la pièce en faisant tourner sa valise couleur cerise, heureuse de découvrir un nouvel endroit. Elle ne cessait de babiller :

— On va rester là m'man combien de temps on va rester là c'est ma chambre là j'peux dormir dans ce lit ? Oooh, regarde, on est si haut, on voit l'Empire State Building, et là, le Chrysler Building, regarde, c'est mon préféré, parce qu'il est pointu et tout argenté au sommet…

Et ainsi de suite. Gia sourit en se rappelant le mal qu'elle avait eu pour faire dire ses premiers mots à Vicky. A l'époque, elle craignait – de façon totalement irrationnelle – que sa fille ne parle jamais. Maintenant, elle en était à se demander si elle finirait par se taire un jour.

Une fois toutes les fenêtres ouvertes, le courant d'air finit par chasser les miasmes du passé pour apporter de nouvelles odeurs.

— Jack, si je dois rester ici, il va falloir que je fasse le ménage. J'espère que personne ne s'en formalisera.

— Non, dit-il. Laisse-moi le temps de passer quelques coups de fil et je te donnerai un coup de main.

Gia trouva l'aspirateur pendant qu'il faisait un numéro, écoutait la tonalité, puis en composait un autre. Soit cela sonnait occupé, soit il n'avait pas de réponse, parce qu'à chaque fois, il raccrochait sans rien dire.

Ils passèrent une bonne partie de l'après-midi à faire le ménage. Gia prenait un certain plaisir à effectuer des tâches aussi simples que de récurer l'évier, nettoyer les comptoirs, frotter l'intérieur du réfrigérateur, laver le carrelage de la cuisine et passer l'aspirateur sur les tapis. En se concentrant sur des tâches banales, elle en oubliait cette menace informe, immatérielle qui pesait sur Vicky et elle.

Comme Jack refusait de la laisser sortir de l'appartement, il descendit lui-même les draps au sous-sol pour les mettre dans l'une des machines à laver. C'était un bosseur, et il n'avait pas peur de se salir les mains. A eux deux, ils formaient une bonne équipe. Elle s'aperçut que, contrairement à ce qu'elle aurait pu croire précédemment, elle appréciait sa compagnie. Elle savait qu'il devait avoir un revolver sur lui, bien qu'elle ne puisse dire où il le cachait, et qu'il était tout à fait disposé à s'en servir en cas de besoin, mais cette idée ne la révulsait plus autant. Elle ne l'approuvait pas, mais même si elle rechignait à l'admettre, y trouvait un certain réconfort.

Le soleil déclinait à l'horizon des immeubles de Manhattan lorsqu'elle décida que l'appartement était enfin habitable. Jack descendit et leur ramena des rouleaux de printemps, de la soupe, du riz cantonais et du porc laqué qu'il avait pris au restaurant chinois d'à côté. Dans un autre sac, il y avait un gâteau au café Entenmann. Gia pensa que ce n'était pas le genre de dessert qui convenait à un tel menu, mais ne dit rien.

Elle le regarda alors qu'il tentait d'apprendre à Vicky à manger avec les baguettes qu'il avait ramenées du restaurant chinois. Apparemment, leur différend s'était dissipé sans laisser de traces. Ils étaient amis à nouveau, et tout le monde avait oublié le choc de ce matin – du moins Vicky.

— Il faut que je m'en aille, lui dit-il alors qu'ils débarrassaient la table.

— Je m'en serais doutée, répondit Gia en cachant son malaise.

Elle savait qu'ils étaient perdus dans un immeuble résidentiel noyé au milieu d'autres immeubles résidentiels – la proverbiale aiguille dans une meule de foin –, mais n'avait pas envie de rester seule ce soir. Pas maintenant qu'elle savait que des chocolats et des oranges empoisonnés circulaient tout autour d'elle.

— Quand rentreras-tu ?

— Sais pas. C'est pourquoi j'ai demandé à Abe de venir vous tenir compagnie jusqu'à mon retour. Tu ne m'en veux pas ?

— Non, pas du tout.

Abe n'était pas sa définition du garde du corps idéal, mais c'était toujours mieux que rien.

— De toute façon, reprit-elle, comment pourrais-je refuser ? Il a le droit d'être ici, bien plus que nous.

— Je n'en suis pas si sûr.

— Vraiment ?

— Abe et sa fille se parlent à peine.

Jack se retourna, s'adossa à l'évier et la regarda droit dans les yeux. Par-dessus son épaule, il voyait Vicky, qui était assise à la table et mâchonnait un gâteau. Il parla à voix basse :

— Tu sais, Abe est un criminel. Tout comme moi.

— Jack…

Ce n'était pas le moment d'en discuter.

— Enfin, pas vraiment comme moi. Ce n'est pas une *brute*. (L'emphase qu'il mit sur ce mot qu'elle avait elle-même employé lui déchira le cœur.) Il se contente de vendre des armes prohibées. Enfin, il vend aussi des armes autorisées par la loi, mais de façon illégale.

Abe Grossman, ce bonhomme jovial et volubile, un trafiquant d'armes ? Ce n'était pas possible ! Mais le regard de Jack lui dit que c'était la vérité.

— Pourquoi tenais-tu à me mettre au courant ?

Surtout : qu'entendait-il lui prouver ?

— Parce que je veux que tu saches la vérité. Et aussi pour te dire qu'Abe est l'être le plus pacifique que j'aie jamais rencontré.

— Alors pourquoi vend-il des armes ?

— Il te l'expliquera peut-être un jour. Moi, il m'a convaincu – en tout cas plus que sa fille.

— Je présume qu'elle est contre ?

— Elle lui adresse à peine la parole.

— Ce n'est pas plus mal.

— Pourtant, elle n'a pas dit non lorsqu'il a financé ses études.

On frappa à la porte. Derrière le panneau, une voix s'éleva :

— C'est moi, Abe.

Jack le fit entrer. Il n'avait pas changé depuis la dernière fois que Gia l'avait vu : c'était un homme corpulent vêtu d'un pantalon noir, d'une chemisette blanche et d'une cravate noire. Seule la nature des taches sur sa chemisette était différente.

— Bonsoir, fit-il en serrant la main de Gia, qui aimait bien qu'un homme lui serre la main. Heureux de vous revoir.

Il serra aussi la main de Vicky, ce qui arracha un grand sourire à la fillette.

— Tu es arrivé juste à temps pour le dessert, Abe, dit Jack en sortant le gâteau qu'il avait acheté.

Abe ouvrit des yeux ronds.

— Une génoise au café ! Tu n'aurais pas dû ! (Il examina la table avec emphase.) Et vous ? Qu'est-ce que vous prenez ?

Gia comprit que cette remarque n'était pas à prendre au sérieux et eut un petit rire, puis regarda avec étonnement le gros homme qui liquidait en un tournemain les trois quarts du gâteau tout en parlant avec éloquence et persuasion de l'effondrement imminent de la civilisation occidentale. Lorsqu'il eut terminé son dessert, il n'avait pas convaincu Vicky de l'appeler « oncle Abe », mais Gia étudiait l'éventualité de quitter New York immédiatement pour se bâtir un abri souterrain dans les montagnes Rocheuses.

Finalement, Jack se leva et s'étira :

— Il faut que je m'en aille. Je ne devrais pas en avoir pour longtemps. Abe restera là jusqu'à mon retour. Et ne vous inquiétez pas si je ne donne pas de nouvelles.

Gia l'accompagna jusqu'à la porte. Elle ne voulait pas qu'il s'en aille, mais n'avait pas le courage de le lui dire. Il y avait en elle une rémanence d'hostilité qui l'écartait toujours du sujet.

— Je ne sais si je pourrai rester bien longtemps en sa compagnie, lui murmura-t-elle. Il est si *déprimant* !

Jack eut un sourire.

— Et tu n'as encore rien entendu ! Attends l'heure des informations, et il te disséquera chaque titre pour te dire tout ce qu'on nous cache. (Il posa sa main sur son épaule et l'attira vers lui.) Ne te laisse pas influencer. Il ne veut que ton bien.

Avant qu'elle ait pu réagir, il se pencha et l'embrassa sur les lèvres :

— Salut.

Et il s'en alla.

Gia se retourna. Là, dans l'appartement, Abe était assis devant la télévision, qui diffusait un bulletin spécial concernant le conflit frontalier entre l'Inde et la Chine.

— Vous avez entendu ? fit Abe. Non, mais, vous avez entendu ce qu'ils osent raconter ? Vous savez ce que cela veut vraiment dire ?

Gia se résigna à le rejoindre devant le poste.

— Non, mais je suis sûre que vous allez tout m'expliquer.

7

Jack eut bien du mal à trouver un taxi, mais finit néanmoins par dénicher une voiture qui l'emmena à Manhattan. Il lui restait encore quelques heures de soleil, et voulait en profiter au maximum. L'heure de pointe était passée et il était en sens inverse du flot : il regagna donc assez vite le centre-ville.

Le taxi le déposa entre les numéros 67 et 68 de la Cinquième Avenue, à une rue de l'appartement de Kusum. Il traversa la Cinquième pour aborder le côté du parc et marcha vers le centre, inspectant les immeubles en cours de route. Sur sa gauche, il trouva ce qu'il cherchait : une ruelle close par une grille de fer forgé au sommet incurvé en direction de la rue.

Il traversa la rue et aborda le portier, qui arborait

une casquette paramilitaire et une moustache en guidon de course.

— Voulez-vous m'appeler l'appartement des Bahkti, je vous prie ?

— Bien sûr, répondit le portier. Qui dois-je annoncer ?

— Jack. Jack tout court.

Le portier appuya sur un bouton d'intercom et attendit. Un long moment. Finalement :

— Je crains que M. Bahkti ne soit absent. Puis-je lui laisser un message ?

Oui, mais ce n'était pas parce que personne ne répondait qu'il n'y avait effectivement personne.

— Oui. Dites-lui que Jack est passé et qu'il reviendra.

Et il s'en alla sans trop savoir quel effet pourrait avoir son message. Peut-être agacerait-il Kusum, mais il en doutait. Il en fallait bien plus pour énerver un homme qui contrôlait un nid de rakoshi.

Il se dirigea vers l'autre bout du bâtiment. C'était là que commençait la partie la plus difficile ; entrer sans être vu. Il inspira profondément, puis, sans un regard en arrière, s'empara de deux des barres incurvées plantées au sommet de la grille. Prenant appui contre le mur, il passa au-dessus des pointes et se laissa tomber de l'autre côté. Décidément, il avait raison de s'astreindre à sa gym quotidienne. Il attendit un instant sans bouger, mais apparemment, personne n'avait rien remarqué. Il put donc relâcher son souffle. Jusque-là, tout allait bien. Il courut vers l'arrière du bâtiment.

Là, il trouva une double porte assez grande pour laisser entrer des camions chargés de marchandises. Il l'ignora : en général, ce genre de choses était truffé de signaux d'alarme. Par contre, l'entrée qui se trouvait au bas d'un petit escalier étroit l'intéressait davantage. En dévalant les marches, il tira de sa poche son kit de cambrioleur. La porte était faite de métal brut, sans la moindre fenêtre. Le loquet était du genre Yale, probablement un modèle à double fermeture. Il fit un pas en arrière. Alors qu'il introduisait les deux extrémités fines et incurvées de son passe-partout, il continua de surveiller l'arrière du bâtiment. Il n'avait pas besoin de regarder ce qu'il faisait : pour crocheter une serrure, il fallait sentir et non voir.

Puis vint le si satisfaisant déclic de la gorge de serrure. Jack ne prit pas le temps de savourer sa victoire : il fit coulisser le verrou d'un geste sec. Il ouvrit la porte et guetta l'éventuel hurlement d'un système d'alarme – mais en vain. Il examina rapidement le panneau et constata qu'il ne comportait pas non plus d'alarme furtive. Enfin, il se glissa à l'intérieur et referma la porte derrière lui.

Le sous-sol était plongé dans les ténèbres. En attendant que ses yeux s'accoutument à l'obscurité, il parcourut mentalement le plan du vestibule qui s'étendait à l'étage du dessus. Si sa mémoire était bonne, les ascenseurs se trouvaient droit devant et légèrement sur sa gauche. En effet, ils étaient à l'endroit exact où il les avait situés. Il appuya sur le bouton d'appel, et la cabine l'amena sans encombre au neuvième étage.

Le palier comprenait un petit vestibule et quatre portes. Jack se dirigea immédiatement vers le 9B et tira de sa poche la règle de plastique flexible qu'il avait emportée. Les muscles de sa nuque vibraient de tension nerveuse. C'était le moment de vérité. Si quelqu'un le surprenait, il appellerait immédiatement la police. Jack devait faire vite. La porte comportait deux serrures : un verrou Yale et un Quickset muni d'un œilleton. Il avait creusé une encoche triangulaire dans le plastique de la règle, à un centimètre et demi de son extrémité ; il la glissa dans l'espace entre la porte et le pêne et la fit monter et descendre face au Yale. Elle ne rencontra pas d'obstacle : le verrou n'était pas tiré. Il restait le Quickset. La règle heurta l'encoche qui se connecta avec le loquet. Jack n'eut plus qu'à tirer dessus... Et la porte s'ouvrit.

Tout cela n'avait guère pris que dix secondes. Jack bondit à l'intérieur et referma la porte derrière lui. La pièce était brillamment éclairée par le soleil couchant qui resplendissait derrière les fenêtres du salon. Tout était calme. A première vue, l'appartement était désert.

En baissant les yeux, il vit l'œuf à la coquille fracassée. L'avait-on jeté au sol de colère ou lâché au cours d'un combat ? Il traversa rapidement et silencieusement le salon pour passer dans les chambres, puis fouilla les placards, sous les lits, derrière les fauteuils, dans la cuisine et la buanderie.

Kolabati n'était pas là. L'un des placards de la seconde chambre débordait de vêtements féminins : il reconnut la robe que portait Kolabati lors de leur rendez-vous sur Peacock Alley et celle de la réception au consulat. Elle ne serait pas repartie à Washington en abandonnant sa garde-robe.

Elle était toujours ici, à New York.

Il alla à la fenêtre pour regarder le parc. Le soleil couchant brillait encore assez fort pour l'éblouir. Il resta là un long moment, à regarder vers l'ouest. Il espérait tant trouver Kolabati dans cet appartement, même si c'était hautement improbable. Maintenant qu'il avait constaté de visu qu'elle n'était pas là, il fallait la chercher ailleurs.

Il décrocha le téléphone et composa le numéro de l'ambassade hindoue. Non, M. Bahkti était toujours aux Nations Unies, mais il ne devait pas tarder à rentrer.

Bon. Le sort en était jeté. Il ne restait plus qu'un seul endroit où la chercher, et il était grand temps pour lui de s'y rendre.

L'angoisse formait une boule de plomb au fond de son estomac.

Ce bateau. Ce sale rafiot qui abritait une antichambre de l'enfer. Il fallait qu'il y retourne.

8

— M'man, j'ai soif !

— C'est la nourriture chinoise. Elle te donne toujours soif. Prends un verre d'eau !

— J'veux pas d'eau. J'en ai assez de l'eau ! Pourquoi je peux pas prendre du jus de fruits ?

— Désolée, chérie, mais je n'ai pas eu le temps de faire les courses. Il n'y a rien à boire, que du vin, mais ce n'est pas pour toi. J'irai te chercher du jus de fruits demain matin, c'est promis.

— D'accord.

Vicky se laissa tomber sur un fauteuil et croisa les bras sur sa poitrine. Elle voulait du jus de fruits, pas de l'eau, et aussi regarder autre chose que les bulletins d'informations. Ils avaient commencé par les nouvelles de six heures, puis une chaîne d'actualités, et M. Grossman – pourquoi voulait-il qu'elle l'appelle oncle Abe ? Ce n'était pas son oncle – ne cessait de parler. Elle aurait préféré regarder *La Famille Brady*. Elle adorait ce feuilleton et avait vu chaque épisode deux, voire trois ou quatre fois. Il ne s'y passait jamais rien de vilain. C'était bien différent des informations.

Elle avait la bouche sèche. Si seulement elle avait un carton de jus d'orange…

C'est alors qu'elle se rappela son orange, celle qu'elle avait trouvée ce matin, dans sa cabane. Voilà ce qu'il lui fallait.

Sans dire un mot, elle se leva et passa dans la chambre où elle et m'man dormiraient cette nuit. Sa valise Madame Biscuit se trouvait dans le placard. Elle s'agenouilla dans la pénombre, l'ouvrit et en tira son orange. Sa peau était si fraîche dans sa main. Rien qu'à respirer son odeur, elle en avait l'eau à la bouche. Elle allait se régaler !

Elle se dirigea vers la fenêtre et plongea ses doigts dans l'écorce tendre, puis se mit à peler le fruit. Le jus dégoulina sur ses doigts alors qu'elle arrachait un quartier et le mordait. Un surcroît de jus sucré s'écoula sur sa langue. *Délicieux !* Elle fourra le reste du quartier dans sa bouche et allait en arracher un autre lorsqu'elle remarqua qu'elle avait un drôle de goût. Pas vraiment désagréable, mais pas très bon non plus. Elle mordit le second quartier. Il avait le même goût.

Soudain, elle eut très peur. Et si l'orange était pourrie ? C'était peut-être pour ça que Jack ne voulait pas qu'elle la mange ce matin. Et si elle lui donnait mal au cœur ?

Prise de panique, Vicky se pencha et glissa le reste de l'orange sous le lit – elle l'emporterait un peu plus tard pour la mettre à la poubelle si elle en avait l'occasion. Puis elle quitta la pièce d'un pas qui se voulait naturel et passa dans la salle de bains, où elle se lava les mains et but un grand verre d'eau.

Pourvu qu'elle n'ait pas mal à l'estomac ! M'man serait furieuse si elle découvrait qu'elle lui avait caché l'orange. Mais plus que tout, Vicky pria pour qu'elle n'ait pas envie de vomir. Elle avait horreur de ça.

Vicky retourna au salon en baissant les yeux. Elle se sentait coupable. Au premier coup d'œil, m'man comprendrait que quelque chose n'allait pas. Madame Météo disait que, demain, le temps redeviendrait chaud, sec et ensoleillé, et M. Grossman parla des inondations et de tous ces gens qui se battaient pour avoir de l'eau. Elle s'assit en espérant qu'après la météo, ils la laisseraient regarder quelque chose de plus intéressant.

9

La proue du cargo se dressait devant Jack, telle une falaise noire dont l'ombre s'étirait jusqu'à envelopper le quai. Le soleil se couchait quelque part au-dessus du New Jersey, mais il y avait encore pas mal de lumière. Le grondement du trafic accompagnait ses pas, mais il n'y prêtait aucune attention. Seuls comptaient le navire amarré devant lui et les battements de son cœur contre ses côtes.

Il fallait qu'il monte à bord. Il n'y avait pas d'autre solution. Il avait vaguement pensé à prévenir la police, mais avait rejeté aussitôt cette idée. Comme l'avait précisé Kolabati elle-même, la loi ne pouvait rien contre Kusum. Et même si Jack parvenait à convaincre les policiers de l'existence des rakoshi, ils n'arriveraient pas à grand-chose. Ils se feraient certainement massacrer jusqu'au dernier, et les rakoshi se répandraient dans la ville. Et Kolabati y resterait probablement elle aussi.

Non, la police n'avait rien à faire ici, tant pour des raisons pratiques que pour le principe : c'était *son* problème, et il lui appartenait de le résoudre.

Gia et Vicky étaient en sécurité. Maintenant, il fallait qu'il trouve Kolabati et la mette en sécurité avant de s'occuper de son frère.

En longeant le bateau du côté tribord, il tira une paire de gros gants de manutention qu'il avait achetés en chemin, sur la Cinquième Avenue. Il portait aussi trois briquets Cricket tout neufs. Il ne savait pas s'ils pourraient lui servir à quelque chose, mais Kolabati avait été catégorique : le feu et l'acier étaient les seules armes efficaces contre les rakoshi. Il aurait au moins de quoi produire une flamme.

Il y avait trop de lumière pour qu'il puisse escalader la même corde que la dernière fois : elle était nettement visible depuis l'autoroute de West Side Highway. Cette fois-ci, il devrait entrer par la poupe. Il jeta un regard d'envie à la rampe d'accès dressée à l'équerre du pont. S'il avait eu assez de temps, il aurait pu passer chez lui pour prendre le bipeur à fréquences variables qu'il utilisait pour ouvrir les portes automatiques des garages. Celle-ci devait fonctionner selon le même principe.

A la poupe, il trouva une corde qui lui convenait et tira dessus pour vérifier qu'elle était solidement arrimée. Il vit le nom du bateau inscrit sur la poupe, mais n'arriva pas à déchiffrer le lettrage. Le soleil couchant réchauffait sa peau. Tout semblait si paisible, si normal. Alors que dans les entrailles de ce maudit rafiot...

Il refoula l'angoisse qui montait en lui et se força à escalader la corde comme il l'avait fait le jour d'avant. Alors qu'il se hissait par-dessus le plat-bord pour prendre pied sur le pont, il réalisa que la veille au soir, la nuit lui avait dissimulé bien des choses. D'abord, ce bateau était dans un état lamentable. Là où la peinture s'écaillait, le métal était gangrené par la rouille ; tout était bosselé ou cassé, voire les deux. Une épaisse couche de graisse, de crasse, de suie et de sel recouvrait le bateau.

Les rakoshi sont dans la cale, se dit-il en entamant la fouille des cabines. Ils sont enfermés à double tour. Je ne risque pas d'en croiser un sur le pont. Oh, non. Certainement pas.

Il se le répéta encore et encore, comme une litanie. Ainsi, il pouvait se concentrer sur ce qu'il faisait au lieu de regarder constamment par-dessus son épaule.

Il commença par le pont, puis descendit dans les quartiers inférieurs. Il ne trouva pas la moindre trace de Kolabati dans les cabines des officiers. Il allait attaquer les quartiers de l'équipage, situés sur le pont inférieur, lorsqu'il entendit un bruit. Il se figea. C'était une voix – une voix de femme – qui appelait, là, quelque part derrière ces cloisons. Soudain plein d'espoir, il suivit la voix jusqu'au pont principal, où il trouva une porte de métal scellée par un cadenas.

La voix provenait de derrière cette porte. Il se permit un sourire d'autosatisfaction. C'était celle de Kolabati. Il l'avait retrouvée.

Il examina la porte. L'anneau d'un cadenas d'acier était glissé dans un moraillon particulièrement costaud qu'on avait soudé à la porte et au battant. Simple, mais d'une efficacité redoutable.

Jack tira son kit de cambrioleur et se mit au travail.

10

Lorsqu'elle avait entendu des pas sur le pont, juste au-dessus de sa cabine, Kolabati s'était mise à appeler Kusum ; elle se tut en l'entendant secouer le cadenas de l'autre côté de la porte. Elle n'avait ni faim, ni froid, mais elle avait désespérément besoin de la compagnie d'un autre être humain – même celle de son frère dément. Elle commençait à souffrir de sa claustration.

Toute cette journée, elle avait cherché un moyen d'éveiller la compassion de son frère. Mais il était inutile de le supplier : comment pouvait-on fléchir un homme persuadé qu'il agissait pour le plus grand bien de votre karma ? Comment le convaincre d'interrompre ce qu'il avait entrepris lorsqu'il pensait agir pour votre bien ?

Elle avait même cherché quelque chose qui puisse servir d'arme, mais y avait vite renoncé. Même avec un seul bras, Kusum était beaucoup trop fort, trop rapide, trop agile pour elle. Il le lui avait prouvé ce matin même. Et dans son état mental, une agression physique pouvait fort bien le faire sombrer dans la folie furieuse.

Et elle s'inquiétait toujours pour Jack. Kusum avait dit qu'il ne lui avait pas fait de mal, mais comment pouvait-elle le croire après tous ses mensonges ?

Elle entendit s'ouvrir l'écoutille extérieure – apparemment, Kusum avait eu du mal à la déverrouiller – et des pas s'approchèrent de sa cabine. Un homme passa l'embrasure de la porte fracassée. Il resta là, un grand sourire aux lèvres, et fixa son sari.

— Qu'est-ce que c'est que cette tenue ? C'est carnaval ou quoi ?

— Jack ! (Elle lui sauta au cou, folle de joie.) Tu es vivant !

— Ça t'étonne ?

— Je pensais que Kusum t'avait...

— Non. En fait, c'est l'inverse qui a failli se produire.

— Je suis si contente que tu m'aies retrouvée ! fit-elle en le serrant contre lui, comme pour s'assurer qu'il était bien là. Kusum veut repartir pour l'Inde dès ce soir. Sors-moi de cette prison !

— Avec plaisir. (Il se tourna vers la porte en miettes.) Qu'est-ce qui s'est passé ? Il y a eu un grain ?

— Kusum a fracassé le battant. J'avais réussi à l'enfermer et...

Jack haussa les sourcils.

— Il l'a fait à coups de pied ? Combien ?

— Un seul. Je crois.

Jack plissa les lèvres comme pour émettre un sifflement admiratif, mais ne fit aucun commentaire. Il ouvrit la bouche pour parler, mais un *clang* sonore dans le couloir lui coupa la parole.

Kolabati se raidit. *Oh, non ! Kusum est de retour !*

— La porte !

Mais Jack était déjà passé dans le couloir. Elle le

suivit et arriva à temps pour le voir donner un grand coup d'épaule dans l'écoutille métallique.

Trop tard. Elle était verrouillée.

Jack frappa le métal du poing, mais ne dit rien.

Kolabati s'adossa à l'écoutille. Elle avait envie de hurler sa frustration. Il s'en était fallu de si peu !

— Laisse-nous sortir, Kusum ! cria-t-elle en bengali. Cela ne sert à rien !

Pas de réponse. Et pourtant, elle sentait la présence de son frère de l'autre côté du panneau.

— Je croyais que tu voulais m'éloigner de lui ! fit-elle en anglais pour mieux le provoquer délibérément. Et voilà que tu nous enfermes ici, dans une chambre à coucher, sans rien à faire pour passer le temps !

Il y eut un long silence avant qu'il ne lui réponde – en anglais lui aussi. Sa voix était si précise, si calculée qu'elle lui donna le frisson.

— Vous n'y resterez pas longtemps. Pour l'instant, je dois me rendre au consulat : j'ai à m'occuper d'affaires de la plus haute importance. A mon retour, les rakoshi se chargeront de vous séparer.

Et tout fut dit. Bien qu'elle n'ait pas entendu l'écho de ses pas, Kolabati sut qu'il les avait laissés. Elle se tourna vers Jack. Elle ressentait une telle peur pour lui qu'elle en avait physiquement mal. Ce serait si facile ! Kusum n'aurait qu'à faire monter quelques rakoshi sur le pont, ouvrir la porte et les lâcher sur Jack.

— Tu sais vraiment employer les mots qu'il faut, dit-il en secouant la tête.

Son calme étonna la jeune femme.

— Tu n'as pas peur ? demanda-t-elle.

— Oh, si. Je crève de trouille.

Il passait ses doigts sur les cloisons et le plafond bas.

— Que comptes-tu faire ?

— Sortir d'ici. Du moins je l'espère.

Il retourna à la cabine et se mit à démonter le lit. Il

repoussa les draps, les oreillers et le matelas, puis s'empara du châssis grillagé. Celui-ci se libéra avec un grincement sinistre. Il défit les boulons qui le maintenaient en place. Après moult jurons, il réussit à en déloger un. Ensuite, il lui fallut encore quelques minutes pour retirer l'une des attaches en forme de L qui maintenait l'ensemble du cadre.

— Que vas-tu faire avec ça ? demanda-t-elle.

— Trouver une sortie.

Il fourra la barre de métal de deux mètres contre le toit de la cabine. Des copeaux de peinture jaillirent dans un grand raclement. Le toit était du même métal que les cloisons et les écoutilles.

Par contre, le parquet était fait de planches de chêne recouvertes d'une épaisse couche de vernis. Chacune faisait plus de deux centimètres d'épaisseur. Jack coinça l'autre extrémité de sa barre entre deux des planches.

— Nous allons passer par-dessous, fit-il, grognant sous l'effort.

Kolabati eut un mouvement de recul.

— Mais les rakoshi sont là en bas !

— Tôt ou tard, il faudra bien les affronter. Je préfère faire ça à ma façon qu'à celle de Kusum. Tu comptes rester assise là à me regarder ou me donner un coup de main ?

Kolabati le rejoignit et poussa de toutes ses forces sur la barre. L'une des planches se cassa.

11

Jack continua de démolir le plancher avec une détermination implacable. Bientôt, ses cheveux furent gluants de sueur, tout comme sa chemise, qu'il retira avant de reprendre sa tâche. Son plan avait quelque chose de futile, presque suicidaire, comme sauter d'un avion en flammes au-dessus d'un volcan. Mais il fallait qu'il fasse quelque chose. Tout plutôt que de rester là, à attendre le retour de Kusum.

L'odeur de pourriture émanant des rakoshi s'élevait du sol, écœurante, envahissante. Et plus le trou qu'il forait dans le sol s'agrandissait, plus elle devenait forte. Finalement, il obtint une ouverture assez grande pour y passer ses épaules. Il y glissa sa tête pour jeter un œil. Kolabati s'agenouilla à ses côtés pour regarder par-dessus son épaule.

Il faisait bien noir là au fond. Grâce à la lumière d'une veilleuse solitaire à sa droite, il distingua une série de tuyaux de chaque côté, entre les poutres métalliques qui soutenaient le plancher. Juste en dessous, s'étendait une passerelle suspendue menant à une échelle aux barreaux d'acier.

Il se réjouissait déjà lorsqu'il constata que l'échelle ne remontait pas vers le pont, mais au contraire, s'enfonçait dans les entrailles du navire. Précisément là où Jack n'avait aucune envie d'aller.

Soudain, il eut une idée. Il leva la tête et se tourna vers Kolabati :

— Ce collier marche vraiment ?

Elle fronça les sourcils, soudain sur ses gardes.

— Comment ça, s'il « fonctionne » ?

— Tu te souviens de ce que tu m'as dit ? Qu'il te rend invisible aux yeux des rakoshi ?

— Oui, bien sûr. Pourquoi ?

Jack ne pouvait imaginer comment un simple bout de métal avec deux pierres pouvait provoquer un tel effet, mais jusqu'à ce fameux soir, il n'aurait même pas imaginé qu'il puisse exister des créatures telles que les rakoshi. Il tendit la main :

— Donne-le-moi.

— Non !

Elle posa la main sur son cou et sauta sur ses pieds pour battre en retraite.

— Je ne te l'emprunte que pour quelques minutes. Je vais descendre là-dessous, trouver un moyen de regagner le pont, déverrouiller la porte et te laisser sortir.

— Non, Jack ! fit-elle en secouant violemment la tête.

Pourquoi s'entêter à ce point ?

— Arrête ! Tu ne sais pas crocheter une serrure. Je suis le seul qui puisse nous sortir de là.

Il se redressa et fit un pas dans sa direction, mais elle s'aplatit contre le mur en hurlant :

— *N'y touche pas !*

Jack se figea, interdit. La jeune femme ouvrait des yeux écarquillés par la terreur.

— Mais qu'est-ce que tu as ?

— Je ne peux pas le retirer, dit-elle d'une voix un peu plus calme. Dans notre famille, c'est strictement interdit, quelles que soient les circonstances.

— Oh, arrête…

— Je ne peux pas, Jack ! Je t'en prie, n'insiste pas !

— C'est bon, c'est bon ! fit Jack en levant les mains, les paumes en avant, en signe de reddition.

Il ne voulait pas qu'elle se remette à hurler : elle pourrait attirer l'attention d'un rakosh.

Il se dirigea vers l'ouverture dans le plancher et resta planté devant, plongé dans ses pensées. Il ne comprenait pas la réaction de Kolabati. Et ce qu'elle lui avait dit à propos du collier était faux : la nuit dernière, il avait vu Kusum sans le sien. Quoique, à ce moment, Kusum tenait à ce que les rakoshi puissent le voir.

Puis il se souvint d'un autre détail.

— Ce collier peut nous protéger tous les deux, non ?

Kolabati fronça les sourcils.

— Que veux-tu di… Ah, je vois. Oui, en principe. En tout cas, il a fonctionné quand nous étions dans ton appartement.

Jack désigna du doigt le trou béant :

— Alors nous allons descendre tous les deux.

— Jack, c'est trop dangereux ! On ne peut être sûrs qu'il te protégera !

Il en était bien conscient, mais préférait ne pas trop y penser. Il n'avait pas d'autre option.

— Je te porterai sur mon dos. Nous ne serons pas aussi étroitement imbriqués qu'à l'appartement, mais c'est ma seule chance. (Comme elle hésitait, Jack abattit sa dernière carte.) Soit tu viens avec moi, soit j'y vais seul, sans la moindre protection. En tout cas, je ne vais pas rester là, à attendre que ton frère revienne.

Kolabati fit un pas en avant :

— Tu ne peux y aller seul.

Sans un mot de plus, elle retira ses sandales, retroussa son sari et s'assit par terre. Elle fit glisser ses jambes dans le trou et descendit à bout de bras.

— Hé !

— Je passe en premier. Normal : c'est moi qui porte le collier.

Jack, stupéfait, la vit disparaître dans les ténèbres. Etait-ce vraiment cette même femme qui, il y avait quelques instants, poussait des hurlements d'horreur ? Il fallait une sacrée dose de courage pour descendre dans ce trou, avec ou sans collier « magique ». Il n'y comprenait rien. Ces derniers temps, il ne comprenait plus rien à rien.

Elle passa à nouveau la tête dans l'ouverture, le temps de dire :

— C'est bon, la route est libre.

Il la suivit au cœur de l'obscurité. Lorsque ses pieds touchèrent la passerelle, il se laissa tomber et finit accroupi, regardant à droite et à gauche.

Ils se trouvaient tout en haut d'un couloir sombre. A

travers les trous de la passerelle, Jack pouvait voir le sol six mètres plus bas. Soudain, il comprit qu'il se trouvait dans le couloir qu'il avait suivi la nuit dernière, celui qui menait à la cale.

Kolabati se pencha vers lui et murmura quelque chose à son oreille. Son souffle le chatouilla.

— Je vois que tu portes des baskets. C'est bien : nous devons faire le moins de bruit possible. Le collier brouille leur vision, mais pas leur ouïe. (Elle regarda autour d'elle :) Par où devons-nous aller ?

Jack désigna l'échelle à peine visible, clouée qu'elle était contre le mur tout au bout de l'allée. Ils rampèrent dans cette direction, Kolabati en premier.

A mi-chemin, elle s'immobilisa, et il en fit autant. Ils examinèrent ensemble le sol du couloir, cherchant une ombre, un mouvement pouvant annoncer la présence d'un rakosh. Non : la voie était libre. Mais ce n'était qu'un répit : ils ne pouvaient se trouver bien loin.

Alors qu'ils continuaient leur descente, la puanteur s'accentua encore davantage. Jack sentit que ses paumes qu'il posait sur les barreaux de l'échelle devenaient moites et glissantes. La nuit dernière, lorsqu'il avait traversé ce même couloir, il ignorait ce qui l'attendait dans la cale. Maintenant qu'il savait, son cœur s'accélérait à chaque nouveau pas dans cette direction.

Kolabati posa le pied sur le sol et attendit que Jack en fasse autant. Durant sa descente, celui-ci avait cherché à définir leur position à l'intérieur du rafiot. Il en avait conclu que l'échelle se trouvait fixée à la cloison tribord du couloir, ce qui signifiait que la cale et les rakoshi se trouvaient un peu plus loin sur sa gauche. A peine eut-il touché le sol qu'il prit le bras de la jeune femme et l'entraîna dans la direction opposée. C'était vers la poupe qu'ils étaient le plus en sécurité…

Et pourtant, alors qu'ils s'approchaient de l'écoutille étanche par laquelle il était entré et sorti du couloir, un nœud de désespoir lui glaçait les entrailles. La nuit dernière, il avait refermé et verrouillé cette même écoutille ; il en était sûr et certain. Mais peut-être que, depuis, Kusum était passé par là et l'avait laissée ouverte ? Il courut les trois mètres qui le séparaient de l'écoutille et enserra la poignée.

Pas moyen de la faire bouger. Elle était toujours fermée à double tour. Ils étaient pris au piège.

Merde !

Jack avait envie de taper des poings sur le panneau en hurlant sa colère, mais c'eût été du suicide. Il se contenta donc de poser son front contre l'acier froid et inflexible et commença à compter mentalement en partant de un. Lorsqu'il arriva à six, il avait retrouvé son calme. Il se tourna vers Kolabati et attira sa tête contre la sienne.

— Il faut passer de l'autre côté, murmura-t-il.

Elle suivit des yeux le doigt qu'il tendait, puis acquiesça.

— Là où sont les rakoshi.

Elle acquiesça à nouveau.

Dans la pénombre, la jeune femme n'était qu'une vague silhouette aux contours brouillés. Jack chercha désespérément une autre solution, mais en vain. On pouvait voir un petit rectangle de lumière pâle de l'autre côté du couloir, là où il débouchait sur la cale principale. Il fallait qu'ils passent par là. Il aurait donné n'importe quoi pour trouver une solution de rechange, mais il n'avait pas le choix. C'était ça, ou retourner dans la cabine.

Il prit Kolabati dans ses bras, la souleva de terre et partit vers la lumière en priant qui voudrait bien l'entendre que le pouvoir de ce collier s'étende jusqu'à lui. A mi-chemin, il réalisa que, dans cette position, il n'avait pas l'usage de ses mains. Il reposa Kolabati, tira deux des briquets de sa poche et lui fit signe de monter sur son dos. Elle lui adressa un petit sourire pincé, lugubre, et fit ce qu'il lui disait. Il empoigna ses genoux avec ses coudes et l'emmena ainsi, brandissant un briquet dans chacune de ses mains désormais libres. Ceux-ci semblaient bien insuffisants face à la terrible menace qu'ils devaient affronter, mais ils le rassuraient quelque peu.

Une fois au bout du couloir, il s'arrêta. La cale s'ouvrait droit devant eux, légèrement sur la droite. Elle était mieux éclairée que le passage, mais de peu : il y faisait plus noir que la nuit dernière, du moins dans les souvenirs de Jack. Quoique, à ce moment-là, Kusum se tenait sur la plate-forme, encadrée de deux torches qui brûlaient à pleins tubes.

Mais il y avait aussi d'autres différences par rapport à hier soir. Dans la pénombre, Jack ne pouvait distinguer tous les détails, mais les rakoshi ne se massaient plus autour du monte-charge. Au contraire, une quarantaine ou une cinquantaine d'entre eux étaient dispersés dans toute la cale, certains accroupis dans les recoins les plus sombres, d'autres affalés contre les cloisons, d'autres encore arpentant la salle sans jamais s'arrêter. L'air était imprégné d'humidité et de ce terrible relent de pourriture. Les parois d'un noir luisant qui s'élevaient de chaque côté se noyaient dans les ténèbres, là, tout en haut. Les rares lampes n'offraient qu'une lumière faible et lugubre, telle une lune gibbeuse par une nuit de brouillard. Leurs gestes étaient lents et langoureux. Jack eut l'impression de contempler une immense fumerie d'opium installée dans un recoin de l'enfer.

Un rakosh se dirigea sans se presser vers l'endroit où ils se trouvaient, à l'embouchure du couloir. Bien qu'il fasse beaucoup plus frais dans la cave que dans la cabine du pilote, Jack se sentit instantanément baigné de sueur de la tête aux pieds. Les bras de Kolabati se crispèrent sur son cou et tout son corps se raidit. Le rakosh regarda Jack droit dans les yeux, mais ne fit pas mine de les voir. Il repartit dans une autre direction et poursuivit son chemin sans but.

Cela marchait ! Le collier faisait son effet ! Le rakosh les avait fixés et n'avait distingué ni l'un ni l'autre !

Exactement en face d'eux, à l'autre bout de la cale, Jack vit une ouverture identique à celle où ils se tenaient. En toute logique, elle devait mener à la seconde cale. Un flot constant de rakoshi, tous de tailles différentes, ne cessait d'y entrer et sortir.

— Ces rakoshi ont quelque chose d'étrange, chuchota Kolabati à son oreille. Ils ont l'air si paresseux, si léthargiques.

Tu aurais dû les voir la nuit dernière, se dit Jack en se souvenant de leur frénésie alors que Kusum les haranguait.

— Et ils sont plus petits qu'ils ne devraient, ajouta-t-elle. Plus pâles, aussi.

Avec leurs deux bons mètres de haut et leur peau qui semblait taillée dans la texture même de la nuit, ils étaient déjà bien trop grands et trop sombres au goût de Jack.

Sur leur droite, une éruption de raclements et de sifflements attira leur attention. Deux rakoshi se tournaient autour en montrant les dents et griffant le vide. D'autres se rassemblèrent autour des adversaires et sifflèrent à leur tour comme un nid de vipères. Apparemment, une bagarre venait d'éclater.

Soudain, l'un des bras de Kolabati se crispa sur son cou, l'étranglant presque, pendant qu'elle désignait un point précis dans la cale.

— Regarde ! murmura-t-elle. Voilà à quoi ressemble vraiment un rakosh.

Bien qu'il sache maintenant que les créatures ne pouvaient le voir, Jack eut un geste de recul. L'individu qu'elle désignait faisait une bonne tête de plus que les autres, sa peau était plus sombre encore et il se déplaçait avec une aisance et une détermination supérieures.

— C'est une femelle, dit Kolabati. Ce doit être celle qui est sortie de notre œuf ! La Mère des rakoshi ! Celui qui la contrôle est maître du nid !

La jeune femme vibrait d'admiration et d'enthousiasme autant que de frayeur. Cela devait faire partie de son héritage, pensa Jack. N'avait-elle pas été élevée pour devenir une « Gardienne des rakoshi » ?

Jack regarda à nouveau la Mère. Il avait bien du mal à la considérer comme une femelle – elle n'avait rien de bien féminin, pas même de mamelles, ce qui voulait dire que les rakoshi n'allaitaient pas leurs petits. On aurait plutôt dit un énorme culturiste dont les bras, les jambes et le torse étaient bien plus développés qu'ils ne l'auraient dû. Elle n'avait pas un poil de graisse : chaque fibre musculaire était visible, ondulant sous sa peau d'encre. Mais le plus étrange était encore son visage, évoquant une tête de requin dont on aurait rétréci le museau et légèrement avancé les yeux, mais en conservant la gueule en fente pleine de dents pointues. Mais le regard froid et inexpressif du requin avait été remplacé par une lueur pâle et incroyablement maléfique, comme un puits plongeant au cœur même des enfers.

Même ses gestes sinueux et gracieux évoquaient un requin. Les autres rakoshi s'écartaient sur son passage comme des maquereaux devant un Grand Blanc. Elle se dirigea tout droit vers les deux combattants et, lorsqu'elle arriva à leur hauteur, les sépara et les jeta chacun d'un côté comme des fétus de paille. Ses enfants se laissèrent rudoyer sans se rebeller.

Sous ses yeux, la Mère fit le tour de la chambre avant de retourner au passage donnant sur la cale avant.

Comment peut-on sortir d'ici ?

Il passa sa tête dans la cale et scruta les murs, à la

recherche d'une échelle. En vain. Mais là, tout en haut, à l'angle tribord de la cale… Le monte-charge. S'il parvenait à le faire descendre…

Mais pour cela, il faudrait qu'il traverse la cale d'un bout à l'autre.

Cette simple idée suffit à le paralyser. Marcher au milieu de ces monstres…

Le danger croissait à chaque minute qu'ils passaient sur ce maudit rafiot ; et pourtant, une révulsion purement viscérale le retenait en arrière. Quelque chose en lui préférait encore rester là, à attendre la mort, plutôt que de s'aventurer dans cet espace dégagé.

Pour s'en départir, il donna libre cours, non pas à la raison, mais à la colère. C'était *lui* qui commandait, et non ses instincts animaux.

— Tiens bon ! murmura-t-il à Kolabati.

Puis il quitta le couloir et s'engagea dans la cale.

Il se déplaçait lentement, avec un luxe de précautions. La plupart des rakoshi étaient vautrés sur le sol, telles des concrétions rocheuses, et Jack dut enjamber certains d'entre eux tout en évitant ceux qui étaient bien éveillés. Bien que ses semelles lui permettent de progresser en silence, il arrivait qu'une tête ensommeillée se lève sur leur passage. Jack pouvait à peine distinguer leurs traits et, de toute façon, ne savait quelle expression prenait un rakosh étonné, mais il comprenait leur réaction. Ils percevaient une présence, et pourtant, ils ne voyaient rien ni personne.

Lui-même pouvait ressentir leur agressivité pure, brute, leur nature totalement, idéalement maléfique. Ils ne cherchaient pas à dissimuler leur sauvagerie : elle était là, à la surface, telle une aura.

Jack sentait son cœur qui loupait un battement à chaque fois qu'une paire d'yeux jaunes se tournait dans sa direction. Son esprit n'arrivait pas à assimiler le fait qu'ils ne pouvaient le voir.

Alors qu'il continuait son chemin, la puanteur de

l'air vicié ne cessa de s'accroître. En fait, Kolabati et lui devaient présenter un spectacle assez comique, l'une juchée sur les épaules de l'autre qui marchait sur la pointe des pieds dans le noir. Croquignolet, en effet, si ce n'était la précarité de leur situation : un pas de travers et ils seraient mis en pièces.

Jack avait déjà du mal à se frayer un chemin au milieu des rakoshi endormis, mais le plus dur était encore d'éviter ceux qui erraient incessamment dans la cale. Leurs réactions étaient si imprévisibles qu'il avait du mal à anticiper leurs mouvements. Ils surgissaient soudain de l'ombre pour passer à quelques centimètres de lui ; certains s'arrêtaient un instant ou, même, jetaient un coup d'œil autour d'eux, sentant la présence d'êtres humains sans être capables de les distinguer.

Il avait déjà fait les trois quarts du chemin lorsqu'une immense ombre surgit soudain de nulle part et se dirigea droit sur lui. Jack n'avait pas la moindre chance de lui échapper : des formes sombres étaient allongées de chaque côté de lui, et l'espace où il se tenait était trop étroit pour qu'il puisse se tasser contre la cloison. Instinctivement, il se recula – et perdit l'équilibre. Kolabati dut le sentir, car elle pressa tout le poids de son corps contre son échine.

En une ultime tentative pour ne pas s'effondrer, Jack leva sa jambe gauche et pivota sur son pied droit, effectuant un demi-tour sur lui-même pour enjamber un rakosh endormi. En passant, la créature effleura le bras de Jack.

Le rakosh émit un cri, mélange de grondement et de sifflement, et virevolta en levant ses griffes et en montrant les dents. Jack n'avait jamais rien vu qui puisse réagir si vite, que ce soit un homme ou un animal. Il serra les mâchoires et se figea, sans même oser respirer. La créature assoupie entre ses pieds remua. Il sentit le cri qui s'enflait en Kolabati, remontant depuis les profondeurs de son être, et enserra plus étroitement sa jambe – en guise d'encouragement silencieux. Ce n'était pas le moment de craquer.

Le rakosh qui se tenait face à lui tourna la tête d'un côté, puis de l'autre, de plus en plus lentement. Puis il parut se calmer et baissa ses griffes. Il finit par reprendre son chemin, mais non sans un ultime regard par-dessus son épaule dans leur direction.

Jack put enfin respirer. Il reprit son interminable trajet vers la cloison opposée. En s'approchant, il remarqua un cordon électrique menant à une petite boîte accrochée au mur. Il eut un sourire en voyant qu'elle comportait trois boutons et se dirigea vers ce boîtier.

Il n'y avait pas de rakoshi dans le puits creusé en dessous de la plate-forme élévatrice. Peut-être avaient-ils appris à la dure que ce n'était pas l'endroit idéal pour s'allonger – quiconque y dormait un peu trop profondément et un peu trop longtemps risquait de se faire écrabouiller.

Jack n'hésita pas un instant. Dès qu'il fut à portée, il appuya sur le bouton de descente.

Il y eut un claquement sourd et presque assourdissant tant il se répercutait dans l'atmosphère confinée de la cale, suivi d'un bourdonnement aigu. Tous les rakoshi se dressèrent comme un seul homme, leurs yeux luisants braqués sur la plate-forme en mouvement.

En tournant la tête, Jack vit que la Mère se dirigeait vers eux. Les rakoshi s'avancèrent pour former un demi-cercle à moins de trois mètres de l'endroit où se tenaient Jack et Kolabati. Celui-ci s'était reculé autant qu'il le pouvait sans s'abattre dans le puits du monte-charge.

La Mère alla se camper devant sa progéniture et resta là, les yeux braqués sur la plate-forme. Lorsque celle-ci fut à trois mètres environ du sol, les rakoshi entamèrent une sorte de chant, une litanie à peine audible par-dessus de bourdonnement de l'ascenseur.

— Ils parlent ! chuchota Kolabati à son oreille. Ces rakoshi peuvent parler !

Vu le bruit qui résonnait désormais dans la cale et couvrait leurs murmures, Jack osa tourner la tête et lui répondre :

— Tu aurais dû les voir hier soir ! On aurait dit un meeting politique. Ils criaient tous quelque chose qui ressemblait à *Kaka-ji ! Kaka-ji !* C'était…

Mais les ongles de la jeune femme s'enfoncèrent dans ses épaules, telles les serres d'un rapace. Elle parla d'une voix plus forte et plus aiguë, si bien qu'il crut qu'elle allait alerter les rakoshi.

— Quoi ? Qu'as-tu dit ?

— *Kaka-ji*. C'est ce qu'ils disaient. *Kaka-ji*. Qu'est-ce que…

Kolabati émit un petit cri qui ressemblait à un mot, mais dans une autre langue que l'anglais. Puis soudain, le chant cessa.

Les rakoshi l'avaient entendue.

12

Kusum alla se planter au bord du trottoir et leva le bras. Ce soir, tous les taxis de la Cinquième Avenue semblaient pris. Il tapa du pied avec impatience. Maintenant que la nuit tombait, il avait hâte de retourner au bateau. Il avait encore du travail au consulat, mais réunion de crise ou pas, il n'avait pu se résoudre à y rester une minute de plus. Son départ lui avait valu quelques regards noirs de la part des diplomates plus âgés, mais maintenant, il n'avait plus à se soucier de leur opinion. Demain, il n'aurait plus besoin de leur immunité diplomatique. La dernière des Westphalen serait morte et lui-même serait en mer, en route vers l'Inde avec les rakoshi afin de reprendre sa tâche là où il l'avait laissée.

Il devait aussi se débarrasser de Jack. Il avait déjà décidé de la façon dont il procéderait : cette nuit, lorsqu'ils auraient pris la mer, il le laisserait regagner la rive à la nage. A ce stade, il n'aurait même plus besoin de le tuer.

Par contre, il ne voyait toujours pas comment Jack pouvait avoir trouvé le bateau. Cette question le hantait depuis des heures, l'empêchant de se concentrer sur le problème dont ils débattaient au consulat. Kolabati devait lui en avoir parlé, c'était l'hypothèse la plus vraisemblable, mais il voulait en avoir le cœur net.

Un taxi finit par s'arrêter. Kusum se glissa sur la banquette arrière.

— Où va-t-on, Mac ?

— 57e Rue, vers l'ouest. Je vous dirai quand il faudra s'arrêter.

— C'est parti.

Bientôt, la Mère et un de ses jeunes s'en iraient à leur tour pour lui ramener le dernier des Westphalen, et il pourrait enfin quitter ce pays. Ses fidèles l'attendaient en Inde et, ensemble, ils célébreraient le début d'une nouvelle ère de gloire pour son pays.

13

En voyant les créatures qui s'approchaient pour chercher l'origine de ce cri, Jack se figea aussitôt. Il sentait le corps de Kolabati crispé contre son dos et comme secoué de sanglots.

Qu'avait-il dit pour la bouleverser à ce point ? Ce devait être ce mot de *Kaka-ji*. Mais que signifiait-il donc ?

La plate-forme élévatrice était arrivée au niveau de sa poitrine. Retenant toujours le genou de Kolabati avec son bras gauche, Jack libéra le droit et se hissa péniblement sur le monte-charge, traînant son fardeau. A genoux, il lutta pour reprendre son équilibre et tituba vers le panneau de contrôle, passant à côté des torches au propane. Dès qu'il fut à bonne portée, il appuya sur le bouton de montée.

La plate-forme changea de direction avec un grand sursaut et un grincement métallique. A nouveau, les rakoshi se tournèrent vers le monte-charge. Jack, qui portait toujours la jeune femme dans son dos, se laissa tomber à genoux et les regarda.

Il attendit de se trouver à quatre bons mètres du sol pour reposer Kolabati. Sans un mot, elle lâcha son cou et se laissa glisser vers l'autre bout de la plate-forme. A peine eut-elle rompu le contact qu'un concert de grognements et de sifflements retentit dans la cale. Maintenant, les rakoshi pouvaient le voir.

Ils s'avancèrent telle une vague démoniaque en lacérant le vide de leurs griffes. Jack les regarda en silence, fasciné et étonné par l'intensité de leur rage. Soudain, trois d'entre eux bondirent, toutes griffes dehors, étirant au maximum leurs bras interminables. Maintenant que la plate-forme se trouvait à cinq bons mètres du sol, c'était une tentative si vaine que Jack faillit éclater de rire ; mais son hilarité se mua en terreur lorsqu'il réalisa qu'il les avait gravement sous-estimés. Il se recula d'un bond, puis se redressa alors que leurs doigts se refermaient sur le rebord de la plate-forme.

Le rakosh du milieu fut moins heureux que les deux autres : ses griffes jaunes s'étaient accrochées au bois, et les extrémités des planches se brisèrent sous son poids. Il lâcha prise et retomba dans la cale.

Les deux autres étaient accrochés plus fermement et se hissaient peu à peu sur la plate-forme. Jack sauta sur sa gauche, là où venait d'apparaître l'un d'entre eux. Il entrevit des crocs claquant dans le vide et une tête dépourvue d'oreilles au mufle allongé. Il sentit monter en lui une vague de haine et de dégoût. Il décocha un coup de pied en plein dans ce faciès de cauchemar. L'impact fit vibrer sa jambe, et pourtant, la créature ne broncha pas. Autant frapper un mur.

Puis il se souvint des briquets qu'il tenait toujours à la main. Il mit la molette à fond pour obtenir la plus grande flamme possible et les alluma. Lorsque les deux minces faisceaux jaillirent, il les fourra contre le mufle du rakosh, visant les yeux. La créature siffla de rage en rejetant la tête en arrière. Ce mouvement brusque lui fit perdre son équilibre précaire ; ses griffes labourèrent le bois, mais en vain : les planches n'étaient pas assez solides pour supporter son poids. Il suivit le même chemin que le premier et retomba dans les ténèbres de la cale.

Jack se tourna vers le dernier rakosh et vit que celui-ci s'était hissé sur la plate-forme jusqu'à la taille et passait un genou par-dessus le rebord. Il lui sauta dessus en brandissant les briquets. Soudain, le rakosh se pencha et lui décocha un coup de griffe qui effleura la main gauche de Jack. Il avait sous-estimé la longueur du bras de la créature, ainsi que son agilité. Une vive douleur remonta le long de son membre et le fit lâcher le briquet, qui rebondit hors de sa portée.

Son geste brusque avait déséquilibré le rakosh, qui avait bien failli retomber dans la cale. Il dut employer ses deux mains pour se retenir, mais réussit à freiner sa chute. Il raffermit sa prise et se hissa à nouveau sur le monte-charge.

L'esprit de Jack se mit à tourner en accéléré. Dans une ou deux secondes, le rakosh prendrait pied sur la plate-forme. Celle-ci continuait son ascension, imperturbable, mais n'atteindrait jamais la surface à temps. Il pouvait toujours se précipiter vers l'endroit où gisait

Kolabati, prostrée près du réservoir de propane, et la prendre dans ses bras. Le collier les protégerait tous les deux, mais la plate-forme était si petite qu'il finirait bien par les débusquer. Tôt ou tard, ce monstre leur rentrerait dedans, et ce serait la fin.

Il était coincé.

Il parcourut des yeux la plate-forme, à la recherche d'une arme quelconque. Son regard s'arrêta sur les torches au propane que Kusum utilisait dans ses cérémonies. Il se souvint de leurs flammes ronflantes qui s'élevaient sur trois bons mètres. Voilà ce qu'il lui fallait.

Le rakosh venait de poser un genou, puis l'autre sur le monte-charge.

— Mets le gaz ! cria-t-il à Kolabati.

Celle-ci tourna vers lui un regard vide de toute expression. Elle semblait en état de choc profond.

— Le gaz ! (Il lui jeta le second briquet, qui la frappa à l'épaule.) Ouvre le robinet de gaz !

Kolabati se secoua et tendit la main vers la valve située au sommet du réservoir. *Vas-y ! Dépêche-toi !* Il se retint de lui hurler des encouragements et préféra se diriger vers la torche. C'était un cylindre de métal creux d'une dizaine de centimètres juché sur quatre tiges de métal. Alors qu'il passait un bras autour du cylindre et le penchait vers le rakosh, tel un obusier, il entendit le sifflement du propane qui se ruait dans le cylindre, puis sentit son odeur âcre alors qu'il imprégnait l'air qui l'entourait.

Le rakosh s'était redressé de toute sa taille et fondait sur lui, les crocs découverts, les bras et les griffes étendus à leur maximum. Face à ces deux mètres de bestialité, Jack faillit flancher. Le sang qui jaillissait de sa coupure engluait sa main serrée autour du troisième briquet, mais il trouva l'orifice servant d'allumoir à la base de la torche et y fourra son Cricket.

Le gaz s'embrasa avec un rugissement presque

assourdissant. Une colonne de flammes jaillit et enveloppa d'un jet incandescent la face de cauchemar du rakosh.

La créature recula en battant des bras, la tête couronnée de flammes. Il tournoya follement sur lui-même, tituba jusqu'au bord de la plate-forme et bascula pour disparaître dans la cale.

— *Ouais !* s'écria Jack en un cri de victoire tout en levant le poing en l'air. *J'ai réussi !*

Il jeta un coup d'œil en bas et vit la Mère des rakoshi, plus grande et plus sombre que son rejeton, qui le fixait. Alors qu'il continuait de s'élever, ses yeux ne le quittèrent pas un instant. Face à l'intensité de la haine qui brûlait au fond de ces orbes jaunes, c'est *lui* qui détourna son regard.

Il se mit à tousser : l'air s'emplissait de fumée. Il vit que là où le jet de la torche caressait les planches qui composaient la plate-forme, celles-ci étaient en train de prendre feu. Il s'empressa d'aller couper le flot de propane. Kolabati se tenait accroupie à côté du réservoir ; son regard était toujours vitreux.

Une fois arrivé à bout de course, le monte-charge s'arrêta automatiquement. La trappe était là, juste au-dessus de leurs têtes. Jack mena Kolabati vers une petite échelle qui donnait sur une écoutille creusée dans la chape de métal. Il passa en premier : il s'attendait à ce qu'elle soit fermée. Et pourquoi pas, puisque toutes les autres voies d'évasion étaient bouclées à double tour ? Il poussa la trappe, grimaçant lorsque sa paume blessée entra en contact avec le panneau. Mais l'écoutille bougea bel et bien, laissant passer une bouffée d'air frais. De soulagement, Jack se sentit soudain tout faible et posa sa tête sur son bras.

Sauvés !

Puis il ouvrit en grand l'écoutille et passa la tête par l'ouverture.

Il faisait noir. Le soleil s'était couché, les étoiles

brillaient dans le ciel et la lune montrait le bout de son nez. Après l'odeur des rakoshi, l'air moite et nauséabond des quais de Manhattan était un véritable nectar.

Il parcourut des yeux le pont. Tout était calme et paisible. La passerelle était remontée. Apparemment, Kusum n'était pas encore revenu.

Jack se tourna et regarda Kolabati.

— La voie est libre. Allons-y.

Il se hissa sur le pont et se tourna pour l'aider à en faire autant, mais elle restait plantée là, sur la plateforme.

— Kolabati !

Elle sursauta, le regarda, et entreprit de monter l'échelle.

Lorsqu'ils furent tous les deux sur le pont, il lui prit la main pour l'escorter vers la passerelle.

— Kusum la fait fonctionner électroniquement, avec une télécommande, lui dit-elle.

Il fouilla les alentours de la passerelle jusqu'à ce qu'il trouve le moteur qui l'actionnait, puis suivit le câblage jusqu'à un petit boîtier de contrôle. Il leva le rectangle de plastique de protection, dévoilant un unique bouton.

— Voilà qui devrait faire l'affaire.

Il appuya sur le bouton ; il y eut un déclic, un bourdonnement, et la passerelle se mit à descendre lentement. Trop lentement à son goût. Il vibrait d'impatience. Il voulait se sauver de ce fichu rafiot !

Il n'attendit pas que la passerelle touche le pont : lorsqu'elle eut parcouru les trois quarts du chemin, il se précipita le long de la planche, traînant Kolabati derrière lui. Ils sautèrent le dernier mètre et, à peine sur le quai, se mirent à courir. Son impatience devait avoir déteint sur la jeune femme, car elle lui emboîta le pas sans qu'il ait eu à lui dire quoi que ce soit.

Ils évitèrent la 57e de peur de tomber sur Kusum ; ils préférèrent emprunter la 58e. Malgré les appels de

Jack, trois taxis passèrent sans s'arrêter. Peut-être les chauffeurs préféraient-ils ne pas charger un couple hagard – un homme torse nu avec une plaie béante à la main et une femme en sari froissé – échappé de Dieu sait quel enfer. Jack pouvait difficilement leur en tenir rigueur, mais il ne voulait pas rester dans les rues. Il se sentait vulnérable.

Le quatrième taxi daigna s'arrêter ; Jack sauta sur la banquette, entraînant Kolabati à sa suite. Il donna l'adresse de son appartement au chauffeur, qui fronça le nez en respirant l'odeur qui imprégnait leurs vêtements et mit pied au plancher. Apparemment, il préférait se débarrasser le plus vite possible de ces clients peu ragoûtants.

Durant le trajet, Kolabati resta prostrée dans un coin du taxi, à regarder de l'autre côté de la vitre. Jack avait un millier de questions à lui poser, mais se retint. Elle ne voudrait certainement pas lui répondre en présence du chauffeur, et lui-même préférait attendre qu'ils soient entre eux. Mais à peine auraient-ils passé la porte de son appartement…

14

La passerelle était abaissée.

Kusum se figea sur le quai. Ce n'était pas une illusion d'optique. La clarté lunaire se reflétait sur les marches et les rambardes métalliques.

Comment était-ce possible ? Non, il ne pouvait imaginer…

Il se mit à courir, grimpa les degrés quatre à quatre et piqua un sprint sur toute la longueur du pont pour atteindre les quartiers des pilotes. La porte était toujours fermée et le cadenas à sa place. Il tira dessus – oui, il était intact et bien fermé.

Il s'adossa à la porte et attendit que son cœur cesse de battre la chamade. Un instant, il avait vraiment cru que quelqu'un était monté à bord et avait libéré Jack et Kolabati.

Il prit la clé et en tapota le battant métallique.

— Bati ? Viens. J'ai à te parler.

Pas de réponse.

— Bati ?

Kusum posa une oreille contre la porte. Il ressentit une impression de vide, comme s'il n'y avait personne dans cette chambre. Alarmé, il fourra la clé dans le cadenas…

… Et eut une hésitation.

Il avait affaire à Jack le Réparateur, un homme qu'il ne fallait surtout pas commettre l'erreur de sous-estimer. Jack était probablement armé, et de toute façon, même les mains vides, il restait tout aussi dangereux. Il pouvait tout aussi bien l'attendre derrière ce panneau, revolver au poing, prêt à abattre la première personne qui franchirait cette porte.

Mais ses sens lui disaient qu'il n'y avait personne de l'autre côté. Kusum décida de leur faire confiance. Il fit tourner la clé, retira le cadenas et ouvrit la porte en grand.

Le vestibule était désert. Il jeta un œil dans la cabine – personne ! Mais comment…

C'est alors qu'il vit le trou dans le sol. Un instant, il crut qu'un rakosh avait réussi à s'introduire dans le compartiment, puis il vit le lit désossé et comprit ce qui s'était produit.

Quelle audace ! Il s'était échappé en passant par les quartiers des rakoshi – et avait emmené Kolabati ! Il eut un sourire. Ils étaient certainement là, quelque part, blottis sur une passerelle en tremblant de frayeur. Le collier de Bati la protégeait, mais Jack avait peut-être déjà été mis en pièces par les rakoshi.

Puis il se souvint de la passerelle abaissée et poussa un juron dans sa propre langue. Il courut vers la grande cale, souleva l'écoutille et regarda en contrebas.

Les rakoshi semblaient bien agités. Dans la pénombre glauque, il distinguait un amas de corps animés de mouvements erratiques. Le monte-charge était là, à deux mètres de lui. Il remarqua immédiatement la torche renversée, le bois brûlé. D'un bond, il gagna la plate-forme et la fit descendre.

Quelque chose gisait sur le sol de la cale. Une fois à mi-chemin, il vit qu'il s'agissait d'un rakosh mort. Kusum en étouffa de rage. *Mort !* Sa tête, ou ce qu'il en restait, n'était plus qu'une masse de chair grillée.

D'une main tremblante, Kusum inversa la marche de la plate-forme.

Comment cet homme, qu'il soit trois fois maudit, avait-il pu accomplir un tel forfait ? Si seulement les rakoshi pouvaient parler ! Non seulement Jack s'était échappé en compagnie de Kolabati, mais il avait tué un rakosh en cours de route. Kusum avait l'impression d'avoir perdu une partie de lui-même.

A peine le monte-charge arriva-t-il à bout de course, Kusum sauta sur le pont et retourna aux quartiers des pilotes. Il avait cru voir quelque chose sur le sol…

Oui ! Là, près du trou, gisait une chemise – celle que portait Jack la dernière fois qu'il l'avait vu ! Kusum la ramassa. Elle était encore gluante de sueur.

Il entendait le laisser vivre, mais maintenant, tout était différent. Il savait que Jack ne manquait pas de ressources, mais il ne l'aurait jamais cru capable de s'échapper en passant à travers un nid de rakoshi. Cette fois, Jack le Réparateur était allé trop loin. Et avec ce qu'il savait désormais, il était trop dangereux pour que Kusum puisse lui laisser la vie.

Il fallait qu'il meure.

Ce n'était pas sans regrets qu'il prenait cette décision, mais Kusum était sûr que Jack avait un bon karma et ne tarderait pas à être réincarné chez un être de qualité.

Un sourire étira lentement les lèvres de Kusum alors qu'il tenait dans ses mains la chemise moite de sueur. La Mère des rakoshi s'en chargerait, et il savait déjà de quelle façon. Son plan était teinté d'une ironie qu'il savourait à sa juste valeur.

15

En entrant dans l'appartement, Jack désigna sa main blessée :

— Il faut que je nettoie ça. Viens avec moi dans la salle de bains.

Kolabati lui jeta un regard atone.

— Quoi ?

— Suis-moi.

Elle obtempéra sans dire un mot.

Il la regarda dans le miroir alors qu'il nettoyait sa blessure maculée de poussière et de sang séché. Sous la lumière impitoyable des néons, le visage de la jeune femme était pâle et hagard, et le sien ne valait guère mieux.

— Pourquoi Kusum lâcherait-il ses rakoshi sur une petite fille ?

Elle parut sortir de son état de choc. Ses yeux reprirent un peu de vie.

— Une petite fille ?

— De sept ans.

Elle posa sa main sur sa bouche.

— C'est une Westphalen ? fit-elle entre ses doigts.

Jack resta figé sur place, soudain glacé. Oui, il comprenait enfin.

C'est ça ! Bon sang, le voilà, le lien ! Nellie, Grace et Vicky sont toutes des Westphalen !

— Oui. (Il se tourna vers elle.) La dernière Westphalen sur le territoire américain, je présume. Mais pourquoi s'acharne-t-il sur cette famille ?

Kolabati s'adossa au mur et parla à celui d'en face. Elle détachait lentement les syllabes comme pour bien peser chaque mot.

— Il y a cent vingt-cinq ans, le capitaine Sir Albert Westphalen a pillé un temple dans les collines du Bengale – celui dont je t'ai parlé hier soir. Il a assassiné le grand prêtre et la grande prêtresse ainsi que leurs acolytes et a mis le feu au temple. Les joyaux qu'il y a volés ont permis de fonder la fortune des Westphalen.

« Avant de mourir, la prêtresse a lancé une malédiction sur le capitaine en disant que sa lignée se terminerait dans le sang et la douleur. Le capitaine croyait avoir tué tous ceux qui habitaient ce temple, mais il se trompait. Un enfant réussit à échapper à l'incendie. Leur fils aîné était mortellement blessé, mais avant de mourir, il fit promettre à son jeune frère d'accomplir la malédiction de leur mère. Dans les caves sous les ruines du temple, il trouva un unique œuf de femelle rakosh – celui dont tu as vu les morceaux. Cet œuf et ce serment de vengeance se sont transmis de génération en génération. C'est devenu un rituel familial. Personne ne le prenait plus au sérieux – personne, sauf Kusum.

Jack lui jeta un regard incrédule. Etait-elle vraiment en train de lui expliquer que les décès de Grace et de Nellie et le danger qui planait sur Vicky étaient le résultat d'une malédiction qui avait été jetée en Inde il y avait plus d'un siècle ? La jeune femme fixait toujours le mur. Lui disait-elle la vérité ? Et pourquoi pas ? Ce n'était pas plus fantastique que tout ce qui lui était arrivé aujourd'hui.

— Il faut que tu sauves cette petite fille, dit-elle en levant enfin les yeux vers lui.

— C'est déjà fait.

Il s'essuya les mains, tira un flacon de Néosporine de l'armoire à pharmacie et en badigeonna la plaie.

— Ni ton frère ni ses monstres ne la trouveront ce soir. Et demain, il sera parti.

— Qu'est-ce qui te fait croire qu'il va s'en aller ?

— Tu me l'as dit toi-même il n'y a pas une heure.

Elle secoua la tête, lentement, mais fermement :

— Oh, non. Il pourrait se résoudre à partir sans moi, mais pas sans cette petite fille. Et… (Elle se tut avant de reprendre :) … en me libérant, tu t'es attiré son inimitié éternelle.

— Son « inimitié éternelle » ? N'est-ce pas un peu excessif ?

— Pas pour Kusum.

Jack mit deux pansements de coton dans sa main et les enroula de bande Velpeau.

— Au fait, pourquoi ton frère ? Je veux dire, au cours des générations précédentes, personne n'a jamais tenté d'exercer cette fameuse vengeance ?

Kolabati secoua la tête.

— Qu'est-ce qui a convaincu Kusum de prendre toute cette histoire au sérieux ?

— Kusum a des problèmes…

— Non, sans blague !

Il maintint la bande en place à l'aide de papier collant.

— Tu ne comprends pas. Lorsqu'il avait vingt ans, il a fait vœu de brahmacharya – de chasteté à vie. Il s'y est tenu et, durant des années, est resté un brahmachari. (Son regard se perdit dans le vague.) Mais il a fini par rompre ce vœu et, jusqu'à ce jour, il ne se l'est jamais pardonné. Je t'ai parlé de tous ces puristes hindous qui soutiennent son action. Kusum ne se considérera pas digne d'être leur chef tant qu'il n'aura pas purifié son karma. Tout ce qu'il a fait ici, à New York, avait pour but d'expier sa faute, lui qui a renié son vœu de brahmacharya.

Soudain pris de colère, Jack jeta son rouleau de scotch contre le mur.

— C'est tout ? hurla-t-il. Kusum a tué Nellie, Grace et Dieu sait combien de poivrots parce qu'il s'est tapé une nana ? C'est ridicule !

— Mais c'est vrai !

— Il doit bien y avoir un motif plus sérieux !

Kolabati évitait à nouveau de le regarder.

— Il faudrait que tu comprennes Kusum…

— Non, je ne comprends pas ! Tout ce que je vois, c'est qu'il veut tuer une petite fille que j'aime beaucoup. En effet, Kusum a un grave problème : *moi !*

— Il tente de purifier son karma.

— Ne me parle pas de ça. Je l'ai déjà assez entendu de la bouche de ton frère. C'est un chien enragé !

Kolabati se tourna vers lui, et ses yeux jetèrent des éclairs.

— Ne dis pas ça !

— Ce n'est pas la stricte vérité ?

— Si ! Mais ce n'est pas à toi de le dire ! Moi seule ai ce droit !

Ça, Jack pouvait le comprendre. Il acquiesça :

— C'est bon. Je me contenterai de le penser.

Elle tourna les talons pour quitter la salle de bains, mais Jack la retint avec douceur. Il voulait décrocher le téléphone et prendre des nouvelles de Vicky, mais il avait encore une question :

— Lorsque nous étions dans la cale, que s'est-il passé ? Qu'est-ce que j'ai pu dire qui te mette dans un tel état ?

Les épaules de la jeune femme s'affaissèrent et elle pencha la tête sur le côté. Des sanglots la secouèrent, d'abord discrets, puis assez violents pour faire vibrer son corps tout entier. Elle ferma les yeux et se mit à pleurer.

Jack fut d'abord étonné : cela ne lui ressemblait guère. Elle semblait toujours si forte, si volontaire. Et pourtant, voilà qu'elle sanglotait comme une enfant, là, devant lui. Sa détresse l'émut. Il la prit dans ses bras.

— Dis-moi tout.

Elle pleura encore quelques instants, puis se mit à parler tout en gardant sa tête enfouie contre son épaule.

— Tu te souviens de ce que je t'ai dit ? Que ces rakoshi étaient plus petits et plus pâles qu'ils n'auraient dû l'être ? Et mon étonnement en constatant qu'ils pouvaient parler ?

— Oui, acquiesça Jack.

— Maintenant, je comprends pourquoi. Une fois de plus, Kusum m'a menti ! Et une fois de plus, j'ai été assez bête pour le croire. Mais c'est beaucoup plus grave qu'un simple mensonge. Je n'aurais jamais cru qu'il puisse aller si loin !

— Comment ça ?

— Kusum m'a dit qu'il avait trouvé un œuf mâle, mais c'était faux !

Une touche d'hystérie pointait dans sa voix. Jack la repoussa doucement pour la tenir à bout de bras. Son visage était décomposé. Il voulut la secouer pour qu'elle se reprenne, mais se ravisa.

— Je n'y comprends rien !

— En bengali, *Kaka-ji* signifie « père » !

— Et alors ?

Kolabati le fixa sans répondre jusqu'à ce que la vérité lui apparaisse dans toute son horreur.

— Oh, bon sang !

Il dut s'adosser à l'évier. La simple notion d'un humain capable de s'accoupler à la Mère des rakoshi lui soulevait l'estomac. Des visions de l'acte lui-même se formèrent vaguement dans son esprit avant de retourner au néant qu'elles n'auraient jamais dû quitter.

— Comment ton frère aurait-il pu engendrer ces monstres ? Non, ce *Kaka-ji* doit être un terme de respect ou quelque chose comme ça.

Kolabati secoua tristement la tête. Elle semblait vidée, physiquement et émotionnellement.

— Non. C'est vrai. Il suffit de voir la façon dont les jeunes diffèrent des autres.

— Mais comment est-ce possible ?

— Cela s'est probablement passé lorsqu'elle était jeune et docile. Il n'avait besoin que d'une seule portée. A partir de là, les rakoshi se sont accouplés les uns avec les autres et ont fait croître le nid.

— Kusum… (Sa voix chancela.) Parfois, Kusum s'imagine que Kali lui parle dans ses rêves. Il peut avoir « entendu » sa voix qui lui ordonnait d'engendrer les rakoshi. S'il faut croire les contes les plus sombres de notre mythologie, ce ne serait pas la première fois que ces créatures se seraient accouplées avec des humains.

— Mais ce sont des contes ! Kusum et ces rakoshi sont bien réels ! Je ne suis pas docteur en biologie, mais je sais qu'il existe des espèces qu'on ne peut croiser !

— Mais les rakoshi ne sont *pas* d'une espèce différente, Jack. Comme je te l'ai dit la nuit dernière, d'après la légende, lorsque les anciens dieux du mal – les Grands Anciens – ont créé les rakoshi, ils voulaient en faire une parodie obscène de l'être humain. Ils ont pris un homme et une femme et les ont remodelés à leur image – pour donner des rakoshi. Ce qui veut dire que, dans un très lointain passé, les humains et les rakoshi ont des ancêtres communs. (Elle prit le bras de Jack et le serra :) Jack, il faut que tu arrêtes Kusum !

— J'aurais pu le faire la nuit dernière, fit-il en pensant au 9 mm qu'il avait braqué entre les deux yeux de l'Hindou. J'aurais pu le tuer.

— Il doit bien y avoir une autre façon de l'empêcher de nuire.

— Je n'en vois pas d'autre.

— Si : son collier. Si tu le lui retires, il perdra tout contrôle sur les rakoshi.

Jack eut un sourire.

— Je me sentirais dans la peau d'une souris qui décide d'aller casser la figure au chat.

— Non. Tu peux y arriver. Tu es son égal… Bien plus que tu ne le crois.

— Qu'est-ce que tu veux dire par là ?

— Pourquoi ne l'as-tu pas abattu quand tu en avais l'occasion ?

— Parce que je m'inquiétais pour toi, sans doute, et… je ne sais pas, mais je n'ai pas pu me résoudre à appuyer sur la détente.

En fait, Jack s'était déjà posé la question et n'avait pas pu y répondre. Kolabati s'approcha et le serra contre sa poitrine.

— Parce que Kusum et toi vous vous ressemblez beaucoup trop.

Une flamme de colère s'alluma au fond de lui. Il repoussa la jeune femme :

— Ce n'est pas vrai ! Tu es dingue !

— Pas vraiment, fit-elle avec un sourire enjôleur. Vous êtes faits du même bois. Kusum est ton semblable – sauf qu'il est fou et pas toi.

Jack ne voulait pas en entendre davantage. Cette idée le répugnait… et l'effrayait. Il préféra changer de sujet :

— S'il débarque ici ce soir, sera-t-il seul ou amènera-t-il les rakoshi ?

— Cela dépend, reprit-elle en se rapprochant à nouveau de lui. S'il veut que je reparte avec lui, il sera bien obligé de venir en personne, puisqu'un rakosh ne pourrait pas me trouver. S'il veut se venger de toi, qui l'a ridiculisé en m'enlevant à son nez et à sa barbe, il enverra la Mère des rakoshi.

Jack avala sa salive. En pensant à ce monstre de deux mètres de haut, sa gorge s'était desséchée.

— Le pied.

Elle l'embrassa avant de reprendre :

— Mais ce n'est pas pour tout de suite. Je vais prendre une douche. Tu veux venir avec moi ? Nous en avons bien besoin tous les deux.

Il s'extirpa de son étreinte en évitant son regard.

— Vas-y. Quelqu'un doit monter la garde. J'irai après toi.

Elle l'étudia un moment de ses yeux sombres, puis tourna les talons et se dirigea vers la salle de bains. Lorsque la porte se referma sur elle, Jack eut un long soupir. Ce soir, il n'avait absolument pas envie d'elle. Etait-ce à cause de ce qui s'était passé avec Gia ? Lorsque celle-ci ne voulait même plus le voir, la situation était différente. Mais maintenant…

Il faudrait qu'il s'éloigne de Kolabati. Qu'il cesse d'explorer avec elle les arcanes du Kama-Sutra. Mais il devait marcher sur des œufs. Il ne voulait pas s'attirer la colère d'une telle femme.

Il alla au secrétaire et en tira le Glock avec silencieux chargé de balles à fragmentation, plus un Smith & Wesson .38 Chef Special à canon court, dont il remplit le barillet. Puis il s'assit dans un fauteuil et attendit que Kolabati revienne de la salle de bains.

16

Kolabati finit de s'essuyer, enroula la serviette autour de sa taille et sortit dans le vestibule. Jack était assis sur le lit – l'endroit même où elle voulait l'amener. En le voyant ainsi, une bouffée de désir monta en elle.

Elle avait besoin d'un homme, ici et maintenant ; quelqu'un qui s'allongerait à côté d'elle, l'emmènerait sur un océan de sensations, l'empêcherait de penser. Et de tous les hommes qu'elle connaissait, c'était Jack qui lui convenait le mieux. Nul autre que lui n'aurait pu l'arracher aux griffes de Kusum. Elle le voulait, maintenant, tout de suite.

Elle fit tomber la serviette et s'allongea à ses côtés.

— Viens, fit-elle en passant ses doigts sur l'intérieur de sa cuisse. Nous trouverons bien un moyen d'oublier ce que nous avons vu ce soir.

— Ce n'est pas le moment, fit-il en se détournant. N'oublie pas qu'il va venir nous chercher.

Elle avait trop envie de lui pour se décourager si facilement.

Jack lui tendit la main. Elle crut que c'était une invitation à le chevaucher et se redressa. Mais elle vit qu'il y avait quelque chose dans sa paume.

— Tiens, fit-il en plaçant un objet lourd et froid dans sa main.

— Un revolver ?

Elle eut un sursaut en voyant l'arme luisante. Elle n'en avait encore jamais tenu… Il était si lourd ! Son corps bleuté luisait dans la lumière tamisée de la chambre.

— Pourquoi ? Ce n'est pas une balle qui va arrêter un rakosh.

— Peut-être pas. Tant que je ne l'aurai pas vu de mes yeux… Mais ce n'est pas pour te protéger des rakoshi que je te le donne.

Kolabati regarda l'arme, puis se tourna vers Jack.

— Alors qui…

En voyant son air lugubre, elle eut la réponse à sa question informulée.

— Oh, Jack, je ne sais si je pourrai…

— Pour l'instant, tu n'as pas à t'inquiéter. J'espère que tu n'auras jamais à t'en servir. D'un autre côté, tu auras peut-être à choisir entre tirer sur ton frère ou le laisser te ramener sur ce bateau. C'est à ce moment-là qu'il te faudra prendre une décision.

Elle regarda le revolver. Elle n'aimait pas son contact, et pourtant, il le fascinait. C'était une sensation assez proche de celle qui l'avait étreinte la nuit dernière, lorsqu'elle avait vu pour la première fois ce qui se cachait dans le cargo.

— Mais je n'ai jamais...

— C'est un revolver à double action : il faut que tu l'armes avant de tirer. (Il lui montra comment faire.) Tu as cinq balles dans le barillet.

Il entreprit de se déshabiller. Kolabati posa le revolver sur la table de nuit en pensant qu'il allait la rejoindre, mais il se dirigea vers l'armoire. Lorsqu'il se tourna à nouveau vers elle, il tenait des sous-vêtements propres dans une main et, de l'autre, un pistolet au canon interminable à côté duquel le sien n'était qu'un jouet.

— Je vais prendre une douche, dit-il. Reste sur le qui-vive et sers-t'en s'il le faut. (Il désigna le revolver sur la table de nuit.) Si ton frère fait irruption dans l'appartement, ne pense pas à récupérer son collier. Tire d'abord et on verra ensuite.

Il passa dans le vestibule. Une minute plus tard, elle entendait couler la douche.

Kolabati s'allongea sur le lit et tira les couvertures sur elle. La jeune femme écarta les jambes, puis les serra à nouveau pour mieux apprécier la fraîcheur des draps sur sa peau. Elle avait toujours envie de Jack, mais ce soir, il semblait si distant que même sa nudité n'avait rien éveillé en lui.

Il y avait une autre femme. Le soir même de leur première rencontre, Kolabati avait senti sa présence. Etait-ce la belle blonde avec qui il avait échangé quelques mots lors de cette réception de la Mission du Royaume-Uni ? Elle ne s'en était pas formalisée, car son influence semblait bien limitée. Mais maintenant, elle revenait en force.

Qu'importe. Elle savait comment manipuler un

homme pour lui faire oublier toutes les autres femmes qu'il pouvait y avoir dans sa vie. Et pourquoi Jack serait-il différent des autres ? Bientôt, il ne penserait plus qu'à elle. Il le fallait, car pour elle, Jack était très important. Elle voulait qu'il soit à ses côtés pour toujours et à jamais.

A jamais…

Elle tripota son collier.

Puis elle pensa à Kusum et regarda le revolver posé sur sa table de nuit. Si son frère entrait dans cette pièce, là, tout de suite, aurait-elle le courage de l'abattre ?

Oui. Sans le moindre doute. Vingt-quatre heures plus tôt, elle aurait certainement répondu différemment. Mais maintenant… Une boule de haine et de répulsion s'enfla peu à peu en elle… « *Kaka-ji !* »… Les rakoshi avaient appelé son frère « *Kaka-ji !* ». Oui, maintenant, elle appuierait sur la détente sans aucun scrupule. Maintenant qu'elle savait à quel niveau de dépravation il était tombé, qu'elle réalisait l'étendue de sa démence, l'idée de tuer Kusum en devenait presque un acte de compassion. Ainsi, elle lui éviterait de s'enfoncer encore davantage.

Et plus que tout, elle voulait s'emparer de son collier. Lorsqu'il serait en sa possession, elle mettrait fin à la menace qu'il représentait, et elle pourrait le passer au cou du seul homme digne de passer le reste de ses jours avec elle – Jack.

Elle ferma les yeux et posa sa tête contre l'oreiller. Après la nuit qu'elle avait passée sur ce matelas dur comme de la pierre dans la cabine du bateau, où elle avait à peine pu grappiller quelques minutes de sommeil, elle était épuisée. Elle n'avait qu'à fermer les yeux durant quelques instants, le temps que Jack sorte de la douche, puis il lui appartiendrait, pour toujours et à jamais. Il ne tarderait pas à oublier cette autre femme.

17

Une fois dans la douche, Jack se frotta vigoureusement pour se débarrasser de la puanteur des rakoshi, qui semblait s'accrocher à sa peau. Son Glock était à portée de la main, enroulé dans une serviette et posé sur une étagère. Il ne cessait de regarder les vagues contours de la porte brouillés par le rideau de douche bleuté. Dans son esprit, il ne cessait de rejouer une variante de la scène de la douche dans *Psychose*. Sauf que là, ce n'était pas Norman Bates déguisé en femme qui entrait et brandissait un grand couteau – c'était la Mère des rakoshi, et elle se contenterait de ses griffes.

Il se rinça rapidement et sortit de la cabine pour se sécher.

Dans le Queens, tout allait bien. Pendant que Kolabati prenait sa douche, il avait passé un coup de fil à Gia, qui lui avait confirmé que Vicky dormait à poings fermés. Maintenant qu'il était tranquille de ce côté-là, il pouvait se concentrer sur le reste.

Il passa dans la chambre, où Kolabati faisait de même. Il prit des vêtements propres et, tout en s'habillant, étudia le visage de la jeune femme. Au repos, elle semblait différente. Dépouillée de sa sensualité, elle inspirait plutôt une forme d'innocence assez émouvante.

Jack tira sur le drap pour couvrir ses épaules. Il l'aimait bien. Elle était pleine de vie, d'humour et d'exotisme. Son appétit sexuel et ses dons en la matière démontraient son expérience. Et elle semblait l'admirer sincèrement. Il y avait là toutes les bases nécessaires à une relation durable. Et pourtant…

N'y a-t-il pas toujours un « mais » ?

… Malgré les moments qu'ils avaient partagés, il savait qu'il n'était pas l'homme qu'il lui fallait. Elle lui en demanderait certainement plus qu'il n'était prêt à donner. Et ses sentiments pour elle ne seraient jamais aussi intenses que ce qu'il éprouvait pour Gia.

Jack entra dans le salon, refermant la porte de la chambre derrière lui, et se prépara à affronter Kusum. Il enfila un pantalon et un T-shirt, des chaussettes blanches et des chaussures de tennis – il voulait être prêt à réagir en une fraction de seconde. Dans sa poche droite, il rajouta une poignée de balles à fragmentation et, suivant son instinct, fourra le dernier briquet dans la gauche. Il installa son fauteuil devant la porte, posa le Glock sur ses genoux et s'y installa confortablement.

Il n'aimait pas devoir attendre son adversaire au lieu d'agir de son propre chef. Ainsi, il était obligé de rester sur la défensive, ce qui ne laissait pas beaucoup de place à l'initiative.

Mais *qui* l'y forçait ? C'était ce que Kusum attendait de lui. Pourquoi laisser cette espèce d'Hindou dément mener la danse ? Vicky était en sécurité. Alors pourquoi ne pas déclarer ouvertement la guerre à Kusum ?

Il décrocha le téléphone et composa un numéro. Abe répondit à la première sonnerie et émit un son qui évoquait davantage un coassement.

— C'est moi. C'est Jack. T'aurais-je réveillé ?

— Non, bien sûr. Toutes les nuits, je reste à côté de mon téléphone en attendant que tu m'appelles. Pourquoi en serait-il autrement ce soir ?

Jack ne savait pas s'il plaisantait. Avec Abe, c'était toujours difficile à déterminer.

— Tout va bien de ton côté ?

— Serais-je si calme si ce n'était pas le cas ?

— Vicky va bien ?

— Bien sûr. Maintenant que tu es rassuré, puis-je me rendormir sur ce canapé si confortable ?

— Tu dors sur le canapé ? Il y a d'autres chambres, non ?

— Je le sais très bien, mais j'ai préféré m'installer là, entre la porte et ces deux demoiselles.

Jack ressentit une bouffée d'amitié envers son plus vieux pote.

— Abe, crois-moi, je ferai tout pour te revaloir ça.

— Tu peux commencer par raccrocher, que je puisse me rendormir.

— L'ennui, c'est que j'ai encore un service à te demander. Un gros.

— *Nu ?*

— J'ai besoin de matériel : des bombes incendiaires à retardement, des balles incendiaires et le fusil-mitrailleur qui va avec.

Abe oublia tous ses termes yiddish et prit un ton plus professionnel :

— Je ne les ai pas en magasin, mais je peux les commander. Pour quand te les faut-il ?

— Ce soir.

— Non, sérieusement.

— Je te l'ai dit : ce soir. Dans une heure.

Abe émit un sifflement.

— Ce sera dur. C'est vraiment important ?

— Plus que tu ne le crois.

— Il faudra que je passe quelques coups de fil. Surtout à une heure pareille.

— Je ne vais pas pinailler sur le prix, alors fais de ton mieux.

— D'accord. Mais il faudra que j'aille ramasser l'artillerie moi-même. Ces braves gens ne traitent qu'avec ceux qu'ils connaissent déjà.

Jack n'aimait pas laisser Gia et Vicky sans protection, mais comme Kusum n'avait aucun moyen de les trouver, elles pouvaient s'en passer.

— D'accord. Tu as ta camionnette ?

— Oui.

— Alors passe les coups de fil en question, ramasse tout ce que tu peux et retrouvons-nous au magasin. Appelle-moi lorsque tu y seras revenu.

Jack raccrocha et s'adossa à son siège. Il régnait une pénombre bien agréable dans le salon, uniquement éclairé par la lumière qui s'échappait de la cuisine. Ses muscles se détendirent contre les contours familiers de son fauteuil. Il était crevé. Ces derniers jours avaient été assez éprouvants. Depuis quand n'avait-il pas passé une bonne nuit de sommeil ? Samedi ? Et l'on était mercredi matin.

Il sursauta en entendant sonner le téléphone et décrocha aussitôt.

— Allô ?

Personne ne répondit. Le silence se poursuivit durant quelques secondes, puis il y eut un déclic et la stridulation de la tonalité.

Etonné, mal à l'aise, Jack raccrocha. Un faux numéro ? Ou Kusum vérifiant qu'il était bien chez lui ?

Il écouta pour voir si Kolabati s'était réveillée, mais pas un bruit ne provenait de la chambre. La sonnerie avait été trop brève.

Il se força à se détendre. En fait, il attendait avec une certaine impatience la suite des événements. Ce soir, M. Kusum Bahkti aurait quelques petites surprises. Jack le Réparateur l'attendait de pied ferme, lui et ses rakoshi. Cet Hindou frappadingue allait regretter le jour où il avait décidé de s'en prendre à Vicky Westphalen. Parce que Vicky avait un ami sur qui elle pouvait toujours compter, et cet ami était *très* en rogne. Jack ferma involontairement les paupières, tenta de les soulever, puis y renonça. Abe l'appellerait lorsque tout serait prêt. Il lui faisait confiance : Abe pouvait dénicher à peu près n'importe quoi et à n'importe quelle heure. Jack avait bien le temps de faire un somme.

Avant de plonger dans d'accueillantes ténèbres, Jack eut une dernière pensée pour les yeux jaunes brûlant de haine de la Mère des rakoshi qui le regardait depuis la cale après qu'il eut brûlé le visage d'un de ses enfants. Il frissonna et s'endormit.

18

Kusum fit tourner sa camionnette jaune de location, entra dans Sutton Square et se gara tout au bout. Il sortit immédiatement du véhicule, fouet en main, et parcourut des yeux la rue. Tout était calme, mais pour combien de temps ? Quoi qu'il en soit, il ne voulait pas traîner trop longtemps dans les parages. C'était un quartier assez protégé. Si un insomniaque jetait un coup d'œil par la fenêtre et remarquait sa camionnette, il préviendrait certainement les autorités.

En principe, il aurait dû envoyer la Mère à Sutton Place, mais elle ne pouvait être en deux endroits à la fois. Il lui avait donné la chemise que Jack avait laissée à bord pour qu'elle puisse identifier la cible à son odeur et l'avait déposée devant l'immeuble de Jack avant de venir ici.

Il eut un sourire. Il donnerait cher pour voir la tête de Jack lorsqu'il se retrouverait face à la Mère des rakoshi ! Evidemment, il ne la reconnaîtrait pas au premier coup d'œil – Kusum s'en était assuré –, mais lorsqu'il verrait la petite surprise qu'il lui avait préparée, son cœur louperait certainement un battement. Et si le choc ne suffisait pas à le tuer, la Mère s'en chargerait. C'était une fin appropriée pour un homme trop dangereux pour qu'il le laisse vivre.

Kusum se concentra à nouveau sur Sutton Square. La dernière des Westphalen était là, à quelques mètres de lui. Il retira son collier, le déposa sur le siège de la camionnette, puis alla ouvrir les portières de l'arrière. Un jeune rakosh qui n'avait pas encore atteint la taille adulte sauta sur la chaussée. Kusum brandit son fouet, mais s'abstint de le faire claquer : il ne voulait pas rompre le silence de la nuit.

Ce rakosh était le premier-né de la couvée, le plus dur et le plus expérimenté de tous les jeunes, et sa lèvre inférieure était couverte de cicatrices témoignant de ses combats avec ses jeunes frères. Il avait chassé avec la Mère à Londres et, maintenant, continuait à New York. Kusum aurait sans doute pu le lâcher à partir du bateau : le rakosh aurait certainement flairé la Trace et ramené l'enfant sans faire de problèmes, mais Kusum ne voulait plus courir le moindre risque. Ce soir, il n'avait plus droit à l'erreur.

Le rakosh regarda Kusum, puis au-delà, vers la rivière qui s'étendait derrière lui. De la pointe du fouet, Kusum lui montra la maison où reposait la dernière des Westphalen.

— Là ! fit-il en bengali. Là !

La créature se dirigea – à contrecœur, semblait-il – vers la maison. Il la vit s'engager dans l'allée qui la bordait, sans doute pour escalader le mur sous couvert de l'obscurité et prendre l'enfant dans son lit. Il allait récupérer son collier sur le siège de la camionnette lorsqu'il entendit un drôle de bruit en provenance de la maison. Soudain inquiet, il courut vers l'allée, non sans murmurer des jurons dans sa langue natale. Ces jeunes étaient si maladroits ! Décidément, seule la Mère était digne de confiance.

Il trouva le rakosh en train de se battre avec une poubelle. Il venait d'éventrer un sac de plastique noir et en tirait quelque chose qu'il ne pouvait distinguer. Kusum sentit monter en lui une vague de fureur. Il aurait dû s'en douter ! Comment avait-il pu se fier à un de ces jeunes ? Et celui-ci qui s'amusait à farfouiller au milieu des ordures au lieu de flairer la Trace ! Il déplia son fouet, prêt à frapper…

Le jeune rakosh lui tendit quelque chose : une orange coupée en deux. Kusum la lui arracha et la renifla. C'était une des deux qu'il avait laissées dans la cabane hier soir, après y avoir injecté de l'élixir de rakoshi. Le rakosh ramena une autre moitié.

Kusum les pressa l'une contre l'autre. C'était bien la même orange. Elle avait été coupée en deux, mais personne ne l'avait mangée. Il regarda le rakosh qui, maintenant, brandissait une poignée de chocolats.

Dans un accès de rage, Kusum jeta les deux moitiés d'orange contre le mur. *Jack !* C'était un coup de Jack ! Qu'il soit maudit à jamais !

Il contourna la maison et se dirigea vers la porte de derrière. Le rakosh commença par le suivre, puis s'arrêta et regarda l'East River.

— Là ! fit Kusum en désignant la porte d'un doigt impatient.

Il fit un pas en arrière pour laisser passer le rakosh. Celui-ci grimpa les escaliers et frappa la porte d'un de ses poings massifs. Elle s'ouvrit dans un craquement de bois brisé. Kusum entra, le rakosh sur ses talons. Il ne se souciait pas d'ameuter les occupants de la maison : si Jack avait découvert l'orange piégée, il avait certainement vidé les lieux, lui et tous ceux qui habitaient ici.

Kusum entra dans la cuisine, toujours suivi par le rakosh. Oui… la maison était vide. Il n'avait même pas besoin de la fouiller pour en être sûr.

Une pensée s'imposa en lui avec l'impact d'un direct en pleine figure.

Non !

Tout son corps fut secoué de spasmes incontrôlables. Mais ce n'était pas de colère qu'il tremblait : c'était de peur. Une terreur si profonde, si envahissante qu'il faillit en perdre tous ses moyens. Il courut vers la porte, puis s'engagea dans la rue.

Jack l'avait devancé. Il avait dissimulé la dernière des Westphalen – et en ce moment même, la Mère des rakoshi le mettait en pièces ! Elle massacrait le seul homme capable de lui dire où il avait mis cette enfant ! Comment pourrait-il la trouver dans une ville comptant huit millions d'habitants ? Il ne pourrait jamais respecter son serment ! Et tout cela à cause de Jack !

Puisses-tu être réincarné dans le corps d'un chacal !

Il ouvrit les portières arrière de la camionnette pour laisser monter le rakosh, mais celui-ci refusa d'y entrer. Il ne cessait de regarder en direction de l'East River. Il faisait quelques pas vers le fleuve, puis revenait en arrière et répétait ce même manège à l'infini.

— Entre ! ordonna Kusum.

Il était d'une humeur massacrante et n'avait pas envie d'endurer les caprices d'un rakosh. Mais la créature refusa de lui obéir. D'habitude, les jeunes étaient avides de lui plaire, et pourtant, il agissait comme s'il avait flairé la Trace et voulait se mettre en chasse.

C'est alors que Kusum comprit ce qui se passait. Il avait empoisonné deux oranges, mais n'en avait retrouvé qu'une. La fille Westphalen en avait-elle déjà mangé une lorsque Jack avait découvert la seconde ?

Son moral remonta d'un cran. C'était bien possible. Oui, c'était bien possible.

Et quoi de plus logique que d'emmener cette enfant loin de l'île de Manhattan ? Comment s'appelait ce quartier qui s'étendait au-delà de la rivière – le Queens ? Peu importait le nombre de gens qui y habitaient : si l'enfant avait avalé une quantité même infime d'élixir, le rakosh la trouverait.

Peut-être avait-il encore une chance.

De la pointe du fouet, Kusum désigna la rivière plongée dans les ténèbres. Le jeune rakosh sauta sur un muret marquant la fin de la rue, puis bondit vers la petite place de brique qui s'étendait en contrebas. Encore deux pas, puis un nouveau bond pour franchir le parapet surplombant l'East River.

Kusum le regarda disparaître dans la nuit. Son désespoir se dissipait comme de la fumée de cigarette. Ce rakosh était un chasseur expérimenté et semblait savoir où il devait se rendre. Peut-être pourrait-il bel et bien prendre la mer ce soir.

Lorsqu'il entendit un grand bruit d'éclaboussement, il tourna les talons et monta dans la camionnette. Il avait pris sa décision. Il devait présumer que le rakosh allait lui amener la dernière descendante des Westphalen. Donc, il préparerait le bateau comme s'il devait bel et bien partir pour l'Inde. Peut-être même larguerait-il les amarres et s'engagerait-il sur la rivière jusqu'à la baie sans plus attendre. Il ne redoutait pas de perdre la Mère et le jeune : il savait que leur instinct les ramènerait au nid, où qu'il puisse se trouver.

Heureusement qu'il avait piégé deux oranges au lieu d'une seule ! En refermant le collier autour de son cou, il crut y voir la main de Kali. Oui, la déesse elle-même l'avait inspiré.

Tous ses doutes, toutes ses angoisses furent balayés par une vague de triomphe. La Déesse était de son côté et guidait ses gestes ! Il ne pouvait plus échouer !

En fin de compte, Jack le Réparateur n'aurait pas le dernier mot.

CHAPITRE DIX

1

Jack se réveilla en sursaut. Un instant, il se retrouva complètement désorienté, puis réalisa qu'il n'était pas dans son lit, mais dans le fauteuil de son salon. Par réflexe, sa main se posa sur le Glock qui gisait sur ses genoux.

Il tendit l'oreille. Quelque chose l'avait réveillé, mais quoi ? La faible lumière qui s'échappait de la cuisine suffisait à démontrer que la pièce était vide.

Il se leva et alla jeter un œil dans la pièce d'à côté, puis à Kolabati, qui dormait paisiblement. A l'Ouest, rien de nouveau.

Un bruit retentit derrière lui, le faisant virevolter. Il provenait de l'autre côté de la porte – une planche venait de craquer. Jack alla se tenir devant la porte et posa son oreille contre le panneau. Silence. Mais il sentait une vague odeur qui semblait s'infiltrer dans les interstices du battant. Ce n'était pas le relent de putréfaction d'un rakosh, plutôt un parfum douceâtre et vaguement écœurant, comme l'essence de gardénia d'une vieille dame.

Le cœur battant, Jack déverrouilla la porte et l'ouvrit tandis que, du même mouvement, il se mettait en position de tir : les jambes écartées, les deux mains sur la crosse de son pistolet, les bras tendus.

Le vestibule était mal éclairé, mais toujours mieux que l'endroit où se tenait Jack. Si quelqu'un tentait de s'introduire dans l'appartement, il se découperait en ombre chinoise dans l'entrée. Mais Jack ne vit que la rambarde de l'escalier qui se trouvait juste devant la porte de son appartement. Il garda sa position de tir pendant que l'odeur de gardénia envahissait l'appartement comme le relent d'une serre surdéveloppée – sirupeuse et avec un vague arrière-goût de pourriture.

Laissant ses bras en forme de triangle dont le pistolet formait la pointe, il se déplaça vers la porte tout en regardant à droite et à gauche. Pour autant qu'il puisse en juger, le couloir était désert.

Il sauta dans le hall et virevolta pour atterrir le dos à la rampe, les bras baissés, le pistolet à hauteur de son bas-ventre, prêt à être braqué vers la droite ou la gauche, alors qu'il examinait les lieux.

A droite, à gauche : personne.

Et il se remit en mouvement, plongeant vers la droite et aplatissant son dos contre le mur, juste à côté de sa porte, levant les yeux vers sa droite pour surveiller l'escalier et le palier du quatrième étage : rien.

Le palier de l'étage inférieur, à sa gauche : ri…

Si ! Il y avait quelqu'un, là, assis sur le palier plongé dans la pénombre. Il braqua le revolver sur la silhouette à peine visible pendant qu'il la regardait attentivement. C'était une femme vêtue d'une longue robe, avec de longs cheveux mal peignés et un drôle de chapeau, et elle se tenait affalée là comme l'image même de la déprime. Les cheveux et le chapeau dissimulaient son visage.

Jack sentit ralentir les pulsations de son cœur, mais garda néanmoins le 9 mm braqué sur la femme. Que pouvait-elle bien faire ici ? Et qu'avait-elle fait pour dégager une telle odeur – elle s'était vidé un flacon de parfum sur la tête ?

— Un problème, m'dame ?

Alors elle se tourna et le regarda. Jack remarqua que cette inconnue était bâtie comme une armoire à glace. Puis, soudain, il comprit. C'était un tour de Kusum : pour remplir la mission qu'il lui avait confiée, Jack s'était déguisé en femme, et maintenant... Il n'attendit même pas de voir les deux yeux jaunes maléfiques qui brillaient sous le chapeau pour identifier la Mère des rakoshi.

— Oh, *merde* !

En un seul mouvement accompagné d'un sifflement de rage, elle déchira sa robe, se redressa de toute sa taille et fondit sur lui, les crocs luisants, les griffes tendues, une lueur de triomphe dans les yeux.

La bouche de Jack s'assécha aussitôt, mais il tint bon, solidement campé sur sa position. Avec un calme méthodique qui l'étonna lui-même, il visa et tira une première balle dans la poitrine de la Mère, légèrement sur la gauche. Le Glock à silencieux eut un petit crachotement et sursauta dans sa main blessée. Elle accusa le coup – dans son esprit, Jack pouvait voir la balle qui se fragmentait, lâchant d'innombrables shrapnels pour mieux déchirer ses tissus – mais elle continua d'avancer, emportée par son élan. Comme il ne savait pas où se trouvait son cœur, il tira trois autres balles, formant un vague rectangle par rapport à la première plaie d'où sourdait un sang presque noir...

A chaque fois qu'une balle lacérait sa chair, la Mère se crispait et tressautait et, finalement, elle s'arrêta à peu de distance de Jack. Celui-ci la regarda, muet de stupéfaction. Le simple fait qu'elle puisse encore tenir debout témoignait d'une vitalité hors du commun – la première balle aurait dû suffire à la tuer. Mais il était certain que, bien qu'elle tienne encore sur ses jambes, elle était déjà morte. Il connaissait l'incroyable puissance de ces balles à fragmentation. Un coup bien placé pouvait arrêter un taureau lancé à pleine vitesse, et la Mère en avait essuyé quatre.

Il était temps d'en finir. Il visa avec soin et tira une ultime balle au centre de la poitrine du monstre.

La Mère étendit les bras et heurta le montant de l'escalier, qui craqua sous son poids. La perruque et le chapeau glissèrent de sa tête, mais elle ne tombait toujours pas. Elle effectua un demi-tour et s'appuya lourdement contre la rambarde. Jack attendit qu'elle s'effondre pour de bon.

Une seconde. Deux secondes. *Cinq* secondes…

La Mère ne tombait toujours pas. Elle inspira profondément, eut un hoquet douloureux, puis se redressa et lui fit face. Ses yeux brillaient toujours du même éclat farouche. Jack resta figé sur place. C'était impossible ! Elle était morte ! Cinq fois morte ! Il avait vu les trous que les balles avaient forés dans sa chair et le sang noir qui s'en écoulait ! Tous ses organes internes devaient être en charpie !

Elle eut un sifflement sonore et se jeta sur lui. Jack l'évita, plus par réflexe que par un effort conscient. Où pouvait-il bien se cacher ? Il ne voulait pas se prendre lui-même au piège en s'enfermant chez lui, et la Mère bloquait le passage menant vers la sortie. Il ne restait plus que le toit.

A peine avait-il pris cette décision qu'il se retrouva en train de grimper les marches deux par deux. Son pistolet ne lui servait plus à rien. Il repensa à ce que Kolabati lui avait dit : *le feu et l'acier… Le feu et l'acier…* Sans ralentir, il lâcha le 9 mm tout en regardant de côté. La Mère rakosh n'était qu'à une volée de marches de là, lancée à sa poursuite, drapée dans les lambeaux de sa robe qui pendaient de son cou et de ses bras. La rapidité et l'aisance avec lesquelles elle semblait glisser sur les marches sans le moindre bruit étaient presque aussi dérangeantes que la lueur meurtrière qui brillait dans ses yeux.

Le toit se situait trois étages plus haut que son appartement. Il lui en restait encore deux. Jack se força à accélérer au maximum et réussit à accroître son avance sur la Mère. Mais pas pour longtemps. Celle-ci semblait gagner en force et en rapidité à chaque seconde. Lorsque Jack atteignit les dernières marches, elle avait comblé son retard et n'était plus qu'à un demi-escalier de distance.

Il n'essaya même pas d'actionner le loquet qui fermait la porte du toit : de toute façon, il n'avait jamais été bien solide, et Jack n'avait pas une seconde à perdre. Il enfonça la porte d'un coup d'épaule et émergea à l'air libre sans même ralentir.

Les mille lumières de Manhattan brillaient tout autour de lui. La clarté de la lune gravait tous les détails du paysage en accentuant les contrastes, comme sur une photo en noir et blanc – des surfaces d'une pâleur laiteuse dominaient d'inquiétantes flaques d'encre. Il connaissait tous les éléments de cette course d'obstacles – les cheminées, les bouches d'air, les cabanes de rangement, les antennes paraboliques, le jardin, le mât, le générateur d'urgence. Cette familiarité pouvait peut-être jouer à son avantage. Il savait qu'il ne pourrait jamais distancer la Mère.

Mais peut-être, peut-être, en jouant de ruse…

Alors même qu'il montait les escaliers, Jack avait anticipé ses gestes et conçu un plan grossier. Il évita deux des cheminées et courut à la diagonale d'un espace découvert au bord du toit, puis il se tourna et attendit, s'assurant qu'il était clairement visible depuis la porte. Il ne voulait pas que la Mère ralentisse le temps de le chercher.

Une seconde plus tard, la Mère sortait à son tour sur le toit. Elle le remarqua tout de suite et fonça dans sa direction, une silhouette de cauchemar aux traits soulignés par la lune qui fondait sur sa proie avec la ferme intention d'en finir. Le mât où Neil l'anarchiste accrochait son drapeau lui barrait la route ; elle lui décocha un revers qui brisa la longue barre, laquelle tournoya et s'abattit sur le toit. Puis ce fut le tour du générateur, mais elle se contenta de sauter par-dessus.

Maintenant, plus rien ne s'interposait entre la créature et Jack. La Mère s'accroupit, puis lui bondit dessus d'une seule détente. Tremblant, suant, Jack ne pouvait détacher son regard des griffes qui visaient sa gorge. Il devait bien y avoir des façons de mourir encore plus désagréables que de se faire mettre en pièces par un monstre de légende, mais en ce moment, il n'aurait pas pu en citer une seule. S'il entendait survivre à cette rencontre, il devait se concentrer sur ce qu'il devait faire – et son plan était des plus risqués. Peut-être se préparait-il une mort aussi certaine que s'il se contentait d'attendre la Mère.

Il avait pressé l'arrière de ses genoux contre le petit parapet, haut de trente centimètres à peine, qui courait sur le rebord du toit. A peine la Mère avait-elle passé la porte qu'il s'était agenouillé sur ce parapet. Maintenant, alors qu'elle était presque sur lui, il se releva, les genoux le plus près possible du bord, les pieds pendant au-dessus de la ruelle déserte qui s'étendait cinq étages plus bas, les bras ballants. Le ciment rugueux lui faisait mal aux genoux, mais il ignora la douleur. Il ne devait penser à rien d'autre que ce qu'il devait faire.

La Mère prit de la vitesse alors qu'elle fonçait vers lui, tel un bélier cauchemardesque. Jack ne bougea pas pendant qu'elle franchissait la dizaine de mètres qui les séparaient. Il lui fallut convoquer toute sa volonté pour rester agenouillé là, inerte, alors que la mort fondait sur lui. Sa gorge se serra jusqu'à l'étouffer. Tous ses instincts lui hurlaient de fuir tant qu'il en était encore temps. Mais il devait rester là en attendant le bon moment. S'il agissait trop tôt, il serait condamné aussi sûrement qu'en ne bougeant pas du tout.

Ainsi, il attendit que les griffes ne soient plus qu'à un mètre cinquante de lui – puis il se pencha en arrière, faisant glisser ses genoux du parapet. Il se sentit tomber vers la ruelle en contrebas, puis ses doigts s'accrochèrent au rebord de béton. Il pria pour ne pas s'être laissé tomber trop tôt et pour qu'il ne lâche pas prise.

Alors que son torse heurtait violemment le mur du bâtiment, Jack sentit un mouvement au-dessus de lui. Les griffes de la Mère des rakoshi s'étaient refermées sur le vide. Emportée par son élan, elle venait de basculer par-dessus le parapet. Du coin de l'œil, il vit une ombre immense qui passait au-dessus de lui, perçut des bras et des jambes qui brassaient frénétiquement le vide. Puis vint un impact contre son épaule gauche et une impression de déchirement dans son dos. Une vague de souffrance chauffée à blanc lui arracha un cri.

Sous la force du coup, sa main gauche lâcha prise, et il se retrouva uniquement suspendu par son bras droit. Hoquetant de douleur, griffant désespérément le parapet pour reprendre prise, il ne put s'empêcher de jeter un coup d'œil en arrière pour voir la silhouette de la Mère qui allait s'abattre sur le sol de la ruelle. Le bruit mou qu'elle émit en touchant le béton l'emplit d'un intense sentiment de satisfaction. Ce monstre était plutôt dur à cuire, mais un impact pareil devait certainement avoir brisé sa nuque et tous les os de son corps.

Il tenta d'ignorer la souffrance aiguë qui lui poignardait l'épaule à chaque fois qu'il levait le bras et raffermit sa prise sur le parapet. Enfin, il se hissa lentement, douloureusement sur le toit.

Il resta là, allongé sur le rebord, le temps de reprendre sa respiration et en attendant que le brasier qui ravageait son dos daignc s'éteindre. Alors que la Mère battait des bras pour éviter de tomber, une de ses griffes avait déchiré sa chemise et sa peau. Le tissu semblait poisseux. Il passa sa main derrière son dos et palpa ses côtes. Ses doigts touchèrent un liquide visqueux. Il ramena sa main et la dressa devant lui. Elle était gluante de sang écarlate qui luisait faiblement à la clarté lunaire.

Jack s'assit lourdement, à cheval sur le parapet. Il jeta un dernier coup d'œil en bas en se demandant s'il pourrait distinguer la Mère, mais la ruelle était plongée dans le noir. Il allait passer sa jambe de l'autre côté pour regagner le toit, mais arrêta son geste...

Quelque chose bougeait, là, en contrebas. Une forme plus noire que les ombres.

Il retint son souffle. Quelqu'un avait-il entendu le choc de la Mère s'écrasant au sol ? Etait-il venu voir ce qui se passait ? Il l'espérait. Oui, car s'il se trompait...

Quelque chose se déplaçait... Le long du mur... Vers le haut... Et ce drôle de bruit, comme des griffes raclant la brique...

Quelqu'un escaladait le mur. Il se dirigeait droit sur lui. Et Jack n'avait pas besoin de lampe pour savoir de qui il s'agissait.

La Mère revenait finir ce qu'elle avait commencé.

C'était impossible – et pourtant, c'était vrai.

Avec un grognement d'incrédulité et de désespoir, il passa ses jambes par-dessus le rebord et s'éloigna d'un pas mal assuré. Qu'allait-il faire maintenant ? Courir était inutile : malgré son avance, elle finirait toujours par le rattraper.

Le feu et l'acier... Le feu et l'acier... Ces mots défilèrent dans sa tête alors qu'il arpentait le toit au pas de course en cherchant quelque chose qui puisse lui servir d'arme. Mais il ne trouva pas le moindre bout d'acier : tout était fait d'aluminium, de plastique, de bois, de fer-blanc ! Si seulement il pouvait dénicher une barre à mine ou même un morceau de rambarde rouillé – n'importe quoi, du moment qu'il puisse s'en servir pour frapper cette face de cauchemar lorsqu'elle apparaîtrait au-dessus du parapet !

Mais il ne trouva rien, rien du tout. La seule chose susceptible de lui servir d'arme était le mât brisé. Sauf qu'il n'était pas fait d'acier et ne produisait pas de flammes... Mais comme son extrémité endommagée formait un pieu, il pourrait s'en servir comme d'une lance de quatre mètres. Il le prit par son sommet, couronné d'une boule. La longue barre oscilla comme une perche de saut en hauteur, envoyant des ondes de douleur dans son épaule. C'était une arme lourde, grossière et peu pratique, mais c'était tout ce qu'il avait sous la main.

Jack la reposa et se dirigea vers le parapet. La Mère n'était plus qu'à quatre mètres de lui et progressait avec une rapidité stupéfiante.

Ce n'est pas juste ! se dit-il en retournant vers le mât. Il l'avait tuée deux fois en dix minutes, et pourtant, c'était lui qui avait mal partout et qui saignait comme un porc tandis qu'elle escaladait un mur de brique comme si de rien n'était.

Il prit le mât par son sommet, juste en dessous de la boule, et le souleva à l'horizontale. Avec un grognement de douleur, il dirigea l'extrémité brisée vers l'endroit où, en toute probabilité, la Mère ferait son apparition, et se mit à courir. En cours de route, son bras gauche donna des signes de faiblesse. La pointe de sa lance improvisée s'abaissa, mais il serra les dents et la remit à l'horizontale.

Il faut y aller franco... Viser la gorge...

Une fois de plus, tout dépendrait de son minutage : si la Mère arrivait trop tôt, elle n'aurait qu'à l'éviter ; trop tard, il raterait lamentablement son coup.

Il vit une main à trois doigts qui se posait sur le rebord, immédiatement suivie d'une deuxième. Il corrigea sa trajectoire et visa juste entre ces deux mains.

— Allez ! fit-il en accélérant. Montre-toi, saleté !

Sa voix était un peu trop hystérique à son goût, mais ce n'était pas le moment de s'en soucier. Il devait maintenir ce fichu mât pour l'en transpercer…

Sa tête apparut, puis le reste de son corps alors qu'elle se hissait sur le parapet. Elle était beaucoup trop rapide ! Il ne pouvait contrôler la pointe qui oscillait follement, ne pouvait la lever assez haut ! Il allait rater son coup !

Avec un cri de rage et de désespoir, Jack mit tout son poids et toutes les forces qu'il lui restait dans le sprint final. Mais malgré ses efforts, il rata la gorge de la Mère : la pointe s'enfonça dans la poitrine de la créature avec une telle violence que Jack crut qu'il allait se démettre l'épaule. Mais il continua néanmoins de courir en fermant les yeux et poussant sur sa lance improvisée. Il y eut une sensation de résistance, puis celle-ci disparut ; enfin, la pointe lui fut arrachée des mains, et il tomba à genoux.

Lorsqu'il regarda vers le parapet, son cœur loupa un battement. La Mère était toujours là !

Non… Un instant… Elle était *de l'autre côté* du parapet. Mais c'était impossible ! Elle ne pouvait flotter comme ça dans l'air. Jack se releva péniblement, regarda à nouveau, et comprit enfin.

Le mât avait frappé la poitrine de la Mère et l'avait transpercée. La pointe était ressortie dans son dos et s'était glissée sur le parapet de l'immeuble d'en face ; l'autre extrémité, qui comportait la boule, était posée droit devant Jack.

Il la tenait ! Enfin, il l'avait arrêtée !

Mais la Mère n'était pas morte, loin de là. Elle se tordait autour du mât qui l'épinglait tel un papillon, sifflait et donnait des coups de griffe en une vaine démonstration de rage. Jack était là, à trois mètres de la furie, hors de sa portée, à tenter de reprendre son souffle. Après son soulagement et son incrédulité initiale, Jack eut envie de repousser le mât pour la faire retomber dans la rue, mais il se ravisa. Il avait réussi à la neutraliser ; c'était tout ce qui comptait. Il pouvait la laisser là en attendant de trouver un moyen de la mettre définitivement hors d'état de nuire. Entre-temps, elle ne pouvait plus faire de mal à personne.

Jack fit un pas en arrière et faillit tomber raide. La créature n'avait pas abandonné la partie ! Il la vit, bouche bée, enserrer à deux mains le mât qui la transperçait, puis se tirer vers l'avant, s'approchant de l'extrémité du pieu planté dans sa poitrine – et de Jack.

Comment pouvait-il vaincre une créature qui semblait insensible à la douleur ? Un être qu'il était impossible de tuer ? Il se mit à pousser des cris incohérents où se mêlaient des bribes de jurons et de malédictions variées. Il courut tout autour du toit pour ramasser des cailloux, des ordures, une boîte de conserve en aluminium pour les lui jeter à la figure. Et pourquoi pas ? Ils ne pouvaient être moins efficaces que les autres moyens qu'il avait épuisés sans succès. Lorsqu'il en vint au générateur de secours, il ramassa un des bidons d'essence diesel, le balança pour le jeter et…

… interrompit son geste.

De l'essence. *Inflammable !* Il avait enfin une arme. Tout n'était pas perdu. La Mère s'était presque libérée du mât. Il tourna le bouchon du bidon, mais celui-ci était scellé par la rouille. De désespoir, il cogna deux fois le bord du bouchon contre le générateur et réessaya de l'ouvrir. Une pointe de douleur transperça sa main blessée, mais il força davantage. Finalement, il put dévisser le bouchon et repartit au pas de course sur le toit en bénissant la dernière panne d'électricité qui avait poussé le proprio à installer un générateur. Sans lui, Jack se serait retrouvé sans aucune défense.

Le bouchon tomba au sol, et un jet d'essence inonda sa main bandée. Jack n'hésita pas un instant : il alla asperger la Mère qui continuait sa lente progression. Celle-ci explosa en un concert de sifflements et de coups de griffe furieux, mais Jack fit bien attention à rester hors de sa portée. Il vida le bidon jusqu'à la dernière goutte, et l'air s'emplit d'un relent âcre de diesel. En un dernier effort, la Mère se hissa en avant, et Jack dut faire un bond pour éviter ses griffes acérées.

Il s'essuya les mains sur sa chemise et fouilla sa poche à la recherche de son briquet. Où était-il passé ? Il eut un instant de panique, puis ses doigts se refermèrent sur le petit objet de plastique. Il le brandit en faisant tourner la molette. Pourvu que l'essence qui maculait ses doigts n'ait pas noyé la pierre ! Il y eut un éclair, puis une petite flamme jaillit – et Jack se permit un sourire. Pour la première fois depuis que la Mère avait ignoré les cinq balles à fragmentation qu'il lui avait tirées en pleine poitrine, Jack se dit qu'il avait peut-être une chance de s'en sortir vivant.

Il approcha le briquet, mais en voyant la flamme, la Mère redoubla de coups de griffe. Ses doigts passèrent si près de lui qu'il en sentit le vent. Il ne pouvait pas l'approcher ! À quoi bon l'avoir aspergée d'essence s'il ne pouvait pas y mettre le feu ? Le diesel était gras, dense et avait du mal à s'enflammer.

C'est alors qu'il remarqua que le mât avait été aspergé, lui aussi. Il s'accroupit à côté du parapet et dirigea le briquet vers la boule. Les griffes de la Mère passèrent à quelques millimètres de ses cheveux, mais il se força à conserver sa position. La flamme du briquet lécha l'extrémité du mât. Sans aucun effet apparent. Suivit un long moment d'angoisse…

Enfin, le diesel daigna prendre feu. La flamme d'un jaune graisseux qui s'éleva était certainement le plus beau spectacle qu'il ait jamais contemplé. Elle grandit lentement pour envelopper la boule, puis se propagea un peu plus rapidement le long de la surface du mât, se dirigeant droit vers la Mère. Celle-ci tenta de battre en retraite, mais il était trop tard. Les flammes sautèrent sur sa poitrine et, de là, se répandirent sur le reste de son corps. En quelques secondes, elle ne fut plus qu'une torche.

Malade de soulagement, Jack contempla le spectacle avec un mélange d'horreur et de fascination. Les gestes de la Mère se firent spasmodiques, frénétiques, désordonnés. Elle disparut totalement sous une enveloppe de flammes incandescentes et de fumée grasse. Il crut entendre des sanglots – un monstre pareil pouvait-il pleurer ? Mais non… Il reconnut sa propre voix. Une réaction nerveuse bien compréhensible après des moments aussi éprouvants. Mais en était-il vraiment venu à bout ? Etait-ce fini, bien fini ?

Il se redressa et regarda brûler ce monstre qui avait bien failli avoir sa peau. C'était une fin horrible, mais il n'arrivait pas à éprouver la moindre pitié. La Mère était l'engin de mort et de destruction le plus redoutable qui ait jamais existé. Une machine à tuer infatigable, impossible à…

Un gémissement sourd s'éleva de la forme embrasée. Il crut entendre un mot qui ressemblait à « *Spa fon !* »

Puis la créature cessa de se débattre et retomba, inerte. C'est alors que le mât se brisa. La Mère des rakoshi tomba vers la ruelle comme un avion abattu, traînant un sillage de flammes et de fumée. Et cette fois-ci, elle ne se releva pas. Jack resta longtemps sur ce toit, à la regarder se consumer. L'incendie éclairait la peinture murale d'en face, celle qui représentait une plage, donnant l'illusion d'un soleil couchant.

La Mère brûlait, brûlait, brûlait, et ne bougeait pas d'un pouce. Il attendit jusqu'à ce qu'il soit définitivement sûr qu'elle ne se relèverait plus jamais.

2

Jack referma la porte de son appartement derrière lui et tomba assis, adossé au battant, pour mieux profiter de l'air conditionné. Il était descendu du toit dans un état second – mais n'avait pas oublié de ramasser son Glock au passage. Il était à bout de forces. Chaque cellule de son corps hurlait de douleur et d'épuisement. Il avait besoin de repos et devrait sans doute aller voir un docteur pour son dos lacéré. Mais pas maintenant. D'abord, il devait en finir avec Kusum.

Il se releva et se dirigea vers la chambre. Kolabati dormait toujours. Prochain arrêt : le téléphone. Il ne savait pas si Abe avait appelé pendant qu'il était sur le toit, mais en doutait : les sonneries auraient réveillé la jeune femme. Il composa le numéro de la boutique.

Après trois sonneries, il entendit un « oui ? » prudent.

— C'est moi, Abe.

— A une heure pareille, je ne vois pas qui d'autre pourrait m'appeler.

— Tu as récupéré le matos ?

— Il vient d'arriver. Mais tout n'y est pas. J'ai reçu les bombes incendiaires à minuterie – une caisse de douze –, mais je n'aurai pas les balles avant demain midi. Ça ira ?

— Non, fit Jack, déçu.

Il fallait qu'il passe à l'action dès maintenant.

— Par contre, j'ai là quelque chose qui pourrait les remplacer avantageusement.

— Quoi ?

— Viens donc voir par toi-même.

— J'en ai pour une minute.

Jack raccrocha, puis retira lentement sa chemise déchirée et détrempée de sang. La douleur n'était plus qu'une pulsation sourde. Il cligna des yeux en voyant les caillots sombres qui s'accrochaient au tissu. Il avait perdu plus de sang qu'il ne l'aurait cru.

Il alla chercher une serviette dans la salle de bains et l'appliqua contre sa blessure. Cela piquait, mais la douleur était supportable. Lorsqu'il jeta un œil à la serviette une minute plus tard, elle était maculée de taches brunes, mais il y avait peu de traces de sang frais.

Il savait qu'il aurait dû prendre une douche pour nettoyer la plaie, mais craignait qu'elle ne se remette à saigner. Il résista à l'envie d'examiner son dos dans le miroir de la salle de bains – s'il constatait l'étendue des dégâts, il risquait d'avoir encore plus mal. Il se contenta de s'envelopper le torse et l'épaule d'une bande médicinale.

Il retourna à la chambre prendre une chemise propre, mais aussi pour récupérer autre chose. Il s'agenouilla près du lit, défit l'agrafe du collier de Kolabati et le lui retira doucement. Elle remua, eut un petit gémissement, puis se rendormit. Jack sortit de la chambre sur la pointe des pieds et referma la porte derrière lui.

Une fois dans le salon, il accrocha le collier autour de son propre cou. Aussitôt, une drôle de sensation, comme un picotement, parcourut sa peau de la tête aux pieds. Il n'aimait pas devoir le porter, et encore moins l'emprunter à Kolabati sans son assentiment, mais sur le bateau, elle avait refusé de le lui prêter alors qu'ils étaient dans une situation critique, et s'il devait retourner là-bas, il lui fallait mettre un maximum de chances de son côté.

Il enfila sa chemise propre tout en composant le numéro de l'appartement de la fille d'Abe. Il risquait de ne plus pouvoir contacter Gia pendant quelque temps et se sentirait plus tranquille s'il savait que tout se passait bien dans le Queens.

Après plusieurs sonneries, Gia décrocha.

— Allô ? fit-elle d'une voix mal assurée.

Jack se tut un bref instant. Après ce qu'il avait enduré ces dernières heures, il n'aurait pas mieux demandé que de laisser tomber, filer dans le Queens et passer une bonne nuit en sa compagnie. Ce soir, il ne lui demanderait pas grand-chose, juste de pouvoir la tenir dans ses bras.

— Désolé de te réveiller, dit-il, mais je m'en vais pour quelques heures et je voulais m'assurer que tout allait bien.

— Tout va bien, répondit-elle d'une voix rauque.

— Et Vicky ?

— Lorsque je suis allée décrocher, elle dormait à côté de moi. Je viens de trouver un mot d'Abe disant de ne pas m'inquiéter, qu'il devait s'absenter. Qu'est-ce qui se passe ?

— Une histoire de fous.

— Ce n'est pas une réponse. Jack, tu dois m'expliquer ce qui se trame. Toute cette affaire me fait peur.

— Je sais. Tout ce que je peux te dire pour l'instant, c'est qu'elle a un rapport avec les Westphalen.

Il préférait rester dans le vague.

— Mais qu'est-ce que Vicky… oh !

— Oui, c'est ça. C'est une Westphalen. Un jour, lorsque nous aurons beaucoup de temps devant nous, je t'expliquerai tout.

— Mais quand cela va-t-il finir ?

— Ce soir, si tout va bien.

— Ce sera dangereux ?

— Non. La routine.

Il ne voulait pas qu'elle s'inquiète davantage.

— Jack… (Elle se tut, et il crut entendre comme une vibration dans sa voix.) Sois prudent, Jack.

Elle ne saurait jamais à quel point ces mots le touchaient.

— Toujours. Je préfère rester en un seul morceau. A plus tard.

Il ne raccrocha pas. Il appuya sur le bouton pour couper la communication, puis le relâcha. Il attendit que la tonalité revienne, puis fourra le combiné sous le coussin du fauteuil. Dans quelques minutes, il se mettrait à émettre des « bips » sonores, mais il n'y aurait personne pour l'entendre... Et personne ne pourrait l'appeler et réveiller Kolabati. Avec un peu de chance, il pourrait régler son compte à Kusum, revenir ici et lui remettre son collier à son insu. Si ça se trouve, elle ne saurait jamais qu'il le lui avait emprunté. Et s'il avait *vraiment* beaucoup de chance, elle ne pourrait jamais savoir s'il était responsable de l'explosion qui avait envoyé par le fond le bateau, son frère et les rakoshi.

Il ramassa son bipeur à fréquences variables et descendit à la hâte dans la rue. Il voulait foncer tout droit vers la boutique Isher Sports, mais en passant devant la ruelle, il ne put résister à l'envie d'aller voir ce qui restait de la Mère des rakoshi. Une sueur glacée descendit le long de son échine lorsqu'il vit que son cadavre n'était plus là. Puis il vit un tas de cendres d'où dépassaient encore des crocs et des griffes noircis. C'était là tout ce qui restait de la Mère : les flammes l'avaient entièrement consumée. Il ramassa quelques-unes de ces reliques, qui étaient encore chaudes, et les mit dans ses poches. Un jour, peut-être voudrait-il se souvenir qu'il avait bel et bien tenu tête à une créature connue sous le nom de rakosh.

3

Gia, debout à côté du téléphone, pensait à ce qu'avait dit Jack. Toute cette histoire se conclurait ce soir même.

Pourvu qu'il dise vrai ! Si seulement il n'était pas si évasif. Que cherchait-il à dissimuler ? Avait-il peur de lui laisser entrevoir la vérité ? Bon sang, voilà qui ne la rassurait guère. Elle aurait tant voulu se retrouver dans son propre appartement, dans son lit, tandis que Vicky reposerait dans le sien, à l'autre bout du couloir.

Gia partit vers la chambre à coucher, puis s'arrêta net. Elle était bien éveillée maintenant : elle ne retrouverait pas le sommeil de sitôt. Elle referma la porte, puis fouilla la cuisine à la recherche de quelque chose à boire. Elle trouva enfin la boîte de sachets de thé et mit la bouilloire sur le feu. Elle alluma la télévision et passa d'une chaîne à l'autre, mais ne trouva que des vieux films…

La bouilloire se mit à siffler. Gia se fit une tasse de thé, rajouta du sucre, remplit un grand verre de glace et versa le thé par-dessus. Et voilà : du thé glacé. Elle aurait volontiers rajouté un trait de citron, mais il n'y en avait pas.

En s'approchant du canapé, son verre à la main, elle sentit une odeur bizarre, comme un relent de pourriture. Ce fut une simple bouffée, qui se dissipa aussitôt. Elle avait quelque chose d'étrangement familier. Si elle la sentait à nouveau, elle était sûre de pouvoir l'identifier. Elle attendit, mais l'odeur ne se manifesta plus.

Gia s'assit à nouveau devant la télévision, qui diffusait *Citizen Kane*. Il y avait des siècles qu'elle ne l'avait pas revu. Cela lui fit penser à Jack… Il pouvait parler pendant des heures de la façon dont Welles avait joué sur la couleur et les ombres en réalisant ce chef-d'œuvre. Ce qui pouvait être assez pénible lorsqu'il faisait ses commentaires *pendant* le film.

Elle s'installa confortablement et but une gorgée de thé.

4

Vicky s'assit d'un bloc dans son lit.

— M'man ? appela-t-elle à voix basse.

Elle tremblait de peur. Elle était toute seule. Et une odeur horrible emplissait la chambre. Elle regarda en direction de la fenêtre. Il y avait quelque chose… de l'autre côté de la vitre. On avait remonté l'écran. C'était ça qui l'avait réveillée.

Une main – ou quelque chose qui ressemblait à une main mais n'en était pas une – se posa sur l'appui de la fenêtre. Puis une autre. Une tête noire apparut peu à peu, et deux yeux jaunes luisant dans cette masse de ténèbres la clouèrent sur son lit où elle resta figée, muette d'horreur. La chose rampa sur l'appui et s'insinua dans la chambre d'un mouvement reptilien.

Vicky ouvrit la bouche, mais quelque chose de dur, moite et qui sentait mauvais se referma sur son visage et la bâillonna. C'était une main, mais qui ne ressemblait à rien qu'elle connût. On aurait dit qu'elle n'avait que trois doigts – trois *énormes* doigts – et le goût de cette paume contre ses lèvres faillit faire remonter son dîner en une vague brûlante.

Alors qu'elle luttait pour se libérer, elle put voir de près l'être qui l'immobilisait ainsi – ce visage lisse au mufle aplati, les crocs luisant sous sa lèvre supérieure couturée, les yeux d'un jaune brillant. Une créature qui incarnait toutes les terreurs nocturnes, le croque-mitaine caché dans le placard ou dans les recoins sombres, tous les cauchemars possibles et imaginables.

La panique s'empara d'elle. Des larmes de peur et de répulsion coulèrent sur son visage. Il fallait qu'elle s'échappe ! Elle se débattit farouchement, griffa la main de ses ongles – mais en vain. La créature la souleva sans le moindre effort apparent, comme si elle n'était qu'une poupée, et l'entraîna vers la fenêtre…

Et l'enjamba ! Ils étaient au douzième étage ! *M'man !* Ils allaient tomber !

Mais non. Le monstre s'accrocha au mur de sa main et de ses pieds griffus et descendit le long de la paroi comme une immense araignée. Puis il bondit au sol et se mit à courir à toute allure, traversant le parc, des ruelles, des rues. La main posée sur sa bouche relâcha sa prise, mais il la serrait si fort contre son flanc qu'elle pouvait à peine respirer et encore moins hurler.

— Ne me faites pas de mal ! chuchotait-elle dans la nuit. Ne me faites pas de mal !

Elle ne savait pas où ils se trouvaient ni dans quelle direction ils couraient. La terreur embrumait son esprit, si bien qu'elle pouvait à peine raisonner. Mais elle ne tarda pas à entendre un clapotement liquide et à sentir l'odeur de la rivière. Le monstre bondit, parut s'envoler dans les airs, puis ils crevèrent la surface des flots. Mais elle ne savait pas nager !

Elle hurla en sentant le froid des vagues qui se refermaient sur son visage et avala une gorgée d'eau saumâtre. Ils émergèrent à nouveau ; elle se mit à tousser et à cracher. Sa gorge était bloquée – elle était une nouvelle fois à l'air libre, mais ne pouvait pas respirer ! Finalement, au moment où elle crut vraiment qu'elle allait mourir, sa trachée se débloqua et l'air se précipita dans ses poumons.

Elle ouvrit les yeux. Le monstre l'avait fait passer sur son dos et nageait à toute vitesse. Elle se cramponna à ses épaules limoneuses. Sa chemise de nuit rose collait à son corps couvert de chair de poule et ses cheveux mouillés lui tombaient sur les yeux. Elle était gelée, trempée et paralysée par la terreur. Elle aurait bien voulu lâcher le monstre, mais elle coulerait à pic et ne remonterait plus jamais.

Pourquoi tout cela ? Pourquoi elle ? Elle n'avait rien fait de mal. Et que lui voulait ce monstre ?

Peut-être était-ce un monstre gentil, comme les bons géants qu'on voyait parfois dans les livres. Il ne lui avait fait aucun mal. Peut-être qu'il voulait lui montrer quelque chose ?

Elle regarda autour de lui et, sur sa droite, reconnut les lumières de Manhattan, sauf qu'il y avait quelque chose entre eux et les immeubles. Elle se souvint vaguement de cette île – Roosevelt Island – qui était là, dans l'eau, au bout de la rue où habitaient ses tantes Nellie et Grace.

Allaient-ils la contourner pour retourner à Manhattan ? Le monstre allait-il la ramener chez tante Nellie ?

Non. Ils dépassèrent la pointe de l'île, mais il ne vira pas en direction de Manhattan : il continua tout droit. Vicky frissonna et se mit à pleurer.

5

Gia laissa retomber sa tête sur sa poitrine et se réveilla en sursaut. Elle n'en était qu'à une demi-heure de film et, déjà, elle piquait du nez. Elle n'était pas aussi réveillée qu'elle le croyait. Elle éteignit le poste et retourna dans la chambre.

Mais à peine eut-elle ouvert la porte que l'épouvante la frappa comme un poignard de glace. La pièce était imprégnée d'une odeur de pourriture – la même qui planait dans la chambre de Nellie le soir de sa disparition. Elle regarda le lit et vit qu'il était vide – il n'y avait pas la silhouette familière d'une enfant blottie sous les draps.

— Vicky ?

Sa voix se brisa sur ce nom. Elle alluma la lumière. Elle devait forcément être là !

Sans attendre une réponse, elle se précipita vers le lit et tira sur les couvertures.

— Vicky ? répéta-t-elle d'une voix qui n'était plus qu'un gémissement.

Elle était là, quelque part, c'était sûr !

Gia courut ouvrir le placard et tomba à genoux pour inspecter le sol. Elle ne trouva que la valise à l'effigie de Madame Biscuit. Elle rampa sous le lit. Vicky n'était pas là non plus.

Mais elle trouva autre chose – un petit tas indistinct. Gia tendit le bras pour s'en emparer. Son cœur bondit dans sa gorge lorsqu'elle reconnut une écorce d'orange pelée et partiellement dévorée.

Une orange ! Elle se rappela d'un bloc ce que Jack lui avait dit : « Veux-tu que Vicky subisse le même sort que Grace et Nellie ? Qu'elle disparaisse sans laisser de traces ? » Il affirmait que cette orange était empoisonnée ou quelque chose comme ça – mais il l'avait jetée ! Comment Vicky avait-elle pu mettre la main sur celle-ci ?

A moins qu'elle n'en ait trouvé plus d'une seule dans sa cabane…

Ce n'est pas possible ! C'est un cauchemar !

Gia parcourut le reste de l'appartement pour ouvrir chaque porte, chaque placard, chaque cabinet. Vicky avait disparu ! Elle se précipita dans la chambre et regarda par la fenêtre. L'écran antimoustique n'était plus là. Elle ne l'avait pas remarqué auparavant. Elle ravala un hurlement – des visions d'un corps d'enfant fracassé contre le trottoir lui traversèrent l'esprit – mais elle retint son souffle et regarda en bas. Au pied de l'immeuble s'étendait un parking brillamment éclairé par des lampes au mercure. Et pas la moindre trace de Vicky.

Gia ne savait pas si elle devait se sentir soulagée.

Pour l'instant, tout ce qu'elle savait, c'est que sa fille avait disparu et qu'elle avait besoin d'aide. Elle courut vers le téléphone pour appeler police-secours, mais s'arrêta avant de composer le numéro. La police prendrait certainement plus au sérieux la disparition d'un enfant que celle de deux vieilles femmes, mais pourrait-elle en faire davantage ? Gia en doutait. Il ne lui restait qu'à appeler la seule personne qui puisse agir : Jack.

Jack saurait ce qu'il fallait faire. Jack l'aiderait.

De ses doigts tremblants, elle composa son numéro, mais c'était occupé. Elle raccrocha et recommença. Occupé. Elle n'avait pas le temps d'attendre ! Elle appela le standard, leur dit que c'était urgent et qu'ils devaient émettre un signal de double appel. L'employé la fit attendre trente secondes qui lui parurent des heures, puis la reprit et lui dit qu'en fait, son correspondant avait décroché son téléphone.

Gia claqua violemment le combiné. Qu'allait-elle faire ? pensa-t-elle, au bord de l'hystérie. Que pouvait-il se passer chez Jack ? Avait-il vraiment décroché le téléphone ? Ou l'avait-on renversé ?

Elle retourna à la chambre, enfila à la diable un jean et un chemisier sans même retirer son pyjama. Il fallait qu'elle trouve Jack. S'il n'était pas à son appartement, peut-être se trouvait-il à la boutique d'Abe – et elle était sûre de pouvoir la retrouver. Du moins l'espérait-elle. Elle avait du mal à s'orienter. Elle ne pensait qu'à Vicky.

Vicky. Vicky, où es-tu ?

Mais comment pourrait-elle se rendre chez Jack ? Voilà la question. A cette heure, il ne fallait pas espérer trouver un taxi, et une femme seule dans le métro n'avait pas une chance – en admettant qu'il y ait une station à proximité.

Les clés de la Honda ! Elle les avait vues un peu plus tôt, mais où ? Elle faisait le nettoyage dans la cuisine…

Elle courut ouvrir le tiroir du buffet. Oui, elles étaient bien là. Elle s'en empara et se précipita dans le couloir, non sans vérifier au passage le numéro de l'appartement : 1203. Maintenant, elle n'avait plus qu'à trouver la voiture. L'ascenseur la mena tout droit au rez-de-chaussée, puis elle passa au garage. Cet après-midi, elle avait vu que chaque emplacement comportait un numéro peint sur l'asphalte…

Faites qu'elle soit là ! cria-t-elle à Dieu, au destin, à quiconque s'occupait du devenir des hommes. *Y a-t-il vraiment quelqu'un qui se soucie de nous ?* ajouta une petite voix dans son esprit.

Elle suivit les chiffres de 800 jusqu'à 1100, et là, blottie comme une souris de laboratoire attendant sa prochaine injection, elle vit une Honda Civic blanche.

Pourvu que ce soit le 1203 ! Par pitié !

Il le fallait.

C'était la bonne.

Presque ivre de soulagement, elle déverrouilla la portière et se glissa sur le siège. Le levier de vitesse standard et non automatique la laissa perplexe, mais elle avait pas mal conduit le vieux pick-up Ford de son père lorsqu'elle était enfant, dans l'Iowa. C'était comme la bicyclette, cela ne s'oubliait pas. Du moins elle l'espérait.

Le moteur refusa de partir, puis elle trouva le starter : il consentit alors à démarrer. Elle cala deux fois avant de quitter son emplacement, mais une fois lancée, elle n'eut plus le moindre problème.

Elle ne connaissait pas le Queens, mais pouvait évaluer la direction à prendre. Elle se dirigea vers l'East River jusqu'à ce qu'elle trouve une flèche indiquant MANHATTAN et la suivit. Une fois en vue du pont de Queensboro, elle mit pied au plancher. Jusque-là, elle avait conduit prudemment, mettant la bride sur ses émotions, enserrant le volant à s'en faire blanchir les jointures, redoutant de louper un virage. Mais maintenant qu'elle était presque à destination, elle put laisser couler ses larmes.

6

Le camion bleu nuit d'Abe était garé devant le magasin Isher Sports, et le rideau était levé. Jack frappa, et la porte s'ouvrit immédiatement. La chemise blanche d'Abe était froissée et il était mal rasé. Pour la première fois depuis qu'il le connaissait, Abe ne portait pas sa légendaire cravate noire.

Il scruta attentivement le visage de Jack.

— Qu'y a-t-il ? Tu as eu des ennuis après m'avoir laissé à l'appartement ?

— Pourquoi cette question ?

— Tu as un pansement sur la main et tu boites un peu.

— J'ai eu une longue discussion fort pénible avec une dame très désagréable.

Il fit lentement pivoter son bras gauche ; ses jointures n'étaient pas aussi raides et douloureuses que tout à l'heure, lorsqu'il se trouvait à l'appartement.

— Une… dame ?

— Oui, si tu le prends au sens très large.

Abe lui ouvrit la voie jusqu'à l'arrière-boutique. Les lumières du sous-sol étaient allumées, et le néon aussi. Il lui montra une caisse en bois de soixante centimètres de large sur trente de hauteur. Il avait déjà ouvert le couvercle ; il le souleva en disant :

— Voilà les bombes. Il y en a douze, au magnésium, chacune avec une minuterie acceptant vingt-quatre heures de délai maximum.

— Parfait, acquiesça Jack. Mais j'aurais bien eu

besoin de ces balles incendiaires. Sinon, je n'aurai peut-être jamais l'occasion de régler ces minuteries.

Abe secoua la tête.

— Je ne sais pas ce que tu comptes affronter, mais voilà ce que j'ai à te proposer.

Il retira un morceau de tissu pour dévoiler un réservoir de métal circulaire avec un second réservoir installé en son milieu ; tous deux étaient reliés par un petit tube à ce qui ressemblait à un pistolet à rayons muni de deux poignées.

Jack le regarda d'un œil étonné.

— Qu'est-ce que c'est ?

— Un lance-flammes MK-1 N° 5, aussi connu sous le surnom affectueux de « bouée de sauvetage ». Je ne sais s'il peut te convenir. Il n'a pas un grand rayon d'action et…

— C'est super ! s'écria Jack en serrant la main d'Abe et la secouant avec enthousiasme. Abe, tu es formidable ! C'est exactement ce qu'il me faut !

Enthousiasmé, il passa ses mains sur les réservoirs. Un bijou ! Comment n'y avait-il pas pensé plus tôt ? Combien de fois en avait-il vu de près ?

— Comment ça marche ?

— C'est un modèle de la Seconde Guerre mondiale – c'est le mieux que j'ai pu trouver en si peu de temps. Ce petit réservoir sphérique est rempli de CO_2 compressé et il y a dix-huit litres de napalm dans le plus grand, celui qui ressemble à une bouée – d'où le surnom. Plus le tuyau avec des allume-gaz à son extrémité et un embout réglable. La portée est de trente mètres environ. Tu ouvres les robinets, pointes le tube sur ce que tu veux griller, appuies sur la détente qui est là, sur la poignée, et hop !

— Y a-t-il des petits trucs bons à savoir ?

— Ouais. Vérifie toujours que l'embout est bien ajusté avant de balancer la purée. Sinon, c'est comme de cracher en l'air : il vaut mieux éviter de le faire dans le vent et certainement pas chez soi.

— Ça n'a pas l'air bien sorcier. Aide-moi à passer le harnais.

Les réservoirs étaient plus lourds que Jack ne l'eût souhaité, mais là où il s'attendait à ce que son dos lui fasse souffrir le martyre, il ne ressentit qu'une douleur sourde qui n'était qu'une gêne, mais ne le handicaperait guère. Alors qu'il ajustait les lanières, Abe regarda d'un œil circonspect le cou de son ami.

— Depuis quand portes-tu des bijoux, Jack ?

— Depuis cette nuit… Celui-là va me porter chance.

— Drôle de truc. Il est en acier, non ? Et ces pierres… On dirait presque…

— Des yeux ? Oui, je sais.

— Et cette inscription. On dirait du sanscrit. C'est bien ça ?

Jack haussa les épaules, mal à l'aise. Ce collier lui déplaisait souverainement et il préférait en connaître le moins possible sur ses origines.

— Possible. J'en sais rien. Une amie… me l'a prêté. Tu peux déchiffrer ces inscriptions ?

Abe secoua négativement la tête.

— J'ai déjà vu des textes rédigés en sanscrit, mais je serais bien incapable de traduire un traître mot. (Il y regarda de plus près :) Quoique, à seconde vue, ce n'est pas du sanscrit non plus. D'où vient ce collier ?

— D'Inde.

— Vraiment ? Alors ce doit être du védique. C'est une de ces langues proto-aryenne précurseur du sanscrit.

Abe expliqua ces arcanes historiques d'un ton tout naturel, puis tourna les talons et remit le couvercle sur la caisse de bombes incendiaires, mais sans le reclouer afin qu'il puisse l'ouvrir facilement.

Jack ne savait pas si Abe se payait sa tête, mais il ne voulait pas lui gâcher son plaisir :

— Comment sais-tu tout ça ?

— D'après toi, à la fac, j'ai pris l'option « armes à feu » ? J'ai une maîtrise de langues de l'université de Columbia.

— Donc, cette inscription est en védique ? Qu'est-ce qu'elle peut bien vouloir dire ?

— Cela signifie que ce collier est très vieux, Jack. Pire : une antiquité. Peut-être était-il déjà ancien durant l'Antiquité elle-même.

Jack caressa les maillons de métal du collier.

— Je m'en serais douté, mais à ce point ?

Abe finit de remettre le couvercle en place, puis se tourna vers Jack.

— Dis-moi… D'habitude, je ne pose jamais de questions, tu le sais bien, mais cette fois-ci, c'est un cas à part. Tu as là assez de puissance de feu pour raser un quartier entier. Qu'est-ce que tu mijotes ?

Jack ne sut que répondre. Comment pouvait-il dire la vérité à qui que ce soit, même à son meilleur ami ? Comment lui parler des rakoshi, de ces monstres de cauchemar, et de ce collier qui lui permettrait d'évoluer au milieu d'eux sans qu'ils le voient ?

— Si tu me conduis aux quais, je te l'expliquerai peut-être.

— Marché conclu.

Abe souleva la lourde caisse avec un grognement pendant que Jack, qui portait toujours le lance-flammes et son harnais, grimpait lentement les marches qui menaient au rez-de-chaussée. Abe alla déposer les bombes incendiaires à l'arrière de sa camionnette, puis fit signe à Jack de sortir dans la rue. Celui-ci parcourut au pas de course la distance qui le séparait des portes arrière du véhicule. Abe rabattit le rideau de sa boutique et sauta sur le siège du conducteur.

— Où va-t-on ?

— Descends la 47e en direction du West End et tourne à droite. Trouve-toi un coin sous l'autoroute, le plus discret possible, et gare-toi. A partir de là, on continue à pied.

Alors qu'Abe faisait démarrer la camionnette, Jack réfléchit à la suite des opérations. Comme il ne pouvait certainement pas escalader une corde d'amarrage avec un lance-flammes dans le dos et une caisse de bombes incendiaires sous le bras, il faudrait qu'il utilise la passerelle ; son bipeur à fréquences variables se chargerait de l'actionner. A partir de là, il y avait deux possibilités. S'il réussissait à monter à bord sans se faire repérer, il pourrait poser les bombes et s'enfuir ; s'il était découvert, eh bien, il n'aurait plus qu'à jouer du lance-flammes et improviser. Peut-être laisserait-il Abe jeter un coup d'œil aux rakoshi, si toutefois il pouvait le faire sans danger. C'était encore la meilleure solution ; toute tentative de lui expliquer ce que contenait le bateau était vouée à l'échec.

Quoi qu'il en soit, lorsque le soleil se lèverait, il n'y aurait plus un seul rakosh dans le port de New York ; il ferait tout pour ça. Et si Kusum voulait s'interposer, eh bien, Jack aiderait cet *atman* à voir à quoi ressemblerait sa prochaine incarnation.

La camionnette s'immobilisa.

— Nous y voilà, dit Abe. Et maintenant, qu'est-ce qu'on fait ?

Jack ouvrit les portes, descendit avec précaution et alla se tenir devant la portière d'Abe, qui avait baissé la vitre. Il désigna les ténèbres qui s'étendaient au nord de la jetée 97.

— Attends-moi là pendant que je monte à bord. Je ne devrais pas en avoir pour longtemps.

Abe jeta un coup d'œil par la vitre, puis se tourna à nouveau vers Jack, l'air intrigué.

— A bord de quoi ?

— Du bateau qui est amarré là-bas. Mais tu ne peux pas le voir d'ici.

Abe secoua la tête.

— J'ai bien l'impression qu'il n'y a rien au bout de cette jetée. Juste de l'eau.

Jack plissa les yeux. C'était la bonne jetée, non ? Il courut vers celle-ci, et ressentit un mélange d'étonnement et de soulagement en constatant qu'en effet, le rafiot n'était plus là.

— Il est parti ! s'écria-t-il en revenant vers la camionnette. Il y avait un bateau, mais il est parti !

Il réalisa qu'il devait avoir l'air complètement dingue, à trépigner sur place en hurlant de rire avec un lance-flammes accroché dans son dos, mais il s'en moquait.

Il avait gagné la partie. Il avait vaincu la Mère des rakoshi, et Kusum avait déclaré forfait. Il était reparti pour l'Inde, sans Vicky et sans Kolabati.

Bon voyage, Kusum ! pensa-t-il, tout à son triomphe.

7

Gia escalada au pas de course les quelques marches qui la séparaient de l'entrée du bâtiment et se retrouva devant la porte. Elle appuya sur la poignée au cas où elle ne serait pas verrouillée, mais en vain. Elle chercha sa clé dans son sac, puis se rappela qu'elle l'avait rendue à Jack il y avait des mois de cela.

Elle alla donc au tableau d'appel et appuya sur le bouton 3, celui au nom de Pinocchio Productions. Elle attendit le bourdonnement annonçant l'ouverture de la porte, mais en vain ; elle appuya donc encore et encore sur le bouton jusqu'à ce que son pouce lui fasse mal. Toujours pas de réponse.

Gia redescendit sur le trottoir et regarda les fenêtres de l'appartement de Jack. Celui-ci était plongé dans l'obscurité, mais il y avait une vague lueur dans la cuisine. Soudain, elle vit un mouvement à la fenêtre, une ombre qui la regardait. Jack !

Elle monta à nouveau les escaliers pour appuyer sur le bouton 3, mais à peine était-elle entrée dans le vestibule que le bourdonnement d'ouverture de la porte retentit ; elle se contenta donc de la pousser et de se précipiter vers les escaliers.

En approchant du troisième étage, elle trouva une longue perruque brune et un chapeau à large bord sur les marches. Sur le palier, le montant de l'escalier était presque fendu en deux. Le hall était jonché de lambeaux de tissu, comme si on avait déchiré une robe, et il y avait des gouttes d'un liquide sombre devant la porte.

Que s'est-il passé ici ?

Elle n'aurait pu l'expliquer, mais ces petites flaques visqueuses lui donnaient la chair de poule. Elle les contourna avec soin : elle ne voulait pas en mettre sur ses chaussures et encore moins sur sa peau. Elle tenta de maîtriser son malaise et frappa à la porte de Jack.

A sa grande surprise, celle-ci s'ouvrit aussitôt. La personne qui se trouvait là devait attendre son arrivée. Mais le battant ne fit que s'entrebâiller sur quelques centimètres. Elle distingua une vague silhouette qui la regardait, mais elle était en contre-jour par rapport à la faible lumière du vestibule et, donc, n'était qu'une tache sombre.

— Jack ? fit Gia.

Maintenant, elle commençait à avoir vraiment peur. Tout cela ne lui disait rien qui vaille.

— Il n'est pas là, chuchota une voix rauque et chevrotante.

— Où est-il ?

— Je ne sais pas. Vous allez le chercher ?

Voilà une question inattendue.

— Oui… Oui, j'ai besoin de lui. Le plus tôt sera le mieux.

— Trouvez-le ! Et ramenez-le ! *Ramenez-le !*

Et la porte se referma. Gia eut un geste de recul, étonnée par le désespoir qui faisait vibrer cette voix.

Encore une fois : que se passait-il donc ? Qui était cette étrange silhouette dans l'appartement de Jack ? Et pourquoi lui-même était-il absent ? Gia n'avait pas le temps de jouer aux devinettes : Vicky avait disparu et Jack était le seul qui puisse la retrouver. Elle se cramponna à cette idée, son seul garde-fou pour éviter de basculer dans la démence. Et pourtant, elle avait à nouveau une impression d'irréalité – de cauchemar éveillé –, la même qu'elle avait ressentie lorsqu'elle avait constaté la disparition de Vicky. Les murs se mirent à onduler tout autour d'elle alors qu'elle se laissait emporter par ce mauvais rêve…

… Descendre les marches, puis passer des portes pour débarquer dans la rue, s'engouffrer dans la Honda garée en double file, la démarrer et se rendre au magasin d'Abe – si elle pouvait encore le dénicher –, continuer en sentant les larmes dégouliner sur ses joues…

Oh, Vicky, comment pourrai-je jamais te retrouver ? Je ne pourrai jamais vivre sans toi !

… Passer devant des Brownstone, *ces maisons de briques brun-rouge typiques de ce quartier de New York, et des devantures de magasins jusqu'à ce qu'elle remarque une camionnette bleue qui se gare en bordure de trottoir devant elle, sur sa gauche, et un homme descend du côté passager, et elle reconnaît…*

Jack !

Soudain, Gia se retrouva projetée dans la réalité. Elle freina à mort. Alors même que la Honda s'arrêtait dans un grand crissement de pneus, elle en jaillit comme un diable d'une boîte et courut vers Jack en hurlant son nom.

— Jack !

Il se tourna et, en la voyant, devint blanc comme un linge. Il partit à sa rencontre.

— Oh, non ! Où est Vicky ?

Il savait déjà ! Mais son expression à elle, sa présence même devaient être assez éloquentes. Elle s'abandonna à sa douleur et à son angoisse et s'effondra dans ses bras, secouée de sanglots incontrôlables.

— Elle a disparu.

— Bon sang ! Quand ? Depuis combien de temps ?

On aurait dit qu'il allait se mettre à pleurer à son tour. Il la serra contre lui si fort qu'elle crut que ses côtes allaient craquer.

— Une heure... Une heure et demie grand maximum.

— Mais comment ?

— Je ne sais pas ! Tout ce que j'ai trouvé, c'est une orange sous son lit, une comme celle que...

— Oh, non !

Son cri d'angoisse éveilla en elle une véritable souffrance physique. Il se tourna, fit un pas dans une direction, puis une autre en battant des bras comme un jouet à ressort déréglé.

— Il a enlevé Vicky ! Il a enlevé Vicky !

— C'est ma faute, Jack. Si j'étais restée avec elle au lieu d'aller regarder ce film, Vicky serait encore là.

Jack s'immobilisa soudain, les bras ballants.

— Non, fit-il d'une voix si dure qu'elle lui donna le frisson. Tu n'aurais rien pu changer. La seule différence, c'est que tu serais morte. (Il se tourna vers Abe :) Il faut que j'emprunte ta camionnette. Et aussi un canot gonflable avec des rames. Et les jumelles à infrarouge les plus puissantes que tu aies en magasin. Ça ira ?

— J'ai tout ce qu'il faut.

Abe le regardait d'un drôle d'œil, lui aussi.

— Tu pourrais charger la camionnette le plus vite possible ?

— C'est parti.

Abe s'empressa vers l'avant de la boutique. Gia examina avec soin l'attitude de Jack. Son passage d'un état quasiment hystérique à cette froide détermination était presque aussi effrayant que la disparition de Vicky.

— Que comptes-tu faire ?

— Je vais la chercher. Et ensuite, je ferai en sorte qu'elle n'ait plus jamais rien à craindre.

Gia fit un pas en arrière. Alors qu'il lui parlait, Jack s'était tourné vers elle, mais son regard se perdait bien plus loin, vers le centre, comme s'il pouvait voir au travers des bâtiments pour se braquer sur sa cible, quelle qu'elle soit. En voyant son expression, Gia laissa échapper un petit cri.

Ce qu'elle regardait était plus qu'un meurtrier. C'était la Mort elle-même incarnée dans un corps humain. Elle dut détourner les yeux plutôt que de voir ce spectacle effrayant. Dans ses pupilles se concentrait une rage si intense qu'elle en devenait inhumaine. Il était facile de croire qu'il aurait pu arrêter le cœur d'un homme rien qu'en tournant vers lui ce regard assassin.

Abe claqua les portières arrière de la camionnette et tendit à Jack une mallette de cuir noir.

— J'ai chargé le canot. Les jumelles sont là-dedans.

La lueur meurtrière qui brillait dans les yeux de Jack perdit de son intensité. Dieu merci ! Elle ne voulait jamais plus rien voir de tel. Il passa les jumelles autour de son cou.

— Vous deux, attendez-moi ici et…

— Je viens avec toi ! s'écria Gia.

Pas question de rester en arrière pendant qu'il se lançait à la recherche de Vicky.

— Et moi, alors ? renchérit Abe. Vous croyez vraiment que je vais rester planté là pendant que vous deux filez avec ma camionnette ?

Jack ne discuta même pas :

— Alors montez tous les deux. Mais c'est moi qui conduis.

Et c'est ce qu'il fit – comme un fou furieux : vers Central Park West, puis sur Broadway, fonçant vers le centre-ville. Gia, coincée entre Abe et Jack, gardait une main contre le tableau de bord pour le cas où ils devraient freiner à mort et une autre contre le toit afin de ne pas se cogner le crâne s'ils heurtaient un des nombreux nids-de-poule qui jonchaient le bitume – les rues de New York valaient bien les chemins de terre de l'Iowa.

— Où allons-nous ? cria-t-elle.

— Prendre le bateau.

— Jack, j'ai peur ! Ne joue pas avec moi. Quel rapport avec Vicky ?

— Si je vous disais tout, vous me croiriez dingue. Et ce n'est pas le moment.

— Tu peux toujours essayer.

Il fallait qu'elle sache. Tout ce qui était arrivé ce soir n'était-il pas assez dingue en soi ?

— C'est bon. Mais alors, vous jurez de m'écouter du début à la fin sans m'interrompre, d'accord ?

Elle acquiesça. Ses précautions lui tapaient sur les nerfs. Il inspira profondément :

— Alors voilà…

8

Vicky est morte !

Pendant que Jack racontait son histoire tout en conduisant, cette vérité incontournable s'imposa peu à peu dans son esprit. Mais il gardait les yeux braqués sur la route pour mieux se prémunir de la vague de chagrin qui menaçait de déferler sur lui.

Le chagrin et la colère. Ces deux émotions tourbillonnaient en lui, se chevauchaient, s'entremêlaient. Il n'avait plus qu'une seule envie : garer son véhicule au bord du trottoir et pleurer comme un gosse. Et en même temps, il voulait marteler le pare-brise de son poing jusqu'à ce que l'un ou l'autre finisse par se briser.

Vicky ! Jamais plus il ne pourrait la voir, faire le vieux truc du sourire orange, peindre sa main en Monsieur Lune…

Suffit !

Il devait se maîtriser. Il devait être fort, ou du moins en avoir l'air, ne serait-ce que pour rassurer Gia. Si c'était quelqu'un d'autre qui lui avait annoncé la nouvelle, il serait devenu fou de rage. Mais s'il avait conservé son sang-froid, c'était bien pour Gia. Il ne voulait pas qu'en le voyant, elle comprenne à quelle conclusion il en était arrivé. Et de toute façon, elle ne voudrait jamais le croire. Quoi de plus normal ? Il faudrait qu'il y aille progressivement… Par étapes… Qu'il lui révèle bribe par bribe ce qu'il avait découvert au cours de cette interminable semaine.

Jack traversa les rues quasiment désertes sans ralentir un seul instant, sinon aux feux rouges, qu'il grilla néanmoins. Il était deux heures du matin un mercredi, et il y avait déjà un peu de circulation, mais pas assez pour qu'il s'en soucie. Il se dirigeait vers le centre…

En toute logique, Kusum ne partirait pas sans la Mère des rakoshi ; il ne s'éloignerait donc pas trop de Manhattan. S'il prenait la mer, même à une vitesse minimale, elle ne pourrait plus le rattraper. D'après Kolabati, la Mère était la clé qui lui permettait de contrôler le nid. Donc, Kusum attendrait qu'elle soit montée à bord. Mais ce que l'Hindou ne savait pas, c'est qu'au lieu de la Mère, ce serait Jack qui viendrait au rendez-vous.

Il s'expliqua le plus calmement possible tout en traversant Times Square, puis Union Square, devant l'hôtel de ville, devant l'église de la Trinité, toujours vers le sud. Il leur raconta l'histoire d'un Hindou du nom de Kusum – celui que Gia avait croisé à la réception des Nations Unies – dont les ancêtres avaient été assassinés par un Westphalen il y avait un siècle de cela. Ce Kusum était venu à New York dans un bateau rempli de créatures plus grandes qu'un homme qu'on appelait des rakoshi, et qu'il avait envoyées capturer les derniers descendants des Westphalen.

Lorsqu'il eut terminé, le silence retomba dans l'habitacle. Il regarda Gia, puis Abe. Tous deux le dévisageaient d'un air inquiet.

— Je vous comprends, dit-il. Si quelqu'un m'avait raconté une histoire pareille, moi aussi je le regarderais de cette façon. Mais je suis monté à bord de ce bateau. Je les ai vus. Je ne peux revenir en arrière.

Ils gardaient toujours le silence.

Et dire que je ne leur ai pas encore parlé du collier !

— C'est la stricte vérité, bon sang ! hurla-t-il.

Jack sortit de sa poche les griffes et les crocs noircis de fumée de la Mère et les fourra dans la main de Gia.

— Voilà tout ce qui reste de l'un d'entre eux.

Gia passa les reliques à Abe sans même prendre la peine de les examiner.

— Pourquoi refuserais-je de te croire ? Après tout, quelqu'un est passé par la fenêtre d'un immeuble de douze étages pour emporter ma fille, non ? (Sa main se referma sur le bras de Jack.) Mais ce que je ne comprends pas, c'est ce qu'il veut faire d'elle.

Jack avala péniblement sa salive. Un instant, il resta incapable de prononcer un seul mot. *Vicky était morte !* Mais où trouverait-il le courage de le lui dire ?

Heureusement qu'il était un menteur certifié, avec toute une vie de pratique en la matière.

— Je… Je ne sais pas. Mais j'ai bien l'intention de le découvrir.

A ce moment-là, ils atteignaient Battery Park, à la pointe sud de Manhattan. Jack aborda le côté ouest du parc et, une fois au bout de la route, prit le virage sur les chapeaux de roues. Sans même ralentir, il fracassa une grille de protection anticyclone et s'engagea sur le sable bordant la mer.

— Hé ! Ma bagnole ! brailla Abe.

— Désolé ! Je paierai les réparations !

Gia poussa un petit cri alors que Jack arrêtait le véhicule en un dérapage plus ou moins contrôlé. Il sauta sur la plage et courut vers la petite jetée.

La baie du port de New York s'étendait devant lui. Une douce brise marine vint caresser son visage. Droit devant lui, il vit les arbres et les bâtiments de l'île de Governors Island. A sa gauche, peu après l'embouchure de la rivière, c'était Brooklyn. Et tout au bout sur la droite, vers le New Jersey, Dame Liberté était fièrement campée sur son propre îlot, brandissant sa torche. La baie était déserte : pas un bateau de plaisance, pas un ferry en partance pour Staten Island, pas une navette touristique ; rien que les flots scintillant sous la lune. Jack tira ses jumelles de leur étui et scruta la baie.

Il était forcément là, quelque part !

Et pourtant, la surface de l'eau restait inerte. Pas un bruit, pas un mouvement, si ce n'était celui des vagues qui venaient lécher la jetée. Alors qu'il parcourait inlassablement la surface des flots, ses mains crispées sur les jumelles se mirent à trembler.

Il est là ! Il ne peut pas s'en sortir comme ça !

C'est alors qu'il vit un bateau, planté juste entre lui et Governors Island. Aux passages précédents, il avait confondu ses feux de bord avec les lumières des immeubles qui se trouvaient juste derrière lui. Mais cette fois-ci, la clarté lunaire se reflétait sur les superstructures de sa proue. En réglant la visée, il put mieux distinguer le pont. Lorsqu'il vit l'unique mât principal et les quatre grues de chargement, il sut qu'il tenait le bon.

— Le voilà ! s'écria-t-il.

Jack tendit les jumelles à Gia, qui les prit d'un air hagard.

Il retourna vers la camionnette et récupéra le canot gonflable. Abe l'aida à sortir et à activer les cartouches de CO_2. Pendant que l'ovale jaune, en se gonflant, prenait peu à peu forme, Jack enfila le harnais du lance-flammes. Son dos ne lui causa pas le moindre problème. Il apporta la caisse contenant les bombes incendiaires vers la jetée et vérifia qu'il avait bien emporté son bipeur à fréquences variables. Il remarqua que Gia le regardait attentivement.

— Ça va, Jack ?

Dans ses yeux, il crut voir une trace des sentiments qu'elle éprouvait jadis envers lui, mais aussi une bonne dose d'incertitude.

Nous y voilà. Ce qu'elle veut dire, c'est : *Tu es sûr que ça va ? Tu n'aurais pas pris un coup sur la tête ?*

— Non, ça ne va pas du tout. Cela n'ira que lorsque j'aurai fini ce que je dois faire sur ce rafiot.

— Tu es sûr que Vicky est vraiment là-bas ?

Oui. Elle est à bord. Sauf qu'elle est morte. Des monstres l'ont mise en pièces… Jack lutta contre les larmes qu'il sentait monter en lui.

— Sûr et certain.

— Alors ne ferait-on pas mieux d'appeler les gardes-côtes ou…

— Non !

Pas question. C'était *son* affaire, et il combattrait à *sa* façon. Sa colère, sa douleur, sa haine se rassemblèrent en lui comme un éclair électrique cherchant un conducteur. Et il lui fallait une cible. S'il ne réglait pas ses comptes avec Kusum, toutes ces émotions finiraient par le détruire.

— Ne va surtout pas les appeler ! Kusum est couvert par son immunité diplomatique. Il est intouchable, du moins par voie légale. Laisse-moi donc m'occuper de son cas !

Gia battit en retraite ; alors seulement, il réalisa qu'il hurlait. Abe, qui se tenait près de la camionnette avec les rames dans les mains, le regardait fixement, lui aussi. Il devait avoir l'air d'un dément. Et en effet, il n'en était pas loin... Il se sentait au bord du gouffre... Mais il fallait qu'il s'accroche, qu'il tienne le coup encore un peu...

Il s'empara du canot, maintenant gonflé à bloc, et le passa par-dessus bord. Il s'assit sur la jetée et maintint l'esquif en place avec ses pieds pendant qu'il y déposait la caisse de bombes incendiaires. Abe lui tendit les rames. Jack se laissa tomber dans le bateau et leva les yeux sur le duo que formaient son meilleur ami et la femme qu'il aimait.

— Je veux venir avec toi ! dit Gia.

Jack secoua la tête. C'était impossible.

— C'est ma fille ! J'en ai le droit !

Il posa ses mains contre la jetée et poussa pour s'en éloigner. Quitter le plancher des vaches équivalait à couper le lien qui le retenait à Abe et à Gia. A ce moment précis, il se sentit très, très seul.

— A bientôt, fit-il sans grande inspiration.

Il se mit à ramer, s'engageant dans la baie sans quitter Gia des yeux, jetant à l'occasion un coup d'œil par-dessus son épaule pour vérifier sa trajectoire. Il se dit, brièvement, qu'il était peut-être en route vers la mort, la sienne, mais il n'insista pas. Il ne pouvait pas échouer ; toute défaite était inconcevable. Il ferait ce qu'il avait à faire d'une façon mécanique. C'était simple : il commencerait par régler la minuterie des bombes tout en se laissant le temps nécessaire pour trouver Kusum et s'occuper personnellement de son cas. Il ne voulait pas que l'Hindou connaisse une mort anonyme, invisible dans l'explosion. Il devait savoir qui lui portait le coup fatal… Et *pourquoi*.

Oui, mais… ensuite, que se passerait-il ? Comment pourrait-il s'en retourner voir Gia et lui dire ces mots : *Vicky est morte*. Il préférait encore couler avec le navire.

Il accéléra la cadence alors qu'il se laissait entièrement dominer par sa fureur aveugle, envahissante, toute-puissante, oblitérant sa douleur, son inquiétude pour Gia et tout le reste en une vague brûlante et écarlate. L'univers qui l'entourait se rétrécit jusqu'à ce qu'il se limite à cette étendue d'eau qui l'entourait, et n'ait plus pour seuls habitants que Kusum, ses rakoshi, et lui.

9

— J'ai si peur ! s'écria Gia en regardant Jack et son canot qui disparaissaient dans les ténèbres.

La nuit était chaude, et pourtant, elle se sentait glacée jusqu'à la moelle des os.

— Et moi donc ! fit Abe en passant un bras massif autour de ses épaules.

— Vous… Vous croyez que c'est vrai ? Toute cette histoire ? Enfin, me voilà à l'autre bout de la ville, Jack est parti dans un canot pneumatique et il prétend qu'il va arracher Vicky aux griffes d'un Hindou dément et d'un paquet de monstres tout droit sorti des contes de fées d'un pays situé à l'autre bout du monde. (Sa voix se brisa, et elle se mit à sangloter sans pouvoir s'arrêter.)

Mon Dieu, Abe, c'est impossible ! Dites-moi que je rêve !

Abe la serra d'un peu plus près, ce qui ne la réconforta qu'à moitié.

— Et pourtant, ma fille, c'est la réalité. Mais pour ce qui est de ce bateau, qui sait ce qu'il peut contenir ? C'est bien ça qui me dérange. Soit Jack est devenu fou à lier – et je n'ose pas imaginer ce que pourrait faire un homme aussi dangereux que Jack s'il avait pété les plombs –, soit il est sain d'esprit et les monstres qu'il nous a décrits sont bien réels. Et je ne sais pas ce qui m'effraie le plus.

Gia ne répondit pas, obnubilée qu'elle était par la terreur qui lui dévorait le cerveau. Plus que tout, elle craignait de ne plus jamais revoir Vicky. Elle lutta de toutes ses forces contre cette idée, car si elle acceptait cette possibilité, elle en mourrait certainement.

— Mais laissez-moi vous dire une bonne chose, reprit Abe. Si votre fille est bien là-bas et s'il est humainement possible de vous la ramener, Jack y parviendra. Il est peut-être le seul homme au monde qui en soit capable.

Si ses mots étaient censés la réconforter, c'était raté.

10

Vicky était seule dans le noir, à frissonner dans sa chemise de nuit mouillée et déchirée. Il faisait froid, le sol sous ses pieds était glissant et limoneux et l'air sentait si mauvais qu'elle avait envie de vomir. Elle ne s'était jamais sentie aussi mal. Elle n'avait jamais aimé se retrouver seule dans le noir, mais cette fois-ci, elle préférait encore cela à la compagnie d'un de ces monstres.

Depuis son arrivée, elle avait pleuré encore et encore jusqu'à ce que ses larmes se tarissent. Lorsque le monstre l'avait amenée à bord en grimpant sur la chaîne de l'ancre, elle avait eu un sursaut d'espoir. Il ne lui avait toujours pas fait de mal – peut-être voulait-il juste lui montrer son navire ?

Mais une fois sur le pont, il fit quelque chose de bizarre : il la conduisit à l'avant du bateau et la brandit devant des fenêtres. Elle eut l'impression que quelqu'un, ou plusieurs quelqu'un, la regardait de l'autre côté des vitres, mais elle ne pouvait voir personne. Le monstre la tint ainsi un long moment, puis la prit sous son bras et la fit passer une porte, puis descendre des escaliers de métal.

Alors qu'ils s'enfonçaient dans les profondeurs du bateau, l'espoir qui était né en elle se fana pour laisser la place au désespoir qui, peu à peu, se métamorphosa en horreur alors que l'odeur de pourriture des monstres emplissait l'air. Celui qui l'avait enlevée émettait aussi ce relent nauséabond, mais il n'était pas aussi fort que ce qui s'échappait de la porte ouverte, là-bas, tout au fond. Alors qu'ils s'en rapprochaient, Vicky se débattit de plus belle, donnant des coups de pied et de poing en hurlant tout ce qu'elle savait, car au-delà de cette porte, il n'y avait rien, que des ténèbres, et de ces ténèbres s'élevaient toutes sortes de bruissements, de raclements et de grognements. Elle eut beau lutter, le monstre ne sembla même pas s'en apercevoir. Il passa la porte, et l'odeur l'enveloppa comme une vieille couverture moisie.

La porte claqua derrière eux, et il y eut un bruit de serrure que l'on verrouille. Quelqu'un devait donc se tenir là, derrière le panneau, à attendre qu'ils soient passés pour la refermer. Puis les monstres l'entourèrent de partout, une masse de formes massives qui se bousculaient en sifflant et découvrant leurs crocs. Les hurlements de Vicky se coincèrent dans sa gorge. Elle resta muette de terreur face à cet abominable déferlement. Ils allaient la dévorer ! Elle en était sûre !

Mais la créature qui l'avait amenée dans cet enfer ne les laissa pas faire. Elle leur tint tête à coups de griffes et de crocs jusqu'à ce qu'ils finissent par battre en retraite, mais pas avant qu'ils n'aient déchiré sa chemise de nuit et égratigné sa peau en plusieurs endroits. Son ravisseur, devenu son protecteur, l'emporta le long d'un couloir, puis la jeta dans une petite pièce dépourvue de tout ameublement. La porte se referma, la laissant dans le noir. Elle se blottit dans un coin et resta là, à frissonner de peur et de froid.

— J'veux rentrer à la maison ! gémit-elle, bien qu'elle sache que personne ne pouvait l'entendre.

Elle perçut un mouvement de l'autre côté de la porte, comme si les créatures qui attendaient abandonnaient la partie et retournaient d'où elles venaient. Au moins, elle ne les entendit plus s'affronter avec de grands sifflements et des raclements de métal. Au bout d'un moment, un autre bruit lui parvint, une sorte de chant dont elle n'arrivait pas à saisir les paroles. Puis quelque chose remua à nouveau juste devant la porte.

Celle-ci s'ouvrit en grand. Avec un gémissement de terreur, Vicky se rencogna entre les deux cloisons, comme si elle voulait traverser la surface de métal. Il y eut un déclic et une lumière éblouissante inonda la pièce. Elle n'avait même pas pensé à chercher un interrupteur. Elle cligna des yeux en attendant que ses yeux s'accoutument à la lumière. Elle put alors voir une silhouette qui se découpait dans l'embrasure de la porte. Ce n'était pas celle d'un monstre : elle était plus petite et moins massive. Puis sa vision s'éclaircit.

C'était un homme ! Il portait la barbe et était habillé d'une drôle de façon – et elle remarqua qu'il n'avait qu'un bras. Mais c'était bien un être humain ! Et il lui souriait !

Avec un petit cri de joie, Vicky sauta sur ses pieds et courut vers le nouvel arrivant.

Elle était sauvée !

11

L'enfant se précipita vers lui et prit ses poignets dans ses toutes petites mains. Puis elle leva les yeux et le regarda.

— Vous venez me sauver, hein, m'sieur ? Il faut qu'on s'en aille d'ici ! C'est plein de monstres !

Soudain, en voyant cette enfant innocente, Kusum ressentit une vague de dégoût dirigée contre lui-même.

Cette malheureuse fillette, avec ses cheveux détrempés et sa chemise de nuit déchirée, avec ses grands yeux bleus, son visage plein d'espoir – allait-il vraiment la livrer aux rakoshi ?

C'était trop lui demander.

O grande Déesse, doit-elle vraiment mourir, à son tour ?

Il n'y eut pas de réponse, et il n'en attendait pas. Kusum la connaissait déjà ; elle était gravée dans son âme même. Tant que la lignée des Westphalen ne serait pas éteinte, il ne serait pas délivré de son serment. Lorsque cette enfant serait morte, il aurait fait un grand pas vers la purification de son karma.

Mais ce n'est qu'une enfant !

Peut-être pourrait-il lui accorder un sursis. La Mère n'était pas encore revenue, et il était essentiel qu'elle prenne part à la cérémonie. Il ne comprenait pas ce retard, qui le mettait mal à l'aise. Il n'y avait qu'une seule explication : elle avait du mal à localiser Jack. Kusum n'avait qu'à l'attendre…

Non : il ne pouvait plus différer la cérémonie. Les

rakoshi étaient rassemblés et perdaient patience. Cela faisait une heure qu'elle aurait dû avoir lieu et…

Ce n'est qu'une enfant !

Kusum fit taire cette voix qui hurlait tout au fond de lui et sourit à la fillette.

— Viens avec moi, dit-il en la prenant dans ses bras pour l'emporter dans le couloir.

Il ferait en sorte que sa mort soit rapide et sans douleur. C'était tout ce qu'il pouvait faire pour elle.

12

La pointe du canot pneumatique battait doucement contre la coque du bateau et Jack tripotait son bipeur, zappant d'une fréquence à l'autre. Finalement, au-dessus de lui, il y eut un déclic suivi d'un bourdonnement, et la passerelle s'abaissa lentement. Jack fit manœuvrer le canot pour se trouver juste en dessous et, dès qu'elle fut à sa portée, déposa la caisse contenant les bombes sur la première marche. Il prit entre ses dents la corde de nylon qui servait d'amarre au canot, monta sur la passerelle et l'attacha à la rambarde.

Il se redressa et regarda le plat-bord juste au-dessus de lui, la main sur la détente de son lance-flammes. Si Kusum avait vu descendre la passerelle, il viendrait certainement y jeter un coup d'œil. Mais personne ne passa la tête par-dessus le sabord.

Parfait. Jusque-là, il bénéficiait de l'effet de surprise. Il emporta la caisse jusqu'au sommet de la passerelle et s'accroupit pour surveiller le pont ; il était désert. A sa gauche, les superstructures de la poupe étaient plongées dans le noir à l'exception des feux de position. Kusum pouvait toujours être là, derrière une de ces fenêtres, tapi dans l'ombre. En traversant le pont, Jack serait bien obligé de passer à découvert, mais il n'avait pas d'autre solution : il devrait courir ce risque. Les compartiments arrière étaient les plus essentiels : c'étaient ceux qui contenaient les moteurs ainsi que les réservoirs de carburant. Il voulait y poser ses bombes avant de passer aux cales, là où se trouvait le véritable danger –, là où résidaient les rakoshi.

Il eut une hésitation et un moment de doute. Ce plan était complètement idiot. Il se prenait pour un superhéros de BD ou quoi ? Et si les rakoshi mettaient la main sur lui avant qu'il n'ait pu régler les bombes ? Ainsi, Kusum pourrait repartir avec son bateau et ses monstres. Non, s'il avait un minimum de bon sens, il ferait ce que Gia lui avait suggéré : alerter les gardes-côtes. Ou les autorités portuaires.

Mais Jack ne pouvait s'y résoudre. C'était une affaire à régler entre Kusum et lui, et sans intervention extérieure. Ni Gia ni Abe ne pourraient comprendre cela. Une seule personne serait capable d'admettre la validité de son raisonnement et saurait qu'il ne pouvait en être autrement. Et, pour Jack, c'était peut-être ce qu'il y avait de plus dur à admettre.

Seul Kusum Bahkti, l'homme qu'il était venu détruire, pourrait le comprendre.

C'est maintenant ou jamais, se dit-il en accrochant quatre bombes à sa ceinture. Il monta sur le pont et piqua un sprint en longeant les sabords jusqu'à ce qu'il atteigne les superstructures de l'arrière. Il connaissait le chemin, puisque c'était celui qu'il avait parcouru la première fois qu'il était monté à bord du bateau. Il se dirigea droit vers l'entrepont.

Dans la salle des machines, il régnait une chaleur étouffante, et il y faisait un bruit infernal, bien que les deux énormes moteurs diesels tournent au ralenti. Leurs pulsations graves faisaient vibrer jusqu'aux plombages de ses dents. Jack régla les minuteries sur 3:45 – ce qui lui laissait une heure pour faire ce qu'il avait à faire et fiche le camp d'ici. Il connaissait ce genre de système de minuterie et savait pouvoir compter sur sa fiabilité. Et pourtant, à chaque fois qu'il armait l'une d'entre elles, il ne pouvait s'empêcher de retenir son souffle et de détourner les yeux. C'était ridicule et il le savait : si l'une des bombes explosait à l'instant, la déflagration le réduirait en cendres avant même qu'il en ait conscience. Et pourtant, c'était un réflexe instinctif.

Il déposa les deux premières à la base de chaque moteur, puis deux autres contre les réservoirs. Lorsqu'elles exploseraient, toute la proue du cargo serait réduite en cendres. Il s'arrêta près de l'écoutille donnant sur le couloir qui menait à la tanière des rakoshi. Là où Vicky était morte. Soudain, il sentit comme un poids sur sa poitrine. Il n'arrivait toujours pas à réaliser qu'il ne la verrait plus jamais. Il posa son oreille et crut entendre leur drôle de psalmodie, ce chant célébrant le *Kaka-ji*. Des flashes de ce qu'il avait vu lundi soir – ces monstres brandissant des morceaux de chair – traversèrent son esprit, laissant dans leur sillage une fureur meurtrière qu'il eut bien du mal à maîtriser. Et pourtant, il aurait tant voulu partir à l'assaut de la cale, lance-flammes en batterie, pour arroser de napalm embrasé tout ce qui bougeait.

Mais non… Il ne tiendrait pas une minute. S'il voulait parvenir à ses fins, il devait refouler toute émotion, tout sentiment, pour agir rationnellement… *Froidement*. Comme une machine dépourvue d'émotions. S'il voulait s'assurer que pas un seul rakosh ne survivrait à cette nuit – et encore moins leur maître –, il devrait suivre son plan point par point.

Il remonta à l'air frais et aborda la passerelle. Maintenant, il était sûr que Kusum se trouvait dans la cale principale, à conduire un de ses étranges rituels avec les rakoshi. Jack posa sur son épaule la caisse contenant les bombes, désormais beaucoup plus légère, et se dirigea vers la proue sans se soucier d'un éventuel observateur. Lorsqu'il atteignit l'écoutille de la cale avant, il l'ouvrit et jeta un coup d'œil à l'intérieur.

L'odeur immonde des rakoshi envahit ses narines, mais il se maîtrisa et plongea son regard dans les profondeurs glauques du bateau.

En termes de taille et de conception, cette cale était identique aux autres, sauf que le monte-charge qui reposait à deux mètres de lui était logé dans le coin le plus reculé. Il pouvait entendre une sorte de litanie qui s'élevait de la salle d'à côté. A la faible lumière de la veilleuse, il vit que le sol de cette cale était jonché de débris, mais il ne put distinguer un seul rakosh, debout ou endormi.

La voie était libre.

Jack se laissa descendre dans l'ouverture. Comme il portait toujours le lance-flammes dans son dos, ce n'était pas facile et, durant un moment d'angoisse, il crut qu'il resterait coincé dans la trappe, incapable de monter ou descendre, réduit à attendre que Kusum le retrouve ou que ses bombes explosent. Mais il réussit à se libérer et tomba sur la plate-forme, entraînant la caisse avec lui.

Une fois de plus, il inspecta le plancher de la cale, mais ne vit rien d'alarmant. Il fit donc descendre le monte-charge, entamant ce qui ressemblait fort à une descente aux enfers. Le tumulte provenant de l'autre cale ne cessait d'augmenter. Dans ces voix gutturales, il put sentir une excitation, une avidité croissante. Quel que soit le rituel qu'ils étaient en train de célébrer, il devait atteindre son apogée. Et lorsqu'ils en auraient terminé, ils reviendraient certainement dans cette cale. Pour des raisons évidentes, il préférait nettement poser ses bombes et repartir avant qu'ils n'envahissent les lieux. Mais il ouvrit néanmoins les valves du réservoir de son lance-flammes, au cas où ils reviendraient plus tôt que prévu. Il entendit un faible sifflement alors que le dioxyde de carbone propulsait le napalm dans le tube, puis le silence retomba. Il attacha trois bombes à sa ceinture et attendit.

Lorsque la plate-forme s'immobilisa, Jack en descendit et jeta un coup d'œil autour de lui. Le sol était un véritable dépotoir, mais en fait, cela l'arrangeait plutôt : au milieu de tous ces détritus, il n'aurait aucun mal à trouver une cachette pour ses bombes. Il voulait transformer cette cale en fournaise et que les flammes s'étendent jusqu'à la seconde, piégeant les rakoshi entre l'avant du bateau et les bombes qu'il avait posées à la poupe.

Il se retint de tousser. L'odeur était pire que tout ce qu'il avait pu rencontrer, même dans l'autre cale. Il tenta de respirer par la bouche, mais ce relent putride englua sa langue. Pourquoi était-il aussi puissant ? Il baissa les yeux et vit qu'entre autres débris, le sol était jonché de coquilles d'œufs de rakoshi. Et parmi ces fragments, il vit des os, des cheveux et des bribes de tissu. Son pied se posa sur ce qu'il prit pour un œuf non encore éclos ; il le fit rouler de la pointe de sa chaussure et se retrouva face aux orbites vides d'un crâne humain.

Il eut un frisson de dégoût et regarda autour de lui.

Il n'était pas seul.

Tout autour de lui, il y avait des rakoshi immatures, tous d'âges et de tailles différents. La plupart d'entre eux dormaient, allongés à même le sol. L'un d'entre eux, tout près de lui, était fort occupé à gratter une côte humaine. S'il ne les avait pas remarqués en cours de route, c'est bien parce qu'ils n'étaient pas plus gros que des chatons…

Les petits enfants de Kusum…

Mais ils semblaient l'ignorer totalement, tout comme leurs congénères hier soir…

Il se dirigea d'un pas circonspect vers le coin opposé. Là, il régla et arma une bombe, qu'il fourra sous une pile d'ossements et de fragments de coquilles. Puis il se dirigea le plus rapidement et le plus silencieusement possible vers la cloison opposée. Une fois à mi-chemin, il entendit un couinement et, l'instant d'après, un trait de douleur déchira sa cuisse droite. Il virevolta et baissa les yeux en tendant la main vers la source de cette souffrance. Il venait de se faire mordre par quelque chose qui s'était accroché à sa jambe, telle une sangsue. Il essaya de l'arracher à sa chair, mais ne réussit qu'à se faire encore plus mal. Il serra les dents et tira jusqu'à ce que la créature lâche enfin prise, lui enlevant au passage un petit morceau de chair de la taille d'une noix.

Ce qu'il tenait en main n'était autre qu'un rakosh miniature d'une dizaine de centimètres qui se débattait comme un beau diable. Il devait l'avoir involontairement frôlé au passage, ou il lui avait marché dessus sans le voir, et la créature avait réagi en accord avec sa nature de prédateur. Sa jambe de pantalon était déchirée et imprégnée de sang là où la créature l'avait mordu. Il la tint à bout de bras alors qu'elle continuait de se tortiller. Le petit monstre claquait des mâchoires en cherchant à le griffer, et ses petits yeux jaunes brûlaient de rage. Il tenait encore un morceau de chair – celle de Jack – entre ses crocs. Sous ses yeux, la créature l'avala, puis poussa un piaillement et s'en prit à ses doigts.

Ecœuré, Jack jeta la créature à l'autre bout de la pièce. Elle atterrit sur le sol, au milieu de ses congénères assoupis.

Sauf qu'ils ne dormaient plus. Les piaillements du bébé rakosh avaient réveillé tous ceux qui se trouvaient à proximité. Les créatures se mirent à remuer, les mouvements de chacun éveillant ses voisins immédiats et ainsi de suite, comme une ride après qu'on a jeté une pierre dans une mare.

En moins d'une minute, Jack se retrouva face à une mer de rakoshi immatures. Ils ne pouvaient pas le voir, bien sûr, mais les cris de celui qui l'avait agressé les avaient avertis de la présence d'un intrus… Un intrus comestible. Ils se mirent à fureter dans tous les coins, avides de mettre la main sur ce possible repas. La plupart se dirigèrent vers l'endroit d'où provenait le bruit – vers Jack. Ils devaient être une bonne centaine, et tous convergeaient dans sa direction. Tôt ou tard, l'un d'entre eux finirait par le heurter. Jack tenait encore à la main la seconde bombe : il s'empressa de l'armer et la fit glisser vers la cloison de la cale. Ainsi, il espérait détourner leur attention le temps de mettre en position le tube du lance-flammes.

Mais son plan échoua. L'un des plus petits rakoshi heurta sa jambe, poussa un piaillement pour signaler sa découverte, puis lui donna un bon coup de dents. Les autres répondirent à son signal et se précipitèrent vers leur proie. Ils déferlèrent sur Jack en une vague malsaine, plongeant leurs crocs dans ses cuisses, son flanc, son dos et ses bras, déchirant sa chair. Il partit en arrière, perdit l'équilibre et, au moment où il allait être submergé par la mêlée, il vit un rakosh de taille adulte qui entrait dans la cale, probablement attiré par les cris des jeunes. La créature resta un instant dans l'embrasure de la porte, puis se précipita vers lui.

Et pas moyen de se redresser !

Jack savait très bien que, s'il s'abattait au sol, la meute le mettrait en pièces en l'espace de quelques secondes. Luttant contre la panique, il se tordit pour tirer le tube du lance-flammes coincé sous son bras. Alors qu'il tombait à genoux, il réussit à le braquer vers la cloison. Ses doigts trouvèrent la poignée et appuyèrent sur la détente.

Soudain, le monde sembla exploser tout autour de lui alors qu'un rideau de flammes d'un jaune incandescent descendait sur ce décor de cauchemar. Il étendit le cercle en tournant sur lui-même. Et soudain, il se retrouva seul dans l'œil d'un cyclone embrasé. Il relâcha la détente.

Il avait oublié de vérifier le réglage du tube. Au lieu d'un jet de flammes concentrées, il avait pulvérisé un nuage de napalm. Mais qu'importe : celui-ci avait été d'une efficacité presque effrayante. Les rakoshi qui l'attaquaient s'étaient enfuis ou avaient péri ; ceux qui se trouvaient hors du rayon d'action de l'engin s'étaient éparpillés dans toutes les directions en hurlant. Quant au rakosh adulte, le jet avait aspergé tout le devant de son corps. Il n'était plus qu'un brasier qui, dans sa panique, courut vers le passage reliant les deux cales, les plus petits sur ses talons.

Jack grogna sous l'effet de la douleur. Il était couvert de morsures et de lacérations. Ignorant le sang qui s'écoulait de ses nombreuses plaies, il se releva péniblement. Il n'avait pas le choix : il devait les suivre dans l'autre cale. Il était temps d'affronter Kusum.

13

Kusum tenta de maîtriser sa colère. La Cérémonie d'Offrande s'annonçait mal. Elle prenait deux fois plus de temps qu'à l'ordinaire. Il avait besoin de la Mère : elle seule pouvait faire régner le calme parmi ses enfants.

Mais où était-elle donc fourrée ?

La dernière descendante des Westphalen, qu'il tenait toujours par le bras, était calme et levait vers lui des yeux remplis de terreur et d'inquiétude. Il n'arrivait pas à soutenir ce regard qui le suppliait de l'aider alors qu'il n'avait rien à lui proposer, sinon une mort rapide. Elle ne comprenait rien à ce qui se passait, à ce qu'il faisait, ignorait la signification de cette cérémonie qui se couronnerait par sa propre mort, ne savait pas qu'elle allait être sacrifiée à Kali au nom de ces chers Ajit et Rupobati qui, tous deux, étaient morts depuis un siècle.

Cette cérémonie de ce soir était particulièrement importante, puisqu'elle serait la dernière – à jamais. Car après cette nuit, il n'y aurait plus un seul Westphalen à sacrifier. Ajit et Rupobati seraient enfin vengés.

Alors que la cérémonie tirait à sa fin, Kusum sentit qu'il se passait quelque chose dans l'autre cale, celle qui servait de nurserie. Une femelle rakosh prit l'initiative d'aller voir ce qui se tramait. A ce stade, il ne voulait pas interrompre le cours déjà bien lymphatique de la cérémonie pour envoyer l'un des rakoshi en reconnaissance.

Ses doigts se crispèrent sur le bras de la malheureuse enfant alors que sa voix montait d'une octave pour aborder l'ultime invocation. C'était presque terminé… Enfin…

Soudain, avec un bel ensemble, les rakoshi détournèrent les yeux vers la droite et se mirent à siffler et à gronder entre leurs dents. Kusum suivit leur regard. A sa grande surprise, il vit une horde de bébés rakoshi qui s'engouffraient dans la cale en piaillant, immédiatement suivis d'un autre rakosh, adulte celui-ci, mais qui brûlait comme une torche. Il tituba et s'effondra près du monte-charge.

Et derrière lui apparut une silhouette qui marchait à grandes enjambées, tel un Dieu vengeur.

C'était Jack le Réparateur.

Kusum eut l'impression que l'air se raréfiait dans la cale et sa gorge se serra, comme s'il allait étouffer.

Jack… Il est bien vivant… Et il est là, devant moi. Mais c'est impossible !

Il ne pouvait y avoir qu'une seule explication possible à sa présence, et elle défiait l'imagination. Comment un simple mortel pouvait-il affronter et vaincre la Mère à lui tout seul ? Et comment Jack l'avait-il retrouvé ? Quel genre d'homme était-il donc ?

Mais était-il vraiment un homme ? Il évoquait davantage une force naturelle, primordiale, irrésistible, tel un ouragan ou un tremblement de terre. Un envoyé des dieux venu le mettre à l'épreuve.

L'enfant se débattit en criant :

— Jack ! Jack !

14

Jack se figea de surprise en entendant cette petite voix familière qui criait son nom. C'est alors qu'il vit la petite silhouette qui flanquait l'Hindou.

— Vicky !

Elle était en vie ! C'était un miracle ! Jack sentit des larmes lui brûler les yeux. Il constata alors que Kusum la tenait par le bras. Jack fit un pas en avant ; l'Hindou poussa la fillette devant lui comme pour s'en servir de bouclier.

— Ne t'en fais pas, Vicks, cria-t-il. Je vais te ramener à la maison !

Et il le pensait. Il jura à ce Dieu auquel il avait cessé de croire depuis un bail qu'il sauverait cette petite fille. Si elle avait survécu aussi longtemps, c'était bien pour cette raison. Il allait tout arranger, une fois de plus. Et il le fallait, car sinon, toutes ces années, toute la carrière de Jack le Réparateur ne serait plus qu'une imposture. Il n'agissait plus au nom d'un client, mais en son compte personnel.

Jack parcourut des yeux la cale. Les rakoshi ne lui prêtaient aucune attention : ils ne se souciaient que de leur congénère qui finissait de se consumer et de leur maître qui avait interrompu la cérémonie. Jack se tourna donc à nouveau vers Vicky. En sortant du couloir, il ne remarqua pas un rakosh qui se tenait adossé au mur à sa droite ; ce n'est qu'en le frôlant qu'il prit conscience de sa présence. La créature siffla et tenta de le griffer. Jack l'évita en se baissant et leva le lance-flammes. Le jet frappa le bras du rakosh qui l'attaquait, puis il décrivit un arc de cercle pour asperger la foule des monstres.

Alors ce fut le chaos. Pris de panique, les rakoshi se bousculèrent pour s'échapper et s'éloigner de ceux qui avaient déjà pris feu.

La voix de Kusum s'éleva alors :

— Arrêtez, Jack ! Arrêtez, ou je lui brise la nuque !

Kusum avait passé son bras autour du cou de la fillette. Pour montrer qu'il ne plaisantait pas, il la souleva de terre. Vicky ouvrit de grands yeux et devint écarlate.

Jack relâcha la détente du lance-flammes. Juste devant lui s'étendait un vaste espace dégagé. Un seul rakosh – à la lèvre inférieure marquée de cicatrices – était resté près de la plate-forme. Une fumée noire s'élevait des corps de la douzaine de monstres que le jet avait frappés, et une odeur de chair grillée commençait à empuantir l'atmosphère. Jack recula pour s'adosser au mur.

— Ne lui faites pas de mal, fit-il d'une voix tendue. Si vous êtes encore en vie, c'est bien grâce à elle.

— Pourquoi tenez-vous tant à cette fillette ?

— Je veux la ramener à sa mère.

— Elle n'est pas de votre sang. Ce n'est qu'un membre parmi tant d'autres d'une société qui, si elle avait vent de votre existence, exigerait votre extermination. Et croyez-moi, lorsqu'elle aura atteint l'âge adulte, ce petit ange n'aura rien de plus pressé que de rejoindre la meute de ceux qui veulent votre peau. Vous et moi n'avons aucune raison de nous affronter. Nous sommes de la même espèce ; nous sommes tous deux rejetés par ce monde dans lequel nous sommes obligés de vivre. Nous sommes…

— C'est bon, s'écria Jack, assez de beaux discours ! Elle est à moi. Rendez-la-moi !

Kusum lui décocha un regard furibond.

— Comment avez-vous échappé à la Mère ?

— Je ne lui ai pas échappé. Elle est morte. D'ailleurs, j'ai gardé une poignée de dents et de crocs en souvenir. Ils sont là, dans ma poche. Vous les voulez ?

Le visage de l'Hindou s'assombrit.

— C'est impossible ! Elle… (Soudain, alors qu'il fixait Jack, sa voix se brisa.) Ce collier !

— C'est celui de votre sœur.

— Ainsi, vous l'avez tuée, elle aussi, fit-il d'une voix qui, soudain, n'était plus qu'un murmure.

— Non. Elle va bien.

— Elle ne vous l'aurait jamais donné de son plein gré !

— Elle dort. Elle ne sait pas que je le lui ai emprunté.

Kusum eut un rire qui ressemblait à un aboiement.

— Alors, ma putain de sœur va enfin payer pour les outrages qu'elle a fait subir à son karma ! Et c'est vous qui serez l'instrument de son châtiment ! Quelle ironie !

Jack profita de sa distraction pour faire un pas en avant. L'Hindou resserra aussitôt son bras autour du cou de Vicky. A travers ses cheveux humides, Jack la vit grimacer de douleur.

— Restez où vous êtes !

En entendant le cri de Kusum, le rakosh se rapprocha de la plate-forme. Jack fit un pas en arrière.

— Il est trop tard, Kusum. Vous avez déjà perdu. Pourquoi ne pas la relâcher sans plus attendre ?

— Pourquoi serais-je condamné à l'échec ? Il me suffit de vous désigner aux rakoshi, et ils n'auront qu'à suivre mon doigt pour tomber sur le meurtrier de leur Mère. Alors le collier ne pourra plus rien pour vous. Vous pourrez certainement en tuer encore quelques-uns avec votre lance-flammes, mais dans leur soif de vengeance, ils vous mettront en pièces.

Jack désigna la bombe accrochée à sa ceinture.

— Avec ce petit gadget, j'ai encore une chance.

Kusum fronça les sourcils.

— Que voulez-vous dire ?

— Ce sont des bombes incendiaires, et j'en ai truffé ce rafiot. Toutes sont réglées pour exploser à 3:45. (Il consulta sa montre.) Il est 3:00. Plus que quarante-cinq minutes avant le grand boum. Vous pensez que vous pourrez toutes les arrêter à temps ?

— En ce cas, l'enfant mourra, elle aussi.

Le visage de Vicky était déjà pâle, mais en entendant leurs propos, elle devint blanche comme un linge. Mais elle devait savoir la vérité, ne serait-ce que parce qu'il ne pouvait faire autrement.

— Ce n'est pas plus terrible que ce que vous lui prépariez.

Kusum haussa les épaules.

— Mes rakoshi et moi n'aurons qu'à regagner la côte à la nage. Sa mère nous y attend peut-être. Je suis sûr qu'ils la trouveront à leur goût.

Jack fit de son mieux pour cacher son horreur à l'idée de voir une horde de rakoshi émerger des eaux de la baie pour se jeter sur Gia.

— Ce n'est pas comme ça que vous sauverez votre bateau. Et vos rakoshi n'auront plus de toit et plus de maître capable de les contrôler.

Après un instant de silence, Kusum dit :

— Donc, nous sommes ex æquo.

— Ouais. Mais si vous relâchez cette fillette, je vous montrerai où sont les bombes. Ensuite, je la ramènerai chez elle, et vous pourrez retourner en Inde.

Il ne voulait pas que Kusum s'en sorte aussi facilement – il avait toujours un compte à régler avec lui – mais si c'était le prix à payer pour récupérer Vicky…

L'Hindou secoua la tête.

— C'est une Westphalen… La dernière de la lignée… Je ne peux pas…

— Vous faites erreur ! s'écria Jack en un effort désespéré. Ce n'est pas la dernière. Son père se trouve en Angleterre ! Il…

Kusum secoua à nouveau la tête.

— Je me suis occupé de son cas l'année dernière, durant mon séjour à Londres.

Vicky se raidit, et ses yeux s'agrandirent davantage.

— Mon p'pa !

— Chut ! N'aie crainte, ma fille, dit Kusum avec une gentillesse inattendue. Cet homme ne méritait même pas une larme. (Il éleva alors la voix :) Ainsi, Jack le Réparateur, nous sommes toujours à égalité. Mais il y a peut-être un moyen de régler cette affaire de façon honorable.

— De façon honorable ? répéta Jack en sentant monter sa colère. Comment peut-on parler d'honneur lorsqu'on a affaire à un… (Quel était le mot employé par Kolabati ?) Un brachmachari déchu ?

— Elle vous en a parlé ? s'étonna Kusum. Ma chère sœur vous a-t-elle aussi raconté comment elle m'a poussé à rompre mon vœu de chasteté ? Vous a-t-elle dit avec qui j'ai pollué mon karma jusqu'à ce qu'il soit presque impossible à restaurer ? Non, bien sûr. J'ai couché avec Kolabati – ma propre sœur !

Jack en resta abasourdi.

— Vous mentez !

— Je préférerais que ce soit le cas, fit-il avec une lueur distante dans ses yeux. A l'époque, je n'y voyais pas de mal. Après un siècle d'existence, ma sœur semblait être la seule personne digne de mon attention… Et certainement la dernière avec qui je puisse avoir quelque chose en commun.

— Vous êtes encore plus fou que je ne le croyais, fit Jack.

Kusum eut un sourire empreint de tristesse.

— Ah ! Il y a un autre détail que ma très chère sœur a dû oublier. Elle vous a probablement raconté que nos parents ont trouvé la mort dans un accident de chemin de fer en 1948, durant le chaos qui suivit la décolonisation britannique. C'est une bonne couverture et, en fait, nous l'avons conçue ensemble. Mais c'est un mensonge. Je suis né en 1846. Oui, j'ai bien dit *1846*. Bati, elle, a vu le jour en 1850. Nos parents, dont les noms ornent la proue de ce navire, ont été tués par Sir Albert Westphalen et ses hommes lorsqu'il a pillé le temple de Kali dans le Nord-Ouest du Bengale, en 1857. A cette époque, j'ai bien failli tuer Westphalen de mes propres mains, mais je n'avais alors que onze ans, et il était bien plus grand et bien plus fort que moi. Il a bien failli m'arracher le bras gauche. Seul mon collier m'a permis de survivre.

Jack sentit sa bouche s'assécher. Perdu dans son délire, cet homme parlait d'une façon si calme, si raisonnée, et avec une telle conviction ! Certainement parce que lui-même y croyait dur comme fer.

— Le collier ? dit Jack.

Il devait le faire parler. Peut-être trouverait-il alors une ouverture, une chance de lui arracher Vicky. Mais il ne devait pas oublier les rakoshi – qui ne cessaient de se rapprocher lentement, insidieusement.

— Il ne sert pas qu'à être invisible aux yeux des rakoshi. Il a des pouvoirs de guérison… Et de préservation. Il ralentit le processus de vieillissement. Il ne vous rend pas invulnérable pour autant – lorsque les hommes de Westphalen ont criblé mes parents de balles, ils portaient encore leurs colliers, et ils sont morts quand même ; leur pouvoir n'a rien changé. Mais le collier que je porte, celui que j'ai récupéré sur le corps de mon père après avoir juré de le venger, a contribué à ma guérison. J'ai perdu mon bras, c'est vrai, mais sans son assistance, je serais mort. Vous n'avez qu'à regarder vos propres plaies. Je suis sûr que, dans votre vie, vous avez déjà été blessé. Sont-elles aussi douloureuses qu'elles le devraient ? Saignent-elles autant qu'à l'ordinaire ?

Jack jeta un regard las à ses bras et à ses jambes martyrisés. Ils saignaient et lui faisaient un mal de chien, en effet, mais pas tant que ça. Et il est vrai que son dos s'était trouvé mieux juste après qu'il eut enfilé le collier. Jusqu'à présent, il n'avait pas encore fait la relation.

— Maintenant, vous portez l'un des deux derniers colliers de Gardien des rakoshi au monde. Tant que vous le portez, il soigne vos blessures et vous fait vieillir plus lentement. Mais si vous le retirez, le temps reprendra son cours normal et le poids des ans qu'il vous a épargné reviendra en force.

Jack bondit sur cet illogisme :

— Vous dites qu'il n'existe plus que deux colliers ? Vous oubliez celui de votre grand-mère, celui que j'ai retrouvé.

Kusum éclata d'un rire sec.

— Alors vous n'avez toujours pas deviné ? Nous n'avons pas de grand-mère ! Cette femme était Kolabati en personne ! C'est *elle* que ce truand de bas étage a agressée ! Elle m'a suivi pour découvrir où je me rendais tous les soirs et, selon vos propres termes, s'est fait braquer. Cette vieillarde que vous avez vue à l'hôpital n'était autre que Kolabati qui, privée de son collier, se mourait de vieillesse. Et lorsque je le lui ai à nouveau passé au cou, elle est redevenue telle qu'elle était avant l'agression. (Il éclata à nouveau de rire.) En ce moment même, elle doit sentir le poids de toutes ces années ! Elle ne doit plus être si fière.

Jack se sentit tout étourdi. Il tenta d'ignorer ce que Kusum venait de lui dire. L'Hindou tentait de l'embrouiller, de lui faire perdre sa détermination, et il n'allait pas tomber dans le panneau. Il ne devait penser qu'à Vicky et à la façon dont il allait l'arracher à ses griffes. Elle le regardait de ses grands yeux bleus qui le suppliaient de la sortir de là.

— Vous ne faites que perdre du temps, Kusum. Ces bombes vont exploser dans trente minutes.

— C'est vrai. Tout comme le fait que, à chaque seconde qui s'écoule, je vieillis un peu plus.

Jack remarqua que l'Hindou ne portait pas son collier. Et en effet, il semblait nettement plus âgé que dans ses souvenirs.

— Votre collier…

— Je le retire toujours lorsque je dois m'adresser aux rakoshi. Sinon, ils ne pourraient pas voir leur maître.

— Leur *père*, vous voulez dire, n'est-ce pas ? Kolabati m'a dit ce que signifiait ce mot de *Kaka-ji*.

Une ombre passa sur le visage de Kusum et, un instant, Jack crut qu'il tenait l'occasion qu'il attendait. Mais l'Hindou reprit aussitôt son attitude inflexible.

— Lorsque la Déesse l'ordonne, ce qui est innommable devient un devoir.

— Donnez-moi cette enfant ! cria Jack.

Cette discussion ne les mènerait nulle part, et il perdait de précieuses minutes. Il pouvait presque entendre défiler les secondes sur les minuteries.

— Il vous faudra la mériter, Jack le Réparateur. Nous allons nous affronter… dans un duel à mains nues. Je vais vous prouver qu'un Bengalais manchot et vieillissant vaut mieux qu'un Américain ayant encore ses deux bras.

Jack le regarda, bouche bée.

— Je ne plaisante pas, reprit Kusum. Vous avez souillé ma sœur, envahi mon bateau, tué mes rakoshi. Je réclame vengeance. D'homme à homme, sans arme. Et le vainqueur remportera l'enfant.

Un combat singulier. C'était de la folie pure ! Cet homme était en retard de quelques siècles. Comment Jack pouvait-il prendre un tel risque – il se souvenait de la façon dont l'Hindou avait fracassé la porte de la cabine d'un seul coup de pied – lorsque la vie de Vicky était en jeu ? Et pourtant, il ne pouvait pas non plus refuser. Au moins, s'il relevait le défi, Vicky aurait une chance. Sinon, il n'y avait plus le moindre espoir.

— Vous ne faites pas le poids, dit-il à Kusum. Le combat serait inégal. De plus, nous n'avons pas le temps de jouer.

— Laissez-moi seul juge de la loyauté du combat. Quant au temps, ne vous en souciez pas. Cet affrontement ne durera pas longtemps. Relevez-vous le défi ?

Jack examina attentivement son adversaire. Kusum était très sûr de lui – persuadé, sans doute, que Jack ignorait qu'il connaissait l'art de la savate. Dans son esprit, il suffirait de lui décocher un coup au plexus solaire suivi d'un autre en pleine tête pour que Jack ne représente plus la moindre menace. Mais sa confiance excessive pouvait tourner à l'avantage de Jack.

— Mettons-nous bien d'accord : si je remporte le combat, Vicky et moi pourrons partir sans être inquiétés. Et si je perds ?

— En ce cas, vous désarmerez vos bombes et me laisserez l'enfant.

C'était complètement dément… Et pourtant, bien qu'il ait du mal à se l'avouer, cette idée ne lui déplaisait pas. Il ne pouvait ignorer le frisson d'excitation perverse qui s'emparait de lui. Il voulait mettre la main sur cet homme, le faire souffrir, le sentir faiblir sous ses doigts. Une balle, un jet de flammes ou même un coup de couteau étaient des moyens beaucoup trop impersonnels de venger ce qu'il avait fait subir à Vicky.

— C'est bon, fit-il le plus calmement possible. Mais comment puis-je être sûr que, si je gagne, vous n'allez pas lâcher vos chiens de garde ? Ou même dès que j'aurai posé mon jouet ? ajouta-t-il en désignant le lance-flammes.

Kusum fronça les sourcils.

— Je suis un homme d'honneur, répondit-il. Cette simple suggestion est pour moi une insulte. Mais afin d'apaiser vos soupçons, nous nous affronterons sur cette plate-forme même que je mettrai hors de portée des rakoshi.

Jack n'avait plus aucune objection à émettre. Il baissa le tube et se dirigea vers la plate-forme.

Kusum sourit comme un chat qui vient de voir une souris s'aventurer dans son écuelle.

— Vicky reste sur la plate-forme avec nous, bien sûr ? fit Jack en défaisant les lanières de son harnais.

— Bien sûr. Et pour preuve de bonne volonté, je lui confierai même mon collier durant le combat. (Il lâcha le cou de Vicky et ses doigts se refermèrent sur son bras.) Il est là, mon enfant, sur le sol. Tu peux le ramasser.

Vicky tendit un bras hésitant et obéit. Elle tint le collier comme s'il s'agissait d'un serpent venimeux.

— J'en veux pas ! gémit-elle.

— Ne le lâche pas, Vicks, fit Jack. Il te protégera.

Kusum l'attirait à nouveau contre lui. Alors qu'il allait refermer son bras autour de son cou, la fillette eut un geste inattendu : elle poussa un cri et bondit hors de sa portée. Kusum tenta de la rattraper, mais la peur et le désespoir lui donnaient des ailes. Cinq pas, un saut et elle s'écrasait contre la poitrine de Jack. Ses doigts se refermèrent sur lui comme des serres et elle hurla :

— Ne le laisse pas m'attraper, Jack ! J'veux pas ! J'veux pas !

Je la tiens !

Sa vision se brouilla et sa voix se noya dans le raz de marée d'émotions qui déferla sur lui alors qu'il étreignait le petit corps tremblant de Vicky. Il était incapable de réfléchir – et, donc, il préféra passer à l'action. En un seul geste fluide, il leva le tube de la main droite et passa son bras autour de Vicky pour atteindre la poignée comportant la détente. Il stabilisa le tube et le braqua sur Kusum.

— Rendez-la-moi ! hurla ce dernier.

L'Hindou courut vers le rebord de la plate-forme. La brusquerie de ses gestes et le ton de sa voix parurent inquiéter les rakoshi qui échangèrent des murmures et des regards nerveux.

— Elle est à moi !

Jack en retrouva sa voix. Il serra Vicky encore plus étroitement contre lui.

— Que dalle, fit-il doucement. Tu ne risques plus rien, Vicks.

Il la tenait, et personne ne pourrait plus la lui arracher. Personne. Il se mit à reculer vers la seconde cale.

— Restez où vous êtes ! rugit Kusum en lançant un jet de postillons – sa rage était telle qu'il en écumait littéralement. Si vous faites un pas de plus, je vous envoie les rakoshi. Comme je vous l'ai dit, une fois qu'ils vous auront localisés, ils vous mettront en pièces. Maintenant, venez vous battre comme un homme. Nous avons conclu un marché.

Jack secoua la tête.

— Lorsque j'ai accepté cet affrontement, je n'avais rien à perdre. Maintenant, Vicky est avec moi. Le combat est annulé.

Il n'avait pas l'intention de la lâcher une seule seconde.

— Il est trop tard pour ça ! Vous n'avez donc pas le moindre sens de l'honneur ? Vous avez conclu un marché !

— La transaction est annulée, fit Jack, et il appuya sur la détente.

Le jet de napalm frappa Kusum en pleine poitrine et l'enveloppa de flammes incandescentes. Il poussa un long cri rauque et aigu avant de tendre les bras vers Jack et Vicky, comme pour une dernière tentative de lui arracher la fillette. Sous la lumière éblouissante du brasier, il était impossible de distinguer ses traits. Secoué de violentes convulsions, il avança d'un pas incertain jusqu'au bord de la plate-forme, les bras encore tendus vers la dernière des Westphalen. Son obsession était plus forte que la terrible souffrance de son agonie. Jack posa le visage de Vicky contre son épaule pour qu'elle ne voie pas cet effroyable spectacle. Il allait décocher un autre jet sur l'Hindou lorsque celui-ci changea brusquement de direction en tourbillonnant sur lui-même, puis tomba dans la cave, virevoltant tel un feu follet, pour aller s'écraser devant la horde des rakoshi alors que son corps sans vie continuait de se consumer…

Et les monstres s'animèrent soudain en une explosion de fureur.

Si, aux yeux de Jack, cette cale et son contenu évoquaient une antichambre de l'enfer, la mort du *Kaka-ji* en fit un de ses cercles les plus intimes. Les rakoshi ivres de rage se mirent à bondir en donnant des coups de griffe dans le vide, et certains finirent même par se battre entre eux. Comme ils n'arrivaient pas à trouver Jack et Vicky, ils se retournaient les uns contre les autres. On aurait dit que tous les démons de l'enfer venaient de se révolter. Tous, sauf un…

Le rakosh à la lèvre couturée ne prenait pas part au carnage ; il ne cessait de regarder dans leur direction comme s'il pressentait leur présence, bien qu'il ne puisse les voir.

Au beau milieu de la mêlée, des créatures s'approchèrent un peu trop près de Jack : celui-ci battit en retraite dans le passage par où il était arrivé, et qui menait à la première cale. Trois rakoshi éclaboussés de sang noir s'abattirent à l'embouchure du couloir et continuèrent leur lutte sauvage. Jack les aspergea d'un jet de flammes, puis tourna les talons et se mit à courir.

Mais avant d'entrer dans l'autre cale, il décocha un

jet de napalm droit devant lui – d'abord pour chasser tout rakosh qui pourrait rôder de l'autre côté du couloir, puis plus bas, au cas où il resterait encore quelques bébés. Puis il baissa la tête et courut le long du chemin qu'il venait de se frayer, tel un avion progressant sur une piste balisée de lumières. Une fois à l'autre bout, il sauta sur le monte-charge et appuya sur le bouton.

Lorsque la plate-forme s'ébranla, Jack voulut déposer Vicky sur les planches, mais elle refusa de le lâcher : ses mains s'étaient refermées comme des serres sur le tissu de sa chemise, et rien au monde ne la ferait lâcher prise. Tant pis : tout épuisé et affaibli qu'il soit, il la porterait jusqu'au bout s'il le fallait. De sa main libre, il fouilla dans la caisse, arma les dernières bombes et régla la minuterie sur 3:45 – dans une vingtaine de minutes.

Les rakoshi se déversèrent dans la cale par les deux ouvertures, bâbord et tribord. Lorsqu'ils virent le monte-charge en mouvement, ils se précipitèrent dans cette direction.

— Ils viennent me chercher, Jack ! hurla Vicky. Ne les laisse pas me prendre !

— Tout va bien, Vicks, fit-il du ton le plus rassurant possible.

— Oh ! C'est *lui* qui m'a amenée ici ! cria Vicky.

Jack reconnut le rakosh à ses cicatrices alors qu'il faisait une dernière tentative pour s'emparer de Vicky. Les doigts de Jack se crispèrent sur la détente, mais il vit que le rakosh ne pourrait jamais atteindre la plateforme. En effet, ses griffes la ratèrent de peu, mais il dut attraper le châssis, car l'ascenseur eut un soubresaut, puis reprit son ascension. Jack ne savait pas si le rakosh était accroché à l'armature du monte-charge ou s'il était retombé dans le puits de l'ascenseur. En tout cas, pas question de se pencher pour jeter un coup d'œil. Si le rakosh était bien suspendu là en dessous, c'était un coup à y laisser sa tête.

Il préféra emmener Vicky à l'autre bout de la plate-forme et attendre, le tube du lance-flammes braqué sur le rebord. Si le rakosh montrait son vilain museau, il se prendrait une bonne giclée de napalm.

Mais la créature n'apparut pas. Et lorsque l'ascenseur s'arrêta, Jack lâcha les mains de Vicky pour lui permettre d'escalader l'échelle qui s'étendait devant lui. C'est alors que quelque chose tomba des plis de sa chemise de nuit. C'était le collier de Kusum.

Jack le ramassa et voulut le mettre au cou de la fillette.

— Tiens, Vicks, mets-le. Il te…

— Non ! cria-t-elle d'une voix aiguë en le repoussant. Je l'aime pas.

— Je t'en prie ! Regarde – j'en ai bien un, moi !

— *Non !*

Elle se mit à escalader l'échelle. Jack fourra le collier dans sa poche et la regarda monter, non sans jeter des coups d'œil incessants vers le rebord de la plate-forme. La pauvre enfant était à bout de terreur – elle semblait avoir peur du collier autant que des rakoshi. Il se demanda si elle s'en remettrait un jour.

Jack attendit qu'elle soit passée par la petite trappe de sortie, puis la suivit tout en continuant de surveiller le rebord. Avec des gestes rapides, presque frénétiques, il se glissa dans l'ouverture.

Vicky lui prit la main :

— Qu'est-ce qu'on fait maintenant, Jack ? Je sais pas nager.

— Ne t'en fais pas, Vicky, fit-il à voix basse (pourquoi murmurait-il ?). Je suis venu en bateau.

Il la guida le long des plats-bords jusqu'à la passerelle. Lorsqu'elle vit le canot pneumatique amarré en contrebas, il n'eut pas à lui faire un dessin : elle lâcha sa main et dévala les marches. Jack se tourna brièvement vers le pont – et se figea. Il avait cru surprendre un mouvement du coin de l'œil – une ombre qui se déplaçait près de la grue, entre les deux cales. Mais l'avait-il bien vue ? Ses nerfs étaient tendus comme des cordes de violon. Au point où il en était, il risquait de voir des rakoshi dans tous les coins.

Il suivit Vicky jusqu'au bas de la passerelle. Une fois parvenu, il se tourna et aspergea de flammes le haut des marches, puis le plat-bord jusqu'à ce que le tube se mette à crachoter. La flamme s'éteignit : le réservoir de napalm était vide. Il ne restait plus que le sifflement du dioxyde de carbone. Il finit de défaire le harnais, qu'il avait déjà desserré dans la cale, et laissa tomber les réservoirs et leurs appendices sur la passerelle en flammes. Mieux valait que cet engin coule avec le navire plutôt qu'on le retrouve flottant dans la baie. Enfin, il sauta sur le bateau, défit l'amarre de nylon et poussa pour s'éloigner du bateau.

Voilà ! Il avait réussi !

Quel sentiment merveilleux ! Vicky et lui étaient en vie et ils s'éloignaient de ce cargo maudit. Et dire que, quelques minutes auparavant, il croyait la situation désespérée. Mais ils n'étaient pas encore tirés d'affaire ; pas tout à fait. Ils devaient se trouver le plus loin possible du navire, à terre de préférence, lorsque les bombes exploseraient.

Les rames étaient encore dans leurs logements. Jack s'en empara et se mit à ramer. Le cargo s'amenuisa de plus en plus au fur et à mesure qu'ils s'éloignaient. Derrière lui, les lumières rassurantes de Manhattan se rapprochaient à chaque instant. Ils ne verraient pas Gia et Abe, qui devaient les attendre sur la jetée, avant un moment. Vicky se tenait blottie à l'arrière du canot et regardait en alternance la terre et le bateau. Ce serait si bon d'assister aux retrouvailles entre la mère et la fille.

Jack rama plus fort. Ce surcroît d'effort s'avéra douloureux, mais moins qu'il ne l'aurait cru. Avec des épaules aussi mal en point et des lacérations sur tout le corps, sans oublier les multiples morsures laissées par les bébés rakoshi, il aurait dû souffrir le martyre. Il sentait le poids écrasant de la fatigue – mais avec tout le sang qu'il avait perdu, il aurait dû être en état de choc. Apparemment, le collier avait bel et bien un pouvoir de guérison.

Mais pouvait-il réellement ralentir le vieillissement ? Et retrouvait-on vraiment son âge véritable lorsqu'on le retirait ? C'était peut-être la raison pour laquelle Kolabati avait refusé de le lui prêter lorsqu'ils étaient prisonniers dans la cabine. Etait-il possible qu'elle soit encore dans son appartement, transformée en une vieille momie desséchée ? Lorsqu'il était tombé sur Ron Daniels, l'homme qui l'avait dévalisée, celui-ci avait nié avoir braqué une vieille dame. Voilà qui expliquait peut-être pourquoi Kolabati s'était jetée à son cou : ce n'était pas le collier de sa grand-mère qu'il avait récupéré, mais le sien !

Ils étaient à mi-chemin. Il lâcha une rame pour toucher le pendentif. Tout compte fait, il pourrait peut-être le garder. Cela pouvait toujours lui servir…

Un bruit d'eau retentit près du bateau. Comme si quelque chose venait de plonger.

— Qu'est-ce que c'était ? demanda-t-il à Vicky. Tu as aperçu quelque chose ?

Malgré l'obscurité, il la vit qui secouait la tête.

— C'était peut-être un poisson.

— Peut-être.

Sauf que Jack doutait qu'il y ait dans la baie de New York des poissons assez gros pour faire un boucan pareil. Le lance-flammes était peut-être tombé de la passerelle ? C'était une explication qui en valait une autre. Et pourtant, Jack n'arrivait pas à y croire.

Une boule de plomb se forma dans son estomac.

Il se mit à ramer de plus belle.

15

Les mains de Gia semblaient avoir acquis une vie indépendante. Elles ne cessaient de se serrer, se desserrer et se tordre sans qu'elle puisse les en empêcher ; elles passaient sur son visage pour rentrer dans ses poches, puis se posaient sur ses épaules pour se remettre aussitôt en mouvement. S'il ne se passait pas quelque chose très vite, elle finirait par devenir complètement folle. Cela faisait une éternité que Jack était parti. Etait-elle censée rester là sans rien faire alors qu'elle ne savait même pas où était Vicky ?

A force de faire les cent pas le long de la jetée, elle avait tracé un chemin dans le sable ; et maintenant, elle restait plantée là, à regarder le cargo. Durant tout ce temps, il n'était qu'une masse sombre posée sur la surface des flots, mais quelques instants plus tôt, il avait pris feu – ou du moins en partie. Une langue de flammes était apparue, zigzaguant le long de la coque jusqu'au niveau de l'eau. D'après Abe, c'était Jack qui devait jouer du lance-flammes, mais il n'en savait pas plus. En y regardant de plus près à l'aide des jumelles, on aurait dit qu'une sorte de passerelle avait pris feu ; il faut croire que Jack coupait tous les ponts derrière lui.

Ainsi, elle dut ronger son frein, plus angoissée que jamais, en attendant de voir si Jack lui ramènerait leur Vicky. Et soudain, elle le vit – une tache jaune à la surface des flots, animée du mouvement rythmique des rames qui entraient et sortaient de l'eau.

— Jack ! Tu l'as retrouvée ? cria-t-elle, bien qu'elle sache qu'il était trop loin pour l'entendre, mais incapable de se contenir.

C'est alors que lui parvint cette petite voix piaillante qu'elle aimait tant :

— M'man ! M'man !

La joie et le soulagement jaillirent en elle comme une vague irrésistible. Elle fondit en larmes et s'approcha de la jetée, prête à sauter à l'eau. Mais Abe la retint :

— Vous ne réussirez qu'à les ralentir. Jack l'a retrouvée, c'est tout ce qui compte. Maintenant, il n'y a plus longtemps à attendre.

Gia pouvait à peine se contenir. Entendre la voix de Vicky ne lui suffisait pas : il fallait qu'elle la touche, qu'elle la prenne dans ses bras, et alors seulement, elle y croirait vraiment. Mais Abe avait raison : maintenant, elle pouvait bien tenir encore une ou deux minutes.

Elle vit Abe qui passait son bras sur son visage. En détournant son regard du canot, elle le surprit qui essuyait une larme. Gia passa un bras autour de sa taille et le serra contre elle.

— Ce doit être la brise, fit-il en reniflant. Mes yeux y ont toujours été sensibles.

Gia acquiesça et regarda à nouveau vers le large. La surface était lisse comme du verre. Il n'y avait pas un souffle de vent. Le canot avançait à un rythme soutenu.

Dépêche-toi, Jack... Je veux retrouver ma Vicky !

En quelques instants, il fut assez près pour qu'elle puisse voir Vicky, accroupie à la pointe du canot, qui lui faisait des signes de la main en souriant. Puis, sans transition, l'esquif vint s'échouer près de la jetée. Jack souleva Vicky pour la lui tendre.

Gia put enfin serrer sa fille contre elle. Alors c'était donc vrai ! C'était bien Vicky, *sa* Vicky ! Ivre de soulagement, elle la fit tournoyer, l'embrassa, l'enlaça, lui promit de ne plus jamais la laisser…

— M'man, je peux plus respirer !

Gia desserra légèrement son étreinte, mais elle était incapable de la lâcher. Pas encore.

Vicky se mit à babiller à son oreille :

— Un monstre est venu me prendre dans la chambre, m'man ! Il m'a emmenée et a sauté dans la rivière et…

Ses mots disparurent, couverts par le rugissement du sang à ses oreilles. Un monstre… Alors Jack n'était donc pas fou ! Elle se tourna vers lui, qui se tenait à côté d'Abe et leur souriait – mais il jetait régulièrement des coups d'œil en biais pour surveiller la surface des flots. Il n'était pas beau à voir, avec ses vêtements déchirés et couverts de sang. Mais il avait aussi l'air très fier de lui.

— Je n'oublierai jamais ça, Jack, fit-elle, le cœur débordant de gratitude.

— Je ne l'ai pas fait que pour toi. (Il jeta encore un regard vers la baie. Que cherchait-il donc ?) Tu sais, tu n'es pas la seule personne à l'aimer.

— Je sais.

Il semblait mal à l'aise. Il consulta sa montre :

— Allons-nous-en, d'accord ? Mieux vaut ne pas être là lorsque ce bateau va exploser. Je préfère regarder le feu d'artifice depuis la camionnette et partir juste après.

— Il va… exploser ? fit Gia sans comprendre.

— Oui. Boum. J'ai posé une douzaine de bombes incendiaires à bord – et j'ai réglé les minuteries pour qu'elles explosent dans… (il consulta sa montre) … cinq minutes, maintenant. Emmène Vicky à la camionnette et nous t'y rejoindrons.

Abe et lui allèrent échouer le canot sur la plage.

Gia ouvrait la portière de la camionnette lorsqu'elle entendit un grand bruit d'éclaboussement immédiatement suivi de cris. Elle jeta un œil par-dessus le capot et, soudain glacée d'horreur, vit une silhouette sombre, luisante, dégoulinante qui émergeait de la baie. La créature sauta sur la jetée, percutant Jack et l'envoyant s'étaler la tête la première dans le sable – on aurait dit qu'elle n'avait même pas remarqué sa présence. Gia entendit la voix d'Abe qui s'exclamait : « Oh, Seigneur ! » alors qu'il soulevait le canot pour le jeter à la tête de la créature, mais celle-ci le déchira d'un seul coup de griffe. Le canot se dégonfla dans un grand soupir, laissant Abe se dépêtrer de vingt kilos de vinyle jaune.

C'était un de ces rakoshi dont il lui avait parlé. Il n'y avait pas d'autre explication.

Vicky hurla et enfouit son visage dans le cou de Gia.

— C'est le monstre qui m'a emportée, m'man ! Ne le laisse pas me reprendre !

La chose se dirigeait vers Abe, le dominant de toute sa taille. Abe lui jeta au visage ce qui restait du canot et battit en retraite. Un revolver apparut, comme surgi de nulle part, et il lui tira dessus. Le bruit évoquait davantage une bouteille qu'on débouche qu'un coup de feu. Il lui décocha six balles à bout portant sans cesser de reculer, mais il aurait aussi bien pu tirer à blanc : la chose sembla ne même pas remarquer les impacts. Gia écarquilla les yeux : tout en reculant, le pied d'Abe alla heurter le bord de la jetée. Il battit des bras pour tenter de reprendre son équilibre, telle une oie bedonnante tentant de s'envoler, puis il tomba dans l'eau et disparut.

Le rakosh se désintéressa aussitôt de lui pour se tourner vers Gia et Vicky. Avec une précision étonnante, ses yeux se posèrent sur elles. Il se précipita…

— Il est revenu me chercher, m'man !

Derrière le monstre, Gia entrevit brièvement Jack qui roulait sur lui-même et se relevait péniblement. Il regardait autour de lui en secouant la tête comme s'il ne savait pas où il se trouvait. Puis elle fourra Vicky dans la camionnette et suivit le même chemin. Elle rampa sur le siège du conducteur et démarra le moteur, mais avant qu'elle ait pu passer la première, le rakosh était sur elles.

Gia et Vicky hurlèrent de concert en le voyant plonger ses griffes sur le capot pour se hisser dessus, face au pare-brise. De désespoir, elle passa la marche arrière et mit le pied au plancher. La camionnette bondit en arrière dans un nuage de sable, manquant de faire tomber le rakosh…

… Mais il battit des bras, retrouva son équilibre et fracassa le pare-brise d'un coup de poing, cherchant à atteindre Vicky à travers la pluie de débris. Gia plongea pour lui faire un rempart de son corps. La camionnette cala et s'arrêta dans un ultime tressautement. Gia attendit que ces griffes acérées lui déchirent le dos, mais la douleur ne vint pas. A la place, elle entendit un cri, humain et, pourtant, qui ne ressemblait à rien qui puisse sortir d'une gorge humaine, et qu'elle aurait préféré ne jamais entendre.

Elle leva les yeux. Le rakosh était toujours sur le capot, mais il ne cherchait plus à s'emparer de Vicky. Il avait extrait ses pattes de la cabine et tentait de déloger l'apparition qui s'était accrochée à son dos.

C'était Jack. Et c'était *sa* bouche grande ouverte qui émettait ce cri bestial. Elle entrevit son visage par-dessus la tête du rakosh – contorsionné de fureur, tel le masque d'un dément. Elle pouvait voir ses veines saillantes sur son cou alors qu'il passait ses bras autour de la tête du rakosh pour lui griffer les yeux. La créature se débattit sans parvenir à le déloger. Finalement, elle passa ses bras dans son dos et l'arracha, lacérant sa poitrine au passage, avant de le balancer hors de son champ de vision.

— Jack ! hurla Gia.

Elle avait l'impression de partager sa douleur tout en réalisant que, dans quelques secondes, ce serait effectivement le cas, lorsque ces griffes la déchireraient à son tour. Elle n'avait pas la moindre chance d'arrêter cette chose.

Mais peut-être pouvait-elle la prendre de vitesse. Elle se tordit pour ouvrir la portière et sortit de l'habitacle en traînant Vicky derrière elle. Le rakosh les repéra et bondit sur le toit de la camionnette. Gia se mit à courir tandis que Vicky s'accrochait à elle ; ses chaussures glissaient et se remplissaient peu à peu de sable. Tout en les retirant, elle jeta un coup d'œil en arrière et vit le rakosh qui prenait son élan pour lui sauter dessus.

Puis la nuit se transforma en jour.

L'éclair de l'explosion précéda son grondement de tonnerre. La silhouette mince du rakosh se découpa en ombre chinoise dans le déferlement de lumière blanche qui éclipsa les étoiles. Puis vint le souffle. Le rakosh se tourna ; Gia comprit aussitôt qu'elle avait une chance et devait la saisir. Elle se remit à courir.

16

La douleur évoquait trois fers chauffés à blanc posés sur sa poitrine.

Jack venait de rouler sur le côté et s'efforçait de se relever lorsque retentit la première déflagration. Il vit le rakosh qui se retournait pour regarder en direction du bateau et Gia qui se mettait à courir.

La poupe du cargo s'était dissoute en une boule de flammes orange, déchiquetée par l'explosion des réservoirs ; puis un éclair blanc naquit peu avant la proue – toutes les bombes incendiaires qu'il avait posées détonaient en même temps. Des flammes, des débris et de la fumée jaillirent de la coque craquelée et incandescente de ce qui avait été le *Ajit-Rupobati*. Rien ni personne ne pouvait survivre à un tel enfer, Jack en était certain.

Les rakoshi venaient de rejoindre la liste des espèces éteintes à tout jamais. A l'exception de celui qui menaçait désormais les deux personnes auxquelles Jack tenait le plus au monde. Lorsqu'il l'avait vu tenter de s'emparer de Vicky à travers le pare-brise fracassé,

Jack avait été pris d'une véritable fureur meurtrière. La créature devait s'entêter à suivre l'ordre qui lui avait été donné ultérieurement : ramener celle qui avait bu de l'élixir. Et sa cible restait la même. L'élixir de rakoshi que Kusum avait injecté dans l'orange circulait toujours dans l'organisme de Vicky. Et, de toute évidence, cette bestiole-là prenait sa mission très au sérieux. Le *Kaka-ji* était mort, la Mère aussi, et pourtant, il s'obstinait aveuglément à vouloir ramener sa proie au bateau.

Un grand éclaboussement sur sa droite… Au bas de la jetée, Jack vit Abe qui s'extirpait des flots. Il ne quittait pas des yeux la créature perchée sur la camionnette, et son visage était blanc comme un linge. Il contemplait, comme en transe, quelque chose qui n'aurait jamais dû exister. Il était trop choqué pour pouvoir l'aider.

Gia ne pouvait espérer battre le rakosh de vitesse, surtout en portant Vicky. C'était donc à Jack de faire quelque chose – mais quoi ? Il ne s'était jamais senti aussi impuissant. Il avait toujours trouvé le moyen de réagir dans les situations critiques, mais là… Il était mort, épuisé, à bout. Il ne voyait pas comment arrêter cette chose juchée sur la camionnette d'Abe. Dans quelques instants, elle se retournerait et courrait après Gia… Et il ne pouvait rien faire pour l'en empêcher.

Il se mit à genoux en grognant : ses dernières plaies en date l'élançaient douloureusement. Il vit trois lacérations assez profondes en diagonale sur sa poitrine et son ventre, là où le rakosh l'avait frappé de ses griffes. Sa chemise en lambeaux était imprégnée de sang à divers stades de coagulation. En un suprême effort, il réussit à se relever, prêt à s'interposer entre Gia et le rakosh. Il ne pouvait pas l'arrêter, mais au moins, il pourrait peut-être le ralentir.

Le monstre sauta au bas du camion… mais il ne se lança pas à la poursuite de Gia. En fait, il parut se désintéresser totalement des humains qui l'entouraient. Il courut vers la jetée et resta là, à regarder l'épave embrasée de ce qui avait été son nid. Les débris de métal et de bois enflammés projetés en l'air par l'explosion retombèrent, piquetant la baie de petits impacts ourlés de vapeur.

Sous les yeux de Jack, le rakosh leva la tête et laissa échapper un hululement inhumain, terrible, mais empreint d'une tristesse et d'une douleur telles que Jack eut presque pitié de la créature. Sa famille et son univers tout entier venaient de partir en fumée. Tout ce qui comptait dans sa vie, toutes ses références… Il venait de tout perdre en un seul instant. Il poussa un autre hurlement, puis plongea dans la baie et se mit à nager en grandes brasses puissantes. Il se dirigeait droit vers la flaque d'essence embrasée qui marquait le tombeau de ses frères. Telle une épouse hindoue loyale à son mari au point de l'accompagner sur son bûcher funéraire, il allait les rejoindre dans la mort.

Gia avait tourné les talons et courait vers Jack, portant toujours Vicky dans ses bras. Abe, dégoulinant de partout, était sorti de sa transe et s'approchait lui aussi.

— Ma grand-mère me racontait des contes terrifiants sur les dibbouks, dit-il, et voilà que je viens d'en voir un.

— Il n'y a plus de monstres ? C'est vrai ? fit Vicky en secouant la tête, les yeux braqués sur les ombres immenses que jetait le brasier.

— C'est fini ? renchérit Gia.

— Je le crois. Je l'espère.

Il se tourna vers elle et, en le voyant de face, Gia eut un hoquet de surprise.

— Jack ! Ta poitrine !

Il tira sur les lambeaux de chemise collés à sa chair déchirée. Ses plaies avaient cessé de saigner et la douleur diminuait déjà… Sans doute l'effet du collier.

— Ce n'est rien, juste quelques égratignures. C'est moins grave que ça en a l'air.

Dans le lointain retentirent les premières sirènes.

— Ecoutez, il faut qu'on ramasse nos petites affaires et qu'on file vite fait. Sinon, on risque de devoir répondre à pas mal de questions.

Abe et lui s'emparèrent du canot dégonflé et le balancèrent à l'arrière de la camionnette, puis ils se massèrent à l'avant, encadrant Gia et Vicky, mais cette fois-ci, c'est Abe qui prit le volant. Du plat de la main, il fit tomber ce qui restait du pare-brise et démarra le moteur. Les roues arrière étaient enfoncées dans le sable, mais Abe réussit à les dégager et passa par la grille que Jack avait enfoncée.

— Si on arrive à destination sans qu'un flic nous arrête pour nous demander où est passé le pare-brise, ce sera un miracle.

— Tu n'auras qu'à dire que des vandales se sont acharnés dessus, répondit Jack.

Il se tourna vers Vicky, blottie contre sa mère, et passa un doigt sur son bras.

— Maintenant, tu ne risques plus rien, Vicks.

Gia eut un petit sourire et posa sa joue sur la tête de la fillette.

— En effet. Merci, Jack.

Il remarqua alors que Vicky s'était endormie.

Gia glissa sa main libre dans la sienne. Jack la regarda dans des yeux maintenant dépourvus de toute frayeur. Il y avait longtemps qu'il rêvait de cela. La vision de Vicky paisiblement endormie valait toutes les horreurs et toutes les souffrances qu'il avait endurées ; le regard de Gia était un bonus.

Elle laissa reposer sa tête en arrière et ferma les yeux.

— C'est vraiment terminé ?

— Pour toi, oui. Pour moi… Il me reste encore un détail à régler.

— Cette femme.

Ce n'était pas une question.

Jack acquiesça en pensant à Kolabati, qui devait être toujours dans son appartement, et à ce qui était en train de lui arriver. Il tendit la main et la posa sur l'épaule d'Abe.

— Tu veux bien me déposer chez moi ? Ensuite, tu ramèneras Gia.

— Tu ne peux soigner ces blessures toi-même ! s'écria Gia. Il faut que tu voies un docteur !

— Les docteurs posent trop de questions. Et celui chez qui j'ai mes habitudes est en déplacement.

— Alors viens chez moi. Au moins, je pourrai te nettoyer.

— Marché conclu. Dès que j'aurai réglé ce que j'ai à régler.

Gia fronça les sourcils :

— Est-il vraiment si important que tu la voies sur-le-champ ?

— J'ai là quelque chose qui lui appartient (il tapota le collier) et je dois le lui rendre.

— Cela ne peut pas attendre un peu ?

— Je crains que non. Je le lui ai emprunté sans lui demander la permission, et on m'a dit qu'elle en avait vraiment besoin.

Gia n'insista pas.

— Je n'en ai pas pour longtemps.

En guise de réponse, elle détourna les yeux et regarda droit devant elle, ignorant le vent qui s'engouffrait par le pare-brise fracassé.

Jack eut un soupir. Comment pourrait-il lui expliquer que « cette femme » pourrait fort bien vieillir à vue d'œil et, à cette heure, n'être plus qu'une vieillarde sénile ? Comment pouvait-il la convaincre alors que lui-même avait du mal à y croire ?

Le reste du trajet se poursuivit en silence. Ils croisèrent quelques voitures de police, mais aucune ne s'approcha assez près pour remarquer le pare-brise manquant.

— Merci pour tout, Abe, dit Jack lorsque la camionnette s'arrêta devant son immeuble.

— Tu veux que je t'attende ?

— Cela peut prendre un certain temps. Merci encore. Nous réglerons tout ça demain matin.

— Je te présenterai ma note.

Jack embrassa le front de Vicky, qui ne se réveilla pas, et descendit de voiture. Il se sentait raide et avait mal partout.

Gia finit par daigner le regarder :

— Tu passeras chez moi ?

— Dès que possible, répondit-il, heureux que l'invitation tienne toujours. Si tu le veux encore.

— Oui. J'aimerais que tu viennes.

— Alors j'arrive. Dans une heure grand maximum, c'est promis.

— Ça ira ?

Son expression soucieuse le ravit.

— Bien sûr.

Il claqua la portière et les regarda s'éloigner. Puis il entama la longue ascension jusqu'au troisième étage. Lorsqu'il atteignit la porte, il sortit sa clé, puis eut une hésitation. Un frisson descendit le long de son échine. Qu'allait-il découvrir de l'autre côté ? En fait, il aurait bien voulu trouver un salon vide et Kolabati, toujours aussi jeune et belle, sagement endormie dans la chambre. Il n'aurait donc qu'à déposer les deux colliers sur la table de nuit, où elle pourrait les trouver au matin, puis il se rendrait chez Gia. Ce serait le plus facile. Kolabati saurait que son frère était mort sans qu'il doive le lui annoncer. Avec un peu de chance, lorsqu'il reviendrait, elle serait partie.

Pourvu que ce soit le cas. Pour une fois, qu'il puisse adopter une solution de facilité ! Après une telle nuit, il l'avait bien mérité.

Il ouvrit la porte et entra dans le salon plongé dans l'obscurité. Même le plafonnier de la cuisine était éteint. La seule lumière était une faible radiance provenant de la chambre, à l'autre bout du couloir. Dans le silence absolu qui régnait dans l'appartement, il pouvait entendre une respiration – rapide, rauque, hachée. Elle provenait du canapé. Il s'avança dans le salon.

— Kolabati ?

Un hoquet, une toux sèche, un grognement, puis une silhouette qui se relevait et s'encadrait dans la lumière du couloir ; une figure noueuse et décharnée aux épaules affaissées. Celle-ci fit un pas dans sa direction. Jack sentit plus qu'il ne vit sa main tendue.

— Donne-le-moi ! fit une voix qui n'était qu'un murmure rauque, un serpent sinuant entre les herbes. Rends-le-moi !

Mais il n'y avait pas le moindre doute possible : la cadence et la prononciation étaient bien celles de Kolabati.

Jack voulut lui parler, mais sa gorge était nouée. Ses mains tremblantes passèrent derrière sa tête pour décrocher le collier. Puis il tira celui de Kusum de sa poche.

— Je n'ai pas oublié les intérêts, réussit-il à dire.

Il les déposa tous les deux sur la paume tendue en évitant d'entrer en contact avec la peau.

Kolabati ne sembla pas réaliser qu'elle était en possession des deux colliers. Elle se retourna lentement et se dirigea vers la chambre d'un pas chancelant. Un instant, la lumière éclaira sa silhouette. Jack détourna les yeux en voyant ce corps décharné, ces épaules tombantes, ces articulations presque paralysées par l'arthrite. Kolabati n'était plus qu'une vieille sorcière. Elle entra dans la chambre, et Jack se retrouva seul dans la pièce.

La fatigue lui tomba soudain dessus. Il se dirigea

vers le fauteuil installé devant la fenêtre donnant sur la rue et s'assit lourdement.

C'était fini. Bien fini.

Kusum était mort. Les rakoshi aussi. Vicky était chez elle, saine et sauve. Kolabati récupérait dans la chambre. Il eut soudain envie de s'infiltrer dans le couloir pour voir ce qui arrivait à l'Hindoue… Pour la voir rajeunir. Alors peut-être croirait-il en la magie.

La magie… Après tout ce qu'il avait vu, tout ce par quoi il était passé, il n'arrivait toujours pas à admettre son existence. La magie était illogique. La magie ne répondait à aucune règle. La magie…

A quoi bon ? Il ne pouvait pas non plus expliquer les colliers, ni les rakoshi. Autant les qualifier d'inconnus et ne pas insister.

Et pourtant… Voir un tel miracle se dérouler sous ses yeux…

Il voulut se lever et s'aperçut qu'il n'en avait plus la force. Il se radossa donc au fauteuil et ferma les yeux. Il avait si sommeil…

Un bruit derrière lui le fit réagir. Il ouvrit les yeux, soudain alerte, et réalisa qu'il devait s'être assoupi. La clarté laiteuse de l'aube brillait dans le ciel. Il devait être resté dans le cirage une bonne heure. Quelqu'un s'approchait derrière lui. Jack voulut pivoter pour voir de qui il s'agissait, mais s'aperçut qu'il ne pouvait pas bouger son corps, uniquement tourner la tête. Ses épaules semblaient soudées au dossier… Il était si faible…

— Jack ? Jack, ça va ?

C'était la voix de Kolabati – la Kolabati qu'il connaissait, jeune et belle.

— En pleine forme.

Même sa voix semblait bien frêle.

Elle fit le tour du fauteuil et le regarda. Son collier était à nouveau passé autour de son cou. Elle n'avait pas entièrement retrouvé son apparence initiale, celle d'une jeune femme d'une trentaine d'années, mais n'en était pas loin. Il lui aurait donné dans les quarante-cinq ans.

— Oh, non ! Il y a du sang par terre et plein le fauteuil !

— Ça ira.

Elle tira le second collier, celui de Kusum.

— Attends, je vais te le mettre.

— Non !

Il ne voulait plus entendre parler du collier de Kusum. Ou du sien.

— Ne fais pas l'idiot ! Il te remettra sur pied en attendant que tu puisses aller à l'hôpital. Dès que tu l'as retiré, tes plaies se sont rouvertes et remises à saigner.

Elle tenta de le passer à son cou, mais il secoua la tête pour l'en empêcher.

— Je n'en veux pas !

— Sans lui, tu vas mourir, Jack !

— Tout ira bien. Je n'ai pas besoin de ta magie. Je t'en prie, laisse-moi. Va-t'en.

Ses yeux s'assombrirent de tristesse.

— Tu le veux vraiment ?

Il acquiesça.

— Nous aurions pu avoir chacun notre collier. Nous aurions pu vivre longtemps, tous les deux. Nous ne serions pas immortels pour autant, mais nous n'aurions plus à nous soucier de la douleur ou de la maladie…

Ton cœur est de glace, Kolabati.

Apparemment, elle ne s'était pas souciée un instant de son frère – il est mort ? De quelle façon ? Jack se rappela qu'elle lui avait conseillé de ramener le collier de Kusum en disant que sans lui, il ne pourrait plus contrôler les rakoshi. Et c'était vrai, d'une certaine façon – Kusum perdrait le contrôle des rakoshi, car sans le collier, il mourrait. Et dire que, après l'agression, Kusum aurait remué ciel et terre pour lui rapporter le sien ! Kolabati, elle, ne savait pas ce qu'était une dette. Elle parlait d'honneur, mais n'en avait pas du tout. Kusum était certes un dément, un fanatique, mais il y avait dix fois plus d'humanité dans son cerveau malade que dans celui de sa sœur.

Mais il n'allait pas lui expliquer tout cela maintenant. Il n'en avait pas la force. Et de toute façon, elle ne comprendrait sans doute pas.

— Va-t'en.

Elle reprit le collier d'un geste sec et le brandit devant lui.

— Très bien ! Je te croyais digne de le porter, d'allonger au maximum ton existence afin d'en profiter le plus possible, mais je me trompais ! Tu peux rester là, à baigner dans ton sang, en attendant de disparaître à tout jamais, puisque c'est ce que tu veux ! Je n'ai rien à faire d'un homme comme toi ! Je m'en lave les mains !

Elle fourra le second collier dans un repli de son sari et s'en alla. Il entendit claquer la porte de l'appartement et sut qu'il était désormais seul.

Jack tenta de se redresser. A ce simple geste, un éclair de douleur fit vibrer toutes les fibres de son corps et le laissa là, le cœur battant et le souffle court.

Suis-je vraiment en train de mourir ?

A tout autre moment, cette simple question l'aurait paniqué, mais là, son cerveau semblait aussi avachi que son corps. Pourquoi n'avait-il pas accepté l'aide de Kolabati, ne serait-ce que pour quelques instants ? Etait-il vraiment si fier ? Qu'essayait-il de prouver, affalé dans son fauteuil, dégoulinant de sang, abîmant son tapis comme son fauteuil ? Il n'avait pas vraiment réfléchi. En était-il capable ?

Il faisait froid dans l'appartement ; il était gelé jusqu'à la moelle des os. Il l'ignora et repensa à cette nuit. Il avait fait du bon boulot… Il avait probablement sauvé l'Inde tout entière de ce cauchemar que Kusum lui destinait. Cependant, il se moquait bien du sort de l'Inde et des Hindous. Gia et Vicky étaient les seules qui comptaient vraiment. Il avait…

Le téléphone se mit à sonner.

De toute façon, il ne pouvait pas aller décrocher.

Qui cela pouvait-il être ? Gia ? Possible. Peut-être se demandait-elle ce qu'il faisait. Du moins il l'espérait. Peut-être viendrait-elle le chercher. Peut-être même arriverait-elle à temps. Ce serait bien : il ne voulait pas mourir. Il voulait rester avec Gia et Vicky le plus longtemps possible. Et il voulait se souvenir de cette nuit, où il avait montré de quel bois il était fait. Dans cette histoire, il avait été le facteur décisif. Il pouvait en être satisfait. Même son père serait fier de lui… Si seulement il pouvait tout lui raconter…

Il ferma les yeux – les garder ouverts demandait trop d'efforts – et attendit que son destin s'accomplisse.

DANS LA MÊME COLLECTION

BARKER Clive	Sacrements
GOLDEN Christopher	Le passeur
HAMILTON Laurell K.	Le squelette sanglant
KOONTZ Dean	Une porte sur l'hiver
MASTERTON Graham	Katie Maguire
MASTERTON Graham	Manitou
STRAUB Peter	Monsieur X
SUZUKI Koji	Double hélice
SUZUKI Koji	Ring
WILKINS Kim	L'envoûtée
WILSON F. Paul	La tombe
WILSON F. Paul	La forteresse noire

Achevé d'imprimer sur les presses de

BUSSIÈRE

GROUPE CPI

à Saint-Amand-Montrond (Cher)
en août 2003

FLEUVE NOIR
12, avenue d'Italie
75627 Paris Cedex 13
Tél. : 01-44-16-05-00

— N° d'imp. : 34593. —
Dépôt légal : septembre 2003.

Imprimé en France